EDIÇÕES BESTBOLSO

Memorial de Maria Moura

Rachel de Queiroz (1910-2003) nasceu em Fortaleza, no Ceará. A escritora publicou seu primeiro livro, *O Quinze*, antes de completar 20 anos, e despertou imediata atenção da crítica. Dez anos depois, chegou às livrarias o romance *João Miguel*, ao qual se seguiram: *Caminho de pedras*, *As três Marias* e *Dôra, Doralina*. Para o teatro escreveu *Lampião* e *A beata Maria do Egito*; na literatura infantil, lançou *O menino mágico*, *Cafute e Pena de prata*, *Xerimbabo* e *Memórias de menina*. A autora também se dedicou ao jornalismo, atividade que sempre exerceu paralelamente à sua produção literária. Em 1977, Rachel de Queiroz tornou-se a primeira escritora a integrar a Academia Brasileira de Letras. Moradora do Rio de Janeiro desde a década de 1930, sua obra tem como ponto de referência tanto temas e problemas nordestinos quanto os aspectos do cotidiano carioca. Em 1992, publicou o romance *Memorial de Maria Moura*, um grande sucesso editorial que foi adaptado para minissérie de TV estrelada pela atriz Glória Pires.

Rachel de Queiroz

Memorial de Maria Moura

Prefácio de
TÉRCIA MONTENEGRO

2ª edição

EDIÇÕES
BestBolso
RIO DE JANEIRO – 2018

CIP-BRASIL. CATALOGAÇÃO NA FONTE
SINDICATO NACIONAL DOS EDITORES DE LIVROS, RJ

Queiroz, Raquel de, 1910-2003
Q42m Memorial de Maria Moura / Raquel de Queiroz; prefácio de Tércia
2ª ed. Montenegro. – 2ª ed. – Rio de Janeiro: BestBolso, 2018.

ISBN 978-85-7799-288-1

1. Romance brasileiro. I. Título.

CDD: 869.93
10-4650 CDU: 821.134.3(81)-3

Memorial de Maria Moura, de autoria de Rachel de Queiroz.
Título número 195 das Edições BestBolso.
Segunda edição impressa em outubro de 2018.
Texto revisado conforme o Acordo Ortográfico da Língua Portuguesa.

www.edicoesbestbolso.com.br

Design de capa: Carolina Vaz sobre foto de Daisy Gilardini intitulada "Cowgirl Riding Quarter Horse at Sunset" (Getty Images).

Impresso no Brasil

ISBN 978-85-7799-288-1

A. S. M. ELISABETH I, Rainha da Inglaterra (1533-1603),
pela inspiração

À ISINHA,
pela cumplicidade comigo e com a Moura

A OSVALDO LAMARTINE,
pela inestimável ajuda

Prefácio à edição de bolso

O sertão e as mulheres

Memorial de Maria Moura é o último romance de Rachel de Queiroz, um livro que veio para selar o estilo desta autora cearense nascida a 17 de novembro de 1910. Sua obra, perpassada pelo regionalismo moderno – quando Rachel foi uma das pioneiras, ao lado de autores como José Lins do Rego e Graciliano Ramos – já nasceu com traços bem definidos. Desde a estreia, com *O Quinze*, era evidente a força de sua escrita realista e objetiva. O cenário do Nordeste virava palco de histórias dramáticas, mas ao mesmo tempo surgia como espaço simbólico, fronteira de costumes e códigos morais. Nesse território, o papel feminino merecia destaque.

Em quase toda a literatura brasileira anterior, que contava com raríssimos exemplos de mulheres escritoras, o discurso sobre a feminilidade vinha de uma experiência distante, da observação feita a partir de um olhar masculino. Assim, por exemplo, foram os poemas árcades, com suas musas bucólicas, ou os textos românticos, que em prosa e verso celebravam a delicadeza de figuras virginais. Na perspectiva de autores mais argutos, a mulher podia sugerir perfis ambíguos ou até mesmo um comportamento devasso – e houve, claro, personagens profundas e inesquecíveis nas criações do Real-Naturalismo. Entretanto, por seu caráter de exceção, a maioria desses casos não se firmava com espontaneidade a ponto de soarem convincentes: as mulheres dos livros podiam parecer exóticas ou "casos únicos", sem correspondente na vida trivial de um ser humano.

Rachel de Queiroz tratou o tema do feminino de outro modo – e sua própria imagem de mulher na área das letras solidificou-se com naturalidade. Era um reflexo da fluidez que a autora aplicava a seus projetos literários, abrindo caminhos com vigor inquestionável, mas sem alardear sacrifícios ou grandes dificuldades; ao final, parecia tão óbvio que aquela trilha estivesse aberta, que se podia esquecer que há pouco tempo ela não estava lá. Basta lembrar que Rachel foi a primeira mulher a entrar para a Academia Brasileira de Letras, rompendo preconceitos que até 1977 – ano de sua posse – ainda eram impositivos.

Assim também ocorre com as personagens de Rachel: se alguma se sobressai, por seu protagonismo, nem por isso o seu caráter é inverossímil ou as suas ações, improváveis. Tudo envolve o leitor com a máxima espontaneidade. Maria Moura, por exemplo, pode ser considerada uma figura revolucionária e emblemática; no entanto, por mais que ela cause espanto pelas vestimentas masculinas e ousadia guerreira, não é um exemplo isolado de coragem feminina. Tal característica se reflete em diversas personagens, como em Marialva, a prima que foge para casar com o saltimbanco, ou em Firma, a esposa peçonhenta de Tonho. Até nos casos malsucedidos, que têm como desfecho uma desgraça, exalta-se a liberdade feminina enquanto ela dura – e podemos lembrar a mulher adúltera que seduz o padre, ou mesmo a própria mãe de Maria Moura, que desafiou a sociedade da época ao "amigar-se" com um homem mais jovem.

Memorial traz ainda o sabor dos relatos históricos, com cenas que parecem pertencer a uma esfera mítica e, talvez, eterna. Assim observamos a simbologia do lar, desde a casa da infância, que Maria Moura incendeia, até o casarão que anos depois faz construir, na Serra dos Padres: o espaço de habitação se reveste de um poder pessoal, de uma independência que a personagem aos poucos conquista. Hoje, numa sociedade cada vez mais globalizada, talvez não haja mais tanta importância dada ao "chão" dos antepassados, mas ainda persiste a ideia de autonomia e status associada a uma casa própria. De igual forma, a figura do tocador de rabeca, Valentim, provavelmente não é mais comum nas grandes cidades, embora persista pelo sertão. Mesmo assim, parece eterno o ímpeto aventureiro representado por este músico circense – como é eterna a sensibilidade que ele desperta, ao encontrar Marialva, o "par de olhos verdes" com quem se casará.

Há trechos, porém, que claramente apontam a época em que a história ocorre, em meados do século XIX. É o caso do episódio em que Maria Moura vê pela primeira vez uma cédula de dinheiro e considera que aquilo era um papel sem graça, que não impressionava nem pesava na mão, como as moedas. A curiosa ideia de que as cédulas não iriam "pegar" como moda, nas transações financeiras, leva a uma reflexão sobre o nosso tempo atual, numa perspectiva do passado, mas também na permanente transição para um tempo futuro. Pois se para Maria Moura era improvável que um dia o dinheiro de papel "vingasse", para nós até mesmo este já se torna raro, substituído pelas transações feitas com cartão de crédito e transferências on-line. Perde-se cada vez mais a sensação do corpo relativa ao peso das moedas, do ouro ou da prata, uma experiência física que não encontra substituto.

Tais mudanças envolvem não somente as vivências corporais, mas também as emotivas – e *Memorial de Maria Moura* enseja reflexões as mais variadas sobre aspectos de permanência e transição em hábitos, relações sociais ou crenças. Comparativamente, olhamos para nosso próprio século, ao visitarmos o antigamente. Por um lado, conhecemos uma paisagem primitivíssima, impregnada de atmosfera épica, na constante guerra pela sobrevivência. Por outro lado, entretanto, sob as camadas típicas e culturais de um espaço e uma época, vemos os costumes, as emoções permanentes de qualquer ser humano. Nessa dimensão, as mulheres são protagonistas, representantes de um contexto universal.

Os episódios em que Maria Moura sai para os confrontos armados, seus gestos de grandeza bélica ou suas decisões autoritárias, nada mais são que exigências da natureza. Fraquejar seria a desonra, opção que essa mulher – feita com a fibra dos sertanejos – rejeita. É a própria Maria Moura quem declara que não nasceu para coisa pequena, que descobriu ter força e saber controlá-la: "E quando eu não fiz *nada* porque não queria, isso também foi bom, sinal de que eu comandava a minha força. Eu só fazia o que queria" (p. 177). Esse vigor ressoa em vários componentes do enredo, repetido com maior ou menor intensidade em outras personagens.

É marcante a sensação de que a obra de Rachel de Queiroz nasce verdadeira, como um retrato vivo baseado na pesquisa, na observação, num reflexo da tendência neo-realista do momento. Mas, por mais que a descrição da realidade e dos acontecimentos possa indicar camadas ideológicas e críticas (que obviamente existem), a primeira pretensão de *Memorial de Maria Moura* é a de envolver o leitor, com um bom relato de aventuras. Rachel de Queiroz seguiu o antigo e sábio preceito do filósofo Horácio, quando dizia que a finalidade da arte deve ser ensinar através do prazer.

Tércia Montenegro
Escritora, fotógrafa, professora da Universidade Federal do Ceará e autora de *Rachel: o mundo por escrito*.

1
O Padre

Ouvindo o tiro, eu me apeei do cavalo. Então, tinha chegado o lugar. Saí do caminho, puxando o Veneno pela rédea, meti-me pelo mato já zarolho, àquela altura de julho.

Outro tiro. Não devia ser comigo – quer dizer, apontando contra mim. Talvez estivessem fazendo exercício de pontaria. Distante, escutei o latido de um cachorro. E, de tão exausto que estava, sentei-me debaixo de uma moita e estirei as pernas no capim seco do chão.

Se eu chegar na frente da casa, a descoberto, podem me receber com fuzilaria, pensando que sou um atacante. Se fico quieto, eles acabam me achando e me levam vivo. Vão querer descobrir o que eu vim fazer por aqui.

E aí eu peço que me levem para falar com a Dona. Digo que nós dois somos conhecidos velhos... E não somos?

Bem, ela deve se lembrar da confissão. Não é todo dia que se faz uma confissão daquelas. Ela tem que se lembrar.

A MANHÃZINHA NA IGREJA, quase escura ainda. A moça ajoelhada, falando com voz rouca:

– Padre, eu me confesso porque pequei... Cometi um grande pecado... O pecado da carne... Com um homem... O meu padrasto! E o pior é que, agora, eu tenho que mandar matar ele...

Pela grade do confessionário dava para enxergar alguma coisa. Ela parecia nova, talvez até bonita. Falava frio, sem raiva descoberta, mas decerto com um ódio muito grande no coração. Fiquei agitado – excitado? – e muito assustado. Mas consegui dizer:

– Tirar a vida dos outros é um crime muito maior que o pecado da carne, minha filha. Quem é esse homem?

Ela primeiro engoliu em seco, depois disse o nome. Mas fez isso sem querer, pois, quando entendeu o que dissera, quase gritou de raiva:

– O senhor fez eu dizer o que não devia. O nome dele, não! Foi iludição sua! E agora, vai me denunciar?

Baixei mais a voz:

– Calma, minha filha, calma. Lembre-se de que está garantida pelo segredo de confissão.

Ela se levantou num repelão, tapou o rosto puxando a mantilha. E disse esta única palavra:

– Tomara!

Como se fosse uma ameaça. Saiu em passo duro, martelando as lajes da igreja com o tacão do sapato.

Me lembro de que não me levantei, não tive reação nenhuma. Fiz foi esconder o rosto entre as mãos e me pus a gemer: "Meu Deus, meu Deus! Como é que um pecador pode absolver os pecados de outro pecador?"

E AGORA, TANTOS ANOS passados, tantos anos. O homem, o tal padrasto, morreu mesmo, numa tocaia. E eu nem morri, como pensava. Sofri, penei, fugi. Corri tanto. E agora estou aqui, exausto de tanta fuga, de tanta correria desesperada.

Olhei para mim mesmo, ali, sentado no chão, a roupa de brim pardo, as grossas botas reiunas, o lenço no pescoço. Tudo surrado e encardido. Passei a mão pelo bigode de pontas caídas, pela barba, pelo cabelo que chegava quase aos ombros.

Sem a batina, com esta cara de hoje, ela não me reconhece. Mas o meu nome ela sabe. Todo mundo sabe o meu nome, naquele lugar. E pode nem ter me visto direito, encoberto na sombra do confessionário. Minha segurança é que os cabras dela não vão matar um desconhecido. Primeiro, vão querer saber quem eu sou. E o que eu vim fazer neste fim de mundo. Nesta Serra dos Padres, 'dos Padres', imagine só.

Sentado debaixo da moita, perdido nas velhas lembranças, no braço a rédea do cavalo que retouçava o capim seco ao redor, nem vi quando os dois homens chegaram: um caboclo escuro e um branco amarelo, de bigode ruivo.

– Ei, meu senhor! Que é que vossemecê está fazendo aí?

E o outro:

– É tocaia? Contra quem?

O caboclo me tomou a rédea do cavalo, o ruivo me puxou, cabeça acima, a bandoleira da velha espingardinha. Depois me retirou ainda a faca da cintura.

Acho que não me bateram porque viram que eu não era um cabra à toa, estava calçado, roupa velha mas regular. Me levantei devagar, abri os braços para eles verem que eu não trazia arma escondida, e aí pedi:

– Quero falar com a Dona Moura.

Os homens me olharam, o ruivo riu-se:

– Ficou maluco? Quem é vossemecê?

– Quero falar com ela. Só digo a ela.

Os homens se puseram atrás de mim e um deles me tocou no ombro, meio bruto, com a coronha da arma:

– Vamos. E é marche-marche. Se não quiser que a gente lhe quebre de pau.

SAINDO DA MOITA, tomamos pelo caminho estreito por onde eu viera, ao deixar a estrada. Andamos mais um pouco, até que pude ver o que já entrevira a distância. No fundo do pátio aberto, a casa atarracada ficava à frente de uma espécie de barreira formada por dois serrotes, um maior outro menor, e que eram os contrafortes de Serra dos Padres, erguendo-se em pedra, logo atrás. E, isolando a casa, enquadrando o grande terreiro à frente, uma cerca de faxina, alta de oito palmos, toda feita de mourões grossos, como paliçada em aldeia de índio bravo.

O portão tinha corrente e cadeado, mas estava entreaberto, decerto o abriram para dar passagem aos dois homens que foram me pegar; e aberto ficou, para facilitar a volta deles.

Lá dentro a casa – e me dá vontade de dizer 'as casas', porque não era um corpo de casa, só. Na frente se adiantava o alpendre do que devia ser a casa grande. Em redor saíam telhados e paredes de todos os feitios, que decerto serviam de morada para a cabroeira, de paiol para o legume seco, o quarto dos arreios, depósitos.

Do lado de fora da cerca alta, o curral do gado, o chiqueiro da criação.

Tudo limpo e tratado, parecia mesmo uma fazenda igual às outras, não fosse aquele jeito quase de quartel.

O caboclo levou o cavalo arreado, com a minha mesquinha bagagem amarrada na garupa. O homem ruivo mandou que eu ficasse quieto, encostado à parede. Encostou-se ele também a uma coluna e também ficou quieto, esperando e vigiando.

E então apareceu a Dona. Calçava botas de cano curto, trajava calças de homem, camisa de xadrez de manga arregaçada. O cabelo era aparado curto, junto ao ombro.

Alta e esguia, podia parecer um rapaz, visto de mais longe. A cara fina seria mais bonita não fosse o ar antipático, a boca sem sorriso.

Fiz um esforço para descobrir naquela criatura nova a jovem penitente zangada, de tantos anos atrás.

Ela perguntou, muito seca:

– Quem é o senhor? Tem negócio comigo?

– Eu realmente disse que desejo falar com a senhora. Mas peço um particular.

2
Maria Moura

Meu Deus, eu creio que me lembro dessa cara... É branco, usa roupa diferente, deve ser gente da rua. Que é que ele está dizendo? "Eu peço um particular..."

Não sei por que, engraçado, tive medo. De que cemitério me saiu aquela assombração? Muito amarelo, eu diria até descarnado, a roupa mais ou menos, mas velha e suja.

– Que é que o senhor quer comigo – e num particular? Que eu saiba, não tenho segredo nenhum com vossemecê.

Ele só fez um sorriso e eu fiquei mais curiosa. Falei para João Rufo:

– Vá esperar no portão, João Rufo. Mas fique de olho.

Quando João Rufo se afastou o homem olhou para mim, bem nos olhos, e disse devagar, em voz baixa:

– Queria saber se a senhora se recorda de uma confissão. Faz tempo, se lembra? "Padre, eu cometi o pecado da carne com o meu padrasto. E agora vou mandar matar ele..."

O que me valeu naquele instante foi a raiva que me veio diante de tanto atrevimento. Mas assim mesmo o sangue me fugiu da cara, me deu um aperto no estômago. Tentei fingir que não me lembrava de nada.

– Não sei do que está falando. Nem me lembro de confissão nenhuma. O senhor estará doido? Nem me disse como se chama.

Ele parecia muito seguro, me olhava dos pés à cabeça, até fazia um ar de sorriso. E insistiu:

– Sei que se lembra. A senhora devia ser muito mocinha, mas sei que se lembra. O assunto era sério demais. E, sobretudo, porque logo depois mataram o homem – Luís Liberato.

Eu aí me obriguei a fitar a cara dele, bem de frente, procurei fingir que, só depois de olhar bem, recordava aquela manhã na igreja.

– É verdade, mataram. E vossemecê não será o padre que me arrancou o nome do homem? Bonito segredo de confissão!

O padre (o coração já me dava certeza de que era mesmo o padre que estava ali) cruzou os braços no peito e falou muito sério:

– O segredo foi guardado. Desta boca não saiu uma palavra, a senhora há de saber disso muito bem. O povo deve ter desconfiado, mas nunca se soube. Parece que nem mesmo o matador falou.

Senti ainda mais raiva e medo. Fiquei sem saber o que ele queria com aquela ameaça disfarçada. E cortei a questão:

– O matador também morreu, logo depois. Era mais seguro.

Ficamos nós dois calados um momento. E em seguida eu disse:

– E o senhor? Também está com vontade de morrer?

O padre se desencostou da parede, deu um passo à frente e o cachorro rosnou para ele.

– Acalme o seu cachorro. Eu não vim aqui ameaçar ninguém; pelo contrário, vim pedir proteção.

– Mas logo o senhor? Um padre! Que espécie de proteção?

– Sua casa, sua confiança, sua ajuda. Antigamente se chamava isso 'direito de asilo'. Pois eu vim lhe pedir asilo. Não sou mais padre, há anos. Larguei a batina. Também fiz uma morte, ando fugido já faz muito tempo.

Encarei o padre de novo:

– O seu segredo pelo meu?

Ele aí abriu os braços:

– Se a senhora quiser assim. Mas eu vim de graça, sem cobrança nenhuma. E posso pagar o que comer. Escrevo as suas cartas, faço as suas contas... Não precisa – nem deve – contar a ninguém que eu sou padre, mas posso batizar as crianças que nascerem, ajudar os doentes a morrer... E então?

Resolvi depressa. O perigo menor era deixar que ele ficasse. E se não desse certo, era mais fácil acabar com ele em casa, do que sair atrás, depois que ele botasse a boca no mundo.

– Está bem, mas tem que ficar sendo um cabra da Casa Forte, igual aos outros. Tem que seguir o meu regulamento. Anda com arma?

– Andava. Os seus homens tomaram uma espingardinha velha, uma faca.

– Está bem, quando for tempo, vai ter as suas armas. As da casa. Vou mandar o João Rufo lhe arranjar um canto para dormir. Tem um quarto vazio, me lembrei agora. Fica melhor para o senhor.

E o padre:

– Deus lhe pague, Dona Moura.

– Não bote nada pra Deus. Não deve ter muito prestígio com ele. O senhor mesmo me paga, vai ver. Eu dou, mas exijo.

E ele não tornou nada, fez de novo o ar de sorriso, bateu nas pernas com o chapelão surrado. Eu já ia chamando o João Rufo, quando me lembrei:

– E o seu nome? Que nome vai usar?

– Pra eu poder batizar os inocentes e ajudar os moribundos, é bom que me chamem de Beato. Assim ninguém estranha. Eu já venho pensando nisso há algum tempo.

– Mas Beato o quê? Beato só, não é nome.

– Que tal Beato Romano? Me lembra a Igreja Romana. É sempre uma homenagem.

Eu queria me livrar da presença dele. Me sentia muito confusa, na verdade, assustada.

– Está bem, fica por Beato Romano.

Chamei João Rufo, dei as ordens, os dois saíram.

Naquele dia, na igreja, eu mesma nunca entendi por que fui me confessar. Talvez só para tomar coragem. De certa forma, quem sabe, para botar Deus do meu lado. Era uma espécie de recurso desesperado, eu não sabia o que fazer de mim. Só o que sabia era que tinha de matar o Liberato. Falei com o padre no pecado da carne, mas o que eu temia mesmo não era o castigo do pecado... Eu tinha medo que o Liberato me matasse, como matou Mãe. Primeiro tinha sido Mãe. Agora ia ser eu.

E então, por que não morrer ele? eu indagava de mim, naquele terror que não me largava, com o vulto enforcado de Mãe sempre defronte dos olhos. Por que não ele?

O pior é que eu não podia falar com ninguém, nem tinha ninguém com quem falar, se pudesse. E já ia ficando com medo de acabar louca.

Por isso é que fui desabafar no confessionário.

3
O Beato Romano

Saí dali zonzo. Tinha sido fácil demais. Meu Deus, eu que pensava ir encontrar uma fera – encontrei o quê? Um chefe de bando, um comandante, uma sinhá governando a sua senzala?

Ela mandou que o João Rufo me arranjasse uma rede. Jogaram no chão a trouxa que eu trazia e o João Rufo disse:

– Tome os seus molambos!

Mas falou quase como se fosse uma prosa, uma brincadeira. Via-se que não estava seguro a meu respeito; no começo me tratou com pouco caso, arrogante, mas agora parecia desconfiado. Não sei se engoliu a história do Beato Romano; eu não tinha chegado ali com roupa de beato, mas de calça e blusa, como um homem qualquer. E a espingardinha velha não era de cabra de respeito, a faca só servia pra picar fumo. Que é que eu vinha fazer para a Dona Moura, se não era um guerreiro?

E João Rufo chegou a me fazer essas perguntas, enquanto eu atava as cordas da minha rede. Pequena e ruim, por sinal. Me deram também um prato com pirão de peixe cozido, e um taco de rapadura.

Eu ainda pedi ao homem notícias do meu cavalo.

– Se não morrer de tão estropiado que está, vai engordar solto. Ainda tem por aí muita capoeira com pasto.

Na rede, onde eu caí, não devia parecer um adormecido, mas um defunto em caminho da cova. Só de ceroulas, sem camisa, o calor tão forte... Queria pensar, mas morria de cansado. Deus do céu, o que iria pela cabeça da Dona? Lembrar, ela lembrou tudo, disso eu tenho certeza... Mas a minha dúvida é outra: que é que ela vai fazer de mim? Não sei se acreditou na minha história e se a aceita. Quem sabe me mata?

Ora, se quisesse me matar já tinha feito... Mas, por outro lado, para que ela vai me querer vivo? Que serventia eu posso ter, nesta praça de guerra? Talvez ela ainda mande os cabras me darem um aperto. E pode ser que eu aguente. Afinal, mesmo debaixo de confissão, não posso dizer nada que interesse à Dona. Nada. Toda a minha tragédia se passou depois que ela foi embora. Na gente com quem eu andei e ando, ela nunca ouviu nem falar. Gente sem poder... sem dinheiro... sem força... Deus do céu, creio que, pelo menos por agora, eu já posso dormir.

4
Maria Moura

Ah, daquele tempo para cá, eu mudei muito. Imagine se agora eu ia me ajoelhar aos pé daquele padre!

Me confiei no tal segredo de confissão, de que Mãe falava com tanta fé.

É verdade, pelo que me disse, que ele guardou o segredo. Guardou o segredo da minha confissão, realmente. Mas como eu já falei, a gente muda. Naquele tempo eu pensava que o padre ia achar o pior de tudo o pecado da carne. O pecado da carne com o meu próprio padrasto! – que aliás nem padrasto era, já que nunca se casou com Mãe. Só era mesmo amigado com ela, como o povo dizia.

Hoje, o que eu mais quero, é deixar o passado pra lá. Afinal, só na hora da morte é que é preciso a gente pensar nos pecados.

Já o que me interessa mais, hoje em dia, é a segurança. Meus ouros, meu dinheiro escondido. Estes anos todos de luta, muita luta. E este retiro que eu posso garantir a quem precisa. Como estou garantindo a esse padre... Padre, não, tenho que me acostumar... Beato Romano. Preciso arranjar uma batina pra ele: aquele camisolão azul dos beatos, um cordão de São Francisco na cintura. Bigode, barba, cabelo comprido ele já tem.

Quantos anos eu tinha, naquele tempo? Dezessete? Era. Minha mãe amanheceu morta, enforcada, perto da cama que ela repartia com ele, o Liberato.

Eu que descobri. Minha mãe morta, enforcada no armador da parede. Em redor do pescoço, um cordão de punho de rede, os pés a um palmo do chão, o rosto contra a parede. Tombado no tijolo, o tamborete em que ela subiu para acabar com a vida.

Vendo aquilo, eu soltei um grito que me rasgou a garganta e o peito. E me agarrei com Mãe; ela já estava fria, o corpo duro. Gritando sempre, abraçada com ela, me parecia que eu estava afundando num poço sem-fim, na escuridão, apavorada.

Hoje, dessas horas, eu me lembro mais do medo do que da dor. Medo, sim, maior que a dor. Mãe se matar por ela mesma e escolher aquela morte horrível. E por que, minha Nossa Senhora, meus santos do céu, por quê?

Ouvindo os meus gritos, o pessoal da casa correu. Chiquinha e Zita, as meninas da cozinha, se puseram a gritar também, até que João Rufo chegou e amainou a gritaria e a prantina.

Ele puxou a faca e cortou o cordão do enforcamento. Eu já estava caída no chão, de joelhos, gritando sempre, batendo com a cabeça nos ladrilhos. Vi quando João levantou Mãe e carregou com ela para a cama, deitou Mãe no colchão, com todo cuidado, como se fosse uma criança.

Eu me arrastei nos joelhos até aos pés da cama, João Rufo ia cobrindo o rosto de Mãe com a ponta do lençol, mas eu puxei a mão dele e gemi:

– Deixa eu ver. Eu quero ver o rosto dela!

João Rufo ainda tentou me impedir:

– Não olhe que não está bonito, Sinhazinha. Vai ficar impressionada...

Olhei e fiquei, não só impressionada, mas apavorada. Apavorada pelo resto da minha vida. Nas noites de pesadelo, que eu hoje ainda tenho, só que mais espaçadas – sonho com aquela cara de enforcada, a face roxa, os olhos estatelados, a ponta da língua saindo da boca. Ai meu Deus, valei-me! Todos os santos, valei-me! Era só o que eu gemia, sempre ajoelhada, sem poder me despregar da borda do colchão, o rosto enterrado nos panos da cama.

Me trouxeram um chá, me arrastaram à força para fora do quarto, me deitaram no banguê de couro da sala.

João Rufo e as meninas ajeitaram a roupa de Mãe, cobriram o corpo e o rosto com uma colcha, acenderam duas velas.

Mandaram chamar o padre. João Rufo disse ao velho Eliseu que também era bom ir avisar o delegado, na vila.

Nessa voz de delegado, eu levantei a cabeça e quis saber – por quê?

– Bem, Sinhazinha, pelo que parece, a Dona se acabou com as próprias mãos dela. Mas, e se não foi? Ela não deixou bilhete, nem falou com ninguém. Ninguém viu a Dona chorando, nem questionando com pessoa nenhuma.

Eu perguntei:

– E o Liberato?

– Também não se pode acusar o seu Liberato. Ele está viajando faz três dias. Foi a negócio, se lembra?

É. Eu não podia culpar o Liberato. E ele só chegou passados mais dois dias, depois que o padre veio dar um perdão e se fez o enterro no cemitério da Vargem da Cruz. Enterro que nem pôde ser no sagrado, na cova de Pai. Mãe se enterrou em cova separada (o padre explicou), suicida morre em pecado mortal. Não se pode nem dizer missa por eles; só pedir que sejam perdoados pela Divina Misericórdia.

Foi a primeira vez que eu vi aquele padre. Padre José Maria. Moço, tristonho, de pouca fala, ninguém ia dizer que estava ali um padre.

FIQUEI TRANCADA no quarto chorando, no escuro, me sustentando com chá e caldo, até que o Liberato apareceu.

Já ele tinha sabido de tudo, ao passar pela vila. Chegando no Limoeiro, mal saltou do cavalo, subiu o alpendre correndo, entrou pela casa perguntando por mim.

Eu continuava deitada no meu quarto, no escuro, o rosto coberto pela varanda da rede.

Ele empurrou a porta de arranco, veio direto a mim, se curvou, me pegou as duas mãos e disse que tinham contado a ele, logo na entrada da vila. A mulher do bodegueiro fez sinal para ele parar e avisou de tudo.

– Eu não sei como também não morri do susto. Quem diria, um horror assim. Se ela ao menos bebesse, podia ser coisa de bebida; mas nunca vi aquela criatura botar uma gota na boca! Que é que você acha, minha filha?

Eu só podia gemer, cobrindo com as mãos os olhos:

– Não sei, não sei!

Ele então se ajoelhou ao pé da rede, tirou o lenço do bolso, enxugou meu rosto, me deu um beijo na testa:

– Coitadinha, coitadinha.

Não parou mais o carinho comigo. Nem Pai faria tanto. Mandava preparar um caldo de sustância, para me levantar as forças. Caldo que ele mesmo vinha me dar na boca, às colheradas. "Coitadinha da bichinha..." e até me embalava na rede, ao entrar no quarto e me ver sempre imóvel, tão desolada.

Assim, com a falta de Mãe, fui-me acostumando à presença dele.

O povo de fora não estranhava que ele continuasse no Limoeiro. Desde tanto tempo a gente morava junto, e ele explicava para as pessoas:

– Coitadinha, pode-se dizer que fui eu o pai que ela conheceu.

Eu nem tinha coragem de contrariar quando ouvia o Liberato dizer isso, mas não era bem a verdade. Quando Pai morreu, eu não era tão pequena assim. Nunca me esqueci de Pai; imagina, eu considerar Liberato meu pai! Meu pai, esse vivia fechado no meu coração, sozinho.

Uns dias passados, comecei a dormir no quarto de Mãe, me deitando na cama que foi dela. E como Zita e Chiquinha dessem de se admirar por eu não ter medo, eu me aborrecia:

– Como é que vou ter medo de minha mãe? Só porque está morta ela vai me querer mal? Onde quer que ela esteja, eu sei que só procura o meu bem.

Aquele quarto, aquela cama, o baú, a santa na parede, era só o que me restava dela. Da pessoa dela.

No meio da noite eu escutava o Liberato chegando da vila, as esporas tinindo no ladrilho. Ele via a réstea de luz da candeia, acesa no meu quarto, às vezes com o pavio quase apagando. Batia de leve na porta, com os nós dos dedos, entrava sem me dar tempo de responder. Se chegava de manso, indagando se eu estava bem, se não morria de calor, assim toda embiocada na coberta. Puxava o pano do meu rosto, ria quando eu resmungava.

– Parece criança pequena!

Bem, a noite escura é traidora. Como é que Mãe dizia para afastar a tentação? "Valha-me a Virgem Puríssima!" Mas a Virgem Puríssima não me valeu.

Afinal, ele era um homem bonito; devia ser mais novo do que Mãe. Pelo menos parecia, e era o que dizia todo mundo.

Sempre no escuro, nunca de dia – isso era ele. Ah, bem se diz, carinho não dói. E talvez, desde menina, no fundo do coração, eu tivesse inveja de Mãe: aquele homem enxuto de corpo, branco de cara, cabelo crespo, mostrando os dentes sem falha quando se ria.

Começou mais como uma brincadeira. E aos poucos, bem aos poucos, é que foi ficando uma brincadeira perigosa.

Devagar, devagar. Os carinhos se tornando cada noite mais atrevidos, se adiantando, indo longe demais.

E eu só sei que nem cheguei bem a ter remorso, parecia tudo até natural. Durante o dia não transparecia nada, pelo menos era o que eu supunha. O que se passava durante a noite era uma espécie de mistério; como as coisas que a gente faz sonhando e não tem culpa.

Já tinha se passado bem uns seis meses da morte de Mãe, já tinha se desvanecido dos meus olhos o vulto do corpo pendurado, a visão daquele rosto horrível que não era o dela, quando, certa noite, ele chegou trazendo um papel enrolado, que era para eu assinar. Explicou com poucas palavras que, sendo eu de menor idade, não ia ser capaz de tomar conta da herança de Mãe. Daí, Mãe também não entendia de negócios; e só de teimosia, não concordou em casar com ele e lhe passar a propriedade.

– Mas eu não me importei com essa ingratidão, continuei a fazer tudo pela sua mãe, pensando no bem da filha...

Passou a mão no meu cabelo, me deu um beijo na testa:

– Já nesse tempo o meu bem-querer todo era pra você. Eu de boa vontade servia de feitor no sítio, brigava com os vizinhos por causa das extremas; aturava as impertinências de João Rufo, que se arrogava de fiscal do finado...

E continuava:

– Ah, foi um acaso muito infeliz eu ter passado aqueles dias longe de casa. E, na volta, já encontrar sua mãe morta e enterrada; e eu tinha viajado justamente para procurar uns documentos, as escrituras velhas do tempo do seu avô... É que eu tinha prometido a ela que ia enxotar aqueles seus primos das Marias Pretas, sempre inventando desavença, encrenca... E agora, ela morta, e eu sem uma procuração completa – o escrivão disse "uma procuração bastante" –, não posso fazer nada mais pelo que é seu...

O pior é que eu, tal como Mãe, não queria assinar nada. Ademais, em se tratando das escrituras do Limoeiro, eu não podia mesmo assinar coisa nenhuma. Estava tudo em demanda com os primos das Marias Pretas. Eram três as partes dos herdeiros do Limoeiro; e cabendo cada parte a cada um dos irmãos, filhos do meu avô materno. Esse inventário andava em juízo para mais de vinte anos. A gente ocupava o sítio na raça. Pai dizia que o direito era nosso e, até então, ninguém tinha conseguido nos tirar de lá.

Já as outras terras, que a gente tinha certeza que eram nossas, ficavam nem eu sabia mais a quantas léguas, sertão adentro. E reaver essa posse era o sonho do meu avô por parte de pai, e depois de morto o Avô, passou a ser o sonho de Pai, filho dele.

De começo era terra de índio. Mais tarde os padres da Companhia chegaram por lá e amansaram umas aldeias de bugres da serra, que por isso ficou sendo chamada 'Serra dos Padres'. Levantaram uma capela de taipa. Contava o Avô que, anos e anos depois dos padres terem ido embora, os índios ainda tocavam o sininho e se reuniam na capela para rezar. Também contavam – o Avô não viu, mas tinha testemunhas – que até um dos índios fingia dizer missa, enrolando uma linguarada como se fosse latim.

Não se sabe como se armou a desavença entre os padres e os índios. Mas, um dia, um índio matou um padre, a flechadas. O outro padre conseguiu fugir e apareceu muitos meses depois num povoado da Bahia, em caminho de Jeremoabo, onde ficava a Casa de Oração deles. E, no remate de males, se conta que o Pombal, lá do reino, mandou prender tudo que era padre no Brasil. Os da Bahia foram junto: todos os padres mandados a ferros para Lisboa.

Os índios, sozinhos, ficaram brigando uns com os outros, como é uso deles. Morreu muito bugre, parece que o lugar se tornou amaldiçoado pra eles, por causa da morte do padre.

E quando a aldeia acabou deserta, quer de padre, quer de índios, começou a se espalhar a lenda de um tesouro que o derradeiro padre tinha enterrado debaixo do altar na capelinha. Foi atrás disso que chegaram os primeiros invasores, escavacaram tudo e não encontraram nada. E nem podiam encontrar, dizia o avô, porque o tesouro dos padres – frascos de ouro em pó, cálices e ostensórios de prata e ouro – tinha sido enterrado, sim, mas na Casa de Oração de Jeremoabo. Lá é que era a sede dos padres, antes da deportação. Muita gente, até mesmo o Avô, chegou a sonhar com esse "haver encoberto" (era assim que ele dizia). E os que viram o tesouro nos sonhos falavam que era exatamente igual ao que se contava do ouro em pó e dos vasos sagrados.

Anos depois, meu avô, não sei como nem na mão de quem, veio a comprar de um herdeiro uma parte da sesmaria doada pelo rei a uma tal de Fidalga Brites, na Serra dos Padres. O Avô fez isso aventurando e eu nem sei mesmo se dinheiro chegou a passar de mãos, nessa compra. O velho acabou por reunir um grupo pequeno de índios mansos, que lhe apareceram fugindo de um ano ruim, e com eles foi descobrir o lugar onde ficavam as suas terras, adquiridas do tal herdeiro da Fidalga Brites. No meu pensar, a ideia dele seria mesmo procurar pelas botijas dos padres. Podia ser loucura – e era – mas o povo é doido por história de ouro enterrado, botijas cheias de moeda; muita casa já foi abaixo por causa de gente que sonhou com dinheiro enterrado pelo dono morto.

Afinal, só debaixo da terra é que se pode mesmo esconder a riqueza. Eu, de mim, vou sumindo com o que tenho, no meu bom esconderijo. Podia até imitar os senhores do tempo antigo que mandavam fazer o trabalho por um escravo e depois matavam o negro. Eu, já não seria capaz de matar quem me servisse. Mortes que já fiz foi em caso extremo, era sempre ou eles, ou eu.

ASSIM FOI A MORTE do Liberato, meu padrasto. Pois no que eu me neguei a assinar a tal procuração, que é que ele fez? Começou a me ameaçar encoberto. Dizia: "Quando uma pessoa se mata, sempre haverá um motivo... Tua mãe, teria um motivo?" Mais tarde voltava ao assunto: "Por acaso, teria sido ela mesma que se matou? Talvez nem fosse..."

Eu ia ficando muito assustada com aquelas charadas do Liberato, e acho que qualquer pessoa ia também se assustar.

Comecei a pensar de novo naquele horror todo, procurando na minha cabeça algum ponto esquecido, mas importante, do acontecido.

Podia muito bem – por exemplo – o Liberato ter fingido aquela viagem. Quem sabe ele só andou uma parte do caminho, voltou na calada da noite, entrou no quarto pela janela que tinha o fecho quebrado (ele sabia do desmantelo do ferrolho, dormia toda noite naquele quarto) e se enfiou pela cama dizendo mansinho que tinha tido saudade... Eu conhecia muito bem a tentação dele. E quando apanhou nos braços a pobrezinha de Mãe, descuidada e amorosa, foi só lhe dar uma pancada para desacordar, e aí bastava arrancar os cordões do punho da rede, pendurar Mãe no laço. Com ela, tão magrinha, leve, ficava fácil. Tudo muito fácil.

Assim, ele podia fazer o mesmo comigo. Tal e qual. Ele mesmo me falou nesse jeito conhecido de se desacordar uma pessoa com uma batida no queixo: "Depois é só pendurar na corda, o pescoço estala com o peso do corpo – se quebra como um pescoço de passarinho..."

Fiquei morrendo de medo, me arrepiei toda, gelei. Então foi assim que ele matou Mãe! E naturalmente matou porque ela, tal como eu, não queria assinar a procuração.

Eu não podia ter mais dúvida: pelas palavras mesmo da boca do Liberato eu sabia: tinha sido ele o matador. E se ainda duvidasse, me bastava ver os olhos duros que ele me botava, ainda que fazendo carinho no meu corpo. Ele, a bem dizer, tinha confessado. Não disse mais explicado porque não precisava; afinal eu não era assim tão burra. Podia ser tola, mas burra não era.

E o pior é que ele sabia que eu sabia muito bem que ele estava sabendo. É enrolado, mas era isso mesmo que eu pensava.

A sorte minha foi que, mesmo debaixo daquele medo, eu não fiquei sem ação e resolvi me defender. Nas mãos dele eu já estava, e pra não ter a sorte de Mãe, tinha que atacar, antes que fosse tarde. Era ou ele, ou eu.

Mas, embora resolvida, que é que podia fazer? Sozinha, nada. Como é que ia poder lutar contra aquele homem, um monstro de homem, duas vezes o meu tamanho?

E logo ele, já acostumado a matar. Agora, então, devia se sentir seguro da impunidade. Ali estava a rede com os seus punhos, ali estava o armador, ali estava o meu pescoço fino. Tal e qual o de Mãe... Trac!

E ele podia alegar que era mal de família, que eu tinha puxado a loucura de Mãe, mania de morte – tal mãe, tal filha.

Ai, eu tinha que procurar ajuda. Chiquinha e Zita, as minha cunhãs? Nem pensar. Como é que iam enfrentar o Liberato, se já morriam de medo dele? As duas juntas chegaram a me dizer, chorando, quando Mãe morreu, que aquilo só podia ser obra 'Dele'. Falavam no Liberato como se fala no diabo, sem dizer o nome, só 'Ele'. E se não fugiam é porque tinham pena de me deixar sozinha e também porque tinham mais medo ainda de que ele as pegasse pelos caminhos.

João Rufo? Não, não. João Rufo nasceu no Limoeiro, filho do vaqueiro Rufo. Era afilhado de Pai; e Pai, na hora da morte, lhe recomendou que tomasse conta de nós duas, Mãe e eu. Deus e todo mundo sabiam disso. João Rufo era perto demais de mim. A mão com que ele matasse, era o mesmo que ser a minha própria mão. Seria João o primeiro acusado.

Corri na memória todos os conhecidos – que eram muito poucos. E já estava desanimando, quando de repente me lembrei de Jardilino, caboclo novo, campeiro do pouquinho gado que ainda restava no Limoeiro.

Jardilino me comia com os olhos, posso dizer. Eu sabia, sentia; naquela altura o Liberato já tinha me ensinado a lidar com homem. Como toda sinhazinha bem ensinada pela mãe, para nós, caboclo não era homem, era traste da fazenda. É, mas eu agora trazia os olhos abertos e podia enxergar o Jardilino como homem. Mãe tinha nojo de gente escura. Eu não. Jardilino era escuro mas era limpo, tinha todos os dentes na boca. Quando vinha trazer algum recado de João Rufo e pensava que eu estava distraída, pegando o dinheiro ou escrevendo as compras no caderno da bodega, ele ficava com os olhos grudados em mim e tomava um susto quando eu falava. Uma vez chegou a soltar um suspiro.

E eu não tinha mais nada da mocinha boba do tempo de Mãe. Sabia muito bem o que um homem quer da gente – mesmo sendo um caboclo como o Jardilino.

Logo na primeira ocasião em que pude falar sozinha com ele – era de noite, nós dois sentados no parapeito baixo do alpendre, provoquei

Jardilino a tomar algumas liberdades comigo. O Liberato tinha ido à vila, beber e jogar com os pareceiros, como fazia sempre. Botei a minha mão em cima da mão de Jardilino, e ele logo virou a mão dele e apertou a minha. Depois, ainda meio assustado, me espiando com o rabo do olho, levou minha mão à boca e se pôs a mordiscar os meus dedos, de leve, de um em um. Quando encontrou os meus olhos, ainda tímido, eu sorri para ele e deixei que me beijasse o braço. Só então me levantei, para não parecer fácil demais. Além disso, a Chiquinha chegava, me chamando para o chá de capim santo com broa de milho, que se servia sempre àquela hora, costume velho desde os tempos de Pai.

No dia seguinte esbarrei com o Jardilino no curral. Acho que ele já me esperava, meio escondido atrás da cerca. Deixei que me abraçasse, me desse uns cheiros pelo pescoço e um beijo no rosto. Nesse ponto eu fugi, me desculpando:

– Pode vir gente.

Da terceira vez ele já me chegava mais atrevido; e eu, vendo que ele rondava por perto, de novo me sentei no parapeito do alpendre, como quem não quer nada. Jardilino me abraçou pelas costas, segurando os meus seios na concha das mãos; me beijou o pescoço, até que eu me virei, para ele me beijar na boca. Acho que o pobrezinho nem sabia dar um beijo assim; eu que fui ensinando, disfarçado. Eram as artes que eu tinha aprendido com o Liberato. Mas quando ele me foi enfiando as mãos pelos botões da blusa, eu lhe segurei o pulso e disse:

– Agora não, que eu sou moça. Assim, só depois do casamento.

Jardilino afastou as mãos, meio assombrado:

– E a Sinhazinha tinha coragem de se casar comigo? Um pé-rapado feito eu?

E aí eu expliquei, com muita simplicidade, que não era pessoa de orgulho. Por quem ele me tomava? Em mim, quem mandava era o coração. Jardilino perguntou então se o Seu Liberato levaria a gosto esse casamento.

Eu comecei a chorar. Soluçando, fui dizendo que aquele homem me perseguia e a intenção dele era tomar tudo que era meu. Queria até me tirar a honra, me botar perdida. E eu morria de medo dele.

– E olhe, Jardilino, o Liberato já está de olho em nós dois. Aquilo sabe farejar que só perdigueiro!

Parei um pouco, continuei:

– Posso te contar ainda mais: um dia desses, o Liberato vendo eu dar café aos homens e fazer um ar de riso pra você, quando lhe entreguei a tigela, o desgraçado me chamou de parte e me disse numa fúria: "No dia em que eu desconfiar de alguma amizade particular de você com outro homem, mato primeiro o cabra e depois você tem de se ver comigo..."

Isso era mentira, claro; pra começar, o Liberato nunca me tinha visto olhando para o Jardilino. Mesmo porque só muito ultimamente é que eu tinha reparado no caboclo. E, para rematar, para deixar tudo mais perigoso, segurei o rosto do rapaz entre as mãos e lhe dei um beijo na face.

Jardilino escorregou para fora da mureta, fez um rodeio pelo mato, sumiu. Eu também sumi para o quarto, me enfiei na minha rede.

Nessa noite o Liberato chegou em casa tão bêbedo que nem me procurou. Caiu de borco, direto, na cama velha de Mãe.

Dois dias depois, na primeira vez em que pôde falar comigo, Jardilino me disse no ouvido:

– Que é que a Sinhazinha achava se eu matasse ele?

Eu me benzi, fazendo de assustada:

– Credo em cruz, Jardilino, matar um cristão?

– Aquilo é lá cristão! Matar aquela criatura é o mesmo que matar uma jararaca. Escute, Sinhazinha, tem muita gente que até jura: se ele não fez com as próprias mãos, com certeza mandou alguém matar a senhora sua mãe.

Eu escondi o rosto com os braços e comecei a soluçar:

– Ah, eu sempre desconfiei disso! Bem que desconfiava! E tenho tanto medo dele, Jardilino! Agora só falta mesmo ele me matar a mim!

Parei um pouco, tomei um fôlego forte:

– E, depois de mim, ele mata você, porque já deve ter desconfiado que eu lhe quero bem.

Dizendo isso, fui direto para dentro, deixando o caboclo pensando.

Na seguinte noite, Liberato tinha saído para caçar tatu, junto com dois homens e os cachorros deles. Aproveitei para fazer a minha cena com Jardilino:

– Tenho chorado muito, tenho rezado muito. Tanto que o Liberato, me vendo com os olhos vermelhos, veio me perguntar se eu chorava por causa de você. Está se vendo que ele sabe, ou, se não sabe de certeza, desconfia. O que dá na mesma coisa. Que é que a gente pode fazer?

Jardilino contou que já tinha pensado numa saída:

– Eu começo uma briga com ele, na bodega, ele vem em cima de mim, aí eu puxo a faca e acabo de uma vez com aquele velho descarado...

Eu me agarrei com o braço do caboclo:

– Não, não! Que é que adiantava isso? Você ia preso e eu ia junto, porque não havia de abandonar você... Tem que ser uma morte bem pensada. Uma espera... Longe de casa, de noite no escuro, que ninguém lhe veja... Numa hora que ele estiver andando só. Você podia se esconder numa moita e lhe mandar um bom tiro. Você sabe atirar?

– Atirar eu sei, mas arma é que não tenho. Uma que tive, perdi no jogo...

Eu fiz que pensava, depois fiz que tinha uma ideia:

– Já sei! Aqui em casa tem um bacamarte velho, que é mesmo do Liberato. Ele escondeu em cima do caixão da farinha, no paiol. Só eu sei que ele botou a arma lá, acho até que se esqueceu dela. Pelo menos nunca mais me falou a respeito, e quando uma vez eu perguntei por que ele não botava fora aquele traste velho, Liberato me disse: "Pode ser velho, mas tem serventia. É só dar uma limpeza, carregar e puxar o gatilho, que sai chumbo." E eu posso lhe dar o bacamarte, Jardilino.

Ele se alvoroçou:

– Quando?

– Pode ser ainda esta noite. Eu vou pegar a arma e pego junto os acompanhamentos, que ele guarda num saco, também no mesmo lugar: a pólvora, a munição, a pedra de figo de galinha. Tem também uma vareta. Só falta você arranjar as buchas, que podem ser até de capim seco...

Jardilino estranhou:

– Nunca pensei que Sinhazinha entendesse tanto de arma.

– Liberato me ensinou. Passou mais de uma tarde inteira, armando e desarmando o bacamarte, me ensinando como se faz. Ele acha que mulher deve aprender a se defender. Quando os homens andam fora, elas é que têm de dar a guarda. Isso ainda foi no tempo de Mãe. Mãe tinha horror a arma, não queria nem ver. Mas eu gostei e aprendi. Olha, Jardilino, se eu não faço isso com as minhas mãos, é porque não posso sair de casa e passar a noite na tocaia, esperando por ele.

O caboclo deu mostras de até se envergonhar por ter duvidado de mim:

– Deus me livre! Isso é serviço só pra homem! Sinhazinha pode me dar a arma ainda hoje?

– Quando as meninas se deitarem, eu vou no paiol e pego o bacamarte. Enrolo num pano e deixo ao pé do último degrau, na escada da cozinha. Você sai agora, na vista de todos, inventa que vai dormir. Deixa a noite correr um pouco, se levanta e vem, bem disfarçado, pegar a encomenda. O resto é consigo.

Na verdade, eu já tinha dado a limpeza no bacamarte, que parecia não apresentar defeito nenhum. Quando as meninas fecharam a porta do quarto, eu peguei a chave do paiol. Entrei lá, me trepei num caixote: lá estava a arma, como eu tinha guardado na véspera, enrolada na estopa, com a vareta ao lado. Abri o pacote, enrolei tudo muito bem, arma, vareta e munição. Verifiquei mesmo se tinha bastante pólvora no polvarinho; a munição dava para uma boa carga, a pedra dava faísca... Tudo em ordem. Ele só ia poder dar um tiro. Tinha que ser tudo ou nada. Se errasse, o Liberato pegava ele. Mas acho que, mesmo nesse caso, o meu caboclo não ia me denunciar.

Na saída, ainda sussurrei no ouvido do Jardilino:

– Quando você acabar o que tem de fazer, espere o tempo que for preciso e me devolva a arma. Bote no mesmo degrau onde achou, enrolada com tudo dentro, igual ao que eu fiz.

NA VÉSPERA DA MINHA conversa definitiva com o Jardilino, tinha me dado a ideia de fazer a confissão. Mãe dizia que o segredo de confissão é sagrado: o padre morre mas não descobre o que ouviu no confessionário. E aquela era uma sexta-feira, dia em que o padre, desde manhã cedo, esperava as beatas para a confissão.

Que será que eu queria com aquilo? Eu mesma não sei. Já estava certa de convencer o Jardilino a me livrar do desgraçado; talvez quisesse uma testemunha. Se a coisa estourasse, eu, em último caso, podia até liberar o padre do segredo e pedir pra ele sustentar na justiça que eu tinha os meus bons motivos. Tinha sido desonrada por aquele miserável – que ainda por cima era meu padrasto.

QUE ALÍVIO. Tudo se passou muito bem. Na noite da terça-feira, Liberato vinha da Vargem da Cruz, encharcado de genebra, tombando em cima do cavalo. O caboclo esperou escondido numa moita, à beira do lajeado, numa dobra da estrada. Me contou depois que só precisou dar um tiro, encheu ele de chumbo, bem na arca do peito. O desgraçado soltou a rédea e desabou no chão, já deve ter caído morto. Tiro de bacamarte é muito violento. O cavalo, acostumado com as quedas do dono, ficou parado, decerto esperando que ele tornasse. Era a meia légua da vila, já distante, ninguém escutou o tiro. Nem sequer eu, que estava de ouvido atento.

Aquela era a primeira vez em que Liberato saía, depois da caçada de tatu. Pensando bem, acho que ouvi, muito de longe, mais um estalido que um tiro. E só fui me certificar mesmo meia hora depois, quando enxerguei um vulto se esgueirando em procura da cozinha. Esperei um pouco. (Não queria me encontrar com o Jardilino!) Quando achei que ele já estava longe, abri a porta dos fundos: lá encontrei o enrolado da estopa, com a arma dentro. E todos os apetrechos: contei, não faltava um.

O mais de manso que pude abri a porta do paiol, empurrei o bacamarte para cima do caixão de oito palmos de altura. Para alcançar bem fundo, empurrei o pacote com a tranca da porta que encontrei encostada na parede. Esfreguei as mãos; tinha dado conta da tarefa até ao fim, com muito medo, é verdade, mas dei conta direito.

Jardilino já devia estar chegando em casa da mãe dele, caladinho: se fosse preciso, a velha podia até jurar que o filho tinha ido dormir bem cedo. Era essa a nossa combinação.

Só PELA MANHÃ acharam o corpo. O cavalo ainda estava por perto, paciente. Não se descobriu rastro na estrada. Jardilino tinha feito caminho por cima do lajeado, onde rastro não ficava; por isso mesmo ele escolheu aquele local para a espera.

Vieram buscar uma rede, puseram nela o homem, foram depositar na delegacia, na vila. O cabo declarou que aquilo devia ser obra dos muitos inimigos do seu Liberato: era gente demais que tinha raiva dele. Botaram especialmente para uns caçadores que ele andava ameaçando de enxotar a tiro.

Fizeram o enterro. Eu não fui, me declarei de nojo, e nem era uso moça de família acompanhar enterro.

O padre – o meu confessor – fez a encomendação do defunto. Pode ter ligado uma coisa com a outra, mas o caso é que não falou. Estava valendo mesmo o segredo da confissão.

UMA COISA COM QUE eu não contei foi com o entusiasmo do Jardilino. Eu pensava que ia poder segurar o caboclo só com agrados e boas palavras, mas que tolice a minha! Mal passada a missa de cova (a que eu também não fui) já ele estava no meu pé, querendo noivar abertamente e até marcar casamento.

E eu, casamento, imagina, casamento, que loucura. Que casamento, e logo com quem. Eu tinha que pensar era na minha herança; o nosso sítio do Limoeiro, dentro do distrito de Vargem da Cruz, boa terra de planta e cria, agora meio abandonado, é verdade. Só louco.

Comecei dando desculpas. Eu agora vivia sozinha, sem nenhuma mulher de idade que me fizesse companhia, só com as duas meninas tão novas quanto eu, a Chiquinha e a Zita. Não podia receber um namorado a qualquer hora. E o casamento? Ora, casamento, então ele não sabia que, depois da morte de Mãe, só podia haver casamento quando se acabasse o inventário?

E que o finado Liberato não tinha começado inventário nenhum, por causa de eu não querer assinar a procuração? Se eu casasse assim de repente, podiam até descobrir o que se passou e eu perder o que era meu. Além dele, Jardilino, ser preso.

Jardilino, sem se convencer, procurava me abraçar:

– Se não pode casar, a gente podia ao menos namorar escondido. Eu entro na fazenda de noite, bem disfarçado, ninguém vai me ver.

Menti que a Chiquinha dormia comigo no quarto. Ele exigiu que eu mandasse a menina embora para o quarto dela, junto com a Zita. E me apertava, me prensava e machucava, querendo me pegar de qualquer jeito. Por fim, já estava até me ameaçando:

– Quem chegou ao que eu cheguei, não tem mais medo de nada.

E me botava uns olhos estranhos, que me deixavam arrepiada.

Ah, eu não aguentava mais. Já estava me dando até nojo dele. O Liberato, pelo menos, só se chegava a mim lavado, botava até água de cheiro. Já o caboclo, no melhor dos casos, tinha mesmo era cheiro de índio.

Então, quando já fazia quase um mês dessa agonia, eu estava farta. Dali só podia ir pra pior.

Chamei João Rufo que, desde a morte do Liberato, me ajudava a tomar conta das coisas. Levei João para um canto, me fazendo de muito assustada:

– Eu ando com medo, João Rufo. Esta noite andou aqui um homem querendo arrombar a janela do meu quarto. Não vi quem era, mas dava para se escutar muito bem o fôlego curto dele. Botei uma vassoura escorando a janela e quando eu ameacei de gritar, me respondeu lá de fora, mas eu nem consegui reconhecer a voz: "Se acalme, meu bem. Eu vou agora, mas amanhã eu volto." (Tinha sido o próprio Jardilino que me deu a ideia de usar a janela).

– Quem será, João? Estou mesmo morrendo de medo. Depois de tudo que eu já passei! E agora, tão pouco tempo depois de matarem o meu padrasto... Será o mesmo assassino?

João Rufo ficou muito impressionado:

– É bem capaz de ser o mesmo sujeito que deu o tiro no homem. Então ele disse que volta hoje? Cabra descarado! Sinhazinha não teve mesmo condição nenhuma de descobrir de quem era a voz?

– Não. Não me parece que seja ninguém que eu conheça.

– Pois eu vou botar um cá te espero nele. Deixe só a noite chegar.

Me pediu emprestada a garrucha de Pai e eu disse que ela devia estar no baú grande de Mãe. Era lá que ela escondia a arma; tinha pavor de tiro, Mãe; não queria nem pensar que eu, menina, chegasse perto de uma garrucha.

Claro que achamos a arma. E eu pedi muito segredo a João Rufo: não queria escândalo. Podia ser até que o tal sujeito não voltasse, quisesse só me fazer susto.

Assim que João Rufo saiu, chegou Jardilino com as suas exigências. E eu então fingi que estava de acordo, que também não podia mais resistir. Afastei a mão dele e combinei:

– Agora não dá. Volte no tarde da noite, empurre a janela do meu quarto. Eu vou deixar só encostada.

DE NOVO TUDO se passou sem um erro. João Rufo, encostado no oitão, divisou o vulto do homem se aproximando, chegar perto, empurrar de leve a janela; levantar o joelho para subir um pouco e pular. O tiro pegou o caboclo pelas costas. João Rufo tinha boa pontaria, foi ensinado por Pai.

Assim morreu Jardilino, quase do mesmo jeito de que tinha morrido o outro, o Liberato com um tiro do próprio bacamarte dele. E a garrucha, meu pai devia ter deixado para defender a filha dos ataques de homem, que é coisa que não falta a mulher neste mundo.

SIM, EU ESTAVA livre dos dois, mas o povo falava. Falava muito; tanto um caso como o outro não podia ficar esquecido fácil.

E ainda tinha o primeiro crime, o que matou Mãe. Verdade que, desse, só eu sabia que era um crime. A maioria das pessoas acreditava que Mãe, numa das suas venetas, tinha mesmo acabado com a vida. Mãe sempre tinha sido esquisita.

COMO EU ESTAVA muito prostrada depois daquelas duas mortes – uma debaixo das minhas biqueiras e a outra em terra do Limoeiro –, o delegado teve consideração e veio tomar em casa o meu depoimento.

Eu repeti, sem faltar uma palavra, a história que tinha contado a João Rufo: o desconhecido querendo arrombar a janela – e a gente vir a descobrir, depois de tudo, que o assaltante era um dos moradores do sítio!

João contou o resto, a parte dele: sério, com toda a boa-fé. Acho mesmo que foi a palavra de João que convenceu a autoridade. Eu só fazia chorar.

Depois foram examinar o local do sucesso, João mostrou onde tinha ficado escondido. Em seguida imitou os movimentos do caboclo, tentando trepar na janela. Chiquinha e Zita confirmavam pela parte delas – o barulho do tiro e a surpresa de descobrirem a criatura ser quem era.

O delegado tomou um chá e parece que saiu convencido. Mas embora tenha saído convencido o delegado, a língua do povo continuava badalando. Não tinha bodega na vila, nem roda de bisca, rancho de lavadeira na cacimba, que falasse em outra coisa: as três mortes do Limoeiro.

Quem conhecia o Jardilino era quem mais se admirava. Um caboclo tão calado e arredio, quem diria? Querer forçar a moça, filha da fazenda! Ah, mas é nas águas profundas que vive a cobra grande, dizia uma beata. E, reunidas no adro da igreja, as outras levavam mais longe: "Ninguém me diga que ela está inocente, alguma coisa a cabritinha aprontou!"

E a compradeira de ovos, assim que largou a cesta na cozinha, puxou o assunto: "Pra mim, isso é mesmo coisa de índio. Aquele Jardilino é índio puro, teve mãe pegada no mato e já vinha prenha dele. Todo índio é bicho enrustido, manhoso, ninguém sabe o que está no coração deles."

COMO O POVO deixaria de estranhar e até mesmo de maldar? O acontecido com Mãe continuava a ser o mistério maior. Com a agravante de que ela sempre foi falada, desde os tempos de Pai.

A amizade com o Liberato, Mãe nunca escondeu de ninguém, era mesmo amigação de porta aberta. "E nas vistas da filha mocinha, imagina que bom exemplo!" Uma antiga amiga de Mãe defendia: "Mas antes do finado marido se acabar, ela era boa mãe de família, até devota. Não perdia missa de domingo, vinha a cavalo do Limoeiro."

Mas tinha uma beata, no dizer da mulher dos ovos, que não perdoava: "Aquela? Nunca me enganou. Só pelo modo de se ajoelhar na igreja, dava para conhecer: alargando a saia, ajeitando a mantilha... E eu pensava lá comigo: Aquela não adianta rezar; porque enquanto ela reza, o diabo abana o rabo..."

Mas nada do que se sabia antes, explicava o corpo pendurado no armador de rede; e o que aumentava o mistério é que ela estava sozinha, o amásio longe, cinco léguas. Pra ser ele, só se o homem tivesse asa e voasse. No quarto dela não ficou nada revirado, luta não tinha havido. O cordão de ouro, com os olhos de Santa Luzia em ouro também, ainda estava em redor do pescocinho da defunta, meio escondido pelo queixo enterrado no peito. Quem viu me contou.

No baú de cedro, o dinheiro em moeda, atado no seu saco de ganga, bem escondido debaixo das anáguas engomadas. Na parede os registros da devoção de Mãe: uma Nossa Senhora e um São José. Sem ninguém tocar em nada.

As comadres da vila, que nem chegaram a nos entrar em casa depois da morte de Mãe, espalharam que, na camarinha da finada, a santa da parede não era Nossa Senhora coisa nenhuma: era mesmo Maria Madalena, a Pecadora: "Também só de pensar no que se passava ali dentro..."

Outra comadre de Mãe veio também me contar, se benzendo: "Aquelas galinhas velhas, encruadas, pensam que amor fora do casamento tem que ser coisa do demônio. Com certeza, de noite perdiam o sono, pensando em como seriam aqueles amores da tua mãe com o belo Liberato; e tanto deviam sonhar as que tinham o seu homem de uso, como as que nunca conheceram homem nenhum. As que de homem só sabiam por ouvir dizer..."

Coitada de Mãe. Liberato, quando me despia devagarinho e eu me defendia, reclamava que eu não ia querer ser igual à finada, que não sabia dar prazer a um homem, não tirava a camisola de madapolão, comprida até os pés, de manga até os punhos, pescoço fechado com botão.

Nisso, eu confesso, o que eu achava ainda pior do que as coisas da intimidade dos dois, que o Liberato ia soltando, era o costume que ele pegou de só chamar Mãe 'a finada'; como se ela não tivesse mais nome. E numa vez que reclamei, logo ele me explicou que se usa dizer 'finado

Fulano' por respeito: todo defunto tem que ser respeitado. Além disso, qualquer pessoa sabe que certas almas do purgatório não querem acreditar que morreram, e voltam ao lugar onde moravam para atormentar os viventes. Mas no que a gente insiste em falar o nome deles dizendo 'o finado', acabam se acostumando, reconhecendo que estão mortos, nas mãos de Deus e não mais no meio dos homens.

Já agora o falatório se virava só pra mim: "Uma moça, assim novinha, naquela casa de sítio, sem mulher branca junto dela, só as cunhãs da cozinha... Todas duas de raça de índio e sabe índio como é, igual a bicho bruto. Sem nem ao menos uma negra de respeito, uma mucama que tomasse conta dela e lhe ensinasse as regras dos bons costumes..."

De homem solteiro, perto de Maria Moura, só se sabia mesmo de um morador, o campeiro João Rufo –, o que deu o tiro mortal no caboclo Jardilino, no que ele tentou arrombar a janela do quarto da menina. "Não era pra se falar mesmo?"

Se eu ia à vila, de raro em raro e, como de costume, entrava na loja da D. Lilita e pedia para ver uma chita ou um par de chinelas, logo a velha vinha indagar como é que eu estava vivendo, por que não tratava de me casar – tinha uns primos, não tinha?

Primos! Tinha. Os dois filhos da finada Tia Lica e Tio Xandó, que moravam no sítio das Marias Pretas: Antônio Luiz, o Tonho, e o Irineu, solteiro esse. O Tonho casado, e cada um dos dois mais besta e mais interesseiro.

Falou no mau! Não se passou um mês da morte do caboclo, me apareceram eles no Limoeiro.

Chegaram no sítio, dizendo que vinham me dar os pêsames, o Tonho montado numa besta amojada e o Irineu num cavalo cardão, com uma pisadura tão feia por baixo da sela, que deu até nojo quando o moleque veio cuidar dos animais. E assim mesmo impondo grandeza, a ponto de a Zita, que não era atrevida, me dizer escandalizada, depois de servir o chá de canela:

– Sinhazinha, me desculpe, mas esses seus primos pensam que são de raça de fidalgo!... Dos que bebe soro azedo mas arrota coalhada com açúcar branco...

O Irineu era o melhorzinho, o mais desempenado; mas tinha uns olhos vermelhos, como se sofresse do mal da sarapiranga. Tonho, o casado, lhe faltavam os dois dentes da frente, falava com a boca cheia de língua e a toda hora estava dizendo: "Minha esposa Firma..." Claro, sempre ouvi dizer que a Firma o trazia de rédea curta.

Existia também uma irmã, chamada Marialva, bem mais nova do que eles. Dessa, eu só me lembrava de ter visto duas vezes: a primeira foi numa visita que Mãe e eu fizemos nas Marias Pretas; a outra foi na Vargem da Cruz, ela ainda meninota, numa novena de Santa Luzia. E nem me lembrei de perguntar por Marialva, quando os dois se abancaram, tomaram a tigela de chá e começaram a falar. Logo já estavam dizendo que chegara a eles a notícia da morte da 'finada Titia'. Tinham vindo para dar os sentimentos. E vinham igualmente saber como é que ficava a partilha do sítio, que era também herança da mãe. Mãe deles, a finada Tia Lica. E eu respondi que, de herança, não entendia nada: quem estava cuidando disso era o meu padrasto, o Liberato; e, como ele também estava morto, eu nem podia informar como é que andava tudo.

Primo Tonho se arrebitou:

– Que padrasto? Não me consta que a finada Titia tenha se casado pela segunda vez!

E o outro palerma:

– Casou mesmo, com o padre benzendo?

Eu me levantei, já danada da vida. Eles pouco se importavam com Mãe, casada ou amigada, queriam era passar a mão nas terras do Limoeiro. Quase derrubei o tamborete ao me levantar, e indaguei, sentindo o beiço me tremer de raiva:

– Vossemecês, em vida de Mãe, nunca visitaram a 'Titia' nem cobraram herança. Se são herdeiros, cadê o testamento?

O Tonho cuspiu entre as falhas dos dentes:

– Seu pai deu fim no testamento e nas escrituras do terreno. A gente sempre soube que o seu pai era um homem meio perigoso. Onde ele botava a mão, ficava a marca de sangue!

Me senti tão enfurecida que de novo me levantei do banco e corri a abrir a cancelinha do alpendre. E botei os dois pra fora:

– Podem fazer caminho, que eu não estou aqui para ouvir vocês detratando de Pai e de Mãe.

Chamei João Rufo, que escutava por perto, encostado no pé de jucá do terreiro:

– João, sele os animais desses moços, que eles já vão embora.

E, para rematar, me virei para os primos, procurando imitar o que eu ainda lembrava das palavras de Pai:

– Se acham que têm parte na herança, vão procurar os seus direitos na justiça. E agora adeus, boa viagem.

Entrei na sala, bati com força a meia porta e me debrucei nela, esperando a reação dos dois. O Irineu ainda se voltou pra mim:

– Mas prima! Que é isso? Que foi que a gente fez?

Já o outro puxou o irmão pelo braço, engrolou:

– Deixa, Irineu. Essa cascavelzinha tem a quem puxar.

Se montaram nos babaus que João Rufo trouxe depressa, meteram com força a espora nos pobres dos bichos, saíram num chouto alto.

E AGORA? Matar aqueles dois, nem pensar. Desta vez, só quem possuía motivo era eu mesma. Não tinha ninguém pra quem desviar a culpa. E o pior é que eles eram mesmo donos de dois terços da herança, eu sabia.

Tinham a parte da mãe deles e a parte do tio que embarcou para o Amazonas e vendeu aquela parte ao cunhado, pai dos meus primos. Vendeu pra levar o dinheiro na viagem. Muita vez escutei meu pai e minha mãe discutindo, ela falando na parte do irmão embarcado e ele alegando que o embarcado não deixou recibo, tudo foi feito com um aperto de mão. E depois da notícia de que o irmão tinha morrido de beribéri, lá no Amazonas, que prova tinha essa gente para exigir parte nenhuma?

Mãe abanava a cabeça:

– Tenho medo dessas brigas de parente. Pode acabar mal.

OS PRIMOS FORAM embora naquele dia de manhã. Mas, já de tarde, soube-se que eles estavam no cartório, caçando as escrituras. Naturalmente que acharam. Só eu, de ignorante, podia pensar que, acaso se perdendo o papel das escrituras, eu estava garantida, pois não havia mais outra prova. Mais tarde é que soube: no livro do cartório se escreve tudo, seja caso de compra ou de herança. O papel que a gente guarda em casa é só uma cópia do que está no livro. Testamento também fica no cartório, para ter valor. Então o Tonho, agora, já estava seguro da parte deles. Só restava a parte do Embarcado; essa que, no dizer do Pai, foi venda feita só de boca, sem documento.

A nosso favor nós tínhamos a posse do sítio por estes anos todos – também ouvi Pai dizer isso mais de uma vez.

Fiquei meio inquieta, com medo de tanta trapalhada de lei. Mas uma coisa eu resolvi: da minha casa ninguém me retirava. Só à força bruta.

POIS VEIO a força bruta. Quinze dias depois da visita dos primos, quando eu dava já o caso por terminado, me aparece João Rufo, afobadíssimo, correndo me dizer que estavam me esperando no alpendre dois soldados da polícia da Vargem da Cruz, a mando do delegado.

Eu estava na queijaria, limpei no avental as mãos sujas de coalhada e fui ver o que era. Nunca tinha sido procurada por soldado nenhum.

Já conhecia de vista os dois praças, principalmente o magrelo, a quem chamavam Cabo Sena. Junto com os soldados, um outro homem em quem João Rufo não tinha falado, vestido de andar na rua e até de botas.

Debruçada na meia porta, sem sair para o alpendre, eu falei aborrecida:

– Aqui ninguém chamou soldado. Hoje ninguém cometeu crime nenhum neste sítio.

Eu tinha resolvido sair na malcriação. Se os primos me atacavam de soldado, achei que não devia mostrar que tinha medo deles.

Mas o tal senhor, que tinha retirado o chapéu quando me viu, se apresentou:

– Eu sou o Doutor Silvino, o advogado, minha senhora. Pensei que me conhecia lá da vila.

– É, eu já tinha visto vossemecê. Mas cuidei que trabalhasse no cartório do Seu Nicolino.

– E trabalho. Chego acompanhado dos soldados porque vim lhe trazer uma intimação.

Eu não me desarmava:

– Engraçado. E que é que o senhor quer de mim com essa intimação?

O Cabo Sena me estendeu um papel. E o homem explicou:

– Por esta intimação a senhora deve comparecer na delegacia amanhã.

Fiquei com mais raiva ainda. Aqueles dois idiotas estavam indo longe demais.

– A bem de quê? Eu não matei nem roubei! Que é que vou fazer lá?

O advogado levantou a mão aberta, como se pedisse calma:

– É o caso da partilha dos bens da senhora sua avó. Os outros herdeiros deram queixa contra a senhora.

Abri a porta e saí no alpendre:

– Vossemecê pode ir embora com os seus soldados e o seu papel. Esse delegado pode abusar com mulher da vida e cachaceiro, na Vargem da Cruz; mas comigo é diferente. Aqui eu estou na minha casa. Este sítio é meu, foi o que meu pai sempre me disse. Se os ladrões dos meus primos querem tomar o que é meu, que venham, com delegado e tudo. Eu enfrento. Da minha casa só saio à força e amarrada.

O tal do advogado me olhou de cara, botou o chapéu na cabeça e disse, aborrecido:

– Está bem. Darei a sua resposta.

Ele e os outros pegaram as rédeas dos cavalos, montaram e saíram a meio galope. Eu fiquei andando no alpendre, pra lá e pra cá, ainda fula de raiva. Desaforo, quem eles pensavam que eu fosse?

Ainda gritei, não sei se ouviram:

– Aqui não tem ladrão de galinha!

O desabafo não deu para esvaziar quase nada da minha fúria. Fiquei no mesmo vai e vem, rogando todas as pragas que eu sabia, contra os desgraçados dos meus primos. Afinal, quando me acalmei chamei os homens que eu tinha no sítio. Além de João Rufo, eram meus moradores dois velhos dos tempos de Pai: o tirador de leite,

Eliseu, e Chico Anum, que tomava conta da planta – o feijão, o milho e a mandioca. Falei a eles:

– Chico, vem cá! Cadê aqueles seus dois filhos? Não tem um que até foi soldado? E o outro? Que é que eles andam fazendo?

Chico Anum se chegou, satisfeito. Tinha muito orgulho dos filhos.

– O Zé deu baixa, Sinhazinha. O mais novo, o Maninho, que sempre teve mania de sentar praça também, prometeram a ele que vai entrar de recruta um dia destes. Está esperando o chamado.

Chamei o outro velho:

– E você, Eliseu, cadê o seu sobrinho? Ele não andou um tempo trabalhando aqui no curral, com você?

– Ele anda por perto, dando uns campos para o vaqueiro do Olho-d'Água.

– Pois eu estou precisando muito de falar com os três, e é pra já. Queria que viessem aqui ainda esta noite, como sem falta. Tenho serviço para eles.

Os dois não perguntaram pra que eu queria os rapazes. A visita dos soldados devia ter dado a eles um alerta. Eu ainda perguntei ao Chico Anum se os meninos tinham alguma arma.

Tinham:

– O José tem um bacamarte, que foi da tropa, já sem préstimo. O sargento ia botar no mato, o menino pediu, ele deu. Aí o José levou a arma pro ferreiro velho, que remontou umas peças mais gastas, trocou outras e fez um ferrolho novo para a pederneira. Fez obra tão importante que, hoje, quem não sabe da idade do bicho, pensa até que é novo, saído da loja... Aquele ferreiro velho faz milagre com qualquer coisa. Basta ser de ferro.

– E o outro?

– Já o outro, não conheço arma dele. Mas com aquela cegueira que tem por soldado, é capaz de já ter alguma. Ou arranja emprestada com os camaradas. Basta haver a precisão.

Para o Alípio, o sobrinho do Eliseu, eu estava pensando na arma do Liberato, escondida em cima do caixão da farinha.

– Digam aos rapazes que é pra trazer tudo que puderem. Arma branca também serve. E eu vou ver o que arranjo.

Os velhos já estavam atravessando o terreiro e eu ainda gritei:

– E tragam munição! Comprem fiado, que eu pago. Diga que é pra uma caçada, que tem uma onça pela mata querendo comer os meus bezerros.

E eu que quase me esquecia da munição! Boa guerreira que eu ia ser! Mas a gente aprende, aprende. João Rufo, que não tinha falado ainda, veio me cochichar:

– Tem um homem no mercado – aquele tal de João Calixto – que vende pólvora e chumbo. Diz o povo que ele fabrica de contrabando, porque é proibido. Só quem pode fabricar pólvora é o governo.

E aí eu dei outra prova da minha inocência:

– Pois eu pensava que pólvora se compra junto com as armas e vem tudo de país do estrangeiro...

Ainda me falta muita coisa pra aprender!

João Rufo até se riu:

– Ninguém pode esperar que uma moça de família saiba dessas coisas. A Sinhazinha nunca lidou com pólvora.

– Você pode mesmo dizer que, até pouco tempo, a Sinhazinha nunca tinha visto um dedal de pólvora. Mas vou aprender. Aprender e ficar sabendo. Todo homem não aprende? Eles não nascem sabendo.

Aquilo que eu dizia a João Rufo não era palavra à toa. Eu sentia que tinha chegado a uma encruzilhada na minha vida e era a hora de escolher o caminho novo.

Tudo me dizia que os desgraçados dos primos, o Boca-Mole e o mimoso do Irineu, estavam com a lei do lado deles. Por isso é que eu gritava e esperneava: era o que me restava fazer. Aquela conversa de Pai a respeito dos documentos, a esperteza com o cunhado embarcado, tudo confirmava a minha desconfiança. Na verdade, eu só era dona mesmo de uma parte do bolo, eles tinham duas. E como eu ocupava a casa e as terras, eles iam fazer tudo pra me desalojar dali. Podiam até querer morar dentro de casa, comigo. Já pensou, qualquer dos casos?

Minha primeira ação tinha que ser a resistência. Eu juntava os meus cabras – os três rapazes, João Rufo (que em tempos antes já tinha dado as suas provas). Os dois velhos podiam servir pra municiar as armas, na hora da precisão. Eu queria assustar o Tonho. Nunca se viu mulher resistindo à força contra soldado. Mulher, pra homem como ele, só serve pra dar faniquito. Pois, comigo eles vão ver. E se eu sinto que perco a parada, vou-me embora com os meus homens, mas me retiro atirando. E deixo um estrago feio atrás de mim. Vou procurar as terras da Serra dos Padres – e lá pode ser para mim outro começo de vida. Mas garantida com os meus cabras. Pra ninguém mais querer botar o pé no meu pescoço; ou me enforcar num armador de rede. Quem pensou nisso já morreu.

Os rapazes chegaram logo depois do escurecer. O ex-soldado ainda usava as botinas reiunas do fardamento. Vinham os três com a roupa de domingo, engomadinha, estavam muito influídos com o meu chamado. O antigo praça, então, que o pai me apresentou como José de Deus, mas que os outros chamavam de Zé Soldado, foi me mostrando logo o bacamarte reformado pelo ferreiro velho. Para mim era novo, lixado e azeitado. O Zé trazia a arma enrolada num pano, como se fosse um pedaço de pau. O rapaz mais novo, o Maninho, tinha mesmo, Deus sabe como, arranjado uma garrucha, velhinha também, mas que, dizia ele, não negava fogo. Os dois vinham cada um com o seu polvarim de chifre, chumbo grosso e fino, num saco; e a pedra que eles chamavam figo de galinha. Era a pedra do fogo, quer dizer, da faísca, pra acender a pólvora.

Traziam também as facas do uso, as pajeús que todo homem carece portar, antes de barbar e casar, conforme eles dizem.

O Alípio, sobrinho do Eliseu, de arma de fogo não trazia nada, mas arranjou uma grande faca lambedeira, que parecia uma espada na sua bainha de couro. Trocou a faca por um bezerro que o tio tinha tirado de meia na fazenda e lhe deu em pagamento pela ajuda.

Pela tarde eu já tinha ido em busca do bacamarte do Liberato (isso mesmo, dele! dele, tanto na vida como na morte, eu dizia comigo, consolada). Estava limpo, depois do último trabalho: eu tinha cuidado disso antes de guardar a arma no mesmo lugar de onde tirei. As meninas, me vendo esfregando o bacamarte, vieram me perguntar que é que eu queria fazer armada. Contei que à noite iam chegar os rapazes de Chico Anum e Eliseu: "Eles deram pra caçar onça, e ofereceram de me comprar o bacamarte velho." Estava assim preparando uma explicação para a visita dos três meninos.

Já com eles a conversa foi pequena. Eu só contei que andava com medo de ser atacada por uns sujeitos, meus parentes, por uma questão de herança – questão de terra, sabe como é. Cada um deles que me ficasse com as armas à mão; de noite – esta noite ainda – podia haver uma surpresa.

– Não precisa que fique todo mundo acordado; basta um de sentinela. As meninas trouxeram duas redes que vocês podem armar no alpendre da lenha, atrás da cozinha. O de sentinela trate de se esconder na sombra. Pode até se sentar na sapata de pedra do oitão.

E terminei:

– Eu vou me deitar também, mas deixo mal cerrada a porta da frente.

João Rufo ajuntou:

– Eu vou armar a minha rede no quarto dos arreios. Mas também fico de olho aberto.

FUI ME DEITAR, como disse. Me estirei na rede, fiquei me balançando no escuro. Em que é mesmo que eu estava me metendo? Não tinha levado em consideração a visita dos primos ou a intimação do delegado. Queria ver no que ia dar tudo. Podia jurar que o Tonho e o Irineu iam vir mesmo, com os soldados, dispostos a brigar? E quem era eu para brigar com autoridade? E, ainda por cima, brigar também com os primos que eu só conhecia de vista e das conversas de Pai e Mãe? Mas tanto Pai quanto Mãe só chamavam o pessoal das Marias Pretas de "gente ruim, gente muito ruim".

Liberato, quando veio me trazer a procuração para assinar, dizia que era pra poder me defender da ação do Tonho, a quem ele conhecia muito. Dizia o Liberato que "o Tonho é capaz de tudo". E o outro era mais mofino, mas não ficava longe em ruindade.

Na certa, os primos tinham em mão algum documento; como eu não possuía documento nenhum, eles se combinaram com o delegado e o advogado, pra me darem um susto. Vai ver aquele papel não era nem intimação de verdade. Eu não devia ter devolvido, devia ter ficado com ele como prova, se fosse falso. Mas no momento me deu aquela raiva, me sufoquei de ódio, queria desfeitear os homens. Me fervia o sangue, pensar que aquele bando de insetos tinha a ousadia de vir me ameaçar dentro da minha casa! A casa do meu pai e da minha mãe, a casa onde eu tinha nascido; que tinha sido a casa da minha avó, levantada de telha e taipa pelo meu próprio bisavô! Era ousadia demais.

E agora, que eu estava com o cabroeiro armado ao meu redor, só tinha mesmo que resistir. Era tudo ou nada.

Me levantei, passei o xale pelos ombros, fui ver como andava tudo.

Abri um pouco a janela da cozinha, vi as redes armadas, um homem dormindo em cada uma. No quarto dos arreios, à luz da candeia, João Rufo, assentado na rede dele, se balançava. Me disse que estava rezando. Fiz sinal para ele ficar quieto, cheguei na porta da frente, entreabri de leve, não vi ninguém. Era isso mesmo, tudo bom.

Saí no alpendre e João Rufo me acompanhou; trazia o seu pito de barro com o forno para baixo, pra não se ver a brasa. Foi até a sombra do juazeiro novo, no terreiro, espiar; quando voltou, lhe cochichei:

– Ninguém?

– Ninguém.

– Quem está de sentinela?

– Zé Soldado.

– Maninho e Alípio estão dormindo?

– Inhora sim. Achei melhor separar os irmãos. Podem ficar de combinação, inventarem alguma besteira. A gente nunca sabe.

Fui até o oitão, lá estava o rapaz, arma no joelho, sentado na sapata. Me viu, porque levou a mão no chapéu. Fui lá dentro, peguei uma garrafa com uns dois dedos de jerebita (lembrança do Liberato) e entreguei a João Rufo:

– Pra esquentar a friagem.

João riu:

– Só vai dar pra molhar o cuspe. Um gole pra cada um.

Voltei para o quarto, para a rede. Àquela altura, já estava começando a ter medo da confusão em que tinha me metido. Mas a raiva ainda era maior do que o medo. Pelo menos, se o pessoal chega e me cerca a casa, eu já posso me defender com alguma esperança de ganhar. Defender a minha morada e a minha pessoa, pra desgraçado nenhum botar a mão em qualquer das duas.

O pior, para mim, é que, desta vez, eu não preparava uma tocaia na noite, na sombra, como nas duas vezes antes. Desta vez eu tinha que me declarar. Resistir e atacar, porque – essa certeza eu tinha – eles não iam dar por menos.

E os meus cabras, será que eles davam conta? Era tudo novato, mas estavam muito entusiasmados. Liberato gostava de dizer que coragem de gente moça é só falta de entendimento, ignorância da vida. Sabem lá o que é uma luta de verdade – pólvora, tiro, aço frio? Gente nova pensa que tudo se resolve na valentia. E ele botava em mim aquele olho enviesado:

– Não vê você? Grita e esperneia, mas quando chegar a hora do pega pra capar, vai correr se esconder na cozinha, chorando. Se juntar com as cunhãs, já que não tem mais o rabo de saia da mãe!

Isso ele dizia, o Liberato. Pois eu acho é que esses meus meninos, embora sejam ainda uns novatos, vão brigar bem. De arma na mão, se atrevem a enfrentar até o cão do inferno.

E eu? Que é que faço, se os homens me cercam mesmo a casa? Vou me aconselhar com os mais velhos, Eliseu, Chico Anum, que eles têm alguma experiência nessas coisas. Chico Anum foi até capanga de meu pai, num entrevero que ele teve com os recrutadores da polícia.

Isso já faz anos, sei que Chico vai ficando velho, mas Pai dizia sempre que ali estava um cabra destemido, cabeça fria. E era disso que eu precisava: cabeça fria.

Voltei a fazer as minhas contas: foi bobagem eu pensar que os primos iam vir de noite, atacar a casa. Principalmente porque se eles andavam acompanhados da polícia – polícia só trabalha de dia, quem ataca de noite é bandido.

Eles podiam saber que eu tinha mandado buscar os homens na Vargem da Cruz. Mas João Rufo, quando foi na vila comprar a munição, me garantiu, ao voltar, que lá ninguém desconfiava de nada e acreditaram na história da caçada de onça. Os meninos mostraram que são de confiança e não deram um pio a ninguém.

Continuei me balançando na rede. O tempo escorria tão devagar que até me atacava o nervoso. Peguei no cachimbo de Mãe, guardado numa cuia com um resto de pele de fumo, do uso dela. Enchi o fornilho, peguei no artifício, tentei fazer fogo, mas não consegui. Estava tudo muito velho. Acabei com nojo do pito e o seu cheiro de abafado, nunca me dei com cachimbo, era isso. Mãe parecia uma índia velha, puxando fumaça. De pequena me acostumei a trazer para ela uma brasa, na colher. Vinha correndo do fogão para o quarto, medrosa de deixar cair a brasa em cima do meu pé.

AFINAL CANTOU o galo da madrugada. O da meia-noite já tinha cantado e dormido outra vez. O de agora cantava e amiudava, a barra do dia estava rompendo.

5
O Tonho

A gente, o Irineu e eu, ia voltando para casa, num chouto baixo de vaqueiro. Calados. De vez em quando Irineu chegava a espora no cavalo, que se encolhia todo, como se não lhe bastasse a dor da pisadura. Andamos mais, calados sempre, quando de repente Irineu quis saber:

– Será que ela se assustou?

E eu soprei, pelo diabo da falha dos meus dentes:

– Sei lá. Aquilo é cabrita de raça ruim. Não pela Titia, que, se nunca foi santa, sofreu muito nas mãos daquele marido. E acabou do jeito que acabou.

– E você acha que foi esse Liberato mesmo quem matou a Titia?

– Ele provou ao delegado que não foi. Que estava a três dias de viagem da Vargem da Cruz, quando se deu o sucesso. Deu testemunha.

Mas o Irineu assim mesmo não acreditava:

– Quem sabe lá. Pode muito bem essa testemunha ser falsa. Falso testemunho! Se declarando ele lá, e na verdade o homem galopando na estrada. Tinha um cavalo bom, se lembra, Tonho? O alazão do Tio, por nome Tirano.

E de repente eu sofreei a minha besta:

– Estou pensando que foi besteira nossa deixar as coisas na mão do delegado. Ela é muito capaz de fazer com ele o que fez com a gente. Correr com soldado e tudo.

Irineu também já tinha estancado o cavalo:

– Foi besteira, foi. A gente devia mesmo era ter ido com os soldados. Aquela bichinha é de cabelo na venta, bem capaz de botar eles pra correr. E é moça órfã, filha de fazendeiro. Os homens têm consideração.

– Ainda existe muito amigo e pareceiro do pai dela, lá na Vargem da Cruz. Ela pode se valer deles.

– Pelo que eu sei, de amigo dele não resta mais ninguém. O Tio lidava muito era com o Major Caiado. Esse era perigoso.

Eu me lembrava do Major:

– É. Mas mataram ele já fez bem uns seis anos. Você pode ter razão: com a morte do Major, espalhou-se tudo, os amigos e a cabroeira dele.

Ficamos ali, parados na estrada, defronte de uma ruína de casa. Era a chamada Tapera Velha, que se levantava à nossa frente, fazendo vulto no meio do arvoredo ainda baixo, em redor.

– Estamos na Tapera Velha. Daqui pra vila dá uma légua e meia. A gente bem podia voltar.

– Ver o que está acontecendo? É melhor mesmo.

Viramos ao mesmo tempo a montaria. O cavalo velho do Irineu ainda resistiu um pouco, teimando em seguir pra casa. A besta tomou-lhe a frente. Durante toda a volta não se falou quase nada, cada um pensando no que se devia fazer. Ou pelo menos no que se podia fazer. A gente tinha dito ao delegado que não queria começar briga. Queria só punir pelo nosso direito. Se ficava em casa, esperando a intimação, a ação da autoridade. Podia até ser que a moça se assustasse e resolvesse entregar o que era nosso...

Eu não parava de pensar. Se o delegado não fizesse nada, a gente tinha mesmo era que tomar as nossas providências. Levar uns cabras armados, chegar lá de noite, pegar a gata brava nem que fosse atada com corda e trazer pras Marias Pretas.

Falei com o meu irmão. Sabia que ele estava lendo dentro da minha cabeça; tanto que ele me disse:

– A gente leva ela à força e se espalha que roubamos a prima pra casar.

E aí eu me ri:

– Você até que pode mesmo casar com ela! Ficava tudo em família.

O Irineu ficou pensativo:

– Casar eu caso. Não fosse por isso. Ela até que é engraçadinha.

Mas eu não gostei da ideia:

– Mas é mal falada. Falaram dela até com o Liberato.

– A mãe também era mal falada. Titia. Daí, não foram elas nem as primeiras. Essas mulheres da nossa família sempre foram escandalosas. Se lembra da Tia Vivinha? Fugiu com aquele mulato, cabra forro, vindo das bandas do Maranhão!

– É. O mulherio da nossa raça parece que nasceu com fogo no rabo. É mesmo raça de índia: não enjeita homem.

O Irineu parece que não estava gostando da minha conversa:

– Na mão de um marido macho mesmo, ela se aquieta. Nem que seja a poder de relho.

Agora, quem de novo não gostava era eu:

– Eu nunca bati em mulher.

E ele:

– Ora, mano! E a surra de peia que você deu naquela Sabina Roxa? A pobre ficou uma semana em folhas de bananeira, pra sarar o couro.

– Quando eu digo *mulher*, é outra coisa. Aquilo era só uma quenga. Moleca muito sem-vergonha.

– Pode ser. Mas você quase matou a rapariga.

6
Irineu

Fiquei pensando. A minha cabeça dava volta, dava volta. A gente está no seu direito. Eu estou no meu direito; pelo menos dois terços daquele sítio são meus – e dos meus irmãos também. Mas isso se verá depois, é outra questão entre nós. E a Firma sendo maninha, a Marialva não casando, eu é que posso ter família e herdar dos outros. Ninguém pode negar que o sítio do Limoeiro é terra nossa, herança da nossa avó Joaninha, por morte de seu finado marido, o Marinheiro Belo. Morto o marinheiro e depois a velha, a herança tinha que se dividir em três partes: a do finado nosso pai, a da Titia e a do Embarcado. A nossa é nossa – minha, do Tonho e da Marialva. Essa, já se pode dizer que vai acabar moça velha. Vive encostada na nossa casa. E tem lá o ditado: quem come do meu pirão, leva do meu cinturão. Tem que fazer o que se mandar.

A parte do Embarcado meu pai comprou, é sabido de todos. Não sei se passou dinheiro entre os dois. Creio que só uma quantia pequena – bolacha quebrada – o que meu pai arranjou, vendendo um lote de gado. Diz que o Embarcado chiou: não embolsou nem a décima parte do valor. Também pra que ele queria? Ia morrer de beribéri, passado um ano. Na verdade, tudo que levasse, ia ser um desperdício de dinheiro.

De qualquer maneira, a compra foi feita e a parte dele é nossa. Só resta agora aquela jararaquinha de rabo fino, que não tem moral pra reclamar de nada. Se ficar ali, vai ser igual à mãe, arranja logo um comborço e lá se vai o Limoeiro embora. Aí se começa uma guerra e sabe lá como é que acaba.

O melhor mesmo é passar a mão na prima, dizer que eu roubei a moça pra casar – e com o consentimento dela! Deposito nas Marias Pretas, sob a guarda da minha cunhada – que pode ser o diabo encarnado, mas não se pode negar que é mulher séria. O Tonho e a Firma assumem a responsabilidade pela moça. Ela pode chorar e reclamar nos primeiros dias, mas acaba se dando por feliz.

O Tonho diz sempre que eu posso ser safado, mas sei lidar com mulher. Pegando ela na cama, é o que me basta.

Bem, o Tonho deve estar pensando como era de ser bom pra ele se fosse o encarregado de amansar a prima. Mas, e a Firma? O que me salva é a Firma. Matar o Tonho, ela não mata. Mas à Maria Moura, com certeza acabava com ela, depois de lhe quebrar os dentes ou ferrá-la com ferro em brasa.

Aquela Firma não é uma mulher, é uma onça. O pobre do Tonho que o diga. Ai, enganar a Firma, só se ele fosse feiticeiro. E logo com a prima, novinha, bonitinha, os peitinhos empinados. E morando dentro de casa, ainda mais! Não, posso ficar descansado. Rival, no Tonho, eu não vou ter.

O diabo é que a Maria Moura, apesar de nova, não vai dar facilidade. Ela tem um jeito de encarar a gente que parece um homem, olho duro e nariz pra cima, igual mesmo a um cabra-macho.

Meio solto na sela, acompanhando com o corpo a marcha do animal, eu continuava medindo as dificuldades.

Difícil mesmo vai ser passar a mão nela. A cabrita é capaz de se defender até de faca. A maneira dela é de mulher que carrega punhal no corpete; ou não seria tão atrevida. Com ela eu preciso tomar chegada por trás, prender os braços dela com toda a força dos meus, deixando a mão livre pra ir alisando os peitinhos, a barriguinha; falando bem baixinho no ouvido, pra ela se acalmar. Mulher não resiste a carinho bem-feito. Se ela for bater com salto do sapato nas minhas canelas, aí o jeito é derrubar. Cair-lhe por cima, e seja então o que Deus quiser.

Prestei atenção na cara do mano. Vai morrer de inveja. Mas antes morrer de inveja do que morrer nas unhas da Firma. Ele se treme todo quando ela lhe bota aqueles olhos duros de gavião. Mulher de bigode, que é que se pode esperar? O besta do meu irmão se embelezou com os quatro vinténs do dote, que o sogro prometeu, e afinal, quando o casamento já tinha mais de ano, o velho bateu a bota. Do dinheiro não se viu nem um xis. Só um terreno velho sem açude, pra repartir com onze irmãos! A Rubina disse que o mano pegou a gata sem a prata – mas aquilo é lá gata, é onça velha, a chamada onça tigre... criada em furna, nos serrotes, capaz de acabar com um homem só com a patada...

... O bom vai ser a gente chegar lá de noite. Não mora homem nenhum dentro de casa, só a prima e as cunhãs. Eu sei, me informei bem.

O Tonho assusta ela com a arma, eu venho de investida. Domino a bichinha de entrada. Pego nos braços, vou com ela até o cavalo, monto e boto a menina na lua da sela...

Tem uma coisa: este cavalo pisado que estou montando não vai poder com nós dois. Assim que eu tiver domado a jaguatirica, o Tonho manda pegar o alazão que a gente viu hoje de manhã, comendo milho de mochila, na sombra do jucá.

7
O Tonho

Chegando na Vargem da Cruz, o delegado nos recebeu muito bem. Mas foi logo aconselhando:

– Não se pense em violência. Vamos combinar assim: mando a intimação pelo Cabo Sena, junto com o outro soldado. A moça deve atender ao meu convite e vem à delegacia. Enquanto ela estiver aqui, conversando comigo, vossemecês, com os seus homens, ocupam o sítio do Limoeiro. Teremos então o fato consumado. Como também são herdeiros, estarão em exercício do seu pleno direito, ocupando a propriedade da qual foram expulsos abusivamente. Pelo que eu sei, Dona Maria Moura mora sozinha, com duas agregadas. Moradores, tem dois cabras idosos, que de certa forma lhe ficaram de herança dos finados pais, embora não sejam escravos. Homem capaz de resistência só resta o feitor, João Rufo. Mas esse tem fama de pacato, não irá resistir à presença dos herdeiros.

Foi um discurso comprido e bonito e nos deixou muito animados. O delegado falava igual a um advogado; e vai ver, podia bem ser advogado mesmo, só que entrou na carreira da polícia.

Cheios de esperança, nós aceitamos a proposta do delegado. Parecia uma ideia muito boa. A Moura nos enxotou a nós, mas com a autoridade ia ser diferente. Com autoridade, cabelo na venta não vale.

Eu ainda perguntei ao homem:

– E a gente, enquanto espera, onde é que fica? Se esconde?

O delegado respondeu que nós podíamos ficar mesmo na delegacia, enquanto se aguardavam as providências. E aí, bateu na mesa:

– Mas não! Têm que ficar amoitados por perto. E quando a moça sair com os soldados, vossemecês invadem. Tragam uns cabras, para garantirem o fato consumado.

VOLTAMOS PRAS MARIAS Pretas na maior animação. Irineu já fazia plano de casar, ir morar com a prima no Limoeiro; a terra lá é pequena, mas tem água permanente. E tem ainda alguma semente de gado que escapou do Liberato.

E eu dizia comigo: "Fica esperando, seu besta, que eu vou lá te entregar tudo de mão beijada! Pois sim!"

Vou é atiçar a Firma pra botar a boca no mundo, contando que o cunhado desonrou a prima donzela – e só pra se apossar do sítio. Que eu não me conformo com isso: eu só queria punir pelos meus direitos e receber o valor das partes do nosso pai – a dele – herdada por nossa mãe – e parte do tio Embarcado, que Pai comprou. Sendo essas partes igualmente minhas, dele e da nossa irmã Marialva, que vive sob a minha proteção.

E aí desalojo ele, sei que o cabra é frouxo, basta bater com os pés no chão que ele se assusta e sai correndo.

Deixa por ora ele fazer o que quer, enquanto me ajuda. Na minha hora eu faço o que quero.

Em casa, a Firma estava esperando de olho aceso. Nós contamos tudo, a visita, a nossa saída de rabo entre as pernas. Contei depois que eu tive a ideia de falar com o delegado e deu certo. Nessa parte careci de embelezar um pouco, pra Firma não disparatar, chamando a gente de frouxo, mole, covarde: inventei que nós exigimos do delegado que ele mandasse uma intimação para a Moura. Se ela resistisse, os soldados podiam até lhe dar voz de prisão.

– Uma vez a menina na delegacia, o homem segura ela lá por algumas horas. Nesse ínterim a gente toma posse e ocupa o Limoeiro. Quando a Moura voltar, já vai nos encontrar senhores do terreiro; e o que lhe resta é se conformar com a situação.

E para ir logo afastando o diabo do ciúme da mulher, fechei a conversa:

– Pode ela até aceitar de se casar com o Irineu, e aí acaba tudo em família.

A Firma rosnou alguma coisa que eu não ouvi. O Irineu tinha ido entregar os cavalos ao moleque para tirar a sela e levar no cercado; mas ele entrou na sala, nessa hora, e escutou o final das minhas palavras:

– E caso mesmo, sim senhora! A cabrita é espritada mas bonitinha. Assim do jeito que eu gosto. Caso com todo o prazer!

ESPERAMOS POR TODA a semana exigida pelo delegado. E aí nos botamos de novo para a vila. Arranjei emprestada uma burra cardã, bem forte, para, na volta, o Irineu trazer a moça na garupa. Ou antes, na lua da sela, porque, pelas amostras dadas, ela tinha que vir era agarrada à força.

Chamei quatro cabras conhecidos; já tinham nos dado serviço num entrevero que a gente teve com o Chagas Preto, ladrão de cavalo, e se saíram muito bem. Não prometi dinheiro, que não tinha; mas disse que dava a eles uma vaca parida e uns dois garrotes, para venderem e dividirem o apurado. De armas, arrumei o nosso bacamarte velho para o Irineu, que sabe lidar com aquilo – pelo menos se pabula. Tinha um clavinote também velho, que ainda podia dar serviço, trazido do pessoal da Firma. O resto era mesmo na pajeú, que todos possuíam, a começar por mim, que me sinto nu sem a minha no cinturão.

Montaria, além da burra, um cavalo de campo meio sestroso mas que eu domino bem. Os cabras vão a pé, junto conosco, conforme o costume.

QUANDO NÓS CHEGAMOS na delegacia, os cabras já tinham partido para o Limoeiro. Fomos então para o esconderijo escolhido pelo Irineu, debaixo de uma oiticica tão folhuda que mais parecia uma moita do que uma árvore.

Apeamos. Amarramos pelo cabresto os animais, que ficaram pastando naquele capim alto ao redor. Eu me sentei numa pedra e fiquei dando pontapé na terra, me sujeitando àquilo de que menos gosto – esperar. Irineu passeava pra lá e pra cá; decerto estava com medo; eu já disse que o cabra era mofino. Está sempre querendo correr, quando vê que chegou a hora do pega pra capar.

Afinal, já fazia mais de uma hora daquela maçada, os dois soldados apontaram no caminho. Eu saí do mato, eles pararam; estavam com uma cara muito ressabiada. E com eles o tal do advogado, que tinha ido entregar a intimação, e desembuchou:

– A mulher é uma piranha de valente. Correu conosco, e queria até rasgar a intimação. Disse que só sai da casa dela se for amarrada. Nós tivemos receio de forçar. Afinal é uma moça de família e estava na casa dela. E a gente só tinha ordem do delegado para entregar a intimação e pedir que nos acompanhasse até a delegacia.

– E agora? – perguntei.

– Agora, vamos voltar e receber as novas ordens do delegado. Ver o que se pode fazer.

O Irineu ouvia, calado. Eu estava estourando de ódio; que grande besta era esse cabo! Mas evitei de me alterar com ele. A gente precisava de ficar com a lei do nosso lado, principalmente porque, na hora de roubar a moça e depositar na minha casa, nas mãos da Firma, a minha senhora, eu ia carecer muito do apoio da autoridade.

Na delegacia, logo se viu que o delegado estava com receio de ir adiante:

– Quando não há reação da parte, se pode fazer tudo. Mas quando o intimado reage, é diferente. Uma coisa era se chamar a moça para uma conversa, outra é trazer à força.

Achava bom se ir falar com o juiz, na sede da comarca. Questão de herança é assunto para juiz...

Eu fiquei calado e então o Irineu entrou na conversa:

– Seu delegado, neste nosso caso existe um porém. Não vê que eu e a prima temos um namoro antigo. Mas quando a mãe dela morreu e aquele seu Liberato se meteu com a menina, eu não gostei e nós brigamos. Daí essa raiva dela.

Eu cortei o assunto:

– Isso é lá entre vocês dois. O senhor, seu delegado, deve mesmo falar com o juiz. Daqui a uns dias nós voltamos para saber do resultado.

Nos despedimos, montamos, chamamos os cabras. Saímos.

O Irineu estava se rindo:

– Inventei o caso do namoro pra preparar o caminho. Caso de amor entre primos, todo mundo entende. Quando eu carregar a Moura, eles vão achar que está tudo explicado e ficam esperando o casamento.

Voltamos para as Marias Pretas, os cabras na nossa pisada. Deixamos passar uns três dias, para a Maria Moura se acalmar e se convencer de que tinha assustado a gente.

Depois de três dias, preparamos as armas, arranjamos mais uma. Mandamos os cabras na frente. Que nos esperassem na entrada da vila, na bodeguinha do Zé Lopes, que era nosso amigo e fornecedor. Por cautela e para garantir o segredo, ao passar pela bodega, não fizemos sinal aos homens. Eles saíram na frente, quando nos viram apontar na estrada. De novo nos reunimos debaixo do pé de oiticica, cada vez mais cheiroso de flor e cerrado de folhagem.

A noite já vinha caindo quando nós chegamos ao Limoeiro. A casa estava no escuro. Só de um dos lados saía uma claridade tremida de fogo. Devia passar pela janela da cozinha.

Podia até haver na sala uma luz acesa, de candeia; mas ninguém de nós conseguia enxergar: as portas da frente estavam muito bem trancadas. Nós desmontamos, os cabras amarraram os cavalos no jucá do terreiro. Me juntei ao mano e salvei da porta:

– Ô de casa!

Ninguém respondeu. Minha ideia era a gente segurar a Moura logo que ela aparecesse e os cabras, então, corriam pela casa adentro, garantindo as cunhãs.

Tornei a bater palmas e a chamar ô de casa.

Esperei um pouco a resposta, que não veio. O Irineu falou então:

– Abra a porta, prima, somos eu e o Tonho. A gente veio em paz. É só pra conversar.

Tomou fôlego, esperou. Nada. Continuou:

– Foi o delegado que mandou; é mesmo só pra conversar. Resolver tudo em paz.

Continuava tudo quieto. Não fosse aquele clarão ligeiro de fogo, às direitas, a gente podia até garantir que a casa estava abandonada. Mandei então Luís Preto e o irmão rodearam pela cozinha, ver se podiam entrar por lá.

Luís Preto foi até o oitão, quebrou na direção da tal janela da cozinha. Foi espiando pra dentro, e aí ouviu-se um grito agudo de mulher.

Ele recuou, sem saber o que fazer, e então perdi a paciência e berrei:

– Ou abrem, ou eu arrombo a porta!

O mesmo silêncio.

Eu ainda insisti:

– É melhor abrir por bem! A gente veio em paz!

O que mais fazia raiva era a falta de resposta. Pelo grito da mulher se tinha a prova de que havia gente lá dentro.

Parecia até que se escutava o fôlego que elas seguravam e soltavam, por trás da parede.

Eu dei a ordem de arrombar, num grito; e, ao mesmo tempo, em voz baixa, mandei Luís Preto e o outro tentarem entrar pela cozinha.

Ouviu-se então, saindo da casa, um tiro estrondar na noite. Isso me deu mais fúria ainda, e berrei de novo:

– Mete o ombro! Arromba!

Uma voz lá de dentro – voz de homem, que ninguém esperava, gritou pra nós:

– Chega pra lá, senão morre!

O meu cabra que tomou a frente e era teimoso, se adiantou para a porta. Veio então um segundo tiro, que pegou o rapaz na coxa. E ele caiu, gemendo.

O tiro saía de um buraco junto do portal, que eles tinham cavado na taipa. Eu bufei e soltei um urro:

– Podem atirar, que a gente arromba sempre, no meio do seu fogo!

E eu mesmo fui avançando, protegido pelas armas dos meus cabras. Outro tiro quase me pegou e me fez dar um salto para trás.

Nesse ínterim, o Irineu tentava rodear a casa pelo lado esquerdo. Mas, lá de dentro, ouviram, decerto, as passadas dele na areia grossa, porque de repente abriram uma fresta na janela e atiraram.

Esse tiro passou tão de perto que o Irineu ficou com a cara chamuscada. E ele se atirou no pé da parede, cobrindo o rosto com as mãos.

E aí começou de verdade o tiroteio. Eles tinham pelo menos umas três armas; só paravam os tiros para carregar. E os atiradores deviam se espalhar pelos quatro cantos da casa, já que saía tiro de todo lado.

O mais perigoso deles era o que guardava a porta da frente, com o cano da arma enfiado no buraco da parede, girando pra lá e pra cá, cuspindo fogo. Eu esperei o momento em que ele carregava; tinha prevenido os rapazes que se juntassem comigo e atacamos a porta. A madeira gemeu com o nosso peso, estalou, ia cedendo, mas aí veio um novo tiro que derrubou outro dos meus homens. Nós corremos para fora do alpendre e logo veio mais um tiro. Agora já eram duas armas atirando na frente da casa. Puxamos pela perna o rapaz ferido, ele se arrastou nas mãos para junto da gente; estava baleado no ombro. Com ele, os feridos já eram dois.

A gente atirava pouco, poupando a munição, esperando a hora do corpo a corpo, quando devia ser o momento da decisão.

Da frente, dez vez em quando, vinha um tiro. Mas era só para nos espantar, porque eles não podiam fazer pontaria. Pela fresta da parede não dava para enxergarem nada. Se abrissem a porta ou a janela, quem entrava era a gente, mandando fogo.

Pelo som dos tiros, parecia que, de pesado, eles so tinham dois bacamartes. O resto devia ser arma pequena, de cano fino.

A voz do homem tinha nos mostrado que aquela resistência não era só de mulher. O certo mesmo era haver mais de um homem ali dentro, sem contar o que falou.

Nós fomos nos juntar perto dos animais, para combinar a continuação do ataque. Na verdade, nunca, mas nunca mesmo, se podia esperar aquela resistência. A danada da Moura devia ter contratado gente na rua, arranjado arma e munição. E munição farta, estava se vendo, tanto que continuavam dando um tiro de vez em quando, como se quisessem dar sinal de vida.

8
Maria Moura

A gente não via onde eles estavam. Mas dava para sentir que estavam perto. Eram pelo menos uns seis ou sete, calculava o Chico Anum.

Um dos meninos dele, o Zé Soldado, ainda cozinhava uma rixa velha com o pessoal das Marias Pretas: tinha sido desfeiteado por eles durante uma festa de novena. Não pôde reagir na hora porque era um só contra muitos. Ficou com aquela espinha atravessada na goela. Por isso queria sair no terreiro e acabar com eles, nem que fosse a ferro frio. Mas eu fiquei achando que era só entusiasmo do menino, pra mim ele não tinha aquela valentia toda. Bem, uns dois dos nossos tiros já tinham acertado neles, pena que sem acabar de vez com nenhum.

Eu já de véspera tinha tudo planejado na cabeça. Sabia que, na minha situação, era eu a parte fraca. Eles podiam juntar os homens que quisessem; já eu, só dispunha daquele punhado ali: Zé Soldado, Maninho, Alípio. E os dois velhos, Eliseu e Chico Anum.

Tinha também João Rufo, mas esse eu poupava. Me acompanhava há tanto tempo, que já parecia fazer parte da minha pessoa. Eu não passava sem ele, que me adivinhava os pensamentos. E respeitoso, calado, obediente. No dia que eu perder João Rufo, o mundo pra mim fica diferente.

Chiquinha e Zita tinham inveja e ciúme dele. Sei que, nas minhas costas, chamam o João de 'cão de guarda'. E isso mesmo é o que ele é, meu cão de guarda, sem má tenção no dizer.

Me preocupava muito o problema da munição. Cercada como eu estava na minha casa, acabada a pólvora, acabado o chumbo da reserva, não tinha onde arranjar mais. Eles podiam conseguir a munição que quisessem – tanto quanto pudessem comprar ou roubar. E tinha mais: mesmo que eu lograsse enxotar o bando naquela primeira vez, eles podiam tornar quando quisessem, pegar reforço e voltar, com muito mais poder de ataque.

É, eu me sentia encurralada. E o meu coração me pedia para sair dali. Sentia que tinha acabado o meu tempo no Limoeiro. Que me adiantava ficar no sítio, me aguentando a ferro e fogo, sem recursos, mulher sozinha, nova? Qualquer um podia tentar pôr a minha pessoa debaixo da mão.

Mas esse meu desejo de ir embora não tem nada a ver com o meu amor pela casa e pela terra: aqui nasci e me criei. Acontece que sempre chega a hora de largar o ninho. Do pinto quebrar a casca e pular do ovo.

O mundo lá fora era grande e eu não conhecia nada para além das extremas do nosso sítio. E tinha loucura por conhecer esse mundo.

Quando menina, ainda, saía pela mata com os moleques, matando passarinho de baladeira, pescando piaba no açudinho, usando como puçá o pano da saia. Mas, depois de moça, a gente fica presa dentro das quatro paredes de casa. O mais que saí é até o quintal para dar milho às galinhas, uma fugidinha ao roçado antes do sol quente, trazer maxixe ou melancia, umas vagens de feijão verde. O curral é proibido, vive cheio de homem. E ainda tem o touro, fazendo pouca vergonha com as vacas. Fica até feio moça ver aquilo.

Restava ainda o banho no açude, tomado muito cedinho, a água ainda morna. Mas banho só naquela hora certa, que os homens respeitam. Já sabem que não podem chegar no açude e ai de quem vá espiar. Por causa de banho de mulher já tem morrido muito rapaz adiantado, pela mão de um pai ou marido mais zeloso.

Passeio na vila era ainda mais difícil, só mesmo nas festas da igreja. Mas nunca entrei numa dança – filha de fazendeiro não vai a samba de caboclo, nem mesmo a baile de bodegueiro da vila. E na casa dos fazendeiros ricos, ninguém me convidava, depois que Pai morreu, eu fiquei moça e Mãe caiu na boca do mundo.

E AGORA, naquele tarde da noite, o bando armado dos primos me cercando a casa, atirando, gritando, querendo entrar à força.

Vi que tinha chegado a hora principal da minha vida. Ou era hoje ou nunca. A minha casa, a impressão que me dava agora, era a de um mundéu se fechando em cima de mim. Eu tinha que me escapulir daquele aperto perigoso, ganhar o mundo protegida pelos meus cabras. E foi pensando nisso que me preveni.

O meu cavalo – isto é, o cavalo de Pai, o Tirano – já eu, nesses últimos dias, botei no trato, comendo ração verde e milho; para o que desse e viesse. Agora, mandei que Zé Soldado e Maninho ficassem atirando mais espaçado, só nas vezes em que um dos de fora chegasse perto. Chamei as meninas, disse que elas pegassem nas trouxas que já tinham preparado de véspera, com a roupa delas e alguma das coisas que Mãe me deixou – três lençóis bordados, uma toalha de mesa e uma peça de renda que Mãe guardava "para o meu enxoval". À Chiquinha, que era a mais cuidadosa, entreguei, imagine! enrolados num cobertor de baeta, um copo de vidro fino, uma faca e uma colher de prata e a santinha que Mãe tinha no quarto. Era o que eu possuía de mais valor. O resto era só coisa grosseira, pano da terra, madeira e barro.

Assisti à saída das meninas, de uma em uma; iam chorando muito, embora eu ralhasse que não queria prantina. Fossem se escondendo pelo mato alto até à represa do açude. Aproveitassem enquanto os desgraçados não derrubavam a cerca do lado, fechando o cerco da casa. Por ora os fundos ainda estavam livres. Quando o dia amanhecesse, procurassem a casa dos tios e da avó delas, que não ficavam longe. E sempre guardando segredo, pra depois não serem perseguidas pelo pessoal das Marias Pretas.

Depois, foi a vez de Chico Anum, que sabia andar de noite, leve como uma sombra. Foi selar o Tirano; os arreios já estavam na estrebaria. Eu enfiei uma calça que tinha sido de Pai, pra montar com mais liberdade. Me servia perfeitamente, eu sabia. Pai era magro como eu, e tinha pouco mais que a minha altura.

Fui em seguida ao baú de Mãe, de onde eu já tinha tirado aquelas coisas que a Chiquinha levou. Peguei lá o papo de ema que Pai, quando viajava, usava para guardar o dinheiro. Nem sei como escapou do Liberato. Peguei também, no baú, todo o dinheiro que ainda tinha –

doze patacas de prata, um dobrão de ouro, que era do tempo do meu avô. Enfiei tudo no papo de ema, e amarrei aquele rolo grosso em redor da minha cintura, apertado, como via Pai fazer. Vesti em cima o casaco de Pai, para esconder a cintura aumentada. As moedas de cobre entreguei a João Rufo no saquinho onde já estavam e que ele enfiou no embornal. Se precisasse pagar qualquer coisa pelo caminho, ele pagava. Escusava de mexer no dinheiro de prata que ia comigo.

Espalhei pelos cantos da casa uns canudos de pólvora que João Rufo tinha me ajudado a preparar. Derramei pelo chão e pelas paredes todo o pote de azeite de carrapato que se guardava para as candeias. Ensopei tudo de azeite, o mais que podia.

Trabalhava ligeiro, mas calma, nunca pensei ter tanta calma.

Desde a chegada da tal de intimação que eu estava me prevenindo para um ataque como o daquela noite. Adivinhava perfeitamente que esse ataque devia ser daquele jeito mesmo; a reação dos dois, o Tonho e o Irineu, eles não tinham dito? "Se não fosse na mão, eu ia na marra." Uma mulher sozinha era um pratinho feito para eles. De menina os conheço de fama, Mãe sempre dizia: "Eles não prestam. Não tem pior do que aquilo."

E, pois, logo que eles chegaram, dei seguimento aos meus preparativos. Antes que as meninas fugissem, mandei que elas enchessem o fogão com achas de lenha seca de marmeleiro e sabiá, que o Eliseu já tinha trazido do mato.

Enquanto eu ultimava os meus arranjos, Zé Soldado continuava a dar os seus tiros espaçados pela fresta que eu tinha cavado com as minhas mãos, a ponta de faca, na taipa da parede, junto ao portal da frente. O outro atirador, o Maninho, esse atirava pela janelinha do lado, para eles acreditarem que eu tinha muita munição.

As meninas, roxas de medo, tremendo e chorando, saíram pela portinhola da lenha, no fundo da cozinha. Pularam uma atrás da outra, já caíam agachadas, se escondendo na sombra do chiqueiro das galinhas. Passaram por um buraco da cerca, se sumindo dentro do mato alto.

Os homens do Tonho, na frente, não deram fé de coisa nenhuma. Mas quando o Chico Anum se esgueirou na direção da estrebaria, para me selar o cavalo, parece que eles viram uma sombra por trás da cerca e deram um tiro; mas o velho era ladino, se grudou na cerca, esperou e saiu afinal, como um gato.

Aquela cerca foi a nossa salvação. Era alta, de faxina, corria pelo quintal, saindo do lado da casa, até alcançar a outra cerca, a do curral. Protegia um roçadinho de fundo de quintal onde Mãe plantava melancia, milho, feijão para se comer verde. As chibatas do milho, pendoadas, tinham mais de uma braça de altura. Parecia uma mata fechada, aquele roçadinho de Mãe.

Pela tarde, eu já tinha mandado retirar uns paus de cerca para garantir a comunicação da casa com os cavalos, na estrebaria.

Depois de Chico Anum afastado, dispensei o velho Eliseu: que se esgueirasse também para a casa dele, seguindo a minha saída.

Mandei João Rufo ensopar com o resto do azeite o que encontrasse de madeira descoberta; e em seguida espalhar os tições de fogo, bem acesos, perto das poças de azeite, no chão. Os meus misteriosos cartuchos de pólvora ficavam ao alcance do fogo, mas espalhados, para estourarem de espaço em espaço. Lá de fora os excomungados deviam pensar que era tiro.

Botei a tiracolo o saco da munição; tinha ali o chumbo, e o polvarim grande de chifre, as pedras de isca e o artifício de fazer fogo. Tudo herança de Pai. Peguei também a faca que era dele, uma pajeú linda, com cabo de rodelas de osso e prata, na sua bainha bordada. Apertei bem as correias que atavam o papo de ema, me benzi, senti os olhos ardendo, aquele aperto horrível no coração. Fui até o quarto, beijei o lugar onde ficava a santinha de Mãe. Abri os braços, abracei e beijei as paredes da minha casa, me despedindo para sempre. Determinei aos rapazes que, assim que o fogo pegasse mesmo, fazendo labareda alta, eles aproveitassem o susto dos cabras do cerco, e fugissem também, pelo mesmo caminho nosso.

Saí pela mão de João Rufo, entre dois tiros dados por Zé Soldado e Maninho. Na estrebaria, já Chico Anum nos aguardava, segurando o Tirano pelas rédeas. O burro e o cavalinho de campo estavam também arreados, atados no mourão pelo cabresto. A porteira dos fundos do curral, para onde a estrebaria tinha uma saída, já estava aberta.

Montamos de mansinho. O Tirano, me vendo, ainda arregaçou o beiço para me dar um rincho de boa-noite, mas eu falei no ouvido dele, alisei-lhe a crina e ele se aquietou. Voei em cima da sela – sela de homem – claro que era também a sela de Pai. Ali era tudo dele, até eu – até eu, não –, principalmente eu, sangue e carne dele.

E saímos num passo maneiro, os do ataque não viram nem escutaram nada. Decerto estavam combinando entre eles o assalto da casa, mas se resguardando ainda dos atiradores lá de dentro, quem sabe esperando que se acabasse a nossa munição.

Só fomos olhar para trás quando chegamos ao nosso ponto de encontro, ao pé do juazeiro caído. E vimos que, de repente, uma labareda espirrou pelo frechal, no lado esquerdo da casa; outras línguas de fogo saíram entre as rexas das janelas e os vãos das telhas.

Os homens de fora se puseram a gritar de uns para os outros, descoroçoados. Nem desconfiavam, parece, que alguém houvesse saído da casa – e muito menos a cavalo. Chico Anum chegou ao capricho de amarrar uns trapos nos cascos dos animais, para abafar qualquer arruído nas pedras do caminho.

Vendo a minha casa transformada num fogaréu, e feito pela minha própria mão, desabei em pranto. Os outros, acho que choravam também. Esperamos mais um pouco. Chegaram afinal os meninos, correndo, afrontados. Deixei que eles retomassem o fôlego e dei as minhas ordens:

– Vamos sair a passo, para vocês nos seguirem. Fiquem de olho, que é pra pegar qualquer animal alheio que apareça em nossa frente. Vocês todos precisam de montaria. Nós vamos para muito longe.

9

O Tonho

Os pontos de fogo na casa estavam se virando numa fogueira só, com uma rapidez pavorosa.

Quando a labareda grande subiu, deu-se um grande estalo na cumeeira, mas ninguém gritou lá de dentro.

Que diabo estava se passando com aquelas mulheres?

Parecendo até resposta à nossa pergunta, de repente pipocou um tiro, logo outro. Como é que eles aguentavam ficar dentro daquele inferno, seriam raça de saramanta? Outro pipoco de tiro. E continuava sem se ouvir um grito. Meu Deus, o diacho da mulher teria mesmo pauta com o cão?

Mais outro estampido de tiro. Porém, aí, a gente reparou que se escutava só um estalo forte, como um traque; chumbo não aparecia nenhum.

Então será que fugiram? Mandei um dos cabras espiar mais de perto e ele se encolheu:

– Se eu me mostrar, um dos diabos lá de dentro não vai me acertar?

E aí eu botei em palavras o que já vinha pensando:

– Acho que dentro da maldita daquela casa não tem mais ninguém.

O calor já era medonho e a casa velha, feita de taipa, queimava com o seu madeirame como se estivesse entupida de pólvora.

Pólvora! E eu então entendi. Os estampidos não podem ser de tiro. Devem ser alguns cartuchos de pólvora que eles deixaram por lá.

Nesse momento ouviu-se o maior estrondo e a cumeeira desabou, levantando um poeirão de fagulha de fogo que subia para o céu. A casa toda virou aquela fogueira sem tamanho. Voou caco de telha pra todos os lados; aí, o oitão esquerdo, ainda armado na taipa, desabou inteiriço para dentro.

Se fosse casa de tijolo não resistia tanto, mas o madeirame era de aroeira curtida pelo tempo, enfrentava até fogo.

O Irineu estava encolhido, acocorado, apavorado. Mas quando menos se esperava, acordou e se pôs a gritar:

– E a Maria Moura? Está morrendo ali dentro, está morrendo queimada!

Eu dei um safanão nele, para lhe curar o ataque:

– Que Maria Moura? Nessa casa não tem mais ninguém. Ou você já ouviu falar em alguém morrer queimado sem gritar?

– E cadê elas? Cadê elas?

– Fugiram. Só podem ter fugido.

– Na nossa cara? É impossível. Eu sei, eu fiquei o tempo todo aqui, olhando. Não vi nem uma sombra saindo.

Um dos moleques se chegou a nós e concordou comigo, ressabiado:

– Parece mesmo que fugiu tudo. Mas como terá sido, Seu Tonhim? Nós tamos com a casa cercada e não se viu nem um gato passar.

– Nós cercamos só pela frente, foi o erro. Como se avistava a casa toda, pelos dois lados, nos descuidamos dos fundos.

O Irineu já estava tornando do ataque. Levantou-se, tentou dar a volta à casa, mas não pôde porque a cerca empatava. E insistiu, ainda meio tonto:

– Mas fugir pra quê? Fugir do fogo?

Eu já ia perdendo a paciência com a estupidez daquele meu irmão:

– Ela não fugiu do fogo, deve ter tacado fogo na casa de propósito. E aproveitou a confusão para escapulir.

Enquanto a gente falava, desabou o resto do telhado. Tornou a subir para o céu fumaça e chama, dentro de uma poeira de faísca.

Chamei os homens:

– Tragam depressa os cavalos. Se eles fugiram, foi a pé. Não dá pra estarem longe.

Montamos, alvoroçados, saímos a galope. Os homens iam num chouto veloz. Irineu, que tomou a frente, pegou o caminho da vila. Estava mesmo louco! Gritei pra ele:

– Por aí não, seu maluco! Se ela passasse por aqui, a gente tinha visto! Devem ter ido pelo outro lado e se esconderam no mato.

Viramos todos de direção, seguimos para os lados do açude; ali nos dividimos, uns pela esquerda outros pela direita. O açude, pequeno, era só um barreiro; mal empregado chamar aquilo de açude. Mas afinal dava conta do resto de gado do Limoeiro. Eu perguntei pro pessoal:

– Por falar em gado, que será feito do gado daqui? Ninguém viu rês nenhuma.

E o Irineu:

– Diz o povo que o tal sujeito, o Liberato, estava mesmo acabando com o que era delas. Será que vendeu tudo?

Num instante os nossos dois grupos iam se encontrar do outro lado. Assim mesmo era difícil fazer o cavalo andar, naquele escuro. O clarão do incêndio é que nos alumiava, mas já ia enfraquecendo. Às vezes se topava com uma veredinha quase fechada, cheia de garrancho. E, de vez em quando, um de nós gritava de cá e os de lá respondiam.

Afinal nos encontramos: só nós, mais ninguém. Em toda a volta do açude não tinha mesmo alma viva.

Demos pra trás, de olho pregado no fogaréu da casa. Das paredes que ainda estavam de pé já tinha caído todo o barro, só restava o esqueleto dos enxameios, por onde as labaredas se enroscavam. Afinal, quando tombou a parede da frente, deu para se divisar todo o espaço que a casa tinha ocupado; e lá dentro não se via ninguém, nem era possível se ver.

Criatura nenhuma podia estar viva ali. Se ficou alguma, tinha que estar caída no ladrilho, morta e virada um tição.

Chegamos de novo ao terreiro da frente. Ali se parou, mas nenhum de nós teve coragem de apear.

Tanto nós dois, quanto os homens, estava tudo apavorado com aquele horror. Como é que a gente iria adivinhar, antes, uma coisa daquelas?

E o mano e eu, até se imaginava que aquela nossa expedição ia ser quase uma brincadeira! Assustar as mulheres, passar a mão na Maria Moura, carregar com ela para as Marias Pretas.

Que natureza de fera o diabo daquela mulher! Falam da Firma, mas a Moura deixa a Firma longe! Tocar fogo na própria casa e sair escondida na fumaça e nas faíscas!

Um dos caboclos falou por todos:

– Isso é coisa de bruxa! Foi feitiço! Como é que ela fez se levantar esse fogo todo, sem dar antes o menor sinal?

O Irineu ajuntou, gaguejando de raiva:

– Eu já não disse? É pauta com o cão!

Ficou-se um tempo, tudo calado, vendo o fogo lamber os restos de madeira; vendo as nuvens de fumaça escura que o vento carregava, tangendo às vezes para o nosso lado e sufocando até os cavalos.

– FOI-SE A CASA do Limoeiro!

O Irineu passou as mãos pelos olhos, esgaseado, e perguntou:

– E que é que se faz agora?

Era nisso mesmo que eu estava pensando. Custei a falar, afinal disse pros homens:

– Acho que o melhor é a gente ir dar parte ao delegado.

Mas o Irineu se assustou:

– Está doido? O delegado, na certa, bota a culpa do incêndio na gente!

– Ninguém precisa contar ao homem que nós cercamos a casa e se ameaçou a moça. Basta dizer que nós viemos pra cá em paz, procurar a prima, com a intenção de propor um acordo. Mas já encontramos aquela fogueira horrível, devorando tudo. E digo mais que nenhum de nós sabe o que é feito do pessoal do sítio. Se morreram, já estavam mortos quando nós chegamos. Quando o fogo apagar, é que vai se ver. Ou antes, a polícia é que vai ver, porque nós não mexemos em nada. Mas deve de ter lá dentro algum resto.

E, nesse ponto, tive mais uma ideia:

– Vamos só nós dois falar com o delegado. Não precisa ele saber que a gente levou os rapazes. Vocês voltam para as Marias Pretas. E é melhor que ninguém os veja.

10
Marialva

Meus irmãos saíram cedo, boa coisa não foram fazer. E ainda mais levando os cabras, tudo armado. E por cima recomendando que a gente ficasse em casa, fechada, sem abrir a porta pra cristão nenhum. E se por acaso tivesse mesmo que falar com alguém, dizer que eles foram buscar um gado, ali perto, e já voltam.

Acho que eles só inventaram essa saída porque a Firma não está. Quando ela disse que ia dormir na vila, visitar a cova do pai que faz quinze anos de defunto, bem que eles olharam um pro outro e o Irineu até piscou. E olha que a Firma ainda recomendou ao Tonho, não se esquecesse de mandar buscar a vaca que pariu no mato, não fosse o bezerro coroar.

Eles todos saem, só eu fico, neste degredo. Trancada neste sítio velho, estas Marias Pretas dos meus pecados, este buraco do cão. Que foi que eu fiz pra me trazerem presa? Tenho ódio do Tonho. É um que, se eu fosse a morte, matava. Do Irineu não digo tanto; no tempo de nós meninos, ele gostava de mim. Me levava pra enxotar as cabras do roçado, pra catar ninho de periquito em casa velha de cupim. A gente trazia os bichinhos, pelados, pra criar com pirão de leite. Mas vinha a Firma, denunciava da gente ao Tonho e ele nos obrigava a dar os periquitos aos moradores. Senão ele matava. E matava mesmo, eu vi o Tonho torcendo o pescoço de um periquitinho já emplumando.

O pior foi que eu e o Irineu crescemos, e hoje ele mudou muito. Se botou rapaz, mandou fazer roupa pela costureira da Vargem da Cruz e sai se esquipando no cavalo, lenço no pescoço, banha de cheiro no cabelo, namorar lá na vila. Arrastar a asa à tal de prima do Limoeiro, que o povo falava tanto mal dela; mulher que anda a cavalo escanchada feito homem. Tão danada, que não teve medo de ficar sozinha com as cunhãs, no Limoeiro, mesmo depois que houve duas mortes na casa dela. Sem contar com a morte da própria mãe, a coitada de Titia, enforcada por si mesma. Sabe-se lá como isso aconteceu.

Diz o povo da vila que foi doença dos nervos. Titia estava sozinha no quarto, deu nos nervos, fez a loucura. Será?

Tudo isso acontecendo no mundo e eu aqui. Trancada dentro desta casa, desde que puseram Valentim pra correr.

Que será dele, que será feito de Valentim? Decerto vagueia pelas estradas, até acabar de cumprir a promessa. E depois? Engraçado, agora que ele está longe, andando nem sei por onde, o que dele me lembro melhor não é a feição nem a fala, é a rabeca. Aquele choro fino e rouco de rabeca: xem.. em.. em.. xem-em-em.

A música vinha de fora, da estrada, e eu cheguei na porta, curiosa. Lá estava ele montado numa burra magra, com a mão esquerda empunhando a rabeca, na direita o arco de tocar. As rédeas no arção da sela, tão mansa era a burra que andava pelos caminhos por si mesma, enquanto ele tocava.

E, quando me viu, o homem tirou o chapéu e disse:

– Ô de casa!

Eu respondi:

– Ô de fora!

Ele deu as boas-tardes, perguntou pelo dono da casa e eu expliquei que os donos da casa andavam fora, dando campo num gado. Mas ele podia falar comigo, que era dona da casa também.

Aí o moço se apeou da burra. Eu já tinha visto que era um rapaz moreno claro, cabelo escorrido, bigode nenhum. Mas com uns olhos verdes agateados – imagine, iguais aos meus!

Ele talvez reparou na mesma coisa, porque jogou o chapéu no chão, passou o arco da rabeca para a mão esquerda e me estendeu a direita dele:

– O meu nome é Valentim Pereira, seu criado.

E eu ia respondendo "criado seja de Deus", como me ensinaram, mas senti a língua presa. E ele continuou:

– Tão moça e já casada?

Eu me sentia cada vez mais encabulada, mas consegui firmar a voz:

– Aqui mofa também a esposa do meu irmão Tonho, que toma conta da casa; e ela hoje está fora. Mas os donos mesmo somos eu e meus dois irmãos. Nós não temos pai nem mãe.

E aí olhei pra ele:

– Nem eu sou casada.

O moço, por sua vez, me encarou bem nos olhos; continuava me segurando a mão, até que eu puxei. E ele disse:

– Não tome por atrevimento. Quando eu vi a cor dos olhos da senhora, levei um susto. O povo sempre me diz que nunca viu olho agateado da cor do meu; mas os olhos da senhora são da mesma cor, iguais, iguais.

Eu estava com a cara em fogo, pessoa nenhuma nesta vida nunca tinha me falado assim.

– Alguém que repare nos meus olhos é só pra dizer que eu tenho olho de gato. Como dizem os meus irmãos quando querem me aperrear.

O moço riu-se:

– Pois não se importe mais. Olho verde é bonito. As pessoas estranham porque é raro. Eu gosto da cor dos meus olhos, e me gabava de nunca ter encontrado olhos iguais, em lugar nenhum.

Parou, riu-se de novo:

– É como se a gente fosse uma espécie de irmãos. Se tirassem os olhos de um e botassem no outro, ninguém dava pela troca...

E, nesse dito dele, eu ri também, e perguntei que é que ele queria com o dono da casa.

O visitante foi até junto da burra, tirou um saco que vinha pendurado do arção da sela, do saco puxou com cuidado um registro de santo, num quadro. Era a figura do Senhor do Bonfim.

Valentim (não era assim que ele disse se chamar?) Valentim beijou o vidro que protegia o santo e virou-se para mim:

– Estou cumprindo uma promessa. No fim do ano passado corri um grande perigo e me vali do Senhor do Bonfim. Prometi que ia passar um ano, batendo de porta em porta, de casa em casa, pedindo esmola pelo amor de Deus.

Me estendeu então o quadro e disse, sério:

– Dona, me dê uma esmola pelo amor de Deus!

Eu me sentia ainda mais afogueada, gaguejei "Com licença!" e me virei para entrar em casa.

– Vou lá dentro, ver o que eu tenho. Minha cunhada é que guarda o dinheiro, à chave.

Ele me tocou na manga, de leve:

– Não se importe – qualquer moeda de cobre serve. Tem gente que me dá só um derréis. O importante é que eu peça "pelo amor de Deus".

Aproveitei de ir lá dentro, cheguei na cozinha, pedi à Rubina:

– Faça um chá de canela e traga no alpendre. Tem um moço aí que veio visitar os meninos.

Fui no meu quarto, peguei a bolsinha no baú, achei duas moedas de vintém. Fiquei com vergonha, mas era só o que eu tinha; também pra que eu queria dinheiro – gastar com quê? Mas agora era capaz de dar tudo no mundo pra ter uma moeda de prata e levar para o rapaz. Voltei para o alpendre:

– Desculpe, é só o que eu tenho comigo, estes dois vinténs. Minha cunhada...

Ele me cortou a palavra, estendendo a mão para receber os cobres:

– Eu não disse que não se preocupasse com a quantia? O que vale é ser pedido pelo amor de Deus.

E aí, me olhou de novo, me encarando com aqueles olhos verdes 'iguais aos meus' e, de novo também, sorriu:

– ...e ser dado de coração.

Eu não aguentei o olhar dele por muito tempo, baixei a vista e respondi, ainda assustada:

– Foi dado de coração.

Mostrei o banco comprido do alpendre, perguntei se ele não queria descansar um pouco, tomar um chá.

Valentim se encaminhou até a burra, levantou o coxim velho que cobria a sela, mais velha ainda, tirou do bolso do coxim um saco de couro e guardou dentro dele os dois vinténs, com o maior cuidado, como se guardasse ouro. Nunca eu tinha visto alguém dar tanto valor a dois vinténs. Ele arrumou de novo o coxim na sela e veio se sentar no banco:

– Há que ter o maior cuidado. É o dinheiro do santo.

– Não mistura com o seu?

– O meu? Que meu? O meu é quase nenhum. Toda semana procuro trabalho, dou uns dois, três dias de serviço, ganho o almoço e ainda me pagam com um litro de farinha, uma rapadura, um pedaço de carne-seca... É raro me darem dinheiro.

– E onde o senhor dorme?

– Quando me deixam, armo a tipoia num alpendre ou numa casa de farinha. Mas já tenho dormido muita noite debaixo mesmo de um pé de pau.

Nesse instante chegou Rubina com a caneca de chá. Ele bebeu devagar em goles pequenos, como se quisesse fazer o chá render. Me deu a impressão de que estava com fome. Rubina deve ter pensado a mesma coisa, porque perguntou sem rodeios, enquanto esperava de volta a caneca:

– Vossemecê aceita um pedaço de queijo?

Ele aceitou sem acanhamento e a Rubina voltou logo, trazendo um prato com uns pedaços de queijo, umas quatro bolachas grandes e outra caneca de chá.

Valentim pôs o prato e a caneca na ponta do banco e começou a comer o queijo, devagar, devagar, as bolachas de uma em uma, entremeando com os goles de chá.

Nós duas olhávamos o moço comendo. E aí, me virei para Rubina e contei a ela a história da promessa, rematando:

– E tem que pedir "pelo amor de Deus", senão não vale.

A velha não tirava os olhos da visita, muito curiosa, e acabou perguntando:

– Que perigo seria esse tão grande que vossemecê passou, pra pagar com uma promessa tão dura? E durante um ano inteiro?

Valentim parou com a bolacha no ar:

– Tirar esmola é mesmo muito ruim, quando se pede a certa gente. Tem casos em que eu preferia até tomar à força, ou mesmo roubar, em vez de pedir. No começo eu quase morria de vergonha. Agora já me acostumei mais.

Mas o que a Rubina queria saber era a explicação da promessa. E insistiu:

– Deve ter sido mesmo um perigo muito importante.

Valentim acabou a merenda, pediu pra dar de beber à burra, eu gritei para o moleque trazer um balde de água; ele levou a água para a burrinha, tirou-lhe a brida, afrouxou-lhe a cilha, esperou que ela bebesse. Só então voltou a se sentar na ponta do banco.

Teve que começar pela história dele, para poder explicar a promessa.

Era filho da Província do Rio de Janeiro, onde se criou. Com o pai, a mãe e um tio, formavam um grupo de saltimbancos, andando de feira em feira, divertindo o povo e ganhando uns tostões. O pai, português, fazia mágicas e sortes de toda espécie, ajudado pela mãe. O tio era levantador de peso e o número principal dele era se pôr de quatro pés, com a barriga para cima; e aí dois homens da assistência eram convidados para botar uma laje (em geral de uma arroba de peso e uns dois palmos de cada lado) em cima da barriga dele.

– Aí eu venho com uma marreta e bato na laje que está na barriga do tio, até quebrar.

Eu fiquei apavorada:

– Então era isso que o senhor fazia?

– Bem, eu toco a rabeca enquanto meu pai faz as sortes de mágica e o tio levanta os pesos. Meu pai foi que me ensinou a tocar e ele tocava também para mim, enquanto eu trabalhava. Porque eu sou mesmo é trapezista, perito em salto mortal. E também danço na corda bamba.

Rubina teimou:

– E aí?

– ...aí, nós estávamos dando um espetáculo na feira de Nazaré das Piranhas; o tio já tinha quebrado a pedra, os velhos já tinham virado água em vinho, tirado vintém de orelha de menino, bandeiras de uma caixa vazia – essas mágicas – quando chegou a minha vez. Bem, a gente armava na praça um cavalete de quatro braças de altura, pra pendurar o meu trapézio. Naquela noite eu subi pela corda e estava lá em cima me balançando; ia dar uma pirueta de duas voltas, quando a almanjarra do trapézio começou a estalar. Meu pai e meu tio correram, ficaram segurando com toda a força que tinham a perna do cavalete, que se lascava. Mas não teve salvação: a madeira acabou se partindo e eu me despenquei, com trapézio e tudo, da altura das quatro braças. Me estatelei no chão, caindo de cabeça para baixo. Ainda hoje não sei como é que eu não quebrei o pescoço. Nessa hora da queda, minha mãe gritou: "Valei-me Senhor do Bonfim!" ao me ver como morto, embolado na areia. E o Senhor do Bonfim acudiu, diz ela. Eu não me lembro de nada. Quando tornei a mim, estava deitado numa cama, numa casa perto da feira, meu tio me apalpando os ossos para ver o que estava quebrado. Por fim, ficou tudo em duas costelas partidas e o ombro deslocado. O tio, que tinha prática de osso quebrado, me enfaixou as costelas e deu um puxão no meu braço que quase me mata de dor; mas me botou a junta do ombro no lugar. Foi quando eu ainda estava desacordado que minha mãe fez a promessa por mim: se eu escapasse com vida ia passar um ano pedindo esmola para o Senhor do Bonfim – "e pelo amor de Deus". Escapei, mas passei mais de seis meses para me dar por bom. Aí, os velhos trocaram a madeira do cavalete por esta burra, pagaram cinco tostões pelo registro do santo, já com a moldura e o vidro; e me puseram na estrada, para cumprir a promessa. Faz agora dez meses que eu comecei a penitência: já estou quase no fim.

A velha Rubina quis saber para onde se botava ele. Valentim se levantou, pegou no chapéu, na rabeca e estendeu a mão:

– Deus pague a vossemecês.

E eu, que não queria que ele fosse, puxei assunto:

– O senhor não quer esperar pelos meus irmãos? Eles podem dar mais.

Ele olhou bem pra mim e disse:

– Então eu vou, mas eu volto. Assim lhe vejo outra vez. Adeus, olhos verdes!

Botou o chapéu, montou, foi embora. Rubina me olhou de perto, deu uma risadinha:

– Olhos verdes! Os dele também!

11
Maria Moura

Eu tinha planejado a defesa e o incêndio, mas agora a minha ideia era vaga. Na primeira hora procurava só respirar bem fundo e tomar o cheiro daquela liberdade. Não me doía tanto quanto esperei, o fogo na casa do Limoeiro; afinal, agora tinha chegado a vez de se cumprir o meu grande sonho. As terras da Serra dos Padres, tudo fresco, olho-d'água correndo entre as pedras. Pai falava tanto, era o mesmo que eu já tivesse visto. Tinha a questão com os posseiros; mas, pelo que Pai dizia, o pior deles já tinha morrido; restava só um filho e mais um genro.

Eu não pretendia chegar lá de arranco, reclamando o que era meu. Aquilo já era da nossa gente quando ainda se chamava a 'data da Fidalga Brites', senhora viúva que nunca veio de Portugal receber as terras que o rei lhe deu em sesmaria. Terras tão grandes que cobriam toda a Serra dos Padres e mais três léguas de sertão em redor. A Fidalga mandou foi um procurador retalhar a data pra quem quisesse comprar. E essas partes da data foram passando de mão em mão, e uma delas chegou até nós. O avô de Pai comprou justamente a parte que subia pela Serra dos Padres. Botou lá um morador; mas, num ano de seca, se acoitaram na terra uns negros fugidos e armaram uma espécie de quilombo. O morador teve medo, foi-se embora, mas os quilombolas não aguentaram muito tempo, também. Deu um mal neles, morria de um em um, secando, devia ser de tísica. Quando os negros se acabaram, ficou a terra vaga anos e anos. As pessoas tinham medo do mal do lugar.

A Avó contava que, afinal, num ano bom de inverno, o Avô arrumou, no Limoeiro, uma tropa de animais que carregou de mantimento, enxada, machado, facão e algumas armas de tiro. E partiu para situar a fazenda na serra.

Os escravos tinham morrido, mas foi como se o quilombo continuasse. Um sujeito por nome Sandoval, fugido da Guerra do Cariri, tinha tomado conta do terreno. Tocou fogo na tapera dos negros pra acabar com a morrinha, levantou um rancho, roubou uma índia mansa, criada por uma família conhecida dele, e se fez dono do lugar. Brocava, cercava de ramada, encoivarava, plantava e colhia o legume nos roçados. Criava um grande rebanho de bode e já tinha mais de doze anos que vivia lá, quando o Avô deu a sua aparecida. A índia teve dois filhos, a moça parecida com o pai, sardenta e de cabelo amarelo. Já o rapaz era índio puro, de olho enviesado e de pouca conversa. O diabo é que, naquela ocasião, ao redor da casa dele estava acampado um bando de índios, parentes da mulher do Sandoval. Tinham vindo comer a safra de pequi, que era tempo deles nas árvores da mata; parecia, a bem dizer, uma tribo. Alguns andavam vestidos, mas a maioria era tudo nu, no costume deles.

O Avô tinha mandado na frente uns espias, que lhe trouxeram as más notícias. Ele deixou então a tropa arranchada no mato e foi em pessoa ver o que havia.

Tinha lá mais de cinquenta índios, sem contar mulher e criança. O Avô procurou o tal do Sandoval, sem dizer pra ele que era o dono da terra. Inventou que ia de viagem para o sertão de Goiás. Sandoval não dava cara de querer briga – e se os índios queriam, o Avô nunca soube por quê, se ouviu Sandoval falando com eles, não entendeu nada.

Depois da conversa os índios fizeram uma cara melhor e as índias chegaram trazendo uma cuia de pequi cozido com farinha, sem sal, tudo muito feio e sujo. Mas ele teve de engolir, fazendo boa cara. Também, por todo o resto da vida, nunca mais tocou em pequi. Até o cheiro abusava.

E assim de lá voltou como foi – danado da vida. Mas que havia de fazer? Índio é pra se respeitar. Podem ser ditos mansos, mas mansos de todo não ficam nunca. Gostam de guerra, são atrevidos, pra eles tanto faz matar como morrer.

Mas o Avô nunca deu por esquecida a terra da Serra dos Padres. A história daquele haver sempre aparecia nas conversas da família e os homens faziam planos de chegar lá e botar pra correr o Sandoval, com índio e tudo. Mas nunca ninguém foi lá.

Já depois do Avô morto, chegou no Limoeiro um passageiro e deu notícia da morte do Sandoval. A menina branquela tinha se casado com um dos índios, que virou cristão, andava vestido, plantava e fazia agora tudo que o sogro fazia antes, como um filho. Já o filho tinha sumido, e o índio e genro, que se chamava Tabitê, tinha aumentado o rancho, criava os mesmos bodes e vivia com a mulher e a mãe dela e uma ninhada de corumim.

Depois disso nunca se teve nenhuma notícia, nem da Serra dos Padres, nem dos posseiros.

Era agora chegada a minha vez.

DORMIMOS DENTRO do mato, naquela primeira noite, fugindo da beira dos caminhos. Amarramos os cavalos nos pés de pau-branco-louro que havia muito por ali. Rede não deu para se trazer.

João Rufo arrancou um pouco de mato seco, no chão limpo fez uma cama com a manta e a sela, onde me deitei para dormir. Os outros se arrumaram pelo mato mesmo, já eram acostumados.

Era a primeira vez que eu passava a noite no tempo, a céu aberto. Formiga e outros bichinhos miúdos me mordiam o tempo todo. Felizmente muriçoca não havia – já não era o mês das águas.

O verão era adiantado.

Os homens quiseram acender fogo, João Rufo não deixou. Podia se alastrar pelo mato rasteiro e, pior ainda, podia denunciar a gente a quem estivesse nos caçando. Piava coruja e bacurau, piava e resmungava e roncava tanto pássaro e bicho esquisito, mas não dava medo, fazia até uma espécie de companhia. E, caso eles se assustassem com alguma presença estranha, nos davam o aviso.

JÁ ANTES DO SOL NASCER, mal clareava o dia, estava tudo acordado.

Os homens fizeram um limpo maior no mato, achavam que já podiam acender um foguinho maneiro, abafado. Botaram na caneca um pouco de água da borracha velha de Pai, que ele usava nas suas viagens e que já estava vazando um pouco nas rachaduras do couro. João Rufo foi quem trouxe, João Rufo se lembrava de tudo; mesmo naquela agonia da nossa fugida, mandou a borracha pro curral, junto com os arreios. E ele mesmo encheu, logo que se encontrou água limpa numa lagoa.

Derreteram na caneca uma banda de rapadura que Zé Soldado tinha trazido no bisaco "pra roer um taco na hora da sentinela". Agora nos consolava a fome. A caneca passou de mão em mão e cada um bebeu um gole da garapa quente, pra quebrar o jejum.

Passarinho já estava cantando e os rapazes conseguiram matar uns quatro, na pedrada. Tinham abafado o fogo, deixando só as brasas. E nas brasas e no borralho assamos os bichinhos. E comemos tudo, até estalando no dente os ossos mais tostados.

Botei Zé Soldado de sentinela, na beira do caminho e reuni os homens para dar as minhas ordens. João Rufo do meu lado, eu sentada no chão, ele em pé, também fazia sentinela, mas prestando atenção ao que eu dizia.

E eu falei:

– Vocês estão vendo a situação. Eu hoje estou só no mundo – tirando vocês, meus caboclos. Taquei fogo no que era meu, a casa virou cinza; a terra do sítio aqueles excomungados vão tomar conta dela. Sem falar no gado que também vão roubar. (Felizmente é muito pouco, pensei comigo. Depois da morte de Pai o gado foi se acabando – o Liberato só achou uns restos.)

Esperei alguém falar e eles ficaram calados, olhando para mim. Continuei:

– De nosso, temos estas armas velhas, o corpo e a vida – nada mais.

Olhei pra eles de novo – o mesmo silêncio.

– Não nego a vocês que tenho um plano na cabeça. Na cabeça e no coração, posso dizer. É uma ideia muito velha, que eu trago comigo desde os tempos do finado meu avô.

Me virei para João Rufo:

– João, os outros eu não sei; mas você não se lembra do Avô e Pai falarem nas terras da Serra dos Padres, que são nossas de direito, desde quando ainda andava índio por lá?

João Rufo concordou que se lembrava muito bem, tal e qual Sinhazinha dizia.

– É tudo nosso – quero dizer, meu, herança do Avô e de Pai. Muita terra, boa de criação, de planta, de tudo. Madeira, então. Cada cedro que dois homens de mãos dadas não abarcam. E diz o povo mais antigo que lá tem botija de ouro enterrada pelos padres, faz quase cem anos. Isso eu não sei de certeza, mas dizem.

Os homens sorriram, interessados. Continuei:

– Anos depois Pai teve notícia, por um passageiro, de que na Serra dos Padres morava uma gentinha ocupando a terra. Pai ainda pensou em ir lá, retomar o que era dele. Mas tinha que brigar com essa gente, formar um grupo armado, abrir luta. Ele então foi deixando para depois; nessa época estava embelezado em situar o Limoeiro, que era perto da Vargem da Cruz, com mais conforto para a mulher, os filhos. Afinal, coitado, de todos os filhos que ele esperava, só vinguei eu – e mulher.

João Rufo indagou:

– E Sinhazinha está mesmo com tenção de ir pra lá, fazer essa guerra?

O outros arrebitaram a orelha e eu disse com força:

– Por que não? A terra é minha, o direito é meu.

Maninho e Alípio se levantaram, de olho aceso. Maninho disse:

– Quando o direito é da gente...

E eu:

– Vejo que estão animados. E eu estou com muita raiva. Quero provar quem eu sou àqueles condenados. Mas, se sentem, que eu ainda não acabei de falar. João Rufo está espantado, vendo eu querer começar esta guerra, dispondo só de quatro homens, dois cavalos, uma burra e três armas velhas... Mas isso é só o começo. Vamos arranjar animal pra todo mundo, armamento e munição, mantimento pra comer. Se der jeito, se toma ou se pede emprestado. Em algum caso até se compra. Eu tenho com quê – mas prefiro ir guardando os recursos para a munição, que só se adquire mesmo por compra. Não tem nem de quem roubar.

João Rufo escutava calado. Os outros pareciam impacientes por falar. Eu olhei pra eles:

– Então?

Maninho foi o primeiro:

– Por mim, eu vou!

E eu disse a ele:

– Vá chamar seu irmão e fique lá de sentinela, no lugar dele.

Alípio já estava de pé, apoiado no bacamarte:

– Meu pai me encomendou que eu acompanhasse a Dona, nem que fosse ao fim do mundo.

Me sorri para o rapaz. Não era à toa que eu confiava naquele velho.

Zé Soldado voltava. Maninho tinha contado a ele o principal e eu expliquei o resto. E ele também foi firme:

– Eu sempre tive vontade de ganhar o mundo, guerreando. Pra isso sentei praça, mas não deu em nada. Agora ainda é melhor, que não tem cabo e sargento tirando o couro da gente.

Eu levantei a mão, avisando:

– Vou prevenir a vocês: comigo é capaz de ser pior do que com cabo e sargento. Têm que me obedecer de olhos fechados. Têm que se esquecer de que eu sou mulher – pra isso mesmo estou usando estas calças de homem.

Bati no peito:

– Aqui não tem mulher nenhuma, tem só o chefe de vocês. Se eu disser que atire, vocês atiram; se eu disser que morra é pra morrer.

Quem desobedecer paga caro. Tão caro e tão depressa que não vai ter tempo nem para se arrepender.

Não sei que é que tinha na minha voz, na minha cara, mas eles concordaram, sem parar pra pensar. Aí eu me levantei do chão, pedi a faca de João Rufo, amolada feito uma navalha – puxei o meu cabelo que me descia pelas costas feito numa trança grossa; encostei o lado cego da faca na minha nuca e, de mecha em mecha, fui cortando o cabelo na altura do pescoço.

Dei um nó na trança aparada e entreguei a João Rufo, junto com a faca:

– Guarde esse cabelo no alforje.

Os homens olhavam espantados para os meus lindos cabelos. Pareceu até que o Maninho tinha os olhos cheios de água. E eu desafiei:

– Agora se acabou a Sinhazinha do Limoeiro. Quem está aqui é a Maria Moura, chefe de vocês, herdeira de uma data na sesmaria da Fidalga Brites, na Serra dos Padres. Vamos lá, arreiem os animais.

SAÍMOS MONTADOS eu, João Rufo e o Alípio. Zé Soldado e Maninho caminhavam em passo estradeiro, quase sem atrasar a marcha dos cavalos. Andamos mais de meia légua antes que o sol levantasse completo. Aí passamos por uma capoeira, com uns restos de palha de milho. Um pouco mais longe, num alto pedregoso, vimos que de um barraco coberto de palha de catolé saía a fumaça escura do primeiro fogo do dia. E na capoeira velha, mas tapada pela cerca de ramada, uma besta castanha, alta e ossuda. Ao lado dela um poldro já crescido. Zé Soldado logo pulou a ramada, levando na mão o cabresto da burra de João Rufo. Maninho seguia o irmão, gritando:

– Bota o cabresto na besta que o poldro acompanha!

A besta era mansa, nem negaceou. Mas o poldro, que acompanhou a mãe, colado nela, resistiu feito um danado quando Maninho foi botar nele o outro cabresto, o de Alípio.

Eu pensava que o poldro era chucro e não ia aceitar cavaleiro. Mas demos sorte: se não era manso, de sela, já tinha sido montado e não reagiu quando Alípio lhe enfiou os calcanhares no vazio. Saiu dando uns saltinhos, marchando de lado, mas acompanhou sem mais dificuldades a marcha da mãe, que Zé Soldado montava, também em pelo. Eu quis saber:

– E as selas? E os arreios?

João Rufo fez graça:

– Se Deus nos deu a montaria, não vai nos faltar com os arreios. Não se ofenda, Zé, mas você deve ter aprendido a roubar cavalo nos seus tempos de praça. E pela beira da estrada pode até encontrar em algum alpendre um arreio se oferecendo à vista de quem passa.

Zé Soldado virou-se, todo feliz:

– É! Soldado não se aperta. A primeira que eu veja...

Demorou contudo uns dias até se arranjar a primeira sela. Eu tinha dinheiro no papo de ema, podia comprar os arreios em algum povoado por onde se passasse. Mas não queria dar as caras, não queria fornecer rastro nosso ao Boca-Mole do Tonho e ao irmão.

Continuamos vivendo de aventura e evitando as casas. Armado mesmo não avistamos nenhum; só duas vezes uns passantes nos viram, mas foi de longe; antes que chegassem perto, pegamos a primeira vereda e sumimos na caatinga. De comida não se passava tão ruim. Os rapazes fizeram uma funda com um pedaço de corda, e sempre conseguiam derrubar rolinha, nambu. Até jacu eles mataram.

Teve uma manhã em que Alípio conseguiu passar a mão numa marrã de cabra, bem gordinha. Entramos com ela no mato, eles sangraram a bichinha, fizeram fogo, assaram a carne no espeto. O que sobrou botaram pra secar no sol. Foi um banquete, embora faltasse o sal.

E pela falta do sal, e a falta do doce, e a dos arreios, e de um feijão pra cozinhar, e a da farinha, e de um pedaço de sabão pra lavar a roupa que já estava imunda, resolvemos mandar um dos meninos fazer compras no primeiro povoado de que a gente passasse perto.

E levou ainda muitas léguas para se alcançar qualquer lugarejo. Ai, a gente só descobre quanto o mundo é grande e despovoado quando se anda nele perdido.

O tal vilarejo que se avistou não passava mesmo de um arruado. Do alto que descia pra lá se divisava ele todo – não seria mais do que uma dúzia de casas.

Despachamos Zé Soldado, que era o mais esperto dos três, para adquirir os mantimentos; e sem dar nas vistas!

Mandei que ele fosse na burra, sem sela e só com o cabresto, para dar a impressão de que era alguém que vivia por perto. João Rufo meteu a mão na sacola do dinheiro, contou um punhado de moeda – só de cobre:

– Isso vai chegar pra pagar tudo.

E aí riu-se:

– E se você achar alguma sela desprevenida, passe a mão!

Zé Soldado deixou a gente escondida no mato, desmontados, dando uma folga aos animais. E daí a mais de uma hora, voltou a galope, batendo com o chapéu no pescoço da burra e montado numa sela!

– O lugar se chama Lagoa do Remendo e nem sei como é que aquele povo vive. É tudo abestado, café eles nem conhecem, sal só preto, de mina. Sabão também preto, que eles fazem com sebo e cinza.

João Rufo lhe apontou com o dedo, aborrecido:

– Deixe de ignorância. Minha mãe só faz sabão assim.

Mas Zé Soldado não baixou a crista:

– Pois vossemecê vai ver que sabão beleza. Fede mais do que o sujo. Bem, eu comprei o que eles tinham: o sal, a rapadura, a farinha; o sabão – aquele mesmo da senhora sua mãe, seu João! e um pedaço de fumo de rolo, que ninguém pediu... Trouxe tudo. E ainda veio troco. Aqueles bestas não sabem nem contar dinheiro!

– E a sela? Comprou também?

– Ah, não! A sela eu vi logo que entrei na rua, montada em cima de uma cerca; toda molhada, devem ter botado no sol pra enxugar... Na casa não se via ninguém. Me disseram na bodega que a maioria do povo, nessa hora, está tudo carpindo mato, nos roçados. Eu desmontei da burra perto dessa cerca, como se quisesse endireitar a esteira. Olhei dum lado pro outro, não vi ninguém: peguei a sela de manso, joguei no lombo da burra, saltei em cima sem nem ao menos apertar a cilha... A mulinha parece que entendeu e picou no galope.

A sela não valia grandes coisas, descosida, com os loros remendados. Zé Soldado justamente estava estirando os loros com cuidado, para não romper os remendos e resmungava:

– O freguês tem a perna curta. Vai ver, é anão.

Maninho morria de inveja. Só ele, agora, montava em cima de esteira, feito índio. Mas se consolava:

– Pro meu poldro vou pegar coisa especial. Ele merece!

O poldro, na verdade, cada dia era melhor; árdego, andador, estava sempre na frente, puxando a marcha.

A gente já fazia caminho e Zé Soldado ainda se pabulava:

– Tive pena de não trazer um par de ancoretas, umas joias, que um menino estava levando para encher na cacimba. Pensei na nossa borracha velha, furada...

Maninho zombou:

– Imagine só, um bando de homem armado, tangendo uma burra com um par de ancoretas!

– É no que você se engana, seu besta. Soldado, em campanha, só anda com comboio atrás, carregando toda versidade de abastecimento. Leva de tudo. Vi um que carregava até barraca de pano, pro comandante dormir debaixo!

Ninguém acreditou nele. Nem eu. Quem anda pelas estradas, ou pede rancho nas casas, ou dorme no mato. Barraca! Mas deixa estar que eu bem gostaria de ter uma barraca pra dormir debaixo dela!

É que, pra falar a verdade, a marcha batida, fugindo, se escondendo, estava me moendo o corpo. De menina eu já andava a cavalo e sempre escanchada. Pai dizia que eu parecia um cabra macho e logo que ficasse moça tinha que aprender a andar de lado, como as outras, num silhão ou em andilhas, das antigas...

Mas as viagens que eu fazia em menina eram mais uns passeios – uma légua, duas, raramente passava de três léguas, ida e volta. Eu sonhava em ganhar os caminhos, atrás dos comboieiros, tangendo tropa de burro. Teve um cantador no Limoeiro que, no desafio, quando um perguntou ao outro onde é que ele morava, o cabra soltou a voz e respondeu: "Em cima das minhas apragatas, embaixo do meu chapéu..." Fiquei sonhando com aquela liberdade. Meus sonhos de menina não eram sonhos de mocinha; Mãe se escandalizava.

Pois agora eu era livre. Em cima do meu cavalo Tirano, embaixo do meu chapéu de palha... Me doíam os lombos, me doía o espinhaço.

Os pés já estavam meio inchados, dentro dos coturnos. Quando o cavalo chouteava forte, me atacava aquela dor que chamam dor de veado, a que dá uma pontada forte nos vazios. Me sentia suja, sem os meus banhos de cheiro, sem roupa branca pra trocar.

Deitada no mato, olhando as estrelas no céu escuro, eu ia me lembrando das conversas do Avô, os casos que ele me contava tantas vezes, tantas. Começou a contar quando eu era pequena e me deitava com ele, em noite de lua, na rede do alpendre. Depois, eu já mocinha, ouvia os mesmos casos, repetidos já agora por Pai, às visitas, aos parentes. E muito mais explicados do que no tempo em que ainda eu não podia entender.

Sempre me senti muito só. Agora, naquela intimidade obrigada com os meus homens, eles prosando, discutindo, eu entendia que eles não falavam muita coisa por respeito à minha pessoa. Eu podia ser o chefe, como exigia que eles me considerassem, mas era também a Sinhazinha, que João Rufo de certo modo ajudou a criar e que os rapazes tinham visto menina.

Só tinham visto. Eu nunca andei com eles, os meninos do sítio. Mãe não deixava. E de andar com as meninas eu não fazia conta, eram muito bestalhonas e medrosas.

Se eu tivesse um irmão era diferente. Mas nunca tive irmão, nem um companheiro da minha idade, nunca um amigo. Passei dois anos indo à escola, mas já era grande, quase moça. Menina pequena era mesmo só.

12
Marialva

Mais de um mês tinha se passado e nada sobre volta de Valentim. Mas eu fazia fé nessa volta – ele não tinha dito "Eu vou, mas volto?" Então?

E, para me dar mais confiança, nas Marias Pretas, vez por outra, nos chegava uma notícia ou um boato: a passagem por vários lugares de um moço rabequista; o que pedia esmola pelo amor de Deus, para o Senhor do Bonfim. Até de cinco léguas em redor aparecia gente falando.

Para o meu mal, eu tinha caído num erro, logo depois do aparecimento do Valentim. No alvoroço da novidade, assim que a Firma chegou da rua, contei tudo, da visita e do visitante, dos pais de feira, da queda desastrada que ele sofreu e da promessa ao Senhor do Bonfim.

A Firma logo arrebitou a orelha. Entre os três – ela, o Tonho e o Irineu – era ela quem mais medo tinha de que eu me casasse, botasse marido dentro de casa, cobrando deles a minha parte de tudo. E ainda mais: eu, novinha, sadia, podia ainda ter uma récua de filhos para virem azucrinar os tios.

A Firma era maninha, nunca teve nem um aborto. Quando os dois brigavam, o Tonho dizia que ela era de raça de mula, que não emprenha. E a danada respondia: quem sabe o mulo não era ele? Se duvidava, arranjasse um moço disposto pra tirar a teima e experimentar com ela; ia ver se pejava ou não! O Tonto ameaçava de lhe meter a mão; e a Firma avançava com as unhas, tirava sangue da cara dele.

Outras vezes, quando o Tonho tornava a se queixar por não ter nem ao menos um triste filho, um herdeiro que o ajudasse, ela insistia na alegação:

– A culpa tem que ser tua. Com tanta rapariga que você arranja por aí, já devia ter feito um filho, se pudesse.

– Eu não ando com rapariga!

– Pode não andar agora, porque tem medo de mim. Mas no seu tempo de solteiro, hein, seu frouxo?

Irineu, se estava perto, apartava os dois; eu ia me esconder no quarto. Não sei onde é que a Firma aprende aquele palavreado, devia ser mesmo com o marido, já que homem nenhum chega perto daquela megera; só mesmo o abestado do meu irmão.

Irineu também não tinha filho apanhado – pelo menos não que a gente soubesse de nenhum.

Dizia ele, naquela petulância, que filho só ia ter com a prima Maria Moura, quando fosse dono do Limoeiro.

A verdade é que todo aquele nosso povo, tal como os meus irmãos e a minha cunhada, só dava valor à terra, sobre tudo neste mundo. E não eram só os fazendeiros, mas os padres, as beatas, os comerciantes, o pessoal da rua e do mato: pra eles só vale a terra, acima de qualquer outro bem. Contava o Avô, imitando a fala do Marinheiro Belo, que gostava de discutir com ele:

"Para vossemecê e essa gente vossa, riqueza é só a terra. E nem se sabe direito para que a querem! Plantar, não plantam quase nada. Não cercam, não fazem benefício maior que a casa de taipa, o curral do algum gado, o chiqueiro das cabras. Olha, meu caro, a última vez em que pus estes olhos num arado, foi quando ainda vivia em minha terra, em Portugal..."

Ouvi o Avô repetir esse discurso tantas vezes, que nunca me esqueci dele. Mãe até achava uma falta de respeito a gente arremedar a fala do Marinheiro Belo nosso avô. E ainda tinha mais o remate, a última palavra do Marinheiro:

"Na verdade, vossemecês só querem a terra *para possuir*! Para dizerem que são os donos!"

E o Avô continuava a cena, acompanhado pelas nossas risadas:

– Aí o Marinheiro se levantava da mesa, chegava até ao alpendre, estendia o braço, ainda com a colher na mão: "O orgulho de vós todos é dizerem às visitas: 'Até onde alcançarem os seus olhos, tudo é meu. Da porta da minha casa não se avista terra alheia!'"

Hoje eu não acho mais graça. E penso mesmo que o Marinheiro Belo é que tinha razão. Por causa de um corredor de terra de uma braça de largura, numa extrema, todos são capazes de matar, de morrer e de mandar matar.

Com o ouro se sonha, é o que eles dizem. Mas a terra é viva, está fervilhando debaixo dos nossos pés. Quanto sangue corrido, quanta moça emparedada pra não casar, ficar solteirona, moça-velha e não dividir as heranças!

Visse o que acontecia comigo: bastou me ouvir falar no Valentim, a Firma tomou fogo na patrona. Ralhou que espumava, só porque eu tinha dado trela a esse sujeito adiantado, a um tocador de rabeca, veja só! E com essa pabulagem de ser saltimbanco, ainda por cima!

No que ela gritava comigo apareceu a Rubina, que tinha raiva da Firma desde que ela casou e se apossou de tudo, na nossa casa; a velha alegava que só ficou morando nas Marias Pretas com pena de mim, tão pequenininha, sem pai nem mãe, nas unhas da besta-fera. E também porque tinha um filho que era o homem de confiança do Tonho, o Duarte.

E só para inticar com a Firma, Rubina confirmou tudo do moço com a rabeca, do seu ofício de saltimbanco, da queda desastrada, e a promessa, a burra da montaria e o registro do santo... Só não falou nos olhos verdes, que, aí, já seria demais. E tinha cheiro de namoro: no caso, então havia de ser eu que entrava na dança.

A Firma amarelou de raiva, só faltava sapatear e me botou o dedo no nariz:

– Vou contar pro seu irmão! Vou contar toda essa pouca vergonha pro seu irmão!

Rubina, ainda com cara de riso, fez como se quisesse acalmar a jararaca:

– Mas, Dona Firma, se a menina for embora junto com os saltimbancos, o caminho fica livre para vosmecês. E se tiver filho com ele, vai ser saltimbanquinho também!

Firma avançou pra ela:

– Não se atreva comigo, sua negra! Olha que eu mando te botar no tronco!

Rubina levou as mãos aos quartos e desafiou:

– Que tronco? Esta negra é forra, minha dona!

A Firma chegou mais perto da Rubina e abanou-lhe os queixos:

– Forra! Só sendo! Negra da minha cozinha não tem nenhuma forra, não! É tudo cativa e apanha do meu relho!

Rubina não se rebaixou a gritar – naquela briga quem parecia a senhora dona era ela. Baixou a voz, falou com o maior desprezo:

– Quem sabe não lhe disseram? Afinal a senhora *não é* da família. Quando o Seu Tonho apanhou a senhora por aí, não lhe contaram nada, não é? Pois fique sabendo que eu sou forra, de papel passado, desde que peguei barriga do finado seu sogro! Quando ele viu que eu estava esperando, me chamou na sala e me entregou a carta assinada: "Tome logo a sua carta de alforria. É pro moleque nascer forro também."

– Isso é mentira! O seu moleque, sabe Deus de quem é filho!

– Sabe Deus e sabe todo o mundo. Sabe o seu marido que trata o meu filho como irmão dele que é. Bota Duarte até na frente do Irineu!

A Firma ia avançando para meter a mão na cara da outra; eu me enfiei no meio e apartei as duas.

Rubina deu um muxoxo e saiu da sala numa rabanada. A Firma saiu também, bufando, e foi se trancar no quarto. E, mal o Tonho chegou, veio dar o serviço:

– A tal da sua irmãzinha está botando as unhinhas de fora! Meteu dentro de casa um tocador de rabeca que passou pedindo esmola; e foi logo com comidinhas, chazinho, e namoro engatado. E tudo com a proteção dessa negra Rubina, que eu não sei como ainda deixo debaixo das minhas telhas.

O Irineu, que acabava de se apear e queria bem à Rubina, sua ama de leite, veio correndo enfrentar a raiva da cunhada:

– *Suas* telhas, não! Eu também tenho telha minha aqui! E deixe a Rubina em paz!

Tonho vinha de cara tão fechada que nem olhou para a mulher – logo ele, que tinha tanto medo dela.

Caiu sentado no banguê, olhou em torno meio esgaseado e gritou:

– Cala a boca aí, vocês dois.

Eu nunca tinha visto ele assim. Até a Firma, apesar do seu couro grosso, deu pra sentir:

– Que foi, homem? Viu assombração?

Irineu tinha se atirado num tamborete e foi ele que respondeu:

– Muito pior que assombração. Nós acabamos de ver a casa do Limoeiro pegar fogo e se acabar com tudo que tinha dentro.

A Firma nem entendia – nem eu também:

– Como foi? Como foi que aconteceu? Que fogo?

Irineu começou a explicar a história toda, do princípio. Primeiro a visita que fizeram, exigindo a parte deles no Limoeiro; a gente já sabia disso. E, o que era novidade, a intimação do delegado, a víbora da Moura botando os soldados pra correr. Depois, em desespero de causa, a ideia que o Tonho e ele tiveram de reunir uns homens e dar um susto na Moura: cercar-lhe a casa até ela se entregar.

– Pois quando chegamos lá, ela também já estava armada; nem se sabe quanto capanga era. Nos recebeu foi a tiro de bacamarte. Nós apertamos o cerco, fizemos fogo cerrado. Mas quando parecia que a partida estava ganha e a Moura acuada, rompeu labareda na casa por todos os lados, virou tudo uma fogueira só.

Eu estava apavorada e me pus a chorar:

– E ela? Morreu queimada, lá dentro?

Do seu canto, o Tonho cuspiu no chão:

– Antes fosse!

Até a Firma estava assombrada:

– Não morreu? E daí? Que é que ela fez?

O Irineu, que já estava andando pela sala, se virou pra nós:

– Ninguém sabe. O pior é isso: ninguém sabe. Só pode ter fugido. Não se ouviu um grito nem um ai. Quando chegamos, a casa estava cheia de gente: tinha pelo menos uns cinco atirando. E na hora em que tentei dar a volta por trás, ouvi um grito fino de mulher. E não era dela. Eu conheço a voz dela.

Tonho olhou para o irmão, concordou:

– Aquilo é muito esperta. Devia ter tudo preparado para escapulir, aproveitando que a gente estava assustado com o incêndio. Mas eu ainda pego ela. Ainda me cai na mão!

NO DIA SEGUINTE saíram os dois pelas estradas, com uma escolta de homens, procurando a fugitiva – quer dizer, os fugitivos, porque a Moura, se escapou, não foi sozinha.

Em primeiro lugar se botaram até o Limoeiro, onde ainda encontraram o rescaldo do fogo. Foram espiar de perto e dava para ver que não tinha corpo de ninguém no meio das paredes caídas, das telhas quebradas e do madeirame queimado. Não era possível que se consumisse tudo; tinha que haver nem que fosse algum esqueleto, mesmo virado em carvão. Mas de criatura morta ali não tinha nada, quer de bicho, quer de gente.

Procuraram pelas casas dos moradores: também não se achava ninguém em nenhuma das duas. Um tal de Chico Anum também estava sumido com a velha dele. Deixaram os trastes em casa, os potes, as panelas. Levaram só o que puderam carregar. O outro morador sumiu igualmente, largou até a panela do feijão na trempe, em cima do fogo. Esturricado.

O Chico Anum tinha uns filhos, um que sentou praça, o Zé Soldado, e um outro. Os dois irmãos eram cabras da Moura e estavam na casa da fazenda, durante o tiroteio. Escravo, não havia nenhum. Aquela gente sempre foi contra a lei do cativeiro. O Tio gostava de dizer, se fazendo de muito devoto: "Escravo só de Deus, Nosso Senhor."

– Aí (já era Tonho contando) eu com o Irineu e os meninos saímos pelas estradas, procurando o rastro da Moura. Mas ninguém, em casa nenhuma onde se passou, tinha visto pessoa alguma do Limoeiro, sozinha ou em bando. Nem a pé, nem a cavalo.

– Sumiram de chão adentro? – eu perguntei, ainda aturdida.

E a Firma, quando saiu do estupor daquela notícia e esfriou mais a cabeça, foi logo gritando com o marido:

– Então eles só podem ter se escondido nas matas! Em beira de estrada é que não iam se mostrar, sabendo que vocês estavam atrás dela.

Mas o Irineu não acreditava nisso:

– Acho que não, ela não ia aguentar ficar na mata, comendo o quê, dormindo onde?

O Tonho, como sempre, ia mais pela cabeça da mulher:

– Pode ser, Firma, pode ser. A Moura não estava sozinha. Tinha os cabras com ela, armados, podiam caçar, roubar legume nos roçados...

Irineu fez pouco na ideia:

– Roçado, em mês de setembro, não tem de resto nem uma espiga de milho seco, nem uma vagem de feijão. E ela não está acostumada a enfrentar a catinga – e os espinhos, e as pedras, e o solão quente. Deve ter medo de cachorro do mato, de gato-bravo, de cobra...

E a Firma:

– Cobra? Ela deve é se dar muito bem com as pareceiras!

No dia seguinte, Irineu e Tonho voltaram à sua caçada; a Firma foi à vila, decerto desabafar com as comadres. E eu voltei a ficar sozinha, o que era melhor que ficar com eles. Pensando na minha vida.

Tanta briga por causa dele, eu naquela espera tão ansiosa e Valentim não aparecia. Até mesmo as notícias sobre a passagem do moço pedinte pelas fazendas foram escasseando e afinal sumiram. Eu vivia choramingando pelos cantos, saía passeando pelo pátio das Marias Pretas, os olhos perdidos na estrada. Na volta era aos suspiros, cada suspiro fundo que até dava para apagar um fogo, dizia Rubina.

E quando eu me sentava no parapeito do alpendre, sempre de olho no caminho, Rubina, zombando de mim, se punha cantando a cantiguinha do Barba Azul, com que tinha nos embalado, a mim e ao Irineu:

A princesa encarcerada
No seu castelo a indagar
Já vês cavalo na ponte?
Já vês a vela no mar?
Nada vejo, minha mana
Vinde vós mesma espiar
Ai não, tenho os olhos cegos
Só me servem pra chorar...

Ela cantava com voz fina e fanhosa, mas me lembrava a rabeca do Valentim. E então eu começava a chorar mesmo.

AFINAL, MAIS DE UM mês tinha se passado e eu, pelo meio da manhã, na saleta das mulheres, trocava, desgostosa, os bilros na minha almofada de renda. Foi quando Rubina veio me avisar, misteriosa, que o Duarte (o filho dela) estava me esperando no alpendre. Esse Duarte, filho também de Pai, trabalhava junto com o Tonho. Mas tinham um acordo entre eles: Duarte, que era de paz, não se metia nas arruaças dos outros dois – as brigas, as questões, as bebedeiras, as estrepolias nas casas de mulher, na vila; Duarte tomava conta da escrita, do gado, dirigia o que era de trabalho nas Marias Pretas.

Morava junto com a mãe no que tinha sido a senzala, que o Tonho reformou só para os dois, já que ali não se tinha mais escravo nenhum. A Firma detestava o Duarte.

No rosto aberto, Duarte tinha um sorriso manhoso. Estendeu a mão e me entregou uma espécie de uru bem pequeno, comprido e estreito, feito de palha trançada, como de esteira. Recebi sem entender e Duarte explicou:

– Eu fui na vila, hoje. E na venda do Corujo me deram esta encomenda pra entregar à Sinhazinha.

Meu coração me chegou à boca, tive aquele palpite, mas disfarcei:

– Encomenda de quem?

– O Corujo disse que foi um moço, Sinhazinha. Um moço de fora.

Deixei Duarte sair antes de desatar a cordinha que fechava o uru. Levantei a tampa e sacudi um pouco para soltar o que vinha dentro. E caiu no meu colo um brinquedo, que eu de criança conhecia, mas nunca tinha possuído nenhum. Era um boneco, feito de taliscas finas de madeira, desses que têm as juntas dos braços e das pernas ligadas por um cordão. Pendurado numa espécie de trapézio, ele pulava, dançava e dava cambalhota, quando a gente apertava as taliscas, na parte de baixo do trapézio.

Mas o que fazia diferença entre o meu bonequinho e o que se vende nas feiras eram duas novidades: na carinha redonda e chata, espetada nos ombros, tinham pintado uns olhos bem grandes e bem verdes! E no quadrado do peito estava pintado um coração, bem encarnado, com um punhalzinho atravessado nele.

Eu ria e chorava movimentando o boneco, fazendo Valentim – porque era ele o trapezista! – virar de perna pra cima, dando o seu salto mortal.

Rubina que, atrás de mim, acompanhava tudo, também se ria:

– Ora já se viu! já se viu! O povo chama esse moleque de 'Mané Gostoso'.

– Mané Gostoso nada. O nome dele é Valentim.

Rubina de repente parou de rir, curvou-se para mim, deu o seu alerta:

– Esconde tudo. Lá vem a caninana.

Joguei o boneco e o uru dentro de uma rede que estava armada perto. Me sentei no tamborete, comecei a trocar os bilros na almofada. A Firma farejou:

– Do que é que estavam falando, que se calaram de repente? A Sinhazinha namora, a negra velha alcovita...

Dei o desprezo. Que por sinal era a coisa que mais irritava a Firma – ela falar, e a gente fazer que não ouvia. A verdade é que eu estava numa alegria tão grande – a vontade que tinha era de contar tudo, sair exibindo o presente, mostrar o meu Valentim de olhos verdes e coração trespassado, dando o seu salto mortal... Mas me segurei. A Firma era capaz de tomar o boneco à força e rebentar com ele. Afinal eu tinha Duarte e Rubina para repartir com eles o meu segredo.

O TONHO E O IRINEU continuavam na mania cega de encontrar a Maria Moura. Foram ao delegado – acho que iam naquela delegacia quase todos os dias – saber se houvera novidade. Nenhuma.

Com eles exigindo, o delegado em pessoa foi ao sítio, examinar o local do incêndio. Levou os dois soldados, ficou cavucando as cinzas com ponta de vara, fuçando por baixo das paredes caídas. Não tinha ninguém ali. Até a gaiola da graúna, pendurada num galho de cajazeira no terreiro da cozinha, estava com a portinhola aberta: elas tinham soltado o passarinho, antes da fugida.

O Tonho, contando isso, resmungava:

– Isso dá pra ver como ela trazia tudo planejado! Até o passarinho se lembraram de soltar. Eu ainda pego aquela safada!

E o Irineu se encrespava:

– Você diz que *pega*, com tanta gana! Se lembre que o noivo sou eu!

A Firma aí aparecia, recomeçava a briga, eu corria e ia me consolar junto da minha almofada.

13
O Beato Romano

Não digo que o vigário da Vargem da Cruz fosse um padre santo, mas eu me esforçava. Talvez mais debilmente do que nos primeiros tempos, mas me esforçava. Já não conseguia me exaltar com o exemplo dos meus santos preferidos. Também naquele exílio, naquele canto perdido, naquela vila de Vargem da Cruz! que nem sequer tinha o seu nome escrito em qualquer livro do mundo – eu vegetava isolado da comunhão humana, entre gente primitiva, pouco melhor do que selvagens.

Recordo, por exemplo, que certa vez falando eu da alma, durante o sermão de domingo, dizendo que devíamos atender não só às exigências do corpo, mas às da alma, fui cercado pelos fiéis, à saída da missa.

Vinham me dizer que tinham medo de se meter com almas penadas, delas queriam era distância! E uma beata mais aflita chegou a declarar: "Seu Vigário, eu todos os anos pago uma missa pelas almas do purgatório – mas é só para elas ficarem do lado de lá e eu do lado de cá..."

Procurei explicar, foi impossível. Eles sabiam muito bem que a gente só vira alma depois de morto...

Naquele domingo voltei para casa, me ajoelhei diante do oratório, cobri o rosto com as mãos e me pus a chorar. De solidão, de desamparo. Recordei depois uma passagem dos nossos tempos do seminário maior: no meu grupo de seminaristas, começamos a ler e a meditar sobre a vida dos grandes místicos. Os que se maceravam com cilícios e, todas as noites, punham as costas em sangue, com o açoite das disciplinas. Mas o Padre Mestre, quando teve notícias do nosso interesse por essas experiências atrevidas, para grande susto nosso, nos chamou ao gabinete.

Era grave, ser chamado ao gabinete. Por sorte íamos em grupo – os quatro que andávamos buscando os caminhos da santidade.

Em primeiro lugar, Padre Mestre quis saber o que andávamos lendo, ultimamente. E, às nossas respostas, baixava a cabeça e resmungava: "Hum... Hum..." Indagou depois a respeito dos açoites: "São açoites mesmo?" e pediu que lhe mostrássemos as costas. Timidamente, desabotoamos a roupeta, desnudamos os ombros, exibindo as omoplatas cortadas de vergões roxos. Padre Mestre olhou rapidamente, não gostou do que viu e falou seco:

– Componham-se!

Nós nos abotoamos depressa e em silêncio. Padre Mestre tomou então um ar que, nele, era estranho, como se estivesse com grande pena de nós. Levantou os olhos para o teto, suspirou:

– Meus filhos, vou entrar num terreno perigoso, que eu vinha evitando até agora.

Olhou fito para cada um de nós, limpou a garganta:

– Pela natureza dos nossos votos de castidade, temos, de qualquer modo, que abafar os apelos da carne. E é duro isso, mormente quando são tão jovens. O corpo, a toda hora, exige a parte da besta que ele é. E a gente combate a besta com a prece, a arma mais simples e a mais poderosa. O jejum é outro recurso, mas nem sempre possível de praticar, dentro da disciplina do seminário: os rapazes têm que se alimentar bem, para que deem conta dos estudos. Resta então o recurso heroico no combate ao fogo da carne – é o açoite, a dor, a maceração. Mas tenham muito cuidado, meus filhos! O açoite é uma arma de dois gumes: pode afogar os ardores da carne; mas às vezes, em lugar de abafar esses ardores, pode transviar a carne para caminhos ainda mais perigosos. O penitente é passível de terminar viciado no açoite, adotálo como substituto do comércio carnal. E termina sentindo um prazer perverso em se flagelar. Alguns até gozam, enquanto se açoitam. É esse um desvio que pode nos levar a pecados muito mais nocivos que as simples fantasias de adolescentes, por mais pecaminosas que elas lhes pareçam – e, aliás, o são.

Depois desse sermão, mandou que nos ajoelhássemos, nos concentrássemos e rezou conosco um *Magnificat*, invocando a Virgem Maria, a Mãe de toda pureza.

À nossa saída, cabisbaixos e impressionados, ele se permitiu sorrir:

– A escada de Jacó se sobe devagarinho, cada degrau ao seu tempo. Não vale saltar degraus... Boa noite. Vão em paz.

Recordo hoje esse episódio – o momento, as palavras – como se as estivesse lendo num livro. Na minha solidão, na Vargem da Cruz, eu não tinha sequer o recurso da penitência, para resistir às tentações. Padre Mestre me incutiu um medo permanente às penitências violentas. E eu me limitava a castigar a alma em vez de castigar a carne.

Ao mesmo tempo a tentação me assaltava por todos os lados. A vida das pessoas simples é muito aberta, muito exposta. Todos contam as suas intimidades, todo mundo conhece o cotidiano de cada um. Ah, o que chegava até mim, a mim, que os meus fiéis consideravam o seu ouvinte obrigatório, imóvel atrás das grades do confessionário. Especialmente as mulheres. Ou quase só as mulheres. Os homens se confessavam pouco, nem sequer uma vez por ano, segundo manda o preceito. E só se acusavam generalizando; pecados como fornicação e adultério, eles passavam de largo – eram fraquezas de macho que eu tinha a obrigação de entender. Creio que, apesar de padre, eles não me consideravam imune a essas fragilidades masculinas e até esperavam que eu comungasse das mesmas culpas: "O senhor sabe, padre, que pra nós, homens, é difícil governar essas coisas..." Nas casas cheias de mucamas e cunhãs, derrubar uma negrinha era fato tão sem importância quanto beber dois dedos de cana. Até a esposa achava natural; a negrinha achava naturalíssimo. Se pegasse um filho, então, botava um pé no futuro. E mesmo que, se por essa maternidade, não se tornasse forra, o filho o seria. Raro o senhor desalmado que não dê trato diferente a um filho seu; ou que, pelo menos, não o alforrie.

Os crimes mais comuns entre os homens da vila são os atentados contra a vida; mata-se muito em todo este sertão. A vida, aqui, é muito barata e a morte parece que resolve tudo. A morte cala a boca de quem fala demais, de quem repete o que não deve, ou de quem trai um segredo. Tira do caminho os inimigos: só com a morte se resolve uma pendenga grave. E há ainda muitas mortes por motivo de honra: bater em cara de homem, insultar um homem de certos nomes. Ou desvio de donzela, traição de mulher: "Honra só se lava com sangue." E eles lavam a honra e a desonra – é um direito do homem ofendido. Mais até que um direito, é uma obrigação. Por isso os valentes matam e os covardes mandam matar.

Já com as mulheres, os critérios delas são outros. Esmiúçam os pecados mais íntimos no deleite de os contar e os compartilhar com o padre confessor. Os pecados realizados, os quase cumpridos – ah, a doce cumplicidade! "Ele quase me forçou, Seu Padre... eu resisti o mais que pude, mas o que era a minha força contra a dele? E o pior é que eu gostei... e de noite, ainda sonho com ele..."

Pelo confessionário passa tudo, os adultérios e os incestos. Já falei na penitente que cometeu o pecado da carne com o padrasto e por isso resolveu 'mandar matar ele'... E queria que eu a absolvesse por antecipação!

Outra deu de vir se confessar com tal frequência que acabei me assustando. Era nova e era bonita, eu já a conhecia de vista. Assistia missa e novena de um banco da primeira fila, que ela tinha como seu. O costume era os ricos da terra se assentarem ali na frente; os remediados nos bancos logo atrás. A ralé e os escravos se amontoavam pra lá de uma grade, que lhes vedava a parte da nave mais próxima do altar.

Aquela senhora chegava, de roupa escura, só, sem marido nem irmão – mas isso não era estranho. O único lugar que a mulher pode frequentar sozinha é mesmo a igreja.

Às vezes ela trazia pela mão um filho pequeno e nesses casos sempre a acompanhava a ama, uma mulatinha de nariz arrebitado que se sabia ser filha do marido dela com uma escrava da casa. A moça entrava num ruflar de saias, se ajoelhava, fazia o pelo sinal, dava um suspiro afogueado e derrubava a mantilha para a nuca, como para aliviar o calor e mostrar o rosto bonito. Rezava de olhos fixos no altar, desfiando um terço de prata, sem baixar a cabeça, como faziam as outras. O povo da vila falava dela. Imagina, o marido andava longe há meses, seguira numa corrida de ouro, umas minas descobertas para os lados de Goiás. O homem já era antigo nisso, em moço foi garimpeiro. Diziam que a fortuna dele começou com o achado de uma grande pepita; tão grande mesmo que, com a venda dela, ele comprou uma casa na

Praça da Matriz. Um casarão com seis portas de frente, quatro das portas servindo à casa de moradia, as duas restantes serventia da loja. Nessa loja ele negociava de um tudo – feijão, farinha, rapadura, panos, redes, couros de gado e de bichos do mato. Vendia também aguardente, mas só de garrafa. Não queria moleque bêbedo faltando com o respeito à sua família, ali vizinha.

Todo mundo na vila dizia que Seu Anacleto (assim se chamava ele) era desequilibrado – meio doido. Largar mulher, família e fazenda, para se atirar numa corrida de ouro que ninguém sabia sequer se teria fundamento. Mas é conhecida essa loucura do ouro que pode atacar um homem só, tal como no caso do Anacleto, ou até uma povoação inteira, como já se tem visto acontecer.

Eu mesmo já ouvi contar de uma corrida anunciada pelo sino da matriz: parecia que era a Peste Negra, até as mães punham as crianças em cima das cargas e acompanhavam os homens. Tudo levado pela febre da riqueza escondida debaixo da terra.

Tempos depois, iam voltando os desenganados; e mais pobres do que partiram, quase todos.

Lá um ou outro trazia o seu frasquinho de ouro em pó, ou as suas pepitas escondidas com ciúme. E muitos ficavam pelos caminhos. E lá mesmo, também, nas supostas minas, teimavam em ficar os mais renitentes, bateando o cascalho, no sonho de achar o ouro e as pedras. Esses nunca perdiam a esperança e acabavam mesmo morrendo das febres, ou de tiro, com as mãos ainda vazias, tal como tinham chegado.

Seu Anacleto já partira há quase um ano. O povo, na Vargem da Cruz, até o dava por morto. Como explicar de outro modo ter ele deixado a mulher, a tal Dona Bela, moça e bonita, o filho pequeno? A loja na mão de um grande relaxado, a Fazenda Atalaia (que era o dote de Dona Bela) no abandono. Contavam que Dona Bela recusava-se a viver sozinha 'nos matos' da fazenda e não arredava pé da casa da rua. E muito menos se afastava da igreja, que ela deu para frequentar com uma assiduidade que me assustava – principalmente o confessionário.

O coração me batia, o suor me porejava na testa, ao perceber que ela se ajoelhava, se benzia, começando: "Padre, perdoai-me porque eu pequei..."

Mas o ritual da confissão ficava nisso. Ela só vinha ali para me tentar, para descrever as tentações de que padecia, dia e noite, e não a deixavam mais comer nem dormir: "Padre, eu amo e desejo um homem que não é meu marido, um homem que é pecado mortal eu amar... Ele nem olha para mim, se esconde atrás dessas grades..."

E eu, que mais podia fazer? Ralhava e advertia, tentado e apavorado. Chegava a ameaçar, levantar-me dali, na frente de todos. E ela continuava murmurando, obstinada: "O senhor não pode fazer isso. Não pode dar a menor demonstração... E o segredo do confessionário?"

Meu Deus, eu juro que fiz tudo. Baixava o rosto sobre as mãos, rezava, rezava, rogando a todos os santos que tirassem do meu lado aquele demônio tentador. A minha sorte é que, se eu não ousava dar um escândalo, ela também não o podia. E ficávamos os dois ali, aprisionados, a luxúria pulsando entre nós.

Afinal, eu sussurrava entre dentes: "Vá embora, vá embora, vá embora pelas chagas de Cristo! As pessoas já devem estar reparando."

E estavam; como estavam! A vila inteira vivia de olho naquela assiduidade de Dona Bela à igreja e ao confessionário. E me contaram que até o engraçado da botica fazia troça: "Aquela se confessa tanto porque já pecou, ou porque ainda quer pecar?"

Nessa teima surda e latejante, ela provocando e eu ainda resistindo, o que nos valeu é que eu não ia à casa dela e ela não tinha como vir à minha casa. Ela só podia me procurar na igreja, que era o meu castelo sagrado, a minha trincheira.

Até que numa noite de segunda-feira, já seriam umas nove horas, me bateu na porta uma escrava, toda embiocada numa toalha (chuviscava um pouco lá fora), chamando:

– Seu Vigário, Seu Vigário! Minha Sinhá está lhe chamando, pelo amor de Deus!

Eu já estava deitado, àquela hora; mas enfiei a batina às pressas, acorri:

– Que foi? Que foi?

E a negra, chorando:

– É a Sinhá Velha, que está morrendo, já deu dois ataques. Minha Sinhá disse que ela está pedindo a Extrema-Unção.

Acabei de abrir a porta, calcei as botas, botei na bolsa o frasco dos Santos Óleos, enfiei o chapéu na cabeça. Acompanhei a escrava que saiu correndo à minha frente. Eu não conhecia aquela negra – na verdade, como é que eu iria conhecer as escravas de todos os moradores da vila?

A mulher parou a corrida diante de uma casa de esquina. Eu nem sabia direito onde estava, a noite era muito escura.

Bateu na porta, alguém abriu e se mostrou, com uma candeia acesa na mão. Ao vê-la, dei um passo atrás, assustado. A casa, então, era a do Seu Anacleto!

A escrava passou rente à ama e se enfiou pelo corredor sombrio. Eu dei outro passo atrás, ia talvez fugir, mas Dona Bela falou:

– Seu Vigário entre, tenha compaixão. É a minha sogra que está morrendo...

A sogra deveria ser a senhora gorda que às vezes aparecia dia de missa, sentada no banco junto à nora, soltando suspiros de calor e se abanando com um leque da Índia.

Tirei o chapéu, entrei. Pelo corredor, me levaram até à camarinha, onde se via um leito, um oratório iluminado por uma lamparina e um grande baú preto.

Na cama a velha, cercada pelas crias da casa que choravam, junto com a escrava emissária, agora acocorada ao pé da cama e comandando o coro das carpideiras.

Eu abri a bolsa das urgências, tirei de lá a estola e o vaso dos Santos Óleos.

Fiz o sinal da cruz, e no que eu comecei a ministrar o sacramento à enferma, cessou o choro e a gritaria das mulheres. Dona Bela se mantinha atrás de mim, discreta, respeitando a gravidade do momento.

Toquei na enferma com o Óleo Santo, apenas na testa, e resumi a unção – "*Per istam Sanctum Unctionem indulgeat tibi Dominus quidquid delinquisti.*"

Ao terminar, quando lhe fiz a cruz com o Óleo Bento, a pobre de Cristo já ansiava, tentando balbuciar uma jaculatória.

Concluído o sacramento, eu ficara algum tempo de joelhos ao pé da cama, rezando ainda. Com o passar dos segundos, a respiração da doente ficou mais ofegante. E um pouco mais, já era o cirro da morte.

De repente parou tudo – entregara a alma.

Levantei-me, cerrei as pálpebras da defunta, abençoei-a pela última vez e a entreguei aos renovados gritos e cuidados das mulheres. Puseram-lhe um rosário nas mãos juntas e lhe compuseram o corpo, antes que a rigidez chegasse.

Saí do quarto. No corredor, encostada à parede, Dona Bela me esperava.

E, mal lhe olhei o rosto, ela começou a falar, atropelada, urgente:

– Padre José Maria, eu lhe digo como se fosse em segredo de confissão: essa mulher era uma fera! Morreu, graças a Deus, e morreu tarde.

Espantado, encarei a moça. Não é costume alguém dizer tais coisas a respeito de um defunto que ainda nem esfriou. Tentei aplacá-la:

– Acalme-se. A senhora deve estar nervosa, confusa...

Ela me apertou o braço com força e me puxou pelo corredor em fora:

– Venha cá, por favor, venha até a sala. Vou mandar fazer um chá.

Ainda tentei resistir, era difícil. A mulher me puxava com força redobrada. Tentei tirar aqueles dedos do meu braço – parecia que estavam encastoados nele. E assim, ela me puxando, eu resistindo – eu estava talvez mais confuso do que ela – chegamos à sala.

Dona Bela me fez sentar num cadeirão à cabeceira da mesa e nem então me soltou:

– Eu vivo aqui como uma presa na cadeia. Meu marido foi para uns garimpos em Goiás e me deixou nesta casa. Ele bem sabia o que estava fazendo: a velha ficou me vigiando, feito um dragão. Me espionava até quando eu dormia; sair, só me deixava ir para a igreja. Fazer visitas, conversar com uma amiga, qual! E, mesmo à missa, a princípio eu só podia ir com ela. O senhor não se lembra? Ela comigo no primeiro banco? Olhava mais pra mim do que para o altar, me perturbava até as orações!

Eu quis me levantar, ela de novo me prendeu o braço sobre a mesa:

– Quando, por fim, ela adoeceu, eu pensei que ia ter um alívio ao sufoco. Mas, mesmo de cama, se acabando de falta de fôlego, ela mandava as negrinhas pra me espionar. Até do meu filho, o pobre inocentinho, ela indagava se eu, na rua, tinha conversado com algum homem. Só para me assustar, inventou que estava escrevendo num caderno tudo que eu fizesse, de dia e de noite: o que eu comia, o que eu vestia, alguém com quem trocasse uma palavra. Só não me afligi mais porque, por sorte, lembrei que o meu marido tinha me contado: ela não sabia ler, quanto mais escrever! Pois assim mesmo a velha teve a coragem de me mostrar um caderno de papel, costurado, a pena aparada e um frasquinho de tinta roxa! Mas nunca me deixou pegar no caderno, ver por dentro das folhas dele: porque eu, eu sei ler, e muito bem, o finado meu pai me ensinou. Ela fingia só pra me fazer medo! Isso é para o senhor ver como aquela velha é malvada!

Nesse ponto a moça me encarou e repetiu o que dissera:

– *É* malvada?... *É*, não! *Era!* Graças a Deus Nosso Senhor e a todos os santos do céu! *Era!*

E Dona Bela abriu um sorriso feliz:

– Era, era, era. Não é mais! Está morta! Morreu!

Encostou-se no espaldar da cadeira, acomodou-se melhor no assento:

– Agora eu sou senhora de mim. Sou dona da minha casa. Quer ver?

Bateu palmas, deixou passar um instante, bateu com mais força.

Apareceu na porta a cara assustada da escrava, com um pano atado à cabeça:

– Que foi, Sinhá?

– Tem fogo aceso? Se não tiver, acenda. Faça um chá bem forte e traga aqui.

A escrava nem entendia:

– Chá? Mas Sinhazinha, a Sinhá velha já não morreu?

Dona Bela levantou a cabeça, imperiosa:

– A Sinhá velha morreu, mas eu – eu estou viva. Vá fazer o chá pro Senhor Vigário e pra mim. Vá! Agora sou eu que mando aqui.

A mulher saiu e eu continuava tentando aplacar a agitação de Dona Bela:

– Não será melhor a senhora ir descansar um pouco? Ou ir rezar – rezar por intenção da falecida?

Ela virou o rosto para mim, me encarou uns segundos, me segurou a mão que eu deixara em cima da mesa:

– Padre José Maria, o senhor não me compreendeu. Eu não vou rezar por alma daquela velha. Nunca! Eu posso rezar, mas é de agradecimento a Deus pela minha liberdade. Olhe, entenda: o que eu me sinto é alforriada. Nem acredito direito, ainda!

E imediatamente deitou a cabeça na mesa e desabou em prantos, soluçando.

– Nem acredito! Nem acredito!

O choro aumentava, os soluços foram ficando convulsos.

Eu lhe pus a mão no ombro, ela chorava mais forte. Passei de leve a ponta dos dedos pelos cabelos que lhe caiam às costas, numa trança. Senhor meu Deus, jurar é pecado; mas eu juro que, naquele impulso de fazer um carinho, foi só – posso dizer – foi só compaixão. Ela clamava que estava feliz e ao mesmo tempo chorava naquele desadoro, eu não entendia. Sentia-me profundamente perturbado e até mesmo aflito. E aí, num repente, ela de novo pôs a mão sobre a minha, puxou a minha mão até a boca e começou a cobrir de beijos os meus dedos. Retirei a mão bruscamente, assustadíssimo:

– Que é isso? Que é isso?

Ela me soltou os dedos, levantou até mim o rosto lindo, lavado em lágrimas, e balbuciou, como menina apanhada em falta:

– Perdoe, que eu estou fora de mim!

Levantei-me para ir embora. Procurei em torno o meu chapéu, não o vi; devia ter ficado na alcova da mulher morta.

Dona Bela se levantou também, enxugou os olhos na manga da blusa, implorou:

– Por favor, não vá! Agora não!

Eu ia respondendo, severo, mas aí entrou a escrava com a bandeja do chá.

Para não chamar mais atenção, sentei-me de novo. Ela sentou-se também, apossou-se da bandeja com um sorriso trêmulo; e, com os dedos também trêmulos, encheu uma xícara para mim.

A escrava avisou:

– Já está doce, Sinhá.

Eu olhei para a mulher. Será que ela viu alguma coisa? E lhe pedi também, sorrindo um pouco:

– Quer ver se o meu chapéu ficou caído lá no quarto? Creio que larguei o chapéu por lá.

A escrava curvou a cabeça e saiu. Eu me mantinha longe de Dona Bela, silencioso, a cara séria. Ela serviu-se de chá e nem ergueu os olhos para mim.

A escrava voltou, me entregou o chapéu e a bolsa, que eu também largara no quarto da moribunda.

– Sinhô Padre se esqueceu também desta bolsa, junto com o chapéu.

Eu já estava de pé. Dona Bela ergueu-se e ofereceu:

– Vou mandar alguém acompanhar o senhor. A noite está muito escura.

Eu agradeci, com certa rispidez:

– Eu sempre acerto o caminho de casa. Mesmo no escuro.

SAÍ, MEIO TONTO. Era a primeira vez que eu enfrentava uma tentação direta e imediata, em carne e osso, sangue e sorriso.

A mulher estava ali, tão linda, tão doce, tão macia, com aquela trança desfeita que lhe descia pelas costas, o roupão caseiro, o pé sem meia numa chinelinha azul, aparecendo de vez em quando. O perigo era decerto pior do que as visões de Santo Antão. Não oferecia a tal nudez ondulante da serpente, era o suave convite da intimidade. Só nos olhos dela é que se via uma luz de malícia. E eu, com os meus olhos abaixados, o queixo enterrado na sotaina preta – a minha mortalha, que me separava dos vivos, do mundo.

O ar frio da rua que eu respirei a peito cheio, me aliviou um pouco a angústia, o desorientado senso do pecado. Pus-me a andar em passadas largas, escorraçado pela chuva que ia engrossando, carregado pelos meus maus pensamentos.

A casa parecia longe, a rua sem-fim. Será que eu estava mesmo perdido, naquela escuridão? Mas então vi que chegara em casa, dei de frente com a porta fechada. Bati com força, gritando pelo menino que me servia:

– Onofre! Onofre! Abre essa porta! Depressa, que eu estou me molhando!

A chuva engrossara mesmo e eu já estava com as costas ensopadas, tremendo de frio, as mãos geladas. Onofre correu o ferrolho, olhou-me com os olhos assustados:

– Sinhô está mal?

Entrei rápido, entreguei-lhe a bolsa.

– Estou mal, sim, constipei na chuva.

Desabotoei a batina, deixei a roupa molhada cair no chão e, de camisa e ceroulas, fui ao baú, no meu quarto. Abri, tirei uma garrafa de aguardente que eu tinha ali para algum imprevisto – como aquele! Destapei a rolha com alguma dificuldade e, no gargalo mesmo, tomei uns goles grandes que quase me sufocaram. Onofre, que apanhara no chão a batina molhada e procurava pendurá-la no cabide, ouvindo a minha tosse engasgada, virou-se espantado, mas não disse nada. E eu, assim que pude falar, expliquei, para não escandalizar o rapaz:

– Bebida é sempre ruim. Tomei, para esquentar o frio, e quase me sufoco!

– Sinhô não tem costume! Por isso é que se engasgou.

Enfiei o camisolão, deitei-me um pouco na rede. Mas, no frio que me atacava, a rede não dava conforto.

Fui à cama, que eu raramente usava, estreita e dura; me enrolei todo na coberta. A aguardente também me deixara meio tonto.

Dormi. Mas dormi, Deus que me perdoe, com a mulher nos braços, como se a tivesse mesmo ali, viva, tépida, macia.

14
Maria Moura

Andamos mais algumas léguas – era sempre aquela solidão. A farinha se acabava no fundo do saco; em compensação, a caça era mais fácil. A espingardinha já podia ser usada; quem é que ia ouvir tiro naquele desterro? Mas tinha-se que poupar a munição. A qualquer momento era capaz de surgir um mau encontro e a gente não podia ficar desprevenida.

Mas aí, no terceiro dia, nós saímos marchando de manhãzinha, quase de madrugada, quando topamos com um pequeno acampamento que, pelo visto, se preparava para levantar. Em redor da fogueirinha, um homem de barba e dois camaradas. Amarrados num pé de angico, perto, três cavalos, ainda sem os arreios.

De longe vimos o grupo deles; estavam numa clareira; natural, ninguém faz fogo debaixo de árvore. O barbudo bebia num caneco e, dos caboclos, um apagava o fogo, o outro esfregava areia nas vasilhas.

Paramos a distância e, antes que nos vissem, entramos pelo mato. Zé Soldado dizia baixinho que estava simpatizando muito com o cavalo – devia ser a montaria do barbudo. E o Alípio se declarava de olho nos arreios e nas selas.

João Rufo que, no dizer de Zé Soldado, parecia um sargento em campanha, me perguntou:

– A gente ataca, Chefe? (Estava começando a me chamar de 'chefe' para dar o exemplo aos outros. Dantes só me chamava de Sinhazinha.)

E eu levantei a mão no ar:

– Esperem aí. Vamos combinar direito.

Me lembrei de uma história que o Avô contava, dos tempos das Guerras do Cariri. Perguntei então se algum deles trazia lenço no bolso. Eu trazia! Um lenço encarnado de Alcobaça que encontrei, já em viagem, no bolso do casacão de Pai. João Rufo tinha também um lenço velho. Dobrei o meu lenço enviesado e com ele cobri o rosto, tapando a boca e o nariz. João Rufo ajeitou mal e mal o seu, que era pequeno. Os rapazes deram um jeito, levantando a fralda da camisa até à cara.

– Assim eles não veem a cara da gente. A barriga de vocês é que fica de fora, mas barriga não tem cara!

Mas Maninho resmungou:

– De que adianta? Eles não veem a gente, mas veem os cavalos. E é mais fácil dizer como é um cavalo do que dizer como é a cara de um homem.

Era verdade. Mas o que eu não queria era que vissem *o meu rosto*. A cara de mulher. Mesmo com o cabelo cortado, eu não devia ter feição de homem; já o corpo, disfarçado no trajo, ainda podia enganar.

Tomamos chegada a passo lento, pra não assustar a caça. Quando eles nos viram, a gente já estava em cima. Eu tinha dito a João Rufo: "Você fala. Eu não quero que eles ouçam a minha voz."

Com a cara coberta, as armas apontadas, rodeamos os três. João Rufo engrossou a voz:

– Soltem as armas!

Os homens nos olharam assustados. Nenhum dos três portava arma de fogo.

– Joguem as facas longe! – gritou João Rufo.

O homem de barba atirou no chão uma faca de bainha de prata, que pendia de uma corrente, presa numa casa da camisa.

Os outros dois largaram as facas de ponta, afiadas, de mais de dois palmos de comprido.

– Agora passem pra cá os mantimentos. As redes. Isso! Assim!

E João Rufo, continuando na chefia, ordenou a Zé Soldado e Maninho que fossem pegar os cavalos. Ele e o Alípio ficavam tomando conta dos cabras.

Dois dos animais eram grandes, quartaus criados, um cardão e o outro, o melado. O terceiro era um piquira miúdo, ruinzinho, curto de perna. E João Rufo explicou para os homens que, à ordem dele, já estavam de mãos pro alto, apavorados, espiando a boca das nossas armas:

– Pra não dizerem que a gente é ruim, nós vamos só fazer uma troca: os seus dois cavalos pela besta e a nossa burra. Vocês continuam com três montarias.

O barbudo ainda quis protestar:

– Vossemecê não pode fazer isso!

Eu cheguei o cano da arma mais perto da cara dele. E Zé Soldado protestava, lá de junto dos soldados:

– Mas a gente carece também da burra pra levar a carga!

João Rufo riu-se:

– Isso mesmo! Não é que eu ia me esquecendo? Deixa pra ele a égua e o cavalinho. Com os dois eles se arrumam. Levam o outro na garupa. Também vão viajar leve, sem carga...

Fez-se a troca, rápido. E quando estavam todos montados nos animais novos, com seus arreios, Alípio pegou o chicote e açoitou de repente a besta e o cavalinho, que se assustaram e entraram a galope mato adentro. E o Alípio ainda perseguiu os dois animais até mais adiante, gritando e batendo os braços.

João Rufo mandou então Alípio pegar os cabrestos e amarrar os homens, de pés e mãos. E explicou:

– Isso é pra vocês não saírem logo correndo atrás de nós. Mas desatem logo esses nós e saiam depressa pegar os cavalos, senão eles afundam na catinga! E ninguém mais acha!

O homem de barba estava tão furioso que até espumava. Os outros olhavam pra gente, abestalhados, quase com um ar de riso. Parece que o medo, quando é muito, dá vontade de rir. Já vi isso muitas vezes, de uns tempos pra cá.

Já agora, a nossa situação era outra. Tinha-se uma rede e duas tipoias pequenas, sela, manta e rédea para todos os cavalos. E, de montaria, o Tirano, o cavalo de campo, o potro (que rinchou e corcoveou um pouco quando tangeram a besta para o mato) e os dois cavalos do barbudo. E na mula, atados às argolas da sela, pusemos os rolos com as redes. Pendurados dos dois lados, os sacos com os mantimentos: rapadura, carne seca, farinha e sal. Uma fartura.

Tirei o lenço do rosto, que me vinha atrapalhando o fôlego. As fraldas das camisas já tinham antes caído da cara dos outros, mas ninguém se importou. Afinal, cara de caboclo é quase tudo igual e nenhum deles trazia barba ou bigode que chamasse atenção.

Nessa noite, dormimos um belo sono. João Rufo atou a minha rede em duas chibatas grossas de louro. E ele próprio, a distância respeitosa, se deitou em uma das tipoias. A outra ficou para os rapazes, que se revezavam na sentinela. Sempre dois de guarda, um para acordar o outro, se dormisse.

Deitada na rede, eu me sentia inquieta. Ah, não era aquela vida de correria miúda que eu procurava, quando fugi do Limoeiro. A gente tinha que tomar uma decisão.

Reuni de novo os homens ao redor do nosso fogo e decretei:

– De hoje em diante, nós vamos procurar um canto pra fazer o nosso ponto de parada. Um lugar nosso mesmo, de onde a gente saia e para onde volte, por mais longe que se vá, e se meta no que se meter. Tem que ser um lugar escondido e com água perto. Essa mata por aí é muito grande; procurando a gente acha.

LEVOU QUASE TRÊS semanas para achar. Mas numa manhã bem cedo, ainda com névoa no ar, a gente descobriu o que queria.

Num vale entre duas lombadas verdes, se deitava uma lagoa de bom tamanho, chão de areia, água clara. O mato que subia pelas lombadas era de capoeira: ali já tinha se plantado; na parte baixa se plantava ainda, muito pouco; uma espécie de quintalzinho com restos de palha de milho e moitas secas de feijão. Mais para lá, perto da água, umas bananeiras. E, mais além, dois ranchos de barro, meio tombados, cobertos de palha, e um deles era fechado com porta de vara.

Em pé, junto dos ranchos, dois negros velhos – um homem e uma mulher. Perto do chiqueiro onde ainda estavam presas umas cinco cabras, uns molecotes já crescidos; o maior teria uns treze, quatorze anos, o menorzinho uns seis.

Dava para se ver quanto a velha estava assustada com a nossa aparição. Mas o velho se mostrava calmo.

Nós paramos os animais, demos bom dia, o velho perguntou:

– Vassuncês são tropa de soldado?

Eu não tinha escondido a cara e falei:

– Não. Ninguém aqui é soldado. E não queremos fazer mal a vossemecê, nem à sua família. Podemos apear?

O velho levou a mão à rédea do Tirano para me ajudar a desmontar. Com a minha cortesia tinha se desarmado. E não se enganava com a minha condição de mulher. Foi buscar no rancho dois tamboretes de pau, onde nos sentamos, eu e João Rufo. Os rapazes ficaram junto dos cavalos.

Eu indaguei:

– Vossemecês moram aqui com quem?

Falou o velho:

– Só eu, a velha, e os três moleques.

A HISTÓRIA DELE era comprida e meio confusa. Pelo que entendi, aquilo ali havia sido uma espécie de quilombo pequeno. O casal tinha conseguido fugir, fazia alguns anos, da fazenda onde eram escravos, lá pras bandas do Rio São Francisco. Aproveitaram uma noite de muita chuva, o portão aberto, o descuido dos capangas. Fugiram – o velho, a mulher, um filho e um genro, a filha e a nora. Demoraram meses, vagando pela mata, caminhando de noite, quando era claro, se escondendo de dia, comendo do que achavam. Afinal, deram com aquele lugar. Foram ficando, a aguada era boa, os filhos levantaram os ranchos. A mulher tinha trazido semente de milho, feijão, fumo. Fizeram uma cerquinha, plantaram. Tiveram legume para comer o resto do ano.

Depois, foi ficando mais fácil e mais farto. O filho era ladino, fazia arapuca, gaiola de caçar gato do mato, pegavam passarinho e pássaro grande – jacu, socó. (Igual a nós!) Certa vez saíram mais longe, pegaram uma cabra prenha, extraviada. A cabra pariu, e com o casal de cabritos, começaram a criação. Tempo depois conseguiram até um bode de fora; foi bom, porque a criação, de tanto cruzar só entre si, estava ficando miúda e doente.

Até que um dia – pelas contas dele fazia cinco anos – de repente apareceu ali um volante que andava caçando uns escravos fugidos, mas que não eram da fazenda do Sinhô deles. Assim mesmo o capitão do mato prendeu a todos, para não perder a viagem. Não se importou quando eles protestaram que eram forros, estavam ali por ordem do Sinhô que queria situar aquela garra de terra fresca.

O capitão não acreditava na invenção daquela alforria:

– Vocês nem podem negar! É tudo quilombola, conheço até pelo cheiro!

Mas resolveram levar com o volante só os dois negros novos, eram força de trabalho, e as duas mulheres, também ainda boas de produção.

Deixaram ficar os velhos e as três crias, que não iam aguentar a viagem de volta.

Os homens do volante até que tiveram pena; coitado do negro velho, e afinal, aquela família não era mesmo a dos cativos que eles vinham caçando!

Mas o capitão do mato cortou a conversa:

– Levo esses quatro e, com isso, me pago da canseira. Se chego de mão abanando, fico no prejuízo.

Mandou amarrar os quatro, saiu com eles, enquanto as crianças gritavam e a velha chorava, agarrada no menorzinho, que ainda era de colo.

Quando montou no seu cavalo, o capitão se despediu:

– Vocês fiquem quietos, que eu não vou dizer à autoridade onde é que achei esses negros. Criem os moleques.

Não era um homem muito ruim, afinal. Não matou ninguém.

FIQUEI OUVINDO a história do escravo e fazendo um plano. Em vez de tomar a morada dos negros velhos, eu podia muito bem fazer deles uma espécie de moradores, ou mesmo caseiros, da gente. Quem por acaso passasse por ali, visse os moleques, os velhos cuidando da criação e da planta, não ia pensar que se abrigava algum homem armado à beira daquela lagoa.

E inventei a minha história para contar ao velho, de um jeito que ele pudesse entender.

– Não vê – eu disse – estou aqui vestida nestes trajos de homem, à força, para me esconder dos meus inimigos. Vossemecê conheceu logo que eu sou uma moça – moça de boa família, não é? Fui expulsa da minha fazenda por uns primos carrascos, que queriam se apossar do que era meu, quando me viram órfã de pai e mãe. Fizeram tudo para me tirar do meu sítio e, por fim, tocaram fogo na minha casa. Eu fugi, apavorada e chamei para virem comigo estes camaradas; a intenção daqueles miseráveis era me matarem queimada dentro da casa. Estes meus caboclos já trabalhavam pra minha mãe, e os primos tinham raiva deles também. Arranjamos uns cavalos e chegamos até aqui. Andamos muito, léguas e léguas, nem sei quantas. Estamos com mais de mês de correria por essas matas além. Passamos por muito perigo – ladrão, bicho bravo – mas Deus e Nossa Senhora nos protegeram. E agora, eu vendo a sua morada, tão calma, me lembrei da gente se arranchar por aqui. Com os meus homens, reformo as suas barracas e faço mais uma: ficam sendo três: uma pra mim, outra pra sua família, outra pra eles. Eu já lhe disse que sou moça solteira e eles me respeitam muito. Mesmo com os aperreios da fugida, consegui trazer algum recurso, vai nos dar para um começo de vida. Quem sabe a gente pode adquirir alguma rês pelas vizinhanças, plantar um bom roçado, fazer bastante legume...

O velho, que se chamava Amaro (a mulher se chamava Libânia), depois de ouvir o meu relato, só fez um reparo:

– Aqui não tem vizinhança. Não tem onde se comprar nada. A gente vive da mão pra boca.

E a velha Libânia ajuntou, sentada um pouco além, numa pedra, como menino menor encostado nos joelhos:

– Roupa, então, é impossível. Uma miséria. Eu ainda remendo uns molambos, para mim e o velho. Mas, criança, vive tudo nu que nem índio.

Eu me levantei, cheguei perto da velha, passei a mão na cabeça do neto, bem pretinho, com as meninas dos olhos enormes, mais pretas ainda.

Ele chupava um dedo, com força, como se esperasse tirar alguma coisa de lá. Estava se vendo que tinha fome.

A Libânia gemeu:

– Coitadinho. Quem vê não sabe que anda bem pelos seis anos. Nunca bebeu um pingo de leite depois que levaram a mãe. Depois que se adquiriu as cabras a gente procura tirar algum leite, mas é difícil, porque cabra do mato é braba, não dá leite nenhum. Ficou movidinho, se criando só com papa de xerém de milho. Mas agora, até o milho acabou...

Eu chamei João Rufo, cochichei com ele. Mandei tirar do saco uma cuia de feijão, outra de farinha. Chamei os dois meninos maiores que ficavam de longe, assustados; com a ponta da faca fui quebrando as quinas de uma rapadura para dar um pedaço a cada um. Os dois pegaram o doce, rápido, como se furtassem, e foram comer escondidos, encostados no oitão do barraco. O velho estendeu a mão, com delicadeza:

– A senhora dá também um pedaço pra mim e pra velha? Já nem sei há quanto tempo que eu não provo doce...

Quebrei um bom pedaço para os dois. Era o que nos restava do farnel do barbudo. Disse à velha que acendesse fogo, para se cozinhar o feijão. Ela afastou o menino, arranjou uma panela de barro, encheu d'água, catou depressa os caroços, foi soprar as brasas na trempe. Quase chorou quando lhe entreguei um punhadinho de sal.

– Sal, meus santos anjos! Não vejo sal desde aquela noite que a gente fugiu da senzala!

Molhou com a língua a ponta do dedo, tocou o dedo molhado no sal, lambeu o dedo com delícia:

– É sal, mesmo. É sal das águas do mar, secado no sol...

Esperei que ela terminasse os arranjos. O velho só tinha olhos para a promessa de comida. Afinal, o fogo deu labareda embaixo da panela e eu voltei a me sentar no tamborete e a falar. Eles me ouviam, chupando cada um o seu pedaço de rapadura.

– Pois como eu ia dizendo, a gente bem que podia viver juntos aqui. Como é que se chama este lugar?

O velho Amaro respondeu, com a boca cheia:

– O nome antigo eu não sei. É um lugar tão perdido, que talvez até nem tenha nome. Nós chamamos de Lagoa do Socorro, pois foi ela que nos acudiu.

E eu concordei:

– Socorro. É isso mesmo. Vai ser Socorro para nós também.

Os rapazes foram lavar os cavalos, depois cortaram no roçadinho um pouco de palha de milho. Os animais comeram, amarrados nos cabrestos.

Perguntei ao velho Amaro onde é que poderia comprar alguma coisa – mantimento, rede, um machado, uma enxada...

– Machado eu tenho um, ainda com serventia, que se trouxe, na fugida. Enxada tem um caquinho, que a minha nora trouxe também...

– Mas o resto das coisas, onde se adquire aqui?

Seu Amaro parece que tinha medo de dizer. Afinal confessou:

– Nós nunca fomos lá. Mas tem um arruado, a umas quatro léguas daqui, na beira da estrada que vai para o norte... Meus filhos, quando a fome aqui era demais, botavam umas esperas nessa estrada e tomavam as compras dos beiradeiros que vinham de lá fazer feira... O lugar se chama Camiranga; lá tem bodega que vende mantimento, pano pra roupa, louça de barro.

A velha, de repente, riu:

– Um dia meu filho trouxe até um cobertor de baeta, sem saber nem pra que servia. Pensava que era pra se fazer manta de cavalo! Mas eu conheço baeta! Já lavei muitas delas, dos brancos dormir enrolado, lá na fazenda velha... Tá ali, dentro de um saco, trepado embaixo do telhado. Mas o cupim andou dando nela, fez uns buracos.

Eu procurei continuar a conversa:

– Pois eu vou mandar um rapaz meu até essa tal de Camiranga, comprar o que for preciso. E vamos levantar de novo esses ranchos caídos. O de vocês, mais o menor para mim e ainda se levanta um novo, maior, para os homens. Precisa também fazer um retiro para os cavalos, um bom cercado, escondido no mato, cerca forte, pra não se perder nenhum animal.

O negro velho abriu o sorriso:

– De cerca eu entendo, Sinhá. Era o meu trabalho na fazenda. De faxina, de entranço, pau redondo, pau lascado...

E a velha Libânia, acocorada junto da trempe:

– E pra mim, se me trouxerem uns panos, linha e agulha, eu ainda entrujo uma camisa e umas ceroula pros moços. E quero uma tesoura, pra cortar o pano. Eu tinha duas agulhas, uma se quebrou, a outra se perdeu na areia.

Numa segunda trempe, a água já fervia, foi-se fazer um chá. De capim santo, que era o que havia. Siá Libânia ria, jogando o último pedaço de rapadura dentro do chá:

– Que luxo!

PARECIA UMA REUNIÃO de família. A velha ofereceu armar uma rede para mim, dentro do barraco. Mas espiei de longe a furna escura e me excusei:

– Acho que prefiro atar a minha rede num pé de pau desses. Com tantos dias dormindo no tempo, acho até que já me repuna me trancar entre quatro paredes...

João Rufo tirou do saco umas cordas e a rede do barbudo, que foi armar numa catingueira grande, no fim do terreiro, quase na beirada da mata. O outro punho atou num angico, duas braças afastado da catingueira.

Eu me deitei, me espreguicei, estirei os ossos e prometi de lá:

– É só por hoje que a gente fica assim, à vista de quem chegar, com rede armada do lado de fora. De ora em vante, vocês vão fingir que continuam vivendo como antes. Não quero que ninguém estranhe as mudanças; nem descubra que tem gente branca morando por cá.

– Aqui é muito difícil passar ninguém – tranquilizou o velho. – Só se for mesmo por acaso, como vossemecês. Ou se andarem farejando negro fugido, como aquele capitão do mato.

João Rufo indagou:

– O menino maior já trabalha?

– O Juco? Ai de nós se não fosse ele – gabou-se a Libânia. – É ele que apanha lenha no mato, quem dá limpa no roçado. O do meio pastora as cabras, por causa de onça e cachorro do mato.

João Rufo explicou a ideia que tinha:

– Falei isso porque podia algum passageiro estranhar, vendo as casas levantadas de novo, as coisas mais melhoradas.

Alípio se adiantou:

– Olha, Mestre João, eu tive uma ideia: eu, que sou o mais escurinho, posso muito bem passar por neto deste avô e desta avó aqui. Conto que cheguei de longe, vim ajudar a família. Meu avô de verdade era caboclo, mas minha avó era negra mesmo. Meu avô trabalhou bem uns dez anos juntando o dinheiro que o Sinhô velho exigia pra alforriar a mulher. Isso foi na vila, na Vargem da Cruz. Vó ajudava vendendo cocada no tabuleiro. Cocada puxa. Sinhazinha deve se lembrar – depois dela forra, foi que o velho Eliseu se mudou pro Limoeiro.

Acabada a história, Alípio veio se agachar junto da Siá Libânia. A velha lhe passou a mão na cabeça, entrou na brincadeira:

– Deus te abençoe, fio. Eu também sei fazer cocada puxa. Só me falta ter com quê!

ENQUANTO A GENTE combinava as coisas, parecia fácil, mas na verdade foi uma consumição. Eu sempre tinha vivido trancada em casa, as cunhãs me trazendo tudo na mão, preparando meu banho, lavando e passando a minha roupa, fazendo comidinha especial porque eu era biqueira. Mãe tinha me acostumado muito mal.

Agora aquela vida dura, só com os homens por companhia, naquele mato isolado, nem sei como pude enfrentar.

Mas tinha que ser e eu ia adiante. Com poucos dias já Zé Soldado tinha ido à tal de Camiranga, montado no cavalinho de vaqueiro, que não dava nas vistas. Levou todo o resto dos cobres e umas moedas de cruzado que eu lhe dei. Voltou com duas redes, uns pratos e colheres, umas varas de pano, linha e agulha para Siá Libânia. A tesoura que trouxe era velha e enferrujada, o bodegueiro cedeu porque não tinha uma nova.

Mais dois sacos de mantimento; até uma galinha e um frango ele arrumou, mas esses não comprou, pegou num matinho à beira da vereda. Era para a gente começar uma criação.

Trouxe também um quarto de bode gordo, que nós assamos no espeto e foi uma festa. E ainda veio uma garrafa de cachaça que eu não tinha encomendado, mas achei que eles mereciam. Bebeu-se tudo na primeira noite, tirando o gosto com as lascas do bode na brasa, cantando e lembrando o que tinha acontecido desde a noite do fogo, até aquele dia.

No fim, deixei todos ainda quentando o frio da noite ao pé da fogueira e fui inaugurar o meu barraco, que tinha ficado pronto. Me enrolei na baeta da Libânia, realmente estava um pouco furada do cupim.

Dormi a minha primeira noite sossegada, debaixo da cobertura, depois de não sei quanto tempo ao sereno.

O cercado dos cavalos ficou pronto logo depois. Tinha bom espaço e João Rufo escolheu uma baixada para fechar com a cerca, onde dava uma beleza de capim-panasco. Só que naquelas alturas de setembro, o capim já estava todo seco, mas ainda era uma boa forragem, assim mesmo. Todos os dias os homens montavam, para os animais não perderem o costume de andar, nem eles próprios. Eu mesma passava a perna no meu Tirano e saía andando, na companhia de João Rufo, a fim de conhecer os lugares.

Mas aquilo ali, para nós, era muito diferente. A mata parece que engolia tudo, a catinga de verão era um mar de garrancho e folha seca, onde a gente se afogava. Com João Rufo eu discutia os nossos planos de vida.

A minha ideia era ir levando os cabras a se acostumarem na luta, porque da luta é que ia sair o nosso pão de cada dia. Tinha muito com quem se brigar nesse mundo afora – porque eu já estava convencida de que, nesta vida, quem não briga pelo que quer, se acaba.

Eu queria ter força. Eu queria ter fama. Eu queria me vingar. Eu queria que muita gente soubesse quem era Maria Moura. Sentia que, dentro da mulher que eu era hoje, não havia mais lugar para a menina sem maldade, que só fazia o que a mãe mandasse, o que o pai permitisse.

Daí, nem sei. Talvez essa meninazinha só existisse nos olhos dos estranhos. O fato é que nunca, na minha vida, eu tinha feito o que Mãe queria de mim. Desde o começo, quando fui me botando mocinha e sentia que me sufocava naquela casa do Limoeiro. Depois, nem sei como diga – não é que eu deixasse de querer bem a Mãe, talvez eu só tivesse pena dela. Pouco tempo passado que Pai morreu, quando Mãe começou a amizade com o Liberato e o povo plantou-lhe a língua, eu só sentia vergonha e raiva quando via ele, muito cínico, entrar no quarto de Mãe me espiando como rabo do olho, para ver o que eu fazia antes que ele batesse a porta.

Eu tinha vontade era de cuspir nele, mas com Mãe era diferente. Nunca briguei com ela. Só quando ela vinha me exigir comportamento de mocinha de família, às vezes eu respondia que ela não tinha moral pra me impor regra de vida. E então, uma vez, ela respondeu: "Algum dia você vai entender."

E eu já entendia, pensava ela que eu não entendia? Já tinha fogo por homem; não por aqueles matutos que eu encontrava na igreja ou na rua, nas raras vezes em que ia à missa. Uns pacholas de chapéu à banda, alisando aqueles fiapos de bigode, se fazendo de importantes. Nem queria os cabras da fazenda, eram brutos demais para mim. Não viu, mais tarde, o Jardilino? O fim que teve?

Eu sonhava com um homem – não sei que homem eu queria, mas sabia que tinha que ser um homem. Algum dia.

Quando, depois da morte de Mãe, naquela confusão em que ficou a minha vida e a minha cabeça, eu acabei consentindo nos adiantamentos do Liberato – era porque pensava: quem sabe é ele? Se Mãe queria, por que não eu?

Acabou dando no que deu, aquele horror.

Agora eu estava livre de tudo, sem casa, sem dono, sem família, e daí? Pelo menos ninguém me botava o pé no pescoço; e falando em botar pé no pescoço, de repente me lembrei do Tonho, aquele condenado. Se me saísse tudo errado nessa vida que eu começava, no remate dos males a culpa era toda dele. Foi o Boca-Mole, com a ajuda do bestalhão do Irineu, que precipitou tudo. Embora eu saiba que nunca ia ficar o resto da minha vida presa no Limoeiro; nem mesmo em casa de rua na Vargem da Cruz; mas não carecia começar com tanta violência.

E, nesse pensamento, eu dava um suspiro fundo, era como se acordasse.

O Tirano me carregava aprumado, era desses cavalos que parecem que têm orgulho no dono. Quando dava uma topada ou metia o pé num buraco – e isso só acontecia raramente – ele ficava envergonhado, baixava a cabeça, enfezado, como quem diz: "Vamos começar de novo... Desta vez não tive culpa."

AH, PARA SE ARRANJAR tudo como a gente queria, levou algum tempo. Tive que mudar um pouco o plano, depois que João Rufo me deu um aviso:

– O casal de velho parece muito seguro de que o capitão do mato não volta. Mas quem sabe lá? Essa gente eu conheço: não tem pena de ninguém. É até possível que eles, fazendo alguma andança por estes lados, se lembrem de ver se as crias dos velhos já cresceram. Aquele Juco, o maior, eles podem até achar que chegou no ponto. E carregam com o negrinho, que já está mesmo se pondo homem. Olhe, Sinhazinha, um negro novo, bom de trabalho, se troca por dez vacas paridas, no mercado.

Isso foi depois que acabamos o conserto da primeira casa, a minha, onde eu até já tinha dormido uma noite.

Chamamos então o velho Amaro e o Zé Soldado, que era o mais desenvolvido, e discutimos o problema.

João Rufo achava que a gente só devia deixar ver, na beira da lagoa, as casas antigas, para não dar nas vistas de quem passasse.

Ficava então a minha, sendo a morada dos velhos e a dos moleques, pouco melhor que a de antes. Deixava ficar também o chiqueiro das cabras, o roçadinho velho com a meia tarefa de planta. O mais – quer dizer – as nossas moradas novas, tinha tudo que ser situado lá mais pra dentro, no fechado da mata, por onde não corresse caminho nem vereda.

A derrubada lá era para ser a menor possível; as casas levantadas debaixo das árvores grandes (a gente encontrou uns angicos e uns paus-d'arco que pareciam umas torres). O cercado dos cavalos já tinha uma ramada provisória e o lugar escolhido era bom. As nossas duas barracas deviam se levantar não muito perto do cercado; se alguém achasse uma coisa, não obrigava a achar a outra; ou as casas, ou os cavalos. Roçado que a gente plantasse, também seria lá dentro, muito mais no fundo da catinga.

Dificuldade tinha; era a água longe. Mas os rapazes podiam trazer os animais para a bebida, antes que raiasse o dia e, num caso de perigo, não custava levar algumas cargas de água, em animal, ou mesmo no ombro dos homens.

Começamos o trabalho e não foi pouco. Deixamos as barracas velhas dos escravos – a do filho e a do genro, no seu estado de ruína, quase tapera; na nova acrescentamos uns paus tortos, nem rebocamos as paredes por fora, ficou só no sopapo do barro. O cercado das cabras continuou do mesmo jeito também: a cerca meio desdentada, faltando uns paus aqui e ali.

Já pra nós, lá dentro, a coisa era outra. Duas barracas bem-aprumadas; a minha, pequena, que era só para uma rede; a dos homens larga pra três redes. Seguindo a combinação, o Alípio ficava com os velhos, se fazendo de neto, na verdade pra nos servir de sentinela. Foi muito ao gosto dele, que parecia sentir saudades da avó que ficou na vila.

Fizemos o chiqueiro das galinhas, fechado por cima à moda dos índios, proteção contra as raposas, que ali tinha muita. Limparam um terreirinho defronte à minha porta. João Rufo fez um banco – duas forquilhas de cada lado e, por cima, uma tora de uma braça de comprido; diziam eles que, ali, era o meu 'gabinete'.

Todas as portas eram mesmo de vara, que não se tinha serrote para serrar tábuas, nem prego. Mas eram tecidas tão miudinho que por elas só podia passar mesmo algum inseto.

Rematando, trocou-se a ramada dos cavalos por uma boa cerca de pau a pique, que os animais tinham medo de saltar por cima, devido às estacas em ponta.

A gente já sonhava com uma vaca parida para dar leite; o velho Amaro sabia de uma fazenda com muito gado solto, pra lá da tal Camiranga. Um dia se mandava dois dos meninos dar uns campos por lá. Não era à toa que, do nosso sítio, se tinha trazido um cavalo campeiro!

OS DOIS NEGROS velhos já começavam a chamar o nosso acampamento 'a fazenda'.

É, ESTAVA TUDO uma beleza; eu até tinha engordado um pouco. Nem pensava mais nos meus banhos de cheiro, na boa cama com lastro de sola que eu tinha no Limoeiro. Também isso, e tudo o mais, estava agora virado em cinza. Do meu conforto de sinhazinha, nada. A vida era outra, eu estava endurecendo. Já um dia inteiro a cavalo, por maus caminhos, não chegava a me deixar enfadada. Um bom mergulho na lagoa, com Libânia vigiando pra não passar homem perto (e para ela, até o Pionca, o menino do meio, ou o caçula, o Bíu, era 'homem').

Eu comia, assada na brasa, banda de nambu ou de preá, ou de tatu; ou uma traíra, da lagoa, temperando o feijão. E dormia até a manhã seguinte. Andava mesmo tão bem-disposta que, ao fim de um desses dias de correria, João Rufo brincava, dizendo que era mais fácil o Tirano ficar enfadado do que eu.

Mas comigo mesma, dentro do coração e da cabeça, ainda nada estava bem. Aquilo para mim era só um tempo de passagem ou mesmo um começo, mas um começo pequeno, primeiros passos de um caminho que ainda tinha de ir muito, muito mais longe.

Pensava, em primeiro lugar, no que eu ia fazer quando se acabasse o nosso dinheiro de prata, que nem era tanto. Ficar roubando bode e garrote das fazendas, léguas abaixo? Isso não era pra mim. Eu queria era coisa grande; era poder na minha mão.

Eu sentia (e sinto ainda) que não nasci pra coisa pequena. Quero ser gente. Quero falar com os grandes de igual para igual. Quero ter riqueza! A minha casa, o meu gado, as minhas terras largas. A minha cabroeira me garantindo.

Viver em estrada aberta; e não escondida pelos matos, em cabana disfarçada, como índio ou quilombola. Mas num alto descoberto, deixando ver de longe o casarão lá em cima, telhado vermelho, paredes brancas caiadas. Cavalos de sela comendo milho na estrebaria, bezerro gordo escaramuçando no pátio.

Quero que ninguém diga alto o nome de Maria Moura sem guardar respeito. E que ninguém fale com Maria Moura – seja fazendeiro, doutor ou padre, sem ser de chapéu na mão.

Um dia ainda vou me vingar daquelas almas de morcegos das Marias Pretas. Mas isso tem o seu tempo. Afinal, não fosse a investida deles eu talvez não tivesse coragem de sair de casa, ficasse presa dentro dos dois palmos de terra do Limoeiro, brigando pelas extremas com os outros vizinhos. Foi na verdade o Tonho que me deu o primeiro empurrão. Assim mesmo, um dia ainda eles me pagam. Um dia. Pela minha casa queimada, pela agonia daquela noite.

QUERO TIRAR do meu corpo as marcas das mãos do Liberato, que às vezes ainda sinto me queimando. Quero que ninguém se lembre mais de mim como a filha daquela viúva falada do Limoeiro, que acabou morta enforcada...

DIZIA O MARINHEIRO Belo: "Se podes lidar com cem, não te limites aos dez..." Pois eu quero lidar com mil!

Tinha que andar devagar, eu sabia. Ir adestrando os meninos, que todos os domingos faziam exercício de pontaria; cada um dava dois tiros, nada mais, pra se poupar a pólvora.

Não tornei a mandar Zé Soldado fazer compras na Camiranga. O Amaro falou em outra vila, distante umas nove léguas do nosso Socorro, quase uma semana de viagem, ida e volta. Mas lá o povoado era maior que a Camiranga; chamava-se Lagoa das Emas e ficava a menos de três léguas da estrada que vinha do sul. E era essa estrada que me interessava. Por ela passavam os comboios de carga, os tropeiros levando na ida o algodão, o couro, o milho, o feijão. E, na volta, traziam de um tudo de que se carecesse naquelas brenhas. Sem contar o dinheiro, os trocos, pois sempre vendiam mais do que compravam.

Pela mesma estrada real viajavam os fazendeiros que iam para o Crato, para o Recife, para a Cidade da Bahia. Até mesmo para a Corte, eles costumavam viajar por aquela estrada mais segura, mais povoada. Os senhores a cavalo, as donas gordas nas liteiras carregadas por dois burros, já que a força dos negros não dava para carretos pesados, puxando mais de cem léguas.

Era esse tipo de gente que eu queria pegar, cobrar deles o que eu precisasse. Não seria só com João Rufo e os meninos, rodando naquele vazio, que eu ia fazer o meu futuro.

Zé Soldado então foi à Lagoa das Emas, levando Maninho de almocreve. Comprar ferramenta, munição, uma cangalha aparelhada que estava fazendo muita falta. Talvez se precisasse também arranjar mais um animal de carga pro transporte de água e da lenha até a nossa 'fazenda'.

Contei o dinheiro com cuidado: o papo de ema estava ficando mais comprido, mais mole, mais magro. Na saída dos dois irmãos eu disse para João Rufo:

– É o último tostão que me sai da bolsa, João. De hoje em vante, a gente tem que se fazer. Dinheiro não tem mais que ir – tem que vir, de fora.

Zé Soldado e Maninho levaram mais de uma semana para voltar. Já se estava com cuidado – teriam sido pegos por aí? Meio assustada, combinei com João Rufo: a gente esperava mais dois dias e então ele tinha que sair com os outros em procura dos meus cabras.

Felizmente, antes dos dois dias, chegaram eles. Carregados de um tudo, gastaram até o último cobre. Cangalha não acharam aparelhada, então passaram a mão numa alheia, jogada no alpendrim de uma casa fechada, por onde passaram de volta, à boca da noite. E, junto, uma esteira forrada de pano, cabresto de relho, bom demais.

Munição compraram em três vendas pra não chamar atenção conforme eu tinha recomendado. Mas parece que um bodegueiro contou pro outro a respeito de dois cabras de fora que estavam fazendo compras. Um deles veio indagar de Zé Soldado pra que eles queriam tanto fogo. Os meninos voltaram à história do caçador de onça. Couro de pintada estava dando um dinheiro doido e o patrão deles andava pensando em se aventurar numa caçada grande.

E quando o sujeito quis saber onde é que estavam esses caçadores, o Zé deu um roteiro errado, meio vago, com a desculpa de que era novato por ali e não sabia ainda o nome dos lugares.

– Só sei que é pras bandas do nascente... (e o Socorro ficava bem ao poente deles).

Passamos um mês fazendo os preparativos da primeira sortida. Contamos as armas: dois bacamartes – o meu e o do Zé –, a garrucha e o outro bacamarte tomado do barbudo. Bacamarte era bom, porque pra ele serve qualquer munição – prego, pedaço de ferro, seixo miúdo, chumbo de tarrafa, o que vier. Para as outras armas, fia mais fino. Tem que ser chumbo redondo, que não é muito fácil de encontrar. Mas munição não é nada, o sério mesmo é a pólvora. E quanto mais longe de cidade grande se faz a compra, mais cara é, e mais contada e mais difícil de se haver.

João Rufo ficou apavorado quando eu disse que ia junto com eles na primeira sortida. Se Santa Luzia ameaçasse nos acompanhar no seu cavalinho, ele não se escandalizava tanto. Mas eu nem discuti, só expliquei que não pretendia me meter nos entreveros, ia ficar escondida, apreciando de longe:

Mesmo porque eu ainda não sei atirar. Nem tenho arma leve que me sirva. Mas vou ser eu quem vai escolher o local e combinar os planos de última hora.

15
Marialva

Afinal, DEPOIS de tanta esperança mal fundada, de tanta briga dentro de casa, eu já chegava a pensar que Valentim era um sonho nascido da minha cabeça e do meu coração. Que fundamento tinha eu para esperar a volta dele, senão aquele: "Eu vou mas eu volto"? Naquela hora me pareceu dito com a maior firmeza. Seria mesmo? Bem, por outro lado, teve o presente! Eu não posso esquecer o meu bonequinho trapezista. E quem poderá negar que aquele presente foi uma grande prova que ele me deu? Acho até mais importante do que se ele mandasse uma carta de dez folhas de papel! Foi prova de amor, foi. É como um retrato dele, que só nós dois entendemos. E se preocupou em mostrar que era ele mesmo em pessoa, me procurando. Por isso se deu ao trabalho de pintar aqueles olhos verdes. E desenhar o coração, varado pela flecha.

Eu passava dias e noites nessa confusão de pensamento. E quando ia me alegrando, lá vinha a desconfiança, ou os remoques da Firma:

– Cadê o bailarim? Sumiu?

Mas quando eu afundava de completo na aflição, pegava o meu bonequinho, fazia ele dar dois saltos mortais; ficava então imaginando como seriam os saltos mortais de Valentim no seu trapézio, o trajo que eu nem sabia como fosse – cetim, veludo? De que cor? Com dourados? Por mais que eu quisesse, não conseguia pensar direito em como ele se trajava representando, nunca tinha visto nada que me desse uma ideia, nem em figura de livro. Talvez São Jorge no seu manto encarnado e ouro, talvez o Arcanjo São Miguel...

Ai, eu nunca tinha pensado que o amor fosse essa agonia.

E eis que afinal, num certo dia depois do almoço, era meio-dia, a Firma e o Tonho já descansavam na sesta deles, e o Irineu tinha saído. De repente Duarte veio me procurar, todo misterioso:

– Sinhazinha venha comigo lá fora, por favor.

Eu saí até o alpendre; e ele:

– Até à estrebaria. Parece que tem lá uma surpresa.

Só podia ser coisa dele! Outro presente? Ah, meu Deus! Fui perguntando:

– Notícias de Valentim? O moço que mandou o presente?

Duarte falou baixo, enquanto me dava a mão para saltar um buraco no chão:

– A Dona Firma me proibiu de trazer qualquer recado para a Sinhazinha. Então eu escondi o moço, junto com a burra, no fundo da estrebaria. Reparti com ele o meu feijão do almoço. Deixei ele lá, lhe esperando, até que Seu Tonho e a mulher fossem para o quarto.

Ouvindo isso, eu me segurei para não correr. E, valha-me Nossa Senhora – era verdade mesmo. Lá estava o Valentim, chapéu no chão, saco da rabeca ao lado, sentado numa cangalha. Levantou-se ao me avistar, foi abrindo os braços, se conteve, me estendeu a mão.

– Ora viva, a princesa! Parece que ficou ainda mais bonita!

Eu estava tão intimidada e alvoroçada que nem lhe estendi também a mão. Nem falei.

Duarte tinha ficado fora, discreto, depois de dizer:

– Eu fico aqui, de sentinela. Se houver sinal de perigo, dou um assobio. Sinhazinha então corra e saia pela porteira dos fundos.

Valentim me agarrava a mão, que depois levou à boca, deu-lhe um beijo. Eu só ria, nervosa e, para disfarçar, contei:

– Um homem da cidade, que esteve aqui de visita, foi beijar a mão da Firma e o Tonho disse que ela não era nem madrinha dele pro sujeito lhe tomar a bênção...

Valentim riu, puxou outra cangalha para o lado da que ele tinha ocupado, me ajudou a sentar. Eu quase não cabia lá, com as minhas saias. Ele não me largava a mão.

– Eu lhe disse que voltava, não foi? Quando saí daqui naquela tarde, meu coração teve que ir também, dentro do meu peito; mas amarrado na ponta de uma corda fina, deixando a outra ponta presa aqui. A cada puxão que você dava de cá, ele de lá respondia, sentindo a dor... Por isso lhe mandei o moleque com o coração trespassado... Recebeu?

Eu continuava com a voz travada na garganta. Afinal consegui falar:

– Duarte me entregou. Deram a ele na venda do Corujo.

– E diga, Olhos Verdes, você entendeu?

– Meu Deus, achei a ideia mais linda! O trapezista de olhos verdes, dando o seu salto mortal!

– ... e com o coração varado de flecha...

– Para mim não é um boneco. Para mim ele é você. Você!

Valentim beijou de novo as minhas mãos, uma, depois a outra. Passou o braço pelos meus ombros, me apertou com força:

– A vontade que eu tinha era lhe mandar um retrato meu, bem bonito, para você se lembrar de mim. Mas onde é que eu ia achar, nessas brenhas, um pintor que me pintasse? E aí vi na feira um homem vendendo aquele trapezista, fazendo ele dançar na corda. Era eu!

Nessa altura eu já ia perdendo o meu embaraço:

– Pois acertou, Valentim.

Encostei a cabeça no ombro dele:

– Ah, foi como se você viesse em pessoa pra perto de mim. Retrato nenhum ia poder me mostrar aqueles olhos...

– Nem o meu triste coração, enfiado no punhal...

– Não é punhal, é uma flecha!

– Então se é flecha, é de índio. E se é de índio, é ervado! Que foi que você fez, Marialva? Que veneno botou naquela flecha?

Eu tive medo de ele estar se divertindo comigo, como a Firma agourava:

– Não brinque. Eu levei o seu presente a sério.

– E eu mandei a sério também. A sério o olho verde, o coração apaixonado. Que é que você fez com o boneco?

– De dia, ele fica trancado à chave no meu baú. Mas de noite ele vai dormir comigo. Faço ele dançar e dar salto mortal. Depois acalento ele, junto do meu coração. Nunca pensei na vida em receber um presente tão lindo. Daí, nunca recebi presente nenhum, de ninguém.

Valentim, num repente, de novo me apertou com força, nos braços, depois me beijou no rosto. Eu fiquei assustada, mas deixei.

O abraço era forte demais, me sufocava. O beijo foi ficando mais atrevido. Ele falava no meu ouvido, baixinho, eu nem entendia nada, só escutava, atordoada. Mas era como se fosse música – só aquele murmurado de amor, sem precisar de palavras.

Ficamos assim um tempo. De repente me assustei, virei o rosto, olhei para a porta.

As costas de Duarte nos vigiavam. Fiz então Valentim se sentar de novo, no lugar dele. Sentei junto, segurei-lhe a mão. Pedi que me contasse o que tinha feito naquela ausência tão demorada.

E ele foi debulhando as peripécias daquela vida de pedinte, nos lugares por onde tinha passado.

– Andei sempre fazendo rodeios. Fugindo de frequentar as praças onde nós costumamos dar espetáculo. Afinal, não sei se pode ser bom para um artista andar de porta em porta, passando o chapéu... Mesmo que seja para cumprir uma promessa.

Passei um dedo pela testa dele, queimada de sol:

– E quando se acaba essa bendita promessa?

Ouvindo isso, Valentim se levantou do assento, botou a mão no peito e se dobrou numa reverência.

Via-se que aqueles modos dele eram coisa de artista.

– A promessa já acabou, princesa. Por isso eu voltei: agora sou um homem livre, posso procurar de novo a minha gente. Mas vim primeiro atrás da senhora.

Eu mordi o beiço; não pude segurar as lágrimas.

– Então está livre! E quando é que vai embora?

Valentim me pegou as duas mãos com as dele e me beijou de novo, primeiro as mãos, depois o rosto:

– Eu conversei com muita gente a respeito da família das Marias Pretas. Sei quem foi seu pai, quem é o seu irmão Tonho, quem é o Irineu. Sei também quem é o Duarte. Ouvi falar muito no gênio ruim da Dona Firma, que traz a família de canto chorado... E hoje o Duarte, aqui, conversou comigo. Confirmou que eles trazem você trancafiada, como uma prisioneira... com medo de que se case e bote um cunhado aqui, querendo dividir tudo.

Eu baixei a vista, puxei a mão que ele segurava e me pus a alisar no joelho as pregas da saia:

– É. Eu levo uma vida muito triste, muito sozinha. Não sei como é a vida das outras moças, que vão às novenas, que dançam nas festas... Nunca dancei numa festa, na minha vida!

Valentim riu:

– Não fosse o Duarte vigiando, eu agora tirava você pra dançar.

– E eu dançava. Nem sei como aprendi; o Irineu que me ensinou um pouco... Mas aprendi.

Rimos. Ainda contei que, numa noite dessas, tinha sonhado, dançando com ele.

Valentim ficou me olhando um instante, apertou a minha mão.

– Olhos Verdes, você quer casar comigo?

De novo senti vontade de chorar:

– Casar? Como? Se você me pedir a eles, talvez até mandem lhe matar. E a mim, a Firma me dá uma surra de relho e me põe de jejum, a farinha e água...

– Já pensei nisso tudo. E, porque pensei, não vou pedir sua mão em casamento a ninguém. Vou lhe roubar.

– Eu tenho medo, Valentim. Eu sou medrosa. Mas quem sabe? Junto com você eu sou capaz de ter coragem.

– Primeiro, tenho que arranjar um animal melhor do que esta burra. Conheci um homem que insistiu muito para eu dar um espetáculo no povoado dele, por nome Brejão. Parece que tem comércio, lá. Me viu com meu pai e o tio, numa feira, ano atrasado. E ele foi eleito para Imperador do Divino, nessa vila do Brejão. Quer dar uma festa que ninguém mais vá esquecer; queria até que eu fosse buscar os velhos. Mas o principal do convite é que ele me adianta o dinheiro – me adianta a metade do pagamento tratado.

Eu me lembrava do nome:

– Brejão. Já ouvi falar. O Irineu já andou por lá.

– A festa é falada mesmo, vem gente de longe. Sempre corre dinheiro, lá, e todos me dizem que o homem é de palavra.

– Você não vai cair outra vez, nesse seu espetáculo, se quebrar todo?

Ele de novo se riu dos meus medos:

– Não vai haver nem trapézio. Vou só dar uns saltos, fazer acrobacia no cavalete, dizer uns relaxos de palhaço. E usar de umas sortes de pelotiqueiro, que aprendi com meu pai.

Voltou a me encarar de frente, de novo me apertando a mão:

– Então, tem coragem? Quer fugir comigo? Só tenho a lhe oferecer o bem que fiquei lhe querendo e a vida arriscada nessas estradas.

– Com você, não vou ter medo das estradas.

– A gente vive da mão pra boca, nunca sabe como vai ser o dia de amanhã... Mas se habitua, e até gosta.

– Pra mim parece tão bom, tão diferente. Eu também sonho com o mundo lá fora, longe das Marias Pretas. Ah, eu não tenho mesmo nada a perder.

Duarte assobiou. Eu me levantei assustada, tinha-se ido a valentia. Corri para a porteira dos fundos. Valentim me acompanhou até lá e ainda conseguiu dizer:

– Eu lhe mando carta pelo Duarte. A gente combina tudo por escrito.

ERA O TONHO, do alpendre, chamando Duarte. Passei por detrás da cerca, entrei em casa pela porta da cozinha. Valentim devia ter se escondido lá mesmo na estrebaria, no quartinho das selas.

Duarte remanchou um pouco e chegou no alpendre quando eu já tinha entrado na cozinha. Ouvi o Tonho reclamar:

– Onde diabo você se meteu, homem?

E Duarte:

– Estava na estrebaria, vendo uns arreios.

O Tonho queria dar uma chegada no açude. Andava desconfiado de alguma revência, a água vinha secando muito depressa.

Esperei que eles saíssem: o açude ficava para os fundos da casa. E de novo rumei para a estrebaria, dar escapula a Valentim. Ele já tinha arreado a burra; vi se não andava ninguém por perto, naquela hora de sol quente. Chamei Valentim que, puxando a burra pelo cabresto, ainda achou jeito de me abraçar forte e me dar um beijo; se escapou então, costeando a cerca, e sumiu pela estrada.

Fiquei ainda algum tempo ali, em pé, tentando segurar o choro, que afinal foi mais forte do que eu. Chorava já com saudade dele, de pena de mim, de raiva; de me sentir amarrada pela vontade dos outros como se fosse uma corda. Ah, nem conseguia acreditar ainda que um dia eu ia poder me libertar da Firma, do Tonho, da casa das Marias Pretas. Conhecer o mundo. Valentim podia fazer isso por mim. Só ele – quem mais? E ainda a promessa da sua companhia, e o amor e o casamento. Dava até medo.

Enxuguei os olhos na manga da blusa e, me virando para casa, avistei a Firma que parecia me esperar na beirada do alpendre:

– Que é isso? Passeando no sol quente? Fugindo pra onde?

Eu encarei a megera com tanta raiva que acho até que ela se assustou:

– Quem me dera mesmo fugir!

Passei por ela de sopetão, enxugando ostensivamente o resto das lágrimas no rosto. E a Firma:

– Chorando por quê?

Corri para o meu quarto e, antes de bater a porta, gritei para ela:

– Vivendo neste inferno, seria de admirar era que eu não chorasse!

DEPOIS DA VISITA de Valentim, voltar à vida do costume é que parecia fora do real.

Como é que eu ia poder acordar com o sol, lavar o rosto, arear os dentes, quebrar o jejum, ir ao quintal apanhar os ovos nos ninhos das galinhas, aguar meus canteiros, sentar junto da almofada para fazer renda?

Eu já não era mais daquela casa. A menina Marialva, tão boazinha, que a Firma trazia debaixo dos pés, tinha sumido. Eu agora como que tinha voado para fora das Marias Pretas, só pensava nas estradas, me vendo montada na garupa do cavalo de Valentim, um cavalo grande e fogoso; e pensava no amor, o amor!

O Tonho e a mulher continuavam imaginando que eu ainda era aquela inocente aparvalhada, mas eu sabia bem de todos esses assuntos de amor.

As cunhãs me contavam. Teve até uma, que o Tonho derrubou uma noite, quando a menina vinha do banho no quintal, e ela me contou tudo, tudo que ele tinha feito para forçar. Até mostrou o peito, mordido do dente dele.

É, eu sabia de tudo ou quase do que se passava entre mulher e homem. E lá comigo me dizia que ia achar bom com Valentim, porque entre nós não ia ser às brutas, entre nós dois havia amor.

Se a só presença de Valentim me botava tonta, se os braços dele, se o calor dele junto de mim me tiravam as forças; se os beijos, os poucos que me deu no esconderijo da estrebaria, me deixavam com o rosto em fogo e os lábios machucados – como é que eu ia ter medo do amor com ele?

PASSEI AQUELES DIAS como se estivesse encantada. A Bela Adormecida, a Princesa Magalona, sei lá, uma coisa assim.

A Firma deu para me achar diferente, começou a dizer que eu devia estar com lombriga – assim amarela e desanimada! E eu, de repente, deu-me aquela raiva e gritei para ela, bem alto:

– Lombriga terá a senhora sua avó!

A Firma naturalmente ficou fula, saltou da banca onde fazia crochê e quis me agarrar pelos ombros:

– Não sei como não lhe meto o relho!

Mas fui eu que empurrei a bruxa e quase derrubei com ela:

– Não me venha com essa ameaça de relho, que apanha de volta! Se bater, leva.

Pra meu espanto, a Firma se assustou. Ficou longe de mim e começou a gritar:

– Olha a cascavel! Olha a cascavel que eu criei! Me ameaçando!

Eu deixei que ela esbravejasse sozinha e saí para o terreiro. Agora não me escondia mais no meu quarto. Quando me faziam raiva, saía direto para o campo livre. Ver o céu, cheirar o tempo. Curtia o meu ódio da Firma como se fosse um licor forte, que era bom de gosto na boca e toldava um pouco a cabeça.

De vez em quando montava a cavalo. Para evitar aborrecimento saía montada de lado, como a sinhazinha que eles queriam que eu fosse.

Mas nem usava sela de andilha, passava a perna e seguia à moda de homem, assim que saía das vistas da fazenda.

Duarte, sempre que podia, me acompanhava. E como um dia a Firma reclamasse, me vendo sair sozinha com ele, eu parei o cavalo que já ia tomando caminho e arrebitei o nariz para ela:

– Firma, não está lembrada de que o Duarte também é meu irmão?

Com essa, cheguei a chibata na montaria e saí a galope.

Duarte ria:

– Ela não gosta que ninguém fale nisso. Uma vez tive vontade de tratar ela por cunhada, mas Mãe não deixou.

– Pois eu tenho muito gosto em ser tua irmã. Quero muito mais bem a você do que àqueles dois.

E fiquei olhando para o meu irmão. Era o mais bonito dos três – moreno fechado, cabelo crespo, puxou o corpo comprido de Rubina; não era atarracado como o Tonho e o Irineu, que puxaram o corpo de Pai. Ele sorriu de novo para mim, me tocou de leve no braço:

– Eu nunca vou deixar que esses três lhe maltratem.

– E por que é que você me chama de Sinhazinha, como os escravos?

– Costume. E é bom que seja assim. Sinhô Velho me fez nascer forro, é verdade, mas nunca me reconheceu como filho. Teve medo de Sinhá, sua mãe.

– É. A Firma me contou um dia que Mãe morria de ciúmes da Rubina. Nunca fez nada contra ela, com receio de Pai...

Dei um suspiro:

– Mas nada disso empata que você seja meu irmão!

E Duarte:

– Bastardo. Irmão bastardo.

– Mas pelo menos você estudou, junto com os meninos.

Duarte deu outra vez a sua risada:

– E aprendi muito mais do que eles. O Tonho nunca conseguiu chegar à conta de dividir...

– Você é que faz a escrita das Marias Pretas.

– É. Mas também que é que tem para eu escrever? Só a nota do gadinho, a escrita dos poucos escravos... Até a Dona Firma dava conta, se se botasse a isso...

– Duarte, você tem parte na herança de Pai?

– Não. Bastardo só herda quando é reconhecido.

– Mas você nasceu forro!

– Nasci forro, mas no meu batistério não tem nome de pai.

E sacudiu os ombros:

– Também, nem penso nisso. Vou ficando por aqui mais algum tempo, só por causa de Mãe. Mas algum dia eu ganho o mundo. Deixa sinhazinha se casar com esse moço Valentim, e eu estou forro de vez!

Tornei a suspirar:

– Quem sabe vocês dois podem até trabalhar juntos!

– E eu sei arte de pelotiqueiro, Sinhazinha? Saberei dar salto mortal?

Toquei o cavalo, feliz. Saímos galopando.

PASSOU-SE MUITO TEMPO, mais de cinco meses, não chegava notícia nenhuma de Valentim.

Eu, de novo, já ia caindo no desânimo e a Firma farejava a minha tristeza; até o Irineu perguntava o que eu tinha.

Rubina me consolava, dizia que Duarte continuava confiando nas boas intenções do moço. Mas eu não queria boas intenções, queria era que ele voltasse!

Afinal, (Rubina dizendo que eu já parecia um fole de ferreiro, de tanto suspirar) Duarte, uma tarde, chegou perto de mim na hora da janta e disse no meu ouvido:

– Quando acabar, saia lá fora. Nós temos que conversar.

Mal engoli a canja, corri para o terreiro da cozinha. Duarte já me esperava:

– Valentim está na vila, Sinhazinha. Fui lá hoje, achei ele me esperando. Fez uns dinheiros dando uma função lá mesmo, na Vargem da Cruz. O povo está alvoroçado; ele engoliu fogo, andou na corda bamba, fez sortes de mágico... O pessoal ficou maluco. Chamam ele de bailarim.

– E que é que eu faço agora?

– Prepare a sua trouxa – pouca coisa, que ele só tem um cavalo para os dois. Não leve dinheiro nem joia, que ele não quer ser perseguido como ladrão...

Eu ria, de tanta felicidade:

– Mas vai me roubar a mim!

Duarte me fez um afago no cabelo:

– Roubar moça bonita não é desonra – é glória! Olhe, esteja pronta assim que a noite fechar.

Fui direto para o quarto, me tranquei. Tirei do baú a roupa melhor que tinha – e não era muita coisa. Me lembrei de uma história que Rubina contava – da moça que ia fugir e, pra não chamar atenção levando uma trouxa, vestiu duas camisas, três saias brancas, dois corpetes, duas blusas, duas saias. Foi quase assim que eu fiz. Parecia um balão. O resto da roupa e um calçado (eu não podia calçar mais de um par!) arrumei tudo numa trouxa, onde meti também uma bolsinha com todo o meu dinheiro (também pouco). Um par de brincos levei nas orelhas, outro escondi no corpete.

Camarinha de moça não tem janela; a minha, já se vê, não tinha mesmo. Escondi a trouxa num canto escuro e, assim que pude, fiz que ela caísse da janela da sala; ficou do lado de fora, encostada na parede.

Esperei no quarto, no escuro. Disse antes, na mesa da ceia, que ia me deitar cedo, estava com dor de cabeça. A Firma e o Tonho cearam e também foram dormir.

Deixei passar algum tempo, aí me esgueirei para a sala, conforme o combinado com Duarte. Abri devagarinho o ferrolho da janela. Não demorou, escutei alguém arranhando a dita janela; puxei a folha, me sentei ligeira no peitoril, caí nos braços de Duarte que me esperava. Perguntei onde é que estava o Valentim, Duarte sussurrou:

– Achei melhor que ele ficasse do lado de fora da cerca do terreiro por causa dos cachorros. Já apanhei a trouxa ao pé da parede.

A noite era escura, o meu vestido também. Um cachorro passou perto de mim, me lambeu a mão. Duarte foi me guiando até a porteira. Lá estava Valentim, segurando pela rédea um cavalo claro, me pareceu ruço. Eu corri para ele e nem nos abraçamos, porque Duarte disse, com urgência:

– Monte depressa, que eu ajudo ela a subir na garupa.

Valentim saltou na sela. Meu irmão me pegou no colo, me deu um beijo leve no cabelo, me sentou na garupa do cavalo.

Passei os braços em redor de Valentim, minhas mãos estavam geladas. Ele enfiou uma e outra pra dentro do casaco.

Tocou no cavalo com a espora e partimos a galope. No escuro, eu não via mais o Duarte. Encostei o rosto nas costas de Valentim. Por baixo do casaco, eu sentia nas mãos o calor do peito dele, até o pulsar do coração.

Valentim virou o rosto para mim:

– Agora se segure bem. Nós vamos correr.

DUARTE TINHA feito uma exigência: Valentim devia ir direto me depositar na casa de um amigo dele, mulato forro também, que negociava e morava perto do mercado. Não queria que eu ficasse na boca do povo, tinha que se fazer tudo pelas regras. Eu ia dormir na casa desse amigo, Seu Jordão. O vigário novo da igreja (não era mais o Padre José Maria, que saiu do lugar depois daquele sucesso infeliz na Fazenda Atalaia) já estava tratado para fazer o casamento, de manhã cedo. Tanto o noivo quanto eu éramos de maior e solteiros. A gente se casava e só então ganhava o mundo, já marido e mulher.

Maninha, a mulher do Seu Jordão, me recebeu muito bem; parece que todo mundo tem simpatia por namorado perseguido! E quase morreu de rir quando pedi que ela me levasse para um canto, onde eu pudesse me livrar do meu sortimento de roupa.

– Quando vi o seu vulto, fui pensando: "Meu Deus, que moça tão gorda!"

Tirei as duplicatas das saias, blusas, camisas, fiquei só com o necessário. Maninha me arranjou uma canastrinha de esteira para guardar o meu 'enxoval'. Fiquei dormindo no quarto com os filhos dela, Valentim foi dormir na pensão onde já estava.

Manhãzinha cedo ele chegou com Duarte, que vinha contando o alvoroço que se armou nas Marias Pretas. Ninguém tinha escutado nada na hora em que eu fugi. Só ao romper do dia, quando a menina veio trazer o copo de leite mugido para mim, na cama, é que deram pela minha falta.

Bateram repique na sineta de chamar os escravos pro trabalho (não sei pra quê, se lá só se tinha os dois negros do eito).

Tonho, aos gritos, mandou Duarte pegar um cavalo para ele sair em procura 'da desgraçada' da irmã, mas Duarte atalhou:

– Deixe isso comigo, que eu estou mais calmo.

E o Tonho:

– Mas eu é que sou o irmão!

Duarte foi firme:

– Se lembre que eu também tenho a minha parte nela, Seu Tonho.

Pegou o cavalo e veio nos encontrar na vila.

Fui me casar com o vestido cor-de-rosa, o melhor que eu tinha. Duarte me serviu de padrinho, a dona da casa de madrinha.

Acho que eu estava meio tonta, durante todo o casamento. Não me lembro de nada do que o padre disse no sermão; teve um momento em que eu chorei. Valentim, muito sério, apertava tanto a minha mão que até doía; e trazia uma aliança para me botar no dedo, se lembrou de tudo.

Beijei a mão do padre, abracei a madrinha; quando nos abraçou Duarte disse baixinho a Valentim:

– E agora tratem de ganhar a estrada, que não tarda aí o Tonho mais o Irineu e a cabroeira, atrás de vocês... Eu vou fazer o possível para segurar os dois. E em último caso, mostro a certidão do casamento, que já pedi ao padre para aprontar.

NAQUELE PRIMEIRO dia andamos umas seis léguas, mal parando para dar de beber ao cavalo. E para comer, um pedaço de queijo, ovo duro e um pedaço de carne assada que a nossa madrinha de casamento nos ofereceu de matalotagem. Afinal, demos com um povoado.

Logo nas primeiras casas Valentim indagou se não havia por ali quem desse pensão a viajante; nos indicaram a casa de uma viúva que alugava quarto por noite.

Eu caí na cama meio morta, sem nem ao menos tirar a roupa. Valentim foi primeiro cuidar do cavalo, dar-lhe banho e comida. Caiu na cama ao meu lado, tombando de fadiga também.

Mas, pela madrugada, me acordou.

EU PENSAVA que já sabia tudo do que se passa entre homem e mulher. Mas não sabia era de nada. Meu Deus!

16
Maria Moura

Saímos nós todos, afinal, numa madrugada. Tudo bem-montado, bem-arreado, muitíssimo diferente do bando de cigano fujão que a gente parecia, ao se escapar naquela noite medonha do fogo, no Limoeiro.

Na estrada real, confrontando com entrada para a vila da Lagoa das Emas, Zé Soldado tinha visto uma espécie de barracão de pouso, onde faziam dormida os viajantes. O barracão pertencia a um sujeito por nome Prudêncio ou Juvêncio (ele não escutou bem) e que, ajudado por uma escrava, fornecia pouso e comida aos passageiros. O homem tinha milho armazenado para os cavalos, água para se beber e lavar, tirada de uma cacimba que ele mesmo cavou, no leito de um riacho perto. No alpendre do galpão tinha muito lugar para armar as redes dos hóspedes. A escrava cozinhava a janta dos viajantes.

Era um pouso de parada; de vez em quando, pelas estradas de mais movimento, se encontrava um deles. Até eu sabia disso; me lembrava que de uma vez, quando eu menina, nos arranchamos num pouso. Foi uma viagem que fizemos para receitar Mãe com um doutor muito falado do Pombal.

LEVAMOS MAIS de dois dias a cavalo para chegar perto da Lagoa das Emas. Devagar, porque eu queria poupar os animais. A mais ou menos uma légua antes da vila, tomando por umas veredas e nos perdendo às vezes, desviamos em procura da estrada real. Gastamos nisso quase todo o terceiro dia. Por fim, demos com ela. Chamar aquilo de estrada já era um exagero e ainda por cima *real*! Mas, para quem andava por onde nós andamos, era pelo menos um caminho aberto, trilhado, com as suas duas braças de largo. A sorte foi que saímos quase em cima do tal rancho: subimos um cabeço na estrada e, de repente, lá estava o telhado grande, de palha, do pouso.

Mandei os rapazes se meterem de mato adentro: fiquei só com João Rufo e o Juco que, montado no potro, me servia de pajem. Ideia de Siá Libânia que nunca tinha visto moça branca sair por aí sem o moleque seu pajem. E eu concordei. Era bom o Juco ir aprendendo. De pequeno é que a gente prepara os homens de confiança. Estavam aí João Rufo e os outros três, todos crias do Pai, no Limoeiro.

Cheguei pois ao rancho, acompanhada de João Rufo e do menino. João Rufo portava a arma ostensiva, para todo mundo ver.

Tomando chegada, salvamos: "Ô de casa!" O pouso, ou pousada, não passava de uma espécie de telheiro coberto de palha de catolé, muito bem-trabalhada, por sinal. Era todo montado em forquilhas, fazendo um vão muito grande. Dava lugar para umas doze redes, atadas de forquilha em forquilha. Só um lado do barracão era fechado por uma parede de taipa e, atrás da parede, se via um puxado com um fogão de barro, onde ardia uma ninhada de brasas.

O dono da casa saiu para nos receber. Depois da boa-tarde, perguntamos se a gente podia pousar ali – João Rufo explicou que a nossa viagem era para a Lagoa das Emas. Eu vinha morar com uns parentes de minha mãe, que tinha morrido:

– Eu aceitei acompanhar a dona, mas já estou arrependido. É viagem muito grande e perigosa. E a moça é meio mofina, nunca fez jornada grande a cavalo. Basta dizer, por exemplo, que estranhou tanto a sela de andilha, pra montar de lado, que vivia só querendo cair, se queixando de uma dor no vazio; a tal ponto que, no terceiro dia, numa casa onde nós paramos, achei quem me trocasse a sela de mulher por uma de homem. Foi só assim que ela se acomodou melhor.

João Rufo dava todas essas explicações por sentir que o homem (que se chamava mesmo Juvêncio) tinha estranhado o meu jeito de montar. E agora, olhando para mim, Seu Juvêncio comentou:

– Mofina? Ela parece que nasceu em cima desse cavalo!

João Rufo riu-se:

– Ela vestiu essas calças de homem, disse que era para ficar mais decente. E eu até acho bom, porque o povo pensa que quem anda comigo é um rapaz. Me dá menos cuidado.

O Juco desceu os sacos das redes que trazia na garupa do animal e as cordas que vinham junto; foi armando cada rede onde o Juvêncio mandava.

Quando falaram em janta, eu disse que não queria comer nada. Mas João Rufo tratou logo de fazer um chibé com rapadura raspada, farinha e água, "para dar sustância à menina".

É, João Rufo se fazia tanto de meu protetor, na presença do homem, que só faltava me dar comida na boca.

– Eu quero que ele fique na ideia de que passou mesmo aqui uma mocinha mofina, sem ter nada a ver com a cabroeira armada que vai fazer estripulias.

Era eu que tinha dado essa ideia a ele. Mas o João era mesmo assim, se compenetrava demais de tudo que fazia.

Como quem não quer nada, perguntei ao sujeito:

– Seu Juvêncio, como é que é esse seu trabalho? Vocês passam o dia aqui, esperando por quem não ficou de vir, ou têm alguma freguesia certa? Eles lhe avisam quando estão pra chegar?

– Bem, Dona, avisar não avisam, que não tem como. Mas tem sempre uns que sabem quando é que esperam voltar, e me dizem: "Dia fulano eu estou aqui de volta." E é quase certo que eles venham. Só mesmo se Deus não quiser. Tem também uns tropeiros que nunca falham numa dita semana; se atrasarem é por um dia – e isso só quando um animal adoece. Porque, se adoece um homem, eles ajeitam o doente em cima da carga, pra não atrasar a viagem. Uma vez me deixaram um doente aqui por mais de um mês. Tinha quebrado a perna, que acabou arruinando, e então tiveram que levar ele pra cidade. E lá o que fizeram foi cortar a perna do pobre, nem sei se escapou. Nunca me deram notícia.

– Agora, por exemplo, está esperando alguém?

– Tem um doutor que é dentista, de seis em seis meses ele passa por aqui e pousa. Anda num cavalão grande, maior ainda que esse de vossemecê. E traz o ordenança, que anda numa burra estradeira, levando a caixa dos ferros do doutor. Esse, deverá de chegar pra semana. E, amanhã, estou esperando de volta o comboio do Zé Pedro, que se arranchou aqui na ida, carregado de fumo e algodão. Devem trazer agora carga de açúcar, café, pano e sal; às vezes traz até uma ou duas pipas de cachaça ou uma caixa de louça de mesa. É pra um comerciante do Pau Ferrado, a terra deles. Fica longe, acho que é daqui pra mais de vinte léguas.

O homem era falador, mas eu já sabia o que queria; dei a boa-noite, tirei as botas, me estirei na rede já armada. João Rufo me cobriu com a baeta e tratou de se estirar também. O Juco já dormia, enrolado na rede como uma lagarta no casulo.

Manhãzinha nos despedimos, pagamos ao Seu Juvêncio os quatro tostões que nos cobrou pela hospedagem, contando como o milho dos cavalos. João Rufo reclamou da carestia.

Saí na frente, esquipando no Tirano, agitada com todas as coisas que a gente ia ter que enfrentar. E com um frio na barriga, medo de que nosso plano não desse certo.

Assim que descemos o alto, do outro lado, e saímos das vistas do Juvêncio, andamos um pouco e entramos pelo desvio onde Zé Soldado tinha deixado um sinal: dois galhos de marmeleiro, postos em cruz. Seguimos então pelo rastro dos outros, de mato adentro. João Rufo tinha também combinado um aviso: piava numa chama pra passarinho – três pios, seguidos de mais três e depois dois. Com pouco os rapazes saíram do mato e vieram nos encontrar.

Juntos, seguimos até o lugar onde eles tinham dormido: lá estavam os cavalos amarrados e a pouca bagagem. Na mão só tinham as armas. Perguntei aos três se estavam dispostos a tudo. E eles disseram logo que sim, mas eu ainda insisti:

– Pra tudo mesmo?

Maninho adiantou-se:

– A gente está mesmo é louco pra fazer alguma coisa! Passamos a noite inteira se coçando, deitados no mato, mas não era urtiga não, era só impaciência, Dona!

Fiz com a bota um limpo no chão, comecei então a riscar na terra com uma varinha:

– Olhem bem: aqui é a estrada. Aqui, neste quadrado, é o pouso. Os tropeiros vão chegar de tarde, espera o dono, lá. Fechando a noite, os tropeiros já ferrados no sono... e a gente faz assim... assim... assim...

O MEU MEDO era que o comboio chegasse na parte da manhã, e os tropeiros descansassem só um pouco, seguindo viagem depois de comer. João Rufo achava que não havia risco disso, esse pessoal já tem tudo regulado, sabe as horas em que sai do ponto da merenda e calcula pra chegar ao da dormida no fim do dia.

– Eles vão passar a noite lá, sim. Não viu o Juvêncio contar que eles, mal descarregam os burros, já estão pedindo comida e caindo no sono, rendidos de cansaço?

Pois foi dito e feito: assim que a tarde caiu, mandamos Zé Soldado ficar de vigia na beira da estrada, já abaixo do cabeço, de onde se avistava o barracão do Juvêncio. O rapaz se escondeu nas moitas, quase no pé do alto. E, assim que escureceu, foi pra tão perto da pousada que dava bem para ouvir o que fosse dito por lá.

Com pouco – ele nos contou depois – mais sentiu do que viu a poeira levantando, já ali junto. Um instante e logo dava para divisar a tropa que chegava, meio estropiada: oito burros de carga e três comboieiros tocando. De longe, já vinham gritando pelo Juvêncio:

– Juvêncio velho, manda essa negra assoprar o fogo que a gente tá de barriga chorando!

Num instante chegaram. Os burros traziam carga leve – fumo, sal, uns poucos fardos de pano. Dois dos animais mais magros vinham batendo a cangalha: raramente os tropeiros montavam neles para dar alívio às pernas.

Juvêncio saiu no terreiro recebendo o comboio, gritando também:

– Já vai, já vai! Comida tem, dá pra todo mundo!

E os homens foram entrando, amarraram o cabresto dos burros nos mourões que já estavam ali para isso.

Pediram água, beberam, lavaram a cara; foram tirar os arreios, descarregar os animais; depois trataram de ir dar de beber a eles na cacimba. Juvêncio recomendou:

– Botem a água deles no cocho! Não vão me sujar a cacimba!

Os homens riram. Qual, eles estavam até pensando em irem se aliviar na porcaria daquela cacimba velha!

E o Juvêncio, rindo também, respondeu com um palavrão e foi apressar a negra que já mexia na panela com a colher de pau.

Quando os homens tornaram da cacimba, seu Juvêncio já tinha preparado as mochilas de milho para os burros; enfiaram os tirantes das mochilas pela cabeça dos animais; e foi cada um atar a sua rede, enquanto esperavam que o de comer ficasse pronto.

O chefe deles, que se chamava Zé Pedro, gostava muito de falar. Contava as novidades da rua, as carestias de tudo, um prato de comida custando os olhos da cara.

Juvêncio indagou por que eles traziam tão pouca carga dessa vez, e o Zé Pedro aí falou baixo, mas sempre deu para o meu rapaz ouvir:

– O patrão tinha interesse era no apurado. Queria era o dinheiro. Comprou uma partida de gado que veio do Piauí, e o dono quer o dinheiro à vista – e aí Zé Pedro devia estar apalpando o papo de ema que trazia na cintura, porque disse mais: – não sei quanto tem aqui dentro, que eles amarraram a boca do cinto com um nó cego na correia fina. Mas até moeda de ouro eu vi.

Pelo visto o Juvêncio era de toda confiança; ou quem sabe o tal do Zé Pedro era um desses buchos-furados que não guardam segredo de nada? Tem gente assim: fala de gabolice, sem saber o risco que pode estar correndo.

A negra chegou com a comida na panela, cada um pegou o seu prato e a sua colher. Comeram, beberam água, fizeram o Pelo Sinal e caíram na rede como se morressem.

Tudo isso Zé Soldado escutava e até via, agachado perto da parede dos fundos; tão perto que, se facilitasse, os cabras podiam até ouvir o fôlego agitado dele.

Pouco além nós estávamos esperando. E também fomos nos chegando devagarinho, e o Zé nos avisou de que os tropeiros já estavam dormindo.

Naquela hora da noite não passava ninguém mesmo pela estrada. Se era sem movimento durante o dia, no escuro, então, só alma penada podia andar por ali. E aquela nossa noite, especialmente, estava um breu.

Deixamos os cavalos amarrados num juazeiro grosso e alto que parecia todo preto com a sua folhagem cerrada. O Juco ficou tomando conta deles e jurou que não tinha medo nenhum. Isso de deixar os cavalos era porque a gente devia ter as mãos livres. Além de dominar os comboieiros, ainda se tinha que apanhar e encangalhar os burros que iam levar as nossas cargas para o Socorro.

Cada um com a sua faca – até eu, que nunca tinha pegado em arma branca. Trouxe comigo a faca do barbudo da estrada. Aquela operação tinha que ser a ferro frio, que não erra pontaria nem mente como arma de fogo; e, além disso, faz mais medo aos assaltados.

Quando eu ensaiava o golpe, ainda no Socorro, a gente tinha dado com o monte de trapos da velha Libânia, que não jogava um molambo fora, por mais velho que estivesse. E, com a ajuda dela, fizemos não sei quantos palmos de tranças, o mais forte possível, para amarrar o pessoal e botar mordaça neles. Um dos rapazes carregava a sua boa braçada de trançados.

Os tropeiros eram três, quatro com o Juvêncio. Comigo, também nós éramos quatro. E eu comandava.

Chegamos, muito de manso; os burros ainda mastigavam o resto do milho duro dentro da mochilas. Nas redes, os homens dormiam, bem enrolados nelas.

Então os meus meninos se chegaram, macio, macio, levantaram tão de leve as beiradas das redes, que os cabras só acordaram quando cada um já estava de tornozelos amarrados. Depois deram-lhes um nó nos pulsos e os coitados, mal acordados, nem entendiam o que estava lhes acontecendo. Eles tentavam escoicear, mas dentro da rede, com os dois pés atados um no outro, era difícil; e a essa altura já tinham também a boca amordaçada, pra não gritarem nem morderem.

João Rufo empurrou a porta do quartinho dos fundos: num catre que mais parecia um ninho, o Juvêncio dormia, agarrado na negra. João Rufo então amarrou os dois juntos – pés dela com os pés dele, pulsos dele com os pulsos dela. Parece que ela pensou que era ele que puxava por ela e ele pensava que era ela puxando por ele, porque não reagiram, só resmungaram um pouco. Acordaram mesmo quando se viram com as mordaças, mas aí também já era tarde.

Nos cós das calças do que se chamava Zé Pedro, estava mesmo o cinturão do dinheiro. Era um papo de ema mais aperfeiçoado que o de Pai. Mais largo e mais fornido; terminava com duas pontas de correia, fechando com um nó cego tão apertado que não se conseguiu desatar nem com o punhal. Foi preciso cortar a correia pra liberar o cinto. Enquanto isso, o cabra Zé Pedro estrebuchava como um condenado no inferno e só se aquietou quando Maninho lhe chegou a ponta da faca, picando o pescoço dele.

Os homens dominados, passamos aos burros. Já que a carga era pouca, resolvemos levar só três deles, que já davam uma boa conta. Não se podia puxar demais pelos recursos do Socorro, que não eram fartos. Nesse começo de verão, capim quase não havia e não se tinha adquirido milho.

As cangalhas escolhemos do melhor, e os melhores arreios. Nem carregamos todos os rolos de fumo. A gente não consumia tanto e a sobra ia se estragar. Pegamos os fardos de pano, o sal que dura sem-fim. E os sacos com os mantimentos dos comboieiros comerem em caminho: feijão, farinha, e meia manta de carne-seca.

Tinha uma burra preta que era uma joia; levamos mais um burro alto e ossudo, forte como uma estaca; e, por fim, o terceiro foi um burro bem novo, alto de pernas, que João Rufo considerou o melhor do lote. O resto nós largamos e espantamos para o mato. Feito isso, chegamos perto de Zé Pedro e gritamos no pé do ouvido dele: a gente ia deixar as montarias, com pena deles, para não chegarem em casa caxingando, a pé. Mas tinham que ir pegar os animais na catinga.

Zé Pedro deu um salto na rede com tanta força que só não foi parar no chão por causa das amarras que lhe abarcavam a cintura, por cima da tipoia. Parecia um cabra reimoso, aquele.

SEGUIMOS PELA ESTRADA real até o ponto de onde se tinha saído. Não havia perigo de deixar rastro, o chão era só pedregulho, seixo miúdo e grosso. Botamos os burros na frente, o Alípio e Maninho pegaram os chiqueiradores de relho do uso dos tropeiros, e iam tocando os animais do alto dos seus cavalos. Os burros estranharam um pouco a falta da estrada, aquele caminho no meio do mato, e estranhavam também os seus novos comboieiros a cavalo; mas acabaram obedecendo, tinham costume disso, obedecer.

Com o andar, o chão de pedra foi se virando em arisco. Aí, o perigo de fazer rastro na areia começava a ameaçar. Por sorte, como não havia nenhum caminho trilhado e a gente andava pelo rumo, lá e aqui pegando uma veredinha que nunca se ia saber se foi feita por gente ou por bicho. Dava ainda para enganar um rastreador sem prática. O mato era todo garrancho áspero, não ficava dobrado no chão, quase não quebrava; depois de pisado levantava de novo.

Nos pedaços de arisco aberto, João Rufo inventou de quebrar uns galhos grandes de marmeleiro e se puxar de arrastão atrás da gente. Os cavalos estranhavam, Tirano até empinou; mas a gente insistiu e, com pouco, aceitaram a novidade.

Na verdade esse nosso medo de rastreador era mais um exagero de cuidado. Eles não deviam ter rastreador competente, eram gente de estrada, tudo tropeiro acostumado a tocar burro. E mesmo que tivessem entre eles quem soubesse rastrear, com certeza iam ter medo de se meter pela mata. Não sabiam onde a gente parava, de onde se vinha, podia mesmo até se armar alguma tocaia contra eles. Foi assim que eu acabei com o assunto:

– Quem deve ter medo são eles e não nós. Eles não sabem nem ao menos quem nós somos, nem de onde a gente vem. Ficaram foi apavorados.

COM DOIS DIAS chegamos em casa. Casa, sim; o Socorro para nós já era mesmo a nossa casa. Andamos depressa, choutando, galopando; a água era escassa de encontrar, o retouço do mato não matava a fome dos animais.

Vínhamos tocando na frente os burros de carga, os meninos gritando de alegria, as crianças vindo se meter debaixo dos pés dos animais. E o mais alegre de todos era o velho Amaro, que correu me ajudar a desmontar e gritava também, olhando os burros carregados:

– Isto é a fortuna de Deus! A fortuna de Deus! Não sei onde estou que não pego aquele bacamarte e não dou um tiro no vento, só para festejar!

FIZEMOS UM BANQUETE de carne-seca, assada no caco, com pirão mole e molho de pimenta. A velha Libânia sabia mesmo cozinhar – como dizia, bastava lhe dar com quê!

Dormimos até digerir e até que passasse o enfado da viagem. Eu, por mim, me sentia ainda meio vazia por dentro. Acho que pelo esforço de comandar o pessoal naquela aventura perigosa, sem deixar que eles vissem que eu tinha medo – e quanto! Mas não era medo da ação, nisso me ficava o sangue-frio e de sobra. Era mais a responsabilidade, o medo de não dar certo, de fazer um passo em falso e estragar tudo por que se tinha lutado e arriscado até chegar ali.

Os dias felizmente passavam depressa, os homens entretidos com o trabalho no trato dos animais, no reforço de cerca e até na construção; é que João Rufo, junto com os meninos, levantou um pequeno copiar, um alpendrinho, na frente do meu barraco, para quebrar mais o calor do sol. Daí em diante, começaram a chamar a minha casinhota a 'Fazenda'. Juco, de noite, armava a rede dele nesse copiar. Dizia que o meu pajem tinha obrigação de estar por perto da Dona.

Era assim que eles agora me chamavam: a Dona. Às vezes diziam também 'Dona Moura' e eu achava que estava bem. Acabada era a 'Sinhazinha' do Limoeiro; nem tinha pegado aquela história de 'Chefe' que o João Rufo inventou. Muito macho pro meu gosto.

E por falar em macho, um assunto que João Rufo veio me trazer, muito cheio de cerimônias, foi a falta de mulher que os rapazes sentiam ali naquele Socorro. Eles antes viviam na rua da Vargem da Cruz, que tinha mulher à vontade, as negrinhas de ganho que os donos botavam de aluguel no mercado vendendo quitanda, carregando cesto e pote d'água. E o mulherio da rua, que era pago, mas (e ele sorria encabulado) para isso sempre se arranja um vintém. Mesmo o Alípio, embora vivendo no Limoeiro, se virava. (Nele próprio, João Rufo não falava.)

– Mas aqui a solidão é demais. Os meninos já estão ficando briguentos, se estranhando, enfezados. Daqui a pouco estão fugindo em procura das vilas, o que eu acho muito arriscado. Acabam trazendo para cá algum estranho curioso, mesmo sem querer.

Eu não tinha pensado nisso. Mulher não é tão exigente quanto homem; e eu, afinal, só conhecia de homem o Liberato. E era um caso tão culposo, tão envergonhado, me fazia tanto mal, que eu não podia mesmo sentir falta daquilo.

Afinal, um dia de manhã, pouco depois do Juco ter vindo, muito em segredo, me denunciar que os cabras andavam se combinando de ir na vila, fosse como fosse, nem que fosse de noite pra voltarem na madrugada – de repente apareceu na lagoa um bando de índias com umas grandes cabaças na cabeça. Tinham vindo pedir da nossa água.

Amaro me contou que esses índios eram o que restava de uma aldeia antiga, assentada umas duas, três léguas mato adentro.

Lá eles tinham um olho-d'água que nascia num serrote, por isso viviam mais ou menos seguido no lugar. Só quando chegava a safra dos pequis no pé da serra, eles se ausentavam, até acabar a fruta. Ou quando piracema subia o Rio dos Ventos, em tempo da desova do peixe.

Neste ano que passava, o inverno foi fraco, o verão se adiantou e o olho-d'água dos índios mal pingava. Era em tempos assim que eles vinham apanhar água na Lagoa do Socorro, cada mulher com a sua cabaça na cabeça, a meninada atrás. Uma caboclada mansa, gente que não fazia mal a ninguém.

Os meus rapazes foram logo se enxerindo para o lado das índias. Algumas delas eram horrorosas, com os peitos pendendo até à cintura; mas tinha outras novinhas, ariscas, que mal se deixavam ver. As velhas se mostravam as mais salientes quando os moços se ofereciam pra ajudar a encher as cabaças e carregar o peso pra elas, até à entrada no mato. 'Ajudando as índias' eles passaram a manhã inteira. Da minha rede, onde eu estava, ainda ouvi risadinhas delas no mato mais grosso, a pouca distância.

No dia seguinte João Rufo me procurou, com aquele seu ar importante:

– O problema dos homens está resolvido. Agradeço às índias.

Eu disse a ele:

– Isso foi hoje. Mas daqui a alguns dias?

– Eles já combinaram que vão fazer visita na aldeia. Os índios não se incomodam. Basta levar uma meia garrafa de jerebita.

Eu, ainda assim, me admirei:

– Mas elas são danadas de feias, João!

João Rufo achou graça:

– Sempre tem uma mais engraçadinha. E, numa hora dessas, Sinhá, quem manda mesmo é a precisão!

17
O Beato Romano

Minha vida tinha se tornado um tormento – todo o meu dia a dia extremamente perturbado. Celebrada a missa, quebrado o jejum com um prato de coalhada que me trazia Dina, mãe de Onofre, minha caseira, eu não sentia mais gosto em sair no meu passeio matinal, procurando o lado da sombra nas calçadas, cumprimentando os amigos, fazendo uma cruz na testa e abençoando as crianças, ouvindo as queixas das pessoas, doenças, dificuldades de vida, o rol de mazelas da pobre condição humana.

Eu já não me comportava mais como o bom vigário que tenta compartilhar da vida dos seus paroquianos.

Tinha a impressão de que os olhares sobre mim estavam mais esquivos e mais curiosos. Qualquer palavrinha, talvez inocente, me deixava suspeitoso e irritadiço. Que seria que ele ou ela queriam mesmo dizer? E, para fugir aos olhares e aos comentários, eu me trancava em casa, tentando ler um livro devoto. Mas a cabeça não estava na letra nem na alma da leitura; e eu punha o livro de lado.

O que mais me aliviava era montar a cavalo, sair na rua, entrar pela primeira estrada, deixar o cavalo tomar galope e corrermos os dois pelo mato, que começava logo ao pé das últimas casas. Era bom receber o vento no rosto, até mesmo receber o açoite de um ramo de árvore mais adiantado, que me pegava de repente.

Mas não era sempre que eu podia me entregar a essa espécie de fuga, já que não tinha cavalo de meu. A côngrua mesquinha, a pobreza das espórtulas, mal dariam para me manter vivo, se a caridade dos paroquianos não se manifestasse com agrados carinhosos para o seu vigário: um bolo de carimã, um queijo, um capão gordo. No último Natal, a congregação, vendo o estado lamentável da minha batina do diário, fez entre si um peditório para me comprar uma batina nova, bem-talhada e bem-acabada por um alfaiate de fora. Eu nunca tinha tido uma batina assim, a minha do diário era feita por costureira.

Promovi a batina nova a batina de luxo e a que era dantes a 'nova' passou a ser a do diário. A velha, dei-a de presente a uma viúva pobrezinha, para que fizesse daquilo uma saia preta.

E a viúva, recebendo o presente, dobrou-o bem, ficou alisando no colo as pregas do pano, e pediu licença para tomar um atrevimento:

– É que sou muito agradecida ao senhor; não é a primeira vez que me faz uma caridade.

Hesitou um pouco para dizer o resto, afinal tomou coragem:

– Queria avisar o senhor que tome cuidado com a língua do povo. Já estão ignorando dessa moça casada com o marido longe, e o que se fala é que ela está sempre, viva e morta, no seu confessionário... Aquela Iria, a escrava da moça, conversa com a gente quando vai bater roupa na cacimba do riacho. Eu mesma já ouvi a Iria dizer que o Senhor Vigário é louco pela Sinhazinha dela. Só não dá demonstração com medo da Sinhá velha. Mas agora que a Sinhá velha morreu...

Eu me pus de pé, de braços cruzados, na frente da criatura:

– E o que é que vossemecês querem que eu faça? Eu não posso amarrar a língua do povo! Não sou louco por moça nenhuma, casada ou solteira. Se essa moça de que falou é a mulher do Seu Anacleto, o que eu posso lhe informar é que só fui à casa dela uma vez, para dar a Extrema-Unção à sogra.

– Elas falam que o Senhor Vigário vive confessando a Belinha!

– E as senhoras acham que o padre pode namorar alguém durante a confissão? Com as beatas espiando, de ouvido arrebitado, resfolegando nas costas da penitente ajoelhada no confessionário? Mesmo que eu quisesse – e não quero! – era impossível.

A velha se assustou um pouco com a minha alteração:

– Eu não estou dizendo que vossemecê faca nada, Seu Vigário. Só disse que o povo fala; eu, eu sei que é falso testemunho. Só lhe contei pra vossemecê tomar cuidado.

Aí ela fez outra pausa e de novo levantou os olhos para mim:

– E aquela Dona Bela é uma moça muito imprudente. Eu conheço ela.

Agradeceu de novo, deu boa tarde e saiu.

A CASA DO VIGÁRIO tinha um quintal fechado com boa cerca. No fundo, um portãozinho dava para um beco quase sempre deserto, serventia de outros fundos de quintal com os seus portõezinhos iguais ao meu, por onde transitavam os escravos de cada casa. Por ele (só fui saber disso mais tarde) à noite, deu para entrar a Iria, aquela escrava embiocada e mucama de confiança de Dona Bela. Eu ouvia raras vezes as conversas das duas na cozinha, ela e a Dina; o som vinha sempre fraco porque o corredor é grande. A Dina gozava de muita liberdade em minha casa; e, entre essas, a liberdade de receber visitas. O caso é que Dina não era escrava minha – de onde iria eu tirar dinheiro para comprar escrava? Pertencia a uma beata da vila, viúva rica, que a cedera por empréstimo para servir na casa do vigário – quem quer que ele fosse. Eu não era o primeiro; nem a Dina a primeira. Logo que cheguei, estava de serviço uma Maria Miudinha que, meses depois, morreu de parto. Só então me mandaram a Dina, com Onofre para me servir de pajem, o que me fazia um bom arranjo.

E eis que, numa sexta-feira, já noite escura, tinha ido eu repousar um pouco – a cabeça me doía feroz, numa daquelas enxaquecas que eu carregava como um castigo, desde os tempos de seminarista, quando um leve ruído me fez abrir os olhos e vi que, de pé, junto à minha rede, se postava uma mulher toda enrolada num xale preto.

Eu estava certo de que fosse a Iria, a escrava de Dona Bela. Levantei a cabeça, meio tonto, ralhei:

– Que é isso, mulher? Que é que veio fazer aqui, a estas horas?

A mulher descobriu o rosto. Não era a mucama Iria, era a própria Dona Bela.

O que então se passou, não sei. Pelas Cinco Chagas de Cristo, juro que não sei.

Eu estava semidespido na rede, voltei-me procurando um lençol para me cobrir o corpo – e quando vi ela estava nos meus braços, ou eu nos seus braços – que sei? Era a vida e era a morte, era o abismo, a perdição. A mulher, o perfume, o corpo macio. A paixão, meu Deus. A paixão. Senti que ia morrer e não me importava de morrer. Devemos ter caído os dois na minha dura cama de padre. Nela morremos juntos, os dois.

NO OUTRO DIA ela voltou. E o meu corpo e o meu coração a esperavam. Durante uma semana inteira ela veio, e me parecia uma conjuração provocada por um sonho: a sombra escura que entrava, leve como se não pisasse o chão, o xale preto que caía sobre o ladrilho do quarto – e então era ela, ela, ela. O deslumbramento do amor que eu não conhecia, que eu não sabia assim, que eu ignorava, inocente como uma virgem. Ela que me guiava, me conduzia, me afundava consigo. E, depois de um tempo que parecia absurdamente curto, ela se erguia, se compunha, se envolvia no xale e ia embora, passando pela porta onde a fiel Iria a esperava. Nunca me deixou acompanhá-la e eu confesso que não insistia, não pelo meu corpo rendido, mas para não enfrentar os olhos da Dina, do Onofre.

Pela manhã, maldormido, eu acabava de me despertar com um banho frio e então o dia começava na sua normalidade. Eu vestia a batina, gaguejava as orações como um bêbedo, fechava os olhos para ver se conseguia me esquecer de mim. Confesso que, na primeira manhã, não tive coragem de celebrar. Fiz todos os atos de contrição que sabia; chamava o padre, o levita que devia haver, tinha que haver, dentro de mim. Ajoelhado na igreja, antes que a onda das beatas a invadisse, eu rezava e pedia perdão com todo o fervor de que era capaz; mas não conseguia me concentrar completamente na oração.

Inventei uma doença, mandei Onofre avisar às mulheres – as cinco, seis, do costume – que eu tive cãibras no estômago de manhã cedo, tomei um remédio, quebrei o jejum. Não tinha condições, assim, de celebrar. Aliás, ainda continuava doente, por isso me recolhia.

MAS EU NÃO PODIA usar o mesmo pretexto todos os dias. E estava levando esses dias sufocado em contrição, rezando, batendo no peito. Para não chamar mais atenção, passava o tempo fechado no quarto, ajoelhado diante da minha pequena Nossa Senhora. Prendia o olhar na Virgem Imaculada mas, de repente, me vinha à lembrança tudo que se passava naquele quarto e um rubor ardente me cobria o rosto. Dei para tirar a santa do nicho, levá-la para o outro quarto, antes que Bela chegasse. Tentei deixar de lado as orações espontâneas, os colóquios improvisados com os meus santos que eram, até então, a minha forma de oração preferida. Recorri à minha disciplina de padre, apelei para o Credo como o recitava no altar, em latim: *Credo in unum Deum, Patrem Omnipotentem... Et in Jesum Christum, Filium ejus unigenitum... Credo in Spirittum Sanctum, Sanctam Ecclesiam Catholicam... in remissionem pecatorum... in Vitam Eternam...*; Credo, credo, credo!

Eu dizia as palavras rituais, debulhava as contas do rosário, me engolfava no sentimento da culpa, tinha horror de mim. Mas, de repente, no meio daquela angústia, sim, de repente, parecia que um passarinho cantava dentro do meu coração, que uma flor se abria no meu peito. E de novo ela vinha e eu naufragava.

No terceiro dia voltei a celebrar. Inventei uma fórmula singular que me possibilitava sobreviver naquele maremoto. Dividi-me a mim mesmo em duas pessoas – o homem da noite e o homem do dia. Cada um era um personagem diverso, o diurno não poderia se responsabilizar pelas loucuras do outro. O sol, ao nascer, fechava a porta. Eu fazia o meu ato de contrição, confessava mentalmente, em globo, sem os discriminar, os meus pecados.

O Padre José Maria retornava então ao seu posto, desobrigado das insânias do louco amante de Bela. O Padre é que era eu, o outro era o Outro, o Íncubo, que só voltava a nascer depois que era noite cerrada na vila.

O portãozinho do quintal se abria para deixar passar dois vultos negros que caminhavam de leve entre as pitangueiras e os araçás do quintal; mas o meu ouvido atento os escutava! E então se abria a porta do meu quarto e ela entrava – e o Outro a recebia.

Esse artifício me salvou, me tornou a existência possível. Pude reassumir a identidade de padre, levar, no correr do dia, minha existência normal. Verdade que não mais com o descuido feliz de dantes; o Padre levava incessantemente o seu tempo, o seu dia, vigiando, desconfiado, o Outro; não se permitindo um descuido, um passo em falso. Consolava-se imaginando que, exausto das peripécias noturnas, o Outro repousava, recolhido. Dormia. Me deixava em paz.

Mas apesar das minhas astúcias, aquele delírio, aquela febre não podia ficar indefinidamente em tão alta temperatura – temperatura de mil graus – a que derrete o ferro. Começavam a arder também, ao contacto da chama, as coisas ao nosso redor.

Bela foi a primeira a acusar receios; em casa não tinha mais como esconder as saídas noturnas. Já esgotara todos os pretextos. As desculpas, quando alegava ir se encerrar no quarto, sonolenta, para fugir logo em seguida com a Iria.

Chegavam visitas, às vezes; ela saía então mais tarde, depois que as visitas iam embora. Mas houve uma noite em que não pôde vir. Chegou inesperada uma tia fazendeira, para passar uns dias. Nesse período só uma vez conseguiu escapar, dizendo que ia tomar uma garrafada, precisava ficar fechada, sozinha, que o remédio era muito forte e pedia resguardo.

Dona Eufrásia, a tia, não disse nada, mas desconfiou; foi perguntar coisas à Iria.

E não era nem tia dela, era tia dele, do Anacleto, a quem ela tinha "como filho".

Mais tarde foi o problema do terço do Mártir São Sebastião, que a falecida sogra costumava rezar em novena, convocando a gente da casa e a vizinhança. E agora vinham as vizinhas cobrar o terço: "A Belinha bem que podia tomar o lugar da finada, ninguém mais sabe puxar aquela ladainha." Bela se revoltava contra essa tirania da defunta: "Nem depois de morta me perdoa."

Eu é que lhe aconselhava calma, paciência. Não se deviam mais alimentar suspeitas novas, bastava o que já não se poderia evitar.

De mim, também, já me estranhavam as ausências regulares, à noite. Certa vez, não pude nem acudir a um moribundo, porque o Onofre não se atreveu a me bater na porta do quarto. Dina e Iria também tinham saído um pouco, espiar uma reza na vizinhança. O moleque inventou para o portador que eu tinha saído sem dizer para onde, talvez para acudir a outro doente.

E me contou que o sujeito, depois de olhar para um lado e para o outro, desconfiado, resmungou:

– Difícil. Eu conheço o pessoal todo desta Vargem da Cruz e não sei de ninguém que esteja às portas da morte. Além do meu compadre Laurentino.

E havia também o problema da confissão. Isabel não podia deixar subitamente de frequentar o confessionário, ela que antes era tão assídua. Combinamos que voltasse – mais espaçado. E lá na igreja nos portávamos como uns santos. Ela se acusava de uns leves pecados, os do seu cotidiano familiar, eu murmurava uns conselhos, dava-lhe uma penitência. Sem que eu lhe houvesse explicado, ela assumia o meu artifício e, ali na igreja, só me tratava como o seu diretor espiritual. Em vão as beatas apuravam o ouvido, não tinham nada a descobrir. O Padre José Maria se mantinha austero e breve, não chegava sequer o rosto à grade do confessionário; e ela nem um suspiro se permitia. Se havia o que reparar entre o confessor e a confessada, seria que as mudanças no comportamento de ambos eram todas para melhor.

Já íamos criando uma espécie de normalidade para a nossa situação. Afinal, estávamos conseguindo manter o segredo a custo apenas de alguns sustos. Só uma vez ou outra encontrava ela alguém, nas suas escapadas noturnas. Mas nos biocos em que se disfarçavam, ela e Iria, decerto eram tomadas por um par de escravas que saíam à noite, às escondidas dos amos. Já eu, para explicar o recolhimento noturno, apelava para a saúde e para os estudos que teria começado a fazer, tendo em vista uma futura ida a Roma. Roma, imagine! Mas aceitaram bem, as pessoas são crédulas.

Assim mesmo, demos de espaçar mais as visitas dela. Tínhamos a impressão permanente de que os milhares de olhos da gente da terra não se despregavam de nós dois.

Até que uma noite ela chegou, de leve como sempre, disfarçada no xale como sempre, mas diferente, sim. Entrou, não tocou em mim, sentou-se. Desenrolou-se dos panos, ficou um momento a dobrar o xale, como se isso fosse importante. Eu não entendia e esperava. Até que ela começou:

– Não sei como diga. Mas tenho que te contar isso...

Nova pausa. Eu esperava, de coração pequenino.

– Eu... nós... Bem... Eu vou ter um filho.

Saltei da cadeira. Meu Deus, um filho! Parecia estranho – mas nós não tínhamos pensado nisso.

Ela entrou em explicações. As coisas que as mulheres sabem que se passam no seu corpo. Não veio, como dizia ela, a 'visita' do mês. Coisa que, com ela, não atrasava nunca. E os seios duros, doídos. E os enjoos que ela, a princípio, atribuía aos sustos permanentes; e os desmaios, as ânsias de 'provocar'...

– Provocar o quê? – perguntei, para dizer alguma coisa.

– Vomitar. Engulhos. O povo chama de entojos. Anteontem cheguei a desmaiar. Felizmente só a Iria viu.

Eu não sabia ainda o que dizer. Não ia renegar o filho – dela, meu – mas que é que nós iríamos fazer com um filho? Esconder? Como? Publicar?

Bela me pegou na mão, pôs-se a falar devagarinho, desenhando um plano:

– Estive pensando. Aliás faz uma semana que não penso em outra coisa. Daqui a uns dias começa o tempo bom na fazenda, a Atalaia. As vacas já estão parindo, o vaqueiro quer começar a fazer queijos. O meu menino – o Zequinha – você nunca o vê! está magrinho e amarelo. Às vezes até me culpo, porque, nessa loucura por ti, venho me descuidando dele. Pois agora eu vou alegar que preciso mudar de ares por causa do menino; aqui na vila está muito abafado, a casa é escura e triste em tempo de chuva. E é mesmo. Eu vou ficando por lá. Digo que me sinto melhor na fazenda do que na rua. Sem a presença do Anacleto aqui... o povo não vai se admirar.

– E eu? E nós?

– Bem, nós... Quem sabe, alguma noite a gente pode se ver. A Atalaia não fica longe. Você arranja um cavalo. Não chega a duas léguas. Na mesma noite dá pra ir e voltar.

– E lá?

– Lá, eu me arranjo. Roupa larga, vou ver se engordo um pouco. Tem lá uma índia velha que é parteira, me ajuda quando chegar a minha hora.

Eu olhava para Bela, assombrado. E ela continuava:

– Já pensei também no que fazer com a criança. Quando ela nascer, mando enjeitar na casa de Dona Floripes – a Tia Pite, como a gente chama. É parenta de minha mãe, prima, a gente chama de tia, mora o tempo todo na fazenda dela, a Noruega. E vive chorando, fazendo promessa para ter um filho. O marido também não se conforma e, pra se vingar, faz filho em toda rapariga que arranja. Tia Pite cria esses filhos apanhados, mas diz que não é a mesma coisa que se fossem dela. Queria um que, pelo menos, não tivesse mãe; e que fosse branco. Ela diz que moleque não é filho, é cria.

Fez uma pausa:

– O meu pessoal na fazenda pode desconfiar, mas guarda o segredo. Lá ninguém gosta do Anacleto. Ele é muito arrogante, muito bruto. Todos viam como aquele homem me maltratava. E tem mais: a fazenda não nos veio da parte dele. Foi o meu dote – era do meu avô que me criou. Gosto muito de lá, sou muito querida, quase todo mundo, na Atalaia, andou comigo no colo.

Outra pausa:

– A Iria leva a criança para a Tia Pite, já conversei com ela. Assim que nascer, pega nela, espera o escuro da noite, monta a cavalo, leva o neném e deita ele num balaio que vai carregar junto. Encosta na porta e bate palmas, faz zoada, até que alguém atenda. Quando de dentro derem sinal de vida, ela então monta de novo e sai a galope para ninguém reconhecer...

Eu estava totalmente desorientado diante dos planos complicados e da resolução de Bela. Fiquei pensando e quase dei um grito:

– E eu? Eu não vou nem conhecer o meu filho?

– Bem, você é o vigário. Pode ir fazer desobriga por aqueles lados, ficar amigo da casa, na Noruega. Tia Pite e o marido são muito devotos. Você pode até apadrinhar a criança.

Mas Isabel, afinal, não era tão prática quanto queria se mostrar. De súbito olhou para mim, com força, pegou nas minhas mãos e desabou a chorar, soluçando alto e fundo, me cortando o coração. Tentei consolar, libertei uma das mãos e fiquei lhe afagando o cabelo. Lembrando a primeira vez, a primeira noite, depois da morte da sogra.

Ela por fim acabou de chorar e só então nos abraçamos.

Parecia tudo tão seguro, fomos facilitando. Bela adiava a cada dia a partida para a fazenda, embora o ventre já fosse aparecendo. Ela quase não saía de casa; poucas eram as visitas que recebia. A novena acabara, não se começara outra. Mulher largada do marido, o melhor que faz é fechar a porta, diz o povo. E haveria alguém mais largado do que Bela? Quase um ano que o tal do Anacleto estava longe – dez meses completos. E nunca mandou sequer uma carta, só um bilhete enviado antes de chegar no território das minas; e que vinha junto com outra carta – de ordens para o gerente da loja, um antipático intrometido, com quem Bela não se dava. Assim mesmo, Anacleto entregou tudo a ele; só dava valor aos desafetos da mulher.

PASSOU-SE UM mês e, nesses entrementes, já se marcara o dia da partida para a Atalaia. Mas, na antevéspera do dia escolhido, Bela, que eu nem esperava naquela noite, me chegou esfogueada, com novidades grandes. E ruins.

Aquela tia do marido – eu não lembrava? – a tal de Dona Eufrásia, apareceu de novo, de mala e cuia. Bela falou que estava com a bagagem pronta para uma temporada na fazenda: começo do inverno, o leite, o queijo, precisava tudo do olho da dona.

A tia a princípio não disse nada, apertou os beiços finos, abanou a cabeça. Afinal falou:

– Pois é.

Bela não entendeu, mas se assustou. Ficou de guarda, não se punha contra a luz, meteu-se num roupão grosso de ganga, todo de pregas largas, alegando frio.

Mas, naquela manhã, estava no quarto tomando banho, em pé na bacia, nua, Iria lhe ensaboando as costas, quando a porta se abriu num rompante, a taramela cedendo ao empurrão de Dona Eufrásia, que já entrou falando:

"Desculpe, Belinha..."

– Eu estava toda nua. Iria correu apanhar a toalha e me enrolou o corpo. Mas já foi tarde. Li na cara da velha que ela tinha visto e entendido tudo: a barriga grande, os seios duros, crescidos. Os mais de seis meses em que já estou. Ela deu uma desculpa, disse que não queria incomodar. Eu fiquei calada, toda enrolada no toalhão, de repente tiritando de frio. Aí a tia se retirou, sem mais uma palavra. Iria me sussurrou: "Deixe eu ir atrás dela, Sinhá. Essa mulher está com o diacho nos olhos. Vou ver o que ela faz." Iria me contou depois que a velha, no seu quarto, arrumava a canastrinha, jogando, sem olhar, a roupa e os pertences miúdos, como se estivesse com o pensamento fervendo, ocupado em outras coisas. Vendo a escrava chegar à porta, perguntou, às brutas:

– Rapariga, estás sabendo do que eu vi? Aquela mulher está prenha.

Contou Iria que ficou tão apavorada que "o sangue me saiu da cara, acho até que fiquei branca naquele instante". Mas assim que pôde falar, foi negando: "Sinhá, não diga uma coisa dessas! Aquilo é só gordura. Sinhazinha come demais, não tem o que fazer aqui, só comer. Toda hora é doce, é queijo, é banana, é frango assado na brasa..." E a velha me olhou com tanta raiva que eu me tremi nas juntas: "Não me faça de idiota. Eu vi com os meus olhos. Sim, com estes olhos que a terra vai comer! A barriga prenha. Pejada!"

E aí ela deu um passo à frente a ainda ameaçou:

– E sabe o que é que eu vou fazer? Vou mandar um próprio procurar pelo meu sobrinho por todas essas minas de Goiás. E quando achar, vai entregar a ele uma carta minha, contando tudo que está acontecendo aqui!

Iria se atirou de joelhos no chão.

– Pelo amor de Jesus Crucificado, Sinhá, pela alma de seu pai e da sua mãe, não faça uma coisa dessas! É tudo engano dos seus olhos! Sinhazinha está só – só, como uma moça donzela!

Mas não adiantou. A bruxa fechou a canastra, que deixou onde estava, ordenando:

– Chame um moleque e mande deixar isso na casa da minha prima, no sobradinho. Eu fico lá até voltar para o Remanso.

E como a Iria ainda continuava de joelhos, falou com uma voz que parecia uma navalha:

– Saia do meu caminho. Senão eu piso por cima.

NO DIA SEGUINTE cedo, Bela partiu para a Fazenda Atalaia. Levava consigo o filho Zequinha, a ama do menino e a Iria, com os dois filhos dela. Simão, o marido da Iria, ficou na vila, responsável pela casa. Na verdade, para se ter um intermediário entre nós dois, que recebesse e levasse recados. Muito discretamente, ele estava no nosso segredo. Era irmão de leite de Isabel, mamaram os dois no mesmo peito da negra Luzia.

Nem nos despedimos. Ela já fizera assustada aquela visita, correndo risco, mas precisava me contar as ameaças da tia.

Fui me refugiar na igreja, na hora em que Bela devia ir embora. Contudo, por mais que eu me esforçasse, o Padre não conseguia tomar o lugar do Outro que, pela primeira vez, invadia o Seu asilo junto ao altar.

Fiquei ali, tentando rezar, os dedos da mão trançados diante do peito, os joelhos no chão, o dorso curvado. Mas a cabeça teimava em acompanhar a comitiva pela estrada, Isabel montada na sua sela de andilhas, corada e linda, trazendo o filho no colo como um depósito precioso e oculto. Animada pela manhã bonita, contente por fugir daquela casa de rua, fechada, escura, com as suas camarinhas sem janela, dando as portas para um corredor comprido como um corredor de prisão.

Cinco dias passados, combinei com Onofre uma providência. Como já disse, naquele beco dos fundos, o nosso portão não era o único; havia outros que abriam para quintais vizinhos, e em dois deles existia uma estrebaria. Não seria possível a Onofre tirar ocultamente do vizinho um dos cavalos, que a gente sabia gordos e bem milhados? Era tomar emprestado só pela noite, enquanto eu ia e voltava da Atalaia, antes de se abrir a barra do dia. Sela e arreios nós tínhamos em casa, herança do vigário antigo.

Onofre deu um jeito, sim. Pediu só que eu lhe arranjasse uma rapadura para subornar o 'colega', que lidava com os animais do vizinho, dois portões além do nosso.

FOI ASSIM que pude, várias vezes, visitar Isabel na fazenda. Na garupa levava Onofre, que conhecia bem os caminhos e ficava tomando conta do cavalo, enquanto eu demorasse na Atalaia. Nós amarrávamos o animal num angico que ficava junto à porteira do pátio e caminhávamos com cautela até um certo ponto combinado; de lá, Onofre soltava dois assobios especiais – ele fazia tudo, que eu não sabia nenhuma dessas astúcias de namorado.

E logo aparecia a fiel Iria, para dar entrada na casa e acalmar os cachorros. Defronte à porta do quarto, me deixava só. Eu batia de leve com os nós dos dedos – e o céu se abria, dizia o Outro. Ou se abria o inferno, com todos os seus pecados, diria o Padre; mas este só falaria quando eu já estivesse em casa, exausto, consumido e, como devia – arrependido.

PASSADOS ASSIM quase dois meses, certo dia eu, ansioso, ia me preparando para os sustos da visita próxima, quando – já era boca da noite – me aparece Simão, o marido da Iria, correndo, esbaforido. Em vez de entrar pelos fundos, como de costume, bateu na porta da frente, passou, correndo ainda e afastando Onofre que lhe perguntava o que tinha acontecido.

– Eu quero falar com Sinhô Padre!

Eu ouvira o alvoroço, cheguei assustado. Simão me segurou pela batina:

– Uma desgraça, Sinhô Padre, uma desgraça! O homem chegou. Tá aí e diz que vai correndo pra Atalaia!

O homem só poderia ser o marido.

– É o Anacleto?

– Inhô sim, ele mesmo. Chegou matando os cavalos, fazendo dez léguas num dia. Só trouxe um moleque com ele, montado no cargueiro.

Eu procurava me manter calmo:

– Bem, e o que ele disse?

O homem tentava recuperar o fôlego, via-se que estava realmente apavorado:

– Perguntou por Sinhazinha. Já sabia da morte da mãe dele. E quando nós respondemos que a Sinhazinha estava na Atalaia, junto com Sinhozim pequeno, ele olhou pra gente com uma cara horrível de mim, com aquele olho vermelho, mordendo o bigode: "Ah, ela levou o menino?" Aí ele gritou por um copo d'água, uma das mulheres ofereceu fazer um café, e ele disse que não queria café nem nada. Passou a perna no cavalo, gritou pro moleque dele que tirasse a carga e ficasse esperando. E saiu, apertando tanto o animal nas esporas que parecia o Satanás.

Eu fazia tudo para me conter, para não entrar em pânico. Gritei por Onofre:

– Vá me arranjar um cavalo! Se não conseguir emprestado, roube! Mas me traga um cavalo, correndo.

Simão se ofereceu:

– Eu vou com ele, Sinhô Padre. Eu conheço um menino do Seu Mundim e ele arranja o animal.

Enquanto eles chegavam, fui trocando de roupa, vesti o único trajo de homem que possuía, de brim grosso, feito para as caçadas e pescarias; aliás, a mesma roupa que eu vestia quando ia para as visitas à Atalaia. Calcei os coturnos, enfiei os pés nas esporas, peguei no rebenque, pus-me a andar de um lado para o outro, numa impaciência aflitiva, o coração na boca – sabe lá, meu Deus, o que estava se passando naquela fazenda!

Ah, minha Nossa Senhora, não olhe para a minha indignidade, tenha pena só dela, que é mulher também... E do inocente que está para nascer e não tem culpa das desgraças que vai causar...

Eu rezava, rezava, num grande atropelo, numa perfeita intimidade com os meus santos. Afinal, eles viam tudo; nós dois, ela e eu; nós não podíamos nos esconder dos olhos deles, na nossa loucura.

Simão chegou, por fim, com o cavalo; Onofre trouxe a sela, arreou o animal. Eu enfiei o chapéu na cabeça, montei. Saí também feito um desesperado, no rastro do outro, a besta-fera.

O cavalo era bom, nem precisava apertar com as esporas. Corria como se estivesse num prado, ganhando aposta. Mas parecia que a Atalaia não ia chegar nunca. A noite era sem lua, mas tinha muitas estrelas; o caminho branco nunca chegava ao fim.

Dessa vez não parei na porteira do pátio, fui direto à casa da fazenda. Larguei as rédeas no pescoço do cavalo, subi correndo o alpendre, onde havia algumas pessoas, mas ninguém me deteve. Parecia até que esperavam por mim.

A porta da sala estava aberta. E junto à porta do quarto, que estava cerrada, a Iria ajoelhada, chorava baixinho. Ela me agarrou pelas pernas e ficou me segurando:

– Não entre, Sinhô, não entre! Tem desgraça lá dentro!

Entrei no quarto. E à luz fraca da candeia, logo avistei Isabel, descoberta, estirada na cama. Do seu corpo branco não se via quase nada, o sangue o manchava todo.

Ajoelhado no chão, o rosto entre os panos do leito, o homem parecia morto também.

Mas não estava morto. Ouviu meus passos no ladrilho, levantou a cabeça, me olhou, esgazeado. Eu também o olhava num grande pavor – ou era ódio? Vi quando ele me reconheceu. Então pôs-se de pé, de um salto, os olhos luzentes, a cara de louco, e se atirou para cima de mim, com uma faca na mão.

Eu não tinha arma, não tinha nada. Defendi o rosto com o braço esquerdo; com o direito tateei atrás de mim – eu conhecia aquele quarto! – em procura do escabelo de madeira, onde costumava jogar a minha roupa. Consegui segurar o pesado banquinho, erguê-lo no ar. O Anacleto pela segunda vez me atingia com a faca e me feria o pescoço em direção do peito. Com toda a minha força arremessei o escabelo em direção à cabeça dele. O banco o apanhou no alto do crânio, de quina, e ouvi o osso estalar. Ele caiu, a faca rolou longe. Desabou no chão como um touro no abate.

Eu então me aproximei da Bela, me ajoelhei também; toquei de leve na mão, senti o pegajoso do sangue. Comecei a chorar, quase na mesma posição em que encontrei o Anacleto.

Iria caminhou até ele, segurou-lhe o pulso, assustou-se quando viu a cabeça partida. Afastou-se, veio murmurar no meu ouvido:

– Está morto. Louvado seja Deus.

Levantei a cabeça, ainda tonto:

– Como foi antes?

– Ela estava na cama e eu deitada também, numa esteira, aqui pertinho. Ela já estava dormindo e eu ainda rezava, quando empurraram a porta com estrondo. Era ele. Minha esteira ficava entre a cama e a porta e ele tropeçou em mim, me machucando. Berrou uma praga e me afastou aos pontapés, como se eu fosse um cachorro. Chegou aos tropeções até junto da cama, parecia bêbedo, mas devia ser só de raiva. Chegando perto, estendeu a mão – pensei até que fosse bater nela, mas pegou só a ponta da coberta, puxou com força, e a Sinhá rolou no colchão; ficou toda descoberta, a camisola levantada. Não sei dizer se ela acordou, nem se abriu os olhos. Ficou estirada, deitada de costas, respirando com força e a barriga tremendo. Podia ser até a criança, se mexendo lá dentro. O Sinhô Anacleto, eu não sei quando ele puxou a faca. Quando vi, já estava erguendo o braço, o ferro brilhou na luz e ele desceu a mão. Feriu primeiro a Sinhazinha no pescoço, duas vezes. O sangue esguichou e aí ele meteu a faca naquela barriga nua, enfiando até o cabo. Para pegar também a criança; e conseguiu. Matou mãe e filho!

E Iria suspirou:

– Mas foi o Sinhô Padre que matou ele. Deus é justo e está no céu.

Caí de novo de joelhos. No corpo de Isabel não se percebia mais qualquer sinal de vida, nem um leve tremor. A criança tinha que estar morta também.

Iria passou de leve a mão sobre os olhos ainda abertos da pobrezinha, escancarados no estupor da morte. Compôs as duas mãos sobre o peito, juntou-lhe os pés, mas evitava tocar no sangue que se coagulava por sobre o lençol. Apanhou a colcha em cima do baú, estendeu-a sobre a morta.

E aí desceu os olhos sobre o homem caído no chão:

– Esse aí fica assim mesmo. Merece. Outros que cuidem.

Baixou-se sobre mim, tocou-me o ombro, puxou-me pela mão:

– Vamos embora, Sinhô Padre! Vamos! Eu vou lhe esconder num lugar que eu sei. A gente tem que fugir, e depressa. Daqui a pouco a Vargem da Cruz inteira está por cá. Vão querer ver as mortes. Ver o sangue!

A SALA JÁ DEVIA estar cheia de gente, mas respeitaram o corredor. Iria me puxava pela mão e eu, tonto, os olhos cegos, deixei-me guiar por ela. Passamos pela cozinha, descemos uns degraus de pedra que levavam ao quintal. Em certo momento apareceu Simão. Iria passou ao marido a minha mão, como se faz com uma criança. Eu, docilmente, deixei – estava entregue a eles, não tinha ação para mais nada. E ela determinou:

– Leva Sinhô Padre para o forno do carvão. Esconde ele na barraca dos carvoeiros. Ninguém dá com ele lá. Eu fico, vou esperar o povo.

De caminho, Simão me explicava que, no forno, era seguro mesmo: "O Sinhô Padre vê, não é tempo de queimar carvão, só no verão o forno trabalha. Além do mais, é arredado, lá no juremal, terra ruim, brejada, que não dá pasto nem planta, tudo mato espinhento. Bom só pro fogo, pra fazer carvão."

Eu escutava sem escutar, nem sei como me ficaram na cabeça essas informações dele. Já por onde foi o caminho, como era o local em redor, não enxerguei nada. Parecia até que fora eu que levara a pancada na cabeça.

Por fim, me vi dentro de uma barraca toda feita de palha, parede e teto. O chão lá dentro era de terra; tinha um banco de jirau, armado em duas forquilhas – passei nele as horas mais horrendas da minha vida, num oco sem fundo, num desespero branco e gelado. Não era dor, propriamente, era o sentimento de que eu me afundava, me afundava, um peso, um poço me sorvendo para baixo. O que viria depois? Os soldados, a polícia, o povo enfurecido?

Simão me fez sentar no banco:

– Se encoste no esteio que ele dá apoio, Sinhô. Na parede não pode, que é de palha. Eu vou lá em casa correndo, o principal era botar o Sinhô no seguro. Vou pegar uma rede, vou pegar café (que eu sei que tem, era do uso da pobrezinha de Sinhá!), um copinho de cachaça para lhe dar sustância. Fogo não posso fazer, por causa da fumaça. Até já! Cuidadinho, Sinhô Padre, Deus lhe guarde!

Sumiu na vereda estreita. A princípio me deixei ficar sentado no banco, derreado em cima do esteio, como recomendara Simão. Mas chegou um momento em que me dei conta do braço que começava a doer, a latejar, lá fundo, embaixo da crosta de sangue. E, com a dor, começou a atacar também o medo, naquela solidão, naquele escuro, dentro da furna de palha. E se viessem me caçar ali, me tocassem fogo na cabana? Tentei me levantar mas não tive forças. E se tinha medo ali dentro, mais medo teria lá fora, quando o povo começasse a caçada ao padre assassino. O que desonra a mulher e mata o marido!

O banco era por demais incômodo, deixei-me escorregar até o chão, que pelo menos era de terra lisa. Dormi ou desmaiei.

Acordei – quanto tempo depois? – com Simão me levantando do chão. A princípio pensou que eu estivesse morto.

– Sinhô Padre, acorde! Credo, que susto! Eu trouxe a rede, o café e a comida. A Iria manda dizer que é pra ficar bem quietinho. O povo da vila já chegou; felizmente estão pensando que o Sinhô fugiu para o rumo de lá, no caminho mesmo do sertão.

Atou a rede no esteios, me levantou do chão:

– Valha-me Deus, foi sangue demais! Mas já coalhou. Eu só trouxe água de beber, mais tarde a Iria vem lhe lavar esse sangue.

Me deitou, me tirou os sapatos dos pés, enquanto me acomodava as pernas na rede. Ao sair, recomendou:

– A comida está naquele alguidarzinho, o café na garrafa. Ainda está morno.

Guardou tudo numa prateleira pendurada em corda numa ripa do teto, eu vi depois. E à saída, despedindo-se:

– Vou ver lá se as coisas estão mais sossegadas. Acho que vão fazer os dois enterros aqui mesmo, na fazenda. Era o que estavam falando..

E rematou, antes de fechar a porta de palha, como o resto:

– A Iria acha que Sinhô Padre tem que passar aqui um bocado de dias, até o povo se desvanecer. E ela disse também que até é bom, porque da tempo de crescer o cabelo da sua coroa. Pra ninguém poder ver que o senhor é padre...

DAÍ A UNS DIAS – dois, três, cinco? – (eu tinha perdido a noção do tempo, passei aqueles dias todos com febre alta, delirando), vi de novo o Simão ao pé da minha rede. Me tocou na testa, disse que a febre estava quase passada, me deu pra beber um caldo que Iria mandava. Depois foi buscar misteriosamente, num canto, um saco de estopa que me entregou:

– Ontem eu tomei coragem e dei um pulo na vila, pra ver como iam as coisas por lá. Ainda se fala muito no sucesso e todo mundo pensa que o Sinhô Vigário ganhou a estrada. Procurei o Onofre e ele me deu uma roupa branca pra eu lhe trazer e esta bolsa, que ele disse que o Sinhô Padre não se separa dela. Botei neste saco velho, pra disfarçar. O moleque não me disse nada, mas acho que ele desconfia que o Sinhô Padre ainda está por aqui. Na saída ele me disse: "Se tu vê algum dia meu Sinhô Padre, entrega tudo direitinho, pede a ele a bênção pra mim e pra minha mãe. A gente não vai se esquecer dele nunca..." Isso que ele disse. Só pode ser que eles dois desconfiavam que eu mais a Iria sabemos onde vossemecê está.

Peguei no saco; a roupa vinha enfiada numa fronha, eram umas ceroulas e uma camisa. A bolsa tinha dentro o meu missal (o pequeno, de mão) e uma estola velha que eu levava quando ia dar unção a moribundo.

Realmente, eu nunca me separava daquela bolsa. Só a deixava quando saía para caçar e pescar. E aí, o meu coração culpado acrescentou: e pecar.

18
Maria Moura

Arranjamos um recruta novo, no Socorro. É um cafuso, mais pra caboclo. Tem uns trinta anos, meão de altura, muito forte. Velho amigo do Amaro e da Libânia, que só o tratam por 'meu fio'.

A princípio até me assustou, porque se apresentou armado, bacamarte a tiracolo, faca lambedeira no cinto. Vestia calça de pano grosso em vez das ceroulas compridas, amarradas no tornozelo, de uso geral por ali. A camisa era solta chegando quase ao joelho. Trazia um braço numa tipoia suja; quando cheguei no terreiro dos velhos, ele com alguma dificuldade se levantou do banquinho onde sentava, tirou o chapéu de couro:

– Bom dia, Senhora Dona.

Dei o bom-dia de volta, perguntei quem era ele. Mas foi o Amaro que falou pela visita, explicando que era um amigo antigo do filho deles e que se chamava Roque.

Eu olhava fixo para o armamento do homem – estava achando ruim aquele tamanho aparato num cabra desconhecido. Mas quando perguntei se ele andava em guerra, o desconhecido fez um sorriso encabulado e tentou depressa tirar a bandoleira do bacamarte; mas embaraçou com a tipoia. E foi explicando, meio gaguejado:

– Desculpe, Dona. A gente anda tanto tempo com essa desgraça pendurada no ombro que até se esquece dela. Foi atrevimento meu chegar aqui desse jeito. Mas eu só esperava encontrar os tios velhos.

Eu ainda não estava gostando:

– Mas – fora ser amigo dos velhos – quem é mesmo você?

– Eu, Dona? Pra falar a verdade a Vossa Senhoria, eu posso lhe dizer que sou um cabra de aluguel.

– Capanga? De quem?

Vi que o homem estava morto de cansaço, o braço devia lhe doer. Mandei que se sentasse primeiro e falasse depois. A Libânia vinha me trazendo outro tamborete.

A história do Roque era simples. Nascido na Fazenda Coqueiros, lá de onde tinham fugido o Amaro, a mulher e os filhos:

– Mas nunca fui cativo. Tenho mais raça de índio do que de preto, sem desfazer de ninguém. Me criei moleque de bagaceira, porque a fazenda não era de gado, era engenho. Carregava cana em cambito, para a moenda, junto com o Terto, filho deles. Quando me botei a homem, não aguentei mais aquela vida velha. O Sinhô queria tratar nós forros como se a gente fosse tudo negro dele. Um dia o Sinhô mandou me meter o relho e eu então ganhei o mundo. Foi pouco tempo depois do Tio Amaro, junto com o Terto e os outros, terem desabado, numa fugida grande. Se escaparam uns onze escravos, entre homens e mulheres. Mas aos poucos foram pegados todos. Aquele capitão do mato deve ter pauta com o cão; a gente só chama ele 'o Herodes'. Como eu gostava de atirar, achei serviço de guarda-costas de um padre; quando ele viajava nas desobrigas, tinha que carregar o cálice de ouro de dizer missa e o dinheiro que o povo dava, principalmente os senhores nas fazendas. E o padre velho não podia contar com o sacristão, nunca vi cabra mais esmorecido. Andei com o padre velho uns dois anos, depois ele largou de ser vigário, estava muito idoso para aquelas viajadas. Era um santo. Deu até uma carta me recomendando a um compadre dele que andava metido numa briga danada; questão de extrema de terra. Mas ô homem cru! Quando eu levei este tiro no braço e desmaiei, ele me deu por morto e me deixou no mato, como se fosse um cachorro. Foi longe daqui, umas cinco léguas. Vim pedindo esmola de casa em casa; o povo, me vendo armado, tinha medo e me dava o que tivesse.

– E o bacamarte é seu? – eu perguntei.

– Agora é. Não sei como o patrão não me arrancou ele. Acho que de medo, não fui só eu o baleado. O filho dele também saiu ferido. Na carreira, se esqueceram de me tirar a arma, ou não puderam.

Deu um suspiro fundo, levantou a cabeça:

– É, agora o bacamarte é meu. Paguei ele com o meu sangue.

A Libânia já chegava com uns trapos e a garrafada de arnica.

Eu me levantei:

– Muito bem. Se cuide, veja se fica bom. Se o Amaro responde por você, está certo. Nós conversamos depois.

Amaro me acompanhou até a 'fazenda', e ia contando:

– Sinhá, ele teve notícias dos meus filhos, um conhecido contou. Apanharam um bocado quando saíram daqui. Não se conformavam com voltar pro cativeiro, mas o pior era terem deixado nós aqui e as crianças. Mas não quebraram osso deles, nem matavam de fome. Quando chegaram nos Coqueiros, o Sinhô dizia: "Cuidado com esses negros! Não maltratem nem aleijem. Cada um deles me vale mais do que cinco cavalos de sela! E eu não quero jogar no mato o meu capital!"

E aí foi a vez do Amaro suspirar:

– É, eles trabalham muito, mas está tudo vivo. Quem sabe, Deus ajudando, eles ainda fogem outra vez! Nem que não venham pra cá.

Com poucos dias o Roque já estava com o braço sarado. O pedaço de ferro apostemou, saiu uma ponta dele, Siá Libânia conseguiu puxar pra fora. Cobriu com folha de mamona e depressa estava bom. Não deixamos que o cabra ficasse às vistas, na beira da lagoa, junto com os velhos. Mandei o meu pessoal fazer um barraquinho pra ele, encostado numa árvore, parecendo um ninho de maria-de-barro.

O Roque não tinha se gabado – era bom atirador. Trouxe um resto de munição, com ela ia praticando com os meninos. Mas bom mesmo ele era na briga de faca. Levava sempre vantagem, até mesmo com Zé Soldado, que tinha alguma arte, mas se queixava do tamanho daquela lambedeira de três palmos do outro. "Aquilo não é uma faca, é uma espada!"

O Roque achava graça, dizia que não adiantava chorar, logo logo a Sinhá Dona ia comprar umas facas maiorzinhas pra meninada...

NO COMEÇO DA SEMANA nós resolvemos nos meter em correria nova. O Roque, que conhecia mais ou menos aquelas terras ao redor, nos avisou de que iam começar as festas do Arcanjo São Miguel, padroeiro da Camiranga. A vila se chamava mesmo São Miguel da Camiranga.

Pras festas vinha muita gente de fora, família inteira de fazendeiro, passar na rua os dias do santo, ver as novenas, o leilão. E tinha ainda a missa grande no último dia.

– O padre velho, meu amo, até que veio à Camiranga, um ano, no lugar do vigário, amigo dele, que tinha ido se tratar no Recife.

Saímos ainda com escuro, nós cinco. Bem montados, bem armados – eu, João Rufo, Zé Soldado, Maninho, Alípio; e Roque na guia, montado num dos burros dos tropeiros, que aceitava bem a sela. Cada um levava o seu lenço de trapo para encobrir a cara e assustar os 'padecentes', como dizia o Alípio, o engraçado.

Pelas veredas já conhecidas nossas, chegamos até a estrada real. Aí atravessamos para a outra banda. A gente queria sempre dar a ideia de que se vinha do lado contrário ao do Socorro. Em caso de perigo, se fossem nos caçar, tomavam a direção errada.

Seguimos pela estrada afora, estava mais era deserta, sem nada do movimento prometido pelo Roque. Até que demos com uma estradinha mais estreita, que devia fazer a ligação de alguma fazenda com a Camiranga.

Lá paramos e esperamos um tempo grande. O sol ia bem alto, a gente tinha fome – desmontamos, eu mandei que roessem algum pedaço de rapadura; no farnel só se mexia depois da obra feita.

– Se obra houver – resmungou João Rufo.

E a gente já ia desanimando, os cavalos estavam com sede, amarrados nos pés de pau, quando afinal se avistou poeira levantando na estradinha. Nós nos escondemos atrás da moita escolhida, que era um grande mofumbeiro do tamanho de uma casa.

Era mesmo uma família viajando. Primeiro apontava o Sinhô, montado num cavalo ruço, cada qual mais barrigudo, o cavalo e o dono. Quem vinha junto dele devia ser o Sinhozim – um rapazote já de calça comprida, num cavalinho piquira. Seguia uma moça, montada de lado, em silhão, com uma saia tão grande que quase cobria a besta rosilha. Fechava a procissão uma rede, carregada por dois negros forçudos. Dentro da rede a Sinhá, segurando um guarda-sol. Os negros, sem camisa, estavam cobertos de suor. Junto com a Sinhá, na rede, uma negrinha de uns três anos, bonitinha, olhos redondos, cria de estimação, via-se. Atrás da rede vinham ainda umas três mulheres, enroladas nas toalhas, com certeza as mucamas de serviço.

Esperamos um pouco; quando eles já estavam a umas vinte braças de distância, nós saímos de trás da moita.

Tudo de cara tapada, eu com o meu lenço velho de Alcobaça.

João Rufo gritou:

– Alto lá! – e a procissão parou.

Rodeamos o pessoal, em tropel; Zé Soldado estendeu a mão e segurou a rédea da moça; a besta empinou e ela caiu da sela. João Rufo pegou o velho, os meninos reuniram, num bando só, o resto dos viajantes; os negros baixaram a rede no chão e a velha se pôs a gritar, com a negrinha agarrada no pescoço. O meninote do piquira tentou escapulir, mas Roque estendeu o braço e derrubou o cavaleiro na areia grossa, ralando ele um pouco.

Eu ralhei com a velha:

– Cale a boca! Ninguém vai matar ninguém. Passe pra cá os trancelins do pescoço e as memórias de ouro dos seus dedos. Já!

E como a velha nem entendesse, já calada, mas apavorada, eu me curvei sobre ela e arranquei com a minha mão os cordões grossos, de ouro, que lhe davam voltas e voltas pela garganta.

Custou mas saiu, arranhando um pouco o pescoço da dona. Depois arranquei os anéis, que eram quatro, e um pente de tartaruga, bordado de ouro, que ela tinha encravado no cocó.

Zé Soldado, apeando, ofereceu a mão à moça caída e ela, em vez de dar a mão, bateu com o rebenque nos dedos dele. O Zé ficou com raiva, e segurou a Sinhazinha pelo cinto:

– Quieta, senão eu arrasto você pra mata e te dou um ensino!

Maninho aí se chegou à irmã e arrancou os cordões de ouro que a mocinha também trazia no pescoço, e mais um broche de pedra vermelha, pregado no corpete.

Quem fez colheita mais importante foi João Rufo: pegou um saquinho de camurça que o velho trazia no bolso largo das calças brancas e, do dedo, o anelão de brilhante. Isso depois de Alípio lhe arrancar as fivelas de prata dos sapatos e a outra, larga, do cinturão.

Os meninos aí se aproximaram da rede. Os dois carregadores, no que largaram a vara e o carreto, ficaram de lado, um e outro acocorados, sem fazer nenhuma ação. Era como se não tivessem nada com aquilo, não iam arriscar a vida pra defender Sinhá e Sinhô.

Por isso eu nunca andei com cativo. A morte da gente é a alforria deles. Se eu tenho algum negro bom ao meu serviço, alforrio primeiro. Dizia meu pai: "Se perde um escravo e se ganha um amigo." Ficou sendo essa a minha lei.

ESSAS MIUDEZAS TODAS, claro, só fui saber delas depois, na estrada, cada um contando a sua parte. Ali na hora, quando depenei a galinha velha, dei ordem ao pessoal que amarrasse todo mundo, de pés e mãos, até as mucamas e até os carregadores.

O Alípio ainda mandou que os negros fugissem, mas eles não tiveram coragem. Os dois deviam ter mulher e filhos na senzala do amo.

Trabalhamos depressa, no receio de que nos aparecesse gente armada. Que armado, aliás, só ia o velho, com um fino punhal na cava do colete. Tem cabo de prata e até hoje está comigo. Arma de fogo ninguém portava.

Pegamos os cavalos pelas rédeas, menos o piquira que mandei tanger para o mato. Mandei também jogar no chão a sela de mulher que não ia me ter serventia. E saímos a galope, puxando os cavalos tomados. Correndo, atravessamos a estrada, entramos pela nossa vereda e só a mais de meia légua paramos, pra tomar fôlego; e, principalmente, para arrumar e examinar o apurado.

O cordão de ouro da velha tinha mais de cinco palmos, não contando o pedaço que se quebrou. No saquinho do velho, vinte moedas de prata e três de ouro. Nos bolsos do coxim dele, uma bolsa com dinheiro em cobre e uma muda de roupa branca. Nas duas trouxas tomadas às escravas que acompanhavam a Sinhá na sua rede, vinha a roupa de toda a família. E, por falar em rede, fiquei danada da vida porque me descuidei de pegar a da Sinhá – era branca, de pano fino, com umas varandas de labirinto que arrastavam pelo chão.

A sela do velho, os arreios de prata, tomei para mim. O cavalo não me interessou, eu não trocava nenhum pelo Tirano. Os outros animais iam fazer companhia aos do Socorro, ficavam no serviço da 'fazenda'.

Roque estava com pena de não ter convidado os negros para virem com a gente. Eu expliquei a ele o meu pensamento a respeito dessa história de tirar serviço de cativo, mesmo tomando os dos outros. João Rufo, que ouvia, lembrou, com razão:

– Pior que isso, Sinhá Dona, é que esses negros são daqui mesmo, destas paragens: quem garante que eles não iam espalhar por aí o lugar do nosso Socorro? A gente não ia poder ficar com eles amarrados, o tempo todo...

E eu ajuntei:

– Além do mais eles hão de ter parentes, filhos, sei lá, na fazenda do Sinhô.

QUANDO CHEGUEI em casa, depois de tomar banho e mudar de roupa, me enfeitei toda, o pescoço e os dedos, com os ouros da velha. E até arranjei um jeito de enfiar o pente no cabelo. Vim me mostrar para o pessoal, especialmente para a velha Libânia, que caiu de joelhos, de tão embelezada:

– Sinhazinha até parece uma santa!

E o Roque corrigiu:

– Santa, só de saia e manto. Sinhá Dona parece mesmo é com São Jorge Guerreiro...

Dormi com os meus ouros todos. No momento era o mais seguro. Lembrei-me depois de mandar pedir às índias da aldeia que me fizessem uma vasilha de barro de boca larga, tampada, para nela enterrar o dinheiro e as joias.

Eu tinha visto uns potes muito bem-feitos que as índias usavam para apanhar água. E, numa hora qualquer, em que não estivesse ninguém por perto, João ia comigo escolher um lugar de confiança e enterrar a botija.

De noite, eu não ia precisar mais de sonhar com botija dos outros. Já possuía a minha.

Fiquei algum tempo sentada na rede, me balançando, pensando em mim, na vida, nas coisas do mundo. O que é bom e o que é ruim, na vida. Pra mim, pra todas as pessoas.

É bom ter força. Quando eu descobri o medo nos olhos da velha, senti que tinha força. E foi bom. Podia ter matado, ferido, maltratado – ela não ia reagir, estava tremendo de medo. E quando eu não fiz *nada* porque não queria, isso também foi bom, sinal de que eu comandava a minha força. Eu só fazia o que queria.

E a velha me olhou até espantada, quando deixei que ela ficasse em paz, encolhida entre os panos, no chão.

Mas antes, quando ela vinha na rede, carregada pelos negros suados, com o peito coberto de ouro, os dedos todos enfiados no ouro, naquela hora, quem tinha a força era ela. Era o ouro que lhe dava a força! E se ela se assustou tanto, foi com medo que eu batesse nela ou ferisse – ou foi quando eu lhe tomei os ouros?

Ou, quem sabe, a força dos ricos está mesmo é nas casas de alvenaria, nos cavalos de sela, na roupa de seda e veludo, o muito gado pastando nos campos sem fim – e os próprios campos sem fim? O ouro será o confeito dessas posses? Pois quem tem ouro tem tudo que o ouro compra, que o ouro vale.

Fiquei então assim, cismando, passando a mão pelos meus ouros que me enrolavam o pescoço, tirando e enfiando os anéis dos dedos.

É. Eu tinha que ter o ouro para ter o poder. As terras, o luxo, a força para mandar nas pessoas. Quando o velho gordo caiu do cavalo e se encolhia no chão para esconder as moedas que João Rufo acabou tomando dele, eu pensei que sentia pena; mas, pra falar a verdade, não senti pena nenhuma. Tive mesmo vontade de me rir. Ainda um minuto antes, todo pimpão em cima do cavalo, comandando a procissão de mulher, filhos e negrada. E agora encolhido, de rabo entre as pernas, pronto a se ajoelhar e pedir misericórdia contanto que a gente o deixasse livre!

Me aborreci foi por não ter podido olhar direito a mocinha. Eu estava dando mais atenção à velha, queria pegar tudo que ela trazia. E agora estava vendo que tinha me esquecido de uma coisa: os brincos! Com certeza as duas tinham brincos nas orelhas e ninguém se lembrou disso. Felizes delas, porque na hora de arrancar o brinco enfiado na orelha furada, tem-se que sair rasgando tudo... Ia haver sangue, na certa.

FALANDO NISSO, eu ainda não sei bem se sou capaz de ver sangue derramado. Nunca experimentei ver de perto o sangue dos outros; e pior será se for tirado pela minha mão.

Daí, foi bom a gente se esquecer dos brincos. Ia apavorar ainda mais aquela negrinha da rede, que parecia um sagui assustado. E isso me lembra: na hora em que tomei os trancelins da Sinhá, ela não estava mais na rede, a negrinha. É capaz de ter aproveitado a confusão e corrido se esconder no mato. Essas crias de casa grande, mal-acostumadas no colo das amas, aprendem cedo a ficar ladinas... Taí – pois eu bem que gostava de ter uma bichinha daquelas pra mim... E até bem que podia ter pegado ela, junto com as joias.

OUTRA PREOCUPAÇÃO: eu tinha que ir preparando os rapazes para a vida que haveria de ser a nossa. Não era só comer e dormir, fazer a limpeza e a capinagem da 'fazenda', varrer os terreiros, melhorar a cobertura nos telhados de palha. E, quando os fundos estivessem em baixa, sair para uma aventura sem plano, que só dá certo por acaso.

Agora eles estavam se ocupando em bater o aterro no nosso piso, dentro dos barracos. Fizeram eles mesmos um malho, a machado e a facão, os únicos ferros de que a gente dispunha.

Saíam também em caçadas, matar algum bicho – de fojo, de armadilha, de gaiola, pra não gastar munição, a preciosa pólvora. E também, como alertava João Rufo, para não alarmar a vizinhança com tiroteio. Que 'vizinhança' seria essa, imagine, léguas distante. Verdade que, por acaso, bem podia passar alguém defronte da Lagoa do Socorro; tal como nós passamos, como passaram os homens do capitão do mato; e desconfiar, e querer ver o que havia ali.

Passei então a organizar o que eu chamava 'uma parelha'. Escolhia dois deles ('um par de quadrilha', eles diziam), mandava que se equipassem, examinassem bem sela, arreios, cilha, rabicho e rabichola, freio e brida, agora que já se possuía uma certa fartura disso tudo.

A parelha de estreia foi escolhida: Roque e Maninho. No que foi chamado, Roque saiu com uma novidade que veio modificar tudo que era plano meu.

Roque não achava certo as parelhas andarem a cavalo.

– Cavalo é pra viagem, não é pra essas escaramuças, Sinhá Dona Moura. Se a gente tem que fazer as estripulias por aqui, é de ser a pé, cortando a catinga na apragata. Quem anda a cavalo é como se saísse tocando corneta: "Olha eu aqui!" Cavaleiro não toma chegada, avança no tropel. Não pode se esconder, que o cavalo bufa, sapateia, tropica. E o rastro? Usando só a força da sua canela, você salta de pedra em pedra, pisa mais no mato que no caminho, consegue não deixar rastro nenhum. Olhe, Dona, veja bem: pra nossa qualidade de briga, cavalo não tem ação!

João Rufo, que ouvia, pensativo, o Roque falar, concordou:

– E o pior é que o cavalo também serve de alvo. Baleou o cavalo, caiu o cavaleiro e a montaria cai por cima.

Roque lembrou mais:

– Eu tive um conhecido que, quando atacava um cavaleiro, vinha por trás e cortava, de faca, o rejeito do animal. Cavalo e cavaleiro rolavam no chão. A gente tinha patrão, e ele ficava com pena, porque se perdia o animal. Mas já viu, numa partida como essas da Sinhá Dona, quem vai ficar guardando os cavalos, enquanto se está trabalhando? Ninguém vai chegar perto do inimigo, choutando desabrido – isso é pra soldado de cavalaria...

Aquilo me deu muito o que pensar. Me lembrei do problema dos rastros na nossa fuga do Limoeiro, ou no ataque ao pouso da estrada real. Ou o encontro com a família do fazendeiro... Como os cavalos dificultaram tudo. E aquela invenção de arrastar galho no chão não me convenceu. Quando eu filei nisso, Roque até riu:

– Essa ideia de arrastar no chão galho de pau, parece história do Trancoso, pra enganar menino velho... O arrasto do galho por si já faz um rastro sem tamanho. E mesmo em terreno de pedregulho, sempre fica qualquer coisa. E o esterco do animal? Um bom rastreador acompanha as marcas no chão de olhos fechados; é como se estivesse escrito no papel.

Eu entendi. João Rufo concordou. Parece que ele nunca tinha pensado naquilo antes. Os rapazes é que reclamaram muito. Na certa – três meninos pobres que nunca na vida tinham possuído um bicho pra montar! – sonhavam em sair se esquipando por aí, tilintando os arreios de prata do gorducho...

O Roque aproveitou a ocasião daquela conversa, foi descobrindo quem era e como tinha vivido até nos conhecer.

– Faz muitos anos que eu ando nessa vida... Eu tenho prática... Afinal do que é que eu vivo? Como é que eu como, bebo, me visto, durmo na minha tipoia? Posso trabalhar com um companheiro, mas sempre mudo de camaradagem. Gosto de ser independente. E nunca andei montado. Podia até adquirir um cavalo, mas não dependia do animal, procurava era me livrar dele, mesmo que tivesse pena. Montado, não dá mesmo. Nesta nossa profissão, a gente tem que ser como uma visagem, aparecer de repente e sumir como um relâmpago...

Maninho, muito desapontado, queixou-se:

– E vamos ter canela para isso? Cortar catinga na sola da apragata, não é pra qualquer um, Seu Roque! Precisa de ter costume!

Mas eu já estava convencida. Aqueles volantes de dois, três homens, bem armados, andarilhos, aparecendo inesperado e atacando um comboio... Gostei. Me pareceu muito mais fácil, viajando leve, só com a arma, a munição, a roupa do corpo...

Me levantei, dei a decisão:

– Se preparem, Maninho e Roque. Amanhã, de madrugada sai o volante. Por ora vão só dar uma olhada, aventurar. E não me apanhem bolacha quebrada. Tragam tudo no estado; aqui se vê.

O melhor, talvez, era chegarem até à estrada real ou a uma das estradinhas mais trilhadas, por onde anda gente e não só bicho. Preparassem a espera ou atacassem logo, isso dependia dos acasos. Mas evitassem fazer morte, só ferissem se defendendo. Para ameaçar não precisava tirar sangue; só, quando muito, um arranhão. E pegassem o que pudessem: arreios, dinheiro e armas. Roupa, só alguma coisa especial – um belo gibão de couro, um casacão de lã, um chapéu do reino, umas botas de couro fino. Coisa que nos servisse, não se carregassem com besteira. E joia! Joia, tudo em que pudessem passar a mão. Eu ia acertar uma porcentagem – tanto para eles, tanto para a 'fazenda'. E como era eu que fornecia de um tudo para eles, que só entravam com o triste corpo, a maior parte, naturalmente, tinha que ser a minha.

Eles concordaram sem exigência. Ainda estavam muito moços, naquela idade em que a ambição é pouca e os rapazes fazem tudo pensando mais na aventura. Além do que, era eu a Chefe, a Dona Moura.

ZÉ SOLDADO E MANINHO a princípio queriam sair juntos. Eu achei melhor separar os dois; sendo irmãos, um ia querer sempre proteger o outro, e nunca que eu iria saber de algum malfeito que praticassem. Mas expliquei diferente a eles, num particular:

– Vocês dois são muito mais chegados a mim. Por isso, quero que cada um de vocês ensine ao companheiro mais novato de que jeito eu gosto que se faça as coisas. Maninho toma conta do Roque; o Zé, do Alípio... Desse modo não tem perigo de erro ou besteira... Um fica sendo o sargento, o outro o cabo...

Zé Soldado era doido por esse negócio de militar e tinha aprendido muita coisa no tempo em que sentou praça. Sabia desmontar um bacamarte, armar de novo, sabia a maneira de levar a arma à bandoleira, sem maltratar, pendurada à esquerda, para poder sacar com a direita. A medir pólvora no polvarim, a colocar a pedra de figo, a preparar a carga da arma, socar a bucha – e carregar cada arma com a sua munição diferente.

Essas coisas todas, que eu só conhecia de ouvir falar, mas que ia aprendendo junto com eles e dando também os meus tiros.

Tomadas daqui e dali, já se tinha a nossa escolha de facas. E se fazia muito exercício de briga de faca na 'fazenda'. Nisso o melhor era Maninho. Parecia ter nascido para aquela arte. Saltava como um gato, feria com a ponta da faca como se usasse mesmo a unha do gato. Dava gosto de ver o menino lutando.

FORMEI ASSIM as duas parelhas – Roque com Maninho, Zé Soldado com Alípio. De começo, não levavam arma de fogo; era mais pra ficarem conhecendo o terreno, descobrindo os lugares onde morava gente – e quem morava e do que vivia. Na primeira vez andaram umas três léguas para descobrir uma fazenda; segundo disse o Roque, era coisinha de nada, pouco mais que a nossa 'fazenda' do Socorro.

Zé Soldado e Alípio deram com um povoado. Andaram por lá apreciando. O lugar se chamava Timbaúba, não valia nada, não tinha nem igreja nem delegacia.

Eles entraram numa vendinha, beberam uma jerebita, comeram de tira-gosto um pedaço de tripa torrada. Na gavetinha do dinheiro, o dono podia ter uns dez vinténs de cobre. Não valia a pena eles se declararem por tão pouco. Lugar daqueles não pode servir! Na Timbaúba dinheiro não corre, não tem movimento. Só vai lá quem tiver negócio – e que negócio seria esse, naquela pobreza?

Na terceira semana, uma grande novidade. Roque e Maninho chegaram tangendo uma vaca parida; o bezerro tão novinho que ainda não tinha caído o umbigo. E a vaquinha não mostrava ferro nem sinal, devia ser novilha barbatã, nascida na mata e na mata criada. Dessas reses sem dono que os fazendeiros chamam 'boi do vento'.

Vinha tão cansada da viagem que não tinha mais brabeza. O bezerro só não morreu porque Maninho trazia o bichinho no colo, como um neném. No caso, era o Maninho quem botava os bofes pela boca.

Todo mundo queria botar nome na novilha: Mimosa, Princesa, Sericoia, Bentevi... Mas eu cortei as propostas:

– A vaca vai se chamar Indez. Lá no Limoeiro, Mãe gostava de deixar um ovo de indez no ninho, servindo de chama pras galinhas. Pois a vaquinha vai ser o nosso indez, pra começar a boiada.

O velho Amaro se saiu:

– Sinhá, deixa eu tomar conta da novilha. Garanto que nenhum desses guerreiros aí sabe tirar leite de uma vaca. Eu sei. Já fui vaqueiro.

Com isso, foi pegando a ponta do relho da mão do Roque e a novilha parece que entendeu a mudança e achou bom, porque deixou de esticar a corda, emperrada, e saiu à frente do velho, que balançava a corda de leve, para acalmar a novata, e aboiava baixinho, como se embalasse criança. E o bezerro se colava à mãe, andando no mesmo compasso.

No fim de umas duas semanas o Amaro já vinha me trazer, ao pé da rede, manhãzinha, no quebrar da barra, a caneca de leite mugido da Indez. Parecia que a gente voltava aos tempos do Limoeiro; só que, lá, eu cuspia a espuma e obrigava a cunhã a tomar ela própria, escondida de Mãe, o leite cru, que eu detestava. Mas agora era diferente: eu dava o maior valor, me sentava na rede, aceitava a caneca e bebia o leite todo, enquanto Amaro vigiava.

19
O Beato Romano

A fazenda dos Nogueira foi a primeira morada decente, a primeira ocupação respeitável que alcancei depois da tragédia. Corrido como eu vivia, sem cama nem paradeiro, fugindo à menor ameaça, me fazendo de pior do que era, vivendo como criminoso escapado, em qualquer lugar onde parasse, o medo andava atrás de mim.

E eu estava tão bem naquela fazenda. Os meninos tinham interesse em aprender – ou pelo menos a ler e a escrever corrido. E fazer contas.

O mais mocinho falava em ser Padre. Procurei lhe tirar essa ideia da cabeça; vendo o menino tão entusiasmado, cheguei a discursar, solene. Disse em primeiro lugar que um Padre não se fazia só com o saber ler e escrever. Os estudos eram duros, custavam muito sacrifício. Só o latim! E eu nem ainda conseguia que eles conjugassem um verbo em língua portuguesa! Mas o principal não eram sequer os estudos – o latim, a teologia, a apologética –, livros e assuntos em que ele nunca tinha ouvido falar. O importantíssimo era a vocação religiosa. Vocação religiosa não se compra nem se vende, nem se ganha de esmola. A vocação é um dom de Deus – mas é um dom terrível, também. Ser Padre não é só vestir os paramentos e dizer missa. E indaguei:

– Que idade você tem?

Ele disse que ia nos doze.

– Doze anos. Já deve ter começado a sentir que é homem. Já fica meio esfogueado quando se encosta em mulher, não é isso? Sonha com mulher de noite. Pois, para ser Padre, tem que cortar isso tudo – tem que se esquecer de que é homem.

O irmão mais velho, que escutava a conversa, observou com um risinho:

– Ora, Mestre Zé de Sousa (era assim que eles me chamavam) desculpe eu me intrometer, mas conheço muito Padre que não se esqueceu de que é homem, não! Olha o Padre Ventura, da Santa Bárbara: tem mulher e seis filhos!

Não sei se a Dona Joaninha, a mãe deles, escutou a nossa conversa ou se alguém lhe contou – talvez o menino do meio, o Chiquinho, que era muito sonso e curioso. Só sei que à tarde, depois da lição, ela me procurou na salinha que a gente chamava de escola e onde ainda eu estava, corrigindo os cadernos dos rapazes:

– Mestre Zé de Sousa, dê licença. O senhor me desculpe, mas eu queria lhe dizer que não gostei da sua conversa com o Raimundinho.

Eu me levantei da cadeira:

– Perdão?

– É, o senhor querendo tirar da cabeça do Raimundinho a ideia de ser Padre! Fiquei muito contrariada. Muitíssimo.

E eu:

– Mas não estou tirando ideia nenhuma da cabeça dele. Só quis que o menino se compenetrasse das responsabilidades do sacerdócio.

– Olhe, Mestre, se o senhor quer falar em responsabilidades, saiba que muito maiores são as minhas. Mestre Zé de Sousa, esse menino passou três dias pra nascer – sim senhor, três dias de dores de parto. E quando chegou a nascer, vinha todo roxo, custou demais a chorar, foi quase dado por morto. Aí, minha mãe tomou a criança das mãos da parteira, deu-lhe duas palmadas e prometeu em voz alta, a São Raimundo Nonato: se o menino escapasse, haveria de ser Padre. Por isso ele se chamou Raimundo Nonato, é afilhado do santo e, assim que o senhor declarar que ele está preparado para o seminário, vai para o seminário. Está entendido? Vai ser Padre e não se discute!

Eu baixei a cabeça. Mas o que sentia era vontade de agarrar pelos ombros aquela idiota gorda, dar-lhe uns sacolejões, até que ela perdesse o fôlego. Antes esganasse o filho ao nascer. Promessa!

– Minha mãe também fez promessa quando eu nasci; quase toda mãe, nos apertos do parto, faz qualquer promessa – para o filho pagar depois, às vezes à custa da própria vida. Fazem altarzinho de brincadeira para a criança fingir que diz missa. O dia do batizado é uma festa, com a consagração do menino ao santo. Outra festa é o crisma. Na primeira comunhão, até vestem uma batina branca no infeliz – que, desde essa hora, já se sente comprometido. Ai de mim!

Uns quinze dias depois dessa conversa de Dona Joaninha comigo, passou na fazenda um mascate que costumava frequentar a Vargem da Cruz e, naturalmente, me conhecia. Eu não sabia da presença dele e, assim, não o evitei. O homem deu de cara comigo, ele saía da sala, eu entrava; me olhou espantado, e disse alto, em frente de todo mundo:

– Padre Zé Maria! Então o senhor veio se refugiar aqui?

Sorri, aterrado; disse que não sabia quem era esse Padre Zé Maria.

Dona Joaninha me olhava, apavorada. O pai, o Major Honório, os meninos, não entendiam. Devendo estar muito pálido, eu encarei todos, enquanto o mascate só repetia:

– É ele! é ele! Pensar que veio se esconder aqui!

Afinal falei:

– Não sei o que o senhor quer dizer. E peço licença para me retirar.

Fui para o meu quarto, arrumei a trouxa. Da janela, chamei o moleque Sebastião, que ia passando. Mandei que ele fosse pegar o meu cavalo – devia estar no cercado novo. Eu já tinha adquirido um cavalinho, que eu chamava de Veneno, nome do cavalo de meu tio, que era o perdido da família e por isso mesmo nos seduzia a nós meninos.

Fiquei trancado no quarto, sentado junto à janela. Da sala não se ouvia nada, só um zum-zum distante de conversa baixa. O mascate, com certeza, estava contando a minha história, com todas as agravantes, invenções e inuendos. Eu daria tudo para ouvir, mas não ousava sair do quarto.

Até que o Sebastião apareceu, parou junto à janela, trazendo Veneno pelo cabresto. Meti a mão na algibeira, tirei um cobre que atirei para o moleque:

– Vá quietinho selar o cavalo, bote a brida, a manta grossa, e espere por mim, lá na estrebaria.

Sebastião pegou os dois vinténs no ar, saiu assobiando. Eu lhe dei um psiu e recomendei:

– Bem quieto, viu? Não diga nada a ninguém! Quando eu chegar na estrebaria tem outro cobre pra você.

Abri a porta do quarto; já ia vestido e até de esporas nas botas. Entrei na sala encarando o pessoal e falei com a voz mais firme que consegui tirar da garganta:

– Não sei do que estão me acusando. Nunca ataquei ninguém. Simplesmente defendi a minha vida. E não uso nome suposto; meu nome é exatamente o que dei aqui: José Maria de Sousa Lima.

Os outros não sabiam o que dizer, mas Dona Joaninha não se conteve:

– Mas escondeu que é Padre e largou a batina!

– Isso é comigo e a minha consciência. É assunto da minha vida particular.

O Major Honório levantou-se da cadeira, olhou a mulher e o mascate e me disse, meio pálido:

– Vossemecê se vai embora, é porque quer. Eu não estou correndo com o senhor!

E eu tornei, já engasgado:

– Obrigado. Muito obrigado! Mas é melhor eu partir. Se eu ficasse, não ia ser mais a mesma coisa.

Dona Joaninha, de novo, não se conteve:

– Não ia ser o mesmo, não.

Voltei ao quarto, fiz um rolo com a pouca roupa, para atar atrás da sela. Enfiei as miudezas nos bolsos do coxim, junto com o meu missal pequeno, que Onofre me tinha mandado dentro daquela bolsa, e do qual, apesar de tudo, eu não me separava nunca. Peguei o chapéu, cheguei de novo à sala, para fazer as minhas despedidas. O Major Honório me perguntou quanto me devia. Eu não respondi, ele mesmo fez as contas: a 30 mil réis por ano neste ano, vossemecê trabalhou cinco meses e oito dias. São 2$500 por mês, o dia sai a 83 réis. Oito dias são, portanto, 666 réis. Com cinco meses a 5$500, dá 12$500... mais 666 réis... ao todo 13$166 réis...

Levou uma porção de minutos para fazer essas contas. Debruçado no ombro do pai, o Chiquinho ia lhe soprando a tabuada. O Major cantava os números devagarinho, e ia escrevendo com um precioso coto de lápis que ele não largava jamais, enfiado no bolsinho do peito.

Escrito o total num pedaço de papel, ele apanhou o molho de chaves e abriu a gavetinha de segredo, na mesa onde ficava a candeia, e que tocava uma campainha quando se rodava a fechadura. Contou as moedas de uma em uma; mas quando chegou ao troco miúdo, disse:

– Vamos arredondar os miúdos para 200 réis. Está aqui: 13$200 reis.

Eu tive vontade de dizer que dispensava o troco. Mas era só um rompante de orgulho, que eu bem ia necessitar de qualquer vintém. E não precisava me sobrecarregar ainda com novos pecados.

Dei a mão a todos, até ao mascate. Pedi que me perdoassem as faltas. O Padrequinha destinado me tomou a bênção. Eu empostei a velha voz de padre e o abençoei. Depois fiz um gesto redondo com o chapéu e acrescentei, numa espécie de desafio – já que eles sabiam que eu era padre:

– E Deus abençoe esta casa e os seus moradores.

Tracei uma cruz no ar e acrescentei:

– *Defende, Domine, istam ab omni adversitate familiam...*

Ao som do latim, girei no tacão das botas, enterrei o chapéu na cabeça; a porta estava aberta. Saí.

Não queria que me vissem mais o rosto, os olhos cheios de lágrimas. O pessoal, na sala, não se mexera; pareciam todos meio aturdidos.

Na estrebaria, Sebastião me esperava com Veneno arreado. Acomodei o rolo e o coxim na sela; o moleque segurou o estribo para que eu montasse, e em seguida me tomou a bênção, como costumavam fazer todos os escravos da casa. Afinal eu era o mestre-escola e devia como sempre, dar o 'Deus te abençoe'. Foi o que fiz e lhe dei também os cobres prometidos.

Veneno tomou o caminho da saída e eu parti sem olhar para trás. O latinório tinha me feito bem à alma e, afinal, eu saía por minha própria vontade, sem esperar que ninguém me escorraçasse.

DEPOIS DE UM BOM pedaço de caminho andado, na estrada, me veio subitamente à lembrança a palavra em francês que se dizia no seminário, para definir o Padre que largou a batina: *défroqué*. E com que medo, aos sussurros, a gente repetia: *défroqué...*

Bati na rédea do Veneno, fiquei rolando na boca a palavra que, mesmo em francês, não era bonita: *défroqué...* Era eu, isso.

DE ENTÃO PARA DIANTE minha vida se fez uma correria. E hoje na Casa Forte de Maria Moura, decaído de tudo, virado no Beato Romano, no meio dos foras da lei, eu me acostumei a essa espécie de existência, porque a gente se acostuma a tudo.

Mas à noite, quando me volta o passado à lembrança, muitas vezes me ponho a chorar. Chego a soluçar tão forte que estremece a rede nos armadores.

Por sorte tenho o meu quarto próprio, só meu. O Beato Romano, homem santo, faz jus aos seus luxos. Tenho um bauzinho de cedro onde escondo os meus guardados e onde ninguém bota a mão. O baú vive trancado e a chave pendurada num cordão, no meu pescoço.

Não, o homem feliz não é o que não tem camisa, como o da história que Padre Barnabé nos contava, no seminário. O homem feliz é o que não tem passado. O maior dos castigos, para o qual só há pior no inferno, é a gente recordar. Lembrança que vem de repente e ataca como uma pontada debaixo das costelas, ali onde se diz que fica o coração. Alguém pode ter tudo, mocidade, dinheiro no bolso, um bom cavalo debaixo das pernas, o mundo todo ao seu dispor. Mas não pode usufruir nada disso, por quê? Porque tem as lembranças perturbando. O passado te persegue, como um cão perverso nos teus calcanhares. Não há dia claro, nem céu azul, nem esperança de futuro, que resista ao assalto das lembranças.

ISSO TUDO EU NEM ao menos pensava, só sofria, enquanto o meu cavalo Veneno me carregava estrada além, quando saí da fazenda dos Nogueira. Não sabia para onde me botar, não tinha amigos ou sequer conhecidos naquelas paragens. Eu tinha sido mandado de longe pelo meu bispo para ser o vigário da Vargem da Cruz. Só conhecia portanto os caminhos que ficavam por trás de mim, que tinham me servido para chegar. Não valia a experiência dos tempos em que vagueei por essas terras, depois da tragédia. Eu estava numa espécie de delírio manso, era como um animal caçado tratando apenas de sobreviver.

Na casa dos Nogueira eu voltara a ser um homem.

Em frente, todos os novos caminhos para mim eram um mistério. Na escola eu tinha estudado os mapas da França, de Portugal, da Terra Santa. Mas aquele grande sertão, diante de mim, nunca vi mapa que o retratasse. Era como se eu avançasse por sobre as águas do mar. Tudo igual, sem horizonte.

Deixava Veneno tomar o caminho. Para bem longe, sempre mais longe, onde ninguém se lembrasse do Padre José Maria e das três mortes daquela noite, na Fazenda Atalaia. Podia mesmo dizer as quatro mortes: ela, o meu filho nonato, o Anacleto – e o Padre José Maria. Porque o Padre também morreu, naquela noite maldita. O que dele sobrou era hoje um fugitivo apavorado, sem lugar nenhum que pudesse chamar de seu.

Veneno e eu andamos assim muito tempo. Muitas léguas, nem sei. Quando o cavalo queria parar, eu olhava em redor, não via nada, batia nas rédeas, ele seguia obediente. Por duas vezes paramos; junto a uma pequena lagoa e, depois, ao atravessarmos um riacho que corria e, em ambas as vezes, paramos para matar a sede.

Afinal, comecei a sentir fome; Veneno, decerto, tinha fome também. Em frente, raridade naquele dia, nos aparecia uma casa. Casa, naquele sertão: era de taipa crua, coberta de palha. Só mais tarde, debaixo dela, vi como a palha era bem trabalhada, tecida em leques bem encartadinhos, obra de índio, sem dúvida. Podiam ser índios que vivessem ali, mas nesse caso haveria de ser índio manso. Bati palmas, chamei, ô de casa; custou, mas apareceu uma velha, na mão uma faca toda suja de sangue. Não pude nem me assustar, porque ela sorria, mostrando os poucos dentes que ainda tinha. Vinha do quintalzinho dos fundos, dando a volta pelo oitão:

– Me desculpe, Sinhô, a faca na mão. Estou ali atrás, tratando de um preá que o meu filho trouxe. Não quer desapear?

Então era isso. Sorri também, aliviado. Apeei, aliviando igualmente o pobre do Veneno. Afrouxei-lhe a cilha, perguntei à velha se havia ali onde o meu cavalo bebesse.

À esquerda da casa tinha uma cacimba. Perto da cacimba tinha um cocho. Dentro da cacimba tinha uma cabaça do tamanho de um pote. Era só eu trazer a água lá de baixo, botar no cocho e deixar o cavalo beber. Tudo isso a velha explicou, sorrindo sempre, assoviando entre as falhas dos dentes, como uma bruxa em história de feiticeira. E ajuntou:

– Mas, pro Sinhô beber eu tenho aqui no pote água bem fria, coadinha.

Tirei a sela do Veneno, o freio, o bridão, deixei-o só com o cabresto. Puxei por ele até à cacimba; eu já conhecia esse tipo de aguada: um buraco fundo – aquele teria mais de duas braças de fundura e quase uma braça de diâmetro. Cheguei à água por uma rampa forte, cavada até lá em baixo.

Era difícil de subir com a cabaça, mas sempre consegui encher o cocho. Botei Veneno pra beber. Andei uns passos, gritei pela velha se podia tomar um banho. Ela disse que sim, mas cuidado pra não cair água do banho na cacimba: é de lá que a gente bebe.

Eu trouxe mais uma cabaça cheia, tirei a roupa, fiquei nu, me escondendo atrás de Veneno; lavei o suor do corpo. Lembrei um verso antigo: "Pena que não pudesse lavar também as amarguras."

Vesti de novo a roupa, em cima da pele molhada. E fui perguntar à velha se haveria também ali um lugar onde o meu cavalo pastasse um pouco. Pasto, mesmo, a velha não tinha, mas podia se arranjar uma cuia de milho. Molhamos o milho seco e o pusemos em outro cocho que eles tinham no quintal.

Enquanto eu me envolvia com a cacimba, a velha levou o preá a cozinhar, numa panelinha de barro; o fogo era de trempe, no terreiro de trás. E me convidou:

– Sinhozim não quer comer um pedaço do preá com pirão? Num instante cozinha.

Eu agradeci e aceitei. E, enquanto esperava, deitei-me à sombra da cajazeira alta, onde já estava amarrado o Veneno, lambendo os últimos caroços do milho e abanando as moscas com grandes vassouradas da cauda. Fiz da sela e do rolo de roupa um travesseiro, e cochilei até que a velha me chamou, com um prato de barro na mão, onde a carne e o pirão fumegavam.

Depois da comida, conversamos. A velha me deu de beber um chá cheiroso "que é muito bom pra barriga". Contou que aquelas terras onde ela morava com o filho nem se sabia bem de quem eram. Falava o povo que eram de um homem rico que vivia na Cidade da Bahia, parece. Ela e o filho chegaram ali depois que o pai do menino morreu de coice de uma vaca brava; eles, desgostosos, deixaram o lugar do sucesso. Se agradaram daquele canto, onde a cacimba já estava meio cavada. Junto tinha o esqueleto de uma tapera abandonada pelo morador antigo. Levantaram de novo a casa, aumentaram a cacimba e já estavam vivendo ali fazia tempos.

– Quanto tempo?

– Nem eu sei. Faz anos. Meu filho Jacó estava apontando a primeira barba, agora já está na força do homem. Quer se casar com uma moça da vila, mas ela tem medo de vir para esta solidão.

Eu me animei:

– Tem vila aqui perto?

– Tem, inhô, sim. Se chama Bom Jesus das Almas. Já estão até levantando uma igreja.

– E tem Padre?

– Padre ainda não tem. Mas quando a igreja ficar pronta, diz que vem um Padre, direto da cidade pra cá.

– Que cidade?

– Disso também eu não sei. Pode ser do Crato. Não sei. Só ouvi falar que ele vinha.

Resolvi chegar até essa vila tão esquecida do mundo, onde não havia nem ao menos uma igreja.

Passada a sesta, selei Veneno, me despedi da velha que insistia para que eu esperasse pelo filho. Agradeci e recusei – ela não sabia sequer a que horas o filho ia chegar. Podia até ser de noite. Tinha ido caçar nambus para vender na feira, no dia seguinte. Ele vivia de caçada, e na vila sempre tinha gente querendo comprar as caças que ele matava.

A VILA DO BOM JESUS das Almas ficava a umas duas léguas de caminho ruim. Bom nome aquele 'das Almas'. Porque era um arruado triste, com poucas casas de tijolo e telha. Mas já tinha algum movimento. E no dia seguinte, por causa da feira, desde a madrugada as ruas de barro vermelho se enchiam de cargueiros, trazendo nas cangalhas feijão, arroz, milho. E caçuás cheios de macaxeira, batata, maniva. Fardos imensos de capim de vazante, que escondiam o burro debaixo deles.

Famílias inteiras vinham tangendo uma vaca; outros traziam bode, porco, puxados por uma corda. E muitas galinhas, de bico para baixo, amarradas pelos pés juntos, como um ramalhete.

Eu tinha me arrumado numa espécie de pensão; só consegui a princípio uma rede num corredor, que a casa estava cheia em razão da feira.

O povo chamava a pensão 'a Casa da Preta Forra'. A dona, me disseram, trabalhou trinta anos para juntar o dinheiro da alforria que o senhor cobrava: duzentos e cinquenta mil réis. Chamava-se Filomena; parece que a vila inteira havia participado da festa da alforria. E Siá Mena se gabava, batendo no peito de rola gorda:

– Duzentos e cinquenta mil réis! Juntei vintém a vintém! Muita sinhá branca não leva isso de dote!

A feira ocupava a praça, defronte às obras da matriz futura. Fiquei andando entre os feirantes, comprei uma penca de bananas que ia comendo enquanto andava. Aprecei um cinturão de couro, que era muito caro. Um bacorinho gritava, desesperado, nas mãos do dono que o mostrava a um senhor idoso. De repente, alguém me puxou pelo braço e vi um caboclo, um vaqueiro, todo encourado com dois papéis de carta dobrados, na mão. Ele tirou o chapéu, deu o bom-dia e perguntou:

– Seu moço, vossemecê saberá ler?

Baixei a cabeça, confessando que sabia e ele implorou:

– Então por caridade me diga o que é que está escrito nestas duas cartas. Uma é do meu patrão pro fornecedor dele; a outra – sorriu, encabulado – é da Sinhazinha pro primo dela. Como é coisa de namoro escondido, não posso misturar as duas, senão dá barulho.

Me mostrou então as duas cartas, dobradas engenhosamente, cheias de pontas que se enfiavam umas nas outras, parecia um quebra-cabeça. Lembrei-me de outra carta que recebi, dobrada assim mas em forma de coração. Afastei a lembrança, procurei os sobrescritos: nas costas de uma, se lia: "Ilmo. Sr. Manuel José do Nascimento". Na outra carta, escrita com a mesma letra, eu li: "Ao jovem Artur de Lima Vieira". Perguntei:

– O primo se chama Artur?

– Isso mesmo! Seu Arturzim!

– Então a carta dele é esta. Mas as duas estão sobrescritadas com a mesma letra. Por quê?

– É a Sinhazinha que escreve as cartas todas. O patrão não sabe nem fazer um O com um canudo. Mas mandou a filha estudar pra ter quem escrevesse e fizesse as contas pra ele.

Aquilo me deu uma ideia:

– Aqui tem muita gente que saiba ler e escrever carta, ou faça conta para os outros?

O vaqueiro, satisfeito, segurando as cartas, uma na mão direita, a outra na mão esquerda, e com o maior cuidado para não confundir as duas, respondeu, mordendo os beiços:

– Qual! É a maior dificuldade! Já fazia tempo que eu andava com estas cartas na mão, sem achar um cristão que soubesse ler o escrito...

Fui dali direto para a Pensão da Preta Forra, perguntar a Siá Filomena se não tinha uma mesinha para me emprestar.

Mesa ela não tinha, quem sabe um tamborete? Aí avistei no canto da sala um cavalete com um tabuleiro em cima, coisa pequena, mas me servia:

– E aquele tabuleiro, de quem é?

Era mesmo dela, quando vendia tapioca na rua. Mas ultimamente andava faltando o coco para as tapiocas. E, além do mais, o pessoal só queria comprar fiado...

– A senhora quer me vender o tabuleiro? E esse tamboretinho junto?

Siá Mena riu, feliz:

– Se fosse antes de eu pagar a minha carta de alforria, lhe vendia mesmo. Tudo que rendesse um cobre eu aceitava. Porém agora não preciso mais! Vossemecê leve os trastes, que eu lhe empresto.

Saí dali, fui ao bodegueiro que me pareceu mais sortido, comprei dele meia resma de papel de escrever e um frasquinho de tinta. Roxa. Voltei à casa da pensão, pedi para Siá Mena me arranjar uma pena de pato, das grossas, dessas que servem para escrever.

E quando a mulher, depois de lutar com o pato lá pelo quintal, durante uns minutos, me chegou esbaforida com algumas penas na mão, escolhi a melhor, aparei bem a ponta, em bico. Só então expliquei minha intenção:

– Vou na feira me oferecer pra escrever carta, lista de compra, fazer contas, para qualquer pessoa que precise. Cobro barato... A senhora acha que o pessoal vai querer?

Siá Mena pensou um pouco, considerou a ideia ótima:

– Já vi um escrivão assim num outro lugar que morei lá. O povo fazia fileira em redor da mesa dele. É muito difícil quem escreva, por aqui. Vossemecê tem letra boa?

– Sem gabolice, acho que posso lhe dizer que tenho uma letra ótima. Mas como é que eu vou fazer? Não tenho coragem de me pôr aos gritos, na feira, perguntando quem tem carta pra escrever...

– Nem lhe ficava bem – respondeu Siá Mena. – Um moço bem apessoado que nem o senhor... Mas eu posso mandar um moleque explicar ao pessoal na rua que vossemecê é escrivão.

FUI PARA A FEIRA, me aboletei junto ao meu tabuleiro, pus às vistas o caderno de papel, a pena e o tinteiro, e fiquei esperando. Não esperei muito. Num instante me apareceu o moleque, rebocando dois sujeitos.

– Meu sinhô, esses dois aqui estão querendo, um, mandar um bilhete; outro quer fazer as contas dos bichos que ele vendeu pra três pessoas.

O que queria a carta me perguntou o preço. Eu calculei bem por baixo e pedi um derréis. Mas só pela escrita: o papel era outro derréis:

– Um vintém pela folha escrita.

O da conta também indagou do preço. Eu já estava mais seguro:

– Conta de somar e diminuir, se não for muito grande, dez réis cada. Mas de multiplicar e dividir, já é mais difícil, um vintém cada.

– Dando também o papel?

– Dando o papel.

Negócio feito. E enquanto eu escrevia a carta de um, e anotava os frangos, os capões e as poedeiras do outro, foi juntando gente ao redor do meu tabuleiro. Daí a pouco, já fazia fileira, um esperando atrás do outro que eu acabasse uma carta ou uma conta, para atender novo freguês. Ao todo, no fim da feira, eu tinha escrito oito cartas e feito seis contas de somar e cinco de dividir. Apurei ao todo trezentos réis. Não era um mau começo. E, principalmente, eu tinha descoberto uma nova profissão para mim.

20
Maria Moura

Então chegou a vez de sair a parelha de Zé Soldado e Alípio e eles também voltaram com a sua novidade.

Andavam espiando as coisas para os lados da Camiranga, quando encontraram na estrada um sujeito que podiam chamar de conhecido. Era o dono da vendinha onde tinham feito as compras no mês atrás.

E foi o homem logo perguntando aos fregueses que é que eles faziam por ali. Contou o Zé que ele parou o animal, se descaiu na sela, afrouxou o corpo: estava querendo conversa.

Diz o Alípio que cochichou com Zé e o Zé cochichou com ele: "Esta alma quer reza."

E Alípio se entusiasmou:

"A gente podia era pegar ele..."

Mas o Zé se lembrou das recomendações que eu tinha feito; uma delas era: "Conhecido se respeita", e segurou o companheiro. Pegaram de prosa, explicaram a presença ali, contando que tinham notícia de um gato do mato por aquelas bandas e vinham atrás dele. Era um bicho importante, quem viu disse que era lindo, o couro devia dar uns bons cobres.

O sujeito – por nome Manel Dias – falou no legume perdido daquele ano, no pasto fraco, no algodão que não ia dar nem para encher os fusos das fiandeiras. E como Zé insistisse por novidades (quem sabe o homem tinha notícias de algum comboio ou daquele doutor dentista das canastras carregadas) o Manel contou:

– Andou lá na Camiranga um moço de fora, disse que tinha fazenda perto de um lugar chamado Vargem da Cruz.

Quase que o Zé dizia que a Vargem da Cruz era a terra deles, mas ficou quieto. O Manel continuou:

– Ele andava querendo informação a respeito de uma moça parenta dele, que foi roubada por uns bandidos. Os cabras incendiaram a casa dela e sumiram com a moça... – Vocês tiveram alguma notícia de moça fugida, por aí onde andam? Lá na Camiranga não apareceu nenhuma.

Zé Soldado diz que riu-se e suspirou:

– Moça? Quem dera! Moça, nestas catingas, é mais raro que moeda de pataca... Mas, se a gente souber, avisa o senhor.

Manel Dias se endireitou na sela, bateu a rédea do animal:

– A mim, não. Avisem ao homem da Vargem da Cruz; ele se chama Irineu e estava muito interessado. Até falou em dar um agrado bom. Adeus.

O bodegueiro seguiu viagem, Zé Soldado esperou que ele saísse das vistas; deu meia-volta e tratou de vir correndo, marche-marche, me contar a notícia no Socorro.

Mandei que eles bebessem água, contassem a história direito, o Irineu não era nenhum lobisomem, ninguém tinha medo dele.

Perguntei com quantos homens Irineu andava. Manel Dias não tinha dito, ninguém se lembrou de indagar.

Com certeza andava só com o moleque, pajem dele. O tal Manel teria falado em bando de homens, se os houvesse. Irineu andava correndo era mesmo atrás de informação.

É, mas assim que descobrisse uma luz, qualquer pista, vinha atrás da gente, quem sabe até com os soldados.

Eu não fiquei assustada. Fiquei fula de raiva. Que atrevimento daquele bestalhão do Irineu, sair atrás de mim! Logo ele! Fosse o Tonho, eu ainda entendia – sempre foi mais homem. Mas aquilo!

Afinal, entre eles e eu, a última palavra tinha sido a minha, com o incêndio do Limoeiro. Queimei tudo que era meu, só pra não cair nada nas unhas deles. E ainda estavam querendo troco? Ah, eu tinha que dar um ensino neles, em vez de correr me escondendo da perseguição, como queriam os meus cabras.

Passei a noite acordada, pensando; acabei resolvida a descobrir um jeito de trazer o Irineu até as minhas mãos e então dar-lhe o tal ensino. Conforme fosse, até acabar-lhe com a raça. Ou capar, como dizia Pai, falando de inimigos: "Aquele só capando!"

Eu tinha que atirar uma isca pra ele. Mas não podia falsear o lance, que eles tanto tinham de ruins como de espertos. Precisava ser uma isca muito boa, que eles engolissem bem.

A primeira dificuldade já estava na escolha do portador do recado que eu ia mandar pro Irineu. Quebrei a cabeça até descobrir a pessoa certa para apresentar a eles, sem me trair. Como João Rufo ou qualquer dos meninos não podiam dar as caras na Vargem da Cruz, só restava então o Roque, que talvez salvasse a situação: ele um dia nos contou que tinha passado na Vargem da Cruz e até parado numa bodega. Lembrei-lhe isso, Roque se recordava mesmo do lugar.

– Seria a bodega do Corujo? – indagou o Zé.

– Podia ser. Era uma bodeguinha à toa, meio retirada da rua...

– Então não era. Bom seria...

Mas eu cortei as conversas.

– Lá na vila todo mundo se conhece. Você vai, Roque. Vai levar um bilhete dizendo que uma pessoa pode ensinar onde está escondida a moça. Mas que só mostra o lugar depois de receber a gratificação prometida.

João Rufo perguntou quem ia escrever o bilhete. E eu disse que era eu, claro. Quem mais? E o João, sempre cuidadoso:

– Mas eles devem conhecer a letra da Sinhazinha.

– Talvez. Embora eu não me lembre de algum dia ter escrito carta para aquela gente.

Aí recordei uma invenção de nós meninas, na escola: quando a gente queria fazer bilhete para rapaz, dizendo que estava apaixonada e outras bobagens, se escrevia pondo o papel de cabeça para baixo e se riscava as letras de trás para diante. No começo parecia difícil, mas a gente praticando, era uma beleza. Eu cheguei a mandar um bilhete malcriado para a Mestra Inhola e ela nunca descobriu de quem foi. Dizendo que ela botava uns olhos compridos no Padre, cuidado, não fosse virar mula sem cabeça...

NO DIA SEGUINTE escrevi o bilhete, ou por outra, a carta. Grande dificuldade foi o papel. Acabei arrancando uma folha de uma caderneta velhinha onde Mãe tinha assentado o nome dela e o de Pai, o nome dos pais deles, o dia em que casaram. E o dia em que eu nasci, o meu nome e sobrenome. Eu nunca me separava daquele caderninho. Era o único documento que eu tinha. As escrituras do sítio e o meu batistério tinham ficado com o escrivão que tratava do inventário de Pai e Mãe. E o caderno tinha vindo dentro da trouxa em que botei os poucos salvados do incêndio.

Por sorte a caderneta de Mãe tinha muitas folhas em branco; as que tirei não iam fazer falta. Pratiquei um pouco a escrita de cabeça para baixo – é engraçado como a gente não esquece essas coisas de meninice. E com pouco tempo eu já estava em condições de escrever a tal de carta, dando uns erros, pra disfarçar.

Foi assim:

> Seu Irineu soube que Vossa Senhoria quer saber notícias da sua parenta que fugiu se é que se trata daquela dona do Limoeiro posso dar o paradeiro dela mas só se o senhor me dá primeiro o agrado. Pode vim me encontrar mas só sem ninguém que eu posso lhe mostrar onde ela está. Só mostro se o senhor vier mesmo sozinho se for com gente não me verá. O senhor pode vir no sábado ao meio-dia eu estarei lhe esperando na ponta da rua na saída que vai para o sertão.
>
> P.S. Cuidado eu tenho medo da vingança dela. Seu criado Amaro da Conceição.

Botei o nome do Amaro para dar sorte, enrolei a carta num lenço, entreguei ao Roque, recomendando o maior cuidado, depois de explicar tudo direitinho. Recomendei tanto, mesmo, que ele até ficou nervoso:

– Deixe estar, Sinhá Dona, que eu sei bem o que fazer. Sei onde é a saída da rua; vou esperar escondido atrás da última casa. E só mostro a cara se vejo que ele vem só.

– Isso mesmo. Pode montar. Traga o homem direitinho, até o nosso ponto de encontro, na estrada: aquela tapera velha. Não tenha medo que nós vamos estar esperando. No domingo.

O sábado era dali a quatro dias. Nós tínhamos que andar um bom pedaço de caminho; mas com uns três dias corridos a gente podia muito bem chegar ao lugar onde eu queria emboscar o Irineu.

O Roque levava mais outro dia para chegar na vila e entregar a carta. Dava tempo para o Irineu receber o recado no sábado e ir se encontrar com o meu cabra na saída da vila.

Meu Deus, como custou a chegar aquela tarde de domingo. A tapera velha não dava abrigo, mas isso era o de menos. Eu já estava acostumada a acampar em qualquer lugar, em casa ou a céu aberto. Eu rezava era pra eles chegarem ainda com dia; na escuridão tudo ia ser mais difícil.

Afinal, quando já estava soprando a viração da tarde, se ouviu o tropel das duas montarias. Eu me escondi com os rapazes atrás do oitão da tapera. Os nossos cavalos estavam amarrados mais longe. De fora só ficou João Rufo, que recebeu os cavaleiros; pois era mesmo o Roque que chegava, acompanhando o Irineu, montado num cavalo menos feio do que aquele que ia ao Limoeiro.

De onde eu estava escondida, vi que o Irineu parou, desconfiado; mas vendo que só havia uma pessoa à sua espera, tocou em frente. Ao reconhecer João Rufo, quando já ia se apeando, espantou-se:

– João Rufo? Era a última pessoa que eu esperava...

O João se adiantou, estendeu a mão para as rédeas do cavalo e deixou Irineu desmontar.

– Eu mesmo, Seu Irineu. Cansei de andar corrido. Quero voltar pro meu lugar.

Irineu sorriu-se todo. De traição, aquilo gostava! E, botando a mão no ombro do cabra, pôs os dois pés no chão.

– Faz bem, João Rufo, faz bem. Essa loucura da prima tinha que se acabar. Onde é que ela está mesmo?

Eu saí de trás da parede e me apresentei:

– Aqui. Estou aqui, primo.

O susto foi grande. Ele deu um passo atrás, quase se encostou no cavalo. João Rufo tinha deixado o animal perto, com as rédeas enfiadas no gancho de uma forquilha.

A luz dava ainda para ver que o Irineu estava de beiço branco. Os cabras saíram também do esconderijo, se agruparam ao meu redor. Até o Roque, que tinha desmontado ao mesmo tempo que o companheiro de viagem, veio para perto de nós.

Mas o Irineu ainda tentou ser insolente:

– E sempre com a sua cabroeira armada, hein, prima?

Eu encarei o sujeito, cruzei os braços, enfrentei:

– Sempre com a minha cabroeira armada.

Num relance notei que ele levava a mão esquerda até a bota, puxava uma coisa de lá. Roque gritou, avançando:

– Solte isso, moço!

Eu, sem querer estendi a mão, como se procurasse impedir o movimento do Irineu. E ele deu um bote com a mão direita, me segurou o pulso, me puxou para ele com a mão esquerda (eu tinha me esquecido de que aquele diabo era canhoto!), me picou debaixo do queixo com a ponta do punhal que tinha tirado do cano da bota. Eu senti que o ferro me entrava pela carne, doendo muito. O desgraçado gritou para os homens:

– Desafasta, senão ela morre!

Os homens se assustaram. João Rufo ainda gritou:

– Seu Irineu não seja louco! Olhe que a gente lhe mata!

A mão dele, segurando a arma, tremia. A ponta do punhal tremia também, piorando a dor. E eu, então, desesperada, dei-lhe um pontapé na canela, batendo com o salto da minha bota, com toda a força. Ele se encolheu, o aço se afastou um pouco da minha carne, deu para eu me virar. Meti as unhas na cara dele, pegou no canto do olho, quase rasgou. Irineu, com um berro, largou o punhal, me soltou e, de um pulo, saltou em cima do cavalo, arrancando ao mesmo tempo as rédeas da forquilha. Eu tinha caído ajoelhada, o pescoço sangrando. Foi tudo tão depressa que, no momento em que João Rufo e os outros se curvaram sobre mim, enquanto eu caía, Irineu dava partida no cavalo e já tomava o galope.

Eu, do chão, gritei:

– Fogo nele!

Zé Soldado já estava com o bacamarte aperrado e atirou. Mas o tiro passou longe do cavaleiro, que fugia desesperado no meio escuro do princípio da noite.

Eu me sentei no chão, levei ao queixo a mão, que voltou com os dedos cheios de sangue. Ninguém tinha lenço limpo, puxei a fralda da camisa, rasguei um pedaço e fiquei procurando estancar o sangue com o trapo.

Foi bom que eu tivesse sofrido aquela sangria. Na raiva em que estava, era capaz de estourar uma veia. Nunca na minha vida tinha sentido tanta fúria.

Ninguém tentou sair em perseguição. Os cavalos estavam com as cilhas frouxas, presos lá atrás da casa velha. Daqui que os homens pudessem montar, sair atrás dele, Irineu tinha tomado distância. Na verdade, ficou todo mundo atado, me vendo ferida, caída no chão. E também, com a noite já chegada, no escuro, ele podia se esconder em qualquer canto.

Mas isso só se pensou depois, quando já era tarde. Tudo se passou tão rápido, o ataque à minha pessoa foi tão inesperado, que os meus cabras perderam toda a ação.

JOÃO RUFO TROUXE a nossa borracha d'água para me lavar o pescoço. Com o meu trapo de camisa fez uma atadura. Mas não adiantava nada, ficava era me sufocando. Arranquei o trapo, deixei o sangue correr. Roque se embrenhou no quintalejo por trás da tapera, voltou com umas folhas de mamona para me cobrir o ferimento. O sangue já estava coalhando, a ferida era pequena; mas o corte não era raso; entrou fundo por baixo da pele.

E João, depois do exame que fez, pôs o meu dedo segurando a folha:

– Segure aí esta folha até que ela grude com o sangue, Sinhá.

Eu não melhorava da raiva. Nem pensava na ferida; ou pensava, como mais uma afronta daquela corja. Botar a faca em mim!

Mas fiquei com a mão no pescoço, até que a folha colou. Estava doendo, mesmo. Me virei para o João, pedi os cavalos:

– Vamos embora daqui.

O João ainda disse:

– Não é melhor a Sinhazinha descansar um pouco? O susto foi grande!

E eu fuzilei, botando o pé no estribo e saltando na sela:

– Susto? Que susto? Tudo que eu sinto é só raiva. Fúria!

Foi muito ruim pra mim, naqueles primeiros dias depois do entrevero com o Irineu. Eu pensava que sabia armar as jogadas tão bem. E o que eu armei foi coisa de criança, tão idiota, mas tão idiota, que até o Irineu me passou a perna.

E ainda estava com o pescoço doente, inflamado. Quem sabe aquele punhal era ervado, me empeçonhou o ferimento. Toda a parte de baixo do queixo, aquela pele fina, veia, tendão que passa por ali, ficou tudo inchado, eu parecia até que estava com papeira. Libânia me tratava com amor de mãe – ou de avó. Fazia angu de mastruço, me atava no queixo os emplastros quentes, veio dormir comigo, debaixo da minha rede, deitada numa esteira, no chão. Só com o passar dos dias me foi desinchando o pescoço, e foram sarando os cortes na pele. Ah, deixa eu pegar o Irineu, um dia. Ele merece tudo que se faça, não vou dar barato não. Ele que espere.

Outra coisa que descobri nesses dias de doença: acho que não nasci para essa vida que arrumei pra mim. Sozinha, sem um homem, sim, falando franco, sem um homem. Toda mulher quer ter um homem seu – pelo menos foi isso que Mãe me disse, quando fui reclamar dela a amizade com o Liberato. "Eu não tenho mais costume de viver sozinha. Tenho horror de ficar só. Depois que seu pai se foi, eu tinha que procurar companhia."

Ela falava em companhia mas agora eu entendo, era pra não me escandalizar. O que ela sentia e agora eu compreendo, era a falta mesmo, não de companhia – mas de um homem. Mão de homem, braço de homem, boca de homem, corpo de homem. É isso. Mas quem – quem? eu vou querer, chamar para ficar comigo? Esses meninos? Não me criei considerando caboclo como homem; sim, é uma questão de criação.

E o pior é que eu tenho que confessar – só pra mim, nem que eu morra de vergonha: naquele momento, quando o Irineu me apertou contra o corpo dele, eu, no primeiro instante, deixei. Num segundo, num relâmpago de tempo, mas deixei. Ele era lavado, cheirava bom. Encostou a cara na minha, ao mesmo tempo em que me feria o queixo com o punhal; e eu senti as pontas da barba dele me rasparem o rosto. Que ódio! Mas é verdade.

Então, venho pensando muito nesta vida que escolhi – não pode ser como eu queria antes. Não sou cabra macho pra viver no meio dos homens e não sentir nada. Talvez se eu não conhecesse a vida, não conhecesse homem, se o Liberato não tivesse me ensinado o que é o prazer do corpo.

Assim mesmo, hoje pela madrugada, quando acordei, me vi descobrindo o lado do avesso dos pensamentos da insônia. Não é tão simples, afinal, mudar as coisas. Debaixo da minha rede, a Libânia roncava na sua esteira, como um cachorro fiel. E teve depois um instante – o dia já estava claro – em que enxerguei o bigode de João Rufo atravessando a portinha de vara, o olho espiando, para ver se eu estava bem.

E eu gosto de ser a senhora deles. Eu gosto de comandar: onde eu estou, quero o primeiro lugar. Me sinto bem, montada na minha sela, do alto do meu cavalo, rodeada dos meus cabras; meu coração parece que cresce, dentro do meu peito. Mas, por outro lado, também queria ter um homem me exigindo, me seguindo com um olho cobiçoso, com ciúme de mim, como se eu fosse coisa dele.

21
O Beato Romano

Um ano e um mês vivi no Bom Jesus das Almas. Podia ser pior. Siá Mena me paparicava porque eu era um moço prendado. Inventei um caso de doença (mal do fígado) para explicar as minhas esquisitices, de não sair, não fazer visitas, não jogar baralho com os camaradas da botica – camaradas que, aliás, eu não tinha. Não possuir espingarda de passarinhar. Não namorar, não querer saber de bailes. Frequentemente havia bailes na vila, nas casas de família, festa de aniversário, casamento, batizado. Embora os casamentos se celebrassem longe, em outra vila, onde havia vigário. Os festeiros do Bom Jesus iam esperar os noivos ou o neófito, com o cortejo de pais e padrinhos, na rua de entrada da vila.

Conforme a importância dos festeiros, podia até haver foguetório. Mas isso só uma vez na vida e outra na morte, já que no Bom Jesus não havia fogueteiro. E a pólvora custava um horror de cara.

Siá Mena tinha me arranjado um quartinho, com janela dando para os seus canteiros. Ela cultivava arnica, arruda, manjerona e as ervas que usava na cozinha. E tinha ainda uma roseira e um pé de bogari.

Ali, na janela, à claridade do sol, eu lia o que conseguia encontrar. Siá Mena teve a ideia de procurar quem fosse dono de algum livro. Descobriu um *Santuário doutrinal* nas mãos dos herdeiros de uma avó portuguesa, que trouxera o livro do reino, uma espécie de calendário piedoso; cada dia do mês trazia a história do santo desse dia, bem contada e estudada, até com referências históricas. Ao fim da vida do santo, vinham as reflexões espirituais, para proveito do devoto. Dois grossos volumes me deram leitura para muito tempo. Os donos tinham dito que eu podia ficar com o livro como se fosse meu; guardei os dois volumes então, na minha mesa de cabeceira, marcando com uma tirinha de papel o santo da data: e eu tomara a obrigação de o ler toda manhã. E não seria obrigação, antes devoção; pois que naquelas 'lendas douradas', como dizia o autor, encontrei muito sofrimento parecido com o meu, muita tentação, muita queda. Embora, também, muita virtude heroica, que eu jamais igualaria. Descobri, ali, que a principal qualidade do santo é a fortaleza.

Durante a minha inteira temporada no Bom Jesus, uma única vez consegui pôr as mãos num jornal do Rio de janeiro. Um *Jornal do Commercio*, preciosidade que passara por não sei quantas outras mãos, até chegar a nós. Dava notícias da saúde do jovem Imperador, das manobras da tropa de linha; da ópera cantada por uma soprano italiana que arrasava corações, na Corte. "O espetáculo será honrado com a presença de Sua Majestade e Suas Altezas Imperiais." Parecia novidade vinda de um mundo tão distante quanto o da vida gloriosa dos meus santos, no *Santuário doutrinal*.

Siá Mena pediu o jornal para guardar no baú, junto com outros números mais antigos. Dizia:

– Eu não sei ler, mas pra mim, isso é relíquia.

Outro livro descobri: *A história de João Brandão*, um bandido famoso do reino. Várias páginas faltavam, mas sempre se podia imaginar o texto perdido. Para arrematar, o homem mais rico da vila (solicitado por Siá Mena que demonstrava o maior orgulho ante as minhas leituras: "Só tenho medo é que tanto livro não vá acabar com a saudinha dele!") consentiu em me emprestar um exemplar de *Os lusíadas*. Relíquia também. Nele estudara o seu único filho, assassinado no Recife, quando seminarista. Siá Mena o conhecera:

– Era um Padrequinha entusiasmado, todo metido na política. Se não morresse de um tiro de bacamarte, como morreu, na certa ia morrer mais tarde, enforcado, como o Frei Caneca, coitadinho. Esse, sim, foi um santo.

Esse *Lusíadas* era um volume gasto e maltratado. Repassei todos os cantos do Poeta, decorei alguns, recordei muitos deles que eu analisara, quando também aluno do seminário.

Antes de devolver o Camões ao seu desconfiado dono, copiei, em algumas folhas de papel destinado às minhas cartas, alguns dos cantos que mais me falavam ao coração. Como Inês de Castro e Os Cinco da Inglaterra. Assim os pude reler depois, quando o velho, afinal, perdeu a cerimônia e me cobrou de volta o 'manual', como dizia.

Quem passasse na rua, vindo pelo lado direito, conseguiria me avistar, sentado ao pé da janela, com o livro exposto à claridade. A cerca da horta era baixa, a janela alta, e eu não me escondia tanto assim. Afinal, naqueles meses todos, nunca tinha encontrado um conhecido. E além do mais, na feira, eu me expunha para todo mundo e ninguém me reconheceu.

Então, numa manhã de quinta-feira, estava eu lendo o meu santo do dia: "A Beata Michelina, viúva", quando bateram palmas à porta e eu ouvi uma voz de homem perguntar:

– É aqui que mora o moço que escreve carta?

Fui me levantando, guardei o livro. A menina bateu na minha porta. Com ela vinha um homem, via-se que era um cavaleiro: de botas e espora chilena, tinindo no ladrilho. Trazia o chapéu na mão e falou com cortesia:

– Vossemecê é que é o escrivão da feira?

Eu achava graça nesse título de 'escrivão', que me davam, mas concordei que era. E ele:

– Não sei se o senhor trabalha fora da feira. Mas careço de fazer uma carta com toda urgência. Poderá me atender aqui?

Eu respondi que não era meu costume trazer freguesia para casa; mas, sendo caso de urgência...

Mandei que ele se sentasse na minha cadeira da janela e puxei o tamborete (o da feira) para defronte da mesa; lá eu tinha papel, pena e tinta. Tirei do bolso o canivete, aparei direito a pena de pato (com que me abastecia abundantemente Siá Mena), arrumei diante de mim umas folhas de papel:

– Estou às suas ordens.

O homem rodava o chapéu na mão, meio indeciso:

– É uma carta para o meu patrão. Bem, não é patrão propriamente. Mas é ele que me adianta o dinheiro para comprar os gêneros nas feiras de lá de baixo. Trago a mercadoria pra cá e, com o apurado, compro os couros de boi e criação pra vender lá. Às vezes levo uns queijos de coalho do sertão que o povo lá de baixo aprecia muito.

– E como é o nome desse seu patrão?

– José Perciliano.

Escrevi no papel o nome do homem depois da data, lá em cima. O visitante parecia distraído ou concentrado. As contas dele deviam estar difíceis. Por fim, ditou:

"Meu compadre Perciliano..."

Mas de repente parou, me olhou bem de frente e falou mais alto:

– Foi o bigode! O que me enganou foi o bigode!

Me mirou, virando a cabeça para um lado e outro; ao final, se expôs ele mesmo ao meu olhar e pediu:

– Olhe pra mim! Olhe bem pra mim! Não se lembra de quem eu sou?

Eu, realmente, não me lembrava. A cara me parecia conhecida mas naquela vida que eu levava, de feira em feira, o que era para mim uma cara?

O homem, então, impacientou-se e me disse com voz segura:

– Padre José Maria, vossemecê não está reconhecendo o seu amigo Julião?

Eu saltei do banco, na defensiva. Quase virei o tinteiro:

– Aqui não tem nenhum Padre José Maria. O meu nome é José de Sousa Lima.

Mas eu devia estar sem sangue no rosto, a mão trêmula e o ar assustado; o que o homem tomou decerto por uma confissão.

– Padre José Maria! Eu não estou aqui pra denunciar do senhor. Vossemecê batizou meu filho, ensinou catecismo a ele e às minhas meninas. A gente se chamava de compadre.

Eu me deixei cair no banco, derrotado. Ele continuou:

– Aquele sucesso horrível que aconteceu na Fazenda Atalaia, eu sempre achei que era uma história mal contada. O compadre não é homem para executar aquilo a sangue frio. Desonrar a mulher, fazer um filho nela e, pra completar, assassinar o marido.

Cobri o rosto com as mãos e não pude segurar o choro.

Compadre Julião ficou esperando com paciência até que eu me acalmasse um pouco. Afinal falou:

– Veja se se lembra de mim: eu sou o Julião Tropeiro, minha casa fica perto do Matadouro; tem um capinzal na baixada, no quintal, se lembra? que é para sustentar os meus animais...

– Me lembro! Sua mulher é a Doninha, gostava de me servir tapioca com um café especial pra mim, quando eu passava por lá...

Suspirei:

– O que não estará ela pensando agora de mim!

– O povo mais ruim fala, fala, levanta esses falsos todos. Mas resta ainda muita gente que queria bem a vossemecê. E essa gente acha que a culpa não foi só sua. Aquela Dona Bela era muito falada...

Eu levantei a mão:

– Deixe em paz o nome dela, pelo amor de Deus!

– ... e aquele Anacleto sempre foi um bicho peçonhento...

Ficamos calados um momento, eu andando pelo quarto, Julião olhando para mim. Por fim, ele continuou:

– Naquela noite das mortes, teve gente que saiu lhe caçando, para acabar com o compadre também. A Dona Eufrásia, essa foi pra defronte da igreja, queria botar um cadeado na porta, para impedir o senhor de entrar lá. Ficou berrando que a igreja estava profanada. Só a sua presença, lá dentro, já tinha sido um pecado mortal. Olhe, a velha estava mesmo tão danada, que chegou a oferecer um prêmio para quem trouxesse o senhor arrastado, morto ou vivo. Só lhe chama "o Padre das três mortes", espalhando que foi o vigário sozinho que matou os três.

Eu olhei para ele, espantado:

– Prêmio? Dessa eu não sabia!

– Pois saiu muita gente querendo ganhar esse dinheiro. A pé e a cavalo. A sorte é que ninguém teve a capacidade de lhe encontrar. É, e então deram para espalhar que vossemecê tinha pauta com o cão. Seria de tal jeito que, quando a perseguição chegava perto, o Padre se virava num pé de pau, num cachorro, até numa raposa, que é bicho amaldiçoado...

Eu, horrorizado, continuava olhando o Julião:

– Meu Deus!

E o compadre continuava:

– Se dizia também que, àquelas horas, o padre já era morto e enterrado, debaixo do chão. Ou que os negros da Dona Belinha tinham lhe matado para vingar a Sinhá e o Sinhô deles. Ou que o padre ganhou a estrada, montado num cavalo roubado!

Eu não queria trair a Iria, contando o que ela fizera por mim e divaguei um pouco:

– Compadre, não me lembro de nada daquela noite, de uma certa hora em diante. Só me lembro de quando parei o cavalo na porta da fazenda, entrei pela casa correndo e encontrei a moça na cama, esfaqueada, toda nua, coberta só com o próprio sangue. O Anacleto estava ajoelhado no chão, com a cabeça enterrada no colchão. Mas assim que ele escutou os meus passos, avançou pra mim feito um tigre, de faca na mão. Me cortou todo no braço (levantei a manga, mostrei as marcas). Olhe a cicatriz! Uma das facadas me cortou o tendão e ainda hoje não mexo com dois dedos da mão esquerda. Foi aí que peguei o tamborete e atirei na cabeça dele.

Tomei fôlego e encerrei, com voz rouca:

– Só fiz me defender.

O Julião não tirava de mim aqueles olhos espantados.

– Depois, eu não me lembro de nada. Caí desmaiado. Tinha perdido muito sangue, me esconderam em alguma cafua, por uns dias. E aí um negro velho, que eu nem conhecia de antes, vinha me botar uma banha quente nos cortes e cobria com folhas de saião ou pimenteira, nem sei; e não era só o braço que estava ferido, mas também o ombro, que aquele desgraçado rasgou por aqui (e mostrei de novo a cicatriz) descendo do ombro até o peito. Quando o golpe mais fundo sarou, o negro velho me acordou uma noite, me botou na estrada e me mandou tomar caminho. Não sei quantos dias tinham se passado.

Ignoro se o Julião me acreditou. Não me perguntou que negro velho seria esse. Se sentiu que havia ali algum segredo, respeitou.

– E o compadre foi dar aonde?

– Também nem sei. Saí andando estonteado; mas sentia, apesar da cabeça zonza, que precisava me afastar dali. O velho tinha me dado um saquinho com farinha e rapadura e, por uns dois dias, eu tive o que comer. Andava de noite e de dia; se apontava alguém no caminho eu me escondia no mato, até a pessoa sumir. Em certos lugares, teve gente que me acudiu. Um casal novo, a moça me tratou o braço e o pescoço feridos. Depois em outros lugares... Ninguém escutara nada a respeito dos crimes da Fazenda Atalaia; eu tinha andado muito e as notícias custam a chegar por ali... E muito menos saberiam da minha cabeça a prêmio, oferecido por aquela velha ruim – o que eu também só fui saber hoje.

– Ela ofereceu um conto de réis!

– Valha-me Deus! Um conto de réis!

– Pois é. Deus parece que gosta de dar dinheiro a quem é malvado. Mas pelo menos ela não teve a satisfação de pagar o prêmio a ninguém! Mas, como foi que vossemecê chegou a vir morar aqui, compadre?

– Ah, como lhe disse, andei muito, compadre Julião. Penei muito. Depois que melhorei, arranjava trabalho, ficava uns dias, uns meses até, num lugar; de repente me dava medo de ser descoberto, e eu anoitecia, não amanhecia mais ali. Fui servente de pedreiro, caixeiro de bodega, professor duns meninos. Acabei chegando aqui, neste Bom Jesus das Almas, e me fiz escrivão de feira... E agora você me achou.

FICAMOS CALADOS, depois que eu disse isso, Julião, que parecia meio tonto diante das minhas desventuras, quis voltar atrás na história. Deu um suspiro fundo, botou a ponta do dedo no meu joelho:

– Mas, falando de novo no dia da desgraça, meu compadre. Eu sabia, o meu coração dizia que o caso só podia ter sido assim como vossemecê contou... A morte do Anacleto, muito bem. Mas a morte da moça prenha, não acreditei um instante, que fosse pelas suas mãos. Nem aquela história do Padre ter pauta com o cão...

Sorriu meio encabulado por brincar com coisa tão séria:

– Só se o cão era o tal do negro velho!

Eu sorri também, enxugando os olhos:

– Também não podia ser... Ele não era coxo e, a toda hora, estava falando em "Nossunhô Jesus Cristo..."

APROVEITANDO A PAUSA mais leve, cheguei à janela, olhei a rua para além dos canteiros verdes, vi umas pessoas passando, me virei para o Julião:

– E agora, meu compadre, que é que você quer fazer de mim?

Julião levantou-se num rompante que quase derrubou a cadeira:

– Eu? Eu sou ninguém pra mexer com vossemecê? Eu não sou soldado de polícia nem delegado; e, como já lhe disse, sempre achei a história daquelas mortes muito mal contada.

Chegou perto de mim, me olhou bem nos olhos:

– Escute, compadre. As coisas agora, na Vargem da Cruz, estão muito mudadas, desde que chegou o vigário novo. Que por sinal é um Padre velho, meio surdo, homem de muito boa paz. Apareceu lá bem um ano depois da vossa partida. Não quis escutar os relatos do povo, disse que já sabia de tudo, tinha lido num escrito que o delegado mandou para as autoridades do governo e para o bispo. Ralhou com as beatas logo no primeiro sermão da missa de domingo; disse que ninguém ali era juiz para julgar os pecadores. E repetiu aquele dizer de Nosso Senhor Jesus Cristo: "Quem nunca pecou que atire a primeira pedra!" Na sexta-feira seguinte rezou uma missa especial por alma dos defuntos da Atalaia. E voltando a falar em atirar a primeira pedra, disse que o que queria era botar uma pedra em cima daquela desgraça. "Peço que só recordem este triste caso para rezar uma Ave-Maria pelos mortos que se foram e pelos vivos que ficaram penando." As beatas se alvoroçaram, feito um bando de marimbondo assanhado. Nenhuma delas ficou gostando dele: de saída já não tinham simpatizado com o velho. E punham-se a se lembrar de vossemecê, gabando como era bonito e delicado... Só as mais danadas diziam que padre pune sempre uns pelos outros e que o vigário velho estava no papel dele, defendendo o Padre Zé Maria...

Eu escutava calado, não interrompi nenhuma vez o relato de Julião sobre os acontecidos em Vargem da Cruz. Me pusera andando pelo quarto, depois voltei a me sentar:

– Então, agora, já está tudo calmo em Vargem da Cruz?

– É, o povo já se desvaneceu quase todo daquele alvoroço do primeiro tempo. Um que outro ainda fala – mas como de águas passadas.

– Escute, compadre, o que foi feito do menino de... dela, o Zequinha?

– Pelo que ouvi dizer, a tia dela, a Dona Pite, da Fazenda Noruega, é que ficou com a criança. A Dona Eufrásia ainda achou que o direito era dela e ainda levou o menino para o Remanso. Mas o bichinho gritava e chorava o dia inteiro, não deixava a velha nem chegar perto dele. Aí a Dona Pite, quero dizer, a Dona Floripes, foi procurar o juiz e o homem deu o direito a ela, que era tia da parte da mãe, que foi assassinada. Pela parte da família do Anacleto não podia mesmo ser, que era ele o assassino. A Fazenda Atalaia, a casa da rua e a loja, ficaram para o menino. Anda tudo meio abandonado, é uma pena. Mas bem de órfão, já se sabe, ou é largado ou roubado...

Eu já não podia mais falar, não podia mais aguentar aquela agonia. Voltei pra junto da mesa, perguntei a ele:

– Compadre, você queria mesmo escrever aquela carta? Ou foi só um pretexto pra falar comigo?

– Credo, compadre, eu já não disse? Eu vim aqui por causa da carta, mesmo. Já tinha visto vossemecê de longe, me pareceu conhecido. Mas só aqui dentro, quando nos demos de cara, eu descobri quem era!

– Pois então vamos começar de novo essa bendita carta:

"Meu compadre Perciliano..."

E ele ditou:

"Os couros aqui andam caro, não é mais o preço do ano atrasado que eles cobravam. Mas também eu subi o preço da farinha e a rapadura e ficou uma coisa pela outra..."

Fiz a carta toda, passei para o papel as contas do apurado que o Julião tinha de cabeça; assinei por ele, preparei o sobrescrito, mas a cabeça andava muito longe, o coração me batia aos pulos ou parava de repente.

Pronta a carta, Julião quis ir embora, tinha o portador esperando. Mas prometeu voltar breve, pra gente conversar mais, combinar como seriam as coisas, daí para diante.

– E quando eu vier de volta, porque ainda vou mais para cima, atrás de comprar os couros, é que eu torno a lhe procurar. Raro é o ano em que eu não venho aqui, no Bom Jesus das Almas.

AH, MAS ISSO ERA o que o Julião pensava. Assim que ele abalasse com o comboio, eu ia tratar de ganhar a estrada. Sentia pena, porque já estava acostumado com o povo da terra, ia me fazer muita falta Siá Mena. Mas Julião era falador e, nem que fosse para me defender, não seria capaz de guardar o segredo do meu paradeiro. Eu não dava um mês, iria aparecer no Bom Jesus gente da Vargem da Cruz, querendo escrever carta comigo. A polícia acabava vindo também, no rastro deles. E com a agravante de que eu ignorava (meu Deus, perdoai-me!) que me culpavam pelas três mortes!

22 Marialva

Foi uma lua de mel muito louca. A gente tinha que economizar o dinheiro ganho por Valentim na feira. O cavalo único se cansava com o peso de dois cavaleiros; mas afinal não se tinha tanta pressa assim em chegar ao ponto do encontro com os velhos, marcado por Valentim.

Pela primeira vez na vida dele, Valentim não sentia a obrigação de se preocupar com o que devia fazer nos pontos de parada – não tinha espetáculo nenhum para oferecer.

A gente saía de manhã cedo porque era bom enfrentar a estrada antes que o sol esquentasse, sentindo o cheiro da madrugada. Ainda estava tudo úmido do orvalho e, quando o caminho estreitava, os galhos molhados lavavam o nosso rosto. Eu trazia alguma coisa pronta da estalagem – ovo duro, pedaço de queijo, umas cocadas, algumas bananas. Se dava sorte, um bom pedaço de galinha assada. Numa das paradas comprei um frango inteiro, assado no espeto. Valentim tinha conseguido uma garrafa de vinho, vinho de verdade, de uva, vinho do reino. Presente de um conhecido dele que fazia o enterro dos ossos, depois de uma festa de casamento. Afinal, dizia Valentim, nós dois, também se tinha direito a um vinho de casamento.

O encontro de Valentim com os pais era na feira anual de uma vila grande, lá bem adiante, na estrada da Bahia; ficando também a meio caminho da estrada real que, dali, já corria era para a Corte, no Rio de Janeiro. E quando eu galopava, atrás de Valentim, não podia deixar de pensar nas distâncias que aquela estrada andava, léguas e léguas – mil léguas quem sabe!

Os pais deviam esperar por ele num lugar chamado Pedra do Ferro, acho que na extrema com Minas Gerais. Lá eles tinham um conhecido, português também, casado com filha de fazendeiro e estabelecido na vila com loja de panos e ferragens.

Mas eu, apesar de tudo, não sentia o coração sossegado, medrosa de enfrentar o encontro com os pais dele. Valentim, pelo contrário, estava muito alvoroçado, pensando no bendito encontro, em matar a saudade que sentia dos velhos – o que ainda piorava o meu medo – sabia lá o que iam pensar de mim, boa coisa não seria, moça maluca, pra não dizer pior, capaz de largar a família e se atirar pelas estradas do mundo, na garupa do namorado...

Quando eu falei isso pro meu marido – que tinha receio dos pais dele, do juízo que iam fazer de mim –, ele começou a rir. Nós estávamos a cavalo, eu agarrada nas costas dele; Valentim virava para trás a mão esquerda, mexia com o dedo anular, e no dedo só se via a aliança de ouro, novinha. E eu perguntei que é que havia com aquela mão, e ele então parou o cavalo e se virou para mim:

– Não se lembra de que já estamos casados, por um Padre da Santa Madre Igreja? Não estou levando nenhum contrabando para apresentar aos velhos. Estou levando a minha legítima esposa!

Aí eu comecei a rir com ele, sentindo outra segurança. Na verdade não eram os pais de Valentim que eu ia conhecer – ia conhecer o meu sogro e a minha sogra!

– E o tio – lembrou Valentim. – Não se esqueça do tio. Eu acho que talvez ele seja a pessoa mais importante da família.

ANDAMOS MUITO. Valentim conhecia aquelas estradas; há anos e anos andava por ali. Às vezes a gente tinha que caminhar da madrugada à noite alta, para encontrar um pouso de gente que ele conhecesse. Afinal, quando achamos – ou ele achou – que já se tinha tomado bastante distância da Vargem da Cruz e das perseguições do Tonho ou do Irineu, resolvemos tirar uma folga; tínhamos chegado a um certo lugar onde moravam uns conhecidos de Valentim, a bem dizer amigos.

Era uma casa de sítio, a uma légua da vila. Tinha jardim e pomar, bonitos como eu nunca vira. Tinha até canavial com um engenho movido à roda d'água. O sítio se chamava dos Sete Riachos, que se vinham a reunir ali, enchendo um grande açude que já fora uma lagoa.

Tudo isso o dono nos explicou, no orgulho de mostrar aquela beleza. Mas a gente estava mesmo era morrendo de sono e de cansaço, sem falar da fome. Mal se segurava os bocejos. Afinal o homem entendeu, perguntou se o 'casalzinho' andava fugido. Valentim imediatamente mostrou a ele a certidão do Padre. Mas explicou que os meus irmãos não levavam o casamento a gosto, e arriscava virem atrás de nós.

– Por isso me desviei do caminho e vim lhe pedir guarida por uns dias, enquanto minha mulher repousa da estirada. Talvez até vossemecê possa me vender um cavalo. Ia ficar muito mais confortável. A gente até pode achar gostoso, andar abraçadinho de garupa, mas o cavalo é que não acha...

O homem devolveu o papel a Valentim, rindo:

– Pela data da certidão vejo que vocês se casaram há pouco tempo. Estão ainda de lua de mel! Vou lhe dar um quarto retirado, onde a gente bota hóspedes de passagem, pouco conhecidos. Posso até mandar comida de bandeja, para não perturbar os noivos!

Nos acompanhou ao quarto, que era pequeno mas tinha cama. E nos mostrou uma veredinha aberta no mato, pra se ir tomar banho no açude:

– Vocês devem estar empoeirados, loucos por um banho. Pois vão tomar um mergulho, enquanto eu dou umas ordens lá em casa, para arrumarem o quarto e levarem uma merenda reforçada. Lua de mel! Deus abençoe!

Fomos até ao açude e era a primeira vez que Valentim e eu – a primeira vez que a gente ia tirar a roupa na vista um do outro, e em plena luz do dia. Nossos abraços de noite, mortos do enfado da correria, não pareciam coisa muito real, era mais uma espécie de sonho no meio da canseira.

Valentim começou querendo ele mesmo me tirar a roupa, mas eu não deixei. Exigi que ele ficasse de costas, enquanto eu me despia e entrava na água, tão morninha do sol, tão gostosa no corpo – mergulhando até a altura dos ombros. Ele se conformou e quando eu gritei que podia vir, já ele tinha arrancado a roupa do corpo e mergulhado como um peixe, debaixo d'água, até me abraçar pelas pernas. Uma coisa que eu descobri então é que o amor nem sempre é muito sério e importante, pode ser brincadeira, correria, risada. Como nós, naquela hora.

A merenda era ovo frio, pão de milho, doce de coco, leite e café. Comemos, e depois dormimos até o dia seguinte.

Dez dias passados, em viagem mais descansada (cada um no seu cavalo, o dono dos Sete Riachos nos vendeu um quartau cardão) chegamos ao Pau de Ferro, onde nos esperavam os pais de Valentim. Lugarzinho meio triste, metido entre uns serrotes feios, quase sem verde. O povo lá dizia que era só derreter no fogo uma lasca daquelas pedras, que virava ferro. Será?

Gostei mais do pai do que da mãe de Valentim. Natural, porque a princípio ela me recebeu desconfiada e mal me falou. Já o português foi logo me estalando dois beijos nas faces, me chamando de menina, dizendo que estava com inveja daquele felizardo do filho.

A mulher chamava o marido de Tonico mas ele se apresentava ao público como Comendador Setúbal. Depois Valentim me explicou que o pai não era Comendador nem nada, mas é costume de todo mágico usar um título para impressionar. E dá mais respeito. A mãe se chamava Aldenora; e, depois de passado o primeiro choque de me conhecer, ela já estava mais amável. Afinal me disse, sorrindo um pouco, que eu tinha lhe roubado o filho, mas isso era de esperar.

Valentim aproveitou a deixa para contar que não tinha sido eu que o roubara, mas ele me roubara a mim, de uns irmãos muito carrascos. E como a mulher voltasse a me olhar enviesado, ele de novo sacou do bolso a certidão do Padre:

– Parece que Marialva tem cara de moça raptada; ninguém pensa que a gente teve o cuidado de se casar!

Aí o Seu Tonico, como eu já estava chamando o Comendador, pegou na certidão, leu o meu nome e disse:

– Em Portugal chama-se 'marialva' a um rapaz janota, em geral fidalgote. Aqui, chama-se Marialva às raparigas!

Eu não morria de encabulamento porque Valentim estava ao meu lado, com o braço passado no meu ombro. Todas as outras pessoas não tinham muita importância.

O tio estava ausente. Tinha ido trabalhar de 'Hércules' numa feira de gado, onde só aparecia vaqueiro, e onde só havia público para homens de força, os tais 'Hércules' de feira.

Daí a dois dias chegou, muito cansado, se queixando de dores no peito. Era um homem atarracado, com uns ombros de uma vara de largura, como dizia Seu Tonico, zombando do cunhado.

Debaixo da camisa dava para se ver a musculatura; não era à toa que mandava que lhe quebrassem uma pedra em cima da barriga.

Seu Tonico e Dona Aldenora estavam ansiosos para reunir o grupo e voltar a trabalhar. Desde a desastrada queda de Valentim, os espetáculos tinham caído muito.

– E com razão – interrompeu o português. – As mulheres sempre querem ver um belo mancebo, e são as mulheres que trazem seus homens para a função...

No dia seguinte começaram os ensaios. Primeiro só os do mágico, porque ainda não se tinha armado o trapézio. Com as dificuldades do transporte e Valentim ausente, os velhos acabaram vendendo os sarrafos do cavalete, muito compridos e pesados; agora era preciso adquirir outros. Valentim ainda tinha algum daquele dinheiro do Imperador do Divino: o problema era encontrar madeira de bom tamanho. Tiveram que cortar da mata e aparelhar por um carpinteiro.

Levou uns quinze dias para se aprontar tudo. Afinal já estava ali o cavalete, alto de quatro braças, com o balanço pendurado lá em cima. E nessa hora eu vi o meu Valentim, vestido num trajo de malha (que a própria Dona Aldenora lhe fizera nas agulhas de tecer meias) todo às listras – encarnado, azul e branco. Meu Deus, assim é que deve se mostrar um príncipe, era bonito demais.

Valentim se dizia enferrujado, fez algumas piruetas mas não se arriscou ao salto mortal. E eu já nem estava mais admirando a destreza dele, estava era morrendo de medo, não fosse Valentim cair, como da outra vez.

Enquanto se esperava aprontar o cavalete, o Comendador ensaiava as mágicas e botou tudo no ponto. A água virava vinho, as moedas brotavam debaixo do nariz dos meninos assustados, as bandeirinhas de todas as cores se desfraldavam, saindo de uma caixa vazia, tal e qual como Valentim tinha me contado.

Minha curiosidade era enorme, querendo descobrir o segredo daquelas mágicas; mas Seu Tonico não me mostrava. Dizia que "sabendo-se, perdem elas o encanto; e eu quero que elas te encantem..." Ele era muito galante, aquele meu sogro. Nem sabia ele que já me encantava o simples fato de ter um sogro, uma sogra, um marido – eu, a menina sozinha do sítio das Marias Pretas, sem pai nem mãe, sempre debaixo de unha da Firma, pior do que a pior das madrastas.

Para não ficar sem fazer nada, só olhando as artes deles, me ofereci para ajudar Dona Aldenora ou, antes, ajudar o mágico, nas sortes mais fáceis. Verdade que eu não tinha vestido nem de longe parecido com o dela, mas, remexendo no baú, a sogra descobriu uma saia de sedinha e um corpete de veludo preto que, posto sobre a minha blusinha cor-de-rosa, me ficava mais ou menos. Valentim disse logo que eu ficava linda, mas isso era lisonja de noivo. Assim mesmo eu me sentia feliz.

E, de número em número, fui aprendendo a fazer tudo que a sogra fazia. Também não era difícil, o mais trabalhoso era preparar os 'aparelhos', dobrar os lenços nos fundos falsos, puxar com jeito o guardanapo encobrindo o copo encarnado que fingia de vinho, e descobrindo o copo cheio de água, transparente. E trazer muito bem areada a varinha de condão, que Seu Tonico dizia que era de prata, mas escurecia fácil, como se fosse mesmo de ferro.

Aprendi a viajar com eles. O sonho do Seu Tonico era comprar um carroção onde se viajasse e se morasse, como numa casa de rodas. Mas isso tinha que ficar no sonho, pois, embora aparecendo o dinheiro para tanto, havia de ser impossível sair andando, numa tal almanjarra, naquelas trilhas sertanejas, que ninguém podia se atrever a chamar de estradas. Então se andava era a cavalo mesmo, cada um no seu; e se levava a mais duas mulas cargueiras, conduzindo, desmontado, o material do trapézio e as malas dos adereços. Gosto de dizer as palavras novas que aprendi com eles, como chamar de 'maiô' uma espécie de calção e camisa, todo de meia, que o Tio Hércules usa quando se apresenta. Em cima do maiô ele bota uma pele de onça, já meio velha e com peladuras, mas que o tio diz que lhe custou os olhos da cara, ainda no Rio de Janeiro.

Tomei horror àquele número da pedra. Era de fazer medo, o homem na tal posição de caranguejo, a pedra enorme em cima da barriga e Valentim, com a marreta, quebrando a pedra. Perguntei por que eles não contratavam um trabalhador braçal pra bater com a marreta e o Tio Hércules explicou que era preciso saber bater, saber onde corria o veio da pedra e abrir a rachadura nesse veio, para não maltratar muito o 'paciente' que estava por baixo. Valentim tinha prática nisso, vinha fazendo aquilo durante anos. Eles falavam assim, com a maior naturalidade, mas qualquer coisa me dizia que o velho Hércules, se não sentia medo outrora, quando mais moço, sentia muito medo agora. Os olhos dele ficavam meio baços, a respiração mais curta. E eu, por mim, morria de susto, vendo Valentim com aquela marreta na mão, batendo, batendo, até quebrar a danada da pedra em cima do coitado do tio.

Dei para me esconder quando começava esse número da pedra.

E certo dia nós fomos à feira de um lugar meio perto, ver outro pelotiqueiro que se exibia num número muito perigoso; era atirador de facas. Botava a mulher dele encostada numa tábua (no caso era uma porta) e, jogando dúzias de facas, de uma em uma, ia fazendo na tábua o desenho do corpo dela. As facas passavam pela vista da gente como um relâmpago, se encravavam na madeira e ficavam zunindo em redor dos ombros, dos braços abertos, da cintura e da cabeça da criatura. Vi que Valentim ficou maravilhado com aquele trabalho. Começou a dizer que, se aprendesse a atirar as facas, podia até largar o trapézio. Já não se sentia mais tão leve como nos tempos de rapaz e piscava para mim: "Quando ainda não era um homem casado, cheio de responsabilidades..." Ele fingia que brincava, mas duas coisas eu havia descoberto: primeiro que, com o acidente, ele tinha se assustado; já não era movido pela mesma ousadia. Perguntei isso à mãe dele e Dona Aldenora confirmou – ela própria morria de medo, também. A outra coisa que descobri é que o povo que vem ver o artista de feira, tem mesmo é sede de sangue. Talvez eu esteja exagerando, eles propriamente não pedem sangue, mas o que querem é ver e sentir o perigo. Que graça pode ter aquela brutalidade do número do tio com a pedra? Mas o artista está sempre arriscado a morrer debaixo do peso e das pancadas – e é isso do que eles gostam: o risco. Então, Valentim se sentia meio receoso de nova queda, não por ele, mas pela insegurança do aparelho, conforme dizia e tinha razão. E assim, procurava arranjar atração nova, arriscada. Descobriu então o arremesso das facas!

Desde logo eu fui contra. Acima de tudo temia que ele me pusesse como a mulher do outro, servindo de alvo para o atirador.

Valentim, quando eu falei nisso, ficou muito sério e me disse:

– Eu só vou lhe pedir para servir de alvo quando já souber atirar as facas sem fugir uma linha, nem a grossura de um cabelo.

Mordi o beiço, apavorada. Mas não respondi. Talvez ele não aprendesse nunca.

DIAS DEPOIS, vi que ele me chegava em casa trazendo uma canastra pesada: afinal tinha comprado as duas dúzias de facas do homem. Parece que o tal sujeito havia dado pra beber e a mão já não lhe era bastante firme. A mulher começou a ter medo, ao ver que aquela mão do marido não parecia mais com suficiente firmeza para trabalho tão perigoso. Eles tinham juntado um dinheirinho – a freguesia era boa –, todo mundo quer ver um homem correndo o risco de matar a mulher com vinte e quatro facas! E não tem pena de pagar por isso.

Fez negócio com Valentim, trocou as facas por dois dos nossos animais, um cavalo e uma das mulas: a gente agora só ia precisar de uma, já que ele abandonava o cavalete.

E daquele dia em diante, Valentim começou o aprendizado. O próprio atirador veio lhe ensinar todos os macetes: o importante era o pulso firme, o golpe de vista seguro, o balanço da faca certeiro; quase tudo isso, o homem dizia, ele já trazia do ofício de trapezista. Agora era só praticar.

Durante muitas horas por dia, todo dia, Valentim praticava. Arranjava uma porta velha no lugar onde a gente estivesse, riscava nela, a carvão, o desenho do meu corpo (e só com isso eu já me arrepiava) com os braços abertos. Tivemos muitas brigas até eu concordar em ajudar ao menos naquilo.

E ficava atirando as facas, errando e acertando, horas e horas. No começo errava muito, errava muito mais do que acertava, e eu tive até esperança de que ele não fosse aprender nunca e acabasse desanimando. Mas qual, a cada erro, apertava os beiços e começava outra vez. Com umas dez semanas já era capaz de cravar todas as vinte quatro facas na madeira, sem um erro – senão de raro em raro, muito raro. E quando ele vinha comentar isso comigo, todo glorioso, eu retrucava:

– Mas basta um só desses "de raro em raro" para matar o coitado que lhe servir de alvo.

No fim das dez semanas, Tio Hércules veio se oferecer para trabalhar nas facas com Valentim. Mas meu marido não queria:

– Eu pratiquei com uma figura de mulher; o senhor faz muito volume e vai me atrapalhar o golpe de vista. Deixa eu praticar mais um pouco com o risco da Marialva...

E, ENQUANTO ELE praticava, a gente continuava na estrada, de feira em feira. Chegamos ao Brejão a tempo de trabalhar na festa do Divino Espírito Santo, conforme a combinação com o Imperador daquele ano. Ele mesmo mandou fazer um cavalete para o trapézio de Valentim – dos nossos números era o que mais apreciava. E Valentim de novo voou nos ares, lindo e leve que era ver um pássaro.

Tio Hércules mais uma vez enfrentou a quebra da pedra. E o Seu Tonico fez as mágicas do Comendador, já comigo como ajudante, para descanso de Dona Aldenora.

Ganhamos um bom dinheiro no Brejão; e apresentados pelo Imperador, fomos fazer outra festa do divino numa vila perto, onde tinham atrasado o calendário por causa de uma doença do vigário velho.

Eu continuava feliz. Nem me lembrava das Marias Pretas, a não ser de Duarte. Dele eu tinha saudade e muita. Mas quem sabe se fora de lá, junto com a mãe, depois que já não tinham preocupação em me defender da Firma? Duarte mais de uma vez me disse que só ficava ali por minha causa. E ele indo embora, iria a Rubina também. Das Marias Pretas e dos seus donos, ele não podia esperar nada, só desgostos.

E Valentim, incansável, continuava a praticar com as facas. Mal se tinha um dia de paradeiro, lá estava ele com o seu alvo (agora já tinha um, desmontável) de tábuas escantilhadas, que se armava num minuto. E quando a tábua se armava, logo aparecia a minha figura, bem riscada em tinta preta. Deus que me perdoe, até parecia um agouro.

E ele, a quatro braças de distância, pegando a faca com aquele jeito especial que o homem tinha ensinado, balançando a lâmina como pêndulo de um relógio grande, e de repente vupt! lá partia o ferro brilhante, em procura da linha dos meus ombros, dos meus braços, da minha cabeça.

Eu, defronte, tinha até arrepios de pavor. E sabia muito bem que Valentim não via a hora de se considerar pronto, me obrigar a abrir os braços, encostada naquela tábua. E ficar esperando, sem tremer, o zumbido do aço frio voando na minha direção. Será que eu gostava tanto dele, a ponto de ser capaz, um dia, de enfrentar o terror da morte?

Aos poucos, na nossa marcha de pra lá e pra cá, de acordo com o calendário das feiras, chegamos a um lugarzinho pequeno e paramos para a festa da padroeira que dava o nome à vila: Santa Luzia.

Fomos tratar com os festeiros, conhecidos antigos de Seu Tonico; nos receberam muito bem, prepararam para o nosso espetáculo um varandão largo de uma casa de rico; no dizer de Dona Aldenora, parecia um palco de verdade.

A rua estava toda enfeitada de bandeirinhas e folhas de coqueiro; o povo daquela terra tinha um grande amor à Senhora Santa Luzia e muito gosto com a sua festa. Depois nos contaram que, naquele lugar, antigamente a sapiranga dava de praga; e Santa Luzia 'no seu cavalinho', a protetora dos olhos, depois de um mês de novena, acabou com a sapiranga. Eu mesma tenho uma tetéia de ouro com os olhos de Santa Luzia, que Mãe me pôs no pescoço quando sofri de uma dor d'olhos – e nunca mais tive nada.

Como de costume, não se cobrava entrada em função de saltimbanco. Os donos da festa tratavam um preço com os artistas: e, ao alcance do povo, se botava uma bandeja ou um prato, onde quem quisesse deixava a sua moeda.

Seu Tonico e eu fizemos as nossas mágicas. Eu já tinha um vestido novo que Valentim comprou; e a Dona Aldenora, junto comigo, tinha reformado o trajo melhor dela, até assentar em mim.

Valentim não quis armar o trapézio em Santa Luzia; mas dançou na corda bamba, deu saltos mortais, fez acrobacias numa barra. O povo se entusiasmou, principalmente as moças. E eu fingia que não me importava com os gritinhos assanhados delas.

Por fim chegou a vez do Tio Hércules. A tarde inteira Valentim e ele tinham andado por um lajeado à beira do rio, até encontrarem uma pedra que servisse para quebrar na marreta, com os seus veios bem marcados. Valentim ainda aparou a lajota quebrando as pontas, alisando as bordas, para não maltratarem demais o velho.

Chegou a hora, Tio Hércules apareceu com a sua pele de onça por cima do maiô, ficava muito esquisito, mas o povo gostou e bateu palmas.

Ele se curvou todo, agradecendo ao distinto público, explicou a 'experiência extraordinária' que ia executar. Aí foi se curvando para trás, as mãos procurando o chão, até se colocar na tal posição de caranguejo. A pedra estava posta ali perto. Valentim deu um sinal e apareceram dois negros fortes que pegaram a laje e, com cautela, puseram em cima da barriga do tio. Ele deu o gemido costumeiro (Seu Tonico dizia que isso fazia parte da encenação). Valentim, em seguida, foi apanhar a marreta e veio, a passos vagarosos, até perto daquela estranha figura: o velho de papo pra cima, debaixo do peso bruto do pedregulho.

Valentim contou até três, levantando de cada vez a marreta. No *três*! desceu o peso, com força, mas sem carregar muito, porque não interessava quebrar a pedra e acabar com a cena na primeira marretada. No que ele bateu, o velho, de baixo, gemeu alto. E na Segunda pancada, estirou os braços e se estatelou no chão, com a pedra ainda inteira por cima do corpo.

Vendo o tio cair, Valentim jogou a marreta longe e se ajoelhou junto ao homem derrubado. Com bastante esforço, conseguiu retirar a pedra. Corria sangue dos beiços do velho; e logo ele abriu a boca para soltar uma nova golfada vermelha. Valentim se abaixou sobre o tio – e só aí viu que ele já estava morto.

Dona Aldenora soltou um grito e caiu pra trás, com um ataque. Ela gostava muito do irmão.

Além da aflição e do choque, as despesas do enterro: mandar fazer caixão e mortalha, comprar a cova no cemitério, pagar os coveiros e o Padre que fez a encomendação, foi tudo muito de repente. A gente não estava pronto, nem com o coração nem com a bolsa para encarar isso tudo.

Dona Aldenora se trancou no quarto, no escuro, cumpriu os dias de nojo sem querer saber de nada, sem falar se não fosse do morto, e isso mais chorando que falando. Com a ausência dela, Seu Tonico ficava ainda mais desarvorado e – ninguém vai acreditar! – fui eu que mantive a calma, animei os outros. E o pior deles, apesar de ser o mais calado, era o Valentim. Numa hora em que ele estava olhando para o tempo, eu cheguei perto, peguei-lhe a mão; Valentim baixou os olhos para mim e disse, como se me contasse uma novidade:

– Foi a segunda marretada que matou o tio. Me pareceu até que eu senti o choque, debaixo da mão.

Que é que eu podia dizer a ele? Eu também achava que tinha sido a segunda marretada. Rematando o trabalho começado pela primeira. Procurei consolo em outra ideia:

– Quem sabe pra ele foi melhor assim? Talvez não sentiu dor. O boticário me disse que o coração deve ter estourado antes. Seu tio, pelo menos, não ficou muito velho, sem poder trabalhar. Tua mãe me disse que, desde rapaz novo, ele só sabia fazer trabalho de homem de força, em circo, ainda lá na terra de vocês.

Valentim me olhou, começou a se animar, contando que o tio chegou a botar no peito pedras de quase duzentas libras e saía assoviando de debaixo da marreta, como se não sofresse nada.

Era isso que eu queria: ver Valentim sair daquela dormência, arrancar com ele daquela Santa Luzia, onde não se ganhava nada e só se tinha despesa. Daí, minto: na última hora os festeiros fizeram uma coleta, nos indenizaram dos gastos e ainda nos deram uma ajuda para a viagem. Ninguém podia se dar ao luxo de não aceitar. Tratamos foi de botar o orgulho de lado, receber e agradecer.

Pela madrugada partimos, Dona Aldenora chorando sempre pelo Manelzinho, que Hércules era o nome de artista do irmão, ele se chamava mesmo era Joaquim Manuel.

O desastre do tio reforçou a resolução de Valentim de se despedir do trapézio. Ficava nos jogos do cavalete e da corda bomba e mais os truques de titereiro que praticava com o pai. Não tenho falado na rabeca, mas ele continuava tocando sempre, animando o trabalho dos outros. E agora, quando se apresentava comigo, era o Seu Tonico quem tocava. Sem esquecer, claro, a prática das facas. Todo santo dia, sem falha. Nunca mais falou comigo para lhe servir de alvo. Até mesmo na tábua nova desenhou a figura de mulher sem me usar de modelo: riscou sozinho, dizia que já tinha o meu corpo nas mãos.

Então, um dia, só para ver a que loucura a gente chega por amar – eu, da minha própria cabeça, sem ele falar em nada, numa hora em que o vi ensaiando e conseguindo acertar todas as facas na linha, sem nem sequer triscar por fora ou por dentro, uma só vez – sim, eu que, assistia de longe, me levantei, me dirigi para o alvo, me coloquei em posição e disse:

– Já está na hora de você praticar comigo.

Valentim, engraçado, reagiu com toda naturalidade, como se já estivesse esperando por isso:

– Hoje, não. Já estou com o braço cansado.

Só de noite, no escuro, calado e entre nós dois, me pagou de tudo.

23
Maria Moura

Enfim, achei que tinha chegado a hora de fazer a minha grande viagem – quer dizer, a romaria em procura da Serra dos Padres. Lá ficava o meu destino: disso eu tinha a maior certeza.

O caminho era sabido, todo mundo ensinava a quem quisesse ir à Serra dos Padres; quase uma rota batida.

Passa por catinga e por serrotes; por mata e cerrado, por léguas de campos e alagados. Dois rios se atravessa, sempre secos no verão; mas no inverno eles correm encachoeirados, das águas que descem da serra. E, depois que se atravessa os dois rios, e se topa com os primeiros contrafortes do pé da serra, segue sem desencostar, até encontrar com dois serrotes juntos, um pequeno e mais baixo, o outro comprido e alto, e que se chamam o Pai e o Filho.

Essa é que era a referência importante. Avistando os dois serrotes, a gente quebra às direitas, anda mais de uma légua, costeando sempre o pé da serra, até alcançar um ponto em que as pedras se amontoam, grandes e pequenas; e, no meio delas, dá de cara com o Pai e o Filho. Só que aquele amontoado não é pedra caída lá de cima, é pedra firme, enraizada no chão. Então já se está nas próprias quebradas da serra.

E o local especial onde fica a furna é onde o mato está sempre verde, de verão a inverno; lá fica a nascente, o olho-d'água.

Nesse canto devem estar os restos da tapera de que falava o Avô. E onde, ainda, quem sabe, mora gente da raça do índio que era genro do ruivo, o posseiro antigo.

Como se vê, eu tinha todo aquele roteiro na cabeça. Aprendi como quem aprende reza, ensinada pelo Avô. Que o velho, no desgosto de não ter um neto macho, me obrigava a aprender tudo dos nossos direitos na terra da Serra dos Padres, para eu fazer o meu marido, ou um filho, um dia, recuperar aquele chão que valia mais do que ouro, com a sua água perene, com suas terras frescas.

E era nosso, nosso! Nosso, que se tinha comprado, parte da sesmaria da Fidalga Brites. Na mão dos herdeiros dela.

Eu agora já tinha mais tenência com as coisas. Sabia esperar para fazer, e fazer com o propósito. Bem me tinham servido de lição as correrias e prejuízos da nossa fugida do Limoeiro. E, mesmo agora, os erros da emboscada no Irineu, que deu naquele mau sucesso.

PRIMEIRO JUNTEI e dei revista no armamento. Os dois bacamartes, e mais o do Roque; a garruchinha velha, que era a minha arma pessoal. E as facas e o punhal do fazendeiro, que eu também tomei pra mim. Tinha-se pólvora, chumbo grosso e miúdo, munição grande para os bacamartes. Que bacamarte é como ema, engole tudo que lhe botem no bico, diz João Rufo.

A NOSSA AUSÊNCIA do Socorro não devia ser longa. A gente ia, mas era pra voltar. Os velhos, mais o Juco e os pequenos, ficavam tomando conta da 'fazenda': a vaca Indez com a sua cria, a miunça, já aumentada de uma marrã de ovelha e um casal de bodecos que as minhas parelhas tinham trazido numa das suas saídas. Libânia também engordava, no chiqueiro, um capado da mesma procedência. E ficava milho no paiol, uns sacos de feijão, mandioca no roçado. Os negros velhos viviam rindo pro tempo, se considerando ricos. Libânia de vez em quando suspirava, pensando nos filhos, que penavam no cativeiro, enquanto eles nadavam naquela fartura toda.

– Ai, Sinhá, Deus é pai, mas maltrata!

João Rufo preparava os animais, ripava as crinas dos cavalos, aparava o rebordo rachado dos cascos. Libânia lavava a roupa, passava com carinho as minhas calças e camisas; às vezes dava um suspiro por não ter anáguas pra botar na goma.

– Sinhazinha, não sei o gosto que sente em andar nessa calça velha, feito um cabra-macho.

Eram velhas mesmo, aquelas minhas calças. Herança de Pai, que eu nunca deixei que Mãe desse ao Liberato. Ela bem que tentou, mas eu fiz um escândalo, me agarrei com a roupa de Pai, saí correndo abraçada com a trouxa delas para esconder no meu baú. E nesse tempo eu nem tinha ideia de usar aquelas roupas, era só pela relíquia que queria guardar e, naturalmente, pra não ver o Liberato se pavoneando com a roupa de Pai. Já bastava o que ele tinha.

Mas agora eu sentia um gosto especial em enfiar as calças pelas pernas, apertar no cós o cinturão (também dele), arregaçar as mangas da camisa, compridas demais para os meus braços.

Ai, Pai, se o senhor não tem morrido, a vida nossa seria tão diferente. Talvez eu já estivesse casada, dormindo nos braços do meu marido.

A ideia de um marido não era ruim – pelo menos no que tocava a me satisfazer o coração. Mas que marido? O homem que eu pensava não devia existir no mundo. Pelo menos eu não conheci nenhum. E quem iria me procurar, naquela vila velha da Vargem da Cruz? Algum daqueles bichos brutos, bigodudos, dente falhado, cheirando a cachaça, como o Tonho? O Irineu era o meu pretendente eterno. E quem sabe Pai acabava me dando a ele, afinal era o meu sangue. Pai, em matéria de casamento, era muito sistemático, ia sempre por essas ideias de sangue, família. Embora costumasse me dizer que aquela raça das Marias Pretas era tudo gente de veia ruim. Mas, sei lá. De qualquer modo, o Irineu não era tão sem presença, pelo menos não cheirava a cachimbo nem a jerebita. Naquela hora em que me abraçou à força, tinha até um cheiro bom.

Ah, isso tudo é imaginação de mulher. Tenho que deixar para mais tarde esse pensamentos. E, além do mais, onde é que eu posso encontrar este homem? Afinal, não sou nem a Princesa Magalona, que o rei seu pai mandava chamar os homens do mundo inteiro para escolher o noivo dela. Nem pai tenho. No que toca à minha vida – minha vida particular – só me resta ser eu mesma o meu pai e a minha mãe. E quem sabe o meu marido.

Nos meus sonhos de menina, eu esperava que o meu noivo chegasse, todo vestido de branco, de bigode louro como o de Pai, montado no seu alazão.

Deixa isso tudo pra lá. Agora o que eu tenho mesmo a fazer é cuidar da descoberta da Serra dos Padres, e procurar a parte que eu herdei da data da Fidalga Brites.

Se tudo der certo, então, bem, só então, quem sabe o meu cavaleiro aparece. Um outro dizer do Marinheiro Belo, Pai contava, era que "a sorte, boa ou má, sempre nos chega em marés: maré boa traz aos poucos, maré ruim leva em arrastão".

Me arrumei com o maior capricho, como quem vai para outro mundo, sem volta. Tirano, de tão ripado, tão limpo dos cascos, tão milhado, estava gordo e parecendo uns dez anos mais moço. João Rufo fez reparos nas selas – agora a gente já tinha sela para todo o mundo. Remendou-se tudo que era arreio. Cada um ia levar o seu rolo de bagagem amarrado na sela, a rede, a muda de roupa lavada. A burra ia de cargueiro, levando os mantimentos que davam para alguns dias; o principal deles era uma boa manta de carne de sol. E mais feijão, farinha, rapadura, milho: o de sempre. E o peixe salgado da lagoa. Remendou-se também, mais uma vez, o couro da borracha velha de Pai, tampou-se o menor furinho. Num estirão como o que a gente ia enfrentar, a água era o mais importante de tudo. Roque estava querendo ir a pé, mas não deixei, podia assim atrasar a nossa marcha. Desta vez não se tratava de enfrentar luta, arriscar briga; a gente estava querendo só ir conhecer o terreno, ver se tinha ainda alguém ocupando o lugar que era meu. Pai, quando saiu de lá, tinha deixado só o velho ruivo com o genro índio: podia se dar o caso da família ter crescido e agora já ter um bando de mameluco brigador. Ou podia ter se reduzido a uns poucos velhos nas últimas. Ou mesmo não ter mais ninguém.

Era isso, exatamente, que a gente ia descobrir. Pisar na terra, fazer visão do lugar, avaliar os recursos. Pai também contava que viu por lá uma sementinha de gado e cabra. Quem sabe tinha se formado um rebanho, durante esses anos todos?

Eu preferia que não, porque se lá tinha gado bastante, havia de ter também gente bastante pra aproveitar. Criando a meninada com leite de vaca, podia medrar que era um horror, talvez já formavam até um arraial.

Partimos do Socorro pela madrugada, ao quebrar da barra. Escolhi uma sexta-feira para dar sorte, com a proteção das santas almas do purgatório. Conselho de Libânia. Dizia ela que sabia de tudo, até onde as cobra dorme. Então, não era raça de africano?

Caminho, a bem dizer, não havia, ou, se havia, passava por muito longe de nós. Umas trilhas mal riscadas no chão da mata, que naquela altura era toda catinga branca, com algumas reboladas de mato grosso nas baixadas mais frescas.

Roque e João Rufo, debaixo do meu comando – nós três dávamos o rumo. Minha ideia era seguir entre o norte e o poente, como ensinava o Avô. Mas, "entre o norte e o poente" é bom de falar. Na prática, parece que o mundo inteiro pode ficar entre o norte e o poente. Afinal, isso quer dizer a quarta parte do horizonte. Mas eu me fiava no tamanho da serra que era grande, embora não fosse muito alta.

Dizia o velho: "No que se avistasse a serra, era procurar os serrotes do Pai e do Filho." Pelo menos a gente tinha esta referência, os tais serrotes de pedra que não mudavam de rumo, nem desabavam no chão, como casa velha.

A marcha foi custosa. A cada hora se perdia o rumo, porque se tinha que andar ao capricho das trilhas e não se sabia bem para onde botavam; e às vezes se afastavam demais do nosso rumo norte-poente.

E ainda se era obrigado a costear os brejos, fugir da mataria muito fechada, principalmente mato de alagadiço, que só tem jurema e unha-de-gato, com os seus espinhos cortando a cara e as mãos dos cavaleiros.

Por três vezes encontramos sinal de gente. A primeira vez foi no segundo dia de viagem – era um rancho de taipa coberto de palha. Mas não tinha pessoa viva lá dentro, nem bicho sequer. As três pedras da trempe estavam frias e entre elas nem um tição apagado, só cinza antiga. Ali não morava mais ninguém, fazia tempo. Nem sinal de roçado, só uns paus desmantelados de um pedaço de cerca.

No quinto dia vimos um rancho, que era só uma latada, coberta com galhos de folha murcha. Um rancho de pousada, via-se rastro e estrume de cavalo. Rastro de gente também, marcas de corpo no chão. Com certeza esses passageiros levavam sua provisão de água; por perto não havia aguada nenhuma.

Deviam ter ido embora há mais de uns dois dias e os rastros deles tomavam o rumo do nascente, oposto ao nosso.

O terceiro encontro foi uma casa onde só estava uma menina de uns dez anos, mal coberta numa saia, e uns três moleques, tudo nu. A menina não queria falar com ninguém, empurrou os irmãos para casa, bateu a porta, assustada. A gente disse que era de paz, não tivesse medo. E a menina gritou de dentro: "Pai e mãe tão longe, foro no roçado velho. Pode seguir caminho!"

Eu perguntei se eles não tinham água ali, para encher nossa borracha seca.

E a menina gritou de novo, num guincho fino:

– A cacimba fica aí atrás, pode pegar água lá.

A porta aí deu uma espécie de tranco; a menina devia ter conseguido firmar nas tábuas e estaca de escora.

A água era ali mesmo. Bebemos, enchemos a borracha, demos de beber aos animais e fizemos caminho. Num lugar daqueles não havia nada de interesse. Para nós, só miséria demais.

Pelos nove dias de viagem, era sol alto, nós tínhamos saído da mata mais fechada e entrado num vargeado, quando de repente levantei os olhos e soltei um grito:

– Lá está! Lá está!

Na verdade, bem no meio do rumo entre o norte e o poente, se levantando aos poucos até tomar mais altura, se via muito bem o lombo azulado da serra.

– Lá está! – e eu apontava com a mão trêmula. – Lá está a Serra dos Padres!

Avançamos quase a galope. Até os cavalos pareciam animados. Então o caminho estava certo! O rumo dado pelo Avô servia mesmo de guia seguro. A serra parecia tão perto e ao mesmo tempo tão distante. Naquele céu quase branco de tão limpo e tanta luz, o vulto da serra era quase como uma nuvem, só um pouco mais escura, se deitando no horizonte. Mas era ela mesmo; era a Serra dos Padres, não podia haver engano. Pela informação dos antigos, não tinha outra serra nenhuma por aquelas sertanias.

Pelos nossos cálculos, nós já tínhamos caminhado perto de trinta léguas, desde o Socorro. E o Avô dizia: "Não passa de quarenta léguas, e a gente avista o começo da serra." E ele falava do Limoeiro, a mais de dez léguas do Socorro.

"Aí é só chegar mais perto, quebrar às direitas e ir acompanhando a estirada da serra na direção do nascente, até encontrar os dois serrotes: o Pai e o Filho."

Seguimos em frente, costeando o vargeado e descobrimos uma trilha que ia na boa direção. A serra crescia: de azul ia ficando mais preta ou mais verde: dava para ver que ela era só pedra pura; e nos covões, onde o vento juntava terra, é que se levantava cada partida grande de mato viçoso, mas esgalhado, batido pelas ventanias.

Chegando a hora do almoço, os serrotes ainda estavam escondidos. Como disse João Rufo, no alvoroço em que a gente estava, não dava para pensar em acender fogo; era só comer uma consoada fria, rapadura, farinha, água pra lavar a boca e olhe lá.

Para falar a verdade, nem ao menos afrouxamos a cilha dos animais; e só quem apeou foi João Rufo, para ir buscar a comida e a borracha na carga da burra.

Logo trotamos em frente, e à medida que a gente avançava na trilha, a serra ia se modificando. Crescendo, se aproximando. Os cavalos é que cuidavam dos buracos no caminho; nós estávamos o tempo todo de cara para cima.

Devagar, devagar, se desenhando dentro da claridade, foi aparecendo o serrote grande todo cinzento e manchado de listras pretas; um cabeço de pedra pura, arredondando o vulto, no alto. Tinha que ser o Serrote do Pai. E quando andamos mais um pouco, logo deu para ver, à direita do Pai, o serrote menor, como se agasalhando na sombra dele. Lá estava o Serrote do Filho!

A nossa trilha, desde certa distância, vinha tomando largura. E ao defrontar os serrotes, dobrou pela esquerda, se alargando ainda mais. Sinal de que a morada junto ao olho-d'água não estava abandonada; andava gente por ali, batendo o caminho.

Uma fumacinha fina subia para o céu, entre as pedras. Chegando mais perto, viu-se que, no desvão separando o Pai do Filho, levantava-se um barraco, de onde a fumaça saía. Pouco mais que um rancho de palha ligando os dois muros de pedra. A parede de frente era de taipa grosseira, esburacada. O terreiro defronte, mal varrido, não dava sinais de ocupação bem assentada; num chiqueiro apertado, um cabritinho soltava de vez em quando um mé-é desconsolado. Decerto tinham soltado a mãe para ir pastar, mantendo a cria presa; não diz que quem quer a cabra prende o cabrito?

Nós estancamos os cavalos em frente do rancho e dos dois serrotes. Mandei que os homens se alinhassem como tropa de cavalaria, todos de frente, com as armas à vista, para logo ir assustando quem estivesse dentro da casa.

Salvamos com o "Ô de casa!" Ninguém respondeu. João Rufo já ia apeando, quando, na porta do rancho, apareceu primeiro um menino nu. Atrás dele veio uma mulher que talvez fosse branca, debaixo do mau trato e da sujeira. Vestia uma espécie de camisola solta, imunda, parecida com camisa de índia aldeiada. Mas a criatura não tinha cara de índia. Olhou para nós com um sorriso assustado, mostrando os dentes fortes e amarelos. E disse:

– Jesus da minhalma! É soldado?

Eu adiantei um pouco o Tirano:

– Não, não tem soldado aqui. Nós estamos de passagem, queremos só beber água. Pode ser?

A mulher olhou para mim, espantada, atrapalhou-se ainda mais, parecia tudo confuso na cabeça dela:

– O sinhô é mulher?

Todo mundo riu, eu também.

– É, eu sou mulher; sou uma moça. Ando vestida de homem porque dá mais jeito para montar a cavalo.

Ela aí riu, ainda meio estonteada:

– Veja só! Mas não querem se desmontar?

Nós nos apeamos, João Rufo enfiou as rédeas do Tirano numa estaca solta, junto à pedra grande. Provavelmente era o que restava de uma cerca. A mulher ofereceu:

– Querem ir beber no olho-d'água? Lá a aguinha é bem fria e bem limpa. Água de mina.

Tinha-se que dar a volta ao Serrote do Filho para chegar ao olho-d'água. Subia-se uma rampa na pedra que ficava por trás dos dois serrotes e do rancho de taipa. Mais um degrau ou dois, e aí caía de uma fenda, na pedra, o jorro fino de água da mina – o olho-d'água. Num ressalto da barranca tinha uma cuia pequena, bem usada. E embaixo do fio-d'água (que não era mais do que isso, um fio) um balde de madeira, que os moradores deviam usar para levar água e encher o pote.

Eu bebi na concha das mãos. Os homens usaram a cuia. A gente estalava a língua depois de beber. Era melhor do que mel, aquela água, principalmente depois de tanta água choca e suja que se tinha bebido pelo caminho.

Zé Soldado esperou até que enchesse o balde, para ir dar de beber aos cavalos.

Pedi licença à mulher de camisola para a gente se arranchar ali, tirar os arreios dos cavalos, armar as nossas redes nas árvores que havia ao redor. Ela concordou com tudo:

– Faça tudo que quiser, Dona. Até dormir na minha casa, mas é pequena demais. Mal me cabe e o menino. Mas se vossemecê quiser se acomodar lá dentro, eu boto o menino do lado de fora.

Cheguei até a entrada do rancho, olhei lá dentro. Era escuro, parecia mais uma furna que uma casa. Me virei e perguntei à mulher:

– Como é seu nome?

E ela disse quase no meu ouvido:

– O meu nome é Jovelina, mas o povo me chama de Jove.

– Que povo?

– Minha gente, meus irmãos... Até o meu marido.

– E onde é que eles estão?

Jove deu uns passos em frente, sentou-se numa tora de pau que devia estar ali para servir de banco, e falou:

– Morreu tudo. De um em um. Só me resta agora este menino.

A gente não entendia direito:

– De um em um? Foi peste?

– Não senhora. Acho que foi mal de tísica. Depois dos meninos foi o pai. Esse morreu ligeiro, botou sangue pela boca duas vezes; da terceira se acabou. Ficamos só mãe e eu. Daí a uns tempos apareceu aqui um homem. Primeiro ele quis casar com mãe, mas como ela não queria, acabou se casando comigo. Eu, nessa hora, já estava me pondo moça.

Eu queria entender, mas era difícil.

– Como é que vocês casaram?

Jove tapou com a mão o riso encabulado:

– Bem, casar mesmo a gente não se casou. Com que Padre? Padre aqui não anda. E o Terto, o meu marido, vivia me prometendo: "Quando eu pegar num dinheiro, compro um vestido novo pra tu e aí a gente vai na vila e se casa." Mas nunca ele pegou num dinheiro. Aí mãe morreu...

– Do peito também?

– Inhora não. Ela morreu de uma queda. Foi pegar um frango que estava fugindo pelas pedras, escorregou, caiu, quebrou qualquer coisa dentro, lá nela. Doía o corpo todo, não podia nem trocar a passada. Eu dava chá a ela, esfregava erva... mas não teve jeito.

– Ficou então você com o marido e nasceu o menino. Cadê seu marido?

Jove enterrou o queixo no peito:

– Não sei.

Levantou o rosto, agora estava chorando, mas com o mesmo sorrizinho envergonhado:

– Desde o inverno passado que a gente não sabe dele. Saiu pra uma caçada de tatu, levou a enxada e a picareta pra desencovar os bichos. Subiu de serra acima, não voltou mais. Tenho pensado que a onça comeu ele.

– Você procurou?

O menino nu tinha chegado e agora se encostava nos joelhos da mãe:

– Eu fui até onde pude. Mas tinha que levar o menino, não podia deixar ele só. E ele não aguentava subir nem eu aguentava carregar com ele. Então voltei pra cá. Esperei muitos dias. Se o Terto estivesse vivo voltava, não é? Mas nunca voltou.

Olhou para nós todos e disse, como se desculpando:

– Aqui tem muita onça.

Apesar de tudo, nem ela nem o filho pareciam muito magros. E eu perguntei ainda:

– E de que é que vocês dois vivem?

Jove se levantou:

– A gente tem uma cabra. É boa de leite, dá sempre mais de um caneco. Tem mandioca, sempre que preciso faço um meio saco de farinha; ralo na pedra, espremo no tipiti, torro naquela outra pedra ali... Tem também umas galinhas meio brabas. Mãe dizia que elas já estavam amontadas... Mas sempre se pega algum frango, se acha um ninho de ovos que elas botam no meio do mato, aqui perto. Dá pra se escapar.

O menino tirou a cabeça do colo da mãe, onde escondia o rosto, e declarou:

– Eu mato rolinha de pedrada. Com a minha baladeira que o meu pai fez pra mim.

– Como é que você se chama, meu filho?

O menino escondeu de novo o rosto, talvez encabulado, depois do rompante de caçador. A mãe acudiu:

– Bem, vossemecê não repare, mas a gente chama ele de Pagão. Mãe queria que a gente fosse na vila batizar a criança e a gente nunca podia ir. Ela não se conformava e jurou que, enquanto não se batizasse o neto dela, ia chamar ele de Pagão. Eu achei um nome muito horrível, mas acabei me acostumando.

– Vocês plantam?

– Plantava, mas depois que o Terto se sumiu, a gente planta muito pouco. Ficou difícil.

– É, vocês dois sozinhos...

– E nem é só isso. O Terto, pra tal de caçada, levou a picareta e a enxada pra escavacar a cova do tatu. Me fez muita falta a picareta e mormente a enxada. Fiquei só com um caquinho de enxada velha, não dá pra nada. Tenho que limpar o mato arrancando, e esfola a mão toda.

Durante essa falação, os homens estavam calados. Aquela nossa conversa não dava vez pra homem.

Eu então me sentei na outra ponta da tora de pau, arranquei o calçado que já me doía nos pés e disse pra moça:

– Escute bem, Jove. Olhe pra mim e ouça o que eu lhe digo: eu sou a neta dos donos desta terra. Meu nome é Maria Moura.

Jove parece que não se admirava de nada:

– Neta? Taí, pai me contava que, quando ele era menino, andou um homem por aqui e disse que era dono da metade desta serra. Disse que ia buscar recurso pra situar uma fazenda aqui. Mas foi-se embora e nunca mais voltou. A gente tinha medo que ele chegasse e enxotasse nós tudo daqui. Mas ele não veio e a gente foi ficando...

Então, aquela mulher, a Jove, era filha ou antes neta do tal índio, casado com a branca e portanto genro do posseiro das nossas terras, ali na Serra dos Padres...

Eu continuava indagando:

– Tem por aqui alguma tapera antiga, alicerce, forquilha, sinal da casa velha do seu avô?

– Tinha. Mas a chuva foi levando. Em inverno forte desce muita água da serra. As águas e o barro levaram tudo. E a madeira se foi queimando. Este pau que a gente está sentada nele, devia de ser uma das forquilhas da casa do avô. Também é só o que resta da morada dos velhos.

Os rapazes se mexiam enquanto a gente conversava. Já tinham arriado a carga e ainda conseguiram achar no saco um resto de feijão, uma ponta de carne e farinha pro pirão. O menino Pagão foi buscar lá atrás uma panela de barro, preta de fogo, mas parecendo limpa.

Zé Soldado e Maninho, que eram os mais espertos, arrumavam o feijão e a trempe. Alípio foi à mina buscar um balde d'água pra cozinhar a carne. Jove, vendo que eles tiravam do saco o que sobrava da rapadura, entrou no rancho e voltou com uma vasilha de ferro:

– Tá aqui esta caneca pra ferver o resto da rapadura e se tomar uma garapa quente... Enquanto se espera o de comer.

Eu peguei na rapadura, quebrei um canto, dei o pedaço pro Pagão. Ele aceitou, desconfiado, mas a mãe aconselhou:

– Pega, lambe. Vai ver que é bom, é doce.

E se virando para nós:

– Esse aí nunca viu na vida um pedaço de rapadura. Já eu me lembro, mas faz muito tempo. A última vez foi quando um homem passou por aqui e trocou com nós quatro rapaduras por um saco de feijão.

Pegou o pedacinho de rapadura da mão do filho e ensinou como é que se chupava. Mas devolveu logo, envergonhada, disfarçou:

– Falei em fazer a garapa porque mãe dizia que, quando a rapadura é pouca, rende mais feito garapa. E engrossando com um punhadinho de farinha, então! Ela chamava de chibé.

Esquentou-se a água, desmanchou-se a rapadura, fez-se o chibé. O caneco passou de mão em mão. Jove virou a cara, se escondendo dos nossos olhos, para tomar o seu gole. O Pagão recebeu a bebida no último lugar – mas todos tiveram cuidado em deixar boa parte para ele. Primeiro lambeu as gotas da garapa que viu nas bordas do caneco, depois foi chupando, devagarinho, aquela delícia desconhecida, até chegar ao fim e ir virando a caneca para cima e escorropichar o último pinguinho. Espiou o fundo, viu que não tinha mais nada lá dentro. Olhou a nossa cara, de uma em uma. Soltou uma risada curta e desabou no choro, escondendo de novo o rosto entre os joelhos da mãe.

ENQUANTO A JOVE cozinhava o feijão e escaldava a carne-seca, eu me sentei em separado com João Rufo, para decidir o que nós íamos fazer. Eu não podia negar o alívio que sentia. Esperava encontrar gente armada, a raça dos posseiros em pé de guerra e afinal estava ali só a triste Jove, viúva, desvalida, com o pobrezinho do Pagão, que, só de olhar pra ele, dava um aperto no coração.

João Rufo queria saber se não seria bom eu ir até a Vargem da Cruz, procurar no cartório as escrituras velhas do Avô, e exigir que me dessem a posse da terra. Mas eu achei que era arriscado mexer com gente da justiça. Quanto mais eu, já toda encrencada com o caso do incêndio e as mortes violentas de Mãe, do Liberato e do Jardilino.

Felizmente a terra era herança do Avô, pai de Pai, não tinha nada a ver com aqueles almas de sapo das Marias Pretas.

Não, do Limoeiro eu queria a distância e as poucas lembranças.

– Quem faz o dono é a posse, João. Se nós temos as escrituras no cartório, melhor. O que eu quero é tomar posse da terra, fazer aqui a minha casa. Se eu fosse o Liberato, dizia que quero fazer o meu castelo. Ele gostava de falar em castelo, desde que ouviu contar a história da Casa da Torre de Garcia d'Ávila. Pai que contou a ele, na primeira noite em que o Liberato apareceu de visita. Eu ouvi.

O João ainda estava em dúvida:

– Mas, como é que vai ser essa posse? Aqui não tem nada, nem um começo de nada.

– É assim que eu quero. Quero fazer uma casa pra mim, defendida por estes serrotes e as suas furnas. Quero uma casa que cachorro de Tonho nenhum, ou outro qualquer, se atreva a cercar.

Dito isto, pensei um pouco, determinei:

– Nós demoramos aqui uns dias, descansando e tomando sentido das coisas. Depois se volta para o Socorro. Vou arranjar uns machados e mais toda a ferramenta que for preciso para se levantar a casa. Nesta terra tem muita madeira de lei, é só olhar, até daqui se vê. Dá pra fazer cem casas de taipa, quanto mais uma.

– E a telha? Cobrir com quê?

– Você vai me descobrir um oleiro. Não precisa nem ir na Vargem da Cruz para encontrar. Na Camiranga não tem casa coberta de telha? Então, tem lá quem sabe fazer. A gente traz um mestre telheiro nem que seja à força; depois se vê o que se faz com ele. Daí, tem que se alistar mais uns homens. Nós vamos precisar de gente. O Roque pode ajudar nisso: o alistamento é de se fazer devagarzinho, de um em um, pra não se correr risco. Afinal, pra que é que eu quero as minhas parelhas, se não for pra me arranjarem não só gente, como toda coisa de que se careça?

João não disse mais nada. Que estava meio assustado, isso se via. Mas ele já devia estar acostumado comigo e com a minha cabeça. E ainda podia se benzer com as duas mãos, já que a gente se via, com toda facilidade, se apossando da terra, na paz, sem atirar sequer uma pedra de bodoque.

Descansamos à tarde, depois de comer o almoço. A Jove achava graça da nossa fome – como se ela e o Pagão não vivessem também esfomeados. E metendo umas ripas de carne-seca na boca do filho, ela se gabava:

– Tendo comida na panela, eu bem que sei cozinhar!

A CAVALO, A PÉ, começamos a travar conhecimento com a Serra dos Padres, e com a vargem larga e comprida que ficava no sopé. Lá em cima, os serrotes se entremeavam com os morros; e quanto mais esses morros tomavam altura, mais a mata ia engrossando. Por toda parte os homens me mostravam a madeira de lei, os paus-d'arco, as aroeiras, os angicos, os cumarus, e tudo esperando ser cortado e servir na construção. E quando eu falei na dificuldade de descer essa madeira grossa serra abaixo, eles se riram de mim:

– A madeira é tombada de cima e escorrega pela rampa que se faz na ladeira. A Sinhá Dona não sabe que a terra puxa tudo pra baixo? Pra baixo todo santo ajuda...

Se a serra subimos a pé, pelas várzeas lá de baixo a gente andou a cavalo, conferindo as esperanças de comida e bebida para o gado. É verdade que tinha o olho-d'água, muito bom para servir a uma casa; mas dar de beber a um magote maior de reses, já era outra empreitada. E o Roque que, anos antes, tinha trabalhado nas obras de um açude, acabou descobrindo um riacho com umas ombreiras muito boas para levantar uma barragem apoiada nelas.

– Dá uma parede famosa, vai ser água muita. Essa barranca é só pedra e piçarra. E olhe, Dona, o espraiado pra represa! Vai ser um pai das águas!

Derrubamos o rancho velho da Jove, fizemos uma casinha nova pra ela, ainda coberta de palha, era o jeito. Mas ficava prometido que logo estaria coberta de telha. Era só eu trazer o oleiro, pois o precioso Roque já tinha descoberto barro de telha na terra onde ia ser a futura represa do futuro açude.

Os rapazes saíram uns dois dias para caçar nas matas da serra. A gente precisava de carne para a nossa matalotagem e para deixar alguma reserva pro Pagão e sua mãe. Sal não havia; mas estava ali mesmo o sol pra secar a carne e todo mundo já estava acostumado a comer ité, feito índio.

Caçaram um porco caititu, perderam uma veada catingueira que fugiu, mas trouxeram a cria, um veadinho todo espantado e sarapintado de branco. O Pagão se apaixonou por ele, como era de esperar. Abraçado com o bichinho, chorava se alguém chegava perto e gritava: "Este bicho é meu, vou criar pra mim! Ninguém mata ele!"

Eu garanti ao Pagão que ninguém ia matar o veadinho. E ele o trazia por uma corda, como um cachorro, e ia caçar matinho fresco para lhe dar de comer. De noite dormiam juntos, na esteira velha. Botou nele o nome de Calangro. Dizia o nome e se ria, achando muito engraçado. Jove contou que um tempo atrás ele criava um calangro, mas um dia achou o bicho morto, já coberto de formiga. Chorou três dias por ele. Pra gente ver as coisas: pro Pagão, o nome de calangro não era o de um bicho feio, de raça de cobra; era amor e recordação.

Fui descobrir a furna que já era famosa desde o tempo dos Padres. Era mesmo um esconderijo difícil de se achar igual. Nascia numa fenda de pedra, embaixo, seguia por um corredor de umas duas braças de comprimento e saía disfarçado, mas tão bem encoberto que só podia dar conta dele quem já de antes soubesse onde ficava.

Depois de um mês, na madrugada, nos arrancamos de lá. Eu, pelo menos, me arranquei, e com dor. Ali eu senti, de verdade, que tinha encontrado o meu canto no mundo, o meu condado.

A JOVE FICOU MUITO assustada quando descobriu que a gente ia embora. Tinha se acostumado conosco; o Pagão pôs-se a chorar aos gritos, como fazia toda vez que sentia raiva, medo ou desgosto. Eu chamei a Jove para um canto do terreiro e conversei com ela num particular:

– Desde que a gente está aqui eu já te enganei alguma vez, Jove?

Ela abanava a cabeça, enquanto enxugava os olhos na manga rasgada da blusa.

– Pois então, acredite agora. Eu vou mas eu volto. Esta terra é minha! Vou levando os homens comigo porque careço deles pra adquirir as coisas pra casa nova. Os ferrolhos e as dobradiças, os ferros todos que se precisa para uma casa de gente rica. A nossa casa, aqui, vai ser uma casa de rico, e você vai morar com a gente, vai ter o seu quarto, seu e do Pagão, por toda a sua vida. Vou trazer roupa nova pra você e o Pagão, vou trazer comida pra gente, vou trazer semente pra se plantar. Vou trazer sal pra temperar a panela.

Ela descobriu os olhos:

– O Pagão e eu, ninguém não gosta de sal.

– Pois então você bota no fogo uma panelinha separada, sem sal, só para vocês dois. Vou trazer rapadura, remédio, óleo de rícino, tudo que precisar aqui. Vou trazer rede boa pra gente dormir.

Jove interrompeu de novo:

– O Pagão e eu não se dorme em rede, é só na esteira, no chão. A minha mãe é que sabia fazer rede de corda, igual às dos índios. Mas eu só sei fazer esteira.

– Você e o Pagão tomem muito cuidado enquanto eu estiver de viagem. Cuidado com os bichos! Nessa mata tem onça mesmo, como a que comeu o seu marido. E tem cachorro-do-mato, cobra... Tome cuidado com o Pagão. Não deixe ele andar pelo mato sozinho, que ainda é muito pequeno. Quando eu chegar quero encontrar vocês dois bem gordos e bonitos.

Bati no ombro dela, não tive coragem de abraçar porque ainda andava muita suja; e recomendei:

– Aprenda a tomar banho no olho-d'água; se esfregue com raspa de juá, se ponha cheirosa e bonita, que é capaz de aparecer outro marido pra você!

Jove saiu correndo se esconder na barraca, mas Pagão se agarrou na minha perna e fez questão de segurar o estribo para eu montar.

JUSTAMENTE, NAQUELA HORA da partida, apareceu no terreiro um estranho. Era morador daquelas matas, conhecido do defunto marido da Jove. Procurou falar comigo num particular. Eu já de pé no estribo, desci a perna, fui atender ao homem.

Disseram a ele que a dona das terras dali tinha chegado para tomar conta. A Jove lhe falou da minha presença e uma mulher, sua conhecida, que vivia a duas léguas de distância, ao pé da serra, e vinha ao

Pai e o Filho, com uma cabaça na cabeça para apanhar água no olho-d'água, contou a ele que tinha chegado era uma comissão de cavaleiro, tudo rico e bem montado, que dava até pra começar uma guerra. E agora, na minha presença, o homem, barbudo e maltrapilho, tirou com cerimônia o chapéu de couro e se apresentou:

– Senhora Dona, o meu nome é Luca Evangelista, seu criado. Me perdoando o atrevimento, poderei lhe fazer uma pergunta? Vossemecê será da raça da Fidalga Brites, a dona desta sesmaria?

Eu podia ter dito que não era da conta dele, mas quis responder:

– Não senhor, sou neta do homem que comprou este pedaço da data, na mão dos herdeiros da Fidalga Brites. O meu é só uma parte da sesmaria.

– E a senhora conhece as suas extremas?

Eu respondi que as extremas estavam determinadas nas escrituras, no cartório da Vargem da Cruz.

O sujeito meditou um tempo, remoendo a informação. Afinal decidiu:

– Quando vossemecê puder, traga a sua escritura para se fazer a medição. Aí a gente reparte: abre os piques, enterra os marcos de pedra com as duas testemunhas, e cada um fica no que é seu.

– Vossemecê comprou a parte de quem?

– Eu não comprei não, Senhora Dona. Eu ocupo o terreno lá em cima já faz pra mais de cinquenta anos. Já inteirou o prazo para a posse, eu acho.

Mandei o homem se sentar no banco que a gente tinha feito no terreiro da Jove. E pedi que me contasse a história dele.

– Eu nasci três léguas daqui pra baixo, num lugarzim por nome Riacho da Bugra. Nesses tempos tinha lá umas cinco casas, tudo vaqueiro, tratando o gado de um fazendeiro das bandas da estrada da Bahia. Mas veio dois anos de seca, o gado foi morrendo, o pouco que escapou amontou pela serra, virou 'gado do vento', quer dizer sem dono – como fala o povo. Mas até mesmo esse gado bravo morreu quase tudo, só resta muito pouco por aí. Um mês desses eu dei de cara com um touro preto bargado, que ficou me encarando duro, feito gente com raiva, depois virou de costas e entrou pelos matos.

Parecia uma visagem, tive até medo. E uns anos atrás encontrei uma vaca parida, o bezerro junto. Mas tão braba que, nem bem avistei os dois, dispararam na carreira, mal tocavam o chão com os cascos. Quase não deixavam rastro...

– Mas como foi que o senhor veio parar aqui na serra?

– Bem, eu estava nos quinze anos, meu pai e minha mãe tinham morrido da bexiga – deu uma praga de bexiga que quase acabou com o resto do povo no Riacho da Bugra; e então eu peguei amizade como uma mocinha da minha idade. Lá queriam me carregar para uma vila onde tinha casa e igreja, mas eu estava acostumado aqui, não quis ir com eles. A mocinha – o nome dela era Alvina –, por causa dessa amizade comigo, também não queria ir. Nesses começos ela ainda tinha mãe, mas com pouco tempo a mãe pegou um filho de um homem casado e morreu do parto. Nós dois ficamos sozinhos no mundo e eu resolvi ir morar com ela na serra, que é mais perto e tem o olho-d'água. A finada avó da Jove deixava a gente pegar água aqui. Eu e ela não se passava de uns meninos, mas já se tinha tenência. Ninguém se casou – o que já era até costume, nunca andou Padre por aqui...

Aí ele deu uma risada:

– Pode aqui se chamar Serra dos Padres, mas é um canto onde não se vê sinal de Padre. Diz que os padres do Jeremoabo saiu tudo preso, mas os daqui foram espertos, arribaram em tempo...

– Onde vocês foram morar?

– Daqui pros lados do nascente, uma meia-légua. Achei um tabuleiro liso, levantei uma barraca pra nós, broquei um roçadinho, a Alvina tinha trazido um saquinho de semente. Depois fui lá embaixo, peguei umas manivas, fiz uma roça de mandioca. Com os bichos que eu caçava, deu para a gente escapar...

– E daí?

– Daí que a Alvina logo pegou criança. Mas nasceu morta e ela quase morreu também. Dos cinco filhos que teve só se criou um, o Raimundo, que a gente chamava de Doca. Do sexto parto a Alvina morreu, e a criança morreu dentro.

Eu fiquei sozinho com o Doca. Era um menino mofino, amarelo, nunca foi grande coisa. Acho que era doente feito os irmãos, só escapou por milagre. Quando ele tinha uns onze anos, amanheceu morto, nunca se soube de quê. Enterrei ele junto com a mãe e os irmãos. Já tenho um cemiteriozinho só meu, fechei até com uma cerca, para os pebas e os porcos-do-mato não fuçar.

O Luca fez uma pausa, pediu um caneco d'água, continuou:

– Quando a Alvina morreu, eu pensei em descer, viver de novo com o povo que me restava, no Riacho da Bugra. Mas ainda tinha o menino, que me fazia companhia. Depois que ele morreu, eu não queria abandonar meus pagãozinhos, junto com a finada Alvina. Fui ficando, ficando... Agora já está dentro de cinquenta e dois anos que eu vivo aqui...

Uma coisa me impressionava:

– Mas como foi que o senhor contou os anos tão certo assim? Sabe ler e escrever, Seu Luca?

O velho Luca riu, cuspiu de lado:

– Ler? Eu não! Mas logo que nós chegamos aqui, a Alvina me pediu para eu dar um jeito da gente ficar sabendo os dias da semana. E eu me lembrei da experiência de um velho do Riacho, que ele chamava de *calendaro*. Pegava uma vara de mais de polegada de grossura, descascava, e ia marcando nela um corte em pé, de um dedo de altura, pra cada dia da semana. Ia dando volta na vara, como um anel, até o sábado; no domingo fazia o corte deitado, passando pelo meio dos seis. Estava fechada a semana. Logo abaixo eu começava o outro anel, pra outra semana. As varas são compridas, cada uma dá pra marcar as cinqüenta e duas semanas do ano. Já tenho cinquenta e uma delas amarradas num feixe. E estou no meio do número cinquenta e dois...

E rematou, batendo com o velho chapéu de couro nas pernas:

– A Alvina dizia que a gente não pode viver como bicho bruto. Tem que saber ao menos quando é o domingo, pra guardar o dia santo...

– E como é que o senhor se veste, de onde tira roupa?

– E índio se veste? Eu virei índio. Faço tanga de couro e até de palha. Uns vinte anos pra trás eu fui numa vila que me ensinaram, seis léguas daqui, levei na cabeça um saco de milho debulhado, troquei por uma calça e uma camisa. A costureira me deu a calça pelo milho e mais duas dúzias de nambu seca no sol, que eu também tinha levado. E essa calça eu só visto quando vou ver gente. Como hoje, com vossemecê. O pano está detriorado, mas ainda encobre o corpo...

Pensei um pouco e fiz uma proposta:

– Mestre Luca, eu vou ver as minhas escrituras. Mas queria fazer logo um acordo com o senhor. Como a minha terra é grande – é muita terra mesmo! – a sua extrema comigo ia ficar muito longe; com certeza o senhor ia ter que deslocar o seu barraco e o seu roçado para as extremas novas, lá pros confins. Por que não fica aqui mesmo, como meu morador?

Ele foi me atalhando:

– Mas este burro velho não dá mais pra ser morador de ninguém!

Eu não deixei que ele continuasse:

– Sem obrigação nenhuma! Sem sujeição à fazenda, sem meia no legume, sem nada. Eu quero é a sua boa vizinhança. Não vê, se situo a fazenda aqui, preciso de gente ao meu redor...

– Eu não sei se me acostumo mais a ter patrão... Mas sendo morador de uma Dona tão delicada...

– O senhor vive sozinho nesta serra, Mestre. Qualquer dia, pode acontecer, fica mais trôpego, uma onça lhe pega, como pegou o finado da Jove...

Ele continuava coçando a cabeça e eu continuei seduzindo:

– Sempre que lhe der na veneta e não tiver nada em casa, desce até aqui, e vai encontrar sempre o seu prato de feijão, a sua tigela de coalhada lhe esperando.

– Isso é bom. E às vezes me faz muita falta.

– Eu é que vou precisar muito do senhor, Mestre, quando for tirar a madeira para a casa grande que eu quero levantar aqui. O senhor vai mostrar à gente os pés de pau mais linheiros, a madeira de lei para as linhas – o Mestre deve conhecer cada pé de pau desta serra!

Mestre Luca se levantou, dando aparência de contente. E me estendeu a mão:

– Então estamos no acordo. Eu fico por aqui, à vossa espera.

Aí, me deu uma ideia:

– Mestre Luca, espere um pouco! Quero lhe pedir uma informação: o senhor, que nasceu por aqui, saberá me dizer onde se encontra um terreno bom de barro, pra telha e tijolo?

O Mestre sentou de novo, muito alegre:

– Olhe, Dona, aqui mesmo, antes de chegar no Riacho da Bugra, tem uma mina especial de barro de telha. De lá se tirou tudo quanto foi telhado da Bugra. E eu sei disso de ciência própria, vendo trabalhar o finado meu pai, que ele sim, era mestre – o mestre oleiro da terra.

Eu fiquei alvoroçada:

– E o senhor? Também sabe fazer telha?

– Olhe, Dona, o meu barraco lá em cima é todo coberto de telha que eu mesmo fiz, em cima da coxa. Nunca quebrou uma nem vasou, até o dia de hoje. Depois não fiz mais, acabou-se o povoado da Bugra, acabou-se a freguesia... Mas o ofício da gente, ninguém esquece. Não digo que eu possa ainda arrancar barro, molhar, traçar ele na enxada. Mas me dando uns caboclos novos, a gente ainda faz um estrago...

– E o tijolo, Mestre, e o tijolo de ladrilho também?

– Tijolo, qualquer um faz. Não tem ciência. Mas é bom cavar o barro em tempo de inverno, quando a terra está mole. Comecinho do ano!

Aquele homem não tinha caído da serra, tinha caído era do céu! E botei a mão no ombro do velho:

– Olhe, Mestre Luca, eu vou levantar aqui, neste lugar, uma casa importante, pra ser a sede da minha fazenda. E eu, mais o João Rufo, estava se quebrando a cabeça pra descobrir de onde se podia tirar barro, fazer uma olaria. E aí descubro que o senhor mesmo é mestre oleiro, sabe arrancar o barro e fazer a telha e o tijolo! Pode crer, eu lhe dou tudo que pedir para a minha olaria: os homens, os ferros, a lenha pra queimar, tudo mesmo! O senhor só precisa ir ensinando a eles, que a minha rapaziada faz todo o resto!

Seu Luca sorria meio assustado:

– Mas Vossa Senhoria não vai sair de viagem ainda hoje?

– Eu vou ali e já volto, Mestre! Enquanto eu não chego, vá marcando as minas do barro e vá praticando numas telhas, pra refrescar a memória.

Ele se levantou, espigado, parecia que tinha ficado mais moço:

– Pois vá e venha, Senhora Dona Moura! Vá e venha que quando chegar de volta já encontra novidade.

Eu me levantei, dei um abraço no meu oficial de oleiro e prometi:

– Mestre Luca, eu vou lhe trazer lá de baixo um par de calça nova e uma camisa de fazendeiro. Se conseguir, lhe trago até um colete!

E pedi ainda:

– Escute, Mestre, mais um pedido: de vez em quando passe por aqui, venha dar uma espiada na Jove e no menino.

– Eu já faço isso desque o marido dela morreu, Dona. A gente sempre se ajuda uns aos outros, quando é preciso. Não lhe dê cuidado. Não precisava nem me encomendar.

Com isso, fui me despedindo. O Pagão me pegava de novo o estribo para eu montar.

Saltei na sela do Tirano, que tomou o caminho numa bralha vistosa. Não já contei que o Tirano era bralhador? E dos finos.

Os outros me acompanharam e eu me virei para os Serrotes do Pai e do Filho, olhei os dois um instante, depois dei adeus com a mão.

– Adeus, minha Serra dos Padres! Adeus minha Casa Forte que eu vou levantar!

E ora essa, adeus não, que isto não é despedida. Até qualquer hora, que eu volto logo!

Estava tão feliz que comecei a chorar. Apertei o Tirano com o tacão da bota, ele tomou o galope. O vento, batendo no rosto, me secou as lágrimas.

24
O Beato Romano

Afinal o compadre Julião foi embora. Eu já não podia mais. Voltei ao quarto, fechei a porta, me atirei na cama.

Agora, era preciso pensar na partida, e breve; estudar o destino que eu iria tomar.

Ai, como me maltratou o aparecimento daquela inesperada testemunha do passado! Veio me esfolar a pele frágil das cicatrizes mal saradas (*saradas*! quem dera!), revolvendo o que era indispensável esquecer para eu poder continuar vivendo. E como se fosse possível esquecer.

Eu tinha tentado levantar uma ponte que, partindo da Vargem da Cruz dos primeiros tempos, de quando eu ainda era inocente como um seminarista e, saltando os episódios de tragédias e fugas, desembarcar na vida atual de escrivão de Siá Mena.

Mas bastou que Julião chegasse e me chamasse de compadre, bastou que rememorasse os horrores daqueles dias, para que as lembranças de novo me sufocassem, aos golfões.

E no que elas me voltavam, essas memórias, bem que tive desejo de prender Julião ali comigo e desabafar e lhe contar nas suas minúcias toda a minha sofrida odisseia. Mas não tive essa coragem; antes, no que contei, no pouco que lhe contei, já começava por uma mentira. Tive que inventar aquele negro velho, que não existia senão diferentíssimo, na figura do negro moço – o Simão...

Inquieto, cada vez mais, passava da cama para a rede, ficava me balançando, querendo fugir à dor violenta trazida pelas evocações da Atalaia. Daquela noite, daquele quarto sinistro, com os seus três mortos; e a novidade da minha cabeça a prêmio e a caçada atrás de mim.

Horas depois, com a cabeça mais fria, procurei reduzir minha amargura, tentando recordar que não fora só gente má que eu tinha encontrado durante a minha via dolorosa. Houve gente boa, há muita gente boa. Sem falar em Iria, Simão, Onofre, que me mostraram amor e caridade, basta me lembrar daquele casalzinho tão jovem, logo no dia seguinte em que ganhei a estrada, que me abriu a porta da sua barraca. Ele mal apontando o bigode, ela pesada, esperando filho.

Eu caí sentado na soleira deles, e inventei o que me veio à ideia: que tinha entrado sem querer numa briga, e era com uma porção de homens, tudo bêbado, tudo armado. Eu nem tinha ficado sabendo por que seria que eles brigavam. No fim me dei muito mal, todo ferido, e ainda agradecia a Deus escapar com vida.

A moça me tratou o braço, me limpou a sujeira de sangue, me deu um chá de raiz do mato pra beber e diminuir o inchaço nos cortes. Fiquei lá mais de uma semana. Podia ter continuado ali, junto com o casal, mas ainda me via muito perto da Vargem da Cruz, para sentir alguma segurança. Então inventei que tinha uns parentes num lugar em que eles mesmos me falaram; disse que ia viver uns tempos junto com esses primos, até que o caso da briga ficasse esquecido. Eu não tinha culpa mas também não tinha testemunho nenhum a meu favor.

A moça, coitadinha, engoliu a mentirada toda, e ainda me deu a matalotagem para me sustentar no caminho. Nem ela nem o marido desconfiaram de nada. Também, eu não tirava nunca da cabeça um caco de chapéu de palha, me escondendo a coroa de Padre. Por sorte o cabelo cresceu depressa, já estava quase do tamanho dos outros e se misturava com eles.

Deixei também crescer o bigode para mudar a cara rapada. Eu já estava muito melhor, não tremia tanto, nem chorava. Me atirei ao caminho, andava devagar – muito fraco e, ademais disso, não tinha costume de viajar a pé. Afinal, passados uns quatro dias, acabei dando com o arruado em que o casal me falara.

Ficava a umas oito léguas de caminho e, chegando lá, vi que todo o pessoal da terra tinha se reunido num adjunto. Estavam cavando e enchendo de pedra o que iria ser o alicerce da futura igreja deles. Me ajuntei aos outros, fiquei trabalhando na obra, apenas pela comida. Ninguém me perguntou de onde eu era; achavam natural que qualquer pessoa se aliasse àquela empreitada de devoção. E ainda mais: eu já me apresentava tão sujo e rasgado, que podia passar muito bem por um mendigo de estrada.

Nós todos rezávamos juntos; um velho tirava a ladainha, no fim da tarde. E eu me ajoelhava entre aos mais pobres de todos, procurando ser na imagem o que já era na desgraça – um degradado entre os que estavam mais baixo.

Uma velha que morava com dois netos, num rancho, aceitou quando eu lhe pedi que lavasse a minha roupa e remendasse os rasgões. Um companheiro me emprestou umas ceroulas e eu fiquei a bem dizer me escondendo nas moitas, vestido só naquelas ceroulas emprestadas, enquanto a velha terminava mal e mal o serviço.

Houve um momento em que eu comecei a tremer de frio; é bem verdade que eu estava quase nu e me batia um ventinho fresco nas costas; mas creio que eu tremia mais de insegurança, me sentindo tão desamparado, tão só naquele lugar desolado. Talvez um recém-nascido se sinta assim, quando é lançado no mundo. Depois que eu me deixara levar para fora do seio protetor da Igreja, minha Mãe, só conhecera a vertigem do perigo, a privação dos sentidos e o terror, fechando ao meu redor o seu círculo de fogo.

A velha por fim me chamou e eu me vesti rápido, como se recuperasse a própria pele. Fui andando para a rua, pra ver gente, embora estranha. O povoado se chamava Cipó Vermelho, e muito poucas pessoas teriam ouvido falar nele. Era mesmo uma povoação nova, que foi se aglutinando ali, fazia já alguns anos. O primeiro morador simpatizara com o sítio, onde já vivia uma família de gente preta, diziam que fugitivos de um quilombo dizimado. O negro velho, que ainda estava por lá, era junto com uma índia gorda e de olho sonso, que mal se vestia com um trapo da saia e a camisa de cabeção.

Era ela, de nome Jaspim, que fazia a comida do adjunto, numa panela de barro, enorme, onde tudo era jogado na fervura: feijão, carne de caça ou de bode, toicinho, coentro verdinho. Ficava muito ruim, mas a fome ajudava a engolir.

A gente trabalhava de sol a sol, com grande boa vontade. Eles sonhavam com aquela igreja e não era só pela devoção. A igreja viria a ser o atestado de vida do povoado; seria a sua marca, aquela torre a se avistar de longe; representando muito mais que o velho pelourinho, perdida a sua importância desde que se acabou o tempo do rei. Agora o Brasil era um Império, onde não se aceitava mais aquela vergonha do pelourinho. E era portanto a igreja, com a sua torre alta, que iria dar a eles a carta de cidadania.

A casa melhor do povoado era feita de uma taipa bem trabalhada, rebocada, caiada, coberta de telhas de barro. Ficava para os lados do nascente, com cerca fechando o terreiro e o quintal. Os donos eram um casal de velhos, tinham fazenda ali perto, mas a mulher fazia questão de morar na vila, pra ficar junto do pequeno cemitério. No cemitério estava enterrado o seu filho único, morto de repente três anos antes.

O velho, a quem chamavam Seu Dão, simpatizou comigo. Ele gostava de assistir ao nosso trabalho; chegava cedo, sentava num monte de pedra, dava conselhos e, quando era preciso, dava até uma ajuda, ou advertia algum mais imprudente para não se machucar.

Talvez, entre todos, fosse o mais interessado na igreja, cujo orago seria o Mártir São Sebastião, o santo do filho. Os da terra murmuravam que Seu Dão e a Dona Mocinha tinham até forçado a escolha do padroeiro, passando para trás Nossa Senhora do Rosário, a primeira escolhida.

Seu Dão olhava tanto para mim que me constrangia. Se via que eu ia pegando um peso muito grande para as minhas forças, gritava a alguém que me ajudasse. Quando nos trazia rapadura e queijo para a merenda, sempre dava a minha parte com as mãos dele – aos outros mandava que dividissem. O pessoal já reparava; diziam eles que o velho me achava parecido com o finado filho Sebastião.

Até que uma tarde, quando nós saíamos do trabalho e eu ia descascando com o fio da faca os calos mais grossos da minha mão, Seu Dão chegou perto e me perguntou:

– Zé de Sousa, de onde é mesmo que tu vens?

Eu fiz um gesto vago, disfarçando o susto:

– Desse mundo por aí. Tenho andado por muitos lugares.

– Anda fugido? Pode contar sem medo, que não vou lhe entregar.

– E eu tenho cara de negro fugido, Seu Dão?

Ele me olhou bem, tocou no meu braço com a ponta da chibatinha que carregava sempre:

– De negro não tem cara não; mas de fugido, tem. Logo no primeiro instante se vê que nunca fez trabalho braçal.

O velho não parecia falar por maldade. E naquela hora eu estava exausto demais para resistir a um questionário. Fui andando devagar ao lado dele e confessei o que podia:

– Seu Dão, eu sou mesmo filho de boa família e tive alguma educação. Mas me meti numas brigas de política, quase me mataram. E resolvi então me perder de sertão adentro, até que me esqueçam.

– Daí você tem esse corte feio descendo do pescoço para o peito?

– Este e outros.

Levantei a manga esfiapada da blusa:

– Os dos braços são ainda mais feios.

O velho se compadeceu:

– E está mal sarado... O do pescoço ainda mina até um pouco de sangue. Zé de Sousa – se seu nome é mesmo Zé de Sousa (eu fiz sinal que sim) –, vamos até lá em casa, pra minha velha lavar e tratar esse corte! Com tanta sujeira, como está, pode até arruinar os ferimentos!

Aliviado, eu continuei andando. E respondendo sempre a Seu Dão, fui contando que era nascido na ribeira do Rio São Francisco; que era estudante quando me meti em política e me vira obrigado a fugir, para não ser morto ou encarcerado.

Nesse ponto, olhei para o velho e declarei com voz rouca:

– Agora estou nas suas mãos. Mas espero que não dê parte de mim.

Para surpresa minha, Seu Dão limpou com os dedos uma lágrima do olho:

– Menino, você me lembra muito o meu finado filho Sebastião. Ele era quase do seu tope e parecia um pouco de cara com você. E era entusiasmado pela política também. A mãe o queria Padre, como toda mãe. Ele sonhava em ser deputado! Para isso, precisa se ter muito saber, muito dinheiro... Não é com vinte vacas magras que se adquire a cadeira de deputado...

Nós estávamos chegando à casa dele. Dona Mocinha nos recebeu no alpendre, parecendo que já tinha conversado com Seu Dão a meu respeito. Respondeu rápido ao meu boa-tarde, disse logo para mim:

– Senta aí no banco!

Saiu e voltou com uma negrinha e um alguidar de água morna. Na mão trazia uns panos rasgados.

– Tira essa camisa velha. Eu mando lavar e remendar.

Eu segurei a camisa pela gola:

– Mas é só ela que eu tenho!

Dona Mocinha me afastou as mãos, arrancou a camisa:

– Eu arranjo outra que lhe serve. Deixe-me lavar esse corte. Tem arnica na água.

Com os trapos limpos, que passou num pedaço de sabão preto, foi me lavando as feridas do pescoço, do peito, do braço. Retirava as cascas secas, deixava à vista as cicatrizes frescas, algumas até ainda minando sangue, como notou Seu Dão.

A operação doía, mas não reclamei. Depois que me viu lavado, as feridas cobertas com folha de saião (cada curandeiro tem a sua folha predileta), Dona Mocinha foi de novo lá dentro. Trouxe de volta uma camisa, um par de calças, uma ceroula, tudo usado, a calça remendada, mas limpinha e passada a ferro.

Me entregou a trouxa de roupa e deu ordem:

– Vá ali no banheiro atrás de casa, tome um banho e mude a roupa. Deixe lá a que tirou, que eu mando pegar. E, cuidado, não molhe esses ferimentos.

Saí, meio trêmulo, a velha me deu ainda um pedaço de sabão.

O banheiro era um cercadinho de varas, formando um quadrado; tinha lá dentro uma tina cheia de água e uma cuia. Lavei o resto do corpo, saí do banho me sentindo outro. Lavei até as apragatas. Lavei muito bem a cabeça: apalpei a coroa. O cabelo já estava bem crescido, devia esconder qualquer sinal.

Dona Mocinha chamou, da cozinha:

– Pode entrar. O Dão já está aqui.

Sim, Seu Dão já estava abancado, metendo a colher num prato de coalhada. Outro prato me esperava.

Depois do chá de capim santo, Dona Mocinha me interpelou:

– Meu filho – posso lhe chamar de meu filho? Já faz dias que o Dão me fala a seu respeito. Tem muita dó de você, um moço branco, nesse trabalho bruto. Viu que você estava ferido e então eu pedi a ele que lhe trouxesse aqui, pra gente lhe tratar. Durante o seu banho, ainda agora, ele me contou que o seu caso era coisa de política. Ai, o meu finado Tião também era cego pela política: queria estudar em Olinda, vivia agarrado com os livros...

Suspirou:

– Depois que tirou a sujeira, você me lembra ele demais!

DAQUELA TARDE EM DIANTE, tive mãe e tive pai. Seu Dão me mandou dormir no copiar, como dizia a Dona Mocinha.

Ele falou com o capataz da obra, na igreja, pediu para me darem trabalho mais maneiro, pois eu tinha uns ferimentos mal sarados. Eu comia com eles; de tarde vinha para casa com o velho; rezava com eles o terço, "tinha aprendido com o meu padrinho Padre". E, assim, puxar a ladainha ficou sendo a minha obrigação em todas as tardes de novena.

Eu me sentia estranhamente aplacado. Seu Dão procurava me interessar pela fazenda. Mas o meu coração inquieto me dizia que eu não tinha nascido para me estabelecer de fazendeiro, criar gado, engordar e até mesmo ficar rico. Tomar mulher – na certa – e isso me apavorava. Se eu pequei foi por amor. Não iria recair no pecado por luxúria ou comodidade.

Na realidade, eu ainda me sentia Padre. A coroa podia estar escondida por baixo do cabelo novo, mas ainda me ardia no alto da cabeça. As mãos que consagravam, ainda as respeitava, como me tinha sido imposto. De noite, trancava a porta do quarto na casa de Seu Dão, ficava horas ajoelhado, rezando. Em latim.

Dona Mocinha tinha, na parede, um registro de Santo Antônio e eu me valia dele: pedia que me abrisse um caminho, me segurasse pela mão.

ATÉ QUE UM DIA chegou no Cipó Vermelho uma carta que Seu Dão me pediu para ler alto. Ele era ruim de leitura.

A carta era assinada pelo vigário da vizinha freguesia de Mangangá, informando que, qualquer dia desses, iria ele aparecer pelo Cipó Vermelho, para ver como estava sendo construído o templo, se dentro das especificações canônicas.

Caiu-me a alma aos pés. Passei a noite acordado, andando de um lado para o outro, no quarto. Eu não podia me apresentar a esse vigário. Imagine, se eu me confesso a ele e ele então me dá a penitência de me entregar à justiça pela morte de Anacleto!

O pecado com Bela seria perdoado – eles sempre reconhecem que um Padre é também de carne e sangue. Mas a morte de um homem é outra coisa. E com o alarde feito na Vargem da Cruz (e eu ignorava o que dizia o relatório que mandaram para o bispo) o escândalo tinha sido muito grande.

E, se o vigário, me ouvindo em confissão, me perdoasse, me desse uma penitência secreta, sem me obrigar a comparecer à justiça? Ah, eu mesmo duvidava que isso fosse possível. Crime de morte é crime de morte, e ninguém parecia se lembrar de que o Anacleto me atacou primeiro!

Havia ainda uma hipótese do vigário não desconfiar da minha condição, o que seria muito difícil. Os Padres reconhecem de longe um companheiro, pelos modos, pelo jeito de falar, pelos cacoetes que a gente apanha desde seminarista... Era capaz de me apanhar numa armadilha, se desconfiasse. Citar alguma frase em latim, por exemplo, quando eu não estivesse esperando. E eu sei que caía, tinha que cair. Não sou assim tão ladino; não sei disfarçar bem, sou medroso, ou sou tímido, sei lá! No seminário os outros diziam que eu era esmorecido.

Poderia também esse vigário ser um Padre decaído, não ter moral para me punir; e, antes, querer me arrastar mais para baixo, com ele. E isso também eu não queria – ah, não queria, chegava a ter horror em pensar; cair mais fundo eu não queria.

QUINZE DIAS DEPOIS da carta do vigário, os alicerces estavam prontos; já se amontoavam ao lado deles os milheiros de tijolos para se levantarem as paredes. E então, na hora do jantar, eu disse a Seu Dão e à Dona Mocinha que tinha chegado a minha hora de ir embora:

– Não vê – já se cumpriu a minha promessa. Já estão sarados os ferimentos... graças a estas santas mãos – e eu beijei as mãos da velhinha. E menti, tranquilo:

– Estou pensando em voltar aos meus estudos, largar a política...

Dona Mocinha começou a chorar:

– Meu coração sempre me dizia que, a qualquer hora, eu ia te perder, meu filho.

Seu Dão engolia a canja, calado. Por fim, disse:

– Eu entendo. Isso aqui não tem futuro para você. Eu sonhei errado. Você não ia querer nunca ser fazendeiro.

Dona Mocinha, calada, ainda chorando, passava os pratos à mucama. Deu um suspiro:

– Deus dá, Deus tira. Foi o mesmo com o Tião. Pelo menos não vai por morte. Quem sabe ainda pode voltar um dia, para nos fechar os olhos. Promete que vem?

Seu Dão interrompeu:

– Não obrigue o moço com promessa arrancada. Se ele quiser, ele vem.

– Assim que eu puder, eu volto – prometi com o coração apertado, sabendo que não ia poder nunca.

Depois da janta os dois me levaram ao quarto do finado, fechado e limpo, como se o dono ainda morasse ali. Os livros, que eu já conhecia, na maioria eram de estudo, não me diziam nada. Eu não tinha veia política nem filosófica.

A mãe abriu o baú, tirou de lá um fato completo, não seria novo, mas parecia. Me serviu bem, embora um pouco folgado. As botas é que não me davam, eram grandes demais. Apesar das semelhanças alegadas pelos velhos, o Tião era bem maior do que eu, e mais forte.

Eu os consolei pelas botas, contando que no saco de viagem tinha ainda os meus coturnos. Mas a roupa era abençoada, porque eu não podia fugir com a roupa do corpo. Aquela sacola, contei que um amigo me trouxe com peças de uso quando fugi, depois da briga.

Seu Dão ainda me emprestou um cavalo e um moleque, para trazer o animal de volta. Ele ainda teimou, dizendo que eu mesmo podia trazer um dia os dois de retorno, mas me ardia a consciência de aceitar. Seria abusar demais, e eu não queria enganar os velhos a esse ponto.

Vestido na roupa do Tião, calçado com os meus coturnos, me despedi. Beijei a mão dos dois, tomando a bênção como um filho de verdade. Saí chorando também.

Mas fosse qual fosse o nosso desgosto, eu não tinha coragem de me arriscar ao encontro com o vigário.

Montei, com o pajem na minha garupa. Seu Dão me ensinou o nome de um lugar, distante cinco léguas, de onde eu podia tomar caminho para as bandas do mar.

Nesse lugar, por nome Japuri, passei uns dois meses, vivendo do dinheirinho que os velhos também me tinham dado – eu já com o pé no estribo – numa bolsinha de couro, que igualmente pertencera ao finado Tião.

Nesse Japuri, poupei tostão a tostão, procurando o que fazer. Durante uns dias servi no balcão de uma bodega, mas o movimento era pouco demais, passado o tempo das festas, e o patrão me despediu. Ele e a patroa davam conta do serviço.

Arranjei pra dar umas aulas a um mocinho, filho do dito bodegueiro; era só para desasnar o rapaz, antes de ser mandado para os estudos na cidade, em casa da avó.

E, numa tarde, estava eu na bodega, dandc uma ajuda ao patrão porque era dia de feira, quando um senhor bem montado apareceu junto com um filho moço. Deu uma nota de compras, eu fui servindo, e aí o tal senhor perguntou:

– Seu menino, você não conhecerá por acaso, aqui na vila, algum professor que possa e queira ir morar na minha fazenda, pra dar lição aos meus rapazes? Por meu gosto iam os três no colégio na cidade. Mas a mulher não quer se separar dos filhos.

O patrão olhou para mim, riu-se, e respondeu ao freguês rico:

– Professor, compadre Honório? O senhor quer mesmo um professor?

E me pôs a mão no ombro:

– Pois está falando com ele.

E foi assim que eu fui ensinar aos rapazes, na fazenda dos Nogueira.

25
Maria Moura

A volta da Serra dos Padres foi muito melhor do que a ida. Aqueles homens, depois que passam por uma trilha, não esquecem nada, nunca. Se lembram da jurema torta, da rebolada de pau-branco, do juazeiro caído; são os marcos do caminho. Na volta já estão à procura deles, como velhos conhecidos.

A comida, a princípio, era só caça. Pescaria podia haver num açude que bordejamos, mas não se devia perder tanto tempo, armando linha e anzol.

Até que no terceiro dia, numa volta do caminho, demos com gente pela primeira vez. Era uma tropa pequena, carregada com uns surrões de palha. Ao mesmo tempo que os vimos, eles nos avistaram – só que o nosso 'comboio' era maior e não estava carregado com surrão nenhum.

Logo os tropeiros que vinham a pé, tangendo a carga, se amoitaram à beira da trilha, contendo com esforço os animais deles.

Montado no meio de uma das cargas, vinha um velho que se agarrava no cabeçote da cangalha. Os outros homens vinham a pé e eram três, rodeando o velho.

Ficaram parados, olho duro na gente, chapéu jogado pra trás, esperando o que ia acontecer.

Nós paramos também. Roque me disse em voz baixa:

– Pela cara do surrão e a poeira branca na palha, sou capaz de jurar que eles estão levando é farinha.

O Alípio também concordou:

– É farinha, sim, eu até sinto o cheiro.

Eu me adiantei um pouco, dei o bom-dia aos viajantes.

O velho, de cima da cangalha, tirou o chapéu, respondeu. Os outros não se mexeram, nem podiam, segurando o cabresto dos burros que se mostravam inquietos.

Aí me virei para João Rufo, já tendo lido na cara dos estranhos a surpresa de verem uma moça comandando um grupo de cavaleiro armado:

– Você fala com eles.

O João se chegou, maneiro, perguntou donde eles vinham e pra onde se botavam.

Enquanto isso, o Roque rosnava para os meninos, que cada um escolhesse o seu tropeiro, e avançasse, quando a Dona desse o sinal. Eu nem tinha pensado nisso, mas assumi a ordem, baixei a cabeça, confirmando.

O velho, que era fanhoso, contou que vinham de uma farinhada monstra, que durava três meses, moendo a roça sem parar. Levavam agora a sua parte da farinha, pra terra deles, a dois dias de viagem dali.

João Rufo disse pro velho, que era o chefe da família (os outros eram filhos e um genro):

– A gente podia lhe tomar a carga, os burros e espantar vocês pela estrada abaixo. E era mesmo no que se estava pensando...

O velho, assustado, se segurava na cangalha:

– Vossa Senhoria não ia fazer uma coisa dessas! Esta carga que se leva aqui é pra sustentar a nossa família, que é grande. Pagamos a farinha com o suor do nosso rosto.

O Roque, de lá, deu uma risada, o velho estremeceu. João Rufo estava todo importante de ser chamado 'Vossa Senhoria', mas eu não estava gostando daquela brincadeira de gato e rato.

Me adiantei também e disse pro velho:

– Vossemecê não se assuste que aqui ninguém é ladrão de estrada. Nós só queremos uma das suas cargas de farinha, porque estamos muito desprevenidos.

Um dos tropeiros, devia ser o genro, que era alto, magro, escuro, diferente dos outros, levantou a cabeça, raivoso.

A gente via que ele estava querendo resistir; tanto que foi levando a mão à cintura, na altura do cabo da faca.

Zé Soldado lhe apontou o bacamarte:

– Quieto, seu moço.

O homem não obedeceu logo, olhou os companheiros em redor, não viu sinal de resistência; só aí baixou a mão.

Os meus, por sua vez, puseram as armas à vista. E eu mandei:

– Tirem a carga de um animal desses. Só um.

Roque falou, não tão baixo que não desse para os estranhos ouvirem:

– Pra que botar a carga abaixo? A gente leva o burro junto!

Eu olhei para ele, já enfezada:

– A nossa burra está sem carga. E esses burrinhos deles, não aguentam até onde nós queremos ir. Vão lá, Maninho e Alípio. Mudem a carga.

Os dois saltaram da montaria, avançaram com cautela para os burros amontoados. O genro deu um passo atrás, como se defendesse o burro dele. Mas o Maninho estendeu a mão pro cabresto:

– Quero esse aí! Parece que são os dois surrões mais cheios.

O cabra não resistiu, soltou o cabresto. Maninho e Alípio pegaram cada um no seu costal. Botaram os surrões nos ombros e levaram para a nossa burra, que o Roque já estava desembaraçando de uns sacos.

Feito o serviço, eu levantei o braço:

– Podem seguir viagem. Vão com Deus.

Eu não perdia de vista o genro, que ainda resmungava. Mas ele percebeu a direção dos meus olhos, baixou os dele, meteu o chiqueirador no burro que, livre da carga, partiu num chouto alto.

O velho botou o chapéu, tirou de novo, despediu-se:

– Não me importo de ceder a farinha a Vossa Senhoria. Na estrada, a gente tem que se ajudar.

Eu, me deu vontade de rir: aquele podia cair do cavalo mas não perdia o aprumo!

Esperamos, calados, que eles sumissem na estrada, afundando pelo mato na primeira vereda.

E aí, antes de dar a ordem de partida, resolvi pregar um sermão:

– A gente pode fazer de tudo, mas faça sem abusar. Está bem que se tome a farinha dos homens, mas não precisa pisar em cima deles. Perversidade eu não quero. A gente se meteu nessa vida, mas não precisa se encher de inimigo. Não precisa maltratar.

O Roque coçou a cabeça:

– Mas eles carecem de ter medo de nós, Dona Moura.

– Pode ter medo, mas não carece ter raiva. O medo leva ao respeito. Mas a raiva só cria desejo de vingança.

João Rufo ajudou:

– E viram como o velho saiu satisfeito? Até disse que tinha *cedido* a farinha!

Os outros riram. Roque meteu o relho na burra, nós demos de marcha aos cavalos.

UMA LÉGUA ADIANTE, num limpo de chão, debaixo de uma catingueira, nós estávamos assando um jacu que o Alípio matou de bodoque e enchendo a boca com os punhados de farinha. Era nova e bem torrada. Um dos meninos, fazendo graça, disse que o velho tinha arranjado freguês!

Uma hora descansamos da força do sol. Tudo continuava bem.

De noite, no acampamento, os homens não pensavam mais nas redes. Seguiam o conselho do Roque, que ia se fazendo uma espécie de sargento da minha tropa (quem lhe deu essa patente foi Zé Soldado) e passaram a dormir direto no chão. Era mês de verão, a terra estava bem seca, cada um limpava a sua cama. Em chão de pedregulho catavam os seixos até ficar tudo só na areia. Se perto havia um pé de pau com folha, arrumavam um ninho verde.

Roque explicava que esse negócio de rede é um atraso de vida. Tem que atar e desatar; nela, o sono é melhor, o cabra se esquece de que está de serviço. No chão, bota a arma encostado, ao alcance da mão. Já na rede, a arma escorrega pra debaixo dele, há que caçar ela... E ainda tem mais: se o cabra está deitado no chão e se acaso vem uma instância de perigo, basta o freguês dar um pulo, fica de pé, arma apontada.

E Roque mostrava como se faz:

– Cá estou eu estirado, no meu cochilo; mas ao menor barulho me sento, meto os pés e já estou empunhando o bacamarte – assim.

A gente ia aprendendo. O Roque era escolado e nós um bando de aprendiz chucro.

Mas assim mesmo eu precisava ficar de olho aberto com o Roque; ele era adiantado demais pro meu gosto.

Rede, pois, só se armava agora para mim, e isso era tarefa de João Rufo. Fingi que não ouvi um deles dizer pro outro, com um risinho, que João Rufo era "a mucama de Sinhá"...

E, de certa forma, era mesmo. Ele guardava o meu caneco, a minha colher. Protegia (de costas!) as minhas retiradas para o mato, para as minhas privanças. Até mesmo para eu mudar de roupa. Disso eu não tinha do que me queixar. O meu cuidado maior era não dar liberdade demais a eles – quero dizer, ter liberdade com eles, e eles comigo. Não consentia que me chamassem de Sinhá, que isso era coisa de cativeiro. Mas todos tinham que me chamar de Dona, ou mesmo Dona Moura.

Eu não podia ser apenas um bacamarte a mais, correndo as estradas na companhia deles; se nem arma de fogo eu tinha comigo. Fazia questão de só trazer na cinta o meu punhal de cabo de prata. Minhas armas andavam nas mãos deles. Como eu dizia: "Vocês atiram, mas sou eu que escolho a hora de puxar o gatilho."

Eles me tinham medo ou respeito – não sei; as duas coisas, talvez. Mas nenhum se atrevia a me olhar no olho. De certo modo, as mortes do Liberato e do Jardilino – embora ninguém pudesse me culpar por elas – uma de tocaia que nunca se descobriu o mandante; a outra de um tiro dado por João Rufo, em defesa da minha honra; o fato, porém, é que essas duas mortes nunca tinham sido muito bem explicadas. No fundo, no fundo, muita gente achava mesmo que eu estava por trás delas, direto. Eu sabia disso muito bem.

E então, depois do incêndio e da fuga do Limoeiro, era nas costas de Maria Moura que a língua do povo açoitava de preferência. Deviam botar pra mim tudo que aconteceu de esquisito no sítio, coroado a mais com a minha fugida na companhia da cabroeira armada. E eu não dizia nada a ninguém, sequer deixei que alguém – mormente algum dos cabras – me tocasse naquelas mortes. Um que experimentou – eu olhei pra ele tão duro e de tão má cara que ele se afastou assustado.

Pra polícia eu podia negar, me fazer de pobre menina inocente. Isso era parte do jogo, todo mundo entendia. Pelo outro lado, eu tinha que ser temida para ser respeitada. Senão me arrastavam em pessoa pela rua da amargura. Não fazia mal nenhum que eles desconfiassem do que eu podia fazer. Minha ideia era meter na cabeça dos cabras e na do povo em geral que ninguém poda avaliar do que Maria Moura é capaz.

Passado um dia e mais outro, aconteceu novidade diferente. Nós tínhamos saído com escuro, na ânsia de ganhar tempo. Mal andamos uma légua, demos com um acampamento.

Lá estava um homem branco, vestido só com as ceroulas, se lavando na água de um caneco, que um moleque lhe despejava nas mãos. Perto deles, um negro alto assoprava o fogo numa trempe. O moleque era taludo e levantou os olhos quando nos viu chegando, saindo de uma volta do caminho.

Eu tomei a frente. Dei o bom-dia de regra, mas nenhum de nós tirou o chapéu. Pelo contrário, cada um mostrou a arma, como que por descuido. E eu perguntei:

– O senhor está arranchado aqui? Veio para morar?

O homem se estirou, zangado, depois, como os outros todos antes dele, fez cara de admiração ao me descobrir:

– Que negócio é esse? De onde vocês vêm?

Eu estava gostando da experiência de fazer medo a eles:

– De vossemecê não queremos nada. Não pode nos ter serventia. Mas já aquela canastrinha de couro, estou sentindo muita simpatia por ela.

O moleque deixava escorrer o resto da água no chão, apavorado. O negro grande se endireitou também e, empunhando o tição aceso, foi se postar ao lado do Sinhô. O Roque girou o cano da arma na direção dele:

– Solta isso aí, meu irmão. Bota as mãos na cabeça.

O negro ainda olhou para o lado, para o próprio bacamarte dele, que estava pendurado num galho seco de árvore, ali junto, enquanto ele lidava com o fogo.

Eu fiz um gesto pra Maninho, que ainda não tinha arma de fogo, e mandei:

– Pegue aquele bacamarte. E a sacola da munição que está junto. Agora você já tem arma.

O negro ainda estirou a mão, mas Zé Soldado lhe cutucou o espinhaço com o cano do bacamarte dele.

– Quieto.

Eu me virei pro moleque:

– Pegue a chave do seu Sinhô e destranque a canastrinha!

Era uma peça pequena, bonita, de couro lavrado, com um nariz de ferro na tampa, fechado por um cadeado.

O branco fazia até pena, segurando a ceroula que lhe escorregava pelos quartos, a barriga mole toda tremendo.

O moleque foi numa trouxa do chão, pegou na roupa do amo, tirou de lá uma chave.

O homem aí ficou com tanta raiva que lhe deu uma coragem:

– Vocês não têm o direito de fazer isso! Podem até ser enforcados! Eu sou funcionário do Governo Imperial!

Eu fiz que perdia a paciência:

– Zé, encoste a arma na barriga do Governo Imperial. Está carregada, não está?

Zé Soldado mostrou os dentes, adiantou o cano do bacamarte:

– Vossa Senhoria quer experimentar?

O homem se encolheu, deu um passo atrás. O ventinho fresco da manhã cedo lhe batia nas costas e ele soltou um espirro. João Rufo, por trás de mim, salvou:

– Deus lhe dê saúde!

Então eu disse para João Rufo:

– Pegue a chave e abra o cadeado. Mas não estrague nada. Eu gostei da canastrinha.

Parece que o homem falava a verdade, quando dizia que era gente do governo. A malota estava cheia de papel escrito.

E o sujeito levantou a voz:

– Viu? Só tem papel oficial aí dentro!

E eu respondi, aborrecida:

– Meu senhor, se componha! Que falta de respeito, quase nu na nossa frente!

E me virei para os rapazes:

– Um de vocês dê as calças dele!

Novo espirro.

– E a camisa também senão ele se constipa!

João Rufo, enquanto isso, remexia nos papéis. E o homem, enfiando as calças, não tirava os olhos dele. Afinal João levantou a mão, segurando um saquinho de couro, bem amarrado na boca, e me entregou. O funcionário deu um grito:

– Vocês não têm autorização de mexer nessa mala! Tudo isso aí é propriedade do governo!

O Roque deu a sua risada (já estava custando):

– *Foi* do governo. Mas agora é da Dona!

Com as pontas dos dedos desatei os nós da correia que fechava a boca da sacola. Estava cheia de qualquer coisa dura, como pedras. Na verdade, eram pedras: vermelhas, amarelas, roxas, cor de água. Umas poucas, verdes. Bem lavadinhas, dava para ver que eram coisa preciosa. E entre aquelas pedras, de que eu não sabia o nome, estavam cinco pepitas de ouro, de bom tamanho pra pepitas. Aquilo eu conhecia; o Liberato possuía uma, embora muito menor. Fechei de novo o saquinho. Tinha talvez o peso de meia libra de pedras ali.

O homem botou a camisa nos ombros, mas ainda tremia de frio.

– Isso é crime! Estão se apoderando de propriedade do governo!

Eu cheguei o cavalo mais perto dele:

– Eu sei. Mas vista a sua camisa, senão vossemecê adoece. E eu ainda lhe faço um favor: pensando bem, não vou levar a sua canastrinha. Ela é bonita, mas muito sem jeito pra carregar a cavalo. Fico só com este saquinho pequeno, que me cabe no bolso do coxim.

Puxei a perna pra frente, liberei uma ponta larga do coxim, dei ordem ao João:

– Guarde aqui, no coxim. Bote mais pra trás, para não me incomodar.

João Rufo levantou a aba do coxim, tateou, achou o bolso, enfiou lá o saco das pedras.

Com um olhar, reuni o pessoal e dei o sinal de partida.

Roque botou o escravo alto para andar na nossa frente:

– Vá andando, camarada. Faça caminho.

O coitado começou um trote, adiante dos cavalos. Eu tive uma ideia, parei e me voltei para o moleque que ficara junto do amo:

– Tire esses papéis todos da canastra... Espalhe pelo chão... Assim, espalhe bem... Depois, se o seu Sinhô mandar, junte tudo outra vez! Ele não vai querer perder esse monte de papel imperial!

Levamos o refém à nossa frente, correndo, um bom pedaço do caminho. Então paramos e mandamos que ele voltasse para o acampamento.

O negro era de brio. Nos encarou, quieto, com a cara feia. Depois deu meia volta e saiu calmo, sem dizer uma palavra.

Roque levantou o braço com o relho. Mas João Rufo pegou-lhe a mão e disse firme:

– Largue essa moda de bater de relho nos outros. Relho é pra animal. A Dona não gosta. Nem eu.

DURANTE O RESTANTE da viagem, de vez em quando, eu sentia o vulto do saco de pedras contra a minha perna. Tinha uma vontade louca de mexer nelas de novo, espiar de uma em uma, ver contra a luz. E as pepitas de ouro!

Quando chegasse no Socorro ia enterrar aquele saco no meu quarto da 'fazenda' dentro da mesma botija onde já escondia os meus ouros. Debaixo do chão limpo e socado, a botija havia de estar bem oculta. Só ia precisar mudar de cova quando ficasse pronta a casa da Serra dos Padres. Lá é que eu ia fazer o meu cofre definitivo.

A VELHA LIBÂNIA e os meninos, encostados nela, Juco, o velho Amaro de enxada na mão, nos receberam com alegria. E quase choraram quando viram os dois surrões e sentiram o cheiro da farinha nova.

Desde que estavam ali só comiam farinha de caco, feita pela Libânia. Aquela era farinha da farinhada, rapada no caititu, espremida na prensa, torrada no forno de tijolo, como deve ser. Só na fazenda do Sinhô velho tinham comido dela. E assim mesmo regrada, que a negrada era muita e o caixão de farinha tinha que durar o ano inteiro.

Aguardei a noite, deixei a candeia acesa, esperei que os outros dormissem. Peguei um terçado, cavei com ele um buraco na terra batida do quarto, dura que era quase um tijolo. O coração me palpitava um pouco; imagina se alguém buliu ali, na minha ausência!

Mas lá estava a minha botija, o barro vermelho quase se confundindo com a terra do chão. Esfolei um pouco os dedos na luta com a terra pedrada, mas afinal a botija saiu, deixando a sua forma cavada embaixo.

Retirei a tampa de imburana, lá estava tudo. Despejei as minhas riquezas no fundo da rede, fiquei mexendo nelas, ajoelhada no chão. Estava tudo ali: os palmos de trancelim, as memórias de ouro para os dedos, os broches, as moedas, tudo de ouro.

Derramei junto o que vinha no saquinho de couro do funcionário imperial; fiquei espiando as pedras à luz da candeia – pensando como seriam à luz do sol. E ainda não tinham recebido nenhum trato de ourives, era tal como saíram do garimpo.

Fiquei por muito tempo passando entre os dedos o meu ouro e as minhas pedras. Não que eu gostasse tanto assim daquilo – nem me sonhava aparecendo para o povo com tanta riqueza em cima de mim. Mas eu sabia que é o ouro que dá o poder aos ricos. Com ouro se compra terra, gado, armamento; com ouro se compra boa vontade, até amizade; com ouro se paga missa, se faz igreja. O Liberato falava de um barão que ele conheceu no Recife e tinha comprado a nobreza com um saco cheio de oitavas de ouro em pó. Igual ao ouro daquele frasquinho que vinha no fundo do saco do funcionário imperial e que eu só fui descobrir quando virei a camurça do avesso.

Nem sei quantas horas fiquei ali, embelezada com a minha semente de riqueza. De repente me deu medo de que amanhecesse o dia e me pegassem com a minha rede cheia de ouro.

Devolvi tudo à botija, tapei bem e voltei a enterrar o meu tesouro no buraco de onde tinha saído. Puxei a terra com as mãos, pisei em cima, encalquei, rematei alisando com a folha do terçado, molhando por cima com a água da moringa que toda noite Libânia me trazia.

Quando acabei, o dia já estava claro, o pavio da candeia queimado – eu nem dera fé de nada.

Já ia me deitar quando tive uma ideia: peguei a outra botija que as índias tinham me dado e que ainda estava vazia, enchi de terra até mais do meio. Saí fora de casa e catei pedrinhas miúdas que sempre havia delas por ali, e enchi desses seixos o saco do funcionário imperial, que eu tinha deixado fora da botija. Amarrei bem, com nó cego. Acabei de encher a segunda botija com o saquinho, tapei bem e chamei João Rufo:

– Olha, João, botei nesta botija os ouros da fazendeira velha, o saquinho do homem do governo. Pegue uma pá e uma enxada e vamos enterrar a botija embaixo do juazeiro grande. Fica sendo lá o nosso cofre. Quando estiver bem cheio, a gente começa a repartir.

Procurei ser nem tão discreta que não desse nas vistas de ninguém; nem tão apresentada que desse para eles desconfiarem de algum fingimento.

João Rufo fez o enterro da botija com um certo mistério, o que era de se esperar dele: aguardou que o pessoal saísse, uns para a guarda, outros para a pesca na lagoa, outros pra caçada. Mas eles sempre notaram o movimento, decerto cochicharam uns com os outros e era isso que eu queria. Me sentia mais segura e mais seguro o que era meu. Se algum mal-intencionado tentasse me roubar a botija dos ouros, ia cavar debaixo do juazeiro grande, que era um ponto de referência seguro. Um juazeiro dura mais que dez vidas de homem.

Desde o dia da chegada comecei a exercitar os rapazes para uma tarefa especial. A gente ia precisar de ferramenta para a construção: machados (nós só tínhamos um), pás, enxadas, picaretas, cavador, foice, serrote, martelo; um bom cepilho ou plaina e mais todos os ferros pequenos do uso de um carpina. E para dar emprego a toda essa ferramenta, se carecia de um carpinteiro. Tinha que se pensar nos portais, nas portas e janelas. No preparo das linhas que iam sustentar o telhado e os seus encaixes e emendas.

Ah, minha casa não ia ter porta de vara, como a barraca do Socorro.

Fizemos uma reunião no terreiro da 'fazenda'. Chamei todos, menos os dois velhos e as crianças, que não precisavam saber do que não era da sua conta: e isso era uma garantia até mesmo para eles. Caso algum curioso ou malvado quisesse arrancar informações do Amaro, da Libânia ou das crianças, eles não sabiam nada pra contar a nosso respeito.

Eu tinha dois planos.

Primeiro: assaltar um armazém ou uma loja na Camiranga, ou em outro lugar povoado. Segundo: assaltar uma fazenda, pegando os ferros no depósito de material e ferramenta que toda fazenda tem. Para qualquer das duas propostas, carecia muita preparação. Tinha-se que ficar de olho no lugar escolhido, descobrir tudo a respeito do pessoal de lá. A que horas dormia, quando saía e quando voltava do trabalho. Se tinha cão de guarda – com certeza tinha – quantos e na casa de quem; a que horas se apagava a candeia em cada casa – não se fosse cair numa noite de novena ou cantoria.

O Roque tomou a palavra. Ele conhecia bem aquele pedaço de sertão, pelo menos umas trinta léguas em redor.

Na Camiranga só havia duas bodegas e essas mesmo muito mal sortidas. As sacas de feijão, milho, e farinha do costume, surrão de rapadura; alguma cachaça e olhe lá. Ferro pra vender, duvidava. Só os de uso dos donos, passados de pai a filho, muita vez só aquele caquinho de machado, já sem corte.

Agora – e aí o Roque fez gesto de quem descobre grande segredo – ele sabia era de uma fazenda. Não ficava perto; duas vezes a distância da Camiranga, desviando para o rumo do poente. Se chamava a Fazenda Pau Ferrado, e ficava a umas quatorze léguas do Socorro.

O dono, diz o povo que é o homem mais rico deste sertão. Chamam ele de Capitão Tertuliano; é um velho barbudo, gordo e malcriado; tem muito negro na fazenda, uns dez no eito, só na planta do algodão. Mas o forte dele é o gado. Se diz que ele tem mais de cinco mil cabeças de gado. Tem também a fama de ser meio carrasco com os cativos. Os vaqueiros, que são caboclos, se o velho aperta muito com eles, se somem na catinga e vão procurar outro canto.

– Você já se avistou com o homem, Roque?

– Só de longe; eu ia a cavalo e escutei o vozeirão dele passando um carão no moleque. Muito brabo. Dizem os caboclos que o Capitão Tertuliano se pabula de que, na Fazenda Pau Ferrado, só se compra o sal e a baeta. Tudo o mais se tira de lá. O algodão as negrinhas fiam e tecem. Queijo, doce, rapadura, mel de engenho, farinha, carne-seca de sol, peixe, tudo se produz lá.

– E nesse Pau Ferrado tem carpinteiro? – eu perguntei.

– Tem carpinteiro, sim senhora; com a sua tenda, onde não falta de um tudo. Tem curtume para curtir sola; tem ferreiro para bater os ferros. Tem pedreiro – eu mesmo falei com ele – que fez um forno de barro, dos redondos, de quase meia braça. Que dava pra assar um capado inteiro...

Eu fiquei meditando. Dentro da minha cabeça estava armando as coisas e fazendo planos. Os homens se puseram a comentar em voz baixa as ideias deles. Afinal me virei pro Roque:

– Você conhece bem a posição de tudo, nesse Pau Ferrado? Sabe se tem alguma guarda de noite?

– A fazenda a bem dizer é uma cidade, Dona Moura. Tem a casa grande, um galpão comprido que serve de senzala dos escravos, as casas dos vaqueiros, a estrebaria, o paiol, a tenda do ferreiro, e a do carapina...

– E esse carapina mora na tenda?

– Mora pegado. Conheço ele até bem. Mestre Quixó é meio esquisito, viúvo, ele mesmo cozinha o comer dele.

– Pois então vamos fazer assim: vocês saem, todos os cinco. Levem mais o Juco com a burra e deixem o menino esperando num ponto bem seguro, o mais perto possível da sede da fazenda. Daí vão a pé, levem uma rede com vocês, depois explico pra quê. Procurem tomar a chegada no arredor da casa grande, quando já for noite com escuro. O Roque leva vocês, primeiro no depósito dos ferros da fazenda. Se a porta estiver trancada não arrombem: subam no telhado, retirem umas telhas e passem pelo buraco aberto: carreguem machado, foice, terçados – tudo que a gente precisa. Depois vão na tenda do carapina e peguem os ferros dele; botem tudo na rede, cubram com umas folhagens para disfarçar e parecer que é um defunto que vai dentro. Carreguem como quem carrega mesmo um morto e nem precisa fingir muito, porque o peso dos ferros vai ser grande. Sim, e peguem também o velho, amarrem mas não maltratem, que a gente vai precisar muito desse mestre.

– E se o velho gritar?

– Vocês amordaçam ele. Mas não batam, já disse. Se ele é assim esquisito, pode até mais tarde se acostumar com a gente.

– Quatorze léguas é bem longe pra se trazer esse peso todo numa rede.

– Deixem o Juco no lugar mais perto que for possível, como eu mandei. Mas sem risco. Vocês são cinco, podem ir se revezando no carreto. Podem até pegar de quatro, de uma vez.

– Quem fica aqui com a Dona?

– João Rufo. Espero que, na ida, vocês façam as quatorze léguas em três dias, no mais. E isso pra não estropiarem os animais. Na volta é que tem que ser mais demorado, levando em conta a carga.

Eles ficaram alvoroçados como meninos. Daí, fora o Roque, não passavam de meninos, mesmo.

De arma, levaram o bacamarte e a garrucha com alguma munição. Cada um com a sua faca. Eu recomendei o mais que pude o cuidado constante: se cheguem no escuro, no maior silêncio. Se forem vistos corram se esconder, de tal jeito que eles possam pensar que era assombração... Só atirem se ficarem acuados. Eu não quero valentia de ninguém! Olhem lá! Só quero a ferramenta e o carapina.

Encomendei um bom farnel à Libânia, para eles não se atrasarem com a caçada ou furto de comida pelo caminho. A Libânia sabe o que faz.

SAÍRAM DE MADRUGADINHA, ainda escuro. Eu fiquei de coração nas mãos. Era a primeira empreitada grande que eu entregava só a eles. As correrias das parelhas, antes disso, pareciam agora brincadeira de moleque.

O Juco montou no meio da carga, glorioso. O Roque disse que conhecia, já bem dentro da terra do Pau Ferrado, um curral velho abandonado, onde os vaqueiros da fazenda, anos atrás, costumavam reunir o gado que eles pegassem no mato. Podiam deixar lá os cavalos, agora.

João Rufo estava meio aborrecido por não fazer parte da estripulia. Eu disse que não gostava de ficar sozinha, ele se aquietou. Na verdade eu tinha medo da prudência dele, João. Tem coisa que só gente meio maluca pode levar a cabo.

No sétimo dia, uma semana inteira, o sol já bem alto, eles chegaram. Nos cambitos, em cima da cangalha da burra, uns enrolados grandes com a ferramenta.

A rapaziada vinha cansada mas radiante. O Mestre Quixó não reclamava nada, e nem mesmo tinha mordaça. Maninho o trazia montado na sua sela, ele próprio na garupa, segurando o velho pela cintura, as mãos atadas, bem frouxo. Mas tinha sido um sacrifício levar o mestre da fazenda até o curral velho. Ele se recusava a andar na pisada dos outros; atirou-se no chão e declarou que podiam matar ele mas não dava mais um passo, que não tinha condição. Os rapazes, já debaixo do peso da rede dos ferros, tiveram que carregar o velho quase arrastado, riscando o chão com os pés. Mas, depois de montado, vinha até se rindo! E os dois cavaleiros não chegavam a sacrificar o animal: "O mestre tem o peso de um bode magro!"

Mestre Zé Quixó era um velhote escurinho, magrelo, cabelo pintado, sal e pimenta. Não vinha rindo coisa nenhuma, pôs-se a esfregar as juntas, de cara feia, quando lhe desataram os amarradilhos. Pediu água. Eu fui falar com ele:

– Como é a graça de vossemecê?

– José Nascimento da Conceição, seu criado...

E eu fui ainda mais macia:

– Mestre, eu sei, o meu convite foi meio grosseiro, mas os meninos já calculavam que, por seu gosto, o senhor não vinha...

Ele ficou calado, emburrado, depois voltou a esfregar os pulsos.

– Eu preciso do senhor e da sua arte. Quero o carapina e os seus ferros. Não vê, eu pretendo levantar uma casa de fazenda para mim, mas que seja um casarão. E esses meus meninos não sabem nem pegar num serrote... E o senhor é que eu quero que seja o meu mestre de obras.

Mandei a Libânia dar comida e água ao mestre. Era pra todo mundo tratar dele à vela de libra. A Libânia logo se apossou da 'visita', carregou com ele pra barraca. Fiz sinal a João Rufo:

– Fique de olho nele. Isso tem cara de tinhoso, é capaz de escapulir das mãos da negra velha...

Mestre Zé Quixó reconhecia o Roque. E isso ajudou, porque o meu cabra começou a contar as grandezas da Serra dos Padres: que ali a gente ia situar um fazendão; cada um dos meus cabras ia ter o seu pedaço de terra, criar o seu gadinho...

Fiquei ouvindo, não gostei das propostas do cabra. Não desmenti, mas se é isso o que ele espera, está muito mal-enganado! Seria essa mesmo a ideia dele? Eu precisava trazer o Roque na rédea curta. João Rufo é que ia me ajudar a botar freio naqueles entusiasmos.

DAÍ PRA DIANTE, tudo correu acelerado. Agora, era preparar a grande mudança.

Todo mundo montado, dessa vez até o Roque. Os meninos tinham arranjado mais dois animais, nas suas idas e vindas. Deu para levar a carga toda, até Mestre Zé Quixó, que por sinal era muito bom cavaleiro.

No escuro da meia-noite, com todo mundo dormindo, eu desenterrei a minha botija. Tirei o que tinha dentro dela, fiz uma trouxa com os ouros e as pedras, botei no saco, no meio da minha roupa que eu ia levar comigo, atada na garupa do Tirano.

Enterrei no buraco a botija vazia, tapei bem, encalquei a terra, alisei. Pareceu que não dava pra desconfiar de nada.

Saímos quando a barra levantava; Libânia, como sempre, chorava feito um olho-d'água, abençoando o Juco de momento a momento, rogando bênção como quem roga praga, em voz alta e a mão erguida.

O Juco já tinha que sumir do Socorro. O próprio avô veio me pedir que levasse o menino; pois se passasse por ali o capitão do mato e visse aquele moleque taludo – já sabe. Era mais um negro pra ele cobrar resgate do Sinhô.

Mestre Quixó não fez dificuldades; parece que estava gostando de viver conosco, dos carinhos e papinhas da Libânia. O pessoal até brincava, dizendo que ele qualquer dia ia roubar a negra velha, levar ela na garupa e ganhar o mundo.

Cada um levava a sua arma à bandoleira. Isto é, quem a tinha.

E eu me mirava neles, os meus cabras. Deus que me perdoe, mas até se podia dizer que era uma tropa bonita, gente nova e resolvida. E agora, que já se conhecia o caminho para a Serra dos Padres, a volta ia ser quase um passeio.

Os tabuleiros também estavam lindos. Mês de julho – fins d'água, a terra agradecia as chuvas e rebentava em flor.

NÃO TIVEMOS NENHUM encontro importante, em caminho. Uma família de caboclos, com os trastes na cabeça, quando viu a cavalhada levantando poeira, correu tudo se esconder no mato.

Fora eles, um ou outro camarada com a enxada no ombro, tudo encontro casual. Passou-se por toda parte sem perigo. Àquelas alturas, a gente é que era o perigo.

Afinal avistamos a serra. Parecia ainda mais bonita, depois que perdeu o mistério: já se sabia o que ia se encontrar nas entranhas daqueles serrotes. Eu, então, já via a minha Casa Forte levantada, encostada na pedra. E olhava as vargens onde ia pastar o meu gado. Vez por outra, em caminho, encontrava alguma rês, procurando pasto aberto, fora da mata; era o 'gado do vento' sem marca e orelhudo. Cada um podia pegar e levar. E eu ia ter que formar os meus vaqueiros – paciência não me faltava; nem paciência, nem esperança.

De longe, trepado numa ponta de pedra, o Pagão nos avistou. Pôs a gritar pela mãe, pulando, quase se atirando lá de cima. Afinal desceu berrando, sem parar:

– Mãe, mãe, é eles!

Nem sei como não foi atropelado entre os cascos dos animais. Atrás da Jove, que também se mostrava, apareceu o velho Zé Luca:

– Eu estava lá em cima, mas vi a poeira se levantando com a cavalhada. Desci pra salvar a Dona e os seus meninos.

Pegou no meu estribo, eu saltei no chão sentindo que pisava no que era meu.

E o Zé Luca se curvou, varrendo o chão com o chapéu:

– Já achei a mina de barro de telha e a do tijolo. Com aquele material, dá pra fazer até uma igreja!

26

O Beato Romano

Resolvido a partir, convencido que chegara ao fim da existência pelo menos tolerável que eu me tinha feito no Bom Jesus, não tive mais pretexto para protelar a partida.

Assim, na manhã do terceiro dia após a saída do compadre, mandei buscar o Veneno no pasto que lhe arranjara Siá Mena.

E comecei, quase todos os dias, a dar umas andadas, indo de cada vez mais longe. Fazia indagação a respeito de caminhos, de localidades não muito próximas do Bom Jesus, onde eu pudesse encontrar um novo abrigo.

Com uma semana de buscas, consegui notícia de um povoado meio escondido num sopé de serra, do qual se contava que todos os habitantes eram parentes. O povo de fora maldava deles, dizendo que ali acabava se juntando irmã com irmão, de tanto se casarem em família.

Peguei informação do caminho que levava até lá, e me toquei para o lugar que se chamava Bruxa – ou 'as Bruxa', como eles dizem. Contam também os vizinhos que eles mesmos escolheram esse nome: seria gente que não segue a lei da Igreja, mas a lei dos bodes, ou da bruxaria.

Para minha admiração, chegando na tal de 'as Bruxa', vi que o lugar era muito mais habitado do que me tinham dado a entender os falatórios. Na rua única, no meio dos barracos de palha e das casas de taipa, se levantavam também três casas de alvenaria, oitão alto, sem alpendre nem varanda à frente. Pela rua de barro esburacado, havia gente; e o que vi logo foi um bando de crianças agachadas ao redor de quatro meninos, ocupados num jogo. Usavam de pedras pequenas, do tamanho de castanhas de caju; com a mão rente ao chão, atiravam as pedras para o alto e procuravam recolher essas pedrinhas na volta, antes que caíssem. Iam arremessando de uma, de duas, de três, aumentando sempre o número, até que não conseguiam mais pegar todas as pedras do arremesso e perdiam a vez. Seguia-se uma gritaria da assistência e outro jogador se apossava do lugar. A plateia era grande – uns oito, dez.

Parei o cavalo a mais de duas braças de distância e fiquei observando a brincadeira. A meninada estava tão entretida que nem me viu chegar; também, no chão de terra, as pisadas do Veneno não faziam ruído.

Notei logo que brincavam juntos meninos e meninas, coisa difícil de ver em outro lugar.

E eram todos brancos, não se via um pretinho, um caboclo, um mulato. Brancos, de um branco curtido do sol, encardido de sujo, mas branco. O cabelo era quase todo amarelo e chegava a ser alvo como de velho, nas crianças mais novas. Dava para distinguir as meninas pelo cabelo mais comprido. Os meninos usavam apenas uns calções que iam só até abaixo do joelho. Já as meninas vestiam uma espécie de timão de pano ordinário, manga curta, a saia pelo meio das canelas.

De repente um dos jogadores levantou os olhos e me viu; parou com a mão no ar e gritou:

– Um homem e um cavau!

Logo apontaram para mim os olhos deles todos, olhos de um azul desbotado, alguns vermelhos de sapiranga. Até que outro menino reiterou:

– Tá montado no cavau!

E aí, numa correria repentina, se espalharam todos como ratos espantados. De longe, ficaram me espiando, se protegendo atrás de paredes e vãos de porta.

Desmontei, fiquei com a rédea do Veneno enfiada no braço, imóvel. Depois tive uma ideia: tirei do bolso uma das minhas moedas e falei alto, procurando dar à voz um tom amigável:

– Quem quer ganhar um derréis? Eu vou jogar bem longe, quem correr mais depressa, ganha! Lá vai: um! dois! três!

A moeda partiu zunindo, foi distante, ricocheteou numa pedra, tiniu, parou. A meninada esperava, encolhida nos seus refúgios, mas afinal um deles saltou, saiu desabalado, apanhou o dez réis. Os outros fizeram cerco, estendendo a mão, querendo ver.

Eu caminhei até eles, segurando sempre o Veneno, e me dirigi ao vencedor:

– Como é o seu nome?

Ele me olhava meio espantado, sem responder. Uma das meninas foi que falou:

– O nome dele é Cau!

E eu perguntei a ela:

– E você?

A menina se enrolava toda na saia, encabulada:

– Eu sou irmã dele, do Cau.

– Mas seu nome como é?

Foi a vez do Cau responder:

– Ela é minha irmã! E ela se chama Rana.

Pus a mão na cabeça mel-com-terra do menino, a outra mão no ombro de Rana e pedi:

– Olha, eu queria ser amigo de vocês. De vocês todos.

Um meninozinho, que não tinha se chegado mais perto, gritou de lá:

– Pru quê?

– Porque eu venho de longe, não conheço ninguém aqui, e a gente não pode viver no mundo sem conhecer ninguém. A gente precisa de amigo.

O menininho insistiu:

– Você dá derréis?

Eu me ri, confessei:

– Bem, dou, enquanto tiver algum... Vamos ver quantos me restam!

Meti a mão no bolso, tateei as poucas moedas; entre algumas de vintém e tostão, restavam duas de dez réis. Mostrei as duas na palma da mão:

– Está aqui: dois derréis. Mas eu quero duas respostas pra duas perguntas, cada uma vale dez réis. Tá certo?

O Cau e outro menino, que eles chamaram de Vico, levantaram para mim aqueles olhos azuis avermelhados e indagaram, ainda desconfiados:

– E que é?

Me dirigi ao Vico, que parecia o mais falante e talvez fosse o mais esperto:

– Eu queria saber se tem um lugar onde eu possa dar um banho no meu cavalo e arranjar comida pra ele.

Gritaram todos ao mesmo tempo:

– Água tem no açudinho. Pode ir lá!

– E o pasto?

Ficou todo mundo calado. Até que a Rana, novamente, salvou a situação:

– Pasto, só se o Ti'Franco deixar o cavau comer no cercadinho dele.

Mostrei a primeira moeda:

– De quem é? Quem foi que respondeu à pergunta?

Pensei que ia recomeçar a gritaria, mas ninguém se adiantou. Eu então fui salomônico e estendi a mão com a moeda:

– Fica com a Rana, que falou do cercado. E pode repartir com o Vico, que falou no açude. Cinco réis pra cada um.

Os dois pegaram juntos no cobre. Eu continuei:

– Agora, a segunda pergunta: Aqui tem alguma pensão? Me mostrem onde é.

Não entendiam. Eu repeti:

– Pensão! Uma casa que dê quarto e comida pras pessoas de fora.

– Aqui não tem pessoa de fora!

– Tem, sim. Eu estou aqui, não estou? E eu sou de fora.

Eles ficaram ruminando aquela estranha novidade. Depois a Rana falou:

– Nas casas não tem de comer pros outros. Só dá pra gente.

E o Vico:

– Às vez não tem nem pra gente mesmo.

Houve uma pausa; as crianças se puseram a cochichar entre si. Por fim o Cau sugeriu:

– Podia falar com o Ti'Franco.

– E onde é que eu encontro esse Tio Franco?

Um que ainda não tinha dito nada, estendeu a mão, apontou:

– Tali, ói, naquela casa.

O menino apontava para uma das três casas de tijolo que eu notara ao chegar; a que ficava no meio.

Me dirigi pra lá, sempre segurando o Veneno, seguido da criançada. A casa era a que mostrava melhor aparência, tinham lhe dado até uma mão de cal na fachada.

Junto à entrada estava um velho, tomando a fresca da tarde. Era branco também, como talvez um marinheiro que já morasse por estas nossas terras há muito tempo; mais curtido de sol que as crianças, as mãos aparecendo como duas luvas ruivas sob os pulsos brancos.

O bando dos meninos tinha me acompanhado todo e até foram se chegando mais outros, saídos dos barracos. Duas mulheres, vestidas semelhante às filhas, um homem de ceroula, sem camisa. Também entre os adultos não se enxergava ninguém de cor diferente, só o alvação encardido que devia ser a regra geral. Parecia uma tribo, uma família só.

Eu me descobri, dei as boas-tardes, o velho nem tocou no chapéu de palha que trazia na cabeça, puxado sobre os olhos. Perguntou quem eu era – dali, na contraluz, não estava me enxergando bem.

Respondi:

– Eu? Eu venho de longe, meu senhor, das bandas do Cariri; andando pelo sertão para tratar da saúde. Tive uma doença do fígado, o meu doutor me mandou comer comida sem tempero e respirar os ares sertanejos.

O velho, então, me mandou entrar, apontou um banco defronte dele:

– Se abanque.

Sentei no banco, continuei explicando:

– Na verdade, eu gostava mesmo era de viver nos matos. Se fosse rico havia de ter a minha fazenda; mas, sendo pobre, me contento em andar pela terra alheia.

O velho me olhou, curioso:

– Quer dizer que vossemecê não pratica ofício nenhum?

– Não é isso, não senhor. Eu trabalho, eu tenho estudo. No lugar de onde venho, eu ganhava dinheiro escrevendo carta para quem precisasse, fazia conta, nota de gado – me chamavam até de escrivão! Mas o que eu gostava mesmo era de ser professor.

– E por que não é?

– Ah, essa gente que eu encontro por aí é muito rude, quer lá saber de leitura. Menino de cinco anos já está no cabo da enxada.

– Aqui também. Aqui também vai ficando tudo cada vez mais bruto. Precisava muito de se arranjar pra cá um professor ou professora, que desasnasse pelo menos os meninos. Que os pais já não têm mais jeito.

As crianças tinham se chegado mais perto, ouviram o tio falar em 'professor' ou 'professora' e reclamaram zangadas:

– Ninguém não quer aqui nem professor nem professora! Nós não quer! Nós atira terra nela!

Eu me virei pra eles:

– Mas por quê? Que raiva é essa?

– Ela açoitava a gente com a palmatória! Dava bolo. Doía que a gente gritava. E era todo dia, todo dia, porque a gente nunca sabia a lição!

O velho esperou um pouco, depois se virou pra mim:

– Viu? São mesmo uns brutos! Não querem aprender nem um O. E com os pais ainda é pior. Eu – eu pelo menos aprendi a assinar o nome. Já o meu avô, que deu começo a este lugar, meu avô era homem de saber. Não tinha letra que ele não lesse.

Os meninos continuavam resmungando, Seu Franco levantou-se, bateu palmas e enxotou as crianças, como quem enxota cachorro:

– Fora daqui, seu bando de moleque! Vai ter escola, sim. Vou fazer tudo pra pegar esse moço. É só ele querer!

E eu gritei para os meninos, que fugiam:

– Eu não possuo palmatória! E eu não açoito criança!

Não sei se escutaram, estavam correndo, assustados com o Tio Franco. Pelo menos tinham medo dele.

Voltamos aos bancos, conversando mais, acabamos acertando a combinação da escola. Não ia ser preciso nem sequer levantar casa nova. Tinha ficado vaga a casa de uma viúva que se mudou pra longe, depois da morte do marido.

– Vossemecê pode até se arranchar lá!

MAS ENQUANTO NÓS tratávamos de pôr em funcionamento a escola, os meninos faziam guerra. Soltaram o meu cavalo na mata, por duas vezes, deu trabalho encontrar. Encheram minha porta de esterco de cabra. Me acompanhavam a toda parte, como sombras. Às vezes eu pegava um ou outro, puxava conversa; mas eles não respondiam nada, sempre emburrados.

Fiz questão de pagar os dez réis ao Cau, pela sua resposta à minha pergunta. Ele apanhou a moeda, saiu correndo. Como disse o velho Franco, nem sequer abanou o rabo.

À noite, Seu Franco convocou uma reunião, em frente à casa dele. Veio muita gente, até me admirou. E ele fez um discursinho:

– O pessoal das Bruxa continua cada vez mais burro e ignorante! Esses meninos são mesmo uma vergonha!

Uma das mães interrompeu:

– E que é que tem se eles é assim? Nós também somo bruto!

E um pai:

– A mim, nunca ninguém me ensinou nada. Por que eles, agora?

Seu Franco se levantou, danado da vida:

– Pois agora vai ter quem ensine: é este professor! Já falei com ele. A escola vai ser na casa da viúva do Zefe.

Os meninos romperam em choro:

– A gente já disse que ninguém não quer escola. Ninguém quer estudar nem apanhar de palmatória!

E a mãe que falara, concordou:

– Aquela professora era muito perversa. As crianças ficava de mão inchada. E nem aprendia coisa nenhuma.

Um dos meninos maiores mostrou a palma:

– A minha mão até rachou – tá aqui a marca – pode ver!

Era a minha vez de fazer discurso:

– Olha, pessoal, eu não sou professor do governo. Eu ensino por gosto. E torno a repetir o que já disse: nunca na minha vida eu possuí uma palmatória. Eu não gosto de bater em ninguém, quanto mais em criança.

Parece que não acreditavam; e um dos pais ainda objetou:

– E quem vai capinar a roça, se eles estão na escola?

– Capina você, seu preguiçoso. Fica o dia todo esparramado, dormindo, e a mulher e as crianças que se esbofem!

A mulher do preguiçoso exibiu o primeiro sorrido da noite:

– Lá isso é...

A meninada ia se calando. Seu Franco prometeu que, menino que fosse à escola, só ia ao roçado de tardinha, depois da aula. Os pais foram se retirando sem dizer mais nada. Aquela gente não dava nem boa-noite uns aos outros.

MAS, NO DIA SEGUINTE, ele mesmo, Seu Franco, comigo e com boa parte dos nossos futuros alunos, fomos fazer uma limpeza na casa da viúva; derrubamos até uma parede, a da camarinha, para aumentar a sala de aula.

Improvisamos bancos e mesas em cima de forquilhas enterradas no chão de terra batida. "Escola de jirau", chamou uma mãe, espiando o nosso trabalho, ao passar. Mas o quadro-negro, que eu exigia, ficou difícil. Acabamos descobrindo um moço carpinteiro, que fez o quadro com umas tábuas velhas e pintou de alcatrão. O giz era feito com pedra branca de cal.

As crianças já se divertiam com o movimento, até ajudavam com gosto. E já mostravam, a meu respeito, uma certa curiosidade amistosa.

VOLTEI AO BOM JESUS DAS ALMAS, peguei lá um dia de feira, a freguesia me esperava. Trabalhei o dia todo, já estava com câibras nos dedos e estrompei meia dúzia de penas. Era a minha despedida.

Ganhei uns vinténs, iam me servir. Naquela tal de Bruxa, não parecia haver moeda corrente. Tudo se fazia na troca; e o que se comprava de fora, mandava-se a saca de feijão ou de milho, para apurar antes.

A todo mundo, no Bom Jesus, contei que ia fazer uma viagem à Bahia. Mas Siá Mena, levei-a para o meu quarto, tranquei a porta, contei-lhe da minha vida o que podia. Tinha me metido numas confusões, antes de lhe aparecer, e que confusões eram essas! – houve até uma morte, no meio delas. Eu era inocente, mas ninguém acreditava, e então tive que fugir à vingança dos parentes do defunto. Não lhe disse nada a respeito de ser Padre. Ela, desde os primeiros dias, quando me fiz escrivão, já sabia que eu tinha estudo. A causa da minha partida, Siá Mena já adivinhava, tinha sido a visita daquele amigo, o Julião.

Homem bom e leal, mas de língua desembestada. Sem querer, só por imprudência, podia me descobrir. E como prometeu voltar sempre, não precisava nem que ele falasse, para me descobrirem. A família do defunto, ainda seca por vingança, era muito capaz de seguir a trilha do compadre; conheciam demais a nossa amizade.

Siá Mena entendeu tudo. Ao final me disse, muito triste:

– Siga o seu destino, meu filho. Eu já vi muita coisa neste mundo, sei entender. Vá com Deus. Mas quando precisar de uma amiga, a Pensão da Preta Forra está lhe esperando, de porta aberta.

Abracei Siá Mena, dei-lhe um beijo. Ela se levantou às pressas, correu banhar o choro do rosto. Eu estava de garganta presa. A gente por onde anda cria amor e desamor, e vai deixando atrás de si aqueles pedaços de coração. Bem-querer ou ódio.

NA SEGUNDA-FEIRA, 3 de julho, abriu-se a minha escola nas Bruxa. Naquela bodega do Bom Jesus, onde eu me abastecia, descobri um saldo de velhas cartas de ABC e tabuadas, esquecidas numa prateleira. Cadernos não havia; comprei meia resma de papel, que as mulheres costuraram em cadernos. Livro, nem pensar. Também, com aqueles alunos, não iria eu tão cedo carecer de livro nenhum. Se aprendessem a soletrar, a somar e a diminuir, já me dava por satisfeito.

Inventei um sistema de ensino, ao ar livre, que agradou mais do que trancar a meninada na sala de aula, cochilando em cima da carta de ABC. Saía com eles quando o dia ia quebrando, o sol fazendo roda pra se pôr, como diziam por lá. O grupo se reunia como para o jogo de pedra – e às vezes eu até deixava que eles jogassem um pouco.

Depois, abria um limpo no chão, pegava meu cacetinho de matar cobra, e começava a riscar letras na terra. Por exemplo, a letra de cada um:

– Olha a tua letra, Rana, é um R! e você, Vico, é um V! e você, Cau, é um C! E você, Zefe, é um Z!

Cada um queria aprender a sua letra; e quem decorasse e aprendesse a riscar a letra mais depressa, era o vencedor.

O prêmio podia ser uma banana (coisa rara ali), um naco de rapadura. Ou ficava o ganhador dispensado da tarefa no roçado, no dia seguinte.

Também aprendiam a tabuada cantando, e era eu mesmo que puxava o coro, como se fosse uma ladainha.

Outras vezes, o sol já posto, ia-se pescar piaba no açude, com anzol de alfinete. Eu também tinha trazido os alfinetes do Bom Jesus; quando menino era o meu passatempo predileto, a pesca de piaba; e me lembrei de, com ela, atrair os alunos.

Deu certo. Eles furtavam as linhas dos poucos fusos em que as mães fiavam, as raras fiandeiras que usavam dessa arte. Armavam de linha e anzol a varinha de pescar, pegavam isca de minhoca na terra fresca da beira d'água. Tudo como ensinei.

Muitas vezes dava até para se comer não sei quantos espetos de piaba, torrados na brasa. E o número dos pescadores aumentava sempre.

Uma tarde, quando se ia chegando à lagoa, passando por uma carnaúba velha, rodeada de filhos de vários tamanhos, feito pintos ao redor da galinha, os meninos começaram com risadinhas, se cutucando e apontando para as carnaúbas.

Eu quis saber que gracinha era aquela, e eles aí é que riam, dando gargalhada. Afinal o Vico desembuchou:

– É porque ali é o cemitério das professora...

As risadas redobraram e eu falei sério:

– Afinal, que brincadeira é essa?

O Vico então explicou:

– Tinha uma professora mais danada, a gente já falou nela, se lembra? Um dia ela chamou os meninos tudo da escola, pra vim apanhar uns pau de lenha. E nós passamo pela carnaúba e aí ela perguntou que árvore era aquela. Nunca tinha visto uma carnaúba!

O Cau tomou a palavra:

– E aí eu disse a ela que ali era o cemitério das professora!

Uma das meninas continuou o caso:

– A mulher tomou um susto, ficou toda tremendo. Perguntou quantas professora tinha enterrada ali – e eu disse que era bem umas três...

Agora era a Rana:

– Com uns quatro dias ela foi-se embora. Não acabou nem a semana...

– Se fez de doente...

– Tomou uma purga!

Todos queriam falar. E eu perguntei, com a maior calma:

– E quantas professoras vocês enterraram mesmo aí?

Eles estavam às gargalhadas, adorando a brincadeira:

– Como é que a gente era de enterrar, se não morreu diaba nenhuma delas?

– E agora vocês querem me fazer medo?

Eles todos riram mais ainda:

– Não, ninguém tá querendo enterrar o Mestre Zé!

O PIOR NAS BRUXA eram as noites. A luz das candeias de sebo era tão fraca que mal dava para enxergar os próprios pés.

Eu rezava e, quando cansava de rezar, recitava os versos que sabia de cor, mas não eram muitos.

E também não tinha livros comigo; os que conseguira por empréstimo no Bom Jesus, tive que devolver. E, nas Bruxa, livro ainda era mais escasso do que dinheiro.

Aliás, falando em livro, certo dia, quando eu findava a aula e tratava de apartar as brigas da meninada indócil, Seu Franco veio me convidar para ir a casa dele.

Queria me mostrar a 'herança do Avô'.

Foi comigo ao quarto, lá dentro tirou de um armador na parede um surrão de couro muito velho e empoeirado, e despejou o conteúdo em cima do banguê onde dormia, cheio de panos desarrumados.

Pegou primeiro uns papéis, que me pareceram oficiais, enrolados e selados com uma rodela larga de lacre vermelho, onde se via gravada uma coroa.

Havia também dois livros; um volume grosso, encadernado em couro preto, era uma Bíblia Sagrada. O outro dava para ver que era de versos, embora lhe faltassem a capa e a primeira folha, onde deveria estar o nome do autor.

Mas tudo escrito em alemão. Na contracapa da Bíblia, via-se uma assinatura em letra gótica. Digo isso porque conheci no seminário um padre alemão que escrevia assim, em gótico. Por fim uma caderneta, era de notas, usada só até à metade; e tinha as páginas cobertas com as mesmas letrinhas góticas, que mais pareciam rastro de mosca. Mas numa folha central, escritas em letras latinas e maiúsculas, de imprensa, como se abrissem um diário, liam-se estas cinco palavras:

FAZENDA PRÚSSIA – PROPRIETÁRIO: FRANZ WIRTZBICK

Seguiam-se algumas notas, de novo em gótico, cada vez mais esparsas até poucas páginas além. E, então, nada mais.

– Seu Franco – eu perguntei –, seu avô se chamava Franz?

– Se bem me lembro, era. Mas só de raro em raro ele se dava esse nome em alemão. Na nossa língua ele se chamava Francisco. Tanto que o povo deu até pra chamar o Avô de 'Marinheiro Chico'.

– E o nome desse lugar, como é mesmo?

– Olha, menino, de primeiro se chamava 'Prussa', que meu avô botou. Mas nós mesmos, depois, inventamos esse nome de Bruxa, porque o povo de redor tinha dado pra chamar de mangação a fazenda 'das Bruta' e a gente então era 'os bruto' porque, nascendo nas Bruta, bruto seria... Imagine quanta briga isso não deu!

– Seu Franco, o nome que seu avô deu à fazenda não foi *Prussa* nem *Bruta*. Foi PRÚSSIA, que devia ser o nome da terra dele, lá na Europa.

– Pode ser. Ele nunca explicava nada à gente. Dizia que ia se esquecendo, de tanto não ter com quem falar alemão.

No fundo do saco, um último papel era oficial – e brasileiro. Assinado por um Doutor João Luís Melgaço, Juiz de Direito da Comarca de Santa Isabel do Paraguaçu, Província da Bahia. Mandava um comunicado ao delegado de polícia para que fizesse saber ao denominado Franz Wirtzbick, súdito do reino da Prússia, e residente nesse termo, que, por ofício do Cônsul da Prússia em Salvador, o Sr. Ph. Ad. Plessing, informava que fora aberto, na cidade de Bromberg, no dito reino, o inventário do seu defunto pai, Hans Wirtzbick, e que já haviam sido notificados os demais herdeiros: Franz, Hanna, Karl, Viktor, Joseph e Maria Wirtzbick. Pedia-se o seu comparecimento ao consulado.

À margem do ofício o destinatário escreveu, também em letra de imprensa, as palavras: GEHEM ZUM TEUFEL! (que eu copiei).

O ofício do juiz era datado de vinte anos atrás. Me chamou a atenção o nome dos irmãos e indaguei do Seu Franco:

– Seu avô botava nome brasileiro nos filhos?

– Não. Ele dizia que o pessoal daqui só botava nas crianças nomes de diabo de santo papista. E deu aos filhos os nomes dos irmãos, para não se esquecer deles. Nós continuamos a usar esses nomes. Você não reparou como eles se chamam diferente dos da terra? Mas era nome alemão, muito difícil de dizer, e foi virando Cau, Rana, Vico, Zefe, que é como dá pra dizer na nossa língua... Ninguém sabe mais como era!

Bem, agora estava claro: Cau era Karl, Rana, Hanna, Vico, Viktor, Joseph, Zefe. E Franco, Franz.

Seu Franco continuou:

– Os netos foram seguindo o costume. O povo de fora estranha muito quando escuta os nomes da gente...

Devolvi a herança do avô alemão a Seu Franco, que foi logo pendurar o surrão no seu armador.

27
Marialva

O tempo se passava; a gente, naquela vida, só não perdia noção dos dias, dos meses e até dos anos, por causa das funções tratadas com antecedência. E então a gente dizia que na segunda semana de novembro era para estar no lugar Fulano, e já pelas festas do Natal era para se comparecer em lugar Sicrano. Eu baralhava os nomes dos lugares na minha cabeça, as vilas, era tudo tão parecido uma com a outra, nem dava direito para diferençar.

Então, um dia em que a gente estava ensaiando o jogo das facas (e, da minha parte, só Deus sabe com que sacrifício, que eu nunca tinha vencido o medo. Continuava a tremer na hora, e de noite sonhava com

Valentim me acertando com uma faca) – pois é, a gente ensaiava, enquanto de repente me deu aquele escurecimento da vista e eu caí no chão desmaiada.

A sorte foi que Valentim já tinha atirado a faca e ainda nem pegava na outra. Imagina, e se eu caísse da posição no mesmo instante em que a faca estivesse vindo, zumbindo no ar?

Valentim correu, me pegou nos braços, me sentou no colo, me sacudiu, sem saber o que fazer. Acordei com ele gritando o meu nome, pensando que eu estava morrendo.

Fui para o quarto, me deitar. Dona Aldenora chegou, às carreiras, mas em vez de se afligir como o filho, vinha mas era sorrindo:

– Ora ainda bem, já estava em tempo de vocês me darem um neto!

Seria? Então uma coisa importante como ter um filho começa de maneira tão idiota – se desmaiando? Eu pensava que, quando um filho fosse concebido, a gente havia de sentir a diferença – um calor por dentro, uma luz... e eu até me lembrava do Anjo e da Virgem Maria... Mas desmaiar, na hora do trabalho, cair no chão num faniquito...

E o pior é que, com os desmaios, vieram também os enjoos, ou os entojos, como dizia Dona Aldenora.

A gente estando casados há mais de três anos, eu até já tinha me desvanecido da ideia de ter família. Pensava que podia ser castigo de Deus, por eu zombar tanto da Firma, que era maninha. E depois a nossa vida – de Valentim e minha – ainda tão mal-assentada, sem morada nossa. Posso dizer mesmo sem morada nenhuma, andando ao Deus dará das feiras e das festas de padroeiro, passando a noite em cada tipo de hospedaria, onde não se tinha às vezes nem cama para dormir...

Valentim, Dona Aldenora, Seu Tonico, não estranhavam. Acho que nunca na vida souberam o que era morar debaixo do seu próprio telhado. Mas eu – como Valentim dizia – não era raça de cigano, era moça de família, acostumada com a minha caminha quente e aos mimos da Rubina. (Que saudade dos mimos da Rubina!)

Bem, por mim não tinha tanta importância. Quando fugi com Valentim ele não me enganou a respeito do que me esperava. Até exagerou um pouco, para eu não me desapontar quando visse a cara da realidade. Mas com uma criança era diferente.

Assim mesmo, houve logo uma compensação: se os meus entojos eram danados, pelo menos me livraram da agonia do jogo das facas. Desde aquele desmaio, Valentim não aceitava mais que eu ficasse como alvo – o susto foi forte demais, que ele dizia.

– Não é nem por você, é mesmo por mim. A mão me treme toda quando pego na faca e você está na minha frente.

E já que não tinha mais o seu número de grande aparato, voltou a dançar na corda bamba, praticou mais alguns truques de titereiro, desenvolveu no que pôde a agilidade das mãos. E se não voltou ao trapézio, é porque já não contava mais com o pai e o tio para lhe garantirem a segurança cá embaixo, enquanto ele esvoaçava lá em cima.

É, nem o pai nem o tio. Pois o tio estava morto e enterrado debaixo da sua pedra, já que botaram em cima da cova dele a mesma pedra que o matou; e Seu Tonico mudou muitíssimo depois daquele triste sucesso. Se antes já bebia o seu tanto quanto, depois da morte do companheiro passou a beber muito mais. Dez vezes mais. A mulher se desmanchava em prantos, o filho suplicava, mas não servia de nada. Nem a esperança do neto afastava o homem da garrafa. Só eu não pedia nada – sempre tive medo de bêbedo. Acho que ainda me lembrava das estraladas do Tonho. Quando ele chegava batendo com o relho nas paredes, eu saía correndo desesperada, tremendo e chorando, e ia me esconder num canto escuro, atrás do caixão de farinha. E porque eu não o importunava, Seu Tonico se apegava a mim. Me botava a mão na cabeça, me abençoava, me dizia um relaxo na sua fala de galego: "Tu irás dar à luz um pequerrucho belo como o lume e bom como o pão..." Vinha sentar junto de mim e se punha a falar mal dos outros dois; a sorte é que eu não entendia quase nada, porque, se a fala do Seu Tonico já era difícil de entender quando ele estava bom, imagina só a língua engrolada de embriagado.

Assim mesmo, aos trancos e maus caminhos, a barriga foi crescendo, o coração do bichinho batendo e, afinal, chegamos aos nove meses. Tivemos que parar numa vila, chamada Água Linda. Valentim tinha se esforçado demais na última feira, estava exausto; felizmente

Seu Tonico, acho que lhe doeu a consciência, parou um pouco com a aguardente e a Dona Aldenora largou as camisinhas de pagão e as fraldas e cueiros que costurava dia e noite para o bragal do neto; reocupou ao lado de velho mágico o lugar que tinha sido o meu, ultimamente. Assim, sempre juntamos algum dinheiro que deu para se alugar uma casinha. Era lá um lugar tão pequeno e atrasado que nem se poderia pensar em dar um espetáculo. Quer dizer, poder, podia, o povo até apreciava muito quando vinha assistir a algum ensaio nosso, ou, de uma vez, quando tentamos fazer uma função completa. Mas nem olhavam o pratinho deixado à vista, esperando que pusessem lá alguma moeda. E no que Dona Aldenora explicou para que servia aquele prato, uma senhora idosa ralhou com ela:

– Dinheiro? Vossemecês tão bonitos, tão bem prontos, cada trajo lindo, não se envergonham de botar pires de esmola, para tirar os vinténs dos pobres?

Valentim passou então a executar alguns serviços: ele era meio sapateiro, meio alfaiate, meio seleiro; tinha um pouco de todas as artes e ganhava assim um adjutório, apesar do paradeiro.

E o menino nasceu bonito, gordo, era um belo bezerro, como dizia o avô. Pedi a Valentim que me deixasse dar ao nosso filho o nome de Alexandre, para se chamar Xandó, como Pai. Valentim não achava o nome bonito e só quando baixei a vista, triste, foi que ele concordou.

Se o mês do resguardo foi bom para mim, para o Xandó e até mesmo para Valentim, que ganhou dois mil réis consertando um gibão de couro e uma sela, do homem mais rico de Água Linda, para Seu Tonico foi um desastre. Ele descobriu um sítio perto, onde funcionava um alambique de cana e assentou acampamento lá. Levava consigo Dona Aldenora que, em vez de ficar me ajudando com o resguardo do neto, se via obrigada a pajear o marido e a fazer o que ele fazia. Nem eu e muito menos Valentim – nenhum de nós sabia que ela era dada à bebida. Mas com poucos dias conseguia chegar em casa ainda mais embriagada que o Seu Tonico. Natural, ela não era curtida na pinga feito ele. Foi inchando e bebendo sempre.

Com pouco mais de um mês daquela penitência (o Xandó já tinha condições de viajar no meu colo, ou no peito do pai, numa tipoia),

Dona Aldenora caiu doente, de cama. Um curandeiro que a gente chamou, declarou que a aguardente tinha avinhado os figos da mulher; receitou um vomitório, fez-lhe duas sangrias, deu-lhe nem sei quantos purgantes e chás de ervas. Mas não adiantou nada; continuou com a cor verde na pele, como uma folha, os olhos amarelos de enxofre. Ainda penou muitos dias. E enquanto ela morria, Seu Tonico continuava bebendo; dizia que era para abafar o desgosto.

Então afinal ela morreu e ficou enterrada na Água Linda, no mesmo lugar onde o neto enterrou o umbigo. E Seu Tonico dizia que a vida era desse jeito, enquanto uns nascem outros morrem e há de ser assim mesmo, senão lá se acabaria o mundo.

Vendemos o cavalo dela, vendemos uma saia de belbutina que a dona da estalagem cobiçava.

Desocupamos a casinha e tomamos a estrada.

Adeus, Água Linda, guarda bem a coitada da Dona Aldenora que muito penou no mundo.

Seu Tonico sofreu muito com a morte da mulher. E passou a beber ainda mais, desesperado, dizendo que queria morrer. A gente não tinha o que fazer com ele, o pouco vintém que se apurava mal dava para o leite do menino. Eu parecia uma tísica, de tão magra e chupada. Valentim se via de pés e mãos amarrados. Trabalho não havia mesmo, o lugarejo onde se tinha parado, ainda perto de Água Linda, era pouco interessado também nas nossas artes, pior ainda por não ser tempo de festejo. Mas aí veio uma festa na igreja, com procissão saindo na rua. Valentim teve a ideia de falar com o vigário e combinou sair com a rabeca, na frente dos homens que tocavam a matraca. Ele tocava primeiro uma música, dessas bem vagarosas, depois é que entravam as matracas. O povo gostou demais, a rabeca era mesmo uma beleza; não digo isso por ser meu marido o tocador, mas tinha gente que até chorava, acompanhando a procissão. O Padre, vendo que nós dois éramos casados mesmo, e não uns saltimbancos de vida airada, conseguiu que, da casa de uma beata rica, nos mandassem todo dia uma panela com a janta, enquanto nos passava aquela maré ruim. Logo depois Seu Tonico se encostou numa viúva gorda, a Ninosa ("ai, que me lembra da finada!"), a tal achou graça nele, e estalava toda em risadas com as sortes que ele lhe fazia: tirar dinheiro do nariz, descobrir pombo vivo dentro de uma caixa vazia, coisas assim.

E o sogro acabou se mudando de mala e cuia para a casa da Ninosa – ou melhor, para a tendinha dela, que era uma meia-água com dois vãos, o balcão na frente, o quarto no outro; a cozinha era de trempe num telheiro do quintal.

Nas noites de sábado para domingo, quando havia mais movimento, Seu Tonico improvisava uma função. Fazia as sortes de sempre, mas sem ajudante, que a Ninosa ficava servindo a jerebita aos fregueses. Ele punha o chapéu no chão, bem às vistas do auditório; e, atendendo à dona da casa, a freguesia sempre jogava ali alguns cobres para o mágico.

Quando Valentim resolveu que já estava na hora de mudar de praça, Seu Tonico não veio conosco. Chorou muito; não tinha mais coragem de ganhar as estradas: "Minha vida acabou com a Aldenora", foi o que ele disse. Eu fiquei zangada e perdi o respeito com o sogro:

– Sua vida se acaba, mas é nas garrafas da Ninosa, Seu Tonico!

Ele sorriu triste, fez um afago no meu queixo e disse:

– Também...

Valentim levava o nosso filho na lua da sela, e foi um alívio quando deixamos aquela terra. "Batendo a poeira dos chinelos", dizia Valentim. "Vamos atrás de alguma esperança."

Mas nas duas vilas onde paramos, mal se fazia o que comer. Na última, já se estava tão ruim, que Valentim aceitou dar uma função num rancho de comboieiros, na beira da estrada, e onde já estavam dormindo outras duas tropas. Umas levavam cargas de couro para o sul, outras traziam cargas de ferramenta e louça para o sertão. Era o dia de São Cristóvão, padroeiro deles; os tropeiros acenderam uma fogueira, o dono do rancho tinha alguma bebida, e começaram então a festejar o santo.

Nós já estávamos arranchados ali, ao chegarem os tropeiros.

Eu começava a cozinhar o mingau do Xandó, quando um chefe de tropa reconheceu Valentim, de uma feira passada. Ao saberem que a gente andava em procura de trabalho, inventaram de improvisar um espetáculo. Valentim estava sem coragem de mexer na nossa bagagem, no escuro da noite. Mas o homem conversou com os outros, juntaram os cobres e tostões que tinham – deu mil e setecentos réis – fazia tempo que não se via em nossa mão tanto dinheiro. Abriu-se o fardo maior, os homens ajudaram a atar as pontas da corda bamba entre os mourões de amarrar cavalo, na frente do rancho. De uma das malas de couro tirei a rabeca e alguns dos 'aparelhos' que Seu Tonico tinha dado ao filho e que Valentim já sabia usar.

Jogaram mais lenha na fogueira, as labaredas subiram alto e Valentim começou a tocar a rabeca para animar a função.

Os homens a princípio ficaram só ouvindo, até que um engraçado começou a dançar um galope. Os outros foram se chegando e com pouco dançava todo mundo, fazendo pares de homem com homem; pediam a contradança para as 'damas' que se punham a falar fino imitando mulher.

O baile ficou tão animado que Valentim não chegou a fazer sorte nenhuma. Nem na corda armada dançou. O som da rabeca era só o que eles queriam. Com o beber e o dançar, não pediam mais.

Quando a dança ia no maior embalo, um deles veio pedir licença a Valentim para me tirar. Meu marido parou de tocar e falou sério, com o arco parado na mão:

– Minha senhora não dança. E já avisei a vossemecês que exijo muito respeito para ela e para mim.

Eu achei bonita aquela defesa dele. Mas estava com os pés formigando, tanta vontade me dava de dançar também. Acho que o homem se animou ao me ver embalando o menino, meneando a cabeça, no compasso do toque.

DE MANHÃ, ainda com escuro, os homens foram acordando, trazendo os animais, botando neles cangalha e carga, mastigando uma merenda ligeira, de bolacha e rapadura. Um dos tropeiros simpatizava conosco e até veio ajudar Valentim a atar os fardos e arrear os animais.

Combinou viajar conosco até a primeira parada, já que ia também na nossa direção.

Eu, me deu um palpite e perguntei se algum deles, mais adiante, na viagem, não iria passar perto da Vargem da Cruz. Ele ia; e, assim que chegamos no primeiro pouso, arranjei um pedaço de papel com a dona do rancho, que também tinha pena e tinteiro, e escrevi uma carta para Duarte. Contava o nascimento de Xandó, que eu queria fosse seu afilhado; e a morte do Tio Hércules e depois a morte da sogra e a separação nossa de Seu Tonico. Dizia que a vida andava difícil, principalmente por causa da criança. Valentim não gostava de queixas, mas deixou que eu abrisse o coração. E ele mesmo escreveu umas linhas, dizendo que o afilhado era um homão e por que o compadre não pegava um cavalo e não vinha se encontrar com a gente, passar uns dias? Terminava dando mais ou menos o nosso roteiro, o nome dos lugares onde se devia parar, "quem sabe o compadre não vai sentir vontade de se aventurar com os saltimbancos?"

A carta foi subscrita para a Vargem da Cruz, ao especial cuidado do seu Jordão, nosso padrinho de casamento.

Nem pensei em endereçar para as Marias Pretas, sei lá o que o louco do Tonho era capaz de fazer. Duarte ia sempre na vila, pegava a carta. E eu tinha muita esperança de que ele viesse nos ajudar, naquele desamparo em que a gente se encontrava. E ainda mais com a criança pequena.

28
Maria Moura

Foi duro e foi devagar. Mas agora estava eu no alpendre da minha Casa-Forte, olhando o mundo em redor: lá embaixo na várzea, lá em cima na serra e, para os dois lados, as perambeiras do pé do morro.

Nas vargens, tudo quanto era roçado, já de broca feita neste tempo de verão, esperando a sementeira. Para além, o açude ainda por acabar.

O curral do gado, vazio àquela hora, não fosse o choro de uns bezerrinhos novos, pela primeira vez apartados da mãe. Do outro lado o chiqueiro das cabras. E, entre o curral e a casa, na estrebaria, uns dois cavalos do meu uso, comendo a sua ração de milho. Os outros viviam soltos, como solto vivia o Tirano, aposentado, já magreirão de velhice, mas que todas as tardes aparecia sem falta para cobrar sua mochila de milho inchado.

Com tudo isso, o meu orgulho maior era a casa. Começando pela cerca, as estacas de aroeira, com sete palmos de altura, tudo embutido numa faxina fechada, rematando em ponta de lança. Entre um pau e outro não passava um rato. E pra abalar um mourão daqueles, só a força de uma junta de bois: eram enterrados a mais de quatro palmos de fundura, socados com bagaço de tijolo e pedra miúda. Feito igual a paliçada de praça de índio; índio dos antigos, dos que ninguém mais se lembra de ter visto. Mas Mestre Quixó se lembrava e nos ensinou como era que se fazia.

Pra dentro da cerca, o terreiro batido, aberto, subindo devagar o alto onde a casa fica. E aí a casa mesma, se espalhando dos lados; na frente, o alpendrão largo, com os seus esteios também de aroeira bem lavrada, o chão ladrilhado. As paredes rebocadas, caiadas, como as do Limoeiro. No começo a gente não tinha pedreiro competente para o trabalho, mas arranjou-se um mestrinho jeitoso, morador no Riacho da Bugra, que com paciência e o ensino do Mestre Quixó (que era homem de sete instrumentos) foi logo promovido a mestre.

Muito tempo se viveu no rancho provisório, que era praticamente o da Jove melhorado e alargado. Eu fazia tudo muito medido; e assentamos que, antes de mais nada, tinha-se que inventar uma renda para cobrir tanta despesa.

Os meus meninos, os que eu chamava 'a primeira ninhada', não tinham a experiência e os usos de quem faz a vida na luta.

Com eles dava só pra mandar em campo as tais parelhas, que foram crescendo, de dois para quatro ou cinco. Sempre traziam qualquer coisa – animais, arreios e, só uma vez, um anel com pedra. E aos poucos é que foram se chegando outros, a fama da Casa-Forte e de Maria Moura se espalhando e chamando os cabras mais feitos na arte.

Um dia apareceu um, me oferecendo 'sociedade' com o grupo dele. Eu dava o armamento e a munição, e eles, depois de cada rodada, vinham repartir os lucros. Mas eu não gostei de cara do chefe – um mulato metido a besta que se atreveu a entrar no meu alpendre de chapéu na cabeça. Eu olhei duro para ele:

– Pelo que sei, não está chovendo dentro da minha casa. Pode tirar o seu chapéu.

O cabra, atarantado, levantou a mão, se descobriu.

Não fiz negócio com ele, mandei-o embora com pouca conversa. Pense só na audácia – 'sociedade'! E o sujeito ainda disse depois a João Rufo que "quem não era por ele era contra ele" e que a Dona podia "esperar o troco". Não me assombrei com a pabulagem. O Roque já conhecia o indivíduo de tempos antigos. Chamava-se Manel Salviano, tinha fama de perverso, desses que picam de faca pescoço de mulher ou criança, até que elas descubram onde estão os homens da casa. Ou onde está o dinheiro. Ouvindo isso, levei a mão ao meu pescoço, onde ainda havia a marca do punhal do Irineu.

Tempos depois esse Salviano botou uma espera nos meus meninos, na saída de uma festa no dito Riacho da Bugra, a terra de nascimento do nosso velho Mestre Luca. Com a presença da gente e os trabalhos na Casa-Forte, o lugarejo tinha medrado, criou vida nova; levantaram algumas casas, abriu-se até uma bodeguinha. Tinha gente que sonhava em ver brotar dali uma cidade. Como se eu fosse permitir! Cidade, às portas da minha casa, só depois de eu morta. Grande, ali, em vida minha, só podia ser a Casa-Forte.

Mas eu ia contando, Salviano botou três homens numa espera, para pegar os meus meninos, que já vinham da festa trazendo algum butim. Mas os meus tiveram aviso, dado por uma rapariga amiga deles; ela ouviu um dos cabras do Salviano, bebido, se gabar de que naquela noite mesmo iam acabar com uns amarelos da 'muié-home': "Tem um deles que o povo chama de 'Soldado'. Pois quero ver se ele chama nós pra sentar praça!"

Soldado, por ali, só andava mesmo Zé Soldado; ele então botou Maninho para acompanhar de longe o cachaceiro, ver qual era a intenção dele. E quando cinco cabras do Salviano se reuniram na passagem do riacho, escondidos na sombra da pedra que chamam Pedra da Bugra, os meus vieram por trás e descarregaram os bacamartes neles.

"Só um correu", dizia o Roque, "o que foi bom, pra ter quem contasse a história e o resto deles tomarem um ensino. Um outro caiu morto e três feridos."

Roque queria acabar com os feridos, mas Zé Soldado não deixou. Dois deles ficaram inutilizados: um com um pedaço de ferro do tiro encravado no ombro, e o outro ferido na barriga. Tiro de bacamarte faz muito estrago. E três tiros, então! Alípio viu, mais tarde, um dos que sobraram pedindo esmola numa feira. Tive até pena. Mas, como acontece sempre, ou era eles ou nós.

Os outros, ninguém teve dó. Aquilo era gente péssima. Pois mesmo quem vive dos ganhos na estrada, como era o nosso caso, a gente poupa os vizinhos e conhecidos. Só não se poupa se for inimigo declarado, como por exemplo eu com os malacaras das Marias Pretas.

Principalmente eu, era importante que me respeitassem, que o povo tivesse fé na minha fama de mulher de palavra. Agora eu já estava com a casa pronta, com o meu gado no campo, as terras da Serra dos Padres garantidas com a minha posse (sem falar nas escrituras do cartório, que eu nunca fui atrás delas, mas sabia que estavam lá). Meu ouro enterrado já tinha seu valor alto e a minha cabroeira de confiança era a minha garantia. Tinha mesmo que me dar muito ao respeito.

João Rufo estava ficando idoso, impertinente e resmungão. Eu me sentia meio isolada, sem ninguém da minha igualha com quem conviver. Com quem combinar as coisas. Pra minha gente, eu só tinha mesmo que dar ordens.

Então, quando já estava quase no fim a construção da Casa-Forte, me caiu do céu uma pessoa que eu já conhecia, mas nem me lembrava muito dele; e, mormente, nem sabia direito o laço de sangue que existia entre nós dois.

Era o Duarte, filho do Tio Xandó, o pai dos rapazes das Marias Pretas; e filho, não da Tia Lica, mas de uma mucama da casa, a Rubina; a quem o velho Xandó alforriou, quando ainda prenha, "pro moleque nascer forro". Batizou-se ao menino por Duarte e cresceu entre as outras crias da fazenda. Mas, com a morte da Tia Lica, a Rubina tomou conta da casa, acabou de criar a Marialva; já tinha sido mãe de leite do Irineu, quando amamentava o Duarte. Logo depois o Tonho se casou com aquela Firma. As duas, Firma e Rubina, então se enfrentaram e sustentaram guerra aberta até se separarem de vez.

Duarte me chegou em casa meio ressabiado. Eu nem me lembrava dele, não visitava as Marias Pretas desde a morte de Pai, e ele não ia nunca no Limoeiro. Era muito melhor apessoado que os irmãos. Moreno fechado – 'morenão' –, cabelo crespo, mas bom, feição bem recortada, puxada da Rubina que tinha fama de bonita, quando nova. Mãe dizia: "Com Lica tão amarela e esmorecida, não é de admirar que Xandó pegasse a mucama..."

Claro que, no passado, quando eu escutava essas histórias, não ia pensar muito na mucama alforriada, nem no seu filho Duarte. Sabia que ele aprendeu a ler, a escrever e a fazer conta. A própria Tia Lica que ensinou, quando desanimou de ensinar o Tonho, que era rude sem remédio e mal conseguia assinar o nome. O Irineu, esse lia e até tinha uma letra que dava para entender, mas era lerdo demais, preguiçoso, nunca assumiu responsabilidade. Gostava de dizer que já que Deus o fez assim bonito e simpático, era pra se casar com moça rica e não pra cuidar de gado magro e cacimba seca.

Duarte me apareceu, como eu disse, meio desarvorado, muito desanimado da vida. Me contou que todo o desmantelo tinha começado com o namoro de Marialva com um rapaz trapezista e tocador de rabeca, que apareceu pelas Marias Pretas e embelezou Marialva. E esse rapaz não era um vagabundo, trabalhava com os pais e um tio formando um grupo de saltimbancos, viajando de feira em feira, para dar espetáculo.

A pobrezinha de Marialva levava, nas Marias Pretas, uma vida de degredada, não tinha licença nem pra ir na rua. Que dirá pra namorar! Os irmãos, e principalmente aquela cascavel da Firma, tinham medo de que Marialva se casasse e o marido viesse exigir a partilha da herança dos pais – e lá ia-se embora a terça parte das terras das Marias Pretas. Por isso, traziam a menina de canto chorado.

Duarte morria de pena: "Afinal, sou irmão dela. Ninguém se lembra disso, mas eu sou."

Conheceu o rapaz, o saltimbanco, que se chama Valentim; gostou dele, ajudou o namoro. Marialva, perseguida pelos de casa, acabou fugindo com o moço. Duarte também ajudou na fuga, depositaram a menina na casa de um amigo na Vargem da Cruz; no dia seguinte foi o casamento e Duarte serviu de padrinho.

Os noivos partiram em lua de mel, foram em procura dos pais dele – tinham um ponto de encontro combinado e lá se reuniram.

Mas quando Duarte chegou em casa, nas Marias Pretas, de volta do casamento, a Firma e o Tonho já sabiam de tudo. Tinham botado debaixo de confissão o moleque que, todos os dias, ia levar o leite de venda, na vila, e foi testemunha até do casamento; espiou do lado de fora da igreja.

Me contou Duarte que, mal apeou do cavalo, o Tonho frechou pra ele de faca na mão; e não o matou porque estava caindo de bêbedo; tinha passado o tempo todo se embriagando pra tomar coragem e atacar o irmão. Duarte torceu-lhe o braço que quase quebrou e aí a Firma veio pra cima dele com um bacamarte; a sorte é que o bacamarte não tinha pedra de isca no gatilho e não havia jeito do tiro sair.

Nesse ínterim chegaram os homens da fazenda, seguraram a Firma e lhe tomaram a arma. Levaram o Tonho para uma rede, botaram-lhe o braço em panos de vinagre. Diz o Duarte que a Firma se sentou num banco e se pôs a uivar:

– Rua! Rua! Se ponha na rua, seu negro bastardo. Você e aquela desgraçada da sua mãe! A malcriada da sua mãe, que já está pagando o dela!

Duarte conta que então se assustou:

– Que foi que a senhora fez com a minha mãe?

– Está debaixo de chave! Trancada! Minha vontade era botá-la no tronco, mas na porcaria desta fazenda nem tronco tem mais, pra se castigar um negro!

Ele aí perdeu a calma:

– Dona Firma, diga logo o que a senhora fez com a minha mãe!

Chegou-se mais perto, encostou-lhe um dedo no queixo e empurrou com força:

– Diga onde é que botou minha mãe!

A Firma já estava espumando, sufocada de raiva, mas não dizia nada. Foi uma das meninas de cria que chegou no ouvido dele e soprou:

– Sinhá trancou a Tia Rubina na despensa e botou a chave no bolso.

Duarte meteu a mão na saia da mulher, que uivava ainda mais alto, nem que fosse forçada por ele: "Tira as mãos de mim! Tira essas mãos de cima de mim!" Afinal a mão encontrou o bolso e sacou de lá a chave.

E ele me disse:

– Achei minha mãe na despensa, mesmo. Sentada num caixote talvez com mais raiva ainda do que a Firma. Mas calada. Eu abri a porta, dei-lhe a mão; e ela saiu, espigada, feito uma senhora dona, abanando a saia. O Tonho ainda estava na rede; a Firma veio para nós de novo aos gritos, de punho cerrado para nos bater. Eu pedi à mãe que fosse lá dentro fazer uma trouxa das coisas dela. Mãe respondeu: "A trouxa já está feita. Eu estava vendo logo que isso ia acontecer."

Duarte mandou então o moleque pegar e selar um cavalo. O dele já estava selado. Enquanto isso a Firma esbravejava, mas via-se que não tinha coragem de atacar a Rubina.

Quando Duarte acabou de dar as ordens, a mãe lhe explicou:

– Ela me pegou de falsa fé. Inventou que eu tinha mandado tirar toda a rapadura da despensa e eu entrei lá, de besta, pra mostrar que ainda havia uma montoeira de rapadura na tábua. A chave tinha ficado na fechadura, ela só fez puxar a porta e trancar.

– E mãe ria, me contando: "Ela ficou dando com os pés na porta e chamando nome – cada nome! onde será que ela aprendeu? e se danava por que eu não respondia. 'Responde, diabo! Responde que tu não está morta!' Só muito depois tu chegaste, meu filho."

Eu perguntei a ele:

– E daí? cadê a Rubina?

– Levei minha mãe com a sua trouxa para casa daquele amigo, o Seu Jordão, onde tinha depositado a Marialva. E quando fui entrando com ela na sala, ele começou com brincadeira: "Que é isso rapaz, tá ficando viciado em roubar moça? Todo dia me traz uma?" Minha mãe riu-se, se acomodou lá, foi logo ajudando a dona da casa, tomou conta do fogão. Aquela não se dá mal em canto nenhum.

Eu perguntei:

– E você?

– Eu, Sinhazinha, tenho tentado de tudo pra me acostumar ali na vila, mas não encontro maneira. Já negociei com gado – dinheiro dos outros, que eu não tenho nada; servi de caixeiro de bodega, fiz sociedade num açougue – o homem entrava com a carne e eu com o trabalho. Tentei tudo, mas não me acostumo. Rua não é pra mim. Já estava pensando em ir trabalhar em plantação mesmo – mas quando a gente não possui nada, eles querem que se trabalhe igual aos negros. Assim mesmo tentei. Não deu sorte, o homem me achou atrevido. Me chamou de 'meio-sangue' – eu sei que eu sou, mas não gosto que me digam na cara. Foi então que me lembrei de uma conversa que tinha escutado faz semanas: um sujeito falava da Dona Moura, do poder que tem hoje, desta Casa-Forte que está levantando aqui, na Serra dos Padres. E pensei: quem sabe que ela me aceita pra vaqueiro, nem que seja dos bodes?

Eu atalhei:

– Mas Duarte, você sendo irmão daqueles dois, e com o ódio que eles me têm...

– Ah, não, Sinhazinha Moura! Eu sou irmão e não sou. Na hora em que posso servir – e toda hora é pra isso – sou o Duarte, e o Irineu me chama até de Mano Velho... Mas na hora da raiva, eu não passo do moleque. Na boca da Dona Firma sou ainda pior do que isso. E está se esquecendo de que o Tonho e a mulher tentaram me matar? Eles me odeiam ainda mais que a vossemecê!

Eu pensei um pouco, acabei concordando:

– Bem, na verdade... Já estou entendendo.

Olhei pra ele. Cada vez me agradava mais, até mesmo como homem. Nunca tinha andado perto de mim nenhum rapaz como aquele – na força do homem, bonito de cara –, alto, forte, calmo, bom de riso.

Nós estávamos conversando no alpendre, mandei que ele entrasse, se sentasse à mesa comigo. Pedi um chá, fui me explicando:

– Pois saiba que eu tenho gosto em ser sua prima, Duarte. Pra mim, isso de ser filho de Rubina em vez da Tia Lica, não importa. Seu pai era do meu sangue, tal como o Tonho, a Marialva e o Irineu. E não quero que você entre aqui como cabra de serviço, ou mesmo vaqueiro. João Rufo já está meio velho e cansado, bom de arriar a carga nas suas costas. Eu quero mesmo é que você venha ser o meu feitor.

Senti que Duarte não estava esperando por tanta facilidade. Não sei nem se ele ficou desconfiado (...“esmola grande...”) e ele tinha cara de pessoa desconfiada.

Levantou-se, deu uns passos pela sala:

– A senhora sabe que eu sou forro. Nasci forro.

– Sei muito bem. Foi mesmo a Rubina que me contou a sua história toda. Eu era menina, mas me lembro.

– Não quero que ninguém me venha botar o pé no pescoço, me tratando de negro.

– Quem iria?

– O João Rufo, por exemplo.

– O João Rufo só fala pela minha boca, só pensa pela minha cabeça. Ele vai fazer é muita festa a você.

E continuei:

– Sendo feitor, você vai ter que ganhar um salário... Quanto é que quer por ano?

Duarte começou a rir:

– E eu sei? Nas Marias Pretas nunca vi um tostão furado. Quando eu precisava muito de dinheiro, vendia um rês. Sinhô Velho, enquanto vivo, todo ano ferrava uma bezerra pra mim... O rebanho foi crescendo, eu já tinha um gadinho. Mas a última coisa que a Dona Firma me jurava, no dia em que saí de lá, junto com mãe, é que eu não pensasse nunca em procurar o meu gado. Podia vir pegar as carcaças, porque ela preferia matar tudo a tiro, a ter que me entregar...

Fui eu, então, que sorri:

– Deixa ela se iludir. Qualquer tempo desses você pega aqui uns meninos nossos, e vai buscar o que é seu. Duvido que a Firma e o Tonho resistam. Meu pessoal é bom nessas coisas. Como foi que eu fiz o meu rebanho de gado? Foi assim mesmo.

Duarte veio se sentar de novo:

– E é um gado bom, o seu, Sinhazinha. Vi umas cabeças quando entrei nas terras da Casa-Forte.

– É, eu só fico com a flor. O resto deixo que eles levem.

Depois montei a cavalo, fui com Duarte lhe mostrar a fazenda. Subimos a serra até onde era possível chegar montado; aí, amarramos os animais e eu mostrei a ele a vista mais bonita do lugar, de cima de uma ponta de morro que eu tinha mandado desbastar do mato, e ficou feito um mirante.

Vi que Duarte gostava de terra tanto quanto eu. Era pra dar mesmo um orgulho, enchia o peito pensar que todo aquele mundo de meu Deus a gente podia chamar de seu...

Foi o que ele me disse, e eu me ri:

– Podemos também chamar de nosso. Você não é da família? Não é meu primo, tal qual os outros filhos do Tio Xandó?

DESCENDO, MANDEI em seguida preparar um quarto para Duarte no lado dos homens, às esquerdas da casa.

Ele entrou lá comigo, se debruçou na janela, achou bonito. Depois, vendo a rede no armador, virou-se pra mim, meio encabulado:

– Desculpe, Sinhazinha, mas não sou homem de rede. Não haverá aqui, por acaso, uma cama de vento?

Eu achei graça:

– Tem, sim. Sempre tenho umas camas dessas, pra esse pessoal de arribação, que vem por um dia ou dois. Você escolha uma. Mas depois mande tirar madeira no mato, e faça uma cama de verdade pelo nosso mestre carapina. Com lastro de sola.

Ele já ia saindo, em busca das trouxas, quando eu me lembrei:

– E que é que você pretende fazer com sua mãe? Sabe que eu havia de ter muito gosto em contar com a Rubina aqui? Preciso demais de uma mulher pra botar ordem na casa. Para isso eu não tenho jeito.

Duarte se encostou na parede, com uma cara muito feliz:

– Eu estava com cerimônia de falar... Mas já que foi a Sinhazinha que se lembrou... Mãe só vive satisfeita perto de mim, cuidando da minha roupa, da minha comida. E mandando no resto da casa. Não falei com ela a seu respeito porque – pra ser franco – não sabia como é que eu mesmo ia ser recebido...

– Ah, pode crer, tudo vai dar certo, Duarte. Nesta casa, mão de obra de mulher anda muito vasqueira. As minhas meninas do Limoeiro, a Chiquinha e a Zita, já casaram por lá mesmo. As outras que eu consegui por aqui, não são lá grande coisa. Como por exemplo essa

Jove, que você viu. Essa eu encontrei morando num rancho, onde hoje é esta casa. É tão selvagem – quase que é pior que uma índia braba. Não se deu com as outras – tive que fazer uma casa, pra ela e o filho, do lado de lá – ali! Já o filho, o Pagão, quero fazer dele gente. É o moleque que pegou o seu cavalo, quando você chegou. Por aí você vê como estou carecida de ajuda no governo da casa. Vieram me oferecer uma negrinha de compra: a senhora dela estava zelosa por causa do filho rapaz, que é meio arteiro. E eu fiquei aborrecida, mandei dizer à mulher que gado de dois pés eu não crio... Pai era contra se comprar cristão batizado, mesmo sendo negro. E eu digo o mesmo.

FIZ UMA REUNIÃO com o pessoal para apresentar o Duarte. Antes já tinha falado com João Rufo, que achou a ideia boa: "Aqui estava faltando mesmo um feitor, sangue novo." João estava se sentindo cansado, como eu já disse, não era mais como dantes. E ia recomeçar a lengalenga de todo dia, mas eu cortei:

– Já sei disso tudo, João. Por isso mesmo quis saber o que você acha do Duarte.

E na hora da reunião, para explicar de saída o motivo de Duarte começar pelo alto, em posição de confiança, ataquei logo de frente:

– Acho que vocês todos conhecem ele – ou pelo menos sabem quem é: o meu primo Duarte, filho do meu tio Xandó, das Marias Pretas. Como é sabido de todo mundo, eu não me dou com os irmãos dele, o Tonho e o Irineu; já o Duarte nunca se meteu nas nossas brigas. Nunca ajudou os outros contra mim, nem teve nada com o cerco e o incêndio da casa do Limoeiro.

Olhei a cara de todos. Não tinha nenhum emburrado; estava se vendo que eu não contava novidade e João Rufo já devia ter dado o serviço.

O Duarte então se levantou, estendeu a mão para eles; de um em um dos cabras lhe apertaram a mão. E eu mandei servir um dedal de jerebita, para festejar.

Findas essas cerimônias, os homens se retiraram e eu fui me sentar na minha rede de corda, no alpendre. Chamei Duarte, mandei que ele sentasse no banco, junto de mim.

– Agora você vai me contar toda a situação do Limoeiro; que é que o Tonho e o Irineu fizeram lá, depois que eu me retirei?

Duarte estranhou a palavra:

– Retirou-se, Sinhazinha? Vossemecê saiu numa nuvem de faísca e fumaça, dizem eles que só faltava as trombetas do Anjo Gabriel!

– Está bem, até aí eu sei. Mas quero que me diga o que é que eles fizeram depois que eu me sumi de lá.

– No começo eles ficaram apavorados. O Irineu até dava uns ataques, dizendo que a prima devia de estar morta no meio do incêndio, que tinha de se procurar bem, ainda ia se achar os seus ossos queimados.

– Vá-se o agouro pra lá!

– Já o Tonho botou um garrafão de cachaça debaixo da rede e no final já estava como morto, cheio de cachaça por dentro, banhado no suor da cachaça por fora, abraçado no garrafão vazio. E aí a Dona Firma mandou chamar uma índia velha para fazer pajelança no rastro 'daquela bruxa' – que era a Sinhazinha mesmo... Mas a graça foi que ninguém encontrou rastro nenhum. E a velha dizendo que sem rastro não tinha feitiço, Dona Firma botou ela pra fora, aos gritos... Mãe ficou se rindo e disse que ia começar uma novena pra livrar a menina de perigos e maus caminhos, e pra que chegasse ao seu destino em paz e salvamento. Mãe sempre gostou da Sinhazinha. Não é pra lhe adular, mas mãe sempre dizia que Maria Moura é a melhor cabeça da família.

– Ela também disse isso a mim. Uma noite, na última vez em que a gente esteve nas Marias Pretas, quando eu fui lá com Mãe, depois da morte de Pai. O Irineu começou com besteira, me chamando 'minha noiva'... Mãe até se riu. Mas a Rubina disse lá do canto dela: "Só se essa menina fosse louca. Logo ela, a melhor cabeça da família."

Combinamos para a semana seguinte a viagem dele à Vargem da Cruz, trazer a Rubina. Depois ele foi dar umas andadas por fora, fazer conhecimento do terreno. À noite, na hora da janta, convidei Duarte para vir se sentar à mesa, onde até então eu comia sozinha.

Ele tinha os modos muito melhores que os dos irmãos. Não avançava na comida como o Tonho, esperava que eu servisse. E mais tarde, na hora de dormir, antes de ir embora para o quarto dele, pegou na minha mão, beijou, e disse com ar de brincadeira:

– Abença, Sinhá!

E eu dei o troco:

– Deus te abençoe, meu nego bom...

Quinze dias depois, Duarte foi buscar a mãe dele. Rubina veio montada escanchada, como homem, com as saias de chita espalhadas em cima do cavalo. O filho queria que Rubina montasse nas andilhas, ela recusou:

– Se Maria Moura pode, que é moça de família, como é que eu não posso? Agora ficou na moda!

Eu já tinha mandado preparar o quarto dela, entre o meu e a despensa. Botei-lhe uma rede branca de varandas, como de patroa, dei-lhe estado. Ela é que se retraía, não aceitou comer na mesa comigo. "Mas seu filho come!" eu reclamei. E ela:

– Ele é filho de branco, eu não sou...

Horas passadas da sua chegada, quando Rubina, depois de ter tomado o seu banho e enfiado um galho de manjericão no cabelo, veio me pedir ordens, eu tirei do cinto a grande cambada onde estavam todas as chaves da casa, e declarei:

– Estas chaves agora são suas, Rubina. Pergunte às meninas onde é que serve cada uma. E eu fico livre de qualquer responsabilidade! Casa, roupa, comida, não é mais comigo. Você que providencie tudo!

Rubina ficou muito séria:

– Isso eu sei fazer.

Com a ajuda de Duarte terminamos a construção da casa. Os acabamentos, a pintura das portas, as prateleiras da queijaria à prova de ratos, a prensa dos queijos, de tudo foi ele que cuidou. O próprio Mestre Quixó me fez os móveis: minha cama, uma mesa de jantar e seis cadeiras; os baús de guardar a roupa da casa e as redes. Não sossegou enquanto não executou um baú coberto de sola, todo desenhado de taxas de latão, com minhas iniciais na tampa: *M.M.* E mais uma mala de pau, reforçada de ferro, para arrecadar o armamento, que já era muito. Quando me lembro que tudo começou com o bacamarte velho de Pai e a garrucha do Liberato!

Eu nunca na vida tinha encontrado quem fizesse as coisas para mim. Desde a morte da Mãe, de mim é que se esperava que fizesse tudo. Até brigar como homem. Ou fui eu mesma que escolhi assim?

Mas o que a ajuda de Duarte me deu de melhor, foi a oportunidade de realizar na prática um meu sonho, meio maluco, que dizia respeito a certa obra muito especial, dentro da casa. Tinha-se que fazer alteração nas paredes e justamente Duarte chegou quando ainda se podia mexer nas divisões de dentro, contanto que se respeitasse a cumeeira e as paredes grossas dos oitões.

Bem, era o seguinte: acontece que Pai, entre os casos da família que me contava, quando eu menina, falava muito no 'cubico' que existia na fazenda da avó dele. Era um quartinho disfarçado entre as paredes da salas e dos quartos, mas tudo tão bem encoberto, que o exame mais exigente não tinha como encontrar nem rastro do cômodo extra. A planta era mais ou menos assim, como estou mostrando aqui, já modificada por mim. Pai desenhou para eu ver e eu conservei o papel, junto com aqueles poucos outros guardados que pus na trouxa dos salvados do incêndio; junto com um bilhete que Mãe fez, durante uma viagem de passeio que dei com minha Madrinha. (Pouco depois dessa viagem Madrinha morreu e foi-se embora a única pessoa que tivesse alguma vez me tirado de casa.) E tinha também guardado junto um caderno onde Mãe quando moça copiava versos de modinha. E o manual que Madrinha me deu, no dia da minha primeira comunhão, lá na Vargem da Cruz.

Ah, se não fosse a Madrinha, eu também nunca que tinha feito essa comunhão, porque Mãe não se preocupou de me ensinar as rezas e me foi preciso decorar de última hora todas as orações do catecismo. Depois, Madrinha morreu e eu então esqueci tudo. Esqueci as rezas, mas não me esqueci da planta de Pai: ao contrário, olhando o risco dele, recordava tudo. E fiz o meu cubico tão bem disfarçado que qualquer pessoa, até mesmo a mais esperta, não ia conseguir atinar com o nosso jogo das paredes. Os cantos das duas salas e os dois quartos se desencontrando, para ocultar aquele vão metido no meio.

O cubico não tinha porta nem janela, as paredes corriam lisas, como se pode ver pelo risco. Só no meu quarto se abria um alçapão com uns três palmos de alto e uns quatro de largura; e trancado com uma fechadura de segredo, de que eu trazia sempre a chave pendurada no meu cinto. Tapando o alçapão, encostamos à parede o meu baú grande, taxeado, aquele do *M.M.*

O chão do cubico tinha um fundo falso; quem fez todo o trabalho foi Duarte. Era cavado palmo e meio de fundura, ladrilhado, e, na altura do rés do chão, corria em cima dele um assoalho de que se podia levantar uma parte. Pois debaixo desse fundo falso eu fiz o meu cofre, onde guardava os meus ouros e o dinheiro; onde até podia guardar as escrituras da terra, quando as tivesse na mão.

Mas o verdadeiro fim do cubico não era servir de cofre; isso foi invenção minha. Ele se destinava, conforme contava Pai, a esconder algum amigo perseguido, ou a guardar em segredo um prisioneiro. Se viessem atrás de um deles, dando busca, quer os da justiça, quer os inimigos, as paredes, corridas até em cima, não deixavam adivinhar nada. Alguma traição poderia se dar, só se o preso fizesse barulho. Mas, na hora do perigo, bastava trazer ele amarrado e amordaçado, não tinha risco nenhum.

O pedreiro que fez a taipa das paredes tinha que estar no nosso segredo. Era um velho doente e Duarte trabalhava de servente dele. Os dois rebocaram e caiaram as paredes, Mestre Quixó fez o tabuado do chão, escantilhou as emendas das tábuas, que Duarte levou para armar lá dentro, encobrindo aquele espaço aberto de que eu queria fazer o meu cofre. Aproveitou para isso um dia de adjunto, quando todo o pessoal se reuniu para arrancar pedra de cal e depois queimar a cal que ainda faltava para as obras.

O pedreiro velho morreu logo no começo do outro ano e foi um alívio, embora a gente soubesse que ele não ia falar; era meio burro, nem entendeu direito o pra quê daqueles recantos. Duarte lhe disse que era pra se fazer ali um paiol de rapadura, protegido de roubos.

João Rufo, esse, sabia, e também deu adjuntório. No final acho que só nós três – Duarte, João e eu – estávamos cientes do mistério do cubico.

Mais tarde, era raro a gente usar aquele recurso. Só em caso de muita gravidade, como quando escondemos um conhecido, meio amalucado, que andou fazendo estripulia muito séria com gado

A Casa-Forte e o Cubico

alheio. Saíram três assassinos em procura dele, dizendo por toda parte que iam beber o sangue do miserável. O fugitivo, ao alcançar o meu portão, deixou o cavalo do lado de fora da cerca e veio se arrastando pelo terreiro, já ferido. Agarrou-se com meus pés, pedindo socorro pelo amor de Deus. Duarte e eu arrastamos a criatura pela sala e lhe vendamos os olhos para que não visse onde ia entrar; Duarte puxou o baú, eu tirei do cós da calça a chave do alçapão, passamos o homem pelo buraco. Nem deu tempo de trancar de novo, foi só empurrar o baú e esconder o alçapão.

Com poucos chegaram os perseguidores que tinham achado o cavalo sem cavaleiro. Eram nossos conhecidos também, e nós deixamos que entrassem, chegamos a abrir as portas, mostrando que não se tinha ninguém escondido em casa. Os homens saíram pedindo desculpa do atrevimento e eu respondi:

– Atrevimento, foi. Por esta vez se desculpa. Mas espero que não repitam!

29
O Beato Romano

Fiquei nas Bruxa por mais de dois anos. Cheguei a alfabetizar meia dúzia de alunos, entre meninas e meninos. As meninas a princípio não queriam vir à escola, encabuladas, nem as mães estimulavam. Mas comecei a vencer a recusa de mães e filhas dizendo que elas tinham raça de alemão – olhasse só quanto cabelo louro! – e, na Alemanha, toda mulher aprende a ler, igual a homem. Curioso é que não encontrei nas Bruxa o velho preconceito, comum naquele sertão todo: "Moça não tem que aprender a ler, pra não escrever bilhete para namorado..."

Aliás, naquelas Bruxa, não reinava propriamente preconceito nenhum. A gente era primitiva demais: o português que falavam parecia até pior do que o saído da boca dos índios mansos ou dos negros de senzala. Trocavam entre si uma fala quase incompreensível. O meu maior trabalho, como professor, era tentar fazer com que eles falassem de maneira a serem entendidos pela gente de fora. Mas os alunos rebatiam:

– Mestre Zé, cê sabe muito bem que aqui não vem ninguém de fora!

É, não ia. E disso, principalmente, é que eu tirava a minha segurança; e explicava por que me obriguei a ficar por lá durante tanto tempo. Já me vestia quase como eles, já falava como eles, naquela algaravia impossível de reproduzir. Até a minha pele de homem branco eu deixava que ficasse curtida e vermelha como a deles.

E eles não eram ingratos, tinham se afeiçoado ao 'Mestre Zé'. Plantaram pra mim o que chamavam o 'roçado da escola' – feijão, mandioca, milho, melancia, maxixe. Me levavam leite, todo dia me traziam algum pratinho (quase sempre péssimo) que a mãe me mandava. E iam fielmente às aulas; o difícil era aprenderem.

Mas que diferença da vida que eu levava na casa dos Nogueira ou mesmo no Bom Jesus! Às vezes me parecia que eu tinha naufragado numa ilha deserta, no meio de carinhosos selvagens, pagãos.

Pagão, exatamente: no perfeito sentido da palavra. Porque lá ninguém era batizado. Então, inventei de contar que, em terra onde não existe padre (o avô nunca falara a eles em pastor protestante), o mestre toma o lugar. E, assim, me propus a batizar quem quisesse ser batizado.

Vieram todos, foi uma folia. Mas só as crianças, os adultos não; creio que eles tomaram tudo como mais uma brincadeira minha com os alunos.

Antes, sozinho no meu quarto, benzi um pote cheio de água, que mandei depois levar para o alpendre.

Fui derramando água benta na cabeça deles, de um em um, enquanto murmurava as palavras rituais. Sem vela e sem padrinhos. Só dizia em voz alta o nome de cada um, o que pareceu certo à assistência.

E o batismo, afinal, é só isso mesmo, desde o primeiro, no Rio Jordão: molhar a moleira do neófito com água benta e dizer o nome do novo cristão.

Logo à tarde, uma das velhas (que fora outrora uma das moças raptadas na vizinhança) inventou que, depois do batizado, eles tinham que me chamar de Padrinho, e me tomar a bênção. Passei então a ser o 'Padim Mestre'.

Aquela iniciativa minha, de administrar o batismo, era um risco que eu corria, mas me dava uma satisfação singular, quase a sensação de dever cumprido: introduzir ali, mesmo de contrabando, o sacramento básico da minha religião. Da religião de que eu jurara ser o ministro fiel, até a morte; juramento que ainda me obrigava, apesar de tudo. Pelo menos aqueles pobrezinhos, agora batizados, não iriam direto, depois da morte, para os desertos gelados do limbo. Com o batismo, eu dava a eles, mesmo que não o soubessem, um lugar melhor na outra vida.

E AS TENTAÇÕES da carne, naquela solidão? Elas vinham, mas com uma carga tão grande de culpa, que me livrava sem dificuldade dos meus desejos, afundando cada vez mais no meu abismo de remorso e saudade. A tragédia com Bela tinha me marcado fundo demais. Eu não podia ver uma mulher desejável (o que aliás era difícil, no meio daquelas brancaranas mal lavadas) sem logo ter diante dos olhos aquele corpo nu, manchado de sangue. E então me trancava, me ajoelhava chorando, e pedia perdão a Deus. Pela milésima vez.

O PIOR, NAQUELA vida vazia, era não ter ninguém com quem falar. O próprio Seu Franco, que sempre mostrou interesse por mim, não sabia nada do presente e não se lembrava quase nada do passado. Era 'fraco de memória', como se queixava. Com os outros, mais novos do que ele, era ainda pior.

E não só se perdia cedo a memória, também se morria cedo, nas Bruxa. Nascia muita criança defeituosa, 'criança boba', eles diziam, que mal aprendia a falar, e não tomava tenência da vida, ao virar gente grande. Segundo a velha parteira, da geração de Seu Franco, isso seria devido a tanto se casar prima com primo. Será?

Não cultivavam nenhuma religião, só uma espécie de devoção grosseira. E eram muito supersticiosos, viviam impedidos por toda espécie de abusão – pra eles tudo 'faz mal'. Beber água fria com o corpo quente, pegar em ferro cortante em dia de sexta-feira, comer fruta à noite; pato é reimoso, todo peixe de couro é reimoso, e preá, e punaré, e carne de porco. Ovo que dá arroto choco, pode matar.

E eles também têm medo de sonhos. Não se importam com Deus, com Nossa Senhora ou qualquer outro santo. Mas 'têm fé' nos sonhos. Quando um sofre um pesadelo e acorda gritando, a família toda se junta ao redor e faz uma espécie de exorcismo, rezando estranhas jaculatórias, compostas de palavras sem nexo, decerto alemão deturpado. Prestando atenção a essas jaculatórias, não descobri nelas nenhum vestígio de língua de preto ou de índio, muito menos de português ou latim. Era só língua de bode, mesmo. Ou de bruxa? Benziam os pacientes com ramos secos de plantas 'de virtude', que cultivam no quintal.

PODERIA EU EVITAR de me sentir cada dia mais melancólico? Saía às vezes para caçar, mas não tinha arma que prestasse, só uma espingarda velha passarinheira, emprestada pelo ferreiro, que a poderia consertar, mas detestava o seu ofício. Era um custo obrigar o homem a bater um machado ou uma foice que tivesse perdido o fio; um ferreiro que tinha medo do fogo da forja, alegando que lhe fazia mal aos bofes! A espingardinha sempre negava fogo e, além do mais, eu não gosto de matar bicho. Sempre tive pena de passarinho e de qualquer animalzinho pequeno do mato. Até um gavião carcará, que certa vez abati porque ele estava acabando com os pintos da vizinha, quando o vi morto no chão, tão bonito, com aquela plumagem mariscada, fina e brilhante, o feroz bico recurvo, fiquei muito perturbado. Podia ser uma ave de rapina, mas era também um ser vivente, e eu tinha dado fim à vida dele. Mortos, pra mim, já bastavam os do passado.

No quintal da escola plantei uma espécie de jardim, ou horta, em complemento ao 'roçado da escola'. Mas a escolha era pequena, eles não dispunham quase de sementes de flor. Me lembro de uns cravos-de-defunto e um pé de resedá que eu trouxe de fora. De ervas, só tinham caruru, couve da grossa, coentro, cebola verde. E as galinhas da vizinha – a do carcará – vinham me devorar tudo. Como eu disse à dona, furioso, depois que me arrasaram todo um canteiro: eu devia ter dado o tiro era naquelas pestes.

No meio dessas mesquinharias, aguçadas pelo desgosto que me dava a preguiça dos alunos na escola, foi me crescendo o desejo de fazer uma viagem.

A lembrança das confidências do compadre Julião vinha me despertando uma vontade intensa de rever o cenário da Vargem da Cruz, onde tinha se virado em sangue e tragédia a parte mais importante da minha vida.

Foi ali a grande encruzilhada – dali parti para o caminho da perdição e do remorso. Digo essas palavras assim dramáticas, porque me parece que são as únicas que representam os meus sentimentos com alguma fidelidade. Me sinto, sempre, ao mesmo tempo perdido e arrependido. Acho que, se houvesse sido preso e punido (embora, de certa forma, injustamente), me sentiria apaziguado. Parece que ainda é melhor pagar demais do que pagar de menos. E se eu pagasse pela morte do Anacleto – pela qual nunca me senti com culpa – talvez estivesse pagando também pelo pecado que gerou aquele filho e pelo bruto assassinato do qual minha loucura tinha sido a causa primeira.

QUANDO EU NÃO podia mais de sentir tanta culpa, me ajoelhava e rezava. De joelhos no chão áspero, só de ceroulas, por causa do calor, sem uma imagem de santo a quem me dirigir, deveria representar uma triste figura, chorando e batendo no peito; batendo às vezes, Deus que me perdoe o exagero, até com a testa no chão.

Quando chegou o mês de junho e o tempo das férias, resolvi fazer a viagem. Risquei até um mapa com o possível itinerário: saindo das Bruxa para o Bom Jesus das Almas, da lá pegando o caminho mais direto para a Vargem da Cruz; evitando aquelas voltas e rodeios que eu viera fazendo, desde a noite da fuga na Atalaia, até alcançar o Bom Jesus. Era o caminho do compadre Julião, e teria muito comboieiro no Bom Jesus para me ensinar.

Minha intenção jamais foi chegar à Vargem da Cruz. Isso nunca. A ideia era me arranchar em alguma casinhola de beira de estrada, a um dia ou mais de jornada da vila; e de lá apanhar um atalho que me levasse direto à Fazenda Atalaia. Eu recordava uma encruzilhada que se tomava a pouco menos de uma légua da estrada que vinha da Vargem, e onde se quebrava às direitas para a Atalaia. Desse ponto em diante eu tinha de cor todos os acidentes do caminho – estrada estreita, cheia de voltas, por onde não podiam marchar dois cavalos de frente. O riacho, naquele tempo, quase sempre seco; agora, começo de verão, a areia deveria estar emergindo entre as poças de água. Em noites de lua (quantas luas terei visto refletidas nela?) a areia era toda branca; escura só a sombra da enorme oiticica, no barranco. Depois, se abria a entrada do pátio e lá algumas reses malhadas, remoendo antes do sono. No fundo o casarão, vizinho ao curral.

Eu confiava nas mudanças da minha aparência para não ser reconhecido direito: o cabelo crescido quase até aos ombros, o bigode caído nas pontas, emendando com a barba escura, já bem riscada de branco. E a feição curtida de sol, de fadiga, de tristeza, tão diferente do Padre moço, animado, glabro, coroa raspada bem redonda e branca, como uma hóstia pregada no alto da cabeça. E vestido naquela roupa surrada, que não contava mais com Siá Mena para zelar.

Era minha intenção procurar pela Iria, ou talvez pelo Simão – sim, o Simão; sendo homem, procurado por um estranho, outro homem, ia chamar menos atenção.

Passei pelo Bom Jesus, fui direto à Pensão da Preta Forra, caí nos braços da minha velha, a Mena. Disse que vinha só para uma visita rápida. Queria sair numa andada grande, ficar conhecendo melhor a região. Dei notícia da escola, dos meus bruxinhos de cabeça rude. E ela se inquietou com a minha magreza e o meu desânimo. Mas, só de vê-la, me animei, ouvi os casos do povo da terra, quem tinha se mudado ou morrido, quem aparecera:

– Seu amigo Julião andou aqui duas vezes. Não se conforma em não saber onde anda o compadre. Mas quando contei que um belo dia vossemecê anoiteceu mas não amanheceu, e deixou só um bilhetinho dando adeus, ele acreditou. Disse que "é desse jeito mesmo que o compadre faz". Até achou muita delicadeza sua, ter me deixado o tal bilhete que eu inventei. E inventei isso só por amor próprio pra ele ficar sabendo que o senhor me tem amizade.

– Fez bem, fez bem! Mas agora que já comi e já bebi, anda me dar um abraço; vou botar o pé no estribo e ganhar o meu caminho.

Na bodeguinha, à saída da rua, achei um comboio e os seus tropeiros que tomavam uma jerebita de despedida; e me deram a direção certa para a Vargem da Cruz – umas vinte léguas além. Tomei nota dos lugares onde devia passar, os pontos de referência, as erradas a evitar. Quem ensina caminho, já reparei, se preocupa mais com as erradas: "Tem uma estrada pela direita, mas não tome ela não... Aí vossemecê avista uma torre, deixe ela pra lá..." Até parece que, na vida, os negativos marcam muito mais que os positivos.

A duas léguas da Vargem da Cruz, dei com um rancho de beira de estrada, exatamente o que eu procurava para pousar. Eu trazia na garupa um rolo com uma rede, uma muda de roupa e um naco de sabão. No bolso, pouco dinheiro e um pedaço de fumo – eu tinha dado para mascar, como fazia quase todo mundo nas Bruxa. Um chapelão de palha bem trançado e fino, que era a especialidade do mulherio do lugar, mas nenhuma delas se apurava no tecido dos chapéus para vender em quantidade, em alguma feira; faziam um chapéu quando alguém encomendava e assim mesmo levavam um tempão, alegando que era muito trabalhoso. Ah, aquilo é um povo muito lerdo mesmo.

Saí do pouso ainda com escuro, mas deixei lá a bagagem; andei uma meia hora, dei com a encruzilhada de que me recordava tanto, e onde só passara de coração alvoroçado, chegando ou partindo da Fazenda Atalaia.

Lá estavam a oiticica, o riacho; ao sol já claro, a areia parecia ainda mais branca. Mas, antes de alcançar o pátio, fui descobrindo as mudanças. Cercas e mais cercas de roçado, tudo cheio de milho virado; mandioca alta, entremeada de algodão. O gado devia andar solto por longe.

A casa grande parecia a mesma, com o seu curral ao lado, de onde, àquela hora, já tinham saído as vacas de leite. A novidade maior era a espécie de arruado de taipa, às esquerdas, e a umas cem braças da casa da fazenda. Parecia uma colmeia, cheia de portinhas baixas. Pelo terreiro se via uma porção de crianças, todas escurinhas, engatinhando e correndo. Uma moça, também escura, tomava conta delas. Vi logo que se tratava de uma senzala, coisa nova ali, mas que eu conhecia de outras terras.

Levei o cavalo até o mourão, amarrei o Veneno, apeei, bati palmas, chamei ô de casa. Apareceu um moleque, para mim desconhecido, e eu perguntei, me fazendo de estranho:

– Aqui é que é a Fazenda Atalaia?

– Inhô sim.

– Me diga, meu filho, será que ainda vive aqui um escravo por nome Simão? A mulher dele se chama... eu acho que é Iria...

– Vive sim sinhô. A Siá Iria é a cozinheira da fazenda. O Simão toma conta dos negros novo, no eito.

– E cadê o seu senhor?

– Ele foi na casa da tia dele, na Noruega. Dormiu lá.

– Pois então chame pra mim a Siá Iria, já que o Simão deve estar no eito. Diga que eu sou um passageiro, andei na Vargem da Cruz. Trago uma encomenda para eles.

Logo em seguida apareceu Iria, mais gorda, mais velha, com um pano branco atado na cabeça. Fez pala com a mão na testa para me enxergar direito – eu estava contra o sol – e não me reconheceu:

– Vossemecê tem algum negócio com o Simão?

E eu perguntei:

– Estou falando com a Siá Iria?

Ela aí reconheceu a voz. Vi que estremecia, abriu a boca, fechou, virou-se para o moleque:

– Que é que você está inzonando por aí? Vai varrer o terreiro, preguiçoso!

O moleque, curioso, querendo espiar o estranho, saiu de mau modo. Iria esperou que ele sumisse do lado do oitão, levou a mão à boca, gemeu:

– Minha Nossa Senhora das Dores! Será mesmo vossemecê, Sinhô Padre?

E eu olhava para ela, sorrindo:

– Pensei que você não ia me reconhecer nunca. Por causa da barba.

– É que vossemecê está muito demudado. Mas a voz não mudou. Olhe, vá entrando. O Sinhozim não está em casa, ele mora aqui sozinho, diz que vai casar para o ano.

– E quem é o Sinhozim?

– É o sobrinho da Dona Pite, filho de uma irmã dela. É ele que toma conta da herança do Zezinho. A Dona Pite mandou o menino estudar na cidade.

– Eu não reconheci a fazenda. Está tudo diferente.

– O Sinhô novo é um moço cheio de invenção. Estudou no Rio de Janeiro. Já mudou tudo lá na Noruega e agora está mudando por aqui. A Dona Pite não gosta muito, mas já está velha e vai sempre pela cabeça do moço, deixa ele fazer o que quiser. Ele até comprou um lote de negro na Bahia, trouxe pra cá, fez essa senzala aí. Agora, até eu e o Simão dormimos lá, no quartinho mais perto da fazenda.

– Então está correndo muita riqueza por aqui, Iria?

– Mal e mal. Por ora, Sinhozim só fala em prejuízo...

Nenhum de nós dois estava à vontade. Iria olhava de um lado pro outro, afinal não se conteve, me puxou pela mão e me levou para um quartinho ao lado, uma camarinha de moça, que eu nem conhecia. Daquela casa eu só recordava a sala, o corredor, o quarto de Bela. E só os via à noite, no escuro.

Dentro do quarto, Iria respirou melhor. Olhou bem para mim, levou as mãos aos meus ombros, me deu um abraço – pedindo licença primeiro. Então se pôs a chorar:

– A gente pensava que vossemecê tinha morrido! Nunca chegou a menor notícia. Então se dava Sinhô Padre por morto, saiu tão maltratado, ferido... A gente chorou tanto! Por onde vossemecê andou?

– Andei muito, por aí, por longe. Trabalhei...

– Foi ser vigário em outro lugar?

– Isso não. Desde aqueles tempos, tive que me esquecer de que sou Padre.

– E o Sinhô Padre sabe que botaram sua cabeça a prêmio? A herege da Dona Eufrásia. Não lhe bastou a desgraça que arranjou com aquela carta para o homem. Diz que só sossega quando conseguir lhe ver pendurado numa forca, ou varado de bala...

– E ainda tem gente no meu encalço, Iria?

Ela baixou a cabeça, sem saber o que responder. Afinal me olhou:

– Foi muito dinheiro que ela botou: um conto de réis. O povo daqui é pobre, nunca nem viu falar em tanto dinheiro. E existe muita gente ruim. Nesta fazenda mesmo, tem uns dois cabras que vive jurando lhe pegar um dia. Por isso eu vim lhe esconder neste quarto, enquanto a gente conversa. Na casa da fazenda eles não entram, Sinhozim botou eles todos no eito, trabalhando de sol a sol. Agora estão roçando a mandioca.

Fiquei meio inquieto:

– A mim você escondeu. Mas o meu cavalo?

Iria levantou-se, saiu rápido, deu umas ordens, voltou:

– Mandei o moleque dar um banho nele e selar de novo; disse que vossemecê não demora a ir embora. Veio procurar Sinhozim, mas não pode esperar que ele chegue. Sinhozim só vem mesmo amanhã, foi levar a tia à vila. Tem um dentista de passagem na Vargem da Cruz e ela precisa arrancar um dente.

Iria me deu depois notícias do meu antigo rebanho; algumas das velhas tinham morrido. O que restava, continuava na mesma latomia. Mas não gostam do Padre velho que veio de vigário e não facilita com elas. Cada uma só tem direito a cinco minutos no confessionário: "Diz elas que ele confessa com a cebola do relógio na mão, contando os minutos."

– E o menino de... da Dona Bela, onde está?

– Está estudando. Diz que vai ser doutor médico, surjão. Dona Pite tem o maior orgulho, diz que o menino tem uma cabeça de ouro. Enquanto isso, o Sinhozim Laurindo, sobrinho da Sinhá Pite, com a morte do tio tomou conta de tudo. Diz o povo que enterrou toda a herança da velha, fazendo benfeitoria... E agora mete a mão na herança do Zequinha.

– Então não mudou grande coisa na Vargem da Cruz?

Iria concordou:

– Bem, teve o caso do fogo no Limoeiro...

– Incêndio?

– Sim, mas foi a propósito. Aquela moça, Maria Moura, não sei se vossemecê se lembra? Houve duas mortes lá – o padrasto dela, o padrasto não, era só amigado, com licença da palavra, com a mãe dela; e esse dito tal foi morto e depois mataram um rapaz que disseram estava querendo entrar no quarto dela, de noite. Pois mataram esse também. E aí, não se sabe por que, parece que foi questão de herança com uns primos dela, os donos das Marias Pretas; só se sabe que atacaram a casa da moça, no sítio do Limoeiro e puseram cerco. A moça tacou fogo na casa, só pra não se entregar. No princípio se pensou que ela tinha se acabado, queimada no fogo, mas não encontraram esqueleto nenhum, lá dentro. Depois se soube que ela tinha era fugido, com um bando de cabras. À frente o João Rufo, conhecido nosso. Parece que ela arranjou outro terreno, formou um bando armado, e anda por aí fazendo estripulia, assaltando viajante pelas estradas. Pelo menos é o que o primo dela, o Irineu, anda espalhando pelas bodegas. Conta que ela quase o matou de tiro, numa emboscada.

O nome me batia na memória. A moça, o padrasto... Eu ia lembrando, enquanto Iria continuava:

– Mas agora o que se sabe é que ela tomou posse de umas terras que o avô possuía na Serra dos Padres; levantou uma casa fortificada e faz medo a todo mundo. Diz o povo que ela não só manda de lá espalhar os cabras roubando quem encontra nas estradas, como ainda dá coito a criminoso perseguido, na tal de Casa-Forte – como é chamada – e que é direito um quartel de soldado.

Fiquei assombrado. Então era mesmo a moça da confissão – ela bem me disse que ia mandar matar o padrasto... Pois matou mesmo... e o resto completa o quadro!

Iria falava, falava, mas continuava nervosa. Afinal me disse que um dos cabras do finado Anacleto, que ainda vivia falando em sair à minha procura, pra ganhar o prêmio da velha Eufrásia, era o feitor da fazenda; nesta hora devia estar no roçado com os homens. Não tardava vinha pra almoçar. Melhor era eu ir embora logo, porque os negros comiam no roçado mesmo, mas o feitor sempre vinha pegar um prato no fogão. Pelas nove horas é que ele costuma chegar.

– Falando em prato, vou buscar uma merenda para vossemecê. Espere aqui mesmo.

Demorou poucos minutos, voltou com um prato coberto por um guardanapo. Me deu a colher, recomendou:

– Vá comendo que eu vou ver se o moleque já trouxe o seu cavalo.

Eu não estava com medo, o cabra não ia me conhecer, eu tinha mudado tanto. Se até a Iria me estranhou!

Chegou a Iria da espiada lá fora, eu ainda estava comendo. Ela veio dizendo que o cavalo já estava selado e, assim que eu acabasse a merenda, podia montar e sair.

– E pra onde é que vossemecê pode ir? Estou pensando num canto para lhe esconder, mas não acho. O forno do carvão está aceso, tem sempre gente lá. Aqui na casa é tudo invadido, não tem segredo em parte alguma. Na senzala, ainda pior. O melhor é vossemecê ir embora mesmo... Onde é que estava parando?

– Me arranchei numa casinhola à beira da estrada, a uma boa distância de cá.

– Pois então, vamos. O cavalo está esperando.

Eu me levantei, estendi a mão para Iria, fui dizendo:

– Adeus, então, minha velha... Quem sabe você pode mandar o Simão conversar comigo, lá no rancho?

Nesse instante a porta, que estava cerrada, abriu-se e um homem se enquadrou nela:

– Bom dia, Seu Padre! Que é que anda fazendo por aqui?

Devia ser o tal feitor; um mulato grosso, bigode grande; não admirava que me reconhecesse, porque logo também o reconheci. Era um antigo caixeiro do Anacleto, a quem eu via diariamente; todas as vezes em que eu passava pela calçada da loja, lá estava ele, encostado no umbral, esperando a freguesia. Eu dava o bom-dia ou a boa-tarde e ele sempre dizia uma graçola: "Como vão as beatinhas?" ou "Igreja cheia, hoje?" Eu não simpatizava com o sujeito que era muito atrevido pro meu gosto. E sempre lhe respondia com meia palavra. Ele deveria estar se lembrando muito bem da minha figura, o meu jeito de andar, o meu tom de voz. Ainda mais que ele sempre aparecia na missa do domingo e escutava o sermão.

Estava tão seguro, olhando para mim, com uma garrucha na mão, que se deu ao luxo de brincar com a Iria:

– Dê licença, Siá Iria. Olhe que a gente pode repartir entre nós dois o prêmio da Dona Eufrásia...

E no que ele voltou os olhos para a Iria, eu, num impulso de desespero, dei-lhe um pontapé no braço. A garrucha voou longe. Parece que eu lhe quebrei o pulso, porque o homem caiu ajoelhado, com um grito, segurando a mão. Eu me enfiei entre ele e o batente da porta, atravessei o alpendre correndo, peguei nas rédeas do Veneno, e saltei na sela quase num movimento só. Cheguei as esporas ao cavalo, que já saiu a galope.

Eu ainda não ia a vinte braças de distância, quando o homem apareceu à porta, segurando a arma com a mão esquerda e deu um tiro na minha direção.

Ouvindo o estampido, me virei pra trás e lá estava ele, querendo carregar de novo a arma, segura ainda pela mão esquerda. Apertei no calcanhar o Veneno e apressei a carreira.

Eles não me perseguiram. Creio que não havia animal pegado naquela hora, nem ninguém especialmente interessado na perseguição. Os homens do eito era tudo negro novo, segundo me dissera a Iria, não estavam sabendo nem quem eu era.

Naquele galope desvairado, o Veneno acabou metendo a mão num buraco; nem sei o que aconteceu com a pata direita dele; só sei que o cavalo parou de repente. E depois, por mais que eu insistisse, ele mal conseguia trocar o passo. Desmontei – felizmente já estava perto do rancho; me apeei, peguei na rédea e fui puxando pelo Veneno, até que chegamos lá.

O dono da casa era um sujeito prestativo, correu ver o que tinha acontecido ao animal, e logo veio me dar o resultado do exame:

– Quebrar o osso, não quebrou. Mas parece que destroncou, ou pelo menos desmentiu a junta.

Fiquei tão desesperado que me sentei no banco do terreiro e me pus a chorar. Não iria tardar muito, o cabra vinha me descobrir ali; era fácil, depois que me tinha visto, e à minha roupa, e à minha cara atual.

O meu hospedeiro parece que teve pena de mim, sentiu que eu estava numa aflição muito grande. Gritou pela mulher, mandou que trouxesse um pedaço de sebo de carneiro que estava pendurado nas ripas da cozinha. Tirou uma bola de sebo que começou a esquentar ao fogo, agachado junto à trempe onde se cozinhava o feijão. Eu tirei a sela do Veneno, peguei na cabaça d'água que esperava, cheia, encostada à parede, e nem perguntei pra que era destinada aquela água, dei de beber com ela ao Veneno. O homem veio com o sebo quente na mão e passou a esfregar com ele a pata do cavalo, que resistia e recuava, talvez por causa da dor. Precisei fazer esforço para o segurar.

O dia inteiro levamos tratando da mão do cavalo; parecia que ele melhorava. A princípio mal tocava com o casco no chão, agora já pisava com alguma segurança.

Passei naquilo uns três dias extremamente aflitivos. Não ousava tentar comprar outro cavalo – também não tinha dinheiro para isso. Mas eu podia oferecer uma troca com o Veneno. O meu cavalo podia se recuperar, bastava só esperar alguns dias, duas semanas, talvez.

O pior é que eu receava alertar os caçadores da minha cabeça, que deveriam andar me catando o rastro; e nem entendo como ainda não tinham dado comigo, ali. Talvez a Iria os pôs em alguma pista falsa.

Mas a Vargem da Cruz não ficava tão longe, era só uma questão de tempo me descobrirem, se eu continuasse imobilizado naquela beira de estrada, praticamente esperando por eles.

Afinal, ao cabo dos três dias, o Veneno aguentou o meu peso e se pôs a marchar, embora cuidadoso. Despedi-me do hospedeiro, que parecia não ter desconfiado da minha situação. Aceitou bem a explicação que lhe dei – que tinha ido só entregar uma encomenda ali por perto e estava com muita pressa em tomar de novo a estrada. Tinha encontro marcado num certo ponto, com uns tropeiros. Íamos viajar juntos até a cidade do Pombal.

E durante todos aqueles dias, enquanto esperava que o cavalo sarasse, eu me punha a imaginar o que ia fazer com a minha vida. Por aquelas bandas não poderia pensar nunca em ficar – seria caçado como um doido, era só alguém dar o primeiro alerta. Voltar para as Bruxa me dava também um desgosto, um desagrado tão forte. Era o mesmo que me enterrar vivo no meio daquela gente, onde por dois anos eu não tinha feito um amigo, só conhecidos indiferentes. Eu antes preferia morrer; da morte não tinha medo, tinha medo era daquela perseguição. E se ao menos me matassem, mas iam querer me arrastar vivo, me levar à prisão, me acusar, me julgar. E eu poderia contar com justiça, se tinha tudo contra mim?

E aí me veio à lembrança a notícia que me dera a Iria a respeito da moça do Limoeiro que tocou fogo na casa. A mesma que me tinha feito aquela confissão!

E ela agora era dona de fazenda, senhora da tal Casa-Forte onde, entre outras coisas, dava coito a gente corrida da justiça. Era o meu caso! – eu também era corrido da justiça.

Pagavam dinheiro grosso – um conto de réis! – a quem me pegasse, vivo ou morto. Não podia haver ninguém mais corrido da justiça que eu.

Bem, mas eu não tinha dinheiro para pagar o asilo à dona da Casa Forte. E essas coisas só se fazem a poder de dinheiro, de muito dinheiro.

Havia contudo um vínculo entre nós dois – eu e ela. Havia um segredo, segredo que eu não poderia descobrir nunca, porque era segredo de confissão.

Resolvi procurar Maria Moura. Tinha como pista esse nome e o nome da Serra dos Padres; muita gente poderia me dizer como chegar até lá.

Ah, se alguém neste mundo estava carecido de asilo, esse alguém era eu.

Não sei que anjo da guarda vinha me protegendo, pois que, ao fim do terceiro dia, ainda não tinha aparecido ninguém atrás de mim.

Parti na madrugada seguinte, com escuro. Não podia me arriscar a grandes jornadas, porque o Veneno ainda estava sentindo a mão. Levei comigo o resto do sebo de carneiro e um saco com paçoca de carne-seca que a mulher do pouso me arranjou. Deixei naquele pouso quase todas as minhas moedas de cobre. Fiquei só com algumas patacas. E saí de lá rezando pelos donos da casa, pois só por causa deles não me sentira completamente desamparado.

Com seis dias de viagem, indo na direção geral da Serra dos Padres, que todo mundo conhecia mais ou menos, dei com um lugarejo por nome Camiranga, onde tive notícias de Maria Moura. Ela já era muito conhecida por lá.

Gastei as últimas patacas, comprei provisões, entre elas uma espingardinha de passarinhar, com que podia me ajudar no sustento até o fim da jornada.

E parti ao encontro de Maria Moura.

30
Maria Moura

A gente está em paz, levando a vida, rolando pedra de morro acima, como diz João Rufo, pensando que o mais difícil já se enfrentou, quando de repente o céu se abre e cai de lá uma assombração vinda direta do passado, que já se pensava enterrada, de osso branco, como um defunto velho.

Pois foi assim, como um raio em dia limpo, que me apareceu o Padre, quero dizer, o nosso Beato Romano.

Vieram avisar a João Rufo que tinha um desconhecido amoitado no mato, mal-escondido na galharia seca. Não era um caboclo, chegou a cavalo, usava sapato e tinha uma espingardinha a tiracolo.

Estava agora sentado no chão, ao lado do animal, esperando o quê, ninguém entendia.

Mandei João Rufo ir ver quem era o estranho. Se tinha negócio com a gente, trouxesse o homem até em casa; se não tinha, enxotasse.

– Leve um homem com você. Não disseram que vem armado?

Foi grande o meu susto quando reconheci no estranho aquele Padre que me surgia das entranhas do passado. E nem sei como me deu a ideia de fazer dele o Beato Romano. Talvez achei que, com aquela cara chupada, a pele baça, a barba emendando com o bigode, me lembrava mesmo um certo beato que eu tinha visto passar pelo

Limoeiro, junto com um bando de penitente, pedindo esmola e cantando bendito.

Como eu não sei costurar, chamei Rubina, pedi que me cortasse e costurasse o camisolão do Beato, numa peça de pano azul que se guardava na despensa. Rubina chamou uma ajudante, num instante costurou a mortalha, quero dizer – a 'samarra' (palavra que o Padre me ensinou que era o nome certo para aquele camisão). Depois, com fio de algodão cru, elas torceram o cordão de São Francisco para ele amarrar na cintura.

E Rubina, imediatamente, virou-se em devota do Beato, tornou-se a protetora dele; lhe cuidava ela mesma da roupa, lhe arranjou umas apragatas feitas por um dos nossos campeiros que trabalhava em couro. Eu tive que inventar, para Rubina, uma história meio atrapalhada: "Imagina, minha nega, o pobre desse Beato me chegou na Casa-Forte, disfarçado, metido em calça e blusa, trajo que ele nunca usou. Veio fugido dos soldados de polícia. Pelo que ele contou, corre pelo sertão inteiro uma ordem do governo mandando perseguir qualquer bando de gente que vagueie pelas estradas, rezando, cantando bendito e com um beato à frente, puxando a reza."

Rubina conhecia os penitentes:

– Eles dão sempre que falar.

– Mas o pior é que não é só soldado que persegue aqueles coitados. Tem muita gente ruim, muito Sinhô, principalmente, que manda capitão do mato com os cabras atrás dos penitentes, dizendo que um bando desses só serve pra dar cobertura a negro fugido. E agora veja, Rubina, o pobre do Beato Romano: andava com o bando dele numa dessas marchas, cantando e tocando matraca, quando deram de frente com mais de vinte soldados! Tinham recebido denúncia deles. E foi aquele estrago: pegaram uns, estropiaram outros; o Beato ainda teve tempo de se esconder no mato, despiu a camisola, ficou só de ceroula, e andou assim até que uma alma caridosa acudiu e lhe arranjou aquela roupinha velha... Depois lhe deram um cavalo. E ele então, como tantos outros perseguidos, resolveu pedir asilo na Casa-Forte.

Nunca pensei que eu fosse capaz de inventar tanta coisa e tão de repente. Nem sei se a Rubina acreditou em tudo; mas a minha esperança era que ela não se lembrasse do Vigário, da Vargem da Cruz, e não reconhecesse o Padre no Beato. Me sentia mais segura ao lembrar que eu mesma não tinha reconhecido o Vigário, embora fosse confessada dele; a mudança era grande demais.

Também não posso negar que a presença do Beato veio mexer muitíssimo comigo. Águas passadas, águas passadas. Quanto tempo decorreu depois daquela minha confissão, na igreja da vila? Pra que é que eu fui me ajoelhar naquele confessionário? De louca? De apavorada com a morte de Mãe? Afinal é uma pergunta que eu nunca soube responder. E que, agora, poderei dizer que nem interessa mais.

PRA DUARTE EU SÓ disse duas palavras. A mãe já lhe contara a minha história e ele aceitou. Duarte tem bom coração.

Uns três dias depois da chegada do Padre, mandei chamar por ele, que já andava com a sua camisola azul de Beato e a sua corda na cintura. Fechei a porta da sala e disse que já se podia conversar.

Ele então me contou uma história de fazer medo. A paixão que ele e a Dona Bela da Atalaia tiveram um pelo outro, o marido, aquele Anacleto da loja, fora de casa, atrás de minas de ouro. Depois de um ano apareceu de repente e achou a mulher de barriga... Doido de raiva matou a ela e à criança dentro dela e quando o Padre chegou correndo, o Anacleto foi em cima dele e quase o degola... Pra não morrer, o Padre atirou um tamborete de pau na cabeça do marido, matou direto... E aí botaram a cabeça do Padre a prêmio oferecendo por ela um conto de réis, vivo ou morto...

Tudo isso havia se dado depois da minha saída do Limoeiro. Ele teve notícia do incêndio, nunca entendeu o que tinha me levado a isso, para ele era um mistério.

Passados tantos anos, entre uma e outra correria, o Padre resolveu chegar até a Fazenda Atalaia, onde tinha acontecido o desastre; queria rever o casal de escravos que lhe tinham salvo a vida; mas foi reconhecido, quase o agarram, nem sabe como escapou. Não tinha mais a coragem dos primeiros tempos, só queria se esconder. Então alguém lhe falou em mim, ele ligou coisa com coisa – a moça da confissão é a Maria Moura! Não podia haver duas Maria Moura naquele sertão.

Resolveu arriscar, me pedir asilo. Pensou: o pior que ela pode fazer é mandar me matar – e isso talvez seja até uma esmola!

– Eu já não aguentava mais. E agora estou aqui, sou o seu Beato...

– Mas vossemecê não acha esquisito um padre no meio dos meus cabras? Eu só ando junto com gente perigosa. Eu mesma levo vida ainda mais perigosa...

– E eu? Tenho fama de assassino, tenho a minha cabeça a prêmio. Vivo proscrito, querem me pegar morto ou vivo... E, a esse ponto, nem Maria Moura, nem ninguém daqui já chegou!

POR DEUS QUE O PADRE, mais depressa do que se podia esperar, se acomodou conosco, se acostumou à vida na Casa-Forte. Gosta de se reunir com os homens. Fica conversando com eles, às noites, sentados ao sereno, no meio do terreiro, se tiver lua, conta pra eles a vida dos santos, a história Sagrada, as passagens de Nosso Senhor quando andou pelo mundo. Ensina alguma reza de mais virtude. Na verdade, minha impressão é que ele não deixou propriamente de ser Padre. Já o peguei rezando em latim, ajudando a morrer um homem baleado, que os companheiros tinham trazido numa rede.

Depois que o coitado morreu, os rapazes levaram o corpo, na mesma rede, para enterrar numa espécie de cemitério onde a gente já vinha sepultando os nossos primeiros defuntos. Uns de doença, só outros dois matados mesmo.

Beato Romano ficou muito tempo ajoelhado junto da cova, rezando tão baixinho que só se via que era reza pelo bater dos beiços. E tão embebido estava na oração que foi preciso tocar no ombro dele para tirar dali o finado, em caminho para a sepultura.

APESAR DAQUELA GRANDE amizade que nos ligou, nunca ninguém pensou que eu chegasse a casar com Duarte. Acho que nem ele pensaria. Afinal, era filho de escrava alforriada e a gente não se casa com filho de cativo, mesmo que tenha do nosso sangue nas veias.

E talvez fosse mesmo pelo impossível da ideia de um casamento entre nós, que aos poucos foi havendo o que chegou a haver.

Além do mais, eu tinha horror a casamento. Um homem mandando em mim, imagine; logo eu, acostumada desde anos a mandar em qualquer homem que me chegasse perto. Até com o Liberato, que era quem era – perigoso –, achei jeito de dar-lhe a última palavra.

Um homem me governando, me dizendo – faça isso, faça aquilo, qual! Considerando também dele tudo que era meu, nem em sonho – ou pior, nem em pesadelo. E me usando na cama toda vez que lhe desse na veneta. Ah, isso também não. Duarte entendeu logo que, comigo, tinha primeiro que tomar chegada, vir de mansinho, se sujeitando ao meu querer. Só na sombra da noite, no escuro do quarto, sem ninguém desconfiando de nós. Ele não fazia questão de nada, nem ciúme demonstrava; mas também era fácil, pois que não havia por ali ninguém que se atrevesse a chegar perto de mim. O fato é que, comigo, quando se tratasse de homem, tinha que ser sempre eu quem dava o sinal.

Numa tarde de sábado, chegou à Casa-Forte no portão um homem a cavalo, com dois moleques de guarda-costas. O Pagão, que ia ficando um rapazinho, é que nos servia de porteiro e destrancava o cadeado do portão, mas tinha ido à bodega, no Riacho da Bruga, e foi mesmo Duarte abrir.

O sujeito não me conhecia. Duarte disse que tinha a impressão de já ter cruzado com ele. Mas o visitante mostrou logo que sabia muito bem quem era eu, quem era Duarte.

Tirou o chapéu, se abancou quando eu dei licença, tirou as esporas e começou assim:

– Senhora Dona Moura, eu vim procurar vossemecê porque nós dois estamos precisando um do outro.

Não gostei da conversa, ia levantando a mão pra responder de mau jeito, quando vi que Duarte me fazia um sinal, abrindo as duas mãos, como quem diz: “Calma. Deixa ver o que ele quer...”

E então falei:

– E o que pode ser tão bom para nós dois?

O homem se levantou, sentou de novo:

– O meu nome é Antonio Muxió. Sou caboclo daqui mesmo desta ribeira, mas desde novo tenho quebrado cabeça por esse mundão além. Já andei demais, já cortei muita vereda, fui vaqueiro de boiada, levei gado a mais de cinquenta léguas daqui. Trouxe gado até de Goiás. Mas eu sou um cabra agitado, não me sinto mais com paciência pra andar tangendo boi, comendo poeira, passando fome e sede. Quando o gado sofre, o vaqueiro sofre também.

Duarte concordou com a cabeça, o sujeito continuou:

– E aí então, Senhora Dona Moura, numa dessas viagens, eu me juntei com uns camaradas – uns três –, esperamos a noite alta, apartamos um magote do gado – umas vinte cabeças, a boiada era de mais de duzentos! – e saímos com as reses, nessa noite. Tomamos por outro caminho – o oposto de onde se ia – e fomos vender o gadinho na feira de uma vila, por nome Brejo Seco. Vendemos o gado barato e foi a nossa besteira: o comprador desconfiou. Mas a gente nunca tinha visto tanto dinheiro junto! Andamos mais de três léguas pra lá do Brejo Seco, saímos em outro arruado e tomamos a maior bebedeira de toda a nossa vida.

Eu olhava o cabra, muito séria. Ele sorriu meio encabulado:

– Pois é! Na manhã do outro dia, a gente estava tudo escornado, com licença da palavra, no oitão mesmo da bodega, quando chegou e nos descobriu um dos homens do dono da boiada: tinha seguido o nosso rastro até ali. Foi chamar autoridade, o soldado nos pegou ainda dormindo, nos amarraram, nos deram uma surra de relho. Ficamos os quatro na cadeia. Com três dias seguintes, quando já estavam falando em nos soltar, chegou o dono do gado e exigiu que nos levassem tudo preso, até outra vila maior, uma tal de São Tomé. Lá devia de ter juiz, mas não tinha: o juiz já viajava fazia seis meses, ia doente e morreu lá pelo Pernambuco, que era a terra dele. E parece que os do governo não achavam mais doutor nenhum que quisesse ser juiz na desgraça daquela terra; só sei que nós passamos mais de dois anos presos, na cadeia do São Tomé. O tempo todo não se fazia nada, era só dormindo de dia e jogando truco de noite. O pior era que, na delegacia, não havia dinheiro para dar comida aos presos e a gente vivia só das esmolas de quem tinha pena e nos mandava um cozinhado de feijão. Alguma vez o delegado dava ordem aos presos pra irem capinar uma roça dele ou de algum outro mandão da terra; nesses dias se comia. E com aquela vida de penar tudo junto, fomos criando amizade uns com os outros, fizemos quase uma irmandade. Se por acaso havia alguma briga entre nós eu ia e apartava; eles já tinham confiança em mim.

A história estava comprida demais, eu me impacientei:

– E daí?

– E daí, Dona, que, como era natural, a gente estava sempre combinando de fugir. Tudo bem planejado, o dia, a hora e o lugar para onde ir. A essas alturas o pessoal nosso estava bem escolado, já não era mais aquele bando de bestalhão metido a ladrão de gado, de dois anos atrás. E tinha dois, dos outros três presos, que eram homens de experiência, viviam já fazia muito tempo nessa vida de tomar coisa de viajante. Tinham arma e tudo e se davam muito bem. Mas foram iludidos numa casa de rapariga, largaram as armas pra vadiar com as meninas e aí a dona da casa entregou eles...

– Vocês então fugiram juntos? – interrompeu Duarte.

– Isso aí. Ninguém se conformava de ficar ali apodrecendo o resto da vida, começamos a estudar de verdade o jeito de fugir. O que parecia melhor era abrir na parede velha um rombo que desse passagem a um homem. A sorte é que aquela cadeia estava mesmo em petição de miséria, parede toda rachada. Na noite combinada foi fácil. Com uma ponta de ferro nós abrimos um buraco, tirando uns dez tijolos, que deu para passar o bando todo, de um em um. Encostados nos muros, na sombra da rua escura, conseguimos chegar na casa de uma conhecida do Raimundim, um dos nossos companheiros. Essa mulher era boa gente, já tinha tido um filho com o Raimundim, só que o menino morreu; mas apesar do anjo ter ido embora, ela continuava com a amizade. Nossa sorte foi que, quando os soldados descobriram a fugida, deu na ideia deles que a gente devia de ter corrido pra longe, em procura da nossa terra. Achavam que a gente não seria tão doido a ponto de se acoitar ali por perto. Assim, passamos uma semana inteira escondidos com a amiga do Raimundim. Ninguém dormia nem comia na casa, se ficava no mato mesmo, que era alto. A mulher levava o nosso comer num alguidar tampado, deixava junto do chiqueiro do porco; de noite a gente ia buscar. E quando se pensou que já estava seguro para tomar a estrada nós saímos. Mas na hora em que a gente ia pegando o caminho, o soldado que mais nos perseguia, como não achou ninguém no caminho, se lembrou da velha amizade daquela mulher com o Raimundim e disse pros outros que o bando de fujão devia de estar lá. Os outros não acreditaram e ele foi sozinho ver o que descobria. A gente era cinco, porque dois dos mais velhos e desanimados tinham debandado na própria noite da fugida e nunca foram pegos. Pois é, a gente sendo cinco, o jeito foi matar aquele soldado maluco. Pode-se dizer que ele morreu porque quis; ninguém ia se entregar a ele. Mal se conseguiu escapulir, nos metemos pelo mato, sofremos o diabo; principalmente porque não se sabia pra onde ir. Mas lá na cadeia já se falava muito na fama de Maria Moura. O povo conta muita coisa. Então a gente pensou de vir se oferecer pra trabalhar com vossemecê. Somos cinco cabras dispostos, já fizemos nossas provas por aí, entramos nus, saímos vestidos, comemos e bebemos, estamos vivos. Verdade que já quase fomos presos mais de uma vez. Por isso mesmo pensamos que não adianta essa vida pra quem não tem garantia; quem nos dê arma e munição, quem nos dê coito na hora do aperto. E quem melhor para isso do que a Dona Moura, aqui na sua Casa-Forte?

Duarte e eu tínhamos ouvido a história toda praticamente sem cortar a palavra dele.

Fiquei pensando. Olhei para Duarte:

– Que é que você acha?

Duarte mordia o bigode:

– E quem nos garante que esses cabras, pegando aqui arma e munição nossa, não vão ganhar o mundo e trabalhar por conta própria?

Antonio Muxió estendeu a mão:

– Pense bem, meu chefe. Quem sou eu e os outros pra me meter a enganar Dona Maria Moura? Só se fosse doido varrido. E a gente quer mesmo é ter proteção, ter um chefe, trabalhar com orgulho, sabendo pra quem. Vossemecê acha que qualquer besta de soldado vai se meter e dar voz de prisão a quem ele sabe que é cabra de Maria Moura?

– Cadê seus outros homens? – eu perguntei.

– Dois deles são os meninos que ficaram esperando no portão. Os outros dois são cabras mais curtidos da vida, me disseram que tinham medo – me desculpe o atrevimento deles –, mas disseram que tinham medo de entrar na cova da onça...

– Pois vá chamar por eles e depois a gente conversa.

Duarte ainda perguntou:

– Vocês têm animal?

– Só aquele que eu montava. Pegamos faz pouco tempo.

Duarte levou o Muxió até o portão e o homem saiu em procura dos outros.

Eu tinha uma ideia:

– A gente podia mandar o Roque com eles...

Duarte não estava muito embelezado:

– Pode ser; mas vamos primeiro ver os outros.

POIS DEU CERTO. O Roque se entusiasmou, declarou logo que ia ser o sargento daquela tropa, trazer eles dançando o miudinho. Três deles andavam pelos trinta e poucos anos e os dois, que já se tinha visto, podiam andar pelos vinte.

Na verdade, na Casa-Forte se estava mesmo precisando de pessoal. Eu agora tinha que tomar mais cuidado quando punha as minhas parelhas em campo, que, daí, nem mais parelhas eram, mas ternos e quinas. Ia-se enxertando algum novato junto com os outros antigos (o Juco estava louco para sair com eles, mas eu não deixava, pensando na Libânia). E, agora eu já andava até querendo alargar as correrias. A gente já dispunha de muita arma, esperando serventia. Bacamartes, clavinotes, espingardinhas, até garruchas. Era o que eu mais recomendava: "Nos entreveros, vocês procurem desarmar os cabras e tragam o armamento deles. Arma de fogo e arma branca. Quero tudo."

Por isso eles às vezes atacavam, sabendo que os homens não tinham dinheiro, mas era só pelas armas, a munição e, principalmente, a pólvora... Munição de bacamarte não era difícil, difícil mesmo só a pólvora.

Duarte andava falando em arranjar um 'moinho de pólvora', feito um de que ele tinha ouvido notícia. Era do governo, e fabricava pólvora para fornecer em quartel. Deixei que ele desse uma viagem a Santana Mestra, uma vila onde havia grande guarnição de praça – tinha até sargento e tenente. E lá faziam pólvora. Mas quando Duarte chegou no lugar, a fábrica tinha sido fechada. A sorte foi que ele se meteu com um cabo, pagou-lhe umas cachaças e conseguiu ver como era a tal de fábrica tão falada.

Bem, parece que o trabalho não era difícil. Primeiro, tinha-se que arranjar o material para fazer a pólvora: o salitre, o enxofre e o carvão. Pisava-se ou se moía cada um dos três, até virar pó, mas tudo em separado. Ao misturar, era preciso obedecer à receita, tantas partes disto, tantas daquilo. E no operar a mistura, havia que usar do maior cuidado para não estourar, porque aquilo já era pólvora.

– E onde é que você vai adquirir tanto ingrediente? – eu perguntava a Duarte.

– O carvão se faz aqui mesmo; o enxofre, um boticário da rua, conhecido velho desde os tempos das Marias Pretas, poderá arranjar. Ele recebe enxofre pra vender na botica, que é muito procurado contra coceira braba e curuba. O velho me disse que é só aumentar os pedidos ao fornecedor, acho que é da Bahia. Ou do Recife.

– E o salitre?

– Já o salitre, pra fazer a pólvora, se gasta dele em quantidade maior do que o enxofre; mas não precisa mandar comprar em praça grande. Disse o cabo que o salitre que eles gastavam vinha de umas minas das bandas da Bahia. É o que a gente chama aqui de 'sal de mina'. E tem que ser transportado em mala de couro, porque arrisca de derreter na chuva, viajando em sacaria de pano ou surrão de palha.

Concordei que podia ser difícil, mas não seria impossível. A gente, ali da Casa-Forte, dava segurança a muito comboieiro que sempre trazia um agrado, a cada viagem; e também nos dava informação sobre algum estranho abonado que se aventurasse pelas estradas, no nosso território.

E não é que Duarte tinha conseguido mesmo a receita verdadeira da pólvora? Cada libra dela, depois de pronta, tem que levar sete partes de salitre, uma parte de enxofre e duas de carvão. Depois disso é só moer e misturar.

– Mas tem que dar tempo ao tempo, Sinhazinha. Não se pode ter sortimento de pólvora nossa logo na semana que vem!

Para adiantar serviço, mandou-se tirar na mata três boas toras de pau-d'arco, bem grossas, para se cavar em cada uma delas um pilão. Sendo que o do salitre tinha que ser o maior. Pilador não era difícil, todo mundo ali era acostumado a pisar milho de caçula; duas pessoas, cada uma com a sua mão de pilão, batendo de feição: quando uma ia com a mão pro alto a outra descia.

Pela minha parte eu exigi que Duarte levantasse uma meia-água aberta, isolada da casa, pra se lidar com material tão perigoso. E lá mesmo, encostado, com paredes dobradas e as linhas bem grossas recebendo o telhado, se fizesse o paiol onde ia se armazenar a pólvora.

E eu ainda me ria dos planos dele, dizia que Duarte estava contando com o pinto no oveiro da galinha; ele não se importava e ia adiante. E tratou de adiantar também o forno para o carvão, igual aos que se fazia na Vargem da Cruz, pra vender carvão, de porta em porta nas casas da vila.

CONTINUAVA O GRUPO de Antonio Muxió se saindo melhor do que o esperado. Eu até me arrependia de ter antipazado com o cabra. Junto com o Roque, ele fazia uma parelha levada do diabo. Passavam uns quinze dias, três semanas por fora, e não voltavam nunca de mãos abanando. Ou era dinheiro, ou alguma joia, sempre mais de uma arma. Vez por outra chegavam tangendo algumas cabeças de gado.

Teve uma vez em que se meteram numa fazendinha, com umas trinta vacas paridas no curral; escolheram as mais famosas, as mais gordas, com os bezerros bem-criados. Tiraram assim umas dez; puseram dois cabras pastorando os donos, pra eles não saírem atrás dos nossos, enquanto se adiantavam na estrada, devagar, por causa da marcha miúda dos bezerros. Só passados quatro dias os da guarda na fazenda arribaram, mas assustaram tanto os homens que eles nem deram parte de nada à autoridade. Que por sinal ficava muito longe, não ia se incomodar saindo atrás de dez reses.

E o Roque ainda se pabulava, dizendo que não teve pena de fazer o que fez porque o pessoal da fazenda não era dono de nada. O dono da casa e da terra era um fazendeirão muito rico, morador em sobrado na vila, e que tinha a mania de comprar terra no sertão, situar as fazendas, botar lá uma semente de gado e deixar tudo aos cuidados do vaqueiro. E Roque alegava que rico como esse não vai morrer de fome por causa de um magote de gado.

Eles diziam isso com uma cara compadecida, mas eu sabia que eram muito capazes de carregar o gado de qualquer maneira. A tentação era grande. E nas terras da Casa-Forte tinha lugar para o dobro ou mais do gado que eu já possuía. Quem pode, pode, e, podendo, faz.

Duarte e eu andávamos muito entretidos com a 'usina' da pólvora, quase só se cuidava disso. Afinal, um dia nos chegou um comboieiro e de um par de malas de couro – as bruacas – tirou sessenta libras de salitre, o bastante para se começar o fabrico.

Mais uns dias e um portador misterioso, a cavalo, apareceu com um pacote no bolso do coxim, contendo umas dez libras de enxofre. O carvão a gente já tinha queimado e era amontoado a granel, mal saído do forno.

Balança para pesar tudo foi o mais difícil. Afinal Duarte arrumou uma, mais ou menos inventada. Pegou duas cuias serradas ao meio da mesma coité, pendurou cada uma das cuias num travessão de madeira, presas por quatro cordões, e o travessão era preso no meio, por um prego, que lhe dava o balanço e fazia de fiel. Os pesos eram moedas de cobre, do que já se tinha fartura (muito diferente dos primeiros tempos, quando a gente vivia tão desprevenida que, pra nós, até derréis era dinheiro...)

Pólvora é feito ouro, se mede por onça e por oitava. O mais comum é fazer uma medida com um polvarim de chifre e era esse o nosso caso. Balança, só pra quantidade maior, e freguesia assim avultada ainda não se contava com ela. Também não se tinha fabricado mercadoria para tanto.

Um bodegueiro da vila ensinou a Duarte como é que se arrumava a pólvora na embalagem, em cartuchos: se fazia aquele rolo, como se fosse de moeda, na medida de um cartucho mesmo, bem atochado, bem enrolado no papel e dobradinho nas cabeceiras. E já se tinha preço para cada cartucho, que a gente podia vender até em dúzias. Um cartucho regulava um tiro de bacamarte. A gente vendia tantos tiros e era esse o sistema que a freguesia apreciava.

Eu, que a princípio considerava aquela mania de fazer pólvora uma maluquice de Duarte, ou pelo menos uma extravagância, aos poucos fui descobrindo a força que aquela produção nos dava. Em toda uma distância de, a bem dizer, cinquenta léguas em roda, só na Casa-Forte havia moinho de pólvora. Eu não precisava mais mandar chamar ninguém, dar-lhe a ideia de se aventurar em alguma empresa mais atrevida, mandar espião meu descobrir alguma passagem anunciada de comboio do governo, com suprimento de pólvora pra quartel do interior. Ou organizar uma espera, como aquela que mandamos botar, a mais de vinte léguas de distância, no comboio que ia levando a parte do governo numa coleta de ouro. Foi difícil e arriscado, eu não queria que aparecesse o meu nome, caso os soldados pegassem alguém.

Quem vive na nossa profissão, quanto menos briga tem com o governo, melhor. Governo, autoridade, o bom é trazer sempre no agrado, dar segurança a portador deles, mandar cavalo para o delegado ficar usando, molhar a mão e as goelas dos praças, quando eles procuram a gente. E no dar a eles uma informação, deixar perdido no meio das pistas falsas um grãozinho de verdade, pra sustentar a confiança dos homens. Só quando se trata de inimigo nosso, então é dar o serviço completo, com testemunha ocular. Cada inimigo que a gente entrega, além da vantagem que se tira em botar o outro fora de combate, é um amigo que se faz no lugar onde interessa.

Isso tudo eu fui aprendendo com o correr dos anos; e muito me ajudou a boa cabeça de Duarte, que parecia cabeça de advogado. Se o tio tivesse mandado ele estudar, em vez do dinheirão que gastou com o animal do Tonho (Tio Xandó tinha paixão pra ter um filho doutor ou padre), que, em seis meses de seminário, deu tanto desgosto e prejuízo ao pai e levou tanto castigo, que acabou fugindo. Não se soube como, o Tonho se meteu com uma viúva amiga dos Padres e que engomava pra eles. A encrenca foi tão grande que Tio Xandó teve que mandar o Tonho passar uns tempos na fazenda de um conhecido até o escândalo se abafar, depois que a viúva abortou. Passado isso, Tio

Xandó desanimou e tanto o Tonho como o Irineu pouco mais passaram de aprender a assinar o nome, mal e mal.

AGORA A GENTE DISPUNHA de arma e de munição para oferecer aos interessados. Eles só entravam com o corpo e a coragem.

Eu sabia que muito elemento que andava pelas estradas gostava de dizer que era cabra de Maria Moura. Às vezes a gente nem o conhecia. Faziam parte de algum bando e se entendiam conosco só por causa de arma e principalmente de munição – mas não fazia mal que falassem.

Eu, nas mais das vezes, já tinha tirado a minha parte no preço da arma e principalmente da munição, que custava conosco um pouco mais caro que a da rua. Só que a nossa pólvora era garantida, não tinha mistura de terra preta nem outras porcarias; era pura como dinheiro novo, saído da cunhagem. Pelo menos era assim que se gabava Duarte, contando os cartuchos bem atochadinhos para cada comprador.

ESSA HISTÓRIA de distribuir o pessoal para depois fazer as contas, pode dar muita dor de cabeça. Sempre há o risco de estarem mentindo, falseando as contas e a gente, bem ou mal, tem que se louvar na palavra deles. Quando se descobre uma tramoia é que se dá um castigo pesado, para exemplar.

Um deles escondeu e enterrou num quintal um vidro de ouro em pó, de algumas oitavas. Mas teve quem visse e veio nos contar. Nós chamamos o cabra, no meio dos outros, e eu disse pra ele:

– Pé de Bode (era essa a alcunha do cabra), minha avó dizia que o diabo vem com uma capa e uma campa, quando quer atentar a gente. Primeiro usa a capa, para encobrir o malfeito. E quando se pensa que está seguro debaixo da capa, o diabo começa a sacudir a campa, denunciando o ladrão... Você se valeu da capa e não desconfiou da campa, mas a gente, de cá, ouviu.

Mandamos ele escoltado desenterrar a presa. O direito (foi o Duarte que disse a ele) era a gente mandar lhe dar uma surra, pra não ser falcatrueiro. Em vez disso, foi botado uma semana no quartinho de preso, que tem uma lucarna na porta. (O cubico eu só usava em caso muito especial.) Ficou jejuando a água e farinha seca, uma cuia de cada por dia. Se ele gritasse, aumentava os dias na prisão.

O cabra ficava tão calado que até cheguei a pensar, uma noite, que ele estava morto. Fiz Duarte ir buscar a chave para se olhar a criatura. Que morto que nada, estava ainda era apavorado, vendo a gente procurar por ele naquelas horas da noite. Os olhos brilhavam à luz da candeia como uma raposa encandeada com o facho aceso do caçador.

Na noite do sexto dia, soltamos o cabra, devolvemos a parte dele, muito bem pesada. A arma ficou, mas era nossa; e a faca também. Duarte levou então o sujeito até o portão, deu-lhe um pontapé no traseiro e usou a praga predileta do pai dele, o Tio Xandó:

– Vai-te e não tornes, ou no tornar te afundes!

E acrescentou, antes de trancar de novo o cadeado:

– Bote distância daqui e, até se quiser morrer, vá morrer longe, onde não feda!

Essa história se espalhou, aumentou a fama do rigor da Maria Moura. Dizia o povo que a Dona da Casa-Forte não carece de cadeia nem de delegado. Lá mesmo ela julga e dá a sentença.

Eu gostava dessa fama, me sentia forte e mais segura com o povo tendo medo de mim. Duarte é que às vezes ficava meio ressabiado; afinal ele não nasceu com o poder na mão, antes pelo contrário.

31
Maria Moura

Distante nove léguas da Serra dos Padres, nas terras de uma data de sesmaria mais antiga ainda que a da Fidalga Brites, um tal Marinheiro Beltrão situou uma grande fazenda, por nome Açude do Garrote. As terras eram boas de planta e cria, o homem até plantava cana, aguando com as levadas do açudão. Tinha engenho de rapadura; de gado não se sabia a conta: pegava mais de cento e cinquenta bezerros por ano, no curral. Fora o que amontava no mato e virava barbatão.

Pois não é que um dia me chega na Casa-Forte um próprio, mandado pelo fazendeiro, que o povo chamava Seu Tibúrcio do Garrote, e que já era neto ou bisneto daquele Marinheiro Beltrão. O rapaz trazia um bilhete que quase não consegui ler, de tão mal escrito. Me perguntava se eu levaria a mal se ele viesse me fazer uma visita.

Depois de decifrar aqueles garranchos mandei chamar o moleque portador, que era um negrinho muito bem-criado e chegou de chapéu na mão:

– Abença, Sinhá Dona. Meu Sinhô mandou essa carta para vossemecê, e eu tenho que levar a resposta.

Eu esperei um pouco, afinal perguntei:

– Você sabe pra que seu Sinhô quer vir aqui?

– Não sei, inhora não. Mas ele disse que eu dissesse que era tudo em boa paz.

Pensou um pouco, arriscou:

– Vai ver ele quer pedir algum favor a vossemecê.

Eu fui falando:

– Então diga a seu Sinhô...

Mas o moleque me interrompeu:

– Sem cortar a palavra da Sinhá, meu Sinhô disse que era pra eu levar a resposta num escrito.

Mandei o Pagão chamar Duarte, esperei que ele chegasse, mostrei-lhe o bilhete que ele nem conseguiu soletrar. Depois que expliquei o assunto, ele pensou um pouco:

– O menino disse se ele vem só?

– Não. O que ele disse foi que achava que o Sinhô dele vinha me pedir um favor.

Resolvemos escrever a resposta. Eu mesma fiz o bilhete, dizendo que tinha muito gosto em receber a visita de um bom vizinho. Podia vir quando quisesse e até só (isso foi ideia de Duarte), que na nossa casa ele estava garantido. Assinei Maria Moura. O uso era botar 'sua criada', mas disso eu não gosto, Maria Moura não é criada de ninguém.

Mandei o moleque ir comer um prato na cozinha, dei-lhe um pedaço de queijo e uma rapadura para o caminho, e mais duas moedas de cobre. Pra ele sair falando bem da casa.

Daí a pouco mais de uma semana, os vigias vieram me avisar que estava entrando no pátio uma partida a cavalo.

Duarte, que no momento estava montado de saída, chegou até o portão; se apeou, tirou o chapéu, acompanhou a pé os cavaleiros até em casa. Devia ser o tal do Seu Tibúrcio do Garrote, que chegava. Era um homem ruço, magro e, mesmo montado, se via que era alto; de boa presença, bigodão descendo pelos cantos da boca. Atrás dele vinham dois vaqueiros encourados, como se estivessem de saída pra catinga. Chapéu de couro descaído para a testa, gibão, guarda-peito, perneira, chinelão cara-de-gato. Num burro, atrás, vinha no meio da carga, o moleque já nosso conhecido.

Duarte segurou a rédea do cavalo para o homem desmontar. Os vaqueiros saltaram sela abaixo, o moleque pulou do meio da carga, Duarte chamou o Pagão para ajudar com os animais. Seu Tibúrcio se descobriu, e os vaqueiros, que subiram para o alpendre atrás dele, tiraram o chapéu também. E eu conheci logo que um daqueles vaqueiros tinha que ser filho do chefe, se parecia demais. Só que mais alto ainda, também claro, bigode louro arruivado, mais fino que o do pai. Era uma beleza de moço. O outro vaqueiro, nem prestei atenção nele, tinha a cara de qualquer caboclo; ficava sempre um passo atrás dos outros; logo que pôde, pediu licença e saiu para junto dos homens que levavam os cavalos.

Conduzi Seu Tibúrcio para a sala, disse que ia servir um café. Porque eu já me dava até ao luxo de oferecer café às visitas! Eles pediram antes um copo d'água. Duarte ficou indeciso na porta, quando nós passamos para dentro, mas eu parei e chamei por ele:

– Seu Tibúrcio, este moço é meu primo Duarte; me ajuda no governo disto aqui.

Seu Tibúrcio então apresentou o outro moço, que estava quieto, ainda em pé, e parecia um pouco encalistrado.

– E este é o meu filho Cirino.

Eu dei a mão ao moço, pedi que ele se sentasse. Seu Tibúrcio mandou o filho pegar o alforje que o moleque tinha deixado no banco do alpendre; tirou de dentro uma trouxa e, da trouxa, puxou um garrafão:

– É uma cachaça velha especial, destilada em alambique de barro; esta eu botei no tonel no dia em que o meu filho nasceu – tem a idade dele, 25 anos. Sei que vossemecê não usa disso, mas é pra oferecer às visitas de estimação. Meu moleque levou lá pra dentro um uru com rapadura batida, alfenim, essas besteirinhas de engenho. Nós lá em casa estamos no meio da moagem.

Depois dessas delicadezas, Seu Tibúrcio parou, levantou os olhos para Duarte e disse, meio sorrindo:

– O amigo se importa de levar o meu filho para ver a fazenda, o gado... Eu tinha um particular para tratar com a Senhora Dona Moura. Foi mesmo pra isso que eu vim até aqui.

Duarte entendeu logo e se dirigiu ao moço Cirino:

– O nosso gado está solto e, quem vem da Fazenda do Garrote, não tem novidade nenhuma pra ver aqui...

(E eu pensei: "É capaz de ter gado com o ferro dele, no meio do nosso... Afinal, nem toda rês que os meninos trazem é puro 'gado do vento'...")

Duarte continuava:

– Mas vou levar o moço pra ver uma coisa que eu sei que não tem lá: a fábrica de pólvora!

Cirino nem aí fez um sorriso. Levantou-se e acompanhou Duarte. E só quando eles cruzaram o terreiro em procura da 'usina', foi que Seu Tibúrcio falou:

– Dona Moura, eu não vim nem lhe pedir um favor. Vim foi lhe rogar uma esmola.

Fez uma pausa. Eu fiquei esperando.

– O caso é desses que acontecem. Foi com meu filho, o Cirino. Ele se meteu com uma moça noiva, acabou roubando a menina do noivo e os irmãos saíram atrás e alcançaram os dois. O noivo matou a moça quando ela contou que já estava desonrada pelo Cirino. Meu filho conseguiu escapar na confusão da morte da menina, porque os irmãos dela se voltaram contra o assassino. E Cirino só me apareceu em casa três dias depois. Eu sei que ele estava errado – mas é meu filho. Escondi o rapaz e fiquei procurando outra saída, que não fosse entregar ele praquele bando de cachorro danado. Conversei com o padrinho dele, e o meu compadre falou em vossemecê, Dona Moura. Que dá coito às pessoas perseguidas; e não tem homem, nessa ribeira toda, que se atreva a vir atrás de alguém que esteja debaixo da sua proteção.

Eu concordei. Afinal ele estava se referindo ao que era mesmo o meu meio de vida. Seu Tibúrcio continuou:

– Vi falar até num caso que a polícia chegou aqui e intimou Dona Moura a entregar o preso fugido deles; a senhora mandou que os soldados entrassem e caçassem o homem onde quisessem, e eles não descobriram ninguém. É verdade?

Eu tornei a concordar que era. (Já estava aparecendo resultado do cubico; com pouco eu ia ganhar era fama de feiticeira...)

– Pois é por isso que eu vim lhe pedir, Dona Moura, que vossemecê tome conta do Cirino. Não lhe peço nada fora disso e estou pronto a lhe pagar o que a senhora quiser.

– Se o moço estava assim tão perseguido, como é que vossemecê conseguiu trazer ele até aqui?

– Ah, nem lhe conto. Na maior parte do tempo viajando de noite. Meti o menino nessa roupa de couro e, pra disfarçar mais, botei junto os outros vaqueiros. Quando saímos da fazenda, ele estava num bando de oito encourados – todas as roupas de couro que se tinha lá no Garrote. Aos poucos, fui deixando os homens, de um em um, pelo caminho, pra não chegar aqui com uma tropa. A única vez que nós andamos de dia, foi a uma légua daqui. Eu não ia me atrever a bater na sua porta no escuro da noite.

Eu me levantei, andei uns passos. Não me dava boa impressão aquela história. Eu estava acostumada a acolher gente da profissão, pessoal que conhecia todas as manhas de quem se punha acoitado: se esconde quando está na hora, fareja ele mesmo se há perigo e é capaz de se defender se acontece surpresa. Esse moço era filho de família, menino rico, mal-acostumado. E deve ser mofino, se deixou matarem a moça e fugiu.

Afinal falei com o pai, que acompanhava com os olhos as minhas idas e vindas pela sala.

– O seu rapaz – o Seu Cirino – ele obedece ordem?

O velho me olhou, surpreso. Eu continuei:

– Porque aqui os meninos dizem sempre que, mal comparando, até parece um quartel. Eu não tenho escravo, não gosto de cativeiro, mas os meus homens me obedecem mais do que negro cativo ao sinhô.

Seu Tibúrcio respirou, se mostrando aliviado.

– Por essa parte, eu boto a mão no fogo. Já vim combinando em viagem como é que ele tem de se comportar aqui. O Cirino é meio doido, leviano com mulher, mas não é mal-ouvido com os mais velhos...

Nesse ponto Seu Tibúrcio se interrompeu, fez um ar de riso, meio encabulado, e rematou:

– O que não é o caso com vossemecê. Não parece que seja mais velha do que ele. E, pensando bem, eu acho que a senhora pode até açoitar o Cirino, que ele se conforma. Contanto que a peia esteja na sua mão...

Eu fiquei muito séria:

– Seu Tibúrcio, nesta casa não tem homem nem mulher. É preciso que ele fique ciente disso. Aqui, a Dona Moura anda de calça de homem e cabelo cortado, como vossemecê está vendo, mas é pra não haver confusão... Aqui, a primeira lei é a do respeito.

Não sei se Seu Tibúrcio estava se importando muito com as minhas regras de bem-viver na Casa-Forte. Mas disse que compreendia tudo, aceitava tudo – só queria saber de uma coisa:

– Vossemecê fica com o rapaz?

Eu me sentei, estive um pouco olhando para o telhado, pensando, por fim falei:

– Eu nunca lidei com a qualidade de pessoa tal como é o seu filho. Não posso me responsabilizar por ele – só se for dentro desta casa, debaixo das minhas ordens. E o pagamento é adiantado.

Seu Tibúrcio tirou um saquinho de couro que trazia no bolso largo da calça!

– Eu já vim prevenido.

Desatou o cordão que fechava a boca do saco, trouxe de lá de dentro oito moedas de ouro que botou na minha mão.

– Se isto não chegar, tem mais lá de onde estas vieram.

Eu olhei as moedas na palma da minha mão: coisa bonita é ouro! Guardei o dinheiro no bolso:

– Por agora chega. Não sei como vai ser de futuro. Aí a gente fala. Mande chamar o rapaz.

Seu Tibúrcio saiu em procura de Duarte e do moço. Eu me sentei no cadeirão de couro, descansei a cabeça no encosto e fiquei esperando por eles. Confesso que estava meio ansiosa.

CHEGARAM. O Cirino se mostrando muito interessado na usina da pólvora, fazendo planos de montar uma igual no Garrote. O pai caçoou:

– Olha que a Dona Moura não vai gostar da gente lhe tirando a freguesia!

E Duarte ajudou:

– Principalmente porque o pessoal do Garrote já tem me comprado muita munição aqui!

Eu voltei ao que importava e me dirigi a Duarte:

– Duarte, o Seu Tibúrcio trouxe o filho dele, o Seu Cirino, para se asilar na Casa-Forte. Você acha que vai dar certo?

– Se o Seu Cirino não for muito traquino... É coisa grave?

O Cirino olhava para fora da janela, como se não fosse nada com ele. O velho é que respondeu:

– É sério, sim. É muito sério. Eu já contei pra Dona Moura. É caso de vida ou morte.

Eu confirmei:

– Sim, é sério. E pra falar a verdade, eu aceitei. Seu Tibúrcio prometeu que o rapaz se sujeita ao nosso regulamento. E já recebi pagamento adiantado. Parte do pagamento.

Cirino voltou o rosto para nós e disse de repente:

– Parece que vossemecê e meu pai estão tratando a venda de um negro.

E o pai que, pelo visto, já estava farto da petulância do filho, foi cortando:

– Eu até preferia que você fosse de venda. Em vez de desembolsar os meus tostões, lhe dava à Dona com abatimento.

Cirino olhou bem para a cara do pai, mordeu os beiços:

– Eu sei disso.

Eu me levantei porque a cena entre pai e filho não era da conta da gente. E disse ao Seu Tibúrcio:

– O senhor fique aqui em liberdade, conversando com Seu Cirino. Eu vou lá dentro, dar as ordens para o nosso almoço. Explique a ele tudo que nós combinamos, por favor.

Saí com Duarte, fomos em procura da cozinha, chamei Rubina, dei as ordens do almoço. Depois cheguei com Duarte até a janela, meti a mão no bolso, tirei as moedas:

– Olha, é ouro! Guarde você.

Duarte não gostava de ouro tanto quanto eu. Meteu o dinheiro no bolso como se fosse dez vinténs.

– Está bem. Deixe a costa ficar livre, que eu guardo com as outras no cubico.

Esperei que passasse um pouco de tempo. Ia voltar à sala quando encontrei Seu Tibúrcio que já andava à minha procura:

– Está tudo certo, Dona Moura. Expliquei ao meu filho o regulamento da casa. E ele está de acordo.

Eu me voltei para o Cirino:

– Posso confiar?

Ele baixou a cabeça, não sei se encabulado ou malsatisfeito:

– Pode, sim senhora. Já prometi ao Pai.

Mandei Duarte mostrar as acomodações do rapaz, na ala dos homens, vizinho ao quarto dele, Duarte.

– Vai fazer as refeições na sala, comigo e o Duarte. Mas só se quiser. Se preferir, mando servir no seu quarto mesmo.

– Prefiro na sala. Ou tenho que ficar trancado aqui na casa, o tempo todo?

– O senhor é que sabe. Que é que vossemecê acha, Seu Tibúrcio?

Duarte falou:

– Passados os primeiros dias, talvez ele possa dar um passeio de serra acima, onde não é fácil penetrar estranho. Pega uma espingardinha e vai dar uns tiros nas rolinhas. Boto o Zé Soldado para pajem dele.

Cirino sorriu e eu reparei então que ele tinha o riso torto. Diz o povo que é sinal de falsidade.

Seu Tibúrcio almoçou, gabou a coalhada, Duarte explicou que o pasto, no nosso pé de serra, era especial. O velho concordou:

– Lá pelo Garrote a terra é salobra. Tem sal no pasto, na cana e até na água do açude. No verão salina muito.

Eu prometi:

– Vou pedir ao Seu Cirino que me ensine a plantar um canavial. Sempre tive vontade de possuir um engenho. Lá no Limoeiro a gente tinha uma rebolada de cana e Pai mandou fazer uma engenhoca de pau. Mas dizia ele que era só de moer garapa pra mim.

CIRINO, QUE JÁ TINHA tirado a roupa de couro gibão, o guarda-peito e as perneiras, quando chegou a hora de ir pra mesa, veio parecendo um doutor no meio da gente, tudo mal-amanhado, até mesmo o pai dele. Fato de linho, lenço no pescoço. E bota de couro, em vez do chinelo de vaqueiro. Ele tinha ido se trocar no quarto.

À saída acompanhou o pai até aos cavalos; o dele ficava, junto com os arreios.

– Eu não fico sem o meu cavalo, mesmo que não possa sair. Me parece que estou de perna quebrada, sem ele.

O filho tomou a bênção do pai e lhe beijou a mão. Depois passou a mão pela cabeça do moleque e recomendou:

– Cuidado com o teu Sinhô.

O moleque ria, confiado. Gostei de ver a cena. Provava que, pelos menos, Cirino não era orgulhoso. Me animei mais para a incumbência.

32
Maria Moura

Cirino, como eu já disse, foi dormir no quarto vizinho ao de Duarte, no puxado dos homens, às direitas do corpo da casa. Estranhou a cama, pediu uma rede, é todo cheio de luxos. A sorte é que é bem-criado, não reclama nada de mim, vai é falar com Rubina. E a velha, encantada com a lindeza do moço louro, acha graça e lhe faz todo os paparicos, iguais aos que ele estava acostumado no Garrote.

Duarte é que continuava não gostando nada do Cirino. Tinha ciúmes da mãe – ou seria ciúmes de mim? Nesse tempo todo, a gente, Duarte e eu, continuava com a nossa amizade encoberta. O nosso costume era eu dar o sinal, na hora da ceia, apertando a mão ou o ombro dele, quando achava que a noite ia consentir. Para ser franca só lhe dava o sinal quando sentia saudade; eu não queria assumir obrigação na cama, como se fosse casada. Nos primeiros tempos, também, eu morria de medo de pegar filho. Mas com os meses se passando e nada acontecendo, tomei confiança. Afinal no tempo do Liberato, também não peguei filho nenhum; a falta era de ser comigo mesma.

Cirino se interessa pelo gado. Manda o Pagão pegar o cavalo dele e selar. Então se junta com os vaqueiros, quando vão dar algum campo no pé da serra.

Rubina botou uma cunhã só para cuidar da roupa dele; a menina lavava e engomava com tanto amor que a Rubina ficou até desconfiada. Mas parece que o moço é respeitador – pelo menos com as crias da casa.

Foi aí que chegou por um próprio, da Vargem da Cruz, uma carta de Marialva para Duarte. Deixada na vila por uns tropeiros, nas mãos do compadre de Duarte, o Seu Jordão.

Parece que a menina não andava feliz. O Tio Hércules tinha morrido uma noite, em plena função, na vista de todo o povo, quando Valentim lhe marretava a tal pedra de cima da barriga. O que não é de admirar, diante de tanta brutalidade. A sogra logo depois adoeceu, morreu também. A boa notícia é que Marialva e Valentim já têm um filho; botaram o nome do avô, Alexandre, que já chamavam de Xandó; convidavam Duarte para padrinho do menino.

Uma coisa eu reconhecia: Marialva nem parecia ser irmã daqueles dois renegados.

Duarte estudou o roteiro que eles mandavam; descontou os dois meses que a carta levou para chegar na Casa Forte e calculou onde é que podia ir encontrar a irmã, seguindo as pistas que o próprio Valentim dava.

Veio me comunicar que precisava sair em procura dos dois; ele se sentia meio responsável pelo destino da irmã e eu concordei. Parece mesmo que estavam atravessando um tempo ruim.

Peguei num dinheiro, que dei a ele, Duarte ficou meio sem graça e eu me aborreci:

– Você, aqui, já ganhou muito acima disto. E tem mais: leve esta outra bolsinha que eu estou mandando para o seu afilhado. Se ele já não tiver madrinha, eu quero ser.

Depois fomos até o nosso arsenal, escolher as armas para Duarte levar em viagem. Faca e punhal já tinha os do uso diário. E pus na mão dele a joia da nossa coleção, uma espingarda nova, leve e bonita. Tinha sido tomada, fazia pouco tempo, pela turma de Roque e Muxió; nas mãos de um marinheiro que andava com o pessoal do governo, fazendo levantamento das velhas datas de sesmaria. Roque achou por bem destroçar o grupo, antes que eles chegassem para as nossas bandas. Se bem que eu tenho a escritura, mas esse pessoal do governo, nunca se sabe se eles não vão inventar contra os direitos da gente.

Cirino não escondia o muito que lhe agradava saber da viagem de Duarte; maior ainda depois, quando o viu arrumar o rolo com a rede e a muda de roupa na garupa da sela. E teve o topete de dizer ao outro que partisse sem sobrosso, porque ele ficava "cuidando das coisas". Duarte franziu a testa e respondeu, curto:

– Vossemecê é que fique sem cuidado; já tomei todas as providências para durante a minha ausência.

E virou-se para mim:

– Ninguém precisa mexer com nada, na usina. Deixo guardada no paiol reserva bastante de pólvora para toda a freguesia. E só João Rufo tem as chaves.

33
Marialva

Nós aqui, neste lugarejo por nome Barra do Queimado, tentando fazer a festa da padroeira, Santa Clara. Arranjei uma mocinha para ficar com o Xandó, nas horas em que eu servia de alvo para as facas de Valentim. Era a primeira vez que a gente trabalhava nisso, depois que o menino nasceu. Eu tremia nas carnes, como sempre, mas me aguentava imóvel.

O povo quando ouviu falar no número das facas, não queria saber de outra coisa. Era fácil de ler nos olhos deles o que todos estavam esperando: que o Valentim perdesse a mira e me acertasse uma faca.

Quando o suplício acabava, eu me punha sempre a chorar, agarrada com o Xandó; por fortuna, Valentim não me via assim, nem eu queria que ele visse. O remate do espetáculo era sempre um número de mágica, distraindo as feras malsatisfeitas por não terem visto o meu sangue. Antes que acabasse a função, eles iam saindo de um em um – e eu desconfiava que era fugindo de largar os cobres no pratinho. Nossa salvação é que havia sempre alguém interessado, que chamava a atenção: "Olha o pratinho!" e o fujão, encabulado, acabava pingando o seu vintém ou derréis.

Pois na manhã do dia seguinte ao da festa, estava eu no quintal da estalagem, banhando o menino numa cabaça grande que a dona da casa me emprestou dizendo que banho de cabaça dá sorte (e sorte era o que a gente mais carecia, então) quando ouvi uma voz lá pra dentro da casa, chamando Valentim de compadre. E era a voz de Duarte! Só podia ser Duarte. Vinha de resposta viva pra minha carta, aquela carta tão desanimada que mandei à Vargem da Cruz, para o comboieiro entregar ao Seu Jordão.

Enrolei o menino na coberta, entrei correndo pelo corredor. Lá da sala vinha a voz – era mesmo a de Duarte, perguntando por mim. E eu me atirei nos braços dele, com Xandó e tudo; o menino todo enrolado no pano, arrepiado do banho, assustou-se e abriu no berreiro. E foi aos gritos que passou para o colo do padrinho. Duarte logo pegou na mãozinha do neném, se pôs ninando ele, devagar, carinhoso, dizendo:

– Pelo menos a voz danada de forte você tem, Alexandre! Pior que o seu avô!

Fomos sentando, peguei de novo Xandó no colo. Duarte olhava em redor, olhava para nós, não disse nada direto, mas bem se via que estava espantado da penúria em que nos encontrava. Metade da nossa bagagem tinha ficado com o velho na casa da Ninosa, já que não se tinha necessidade de toda aquela tralhada de pelotiqueiro, nem do que havia nos dois baús de Dona Aldenora, cheios de cacarecos de anos e anos. Deixamos um animal com o velho; se ele quisesse arribar, tinha como. E ficamos com os dois cavalos e a burra; assim mesmo dividida, a nossa bagagem ainda era grande.

Contamos tudo para Duarte. Ele ouvia, continuava com o afilhado no colo e, já na cozinha, ficou conosco fazendo o menino dormir, enquanto eu preparava o mingau dele.

Almoçou com Valentim e comigo, a comida ruim da casa. E depois do almoço, sentado com a gente na salinha (o Xandó dormia, no quarto), ele indagou:

– Vocês vão comigo, amanhã?

Valentim levantou os olhos, admirado:

– Amanhã? Pra onde? Eu estava com intenção de ir amanhã a um lugar, três léguas daqui, ver se combinava uma função. Tem até um nome meio esquisito, essa vila: Varadouro.

E Duarte:

– Vocês não vão pra Varadouro nenhum. Vão comigo para a Casa-Forte. Eu tenho ordens.

A gente não entendia:

– Casa-Forte? Que Casa-Forte?

– Me esqueci de que vocês estavam por longe, sem notícias, estes anos todos. Marialva, você não se lembra das histórias que chegavam nas Marias Pretas, contando que a Maria Moura estava situando uma fazenda na tal de Serra dos Padres, e que ia levantar casa lá?

Eu me lembrava, mas não com esse nome...

Duarte se impacientou:

– O nome veio depois. Agora, aquilo está que é um castelo; e fortificado. Eu acabei indo morar lá, depois de passar um tempão procurando o que fazer... Isso por causa da briga com os seus irmãos e com a Dona Firma, logo que vocês fugiram. Eles me culparam de tudo, quiseram até me matar.

Eu interrompi:

– Sabe que eu tinha medo disso?

– A Firma pegou até num bacamarte! A sorte é que não estava carregado!

– E aí?

– Aí, eu fui-me embora para a Vargem da Cruz, mas não me acostumei com a vida na vila. Eu nunca tinha morado em rua. Depois de tentar de tudo, quebrar a cabeça aqui e ali, resolvi me aventurar com a Moura, que estava de fazenda situada, casa pronta, rodeada dos seus cabras. É lá no pé da Serra dos Padres, mas a terra dela sobe de serra acima: é parte da tal data de sesmaria da Fidalga Brites... Se vocês vissem a grandeza que vai por lá! O casarão dá umas quatro da casa que ela queimou no Limoeiro!

– E ela, com você?

– Me recebeu de coração aberto, me chamando de primo. Me deu o lugar de feitor. Hoje, depois dela mesma, só eu.

Eu perguntei:

– E a Rubina? Já mandei duas cartas pra ela, aos seus cuidados, mas nunca tive resposta. Na certa, você longe, a Firma consumiu com elas.

– É, na certa. A Firma também quis descontar com a minha mãe a raiva de mim. Quando eu soube dessa notícia corri às Marias Pretas – aquela louca tinha trancafiado minha mãe na cafua da despensa. Soltei a velha no grito, quase me agarro com a Firma, ela se assustou. Fui com Siá Rubina pra vila, depositei na mesma casa em que depositei você – eles até brincaram comigo... Ela ficou trabalhando com a família do Seu Jordão. Muito depois é que fui para a Casa-Forte, e a Maria Moura me pedindo notícias de Rubina, contei o caso a ela. E ela me mandou buscar minha mãe, direto, pra morar lá. Hoje, Siá Rubina é a dona das chaves, governa a casa toda, traz aquelas cunhãs em pés de brasa... Você conhece o jeito dela...

Aí Duarte meteu a mão no bolso, puxou de lá uma bolsinha pequena, que me entregou:

– É dinheiro. Presente da Moura para vocês. E disse que era pra levar vocês três comigo, quer conhecer o menino. E se ainda não foi batizado, quer ser a madrinha dele.

E, como tanto eu quanto Valentim ainda se ficasse olhando um para o outro, admirados com tanta novidade, Duarte nos animou:

– Lá é bom, gente. Muita fartura. Muito leite pro moleque. Minha mãe vai ficar maluca com ele. E eu sei que a Moura fez o convite de coração.

Valentim – eu bem que via – criava alma nova. No meio daquele aperreio em que a gente estava vivendo, sem saber de onde tirar o sustento nosso e o da criança! – de repente aparece o Duarte com aquele convite.

Eu, confesso, quase não conhecia a Moura, mas me lembrava da mãe dela, minha tia. Me lembrava de uma visita que Mãe tinha feito ao Limoeiro e a Tia serviu na mesa um peru assado com farofa, pra festejar. Me lembro também que o Irineu disse uma brincadeira, se insinuando como pretendente, para casar com a prima. E a Moura fechou a cara, não achou graça nenhuma. Fiquei até enfiada, por causa dele ser meu irmão.

Duarte não era de muita palavra, mas continuava olhando para nós e, por fim, disse, sério:

– Vocês podem ir, pela minha responsabilidade. A Dona me tem confiança. E ela gosta muito de você, Marialva. Não viu que pediu para ser madrinha do menino?

NÓS NEM CONVERSAMOS mais. Foi um fazer de trouxas, lavar de panos do Xandó, dar ração de milho aos animais, banhar, aprontar tudo para poder levantar acampamento pela madrugada seguinte.

Na hora da saída, vimos que Duarte já tinha pago todas as nossas despesas. E explicou:

– Ela me deu dinheiro especialmente para essas coisas.

A VIAGEM DUROU dezoito dias. E puxamos, mas não dava para se andar muito, por causa da criança que se enfadava e chorava. Também era ruim para ele nas horas de sol forte; tinha que se parar um pouco, procurando uma sombra, até o sol quebrar mais.

Indo pela estrada que chamavam de real não se passava no Limoeiro nem nas Marias Pretas e, daí, nem mesmo pela Vargem da Cruz. Para se ir por esses lados, tinha-se que tomar um desvio de algumas léguas. Por mim, eu gostei muito disso; quanto mais longe me visse da Firma e do Tonho, melhor. Só de pensar neles eu me virava naquela menina assustada que, pra casar com Valentim, teve que fugir de casa.

Afinal, quase nos dezenove dias de caminhada, demos com a lombada azul da Serra dos Padres; e ainda teve meio dia de marcha para se chegar aos dois serrotes de que Duarte falava, o do Pai e o do Filho.

Ao pé dos dois serrotes, como fechando o espaço entre um e outro, a Casa-Forte de Maria Moura, toda branca, de oitão levantado, alto, alpendrada à frente; e aquela cerca também alta e cerrada, com os seus mourões de ponta aguda. Até dava um certo medo – respeito, pelo menos, dava.

Um menino branco, louro e feioso, veio abrir o portão. Parece que nos tinha avistado de longe, porque também Maria Moura e a Rubina estavam no alpendre, à nossa espera.

Duarte, que no momento era quem carregava o Xandó na lua da sela, do cavalo mesmo passou o afilhado para Rubina. Maria Moura veio me ajudar a desmontar da minha andilha e quase me recebeu nos braços, quando eu escorreguei da sela e ia me ajoelhando no chão. Natural, as pernas dormentes, para quem andou tantos dias a cavalo.

Fazia anos que eu não via a minha prima. Parecia que estava mais alta, mais esguia, metida nos seus trajos de homem, cabelo cortado na altura do pescoço. Duarte tinha nos falado do modo de vestir de Maria

Moura: "Eu acho que ela escolheu essa roupa para impor respeito à cabroeira. E, nela, não fica mal."

É, a gente estranhava – mas não ficava mal. A Moura não era mulher de muito quarto e muito seio, mas esguia de verdade, e bem mais alta do que eu. Calçada de botas, rebenque no pulso, ela própria devia ter desmontado há pouco do seu cavalo, que ainda estava selado junto ao alpendre.

Me abraçou, rindo do escorregão, me deu um beijo no rosto:

– Menina, como está bonita! Eu não seria capaz de reconhecer em você aquela menininha encabulada que foi visitar a gente no Limoeiro!

Aí eu apresentei Valentim. Uma coisa boa em lidar com homem que trabalha para o público, é que eles sabem se comportar com gente estranha. Valentim tirou o chapéu, fazendo uma reverência, pegou nas pontas dos dedos de Maria Moura, sem chegar a lhe beijar a mão (eu morria de vaidade, ele estava lindo!), e disse:

– Meus respeitos, Senhora Dona Maria Moura.

E ela atalhou logo:

– Prima! Me trate de prima! Marido de prima minha, meu primo é.

E ele, rindo:

– Bem, marido eu sou! O Duarte tomou o cuidado de me casar com a sua prima Marialva, com Padre, sermão e aliança de ouro.

A Moura riu também:

– E então? Por mim, só tenho a me louvar, ganhando um primo tão simpático.

Até aí, Duarte não tinha falado com ela. Não sei bem por que, achei que havia qualquer coisa entre aqueles dois. Só então ela deu a mão a ele, e Duarte ia se curvando para beijar a mão oferecida, mas parou, ficou apertando os dedos da Moura por um momento. Ela sorriu para ele e reclamou:

– Afinal você voltou! Nem posso dizer como foi que me virei na sua ausência. E não sei como não explodiram o seu paiol de pólvora!

Duarte pareceu assustado com a brincadeira:

– Mexeram muito lá? Eu avisei que pólvora é perigoso!

– Não se assuste, é graça minha. Não se chegou nem a acabar com a reserva que você deixou separada.

A Moura nos levou então para a sala de dentro, a da janta. A Rubina não largava o menino, mal me deu atenção. Com ele nos braços deu as ordens na cozinha. A comida já estava fumegando nas panelas, mas eu pedi:

– A coisa que a gente ia mais querer agora era um banho. Parece que a poeira do caminho grudou toda na nossa pele. O Xandó até mudou de cor!

Maria Moura chegou perto de mim, meio encabulada:

– Valha-me Deus, e eu que me esqueci de que chegaram de tão longe! Mas garanto que Rubina já cuidou do banho de vocês.

E aí eu descobri um dos luxos da Casa-Forte: o banheiro que a Moura tinha mandado levantar no quintal, bem pegado à cozinha. Um quarto pequeno, quadrado, caiado por dentro e por fora, o ladrilho muito bem lavado; e dois potes baixos, enormes, de boca larga, que a cunhã já estava acabando de encher com água morna. Tinha umas toalhas bordadas penduradas em um torno e, num pires de barro, um pedaço de sabão do reino, cheiroso.

Primeiro banhamos o Xandó, a Rubina e eu; sentamos o bichinho no tamborete e fomos despejando, com a cuia, a água morna em cima dele; e ele, em vez de chorar, ria, divertido. No fim, enrolei o Xandó em uma das toalhas, entreguei o menino à Rubina – ele não estranhava mesmo a velha, me admirei, e me banhei eu.

Enquanto isso, Duarte foi com Valentim para a bica no olho-d'água. O banheiro novo era particular, só da Moura; quebrou-se a regra apenas para mim.

Já encontrei o menino sentado no colo da Moura, enquanto a Rubina lhe preparava o leite morno na garrafa. E ela brincava com o Xandó, fazendo cócega na barriga dele:

– Quem te deu a ousadia de tomar banho no banheiro da madrinha, heim? Ali homem não entra, viu, seu moleque!

E o Xandó ria das graças da Moura como se entendesse.

Depois da merenda, a Moura nos levou para o quarto. Tinha cama e tinha rede e até um berço que o Mestre Quixó (conheci ele mais tarde) tinha começado a fazer logo depois da partida de Duarte ao nosso encontro.

Mas, assim que mostrou o quarto, a Moura disse para nós dois:

– Vocês vão ficar neste quarto, na ala dos homens, mas é só provisório. Fiquei esperando que Duarte chegasse, trazendo mesmo os dois – quero dizer, os três! Era pra combinar uma coisa com ele: quero levantar uma casa para vocês. Aqui pertinho, para viverem mais à vontade. Na Casa-Forte, propriamente, o movimento é muito, gente armada, chega homem até no meio da noite, não é lugar de se criar menino. E a casa nova fica sendo de vocês por toda a vida, um ponto certo de descanso. Quando Valentim precisar viajar, pode ir em frente, levando você, se quiser; o menino, enquanto for pequeno, pode ficar por aqui, comigo; Rubina toma conta dele.

Eu quis ir agradecendo mas a prima continuou:

– Quero que tenham aqui um ponto de refresco, em terra firme, como dizia o nosso avô marinheiro.

Valentim concordou que a casa era mesmo uma ótima ideia – e muito generosa. Mas não seria despesa demais?

Duarte, que ainda não tinha falado, tranquilizou:

– Casa, aqui, é fácil de levantar. Tem muita madeira na serra, faz-se tudo de pau a pique e taipa: numas duas semanas está pronta. E a Dona já tem até uma olariazinha para as telhas e o tijolo do ladrilho.

No meio da conversa, eu me sentei na rede, fui me estirando, dormi. Os outros foram embora, Valentim também se estirou na cama. Rubina saiu com o neném, armou uma redinha para ele num canto do quarto dela e ficou sentada num tamborete, balançando a rede e cantando para o Xandó dormir. Como fazia comigo, ela contou quando fui procurar pelo meu filho.

34
Maria Moura

Já na véspera, à noite, quando veio para as despedidas, eu tinha sentido Duarte diferente. Mais carinhoso, mais macio e também mais atrevido, exigindo aos sussurros certas liberdades que nunca tinha tomado antes. E de certo modo parecia triste, o que achei natural, em vista da separação. Me beijava demorado – ele que não era muito de beijo. Me acarinhava o corpo todo: logo na entrada do quarto quis que eu deixasse a candeia acesa, coisa que a gente não fazia nunca. "Quero te olhar bem, Sinhazinha." Mas nos outros dias era ele quem apagava a candeia, receoso de que alguém chegasse de surpresa e nos descobrisse juntos. Isso, aliás, era o que eu pensava. Pois o que ele dizia sempre, meio sorrindo, era: "Comigo, amor sempre é melhor no escuro..."

Ou, quem sabe, talvez nunca se sentisse seguro do seu direito de me ter nos braços. Pois se podia, por um lado, ser meu primo, pelo outro lado era o filho da Rubina.

Mas nessa noite de adeus ele não tinha pressa, se demorava em "cada pedacinho de você, pra me lembrar em caminho".

Três vezes se despediu, três vezes voltou da saída, pra me abraçar de novo. Até que eu me levantei, fui com ele junto à porta e agarrados, de pé, eu mesma dei nele o beijo da despedida.

Mas antes que eu corresse o ferrolho ele ainda se voltou e me disse:

– Cuidado com esse cabrito amarelo. Ele não presta!

E eu, com a mão no fecho da porta, respondi:

– Não precisa ter ciúme. Eu só gosto de homem como você. Aquilo é um criançola.

Mas o fato é que, com a ausência de Duarte, Cirino foi se comportando de maneira diferente. Mudança, contudo, procedida tão de pouco, que eu só notava porque já estava prevenida.

Depois da ceia, quando se despedia – isso foi na segunda noite –, ele me beijou a mão. E como eu levantasse a sobrancelha, admirada, ele riu-se:

– Estou tentando lhe fazer a corte!

Eu não entendi:

– Corte? Por quê?

– Não é possível que não entenda. Corte. Homenagem. O que todo homem de bom gosto deve a uma mulher bonita.

– Eu nunca fui bonita.

– Você *é* bonita, Maria Moura. Não adianta se disfarçar com essa roupa de homem; e não espere que eu trate você por Dona Moura, que eu não faço isso. Pelo menos enquanto estivermos sós, nós dois.

– Nós não estamos sós. A casa está cheia de gente. Basta eu levantar a voz...

– E por que você há de levantar a voz? Tem medo de mim?

Eu quis rir de novo:

– Você é mesmo um menino muito adiantado!

– Pode dizer que eu sou menino, que eu gosto. Afinal, não é tão mais velha do que eu.

– Será que você não aprende? Seu pai me contou todo o seu estrupício com aquela moça.

– Não me venha com o passado. Cada um de nós tem o seu; eu também ouvi muita história a seu respeito. Por isso fiquei pensando que era uma mulher curtida da vida, quem sabe uma velha. E chego aqui, encontro essa moça bonita, parece até que está brincando de fingir que é homem. Já li um livro que tinha uma mulher assim. Um romance.

– Está vendo a diferença? Eu nunca na minha vida li um romance.

Cirino tinha de novo se apossado da minha mão:

– Mas por quê? Toda moça que sabe ler é doida por um romance.

– Eu não.

– E por quê?

– Lá em casa não havia nenhum. Mãe tinha um livro de vida de santo, que era muito triste, só sofrimento. Eu detestava. E Pai tinha um livro, que ele gostava demais, vivia lendo. Era a *Vida do Imperador Carlos Magno e os Doze Pares da França.* Foi nesse livro que eu aprendi a ler. Pai me ensinava nas letras grandes dos títulos. Lá em casa também não tinha carta de ABC: Pai dizia que num livro a gente encontra todas as letras. Me mostrava uma e me mandava procurar as outras letras iguais pelas páginas. Depois me ensinava a juntar letra com letra, e acabei aprendendo.

– E leu o livro depois?

– Li tudo. Pai obrigava. Todo dia de manhã tinha que dar a lição. Acho que até hoje ainda sei decorado os nomes dos doze pares.

– Então já leu romance.

– E aquilo era romance? Pai dizia que aquela história toda foi verdadeira e que o Imperador Carlos Magno era o maior rei do mundo.

– Isso eu não sei, que nunca li a história do Carlos Magno.

E eu, me lembrando daquele tempo, me buliu no coração:

– Eu estudava passando o dedo pela linha das letras no livro; cheguei a apagar alguns dos nomes. Pai ficava furioso.

– Então, tudo que você aprendeu foi no Carlos Magno?

– Não; depois eu já sabia ler e Mãe me botou na escola; queria que eu aprendesse reza e bordado. Eu até gostava, principalmente da viagem a cavalo, toda manhã, do Limoeiro à vila. João Rufo que me levava.

– Não vejo você bordando.

– Nem eu me vejo. Foi tudo trabalho perdido.

– E daí?

– Daí, Pai achou que já chegava de escola, que eu já sabia o bastante para me casar.

– Mas você não se casou!

Eu já estava aborrecida daquela inquirição, me levantei, fui espiar o tempo, da janela. De lá falei para acabar com o assunto:

– Não. Não casei. Nunca encontrei ninguém que valesse a pena.

Cirino veio para perto de mim:

– E eu?

Eu me ri na cara dele:

– Te enxerga, menino!

Ele riu também, afastou-se:

– E o que foi feito do livro do Carlos Magno?

– Quando Pai morreu, Mãe guardou todas as coisas dele num baú; ninguém mexia lá, até que um dia se abriu o baú e achou-se uma ninhada de rato se criando dentro do livro. Mãe teve nojo, mandou matar os ratos e tocar fogo na sujeira.

– Pois foi uma pena. Uma moça que não lê romance não sabe o que está perdendo. Minhas primas...

– Você tem primas, Cirino?

– Muitas. Mas tudo feia. Gordas, brancas, cor de leite azedo. Usam uns cachinhos. Não tem nenhuma nem de longe igual a você.

Eu ri de novo:

– Isso eu acredito. Não sou mesmo parecida com nenhuma mocinha cacheada.

Ele voltou a me beijar a mão:

– É o que eu digo. Boa noite, minha dama.

Eu puxei a mão, pus-lhe o dedo diante do nariz:

– Chamar mulher de dama, aqui, é agravo tão grande que talvez eu tenha que mandar lhe matar.

De novo ele apanhou minha mão no ar, me apertou com força os dedos e saiu correndo:

– Manda!

FICOU UMA SEMANA nessas galantezas. Pescava peixe especial para mim, trazia caça delicada. De um mascate que passou, comprou um lenço de seda e um frasco de água de cheiro que veio me trazer.

Eu tratava os agrados dele como se fossem as coisas do criançola de que falou Duarte.

Na noite em que se completou uma semana da partida de Duarte, Cirino não apareceu para a ceia. Perguntei a Rubina o que havia, ela explicou:

– Ele está muito incomodado. Uma dor atravessada no peito, parece que é no coração. Eu dei a ele um chá, fiz esfregação, mas não melhorou. Sinhá não quer dar uma olhada no moço? Pode ser coisa de gravidade.

Respondi a Rubina que talvez fosse melhor eu não ir:

– Esse mocinho é mesmo adiantado.

Rubina saiu, com uma rabanada das saias. E eu fui para o meu quarto, tirei os sapatos, as calças de homem, a blusa, vesti o camisolão de dormir. E aí me lembrei do pai de Cirino, das recomendações que me fez, dizendo que "esse menino nunca foi de saúde muito boa"... E se agora o rapaz me morre, sozinho naquele quarto, com uma dor no coração?

Peguei uma vela de sebo que acendi na candeia do meu quarto, vesti um roupão grosso que eu usava depois do banho no açude, calcei as chinelas e fui pelo corredor até a ala dos homens. Passei pela porta fechada do quarto de Duarte. A porta seguinte era a de Cirino. Ia bater, quando vi que estava só encostada. Empurrei a porta até me dar passagem. À luz da vela, vi que Cirino se embuçava todo no lençol, ao sentir minha presença. E eu falei – em voz baixa – nem sei por quê:

– A Rubina me disse que você está doente.

Ele continuava calado, todo enrolado. Cheguei perto, meio assustada; me inclinei sobre ele, estendi a mão para lhe tocar a testa.

– Está com febre?

E de repente Cirino se sentou na cama, nu da cintura para cima; segurou o braço estendido, me puxou com força, me derrubou no colchão. E num pulo, como se fosse um gato, saltou por cima de mim, prendeu minhas pernas entre os joelhos. Com o peso do corpo me esmagava o peito, os seios. E apertando a boca na minha, me mordia. Afinal, com um gesto rápido da mão, me levantou a camisola e me forçou – como se me desse uma facada.

Eu poderia ter gritado, ou pelo menos gemido alto entre os dentes dele.

Mas a verdade é que não lutei. Amoleci o corpo, parei de resistir, deixei que ele fizesse comigo o que queria.

Não sabia que homem fosse capaz daquela violência. E logo depois senti que eu estava gemendo, baixinho, no compasso dele. E não era gemido de dor, muito menos de raiva. Nem sei dizer o que era.

PASSADO TUDO (o quarto estava escuro, a vela rolou no ladrilho e apagou-se quando ele me agarrou), Cirino se pôs a me beijar pelo rosto, pelo pescoço, sussurrando:

– Me perdoe, mas eu não tinha outro jeito. Você não queria entender nada e eu já não podia mais!

Aos poucos, me vi retribuindo os beijos dele, retribuindo os abraços e começou tudo de novo. Afinal, quando o galo cantou, eu me levantei para ir embora. Cirino me vestiu a camisola, meio rasgada, me enrolou no roupão:

– Quer que eu te acompanhe até o quarto?

– Você está louco? Não quero que ninguém saiba de nada.

– Mas eu quero ir no teu quarto. Se não for hoje, amanhã.

– Eu vou ver. Na hora certa lhe dou um sinal.

Será que, com ele, eu ia repetir tudo que fazia com Duarte?

Na noite daquele dia, à hora da ceia, eu pretendia não fazer sinal nenhum, para ele não ficar mal acostumado. Mas enquanto a cunhã tirava o prato de sopa e trazia a tigela do doce, ele deu um salto da cadeira e me beijou na boca:

– Hoje sou eu que vou lá!

Entre os lábios dele, eu tentei:

– Mas hoje...

– Eu tomo todo o cuidado, vou na ponta do pé. Deixe a porta encostada.

A cunhã, que entrava, deve ter visto que ele me beijava outra vez.

Levantamos da mesa, eu dei uns passos até o alpendre, Cirino me seguiu. Dei a boa-noite ao homem da guarda; ostensivamente dei a boa-noite a Cirino e me recolhi ao quarto. Mal passou meia hora, ele veio.

Dessa vez eu estava preparada, lavada e cheirosa, vestida numa camisola dos tempos em que eu ainda era a Sinhazinha e não usava as calças de Maria Moura.

QUE É QUE EU POSSO dizer do meu amor com Cirino? Juro que nem sonhava, nunca, que pudesse haver nada assim. Aquela violência da primeira noite tinha sumido para longe. Agora era só carinho, tão demorado, tão no lugar certo. Ele nunca tinha pressa e dizia: "Vou te levar a uma terra onde você nunca foi..." E eu não sei como não gritava durante a tal 'viagem' à terra desconhecida. Ou quem sabe gritei?

NA MERENDA DA MANHÃ, Rubina me olhava meio enviesado. E de repente apareceu com uma tigela de gemada:

– Esses meninos estão precisando de se fortalecer...

Cirino estalou uma risada, passou o braço na cintura da Rubina e quase morri de raiva, com o rosto em fogo.

Ele tomou toda a gemada; eu recusei. Na verdade, detestava aquilo.

Estava também sem entender a posição da Rubina. Não era possível que não soubesse o que se passava entre mim e o filho dela. Então, por que me alcovitava com o outro?

35
O Beato Romano

Lá uma manhã, já eu me sentia a salvo na Casa-Forte. De certa maneira singular me achava mais em casa do que em qualquer outro lugar, em minha vida – seria pela perda total de todos os compromissos, pela perda de tudo, até da minha própria identidade? Certa manhã, pois, acordei alegre, gostei de ver o sol nascendo pela janela, quando a abri; fui tomar o café junto com os homens, na porta da cozinha, apanhei o embornal no quarto, joguei-o no ombro a tiracolo, peguei um terçado de andar no mato e avisei aos homens da guarda:

– Outro dia descobri lá em cima, na mata, um ninho de papagaio. Mas os filhotes ainda estavam muito peladinhos, não dava para tirar da mãe. Hoje, já devem ter chegado ao ponto. Vocês não acham que nós aqui estamos precisando de um papagaio falador, para alegrar a casa?

Um dos rapazes lembrou:

– Diz por aí que papagaio também é bom pra fazer sentinela. Qualquer estranho que vá chegando ele dá logo notícia.

Eu ri da ideia: papagaio sentinela! Ora essa!

Disse até logo, e os homens gritaram em coro:

– Abença, Beato Romano!

E eu, Beato Romano, os abençoei.

Dei um nó mais justo na corda que me apertava a cintura da samarra de beato; meti no caminho os pés calçados em apragatas de couro cru. Coitados dos meus pés. A sola, nos calcanhares, grossa e gretada, negra, rachada. Pés de animal, pensei.

Há quantos anos que não entravam num sapato! Meus coturnos de couro preto, com uma fivela ao lado... Terão durado quanto tempo – um ano, dois? Aos poucos foi se furando a sola, rasgando o resto, não tinha mais conserto, joguei fora.

E a roupa? Bem, as batinas deixei quando tive que fugir da Vargem da Cruz, ou antes, da Fazenda Atalaia. Só levava no corpo o fato de brim pardo que eu usava nos dias de caçada e pescaria. Fui me vestir de novo no Seu Dão. E arranjando uma calça aqui, remendando ali uma camisa, ia tirando tempo. Agora Maria Moura me vestia com o meu disfarce de beato.

ENTREI PELO MATO FECHADO, abrindo caminho com o terçado. A subida da ladeira era forte, mas eu já vinha me acostumando. E as trilhas largas, abertas para se rolar madeira lá de cima, eram boas de galgar.

Era no mês de maio, tinha mais flores do que folhas pelo campo. Até dentro da mata havia flor; os grandes vultos dos louros se transformavam cada um num buquê de noiva, todos brancos da florada.

Passei por um pé de catingueira coberto de ramos amarelos. Cortei o mais bonito, segurei no braço, segui adiante.

Meu destino era um grande pau-d'arco que eu havia assinalado em outra entrada. Era um patriarca, um pai do mato, a copa alta como uma torre, o tronco grosso que nunca ferro de machado ofendeu. Dava uma sombra escura e, debaixo dela, arbusto nenhum nem erva mais avultada poderia prosperar. Sob aquela copa só mato ralo, formando uma clareira grande, por toda a largura do círculo que a sua sombra encobria.

Lá chegando, olhei em redor, era ali mesmo. Sentei-me no chão, estirei as pernas, me estirei todo para trás, segurando nas mãos o peso do corpo.

Fechei os olhos, respirei fundo. O ar estava cheiroso, o calor da mata não incomodava. Fiquei um tempo assim, de olhos fechados, bebendo o perfume do ar. Me sentia bem; me sentia como se estivesse numa igreja. Era, na verdade, o que eu estava procurando: o calor e o mistério de uma nave de igreja, fechada durante o dia; o sol lá fora, e ela isolada do povo da rua e da vida dos homens.

Passado aquele instante de repouso, naquela minha espécie de mergulho nos ares da floresta, me levantei e me organizei para o que eu vinha fazer. Andei um pouco pelo mato em torno, até descobrir uma touceira de marmeleiro com as varas bem grossas – não davam para se abarcar com o polegar e o indicador. Com o meu terçado cortei duas dessas chibatas, bem linheiras. A maior teria mais de uma braça e meia de comprimento, a menor uns cinco palmos. Com a minha faca pequena arredondei a ponta de cima da vara grande e as duas pontas da menor. Ajeitei a vara pequena atravessada sobre a grande, atando com uma embira, formando os braços abertos de uma cruz. Com um pau talhado em ponta cavei um buraco ao pé do pau-d'arco, e nele plantei a minha cruz.

Voltei à mata, tirei quatro forquilhas pequenas, aparei tudo certinho, e armei um jirau defronte da cruz, com a sua mesinha de varas; ficou direito um altar. Enfeitei cruz e altar com as flores da catingueira. No bisaco, peguei um coto grande de vela, e logo consegui tirar fogo do artifício e acender o pavio. Aprumei bem o meu círio entre as varas do jirau – do meu altar. Isso feito, contemplei a minha obra e achei lindo.

DO FUNDO DO SACO tirei mais uma trouxa, onde guardava os meus tesouros ocultos, que eu nunca largava nem deixava ninguén ver. Retirei de lá uma estola bem velhinha, que me viera entre os salvados do Simão, que por sua vez os recebera do meu pajem, o Onofre.

Junto com a estola vinha o pequeno volume preto do meu missal. Pus a estola no pescoço, benzi a cruz, juntei as duas mãos em prece e comecei a minha missa:

Introibo ad altare Dei...

E como não tinha acólito, eu próprio fui respondendo:

Ad Deum qui laetificat juventutem, meam...

Cada palavra em latim que eu dizia me dava um gosto bom na boca. Meu peito se expandia, num profundo consolo.

Encostado ao tronco da árvore, aberto no altar, estava o missal. E fui fazendo as reverências rituais, dizendo os *Oremus*!

Li a Epístola e o Evangelho daquele domingo: *In illo tempore...*

No momento certo me virava, abençoava a mata. Às vezes por ali passava um bichinho pequeno – um tejo, um sapo, uma cobrinha verde. E, em certo momento, pousou no pau-d'arco uma graúna e cantou. Um cancão ficou um tempo me espiando com o seu olho amarelo. Tudo fluía tão bem – era como se eu fosse levado boiando, de mãos postas, na correnteza de um rio.

Mas quando chegou o momento da Consagração, parei, assustado. Eu não tinha mais direito de invocar a transubstanciação e transformar o pão e o vinho em corpo e sangue de Jesus Cristo. Seria um sacrilégio.

E, mesmo que eu ousasse, que iria fazer com o corpo, sangue, alma e divindade de Jesus, ali presentes por arte das palavras santas? Comungar? Comungar, consumir a espécie, eu, tão carregado de culpas que jamais ousei procurar confissão, para me reconciliar? Não. À consagração eu não podia chegar.

Ajoelhado, baixei a cabeça sobre o altar, os olhos de novo cheios de lágrimas, o peito me doendo. Eis quando, abrindo os olhos sobre o meu pequeno altar de jirau, me deu de súbito um grande alívio. Como é que eu poderia pensar em Consagração se não dispunha do pão nem do vinho? Nem que eu o quisesse, por loucura e arrogância. Não havia pão nem vinho em toda a terra da Casa-Forte. Ninguém, lá, jamais comia pão de trigo ou bebia o vinho da uva. O pão era o de milho. A bebida era a garapa, a jerebita e, principalmente, a cachaça.

A negra Rubina inventou fazer vinho com mocororó de caju. Mas tinha um gosto ruim, um travo. Sabor, se tinha algum, era só da aguardente com que dosara a beberagem 'pra encorpar'!

A falta do pão e do vinho me deu segurança, me levantou o espírito. Ergui a cabeça, sorri para tudo ao meu redor, me virei, devagarinho, de costas para o altar e disse, com voz embargada:

Ite, missa est.

E eu próprio respondi, em vez da congregação invisível:

Deo gratias!

Estranho como eu recordava tudo, todas as orações, todo o ritual. Passados tantos, tantos anos, não esqueci nada. Também, quantas vezes celebrei a missa durante os meus doze anos de Padre? Mais de umas três mil vezes, fazendo a conta de cabeça.

Dobrei a estola, apaguei a vela, enrolei tudo, junto com o missal, no pedaço de baeta em que viviam ocultos. De novo enfiei o pacote no fundo do alforje.

Depois me deitei no chão, fiquei ali muito tempo, com o coração estranhamente consolado. Creio até que dormi um pouco. Afinal, quando o sol ia alto, me deu fome, levantei-me. Estava em jejum. Claro, missa só se reza em jejum.

Desatei das embiras os braços da cruz, desmontei o altar, arrumei as varas num monte, ao pé do pau-d'arco. Ninguém seria capaz de dizer para o que serviria aquela madeira. Muito bem. Voltei para a Casa-Forte, ainda de coração sossegado.

Quando entrei no alojamento, os rapazes cobraram:

– Cadê os papagaios, Beato?

Eu caí em mim, inventei:

– No ninho não tinha mais nada, só pena velha. Ou os filhotes cresceram e voaram, ou o bicho do mato comeu.

36
Maria Moura

Ainda na ausência de Duarte, Cirino teve que fazer uma pequena viagem. Era a pedido do pai; o Seu Tibúrcio precisava de se avistar com o filho. Queria que ele assinasse o formal de partilha da mãe, morta há mais de dez anos, sem que se tivesse feito nada do inventário, que vinha se arrastando esse tempo todo.

Mas como o velho não desejava vir de novo à Casa-Forte, pra não chamar atenção, nem Cirino podia chegar perto do Garrote, combinaram encontro na fazenda de um amigo seguro.

Mandei Roque acompanhando Cirino, que foi de novo disfarçado de vaqueiro, como da primeira vez.

Cirino fez festa a Roque, quando o viu chegar com os cavalos; e como eu lamentasse Duarte estar ausente: que é que o pai ia dizer vendo que o filho lhe chegava só com um guarda-costa! E eu, principalmente, ficaria mais tranquila se o visse acompanhado pelo meu primo.

Cirino se encrespou:

– Detesto essa sua afetação de chamar aquele moleque de primo!

Eu só fiz sorrir (se ele soubesse o que Duarte também dizia – e pensava! – dele), depois lhe bati de leve no ombro:

– Deixe de malcriação! Faça a sua viagem e me volte em paz e salvamento!

E acontece que com Cirino eu ainda ralhava; com Duarte não tinha coragem de dizer nada, me doía a consciência. Afinal foi ele que perdeu, com a vinda do outro.

Pode até ser ingratidão, mas com aqueles dois ausentes, me sentia mais solta, mais desobrigada, andava pela casa, dava ordens à Rubina, chegava até a 'usina', fechada e misteriosa.

Mandei Pagão me selar o cavalo e saí galopando, no rumo da lagoa. Tinha andado quase nada quando encontrei o Beato Romano. Estava com uns cinco dos meus homens, ele sentado numa pedra, com uma varinha na mão. Levantaram a cabeça ao me ver, mas não se assustaram: não deviam estar fazendo nada de ruim.

O Beato se pôs de pé, apontou com a vara para o chão: num pedaço de terra que eles tinham alisado, dava para se ver umas letras riscadas. Beato Romano se aproximou:

– Estou tentando ensinar a ler a estes rapazes.

Maninho e Alípio, que eram do grupo, se levantaram junto com os outros e falaram meio encabulados:

– A gente é muito rudo, tem cabeça-dura...

Eu me dirigi ao Beato:

– Por que vêm se esconder a esta distância, pelos matos? Em casa tem muito quarto que pode servir de escola.

Beato Romano abanou a cabeça:

– Não ia dar certo. Os rapazes já estão muito encruados nessa vida deles. Só vêm aqui comigo de vez em quando, têm medo de que os outros zombem deles – e aí pode sair briga.

– Pensei que o senhor fosse ensinar a eles era o catecismo...

Alípio se meteu:

– Ele conta pra gente a História Sagrada de Nosso Senhor Jesus Cristo – e como Deus criou o mundo, e como o Caim matou o Abel, e o Rei Davi matou o gigante Golias...

Um dos outros, um tal de Manduquinha, recruta novo, interrompeu:

– O que eu gosto mais é da história da cobra e da Eva.

Eu me lembrei de um assunto e disse ao Padre:

– Beato Romano, por favor feche a escola por hoje, que eu preciso conversar com o senhor.

DESDE AQUELE DIA da sua chegada à Casa-Forte eu não tinha me aproximado quase nada do Padre. Depois de acomodado num quartinho, no alojamento dos homens, aos cuidados de João Rufo, ele a princípio só cuidava de dormir, comer (pouco), dar uns curtos passeios por perto. João Rufo me dizia que o pobre do Beato estava tão fraco que até um pé de vento era capaz de dar com ele em terra.

Os cabras gostaram dele, gostaram muito. Lhe tomavam a bênção e, quando saíam 'com ordes', pediam que ele fizesse o sinal da cruz na testa de cada um.

Vendo isso, uma vez, eu me admirei:

– O senhor não sabe para onde esses homens vão?

E o Beato levantou os olhos para mim, muito sério:

– Eles não me contam, mas eu adivinho, claro. Prefiro, contudo, não saber ao certo.

Eu não entendi bem:

– Mas Padre – desculpe! – Beato, o senhor, quando me procurou, não sabia qual era o nosso meio de vida?

O Beato ficou ainda mais sério, demorou um pouco a falar:

– Quando eu procurei a Casa-Forte, estava ferido e maltratado, caçado como uma besta-fera. Em todo estranho que eu encontrasse, só via alguém que podia me levar à forca.

Eu quis aliviar o assunto e disse, meio brincando, meio séria:

– Bem, eu não sou contra o senhor ensinar catecismo aos rapazes, mas não vá longe demais. Se a minha cabroeira se converter, virar tudo penitente e sair atrás do Beato, tocando matraca – que é que eu faço?

Ele não achou graça. Era um homem que não achava graça em coisa nenhuma:

– Eu só ensino um catecismo muito simples. E os dez mandamentos.

– Sabe, Beato, falando em mandamentos – na escola também me ensinaram. A gente aqui, nesta vida, não tem como cumprir tudo. Pode ser que, na rua, com Padre, delegado, juiz, advogado, possa vogar a lei dos mandamentos. Mas aqui? O senhor mesmo é prova; matou para não morrer e anda caçado como se fosse um animal feroz. E matar um demônio ruim como o Anacleto, ou um inseto como o meu primo Tonho, isso poderá ser o pecado de que fala o mandamento?

– O mandamento só diz "Não matarás".

– Mas é justo? É certo? E quando eles querem matar a gente?

O Padre ficou calado. E eu continuei:

– Pra mim, a lei que vale é a do "Ou ele ou eu". Se os meus cabras...

O Padre me interrompeu:

– Dona Moura, eu só ensino mesmo os elementos do catecismo; e porque eles pedem. Não tem perigo que, de repente, eles queiram virar santos. E quem sou eu para fazer de alguém um santo! Logo eu!

Enfiou o chapelão de palha na cabeça, apertou a corda da cintura e ia se despedindo quando eu lhe segurei a manga da samarra:

– Quando cheguei aqui, eu disse que tinha um assunto pra lhe falar. Pode ser importante.

Ele logo me encarou com aqueles olhos de carneiro acuado e eu tentei amenizar:

– Também pode ser bobagem.

O Padre se impacientou um pouco:

– Mas o que é?

– Foi o Pagão; ele estava conversando com os homens, eu ouvi um pouco e interroguei o menino: dizia ele que 'ternantonte' lhe apareceu um homem na estrada, quando ele saía do pátio, levar os cavalos pro cercado. O sujeito indagou se ele era da fazenda, gabou os cavalos, e aí tirou do bolso uma moeda de dez réis que deu ao menino para ele responder a uma pergunta. Eu até pensei que fosse coisa com aquele moço, o Cirino, que está asilado aqui. Mas não era. O homem queria saber do Pagão se a gente tinha um Padre morando na Casa-Forte: o menino disse que se lembrou logo do Padim Beato, que a bem dizer é um Padre, mas não disse nada, porque teve medo do homem. Aí o sujeito perguntou se não tinha aparecido algum homem de barba grande, podia até nem estar trajado de Padre, só pra se esconder. O Pagão continuou negando, aqui não tinha ninguém desse jeito. E aí o homem fez uma cara zangada, lhe segurou o braço e disse o Pagão: "Eu pensei que ele queria tomar o derréis, mas era só pra me jurar: se você estiver mentindo, seu moleque, eu venho aqui e te capo. Dito isso, o homem deu meia volta e foi-se embora."

Perguntei se o homem estava armado, mas, segundo o menino, só trazia a faca de costume, no quarto. Como eu lhe disse, Beato, pode ser maluquice do Pagão, mas me lembrei de que poderia ser um dos rastreadores que andam atrás daquele prêmio de um conto de réis.

Eu falava meio leviana, sem esperar reação maior do Beato; mas de repente ele levantou a vista e eu me espantei com o resultado da conversa. Estava branco, branco. Foi-se deixando cair sentado no chão, com a cabeça entre os joelhos pontudos que a samarra cobria. Tremia as mãos e gaguejou:

– Então eles me acharam.

Levantando os olhos, me fitava, fixo, com aquela cara nova, apavorada:

– Alguém deve ter descoberto e contado a eles que eu vim parar aqui. São eles!

Eu morria de pena:

– Se acalme, Beato. Aqui, da minha casa, ninguém lhe tira.

Ele me encarou com uns olhos que já não eram só tristes, mas pareciam duros de raiva:

– Não é da morte que eu tenho medo. A morte que venha, quando chegar a minha hora. Eu confio na misericórdia de Deus. Mas estou cansado de correr, Dona Moura. Aqui, ajudando os homens, ensinando um pouco da doutrina, eu achava que estou cumprindo a minha penitência. Principiando a cumprir, pelo menos. Mas agora, vai começar tudo de novo. Tenho que voltar a ser um errante. Um proscrito, um vagabundo.

Cobriu o rosto com as mãos e começou a chorar, baixinho, mas com cada soluço fundo que lhe abalava as costas.

– Não quero cair nas mãos deles.

Eu não sabia o que fizesse para consolar o coitado. Sei, por mim mesma, o que é uma pessoa se sentir acuada. E, então, tive uma ideia:

– Não se assuste, Beato. Não vai acontecer nada com o senhor. Eu sei o que estou dizendo. Mesmo que eles venham lhe caçar ate aqui, dentro de casa, o senhor vai estar seguro.

Fiz uma pausa, peguei no braço dele pra que se levantasse, enfiei as rédeas do cavalo no braço e fomos marchando lado a lado, de volta para casa.

E até sorri, para aliviar um pouco a situação:

– Vou lhe mostrar um segredo. Mas é como se fosse um outro segredo de confissão. Deixe chegar lá em casa.

O Padre foi me acompanhando, calado, dócil como uma criança assustada.

Em casa, levei o Beato até o meu quarto. Fechei a porta e pedi que ele afastasse o baú, descobrindo o alçapão. Tirei a chave do cós, abri a fechadura de segredo. Fui na cômoda, peguei uma vela, custou a sair faísca do artifício mas afinal acendeu. Botei a vela acesa na mão dele e mandei que entrasse lá.

O Beato recuou a princípio, mas depois tomou coragem e entrou pelo alçapão. Demorou lá dentro talvez um minuto e voltou muito admirado:

– Ninguém nunca me falou disso. Nem o Duarte.

– Mas ele sabe. Só quem sabe sou eu, ele e o João Rufo. Quem fez a obra já morreu.

O Beato olhava as paredes lisas do quarto, foi até a sala, comparou – não dava para desconfiar de nada! E eu prometi:

– Está vendo como é seguro? Se acaso – o que eu acho impossível –, mas se por acaso algum inimigo poderoso invadir a Casa-Forte à sua procura, eu lhe escondo aqui. Já deixei uma vez uns soldados correrem a casa toda, atrás de um homem que eu tinha metido aí no cubico. Não encontraram ninguém.

Ele levantou os olhos:

– Como é o nome?

– Cubico. O nome é esquisito mesmo. Mas é assim que se chama.

O Beato pensou um pouco!

– Deve ser *cubículo.* Do latim *cubiculum.* Agora entendi.

Eu achei graça:

– Latim e Padre é como carne e sangue. Não se separam nunca.

O Padre fez um sorriso também:

– Só com a morte. Mas essas pessoas que a senhora escondeu não saíram por aí, contando?

– Não. A gente faz um mistério muito grande. E bota uma venda nos olhos da pessoa, diz que é um esconderijo no fundo do armazém. O senhor não viu lá dentro uma candeia? Só se acende essa candeia quando é para entregar o prato de comida, e isso de noite. Eles acreditam em tudo, ficam tão agradecidos que nem especulam nada. Só querem mesmo ter a vida salva. Saem de novo com a venda nos olhos, a gente dá voltas e voltas neles, e vai soltar o infeliz bem tonto, no meio do terreiro. E, ademais, muito poucas pessoas têm ocupado o cubico até hoje. A gente não facilita.

O Padre pediu licença, passou do quarto para a sala, foi ao outro quarto, estudando as paredes, resmungando: "Que engenho! Não parece coisa de mulher! Que cabeça! A senhora devia ter estudado, Dona Moura... ia ser melhor do que muito doutor!"

Eu contei:

– Bem, a ideia não foi minha. Pai que me falava no cubico da casa do avô dele, onde tinha um igual a este. Ele até me deu num papel o risco. Não para eu fazer outro igual, isso ele nem sonhava, mas para eu entender direito quando ele me contava. Guardei este papel toda a minha vida. Nem tinha ideia de que ia usar aquilo algum dia, mas guardava, porque era lembrança de Pai. No dia do incêndio, botei o papel, junto com outros, na trouxa dos salvados. Os outros eram lembranças de Mãe.

Beato Romano, a mão no queixo, resmungava:

– Cubico... cubículo... cubiculum...

Afinal virou-se para mim:

– Gostei do cubico. Assim mesmo, tenho que tomar cuidado nas minhas saídas para fora da fazenda.

– Eu sei que o senhor gosta de subir pela serra. Por lá é muito difícil de lhe rastrear, não tem acesso nenhum por perto. E pela entrada daqui ninguém passa, só os da casa.

O Beato Romano fez um pequeno sorriso e me convidou:

– Quer ir comigo ver a horta? Pra desanuviar um pouco. Faz dias que a senhora não vai lá. Ainda não lhe mostrei o meu canteiro novo de couve.

E eu saí para a horta com ele, contente de ver que o pior já tinha passado. Mas quando batesse a noite, o escuro. trancado naquele quartinho, só Deus sabe o que ele ia sofrer, atacado de novo pelo medo. Medo é muito ruim, eu sei.

As couves estavam mesmo uma beleza. E o Beato de novo me corrigiu porque eu, como todo mundo daqui, tinha dito 'o couve...'

37
Maria Moura

Já há uns três dias que se estava esperando a chegada de Marialva. Duarte tinha mandado um bilhete avisando, pela mão de um viajante mais apressado do que eles, comprador de pólvora, vindo de marcha batida para se abastecer numa urgência.

Na mesa do almoço eu li o bilhete para Rubina ouvir e Cirino estava presente, já de volta do encontro com o pai. Logo que a velha saiu da sala, ele disse:

– Estou com vontade de dar um pulo no Garrote. Quero combinar umas coisas com o velho...

Eu me espantei:

– Que loucura é essa, menino? Você mal chegou da última saída. Será que o perigo acabou?

– Eu tive umas notícias boas. Um amigo me mandou recado: mataram o sujeito que tinha mais gana de me pegar e mais empenho em acabar comigo... Com isso os outros devem estar mais desvanecidos.

– Tem certeza?

– É. E ainda por cima meu pai espalhou um boato de que eu tinha viajado para a Bahia.

– Seu pai mesmo recomendou tanto que eu não deixasse você tirar um pé daqui...

– Eu pretendo andar de noite, encourado, com uns dois homens seus emprestados só por uns dias.

Na verdade eu estava gostando da ideia, não queria um confronto dele com Duarte, logo na chegada de Marialva. Mas disfarcei:

– Por que você não espera que o Duarte chegue?

Cirino deu um muxoxo:

– Pra quê? Prefiro ir antes. Não tenho a menor simpatia por esse moleque. Primo!

– Ele *é* meu primo. Filho do meu Tio Xandó.

– E da escrava Rubina. Eu sei. Ela me contou.

– Quando Duarte nasceu, ela já era forra. Ele nasceu forro também.

Cirino zombou:

– Já viu se dizer que um branco 'é forro'? Pra ser forro hoje, tinha antes que ser cativo... E nunca ninguém viu um cativo branco, precisando de alforria. Se esse moleque é forro, é porque foi cativo...

Eu estava com tanta raiva que me levantei da mesa para não meter a mão na cara de Cirino. E o pior é que todo mundo devia dar razão a ele – a começar pela Rubina. Mas eu ainda disse, lá da porta:

– Meu senhor, se vossemecê quiser continuar em boa paz nesta casa, nunca mais me venha com essas conversas. Quem sabe de quem eu sou parenta sou eu e mais ninguém. Se lhe digo que Duarte é meu primo, é porque tenho ele como primo. Não me venha querendo mudar os costumes da casa e da família.

Cirino se levantou, me pegou pelo braço e me disse entre os dentes, em voz baixa:

– Não pense que eu não sei das coisas, Moura. Ando com os vaqueiros pelo mato e a gente conversa. E eles dizem que até se pensava, entre o pessoal, que vocês dois ainda acabavam se casando. Você deu muita corda a esse moleque.

Desde a minha briga com o Tonho, que eu não sentia tanta raiva de alguém. E também falei entre os dentes:

– Me devolva já a minha chave. Homem que fala da minha vida particular com os cabras da fazenda não merece a minha confiança. Que é que você conta a eles? A nossa primeira noite?

Cirino mordeu os beiços, furioso também. Meteu a mão entre os botões da camisa, arrancou o cordão de ouro que tinha no pescoço e onde trazia a chave. E jogou longe, no ladrilho, o cordão partido, as medalhas e a minha chave. Saiu num rompante.

Eu me curvei, apanhei o rebolado de miudezas, fiquei com aquilo na mão, respirando fundo, me acalmando. Que é que ele pensava da vida? Que era meu dono, só porque andava dormindo comigo? Maria Moura não tem dono, fique sabendo.

Na verdade, o que vinha me roendo o coração, desde a chegada do bilhete de Duarte, era o problema da situação entre nós dois. Como é que ia ser comigo e ele, depois que Duarte voltasse? Como é que eu ia contar a Duarte a loucura daquela paixão pelo Cirino? Ou seria melhor não contar nada? Duarte podia até pensar que era uma coisa natural eu esfriar com ele, depois da separação. E a presença de Marialva em casa, com o marido e o filho... Sem isso ter nada com o outro homem. A gente nunca tinha sido amantes apaixonados, era mais aquele bem-querer, aquele carinho; ou como dizia Mãe, querendo me explicar o Liberato: "Foi só a amizade que subiu na cama..."

E daí, que bobagem a minha, fazer planos de segredo. Se eu não contasse, Rubina contava. Rubina vivia louca por um pretexto para afastar Duarte de mim, acabar com o que ela chamava 'aquele paleio'. Bem, talvez 'paleio' fosse a palavra certa, amor mesmo nunca houve entre nós. Nunca, entre a gente, se falou em amor. Eu vivia antes naquela solidão, sem carinho, sem um beijo, sem um abraço de homem, sem calor de homem... Duarte também se via só, sem ninguém da sua igualha, nem branco nem preto que ele era. Me disse um dia que mulher, pra ele, até então era só uma galada debaixo das moitas, para desapertar a natureza... "Mas você, agora, assim nos meus braços... neste escurinho... este cheiro bom... às vezes, de dia quando penso em nós neste quarto, duvido, acho que só pode ser um sonho..."

DEPOIS DAQUELA ÚLTIMA noite tão carinhosa, quando ele saiu de viagem, começou o fogaréu com Cirino. A paixão. É, paixão. Eu nunca ia pensar que existisse paixão de verdade. Ou, havendo, nunca que eu seria capaz de acreditar que eu também viesse a sofrer de paixão por homem.

Ciúme nele, é claro. Gente como ele se arde todo de ciúme, quer ser o senhor e dono.

Mas, se tivesse de escolher, quem eu escolheria? O caso, porém, não era nem esse. Eu não queria perder nenhum dos dois. Não queria – não podia – me privar de Cirino! E não queria magoar, ou quem sabe mesmo perder, o Duarte.

ASSIM, DEIXEI CIRINO armar a tal da viagem logo no dia do bilhete do outro. Chamei, para saírem com ele, Alípio e um rapaz novato, trazido pelo Roque de uma das últimas viagens. O Pagão logo se influiu e veio me pedir pra viajar com Sinhozim Cirino e eu o ameacei com um cocorote:

– Que viajar que nada, vá cuidar do seu serviço! Sua mãe não se queixou ontem de que você não tem levado água e lenha quando ela pede!

O Pagão se defendeu:

– Mãe é muito inventadeira. E ela disse que se a Sinhá deixasse eu podia ir, não fazia falta...

A Jove ia aparecendo, ouviu a conversa, pegou ela mesmo um cipó:

– Corre já trazer uns paus de lenha, bichim sem préstimo!

ELES CHEGARAM AFINAL, pela tarde, com muito abraço, muito beijo. Marialva, nesses anos, botou corpo de mulher, engordou, está diferente. É isso, casamento muda as pessoas. O Valentim até me beijou a mão, me chamou de Sinhá Dona Moura, e eu disse que ele me chamasse de prima.

Peguei o menino nos braços, quis lhe beijar a bochechinha, mas ele me estranhou: passei-o logo para Rubina que estava posta atrás de mim e avançou no 'neto'. O safadinho se calou, fiquei até despeitada.

Marialva reparou no meu cabelo curto, disse que me ficava bem, me remoçava. Mas não comentou a minha roupa de homem.

Com Duarte, o encontro foi natural. Ele também me beijou a mão, me perguntou se tudo estava correndo bem – na viagem pensava sempre nisso.

E eu brinquei:

– Se esse cuidado era pela sua pólvora, pode se acalmar; ninguém explodiu ela!

À noite, Cirino ainda não tinha chegado: mas não devia demorar mais dias. A última combinação comigo foi que devolvia os meus homens, se resolvesse passar um tempo no Garrote. Dependendo de como as coisas andassem por lá. Conforme estivessem as modas – foi o que disse – se o tempo estivesse limpo pra ele.

Na hora da ceia comemos todos juntos, menos o menino que já dormia. Rubina não saía de trás da cadeira de Marialva, de vez em quando lhe passava mais uma colherinha de doce, mais um golinho de chá, mais uma hóstia de queijo. Duarte olhava as duas sorrindo, feliz com aquela alegria da mãe.

Valentim era muito cerimonioso, muito educado: comia com uns modos tão bonitos que até parecia um moço rico.

Eu tive a ideia de chamar para a nossa ceia o Beato Romano, embora ele se fizesse cada vez mais arisco; parece que tinha encarnado mesmo no beato, cumprindo ao pé da letra a sua proposta de ser apenas o beato dos meus cabras. Rezava, ensinava a doutrina, ajudava doente a morrer. Não podia, e talvez nem devesse, lembrar o tempo em que tinha sido padre. Raras vezes, nas noites em que não havia ninguém de fora em casa, ele aparecia no alpendre, aceitava um chá de cidreira, me contava como andavam as coisas com os homens. Já vinha ficando com a barba toda malhada de branco, sempre magro e, agora, um pouco curvo. Não dispensava mais a companhia do bordão, que era um grande cacete de madeira de jucá, o castão enrolado num C, que Mestre Quixó tinha preparado para ele, entortando o pau com a ajuda de uma fogueirinha.

Eu me preocupava com a batina – ou samarra –, não deixava que ficasse muito velha e remendada. Rubina prometia lhe costurar um camisão novo pelas festas de fim de ano; as apragatas ele mesmo aprendeu a fazer, até ficando perito nesse tipo de trabalho em couro. Fez para mim uma bolsa, fez uma bainha de faca para Duarte. E no dia seguinte à chegada de Marialva, fez umas apragatinhas para o neném que pareciam uma coisinha de brinquedo. Daí, eram só mesmo pra brincar, que o menino ainda nem andava.

Na hora em que fui convidar o Beato para comparecer à ceia, aproveitei para perguntar se ele poderia batizar, aqui mesmo em casa, o nosso afilhado. A Maria Moura, da Casa-Forte, não podia se apresentar numa igreja. Com a fama que eu já tinha, não sei como podia ser recebida por alguma autoridade, especialmente o Padre do lugar. E daí, a maior impossibilidade havia de ser achar-se igreja e Padre pela nossa sertania, onde se vivia sem fé nem temor de Deus.

E se eu fosse longe, à procura deles, ainda sofria o risco de algum delegado entusiasmado se meter a me dar voz de prisão; e aí a gente tinha que brigar com os meganhas e até mesmo matar algum.

O Beato resistiu:

– Dona Moura, desde que estou aqui, o que mais procuro é me esquecer de que um dia fui padre.

– Mas eu já vi o senhor, aqui mesmo, batizar aquela menina da Zita que nasceu quase morta.

– Isso foi um caso *in extremis,* eu não podia recusar o batismo.

– *In* o quê?

– Quer dizer que a criança estava morrendo e eu não podia consentir que morresse pagã.

– Por falar em pagã... e o Pagão? Quer dizer que o senhor também não batizou o Pagão? A Jove me contou diferente.

– Ele estava se criando como um bicho bruto. Batizei em segredo, mas vejo agora que a Jove me traiu a confiança.

– Não traiu não senhor. Ela pensa que, aqui, eu tenho direito de saber de tudo, até os segredos.

– Claro. Não discuto a sua autoridade. Desculpe.

– Pois o caso agora é parecido: esses meus primos andaram mais de três semanas para me trazerem o afilhado. Vão ficar morando aqui.

Se a criança morrer de repente, o senhor é que vai ser culpado por ele se acabar pagão.

O Beato ficou um momento calado. E eu lembrei:

– E se o senhor batizasse mesmo na figura de Beato? Não podia? Beato, para o nosso pessoal, é até melhor do que Padre. Um deles veio me dizer que o Beato vive mais perto de Nosso Senhor...

Olhou para mim, fixo, depois foi sorrindo devagar, acho que agradado da ideia:

– Quem sabe?

Eu tomei o 'quem sabe' como um consentimento:

– Pois então vamos logo marcar esse batizado. Que tal a semana que vem?

O Beato fez sinal que sim e me pediu:

– Mas, por favor, não faça muito arruído. Eu posso batizar, mas o fato é que estou afastado do sacerdócio. O ato será válido mas não é lícito.

Eu guardei até hoje aquelas palavras: 'válido e lícito'; mas não entendi. E quis me garantir:

– Mas o batizado é de verdade, não é? Não vai ser um batizado suposto?

O Beato cruzou os braços e olhou para mim, já de novo duro:

– Por que a senhora faz questão do batizado não ser falso? Nunca lhe vi preocupada com sacramento nenhum. Pelo contrário, até usava para os seus fins o sacramento da penitência...

Olhei para ele e tive foi vontade de rir. Vestido naquela samarra desbotada, uma corda na cintura, os pés nas apragatas de rabicho, a barba comprida e maltratada, não tinha nada mesmo daquele Padre novo, bem-calçado, bem-embatinado, até bonito, a quem eu fui me confessar na Vargem da Cruz.

Mas não me ri; falei sério, tal qual ele:

– Eu posso não ser devota dos santos, como aquelas mulheres da Vargem da Cruz; eu sei que sou diferente. Mas, como já lhe disse, só faço mal a quem me faz mal primeiro... Ou a quem eu sei que é ainda pior do que eu. Não uso o que eu tenho para fazer o mal... O senhor nunca me viu maltratar um dos homens, nem mulher, nem menino...

O Beato Romano escondeu o rosto entre as mãos, senti até medo de que estivesse chorando. Afinal tirou as mãos do rosto. Não, não chorava, mas parecia muito triste:

– Eu que o diga, Dona Moura... eu que o diga. Só aqui eu achei piedade, sabendo a senhora quem eu sou.

A conversa estava séria demais e eu estava começando a me sentir meio aflita. Tentei brincar:

– Pelo menos ainda não caí na tentação de procurar o prêmio pela sua cabeça...

Ele sorriu junto comigo:

– Hoje, com a sua riqueza, um conto de réis não é mais tentação grande!

Veio se aproximando o Pagão:

– Bença Padim Beato!

O Padre passou a mão pelo cabelo amarelo e arrepiado do menino que botava nele aqueles olhos agateados, e disse:

– Deus te faça um santo!

E eu dei um muxoxo:

– Desse aí eu duvido.

O Beato repetiu o sestro que ele pegara, de apertar a corda na cintura; parecia até que vivia se castigando. Ficou de novo muito sério:

– Deus escolhe os seus santos da forma mais estranha, Dona Moura!

E saiu, seguido do menino, que trotava com o cachorrinho atrás dele.

DEPOIS DA CEIA, esperei e ao mesmo tempo tive medo de que Duarte me procurasse, me fizesse algum sinal; pelo menos, me passasse por perto, como costumava antes. Mas Duarte não gostava de dar demonstração de nada. O chamado tinha que partir sempre de mim.

E realmente, naquela noite, Duarte nem sequer me olhou; sim, nem uma vez cruzou o olhar com o meu.

Rubina circulava, da mesa para a cozinha, tatalando a eterna saia engomada, sempre cheia, como vela de barco no mar.

Digo assim por modo de dizer, já que eu nunca vi o mar. Com esta vida que levo, será que posso ver o mar, um dia? Nem o mar, nem mesmo uma cidade maior, uma cidade de verdade, com carruagens de cavalo como já vi em figura. Emprestaram a Pai um livro, e ele nos mostrava. Igreja cada qual mais linda. Qualquer hora vou pedir ao Beato Romano que me conte como é que são as igrejas na terra dele.

Eu procurava me distrair com esses pensamentos, mas na verdade mesmo não tirava o sentido do comportamento de Duarte. E de repente veio uma luz: Rubina! Rubina andava nas suas sete quintas, saliente demais, feliz, feliz. Com Marialva em casa e o 'neto', e o 'genro', e Duarte de volta. Na certa desabafou o coração com o filho, contou o que tinha visto de mim com o Cirino. O precioso filho forro dela agora estava livre de amores loucos e perigosos, que só podiam trazer desgraça; e que ela não ia aprovar nunca.

Duarte mesmo me preveniu um dia: "Mãe, com ela é lê com lê, crê com crê". Deu um suspiro e continuou. "Às vezes eu não entendo mãe. Ela é capaz de perder todo o respeito à Firma e se agarrar com ela, bater nela; e, ao mesmo tempo, zela pela lei do cativeiro. Como se fosse o próprio Deus Nosso Senhor que houvesse repartido o mundo entre os brancos e os pretos, os brancos mandando e gozando, os negros trabalhando... Não entendo mesmo mãe. E ao mesmo tempo ela é tão orgulhosa!"

Eu dei minha opinião:

– Pois eu acho que ela faz isso tudo por orgulho mesmo. Não quer bondade de ninguém. Não quer esmola de ninguém. Se ela não sair do lugar dela, ninguém vai lhe dizer que conheça o seu lugar.

Duarte ficou pensativo um instante:

– Sabe que nesse ponto eu puxo a ela; ou então, aprendi com ela. Não gosto de me adiantar nunca.

E aí me abraçou com força:

– Por mais que eu goste da minha Sinhazinha – já viu! Não me atiro nunca, fico esperando o chamado dela.

E eu juntava agora os alvoroços da Rubina com as esquivanças de Duarte – só podia ser isso mesmo. Ele já estava sabendo o que ela tinha descoberto a respeito de mim e Cirino.

E assim, acabada a ceia, Duarte foi o primeiro a se levantar, pediu licença, disse que precisava falar com João Rufo, tinha umas ordens a dar. E saiu rápido, sem olhar pra ninguém. Menos que todos para mim.

Ai, a gente na verdade não sabe nunca o quer quer. Pois eu fiquei contrariada com aquele desembaraço de Duarte em se livrar de mim, como se a gente nunca tivesse tido nada um com o outro. Mas que é que eu queria? Estar com ele esta noite, matar as saudades – e quando Cirino voltasse? Recomeçar toda a loucura com Cirino e de novo passar Duarte pra trás?

No escuro, na cama, quando me vi estava chorando. Enxuguei os olhos no lençol, danada da vida. Te aquieta, Maria Moura. Você não é mulher de chorar, nem mesmo escondido.

Cadê a Dona da Casa-Forte, a cabecel desses homens todos, que comanda de garrucha na mão e punhal no cinto? Com vinte bacamartes carregados, garantindo a retaguarda, para o que der e vier?

Mas ali, na cama vazia, vestida na minha camisola cheirosa a manjericão (será que eu estava com alguma esperança de que Duarte me aparecesse ali?), eu não tinha vontade nenhuma de ser durona, tinha vontade era de abrir a boca e cair no berreiro, tal e qual o Xandó estava fazendo naquele instante mesmo.

Mas logo ele se calou, resmungou um pouco, parece que dormiu. Eu é que não dormi o resto da noite e de manhã me levantei de olho fundo. E até me assustei com a cara que vi no espelhinho, quando fui lavar o rosto.

38
Maria Moura

A casa da Marialva ia se levantando depressa. O mais trabalhoso era a madeira, mas fizemos um adjunto: e só não foi mais gente porque faltou machado. Mestre Mica comandou a empreitada: e era só rolar os paus e tombar lá embaixo; já se tinha a rampa aberta desde que se tirou a madeira para a Casa-Forte.

Cirino apareceu de volta no dia em que se levantou a cumeeira. O pessoal tinha inventado uma festa; matou-se um bode gordo que se comeu torrado; Rubina fez um pote de aluá, João Rufo arranjou um garrafão de jerebita. Todo mundo bebeu e se alegrou.

Valentim garantiu a música e entrou com a rabeca. Apareceram as mulheres mais novas, de flor no cabelo, até Marialva dançou com Duarte. Cirino veio me tirar e eu disse que não queria; na verdade, nunca tinha dançado na minha vida. Com quem é que eu ia aprender? Nem quando mocinha. Assim, tive medo de fazer feio na festa e recusei até mesmo tomar parte na quadrilha.

Antes que acabasse a dança, resolvi voltar sozinha – era tão perto que eu não precisava de companhia. Mas andadas umas vinte braças escutei passos atrás de mim – um passo que eu conhecia de longe: era Cirino.

Parei, esperei, ele me pegou pelo braço, foi dizendo:

– Que correria é essa? Será por minha causa?

Eu liberei o braço:

– Pensei que depois daquela cena do cordão de ouro, você não quisesse mais conversa nenhuma comigo.

– Repente de homem apaixonado. Eu, quando me zango, faço dessas. Tudo foi só malcriação. Mas você sabe que eu te adoro e não consigo viver longe de ti.

Me abraçou, foi me beijando, me agarrando. Eu ainda tentei me soltar:

– Deixa disso, tem gente vendo.

– Nós estamos no escuro, eles no claro, perto da fogueira. Não podem ver nada.

Se eu facilitasse, no impulso em que ele vinha, me derrubava ali mesmo, em cima do mata-pasto.

– Sossega, parece doido. Vamos pra casa.

Cirino me passou o braço pela cintura, eu deixei, estava mesmo escuro. Perto do portão me afastei dele, empurrei-lhe o braço:

– Cuidado. Tem guarda no portão.

O homem da guarda, que estava de olho na luz da fogueira, estranhou minha presença:

– Já de volta, Sinhá Dona? A festa acabou?

– Não. A festa, pelo jeito, ainda vai longe. Não tarda vem alguém te render.

Cirino passou comigo, implicou:

– Precisava dar tanta conversa ao cabra?

– Não é da sua conta. Eu sei como trato os meus cabras.

Em casa não tinha ninguém, só o cachorro guardava o alpendre.

O Padre devia estar no quarto dele, lá fora, no alojamento dos homens.

Cirino foi me empurrando direto para o meu quarto, onde Rubina tinha deixado uma candeia acesa. Eu não gostava de entrar em lugar sem luz, de noite. Tinha medo de morcego, cobra, esses bichos da sombra. Tinha medo de ficar trancada com eles na escuridão.

Cirino fechou a porta por dentro, encostou-se nela:

– Me dá a chave. Quero esta porta trancada hoje. Por dentro.

Levantei a tampa do baú e peguei a trouxinha feita num lenço e dentro dela o cordão de ouro, as medalhas, a chave.

Ele separou a chave do resto, que jogou em cima da mesinha. Passou a chave na fechadura, dando com cuidado duas voltas. Caminhou para mim:

– Agora vou te matar.

NÃO SEI QUANDO os outros vieram para casa, não soube o que Duarte ficou pensando da nossa saída da festa.

De manhã, na mesa do almoço, ele não me disse nada. Evitou até dar o bom-dia. Cirino estava alegre, brincalhão, ronronando como um gato. Marialva tinha ficado impressionada quando eu contei quem ele era: até nas Marias Pretas, e já no tempo dela, se ouvia falar na riqueza do Seu Tibúrcio, na Fazenda do Garrote. Valentim levantou uma sobrancelha quando eu apresentei o hóspede. Ele também sabia quem era o pai do moço.

Acabada a comida, rapidamente, Duarte, que todo o tempo tinha estado mudo e mal olhava para as pessoas, foi se levantando.

Os outros seguiram atrás, também calados, talvez por cerimônia com o filho de Seu Tibúrcio; e eu tratei de também me levantar para acabar logo com aquilo.

Só Cirino parecia à vontade e se dirigiu a Duarte:

– Pode me dizer onde é que anda o Antônio Muxió?

Eu me adiantei, perguntando:

– Pra que você quer o Muxió?

Cirino falou despreocupado, mas eu senti que ele estava mentindo:

– Nada de importante. Queria que ele me desse opinião sobre um cavalo. Me ofereceram um, de compra, e eu soube que o Muxió já montou ele.

A desculpa era tola demais. Quando é que o Muxió tinha podido andar em cavalo de sela capaz de interessar Cirino?

Pouco depois apareceu Pagão com o cavalo de Cirino, já selado.

Por essa altura e já pela segunda vez, Duarte tinha pedido licença pra sair e ia se encaminhando para os lados do paiol da pólvora. Ele se portava como um estranho, nem chegava a cruzar o olhar comigo. Daí a pouco perguntei ao Pagão se ele sabia onde é que tinha ido o Seu Duarte. Mas o menino, ainda segurando as rédeas do cavalo de Cirino, abanou a cabeça:

– Sei inhora não. Eu estava chegando com este cavalo do Sinhozim, e olhe o que ele me deu!

Risonho, me mostrou na palma da mão um derréis novo.

Rubina apareceu atrás de mim, esperou que o Pagão se afastasse e me disse, em voz baixa:

– Sinhá, pelo amor da sua finada mãezinha, deixe o meu filho quieto. Deixe ele no canto dele. O seu par é aquele outro.

Eu fingi que não entendia, olhei para ela com a cara muito admirada e saí, como falando sozinha:

– Está tudo doido aqui, hoje de manhã.

Dia seguinte me chegou João Rufo, cheio de novidades:

– Sinhazinha já sabe da grande briga que o Seu Cirino teve com o pai dele?

– Agora? Quando ele andou lá?

– Nestes dias, inhora sim. Diz que foi por causa da herança. O moço queria parte do dinheiro da mãe (eles diz 'a legítima'), o velho se agastou, Seu Cirino respondeu, e aí o velho ameaçou ele com o relho... Seu Cirino saiu danado, dizendo que o pai ia ver quem ele era, se era homem pra apanhar de relho...

Eu me fingi muito admirada:

– Que coisa! Mas por que é que ele está fazendo tanta questão desse dinheiro? Vai viajar?

– Ninguém sabe. Os rapazes dele não me disseram.

E riu-se:

– Pra trazer pra cá não é, que aqui ele não tem despesa... Aqui a despesa dele a Sinhazinha cobra é do velho!

Eu pensei de repente:

– E agora, com essa briga, será que o velho ainda vai me pagar a outra parte do nosso trato?

João Rufo, que era pessimista, ficou logo preocupado:

– Será, Sinhazinha? Um homem tão rico? Será?

Eu estava meio receosa de outra coisa: quem sabe o velho tivera notícias do que estava havendo entre mim e o filho dele? Cirino – não sei não – mas acho que ele é bem capaz de se gabar do que está havendo comigo e ele. Andar de namoro ferrado com a Moura não é para envergonhar homem nenhum.

– E o que ele quer com o Antônio Muxió, João?

– Ai, ele anda metido com o Antônio Muxió? Não sei não, não sei não, Sinhazinha. Mas vou perguntar ao Roque, que é quem sempre anda com o moço.

– Vá. Veja o que você descobre.

João Rufo saiu, testa franzida, todo misterioso.

DA FESTA DA CUMEEIRA à casa pronta foi, a bem dizer, um átimo. Logo se rebocou o que era de parede, logo se ladrilhou o chão, logo se fez o fogão de jirau junto à janela da cozinha. Depois as duas mãos de cal, cal nossa, da lavra, queimada no meu forno da Casa-Forte.

Mestre Quixó trabalhava na cama, na mesa, nos tamboretes. Baú não fez porque não era preciso, o casal tinha muita mala de carregar as bagagens deles, a tralha de saltimbanco. Encomendei à nossa velha louceira, que morava no Riacho da Bugra, toda a louça de barro, as panelas, potes e alguidares. Talher reparti um pouco dos meus, mas com a promessa de encomendar facas e colheres pelo primeiro portador que fosse à rua. Lençóis, toalhas, ela tinha, herdados da Dona Aldenora; não podiam contar com a roupa das estalagens, sempre mal limpa e grosseira.

Com a casa pronta, fez-se outra festa para inaugurar. Na verdade só um almoço farto, sem dança e sem música. Todo mundo comeu. Marialva, ajudada pela Rubina, que agora se dividia bastante com a 'casa nova', se preocupou em mandar um prato feito para cada cristão da Casa-Forte. E até o Beato Romano foi convidado e aceitou comparecer. Sentou-se à mesa com a gente, a pedido da Rubina, abençoou a casa nova e os seus moradores. Fiquei de olho, para ver se ele dava algum escorregão e acabava traindo o Padre, na hora daquela bênção. Mas não deu para perceber coisa nenhuma. Ele disse umas palavras bonitas, fez uma cruz ao passar pela porta da frente, outra cruz por cima da mesa posta, mas não soltou nenhum latim. Fiquei pensando que – seria por ser muito vivo e não relaxar nunca a vigilância, ou por já estar encarnado mesmo na figura do Beato?

Até eu, volta e meia passava pela casa nova. A gente atravessava um tempo de paradeiro, o momento não andava bom, não se tinha nenhum trabalho à vista. De acoitado, só o Cirino, mas esse, depois que soube da morte do inimigo, já circulava por toda parte, muito à vontade. Dava as suas saídas por fora, dizendo que, apesar do alívio, era sempre cuidadoso e disfarçado. Mas não sei que disfarce era esse que não podia enganar ninguém. Eu chegava a pensar: e se o medo do velho Tibúrcio não tinha sido exagerado de propósito? E de noite, quando eu tentava perguntar qualquer coisa a Cirino, coisa assim como: "Está bem, que o inimigo pior morreu. Mas pelo que o velho contou, não era só um deles atrás de você... Que é que tu estás aprontando?"

Ele então me abraçava com mais força e reclamava:

– Não quero saber de nada, nega. Pra conversa tem-se o dia. Vamos depressa, depressa, que os galos já estão amiudando.

MAS QUE ELE ESTAVA aprontando alguma, estava. No meio dos meus cabras formou-se uma espécie de bandinho do Cirino – os que estavam sempre com ele, iam com ele caçar na serra, davam um salto, de noite, até o Riacho da Bugra (noite cedo, que o tarde da noite era no meu quarto). Às vezes ele me chegava com um cheiro de bebida – mas só um cheiro leve, não dava para estranhar.

Duarte, se via alguma coisa – e era claro que ele via mais até do que os outros –, não comentava nada, não dava sinal de vida.

Eu estava numa posição muito difícil, respeitando o silêncio e o afastamento de Duarte e, de certa forma, dando graças a Deus por esse afastamento. Se fosse haver uma explicação entre nós dois, só tinha que acabar mal. Eu não podia dizer nada para me justificar, ou sequer explicar, querendo que ele entendesse. Estava visto que ele tinha entendido tudo. O recurso que restava era se sair pra briga e isso eu não queria, não queria nunca brigar com Duarte.

No serviço, ele continuava trabalhando sem alteração. Fazia a escrita toda, tomava nota do gado, cuidava de um bicho doente. Vigiava tudo, sem esquecer a usina da pólvora e a sua freguesia. Vinha também apertando a amizade com Valentim. Os dois estavam sempre juntos, Valentim mostrava muito interesse pela vida da fazenda, especialmente pela mata e a planta. Conhecia já as árvores mais importantes, da madeira de lei aos paus de lenha. Ia ver os homens brocando os roçados e remendando as cercas, que era tempo disso. É que eu, na Casa-Forte, fazia questão de que não se apresentasse ali somente um coito de perseguido, mas uma fazenda de verdade. E, com o passar do tempo, a gente já contava até com uma renda certa no gado. Já mandava vender lote de boi gordo, logo que apertasse o verão.

Já a plantação, isso eu tenho que confessar, era quase que só um enfeite, tirante o que a gente produzia para o nosso sustento e o dos bichos. Eu não mandava mais as parelhas dos meninos em serviço miúdo; só mexia com eles quando era 'empresa de valia', no dizer de João Rufo. E também é bom explicar que nunca meti Duarte nas nossas 'correrias de estrada'. O meu trato com Duarte, desde o primeiro dia em que ele chegou na Casa-Forte, era ele ser o meu feitor. Feitor da minha fazenda, coisa de que eu estava muito precisada, depois que

João Rufo vinha se pondo velho. Eu não gostava de misturar as coisas. Duarte, Rubina, o Beato Romano, não tinham nada a ver com o outro lado da minha vida. Aliás, o Beato, nem sei dar definição dele. Nunca me contou por miúdos o que tinha sido a vida que levou no tempo passado entre as desgraças com a Dona Bela e a sua chegada à Casa-Forte. Está se vendo que não gosta de tratar disso – com certeza lhe dói demais. Essas coisas doem mesmo lá no fundo, eu que o diga. É como o caso de Mãe, nunca pude falar com ninguém no corpo magrinho dela, pendurado no cordão do armador. Me amarga tudo lá dentro, sinto um gosto de fel e sangue na boca.

NUMA MANHÃ DESSAS, Marialva já instalada na casa nova, eu saí para ver como iam as coisas por lá. Era domingo, ninguém trabalhava. Marialva, sentada num banco, debaixo do alpendre, debulhava numa urupema um molho de feijão-verde da horta do Beato.

O neném, com uma menina atrás dele, engatinhava pelo terreiro varrido, metido num calção comprido para não ralar os joelhos. Perto da mulher, com um bauzinho pintado de azul e encarnado aberto junto de si, Valentim fazia exercício com as facas. A umas quatro braças de distância se postava a tábua, em pé, com o alvo pintado nela; e esse alvo era o contorno em tinta preta de um corpo de mulher.

Valentim fechava um olho, fazendo a pontaria, ficava balanceando a faca na mão, tomando impulso e, de repente, a lâmina partia zunindo e ia se enterrar na madeira, a ponta de aço, exatamente no lugar que Valentim mirava.

Entretida com o seu feijão, Marialva nem levantava os olhos enquanto a faca voava. Mas vi que ela se encolhia toda cada vez que a ponta da faca se enterrava na madeira. Seria então só fingimento seu, aquela calma.

De longe ainda, eu já tinha gritado: "Cuidado, compadre, tem gente chegando!" Ele fez um ar de riso e parou, já com uma nova faca na mão. E eu dei o bom-dia, abanei a mão para o Xandó no outro lado do terreiro e pedi ao compadre que continuasse. Eu não me cansava de ver o atirador de faca trabalhando. E pensava comigo que nunca no mundo seria capaz de colocar a minha vida na mão de outra pessoa e me postar como alvo, encostada àquela tábua, como Marialva me disse que era a parte dela na função.

O menino continuava engatinhando, tentando apanhar um besouro grande que fugia pelo terreiro, na frente dele. E de repente apareceu, entre a ama e a criança, um cachorro vermelho, magro, arrastando um pouco os quartos. Babava muito também. A menina deu um pulo para trás e gritou:

– É aquele cachorro que ficou danado! Ele tinha ido pro mato e voltou!

O Xandó, risonho, engatinhava agora na direção do cachorro. Ninguém tinha coragem de fazer nada, o menino estava perto demais do bicho doente, qualquer coisa podia assustar o cão.

Marialva escorreu para o chão, de joelhos, gemendo:

– Jesus da minh'alma!

Eu fiquei parada, como se fosse de pedra; o cachorro parou também, se voltou para nós, depois se virou de novo, quase arrastando as pernas de trás; ia na direção do menino que levantava do chão uma das mãozinhas e lhe acenava com ela.

Valentim estava atrás de nós, ninguém olhava para ele; e, assim, todos nos sobressaltamos quando uma faca cortou o ar, passou zunindo rente a nós, e foi se cravar no cachorro, bem junto do espinhaço, entre duas costelas.

O cachorro focinhou o chão e ficou parado, já morto quando caiu. Marialva deu um salto em frente, correu a pegar o filho. E nos viramos para Valentim, que estava sem uma gota de sangue no rosto, esfregando as mãos, muito nervoso:

– O meu medo era não acertar. Tive que esperar um pouco... com o alvo em movimento...

A aflição da mãe passou para o menino, que abriu a boca, num berreiro. Eu peguei nele, tentando consolar, cantando, dançando improvisado, meio forçado: "Foi-se o totó, neném! Foi-se embora o totó."

E encantado com a cantoria e a dança, numa pessoa que ele nunca tinha visto fazer isso, o Xandó se calou logo e começou a pular nos meus braços, tentando cantar também: "o totó, o totó."

PASSAMOS UNS DIAS comentando o susto. Pela Casa-Forte e arredores andaram fazendo uma limpa em tudo que era de cachorro suspeito de raiva. A tal ponto que Rubina, revoltada, veio me pedir para dar um basta "naquele bando de Herodes..." matando a pau os bichos brutos, inocentes.

Na verdade, é só aparecer um cão danado num lugar, o povo se apavora todo – e a pobre da cachorrada é que paga. Só não chegam perto do meu cão-de-guarda – contra esse ninguém se atreve. Com certeza bem o queriam: muitos deles têm as marcas de dente do Tubarão na barriga da perna e nos calcanhares.

COMO JÁ CONTEI, Cirino, depois da briga com o pai, lá no Garrote, tomou a liberdade nas mãos. Acompanhado de Muxió e os outros do 'bandinho', metia-se em correrias por contra própria. Levavam sumidos até semana.

Eu, mais de uma vez, chamei Cirino de parte e lhe fiz ameaça de o mandar embora da Casa-Forte. E ele, que nunca levava a sério o que eu dizia, daquela vez me respondeu que não precisava eu correr com ele; já estava disposto a fazer uma viagem.

– Ando desconfiado de que aquele perigo todo, com o velho fazendo tanta assombração, não era só chilique dele. Meu pai queria era me manter longe do Garrote, para poder fazer as suas traficâncias com a partilha de Mãe.

E não quis me dizer para onda seria a tal viagem:

– Vou por aí... quero conhecer o mundo... Bahia, Recife, Crato... Ando pensando... Posso até chegar numa encruzilhada, solto a rédea do cavalo e deixo que ele escolha a direção.

Eu mal conseguia me fazer de forte, fingir que não ligava aos projetos de viagem dele. Já era duro enfrentar a separação, mesmo sendo para perto: ficar sem ele debaixo dos meus olhos, ao alcance da minha mão. Ele dizia – claro que mentindo – que não podia viver sem mim. Mas eu, sem ter coragem de dizer isso a ninguém, principalmente a ele! É que já não posso viver sem o Cirino.

Com o passar dos dias, já não era só à noite que eu procurava a companhia dele. Arranjava pretexto – ver o touro novo pegado no lote de gado do vento, experimentar um cavalo que ele não conhecesse ainda; e, se Cirino gostava do animal, lhe dava de presente.

Em casa, nos corredores, a gente vivia esbarrando um no outro e ele cochichava: "Já viu? Quando a gente se bate, sai faísca..."

Nem posso dizer direito como é que eu me sentia. Tudo era novidade para mim, mas uma novidade esperada. Meu corpo chegava a doer quando a gente se tocava – e continuava doendo quando se separava. Assim mesmo, eu procurava disfarçar de todo mundo as fraquezas da Moura nova, fingindo a antiga dureza, a da Moura de antes.

Só de noite eu me soltava e me entregava. E ele se atrevia tanto comigo, que ainda sinto o rosto quente, só de me lembrar. Talvez ele me experimentasse, para ver até onde podia ir. Mas quando chegava a me fazer doer, me machucar, logo se arrependia, e voltava a ser o menino dengoso, aninhado nos meus braços. Às vezes eu acordava com a cabeça loura me pesando sobre o colo, o braço enrodilhado em mim, a boca entreaberta me rodeando ainda o bico do seio, como criança que adormece sugando o peito da mãe.

No outro dia, à luz do sol, tudo mudava. E eu bem podia ver quanto ele andava inquieto, nervoso, espritado.

E o pior é que, com todo aquele meu desadoro por ele, eu não conseguia negar a mim mesma que os nossos amores não podiam ter nenhum futuro.

A passagem de Cirino pela Casa-Forte tinha que ser só isso: uma passagem. Qualquer hora ia dar alguma loucura maior naquela cabeça sem juízo e adeus, Cirino.

Eu chegava a pensar às vezes em entregar o que era meu a ele – a casa, a fazenda, os homens, o comando de tudo, ficar sendo só a mulher dele –, Duarte ia se danar, ia embora, mas que se danasse! Paciência!

Felizmente, mesmo nesses delírios de fraqueza, uma coisa me dizia: ele não me quer a mim, eu não sou bonita, não sou nova, nem ao menos me visto de mulher, ou tenho jeito de mulher. O que ele quer em mim é a Moura, a calça de homem, o chicote, a força! Ele é atrevido mas é fraco, acho que gosta de mim – ao seu modo – mas só vai continuar gostando enquanto eu for o que sou. Aquela Moura capaz de enfrentar outros homens, sem medo. Até pelo contrário, dando medo a eles... Se eu largar os meus modos, se eu perder a minha fama e o meu comando, ele logo se abusa de mim e sai atrás de outra. É, não me engano. Queria me enganar, mas a esse ponto não perdi a cabeça: com Cirino eu não me engano.

Falo e penso isso tão claro, mas no meu peito só existe confusão. Porque eu fico tremendo só com a ideia de vê-lo ir embora. Já pensei, me rindo sozinha, em trancar aquele diabo no cubico e só tirar ele de lá quando me desse na veneta. Deve ter homem que faz isso com mulher. Por que eu não posso fazer o mesmo com Cirino?

Ai, loucura, loucura de quem tem paixão. Quem quer bem e não tem segurança, só tem medo. E o que eu sabia, de certeza verdadeira, é que aquilo que me acontecia era mais forte do que eu. Nas mãos de Cirino eu não me governava.

Muitas vezes me lembrava de Mãe com o Liberato. Não tinha pedido meu pra largar dele que demovesse a pobrezinha, e eu ficava furiosa com ela. Hoje já sei que não era fingindo que ela me prometia acabar com tudo; pra logo mais à noite abrir a porta pro ladrão. "Eu queria, mas não posso", ela só faltava me dizer. Agora eu entendia, minha Nossa Senhora, como entendia. Tal mãe, tal filha. Ou comigo ainda era pior?

ERA UMA TARDE de domingo. Eu tinha feito uma sesta no meu quarto – Cirino andava por longe – quando Rubina veio me avisar que estava apontando no caminho uma cavalhada. Pela poeira que levantava, devia ser importante.

Na entrada do portão se conheceu: era de novo Seu Tibúrcio do Garrote, sem faltar o 'acompanhamento dos capangas', como dizia o filho dele.

Logo que o velho entrou e se acomodou, eu ofereci água e fui falando, antes que ele me viesse com reclamações:

– Seu Tibúrcio, eu tenho muito gosto em receber vossemecê na minha casa. Mas, se veio atrás do seu filho, perdeu a viagem. Ele não atende mais a conselho nem a pedido meu, sai e entra quando quer, passa dias e dias ausente – como agora.

O velho jogou o chapéu no chão, enxugou a testa suada:

– Dona Moura, eu não vim aqui por causa do meu filho, não senhora. Esse rapaz saiu do meu poder. Agora já acha que pode se danar por aí por conta própria.

Seu Tibúrcio olhou em redor: além dos cabras dele, que esperavam respeitosamente debaixo do pé de jucá, no terreiro, mas ao alcance de nossa voz, também estavam perto Rubina e João Rufo.

Ele então disse que precisava de me falar num particular – e riu-se:

– Parece que as minhas conversas com vossemecê são sempre no particular!

Levei o homem para a sala, dei pra ele sentar o cadeirão de braços e me assentei defronte, no banguê de couro.

– Tenho que começar por uma história muito comprida. Mas vossemecê precisa me escutar com paciência, pra poder entender o caso todo.

Tornei postura de muita atenção e ele começou:

– Eu não sei se a senhora já ouviu falar nas duas famílias que ocupam aquelas terras de entre Ceará e Piauí, só que bem mais pra cima da data de terras que se conhece pelo nome de Inhamuns? Já ouviu? Essas famílias vivem as duas intrigadas há muito tempo já, anos e anos. Nas guerras das eras de 17 e 24, elas já brigavam, uns junto com os patriotas, os outros do lado do rei... De uma parte são os Mendes que o povo chama pelo apelido de Mel-com-Terra, porque eles são tudo sarará do cabelo amarelo. E, do outro lado, é a família dos Nunes, também chamada pelo apelido de Seriemas. Ainda são aparentados uns com os outros, já se cruzaram muitas vezes nesses anos e anos em que se espalham por ali. De vez em quando se dá uma trégua, até se casa moça Seriema com rapaz dos Mel-com-Terra, mas de repente espoca nova briga e sai tudo a ferro e fogo.

Eu ouvia quieta, concordando de cabeça; à medida que Seu Tibúrcio ia contando, me lembrava de uns casos em que Pai falava, e onde andavam metidos Seriemas e Mel-com-Terra. Nunca que eu pensasse fosse nome de gente ainda viva!

Seu Tibúrcio ia em frente:

– Agora, nestes últimos anos, vem de começar uma nova guerra entre eles, e nem se sabe quando é que vai acabar. Ou mesmo se acaba algum dia. O chefão dos Mel-com-Terra é homem muito rico, dono de não sei quantas léguas de terra, lá pras bandas do Norte. É conhecido por Jovelino Bacamarte – e esse nome já diz tudo. Ainda mais que ele até se orgulha da alcunha! Ninguém sabe como é que começou a rixa nova. Só sei que o Bacamarte pegou numa emboscada dois filhos do chefe dos Seriemas, um sujeito baixinho e escuro que chamam de Peba Preto, e é também muito rico. Talvez mais rico que o Bacamarte. Conta o povo que ele possui até uma mina de ouro em Goiás. Não sei se é verdade, mas dizem. Pra vingar os filhos, contam que o Peba Preto tacou fogo na vila de Águas Belas, onde reina o Bacamarte. O incêndio comeu feio dias seguidos; e até a igreja, que salvaram do fogaréu, está toda com as paredes rachadas. Eu não vi, que não ando por lá, mas quem viu me contou. Do resto das casas, no armado, nem uma só sobrou em pé.

Aí a família inteira dos Mendes – parente, aderente, agregado, cabras forros e negros do mando de Bacarnarte – começaram uma caçada contra o Peba Preto. Não sei de que santo se valeu ele, mas conseguiu fugir e chegou por estas nossas bandas, procurando asilo. Como ainda é aparentado, raça minha (uma tia nossa se casou por lá), Peba Preto, viajando de noite, se escondendo de dia, acaba me aparecendo no Garrote, pedindo coito, alegando a parentela.

E Seu Tibúrcio explicava agora a dificuldade dele:

– E que é que eu era de fazer? O Garrote é uma fazenda aberta, desarmada, não tenho cabroeira à voz de comando, só o pessoal do serviço. Vossemecê é testemunha, Dona Moura! Quando eu precisei de homiziar o meu próprio filho, trouxe ele para cá, que lá não tinha recurso para isso. Não tenho cerca nem paliçada protegendo a minha casa, lá entra e sai quem quer. Eu sempre digo que o meu alpendre é uma rua de vila... Para eu receber o Peba Preto, só pode ser abertamente, e isso é guerra declarada com os Mendes. E eu também não sou homem de guerra, Dona Moura! Foi aí que eu tive a lembrança de me valer da senhora. O homem, por ora, está escondido numa tapera de caçador, no Poço das Antas (do tempo em que ainda havia anta por aqui). Botei com ele um negro meu de confiança e corri aqui, conversar com a senhora.

Eu falei pela primeira vez, perguntei:

– Eles têm com que pagar? Porque, vossemecê sabe, nesse caso o risco é grande.

– Ele trouxe dinheiro consigo quando fugiu. Me disse mesmo a mim. E ainda que não tivesse, isso não era empecilho, que eu garanto tudo, como fiador.

– Mas o homem não pode mesmo ficar nesse Poço das Antas? Por quê?

Seu Tibúrcio pensou um pouco, por fim abanou a cabeça:

– Não. Lá é ruim demais. Tem até onça rondando, me disse o negro, numa fugida em que me apareceu, atrás de mantimento. Não podem nem acender fogo, têm medo de se denunciar com a fumaça. A água é parada lá, muito mosquito. Parece que o Peba Preto fica muito nervoso, naquele deserto. Ele sempre viveu na sua boa casa, rodeado da família...

Pedi licença por um instante ao Seu Tibúrcio. Chamei Duarte, que estava no alpendre, conversando com os homens do Garrote. Fomos falar na outra sala.

Expliquei o caso, pedi conselho. A questão era esta: onde é que se podia botar o homem? No cubico, nem pensar. Aquilo só por uns dias – dois ou três, só no primeiro sufoco. Ou então, castigo para inimigo.

Duarte concordou:

– É, pelo visto, o homem vem pra demorar. Até que as coisas se acalmem, leva tempo.

– Na opinião do Seu Tibúrcio não é para acalmar tão cedo.

Aí eu me lembrei:

– E se a gente fizesse pra ele um barraco, num dos sovacos da serra, bem encoberto. Perto do Mestre Luca, talvez... Você levantava esse barraco, Duarte?

– E por que não? E se a coisa for com muita pressa, ele pode se arranchar na barraca do próprio Mestre Luca. Esse já tem mesmo que ficar no segredo. E pra arranjar os coisas, eu levo comigo Zé Soldado e Marinho; por eles eu também respondo.

– Talvez o melhor seja você levantar um rancho provisório pro velho Luca, coisa ligeira, só um vão, coberto de palha.

Duarte fez sinal que sim. Eu continuei:

– É, o Luca é de boa paz e gosta de me agradar. Eu vou inventar pra ele uma história bem bonita, o velho até se entusiasma!

Duarte endureceu a cara:

– Isso de inventar é com a senhora. Eu, por mim, não sei inventar nada.

Voltei pra sala, fechei o negócio. Seu Tibúrcio ficou tão aliviado que até me beijou a mão. Parecia estar repetindo as partes do filho. E por falar em filho, ele me recomendou que o melhor era não se contar nada a Cirino. Por segurança.

MANDEI CHAMAR Mestre Luca, desfiei a história combinada: vingança de família. Um pai que foi punir pelos direitos dos filhos e se deu mal, acabou tendo que se esconder, senão a raça dos outros acabava com a dele, depois de já ter matado um rapaz.

COM POUCOS DIAS me apareceu o tal de Peba Preto. Um homenzinho fanhoso, bastante antipático. Queixou-se de que o velho Tibúrcio tinha medo de vir na companhia dele à Casa-Forte. Mostrou os braços e a testa todos comidos de meruim e mais vermina daquele maldito Poço das Antas.

Por sorte não tinha ninguém em casa quando ele chegou, além de Rubina e Duarte; e esse deve ter recomendado à mãe pra não abrir o bico.

Botei o homem, por essa noite, no próprio quarto de Duarte, numa rede ao lado da dele. Mandei lhe levar uma coalhada, um pedaço de carne fria, torrada, que Rubina serviu, com aquele jeito amável dela, mais delicada que muita sinhá por aí.

De madrugada, Duarte saiu com o homem, que pediu para ser chamado de Major Nunes, que era mesmo o nome dele. E até se riu, contando:

– O povo tem uma moda de me tratar de Peba Preto, mas é só nas minhas costas. Eu posso até parecer um peba preto, mas não gosto de ouvir. E corto a cara do atrevido que chegar perto de mim dizendo esse nome.

Eu fiz também um ar de riso, entreguei o homem a Duarte:

– Espero que vossemecê não fique muito mal a cômodo, lá. O velho que cede a casa a vossemecê é de toda confiança, mora ali há mais de cinquenta anos. E quase como um bicho da serra! Pode ir sem cuidado.

– O Tibúrcio me garantiu. Disse que vossemecê tem prática nesse ramo. Até tomou conta do estouvado do filho dele, que andou aí fazendo umas estripulias. Cadê esse moço?

A essa pergunta, Duarte levantou os olhos para mim. Eu disfarcei·

– Acha ele que o perigo já passou. Está pensando em fazer uma viagem grande, por estes dias.

A barraca do Luca estava arrumadinha. Duarte tinha ajeitado o aterro do chão, melhorado a cobertura (com as telhas que eu tinha dado ao Luca, sobra da olaria). Armou-se uma boa rede, mandei uma coberta grossa para o hóspede se enrolar nela, na hora da cruviana. A comida, Rubina fazia, Duarte levava. Inventou-se pro pessoal de casa que o velho Luca estava meio adoentado. Duarte se encarregou de explicar. Duarte também levou consigo o Zé Pretinho, negro velho muito da confiança dele, para servir ao major. Mestre Luca não tinha jeito pra servir ninguém. A gente sabia disso.

MANDEI DUARTE AO GARROTE contar ao velho Tibúrcio que o Peba Preto estava em paz e salvamento. O dono do Garrote honrou a palavra dada: me enviou o pagamento em prata, com algum ouro no meio. Se o Peba Preto tinha consigo algum – e devia ter (Duarte contou que ele até dormia com um chumaço na cintura, posto entre a calça e a ceroula, que só podia ser um papo de ema) –, pois, se tinha, deixava ficar com ele para alguma precisão inesperada.

E JÁ SE IA COMEÇANDO a segunda semana da chegada do Peba Preto, quando, certa noite, bem pelas nove horas, eu já estava recolhida, de repente ouço um barulho no portão, o Tubarão latindo, rumor de casco de cavalo no areião da entrada. Me enrolei no roupão, acendi a vela na candeia, fui olhar pela meia-porta da sala. Alguém estava discutindo com o sentinela – claro, era a voz de Cirino. Gritei pra deixarem entrar e, de roldão, Cirino rompeu com o cavalo, já com o Tubarão, todo amigo, se metendo entre as pernas do animal. O sentinela, que era novato, perguntou de lá se deixava entrar também os guarda-costas. Cirino, que já tinha apeado, gritou pra mim:

– Esse cabra é um idiota! Que guarda-costa que nada! É o Alípio e o Muxió!

De longe fiz sinal ao sentinela que deixasse passar os dois. De Duarte, não ouvi nem um pio, durante todo o alvoroço. Só de manhã ele explicou que estava dormindo na casa de Marialva. O Xandó tinha passado a noite provocando e com febre e Valentim estava ausente.

Mas, na hora, Cirino não esperou nem deu explicação nenhuma. Disse aos dois que fossem para o alojamento dos homens, depois de cuidarem dos cavalos. Em seguida passou o braço pela minha cintura, tomou-me a vela da mão e me carregou para o quarto. Eu não fiz reação; se até estava tremendo, só de ver Cirino chegar!

O DIA SEGUINTE ele passou todo em casa, bem-humorado, fazendo dengues com Rubina, que também voltou da casa de Marialva, deixando o menino melhor. Mas ao cair da noite Cirino se despediu, dizendo que queria sair na fresca, pra chegar manhã cedo no Garrote. Iam apartar o gado, ele e o pai.

Acabada a ceia nós fomos dormir. Duarte não veio à mesa nem deu desculpa. Decerto adivinhou que eu não ia ter como explicar a recaída com Cirino.

E então, pouco depois que o meu relojão da sala bateu as dez horas, ouviu-se bem de longe um alvoroço de cachorro latindo, seguido de um ganido de cachorro apanhando. Depois o estampido de um tiro. Um só.

A alteração vinha do lado da serra, repetida pelo eco nas pedras altas. De novo eu estava no alpendre, mal-enrolada, a vela na mão. Com pouco chegou Duarte abotoando a roupa. Eu corri para ele:

– Ouviu onde foi, Duarte? Parece que é pros lados do Luca.

– O barulho vem de lá. O negro velho tem ordem minha de só atirar em caso de muito risco.

Estava claro que a alteração só podia ser com o Peba Preto. Tanto que Duarte me veio com a mesma ideia.

– Alguém deve ter aparecido pra pegar o homem. Vou lá ver.

Mas eu não deixei ele ir sozinho:

– Pegue uns homens, não se arrisque. Eles podem ter dado o tiro para atrair a gente, depois de aprontarem alguma cilada.

Duarte foi chamar Zé Soldado e Maninho, como já era plano dele.

– Esses já estão no segredo. Se for rebate falso, ou nervoso do velho, os outros daqui não precisam saber de nada.

Fui lá dentro me vestir enquanto esperava por eles. Na cozinha as mulheres também se alvoroçavam, vendo o nosso movimento e iam tratando de acender o fogo. Mandei que elas se aquietassem, fiquei só com Rubina ao meu lado, que indagava:

– Pra onde é que vai o meu filho, Sinhá?

– Vai com os meninos ver que barulho foi esse que se escutou, pros lados do Mestre Luca.

– Eu também escutei. Talvez o velho deu um tiro para espantar alguma onça.

Eu concordei. Rubina sumiu lá dentro, voltou com um chazinho quente:

– É de cidreira. Bom pra acalmar os nervos.

OS GALOS CANTARAM, amiudaram, clareou a barra do dia, rompeu-se a barra, levantou-se o sol.

Duarte não apareceu. Quase mandei o Pagão dar um pulo na casa do Luca, atrás de notícias. Mas podia não haver nada, Peba Preto ainda estar por lá e ser tudo um rebate falso. Mas por que Duarte não voltava?

Pelas três da tarde não pude me segurar mais. Chamei Pagão, calcei as botas de couro grosso, enfiei a garrucha no cós da calça, junto com o punhal. Vesti um casaco para esconder as armas e subimos, o menino e eu, a quebrada da serra. Por sorte a Jove não viu a nossa saída, senão botava a boca no mundo.

Nunca pensei que a casa do Luca fosse tão longe. Só uma vez eu tinha ido lá, fazendo parte do caminho a cavalo, e apenas andando a pé quando era mesmo impossível ir montada.

Ainda estava o dia claro quando nós chegamos lá. Mandei Pagão gritar, chamando o Luca, ele berrou: "Ti' João! Ti' João!" mas ninguém respondeu. Entrando pelo terreiro da casa, tomei um susto; um urubu levantou voo, ficou depois espiando a gente, pousado perto, num pau seco.

Debaixo do pequeno alpendre, encostado na parede, estava o corpo do Zé Pretinho, o acompanhante que Duarte pusera lá. Morto.

Dentro da casa não tinha ninguém. A mesinha e o banco virados, vasilhas quebradas, sinal de ter havido luta por ali. Mas não tinha sangue em parte nenhuma, o negro devia ter sido morto no terreiro, porque só lá se avistava uma poça de sangue. Não vi sinal da rede branca que tinha mandado levar para o hóspede. Junto com o Pagão, usando a mesa e os bancos, fizemos uma espécie de cobertura, protegendo o coitadinho do morto. Assim os urubus ficavam de fora.

Ralhei com Pagão que começou a chorar, com medo. Na certa nunca tinha visto um defunto e aquele não estava bonito. Até eu tinha vontade de chorar: de raiva, de desapontamento. O Peba era minha responsabilidade e eu nem ao menos sabia o que havia acontecido com ele. Nem com Duarte e os meninos.

QUANDO CHEGUEI à Casa-Forte, entrando pelos fundos, avistei logo o Duarte, do lado de fora, mas encostado à janela da cozinha; nu da cintura para cima, se banhava numa cuia de água que a mãe, debruçada no peitoril, ia lhe despejando pela cabeça e pelas costas.

Corri para ele:

– Duarte! Eu estive lá em cima! O negro velho...

Ele me olhou, muito sério. Rubina atirou ao filho um lençol e, enrolado no pano, enxugando o cabelo molhado, ele me disse em voz cautelosa:

– Vamos lá dentro. Lá eu conto.

Subiu comigo os dois degraus da cozinha, me segurando o cotovelo. Na sala, embolou o lençol num canto, enquanto eu me sentava, de pernas bambas.

– A Sinhá viu que levaram o Peba Preto. Não foram muitos homens, mas era gente que sabia o caminho; desceram depressa, pela trilha velha que o Luca usava para ir no Riacho da Bugra. Levaram também ele, o Luca. Levaram vivo, decerto pra ele ensinar o caminho. Mas, acabada a descida, quando ele já não tinha mais serventia, aí mataram o Luca. Outra prova de que era gente conhecida, é essa matança das testemunhas que pudessem denunciar deles. Eu e os meninos descemos pela mesma trilha e, chegando lá embaixo, começamos e sentir um cheiro enjoado, parecido com sangue se estragando. Ou lugar de matança. Saímos procurando e, só depois que fizemos um facho de fogo com uns galhos secos de marmeleiro, fomos descobrir o corpo. Era o do Luca, bem no fim da picada, acabando a ladeira. Esperamos que o dia amanhecesse, para ir mais adiante. Ninguém podia saber se eles não estavam nos esperando naquela escuridão.

Aí o Duarte chegou mais perto de mim, e falou, sempre sombrio:

– Sinhá, me acredite no que eu vou dizer, porque é a pura verdade. Estão aí os dois meninos que não me deixam mentir. É só perguntar a eles. Na saída da ladeira, debaixo de um pau branco, nós demos com um rastro de cavalo, só um. Deve ter ficado lá amarrado, durante bastante tempo, porque tinha esterco no chão e uma poça de urina. E marcado bem no chão, como se fosse um molde de barro, o rastro do cavalo do Seu Cirino. Nós três vimos logo de quem era, já é conhecido: o cavalo tem a beira do casco facheada, na mão esquerda.

Eu estava calada, ouvindo. Duarte me olhou, impaciente:

– Sinhá não duvide de mim, pra defender aquele sujeito. Eu não gosto dele, mas posso lhe jurar que é verdade.

Levantei os olhos:

– Não estou duvidando, Duarte. Eu acredito.

Parei um pouco, fui até à janela, falei de lá:

– Lhe confesso até que não me admira nada. Me conte tudo que viu.

Duarte então contou que, enquanto ficaram esperando o dia amanhecer, procuraram proteger o corpo do velho Luca com os galhos grossos que conseguiram quebrar das árvores, fazendo uma cobertura para afastar os bichos. Só na claridade do dia foi que descobriram os rastros e se certificaram de que eram do cavalo de Cirino.

– Cavalo só era mesmo um. Devem ter levado o Peba Preto na rede...

Eu concordei:

– Bem que eu dei por falta da rede, lá em cima.

– Pois é. Eles deviam ter tudo planejado, devem ter amarrado e talvez até amordaçado o velho e carregaram como se fosse um defunto. Matar, não mataram; senão, pra que iam carregar com o corpo? Pra quê? Defunto não tem valor. Resgate só se paga pelos vivos. Levaram ele vivo, pode ficar certa.

– Mas pra que Cirino queria o Peba Preto? Afinal, diz que ainda é parente deles e foi o pai, o Tibúrcio em pessoa, que escondeu o homem aqui...

Duarte me olhou com cara de triunfo:

– É pra Sinhá ver quem é o moço Cirino. Pra ajudar o pai é que não foi, já que o próprio velho acoitou o Peba aqui. Só pode ter sido ou para cobrar resgate da família, ou pra entregar o criatura ao Bacamarte. Com a família do Peba Preto não acredito que ele fosse falar em resgate: matavam ele mal abrisse o bico. O mais certo é ter-se entendido com o Bacamarte. Cobrou o seu bom preço.

Eu concordei de novo:

– É, Cirino andava carecido de dinheiro. Queria viajar para longe. A briga com o pai foi justamente pelo dinheiro da herança.

Duarte se postou à minha frente e cruzou os braços:

– E agora, que é que se faz? Juntar uns homens, correr atrás deles?

Olhei o sol posto, lá fora:

– Hoje não adianta mais. Daqui a pouco é noite. É fácil eles se esconderem no mato, assim que pressentirem vocês. Mas peguem os cavalos ainda com escuro, leve os dois meninos e mais o Roque, saiam o mais cedo possível. Eles não acham paradeiro por perto, vão ter que andar um bocado de légua até encontrarem coito seguro. O mais certo é quem encomendou a obra a Cirino estar à espera dele, num lugar marcado.

Dei a boa-noite, entrei no meu quarto, bati a porta. Aí, me atirei de borco na cama; e chorava com tanta fúria que até cheguei a rasgar o lençol com os dentes.

Pela madrugada, ouvi o rumor dos cavalos sendo arreados. Ouvi a voz de Duarte se dirigindo aos homens.

Logo Rubina me bateu à porta com a candeia acesa na mão:

– Os homens vão sair. Duarte está perguntando se a Sinhazinha ainda quer dar alguma ordem.

Fiquei danada com aquilo. Duarte não tinha que me perguntar mais nada. Queria por acaso que eu desse, em pessoa, a ordem de me trazerem Cirino vivo ou morto? Esse gostinho ele não ia ter.

– Não tem ordem nenhuma. Ele já sabe o que vai fazer.

– Eles estão tudo armado.

– Eu sei. Fui eu que mandei pegar as armas, esta noite. Diga que eu desejo boa viagem. E feche a porta. Vou ver ser ainda consigo dormir alguma coisa.

Falei isso, mas na verdade não pensava em dormir. Daí a pouco me levantei porque me deu um palpite que me assustou.

Corri ao caixotão das armas, estava com o nariz de ferro aberto, o cadeado em cima da tampa. De noite, quando nós fomos lá pegar as armas para os homens, eu pensei que Duarte tinha antes aberto a arca; e vai ver que Duarte pensou que fui eu quem abriu. Levantei depressa a tampa, fui espalhando as armas pelo chão e assim descobri: faltava um bacamarte (o que tinha sido reformado pelo ferreiro velho); outro bacamarte faltava também – aquele que tomamos do escravo do funcionário imperial. Faca só faltava uma, naturalmente levada por Cirino que, dentro de casa e na minha presença, não se atrevia a ostentar arma.

Então era isso: ele pegou a chave do cadeado no meu quarto, junto com as outras, enquanto eu dormia. Escondeu as armas roubadas em qualquer recanto – no próprio quarto dele, provavelmente, que tinha janela dando para fora e por onde podia passar o roubo.

Como ladrão, teve o capricho de guardar tudo direitinho, dentro da arca. A gente não deu pela falta, ao tirar as armas mais de uso e que por isso estavam em cima de todas. Ninguém foi examinar o que estava por baixo.

Ficava então explicado o mistério do armamento dele, o tiro de bacamarte que nós ouvimos e que matou o Zé Pretinho. O velho Luca eles devem ter matado a faca. Tão de perto como estavam, com ele amarrado, não iam dar nenhum tiro.

Me deu muita dó o fim do Mestre Luca. Tanto que ele lutou e resistiu a todos os desgostos, e continuou contando o tempo naquelas varas recortadas a cada semana – cinquenta e dois anos! Mesmo depois da morte da mulher e dos filhos. E se acabar assim, sangrado como um carneiro. A gente tinha pegado amizade a ele, nos serviu muito durante a construção da Casa-Forte.

Sempre que aparecia me trazia um presente – um cacetinho de jucá lavrado, para eu matar cobra, quando fosse passear a pé, no mato; um saquinho de sementes de ave-maria, bem perfeitas, pra eu enfiar no rosário; alguma vasilha de barro, lustrada com caroço de mucunã, que ganhava dos índios amigos dele e que, de vez em quando, lhe apareciam lá, de visita.

Se Duarte não trouxer o corpo de volta, eu mesma mando pegar, e enterro o amigo velho no cemiteriozinho particular dele, onde já estão a pobre da Alvina e os pagãozinhos nascidos mortos. E mais o menor, que vingou por tão pouco tempo.

TARDE DA NOITE Duarte voltou com os rapazes. Vasculharam o território todo, quase matam os animais de cansaço, e não descobriram nada. Cirino devia ter se metido de chão adentro. Nem sinal, nem rastro, nem notícia. Só arte do cão, mesmo. Se não fosse o corpo do Zé Pretinho e o do Luca – e mormente aquele rastro do cavalo de Cirino estampado no barro, era mesmo como se não passasse tudo de uma visagem.

Não deu mais pra trazer o corpo de Mestre Luca e enterrar na serra, no meio dos defuntinhos. Prevendo isso, Duarte já tinha levado uma pá e enterrou Luca lá mesmo, na beira do caminho.

Cortou dois paus e fez uma cruz, que pregou por cima da cova.

Quanto ao Zé Pretinho, eu já tinha mandado João Rufo com dois homens fazer o enterro dele – e no cemiteriozinho do Luca. Ficou um no lugar do outro. E o Zé Pretinho também era fiel e amigo.

No dia seguinte e no outro, Duarte tornou a sair, caçando sempre alguma pista. Mas nada. Até que na noite desse terceiro dia, apareceu no portão aquele rapaz que os outros chamavam de Novato porque era o derradeiro dos primeiros a se alistar na Casa-Forte.

Deu-se a conhecer, o guarda abriu o portão pra ele, que veio bater na janela do quarto onde Duarte já estava deitado.

Eu tinha ouvido as falas no portão, pensei que fosse alguém de casa, chegando atrasado. Mas daí a pouco Duarte me bateu à porta, dizendo que tinha novidade grande.

Na sala da frente, à luz da candeia, avistei logo o tal Novato, de cocas no chão, todo encolhido, a cara quase metida entre os joelhos. Às perguntas de Duarte ele só respondia dizendo que não sabia de nada, que o Seu Cirino tinha convidado ele pra uma caçada de peba lá na serra e, quando se viu, deu aquela confusão: o tiro de bacamarte que acabou com o nego velho e depois pegaram o homem na casa do Luca; e depois ainda pegaram o Luca. E ele aí ficou apavorado, não queria se meter em malfeito contra a Dona Moura e fugiu, e se escondeu no mato; passou estes três dias vagueando pela serra, tremendo de frio de noite, morrendo de fome e sede. Afinal tomou coragem e apareceu pra contar tudo, seja lá o que Deus quiser.

A fala do cabra saía engrolada, a cara ainda metida entre os joelhos, só levantando os olhos uma vez por outra, furtivo, como se procurasse espiar o efeito do que dizia.

Eu cheguei perto, catuquei-lhe as costelas com a ponta da chinela:

– Levanta essa cara. Levanta do chão. Essa história está muito mal contada.

O cabra se levantou, se pôs de pé, mas apoiado no canto da parede. Fosse como fosse, ele estava mesmo podre de cansaço e mal se segurava nas pernas.

Duarte puxou a faca que trazia na cinta e se virou para mim:

– Sinhá, vá lá pra fora um pouquinho e me mande aqui um dos meninos que estão esperando no alpendre. Me deixe com este cabra. Vai me contar a verdade, nem que eu tenha de capar ele.

O Novato se atirou no chão, de joelhos, se agarrou nos meus pés:

– Sinhá Dona, pelo amor de Deus, não me deixe só com estes homens! Eu sei como eles tudo é perverso! Eu não tive culpa de nada!

Eu falei dura, me afastando dele:

– Então conte a verdade.

– Foi só mesmo o Seu Cirino! É briga de branco, eu não tenho culpa se ele carrega a gente pra servir de capanga. Nós tudo é mandado, não discute ordem.

Duarte pegou o rapaz pelo cabelo, continuou lhe mostrando a faca na mão:

– Fala a verdade, moleque. Conta a história desde o começo. Já!

Novato se pôs a chorar alto, aos guinchos.

– Foi ele mesmo, o Seu Cirino. Ele disse pra nós que a Dona Moura tinha emprestado nós pra ele, pra fazer um trabalho muito especial. Mas só ia dizer o que era quando chegasse a hora. Até lá, a gente tinha só que calar o bico e obedecer.

– Quando foi isso? – indaguei.

– Um dia antes da gente sair. E na noite seguinte ele apareceu com as armas e a gente conheceu que eram as da fazenda, o Muxió já tinha até andado com uma delas. Mostrou também a munição que a Sinhá Dona tinha dado...

Duarte interrompeu:

– Minha pólvora!

E o Novato, já mais tranquilo:

– É. Ele levou muita pólvora.

Duarte gemeu:

– Eu tinha deixado uns vinte cartuchos de pólvora no caixão das armas. Ele deve ter levado tudo.

Deu-lhe outro puxavante no cabelo:

– Continue. Vocês iam montados?

– Só o Seu Cirino, naquele cavalo dele. Eu e o Muxió a pé.

– E aí?

– Aí, nós subimos para a casa desse velho Luca, que eu nem conhecia. Nem a casa, nem a ele. O cavalo, no mais do tempo, ia puxado pela rédea que o caminho era muito empinado e pedregoso. Quando nós chegamos na casinha, apareceu um nego velho que tomou a bença ao Sinhozinho e disse que o Sinhô velho estava deitado na rede dele, proseando com Seu Luca. Seu Cirino foi pra lá, conversaram, e de repente o velho começou a gritar, dizendo que tinha garantia da Dona Moura e dali só saía morto. O Seu Luca também protestava, que a Dona tinha confiado o major a ele. Quando viu a gritaria, o nego velho, que tinha ficado de fora com a gente, chegou pra perto e disse que também tinha ordem de Seu Duarte pra não deixar ninguém chegar perto do major... E aí o Seu Cirino, que estava com o bacamarte na mão, agarrou e deu um tiro, a bem dizer à queima-roupa, e o nego velho caiu no chão estatelado. A gente foi ver, já estava morto, o tiro tinha feito um estrago horrível. Aí o Seu Cirino, com o bacamarte apontado para o tal de major e o Seu Luca, mandou a gente amarrar os dois com as cordas da rede; e como o velho esperneasse e gritasse sem parar, Seu Cirino lhe botou uma mordaça feita com o lenço. O velho até mordeu a mão dele nessa hora, que chegou a tirar sangue. Seu Cirino bateu na cara do velho, chamou ele de Peba Preto desgraçado. Nesse entremente o Muxió já tinha amarrado os braços do velho Luca, por trás das costas. Mas deixou os pés livres, dizendo que o velho ainda ia ter muito que andar. E como o Luca se pusesse a gritar ainda mais alto que o outro, nós amordaçamos ele também. Aí o Seu Cirino mandou a gente arranjar uma vara de bom tamanho pra se botar na rede e carregar o velho. E como não tinha nenhuma vara tirada, ali por perto, ele mandou a gente puxar um dos caibros, quase se botou a casa abaixo...

Novato parou pra tomar fôlego, Duarte mostrou-lhe a faca.

– ...Deitamos o velho na rede, todo inquerido nas cordas e saímos carregando ele, o Muxió e eu, como se fosse um doente. Com um defunto é que não parecia, porque o diacho do major estrebuchava e dava cada pinote que, se não estivesse amarrado na rede, tinha saltado pra fora. O velho Luca ia na dianteira, de mãos atadas, a mordaça na boca e peado com um relho, pelo pé, ver quem arrasta um porco... Era pra ele ensinar a vereda que descia a serra. Seu Cirino tangia ele pela frente e puxava o cavalo pela rédea. Atrás deles a gente, eu e o Muxió, ia gemendo debaixo do peso, que o velho era magro mas tinha osso demais. Assim aos tropeços, nós calados, com medo do que se estava fazendo; quem tinha vontade de falar era os presos, mas não podia nem piar. Afinal se desceu a última ladeira. No momento que a gente baixou a rede no chão, pra tomar um descanso, Seu Cirino se curvou, querendo ver o velho Luca como estava; mas o pé dele se embaraçou na maldita da corda e o velho Luca se esborrachou no chão. Aí Seu Cirino, pensando que era arte de Luca, pegou ele, dizendo que se queria brigar, vamos brigar: levantou a mão com a faca e eu fechei os olhos pra não ver – o medo que eu tinha daquele moço! Quando eu abri os olhos, o Luca estava caído no chão. Parece que foi uma facada só.

Fui eu que falei dessa vez:

– E então?

– Então, Seu Cirino rolou o defunto para um lado e disse que a gente ia ter que esperar um pouco. A noite estava um breu, só por milagre se conseguiu descer a serra sem rolar nas pedras. Do pé da ladeira tinha que haver uma saída para o caminho mais batido; só que onde a gente estava não parecia existir caminho nenhum. Muxió disse no meu ouvido que o homem tinha marcado um encontro com o pessoal que andava atrás do Peba Preto: ele ia agora fazer a entrega... e daí mesmo a gente debandava e era pra se voltar pra Casa-Forte, como se não tivesse acontecido nada. Como se a gente tivesse ido só vadiar um pouco nas vizinhanças.

– Quanto tempo vocês esperaram lá? – perguntou Duarte.

– Eu não sei, Seu Duarte. Teve uma hora que eu vi o velho na rede ficar meio sufocado, e o Seu Cirino disse que só podia afrouxar a mordaça se ele prometesse que não gritava. O velho fez sinal que sim com a cabeça e o Seu Cirino foi afrouxando o lenço aos poucos. De tão apertado, estava até cortando os cantos da boca do infeliz. Mal a barra do dia deu um raiozinho de claridade, Seu Cirino se montou, cochichou com o Muxió, que apontou o braço para as direitas. Não chegamos a andar uma légua. O dia já estava bem claro e de longe se avistou a barraca onde ia ser o encontro. O Muxió conhecia bem, acho que foi ele que escolheu aquele ponto; era uma casa de palha, tinha uma cerquinha de garrancho na frente; morava gente lá, parece que um homem só, que o Muxió chamava de conhecido. A umas dez braças da casa nós arriamos a rede; por ordem do Seu Cirino que seguiu na frente e ainda montado a cavalo. Deu a voz de ô de casa, de dentro responderam: "É do Garrote?" (O Muxió me disse no ouvido que isso era a senha.) O Cirino falou de novo: "Isso mesmo" e aí apareceu um homem na porta, Seu Cirino desapeou do cavalo. Mas no que ele botou o pé no chão, três soldados saíram de dentro da casa. Ninguém entendeu, nem mesmo Muxió. Seu Cirino, então, era o mais espantado:

– Que é que esses soldados vêm fazer aqui? Este era um negócio particular.

Um dos soldados, que os outros chamavam de cabo, segurou no braço do Seu Cirino:

– Quem vem ali, naquela rede? É vivo ou morto?

Seu Cirino foi explicando:

– Não é morto, mas vem muito mal. Eu estava com medo de que ele morresse no caminho.

Mas enquanto o cabo falava com o Seu Cirino, o homem a paisano que tinha saído primeiro e dado a palavra da senha ao Seu Cirino, deu um passo à frente e tirou o chapéu pra descobrir bem a cara:

– Eu não sou o preposto do Jovelino Bacamarte, Seu Cirino! Esse, nós pegamos e deixamos na delegacia da vila.

E então o homem se apresentou, era genro do Major Nunes, quer dizer, do tal de Peba Preto.

– O senhor não me conhece, mas seu pai me conhece. Fui eu que levei o meu sogro até o Garrote.

Seu Cirino ainda disse que nesse caso ele também tinha sido enganado, mas o homem ficou fulo de raiva. E gritou com Seu Cirino:

– Cala a boca, seu coisinha ruim! Nós pegamos o cabra do Bacamarte. E pegamos o dinheirão que ele ia lhe pagar! Pra trair o seu pai e entregar o Major Nunes aos Mel-com-Terra!

Seu Cirino aí deve ter entendido por que é que eles sabiam a palavra da senha.

O genro ouviu o que ele disse e soltou uma risada muito da perversa:

– A inquirição do cabra foi feita! Vai levar muito tempo para ele crescer de novo as unhas!

Seu Cirino daí pra diante ficou calado. Parecia estar ou com muito medo ou com muita raiva.

Duarte perguntou:

– E você mais o Muxió, que é que fizeram, nessa hora?

– A gente, enquanto ouvia essa conversa toda, foi-se largando o caibro no chão, no lado da rede. O velho se buliu um pouco, mas continuou deitado, meio encolhido, com certeza sem força pra se sentar. E os homens preocupados com o velho, foram se chegando para a rede; se descuidaram da gente. Nós aí aproveitamos (só de ver os soldados a gente não estava gostando – ninguém de nós aprecia soldado!), demos a meia-volta e nos metemos pelo mato, que era grosso do outro lado da estrada. Quando eles deram fé, a gente já tinha tomado distância. Um soldado ainda deu um tiro na nossa direção. Mas ou não tinha pontaria, ou foi o anjo da guarda que nos valeu. Afinal, tanto o Muxió quanto eu, se era inocente de tudo.

O cabra contou depois que entupiram pela catinga, correram até perder o fôlego. Ficaram com a cara toda arranhada das unhas-de-gato, que é o pau que mais tem ali. Só foram parar de correr quando se viram perdidos: não sabiam mais nem por onde tinham entrado pela mata.

– Paramos, areados e botando a alma pela boca. O Muxió dizia que não entendia mesmo nada.

Eu perguntei:

– Mas o que foi mesmo que o Cirino disse antes a vocês?

– Disse que vossemecê, Dona Moura, tinha dado ordem para se entregar o velho aos parentes dele. Mas tudo tinha que ser feito escondido, para não alertar os inimigos que andavam atrás desse Peba Preto.

Duarte aproveitou para deixar tudo bem claro:

– Mas, pelo que se viu, Seu Cirino tinha vendido o homem ao Bacamarte e não ia entregar o coitado a parente nenhum.

Eu concordei:

– Só que, aí, alguém traiu o Bacamarte, pegaram o portador dele, apertaram o cabra, que descobriu tudo.

Parei, pensei um pouco, e mordi os lábios, com ódio:

– Mas, antes, ele abusou do meu nome e disse aos rapazes que tudo se fazia por ordem minha. Não pensou que logo se ia descobrir.

– Se o Sinhozim não fizesse com o Muxió e o Novato o que já tinha feito antes com Zé Pretinho e o Luca... – envenenou Duarte.

O Novato, que empolgado com a história tinha se mostrado tão falante, de repente caiu em si, escorregou para o chão e se pôs a chorar:

– Mas nós, a gente não sabia de nada mesmo! Ele disse que a Dona exigia o segredo, pra Seu Duarte não saber!

Eu mudei de assunto:

– Vocês sabem onde é a vila para onde eles foram levar o Cirino?

– Inhora, não. Nós mal escutamos aquele começo de conversa, só no sentido de escapulir.

– E o tal dinheiro do Bacamarte, com quem estará? – matutou Duarte. Decerto com os soldados.

– Se dinheiro houve! – eu tornei. – Claro que eles viram logo que Cirino é um idiota.

– Idiota, não Sinhá. Ele é até bem sabidinho. Mas o que ele tem, é que não presta.

NO FIM DE TODA AQUELA HISTÓRIA, tão estranha e tão comprida, o Novato, que voltara a se agachar no chão, se atirou de novo aos meus pés, chorando:

– Isso é tudo que eu sei, eu juro! Sinhá Dona, eu juro pelas almas do meu pai e da minha mãe que estão no céu! Quero ir direto pro inferno, se eu contei alguma mentira!

Duarte afastou o rapaz com o pé da bota:

– Deixa a Dona em paz, moleque. Você vai ficar preso até se apurar essa história direito. E cadê o Muxió?

– O Muxió teve medo de vir aqui. Ele estava dentro do segredo, chegou a me dizer que ia encher o bolso de prata! Mas eu, que não sabia de coisa nenhuma, não estava esperando ganhar nem um vintém furado – só fui com eles porque o homem deu ordem!

Duarte chegou na janela, chamou Zé Soldado, mandou prender o rapaz no quartinho do castigo e passar a fechadura.

Ficamos nós dois pensando, perdidos naquela confusão.

Duarte disse, afinal:

– Está claro que ele tinha vendido o Peba Preto ao pessoal do Bacamarte – com isso fazia o dinheiro para a tal viagem. Mas como terá sido que o pessoal do Peba Preto descobriu a traição do Cirino?

– Só tem uma resposta: algum amigo ou espião do pessoal do Peba Preto teve notícia, ou viu Cirino conversando com o preposto do

Bacamarte... Pegaram esse preposto, arrancaram as unhas dele – não ouviu o Novato? –, fizeram ele descobrir tudo, e então botaram a espera no Cirino. Pode ter sido até fácil.

E eu pensei, pensei, depois tomei uma resolução:

– Duarte, você mande aprontar um cavalo, coma qualquer coisa, e vá sem demora até ao Garrote. Conte ao Seu Tibúrcio tudo que aconteceu, explicando muito bem o que o filho dele aprontou. O roubo das minhas armas...

– E da munição!

– ...e da munição. Como ele carregou meus homens, usando de engano; como matou o Zé Pretinho e depois acabou, de faca, e a sangue-frio, o coitado do Luca. E em seguida a caminhada com o Peba Preto amarrado, pensando que ia vender ele; e na verdade quem estava esperando em lugar do comprador, eram os soldados! Diga as palavras do genro do Major Nunes, tal e qual Novato contou. Espero que o Seu Tibúrcio acredite, entenda a nossa posição, sabendo que a culpa é do filho.

Duarte levantou de repente a cabeça:

– Sinhá, quem sabe se eles estavam de combinação um com o outro, o pai e o filho?

– Você está doido? Se o velho quisesse matar o Peba Preto tinha acabado com ele lá mesmo, no Poço das Antas, quando o homem estava em seu poder. Não tinha feito toda aquela palhaçada, me pagar um bom dinheiro adiantado... Pra me enganar não seria, que eu nem conhecia essa gente. Nem ao menos sabia das intrigas e das mortes entre as duas famílias... da guerra já velha...

Duarte parecia feliz:

– É. Está se vendo que o trabalho sujo é todo do moço. E o idiota do Novato nem ao menos sabe pra onde levaram preso aquele traste!

– Vá pro Garrote. E lá que se descobre o que houve. Vá, que eu fico aqui esperando mais notícias. Talvez o Muxió me apareça. Aquele descarado...

LOGO NO DIA SEGUINTE, eu estava sozinha na mesa do almoço, revirando no prato uma asa de frango, sem vontade de comer, quando ouço tropel de cavalo e a voz de Duarte:

– Ô de casa! Cadê o povo daqui?

Parecia alegre e eu ia me animando, quando de repente me deu a ideia de que, o que era bom pra Duarte nem sempre era bom pra mim. O que alegrasse a ele, podia me fazer chorar.

Empurrei o banco pra trás, saí correndo. Duarte já entrava no alpendre. Atrás dele, Antônio Muxió, os pulsos atados numa corda, ladeado por Zé Soldado e Maninho.

Meio espantada, falei, curiosa:

– Pelo que vejo, há novidade! Coisa boa ou coisa ruim?

Duarte jogou o chapéu em cima do banguê, parou, me encarou, falou sério:

– Coisa boa e coisa ruim. Mas é uma história comprida.

Olhou para a mesa servida, com cara de fome:

– Vendo essa comida aí, me lembrei que desde ontem de manhã a gente não bota um bocado na boca. A viagem foi dura.

Chamei Rubina, mandei servir um prato de comida aos homens. Duarte recomendou ao Zé Soldado:

– Desamarre uma mão dele pra poder pegar na colher. Mas fique de olho, que o cabra é muito esperto.

Convidei Duarte pra se sentar na mesa. Botei no prato dele o meu almoço e fiquei quieta, esperando. Deixasse primeiro ele comer. Devorou tudo, rápido, empurrou o prato, bebeu água e eu ataquei:

– Agora conta.

– Bem, Sinhá, o velho Tibúrcio, no Garrote, não sabia de grandes coisas. Estava furioso da vida com o filho, achava que o rapaz devia de ter ido bulir com o Peba Preto para inticar com ele, o pai. E eu estava lá, discutindo ainda o caso, quanto chegou um moleque esfogueado, contando que o Sinhozim Cirino estava preso na cadeia do Sumidouro, a vila dos Seriemas, que é a família do Peba Preto – ou seja, dos Nunes. Tal como as Águas Belas, que é a vila dos Mendes, que chamam de Mel-com-Terra.

– Sumidouro... – murmurei, pra não esquecer.

– Seu Tibúrcio, ouvindo essas novas, deu nele um acesso de tosse, ficou da cor de uma baeta, não sei como não morreu sufocado. Se botaram o Cirino na cadeia do Sumidouro, era sinal de que os Nunes tinham rompido mesmo com ele. Quando afinal pôde falar, o velho parecia uma onça: "Não é pelo menino que eu me dano, já sei que ele não presta. É pela afronta! Os Seriemas sempre foram meus amigos, meus aparentados. Nunca brigamos até hoje e tenho punido por eles na questão com o Bacamarte." E aí ele falou na Sinhá: "Dona Moura é testemunha! Eu em pessoa fui bater na Casa-Forte, pedir homizio pro major! E agora me fazem esse insulto!" Teve outro ataque de tosse, eu pensei até que o velho ia estourar uma veia, mas continuou falando: "Se o menino praticou um malfeito – o que eu não duvido – trouxessem ele pra mim, que eu mesmo castigava!" Não adiantava explicar pro Seu Tibúrcio que mais afrontado ainda tinha ficado o Major Nunes, traído pelo filho do homem em quem ele se confiou. E amarrado, maltratado... O Peba velho devia estar feito um tigre, pedindo sangue. O vaqueiro do Garrote, que estava lá, disse que todo mundo pensava que o pessoal dos Mendes ia se vingar do incêndio das Águas Belas tacando fogo no Sumidouro. "Mas preferirem iludir o filho do Garrote, e o rapaz, de bobo, aceitar! Foi astúcia demais!" E eu ainda procurei amansar o velho irritado: "É melhor se acalmar, Seu Tibúrcio. Se lembre de que o seu filho está preso na cadeia do Sumidouro. Tem que fazer alguma coisa." "Eu tiro ele de lá!" Mandou tocar o sino na fazenda, sarapantou o povo todo, mas ele mesmo não sabia como é que ia armar o seu pessoal. Os cativos ele não arma, que tem medo de botar bacamarte na mão de negro. E nem tinha os bacamartes, se quisesse dar. Isso mesmo eu disse a ele, e aí ele olhou pra mim, arregalou os olhos, e bateu com a mão na testa: "Tem a Dona Moura! Ela está preparada para essas coisas! Ela vive disso. E além do mais, também está metida na história até o pescoço. Quer queira, quer não queira, era ela própria que estava acoitando o Peba Preto." E então o velho mandou que eu corresse aqui, combinasse o trabalho com a Sinhá. É pra não faltar nada, ele não se importa de gastar, mas tem que se vingar do desaforo. Só depois dele solto é que vai dar um ensino no filho...

Eu espalmei a mão para Duarte:

– Está bem, Duarte, está bem. Depois a gente discute isso, mas primeiro eu quero saber onde é que pegaram o Muxió. Ele não estava com o Novato.

– Sinhá, a senhora não vai nem acreditar, parece até mentira. Pois não é que quando a gente passou pelo Riacho da Bugra, nos sai de uma casa o Antônio Muxió, todo lampeiro, pensando que aqui não se sabia de nada! Ainda estava com a cara e as mãos meio arranhadas dos espinhos, tal como o Novato. Mas tinha até mudado de roupa. Eu perguntei que é que ele estava fazendo ali, e ele me respondeu que estava esperando o Seu Cirino. A gente não tinha notícias dele? Ainda indaguei pelo Novato; e ele tornou que nem sabia quando tinha visto esse menino pela derradeira vez – só se ele estava com o Seu Cirino... Aí eu não disse mais nada, convidei o cabra pra vir com a gente pra casa e, no que ele se descuidou, fiz sinal pros rapazes: cada um segurou o Muxió por um braço, depois amarramos ele, fomos pra sombra de uma moita e pusemos o coisa-ruim debaixo de confissão. Foi só amarrar uma cordinha em redor da cabeça dele, pelas fontes. E ir apertando a corda, aos poucos. O Zé aprendeu esse sistema no tempo em que foi soldado. E então o Muxió contou tudo: Disse ele que teve uma noite que Seu Cirino, tomando umas canas na casa das meninas, na vila, com ele, Muxió, junto, lhe servindo de guarda-costas, se chegou a eles um sujeito de fora, estranho, que andava procurando uma informação. Se ele não sabia o caminho da fazenda de uma coiteira de bandido, mulher rica, muito falada, por nome Moura. Diz o Muxió que o Seu Cirino deu uma risada e como já estava meio de fogo, falou que ninguém conhecia melhor do que ele a Dona da Casa-Forte... "Ela come aqui, na palma da minha mão..." O sujeito ficou muito interessado, disse que andava atrás do paradeiro de um tal de Major Nunes, por alcunha Peba Preto. Constava que ele tinha se acoitado na Casa-Forte. E quem desse notícia segura desse major, não ia se arrepender: "Não digo vossemecê, que é um homem rico, mas quem sabe um dos seus caboclos?" Disse o Muxió que o tal camarada acabou confessando que trabalhava pra Seu Jovelino Bacamarte, andava caçando o Peba Preto por toda aquela ribeira, como quem cata piolho... E aí, diz o Muxió que ele botou a mão no braço do Seu Cirino e disse muito satisfeito: "E agora me cai do céu vossemecê, que tem a Dona da Casa-Forte comendo na palminha da sua mão!" Seu Cirino se riu também, e os dois saíram pra um canto e ficaram conversando baixinho, só os dois. O Muxió já conhecia também esse tal sujeito: ele tem o apelido de Joãozinho Sacrista, porque já foi sacristão. Correu depressa tratar o negócio com o Bacamarte, mandaram ele procurar de novo o Seu Cirino, combinar o lugar onde havia de entregar o Peba, que ele em troca levava o dinheiro. E o Cirino aceitou logo, Sinhá. O que fez, a gente já sabe. Mas o que o Cirino não sabia, era que um primo dos Seriemas viu o Sacrista conversando com ele na casa das meninas, e teve faro do que se tratava. Pegaram o pau-mandado do Bacamarte, maltrataram um pouco, o Joãozim não aguentou o rojão e deu o serviço. Passaram a informação pro genro do major que foi procurar os amigos dele na polícia, armaram a arapuca e o Cirino caiu como um preá no fojo... o ouro – ninguém sabe – na certa não deixaram com o Sacrista..

O MUXIÓ OUVIA TODA a conversa e até ajudava, quando Duarte se esquecia de algum pé. Eu disse a Duarte que prendesse o cabra junto do Novato, no quartinho do castigo, enquanto a gente pensava o que fazer.

– Vamos ver o que é que o velho do Garrote vem oferecer pela liberdade do filho.

Parei um pouco, indaguei:

– Ele lhe disse qual o castigo que está querendo dar ao filho?

– Esses casos de pai e filho é complicado, Sinhá. Vai ver o rapaz acaba engabelando o velho, convence o pai de que estava procurando salvar o parente por ter sabido que o Bacamarte já estava no rastro dele... Vai ver, acaba tudo em beijos e abraços. E a fama da traição cai por cima da Casa-Forte...

DUARTE FOI EMBORA descansar um pouco. Era mesmo bem capaz que Cirino conseguisse enrolar o velho. Não havia de ser a primeira vez. E, em todo o acontecido, quem acabava ficando desmoralizada era eu; quem perdia a fama da sua segurança era a Casa-Forte.

ME LEMBREI DE IR conversar com o Beato Romano. Estava disposta a me desabafar com ele; mas acabei não tendo coragem. Agora era muito diferente dos tempos de Padre, na sombra do confessionário, e a gente se sentindo protegida. Tudo lá é no mistério, de um lado e do outro do ripado da janelinha. Mas, cara a cara, ele pregando em mim aqueles olhos fundos, passando os dedos magros pela barba, eu não enxergo mais nele o confessor, com a obrigação de ouvir tudo e calar tudo. Ele tinha encarnado tanto no Beato que eu sentia até medo. Se fosse abrir a boca a lhe contar as tropelias da minha vida, era capaz dele sair bradando, levantando o punho no ar, pedindo castigo a Deus como eu já vi fazerem outros beatos, desses que andam com os bandos de penitentes.

Ele me perguntou pelo Cirino. E eu respondi que o moço do Garrote andava de viagem – Bahia, Crato, sei lá! Longe. Aí o Beato pegou a me contar lembranças do Crato, que ele tinha conhecido anos atrás, quando o povo ainda estava impressionado com os castigos do Conrado Niemeyer contra a população revoltosa do Cariri. Depois, nunca mais foi lá, enterrou-se na Vargem Brejo da Cruz... e nesse ponto, meteu o rosto entre as mãos, deu um suspiro fundo, mas logo se levantou e me convidou para ir ver as alfaces na horta – sementes vindas do reino, só vingou meia dúzia de pés, em todo o canteiro:

– Acho que era semente velha. Só nasceu este pouquinho, mas veja que beleza!

Desanimei. Não tinha como eu desabafar com ele a respeito de Cirino. Principalmente porque eu ainda não sabia até onde Cirino tinha ido na traição comigo. Voltei para casa, entrei no quarto, puxei com esforço o baú, abri o alçapão do cubico, me encurvei, me enfiei lá dentro. Era quente, era apertado, dava aflição. Mas era seguro. Levantei a esteira que cobria o soalho, calquei o segredo do fecho no outro alçapão, levantei a tampa e fiquei olhando o que era meu. As botijas de barro cheias de dinheiro. Era aquilo que me dava garantia e segurança. Com aquilo eu podia comprar o que eu quisesse, podia comprar até uma igreja, um palácio igual ao das figuras de livros. Acho que até podia comprar um pedaço de mar para mim. Boiada, rebanho de carneiro e cabra, cavalo de raça, cada um lindo como eu só vi em pintura, mas eu sei que tem deles vivos. Cavalo inglês. Pai contava que viu um castanho quase preto, montaria de um bispo, na Bahia. E se aqueles meus ouros não chegassem para adquirir tudo que eu quisesse, eu sabia muito bem como arranjar mais. Nem precisava me mexer, fazer por onde. A minha Casa-Forte já era uma mina de riqueza. Não destampei as botijas, estava tudo selado no barro e marcado na tampa com o ferro do meu gado: a meia-lua crescente e a flor, que fazia o M de Moura... Ninguém jamais tinha tocado ali.

Fechei o ferrolho do alçapão, cobri de novo o soalho com a esteira, lancei um olhar pelas paredes caiadas, deu-me aquele sufoco, parecia que as paredes se fechavam por cima de mim, me tirando o fôlego. Me ajoelhei, passei pelo segundo alçapão, tranquei a fechadura, me levantei, dei um suspiro de alívio. E fiz uma jura comigo: prefiro enfrentar qualquer perigo de peito aberto, do que me esconder naquele covil de raposa. Cubico – só pros outros. Pra mim, tinha que morrer primeiro e me enterrarem lá.

PASSOU A TARDE, veio a outra noite. Duarte tinha saído e nada de voltar.

Já de antes eu estava com medo daquela noite. Trancada no meu quarto, sozinha, pensando no mal que Cirino me fez. Não que eu estivesse enganada com ele, sei que não estava. O meu mal era aquela grande fraqueza por ele, que eu sentia. Eu gostava de, comigo, chamar aquilo de amor. Mas só porque achava bonito e porque, no amor, tudo se perdoa. Mas não era amor, era pior. Eu acho que era mesmo paixão. Nem era só um cio violento, mas passageiro, que depois de satisfeito se desvanece. Não era cio; e era muito mais que amor – amor é querer bem, carinho, amizade. Paixão, sim. Por ele eu vinha fazendo tudo, qualquer loucura, aceitando o que ele me dava; o que – ele estando perto – me pagava de tudo. Com ele nos meus braços, dormindo com a cabeça no meu colo, o meu coração se abria todo; e não era só o fogo da carne, era principalmente o carinho.

Um homem assim, bonito, mulherengo, dengoso, mulher não resiste a ele; eu via até com as cunhãs da casa, até com Rubina. Mas eu me iludia que, com as outras, era só brincadeira; a mim ele me pagava paixão com paixão.

E agora – eu tinha de enfrentar aquela traição. Não de amor, que se pode perdoar, mas de fé. Traição à Maria Moura, à mulher de quem Cirino se gabava, na casa das raparigas, que comia na palma da mão dele. Qual, e eu me imaginando tão forte, tão braba. Agora não se tratava mais de ligeireza de moço mimado, era afronta. Afronta demais.

Afronta e perigo, também. Porque ele me desmoralizando, ele entregando aos inimigos um homem que foi posto debaixo da minha guarda, dando prova sobeja de que eu estava metida naquela combinação tão suja – era para acabar comigo. Quem mais ia acreditar na palavra de Maria Moura? Até o dia de hoje, a Moura jamais tinha feito um falso a ninguém. Inimigo é inimigo, mas parceiro e amigo é outra definição, muito diferente.

E vinha aquele moleque, aquele coisinha ruim, abalar estes meus anos todos de trabalho e sacrifício, solapar os alicerces da minha Casa-Forte! Do meu castelo!

Quem tinha de dar um ensino nele era eu mesma. Não seria o pai, não, mas eu! Eu! Vou eu em pessoa tirar Cirino daquela cadeia onde, se ficar, acaba não sofrendo nada. Ele é capaz de inventar alguma lorota tão emaranhada, que o pessoal acaba é lhe pedindo desculpa. Eu conheço, conheço Cirino. E, se não conhecesse, tinha ficado conhecendo agora, e de sobra.

Não tem medida de nada, nem respeito, nem dá valor a pessoa nenhuma. Só quer saber do que lhe serve a ele. Por isso é capaz de tudo. Matou sem piedade, a tiro de bacamarte, o pobre do negro velho, o Zê Pretinho. E matou – ainda pior – a ferro frio o nosso Mestre Luca, a quem devo a construção da Casa-Forte, posso dizer: forquilha por forquilha, telha por telha! A ele eu queria bem como a um tio velho, um bom conselheiro. E matar sem precisão nenhuma, sem perigo, sem estar acuado; matar só de ruim, por amor dos trinta dinheiros de Judas! E que, afinal, nem recebeu!

E eu adorar um desgraçado desses, abrir pra ele o meu quarto, a minha cama, o meu corpo. Foi humilhação demais.

E o perigo, ainda por cima? Sim, perigo, me ameaçando por causa dele. Tudo que eu já fiz na vida, vejo agora arriscado pela traição de Cirino. Quem sabe ele, no tratar com os homens a entrega do Peba Preto, não disse pra eles que falava também por mim?

Tudo me faz crer que ele disse, está na natureza dele. E também deve ter exigido pagamento maior – que era pra ser a *minha parte*!

"Todo mundo sabe que Maria Moura cobra caro pela sua guarida, que é cara mas é segura!" diz o povo. Agora, será segura ainda? "Aparecendo quem dê mais... Não viu o que ela fez, traindo e entregando o Major Nunes?"

Se por desgraça essa história se espalha, o próprio Peba Preto fica certo de que fui eu que traí ele, que fui eu que fiz o arranjo com o Cirino. Logo eu, que tive tanto cuidado e trabalho em esconder o homem naquela cova da serra. Tão bem guardado o segredo. Ia tudo escondido lá pra cima, a rede, a comida já feita. Nem o Pagão sabia, e foi difícil esconder dele. Só Duarte e Zé Soldado sabiam.

E tem um ponto – valha-me Deus, como é que ainda não tinha pensado nisso? De que maneira ele descobriu a presença do Peba Preto aqui?

Cá em casa ninguém contou... Ah, mas claro, só pode ter sido o pai dele. O velho deve ter falado ao filho na situação do coitado do parente, da dificuldade em manter o homem no Poço das Antas. Deve ter dito que vinha me procurar – tal como tinha feito no caso dele, Cirino, quando se viram naquele aperto. E o aperto do Major Nunes era ainda mais sério.

Credo, como é que não pensei? Cirino desde o começo já sabia da presença do Peba Preto. E eu cuidando que ele ignorava tudo. E nunca me disse nada. Deve ter ficado de olho aberto, ou botou alguém espionando pra ele. Pode ter sido ele em pessoa que procurou o preposto do Bacamarte e se fez de procurado. Aquilo tem astúcia. E, armada a briga com o pai, tratou de me levar pelo beiço, fazer com que eu perdesse a cabeça por ele. Aí ficava fácil acabar comigo e se apossar do que é meu. Porque me liquidando – mulher sem marido, sem ninguém de meu no mundo, só eu com os meus cabras, ele tomava o meu lugar, se fazia o meu herdeiro...

Duarte? Ora, Cirino matava 'o preto forro', como matou os outros dois, já se viu que, pra matar, nem sequer pensa antes, não mede a necessidade. É como quem sai andando por cima de um formigueiro. Está no caminho, morre pisado.

PASSEI A NOITE TODA em claro, nessa agonia, remoendo os maus pensamentos. Se ainda soubesse rezar, rezava, tão desesperada me sentia. Queria ver logo o dia amanhecer, mandar reunir e armar os homens.

Levo Duarte comigo? Melhor levar, na frente dele eu não esmoreço, me envergonho de alguma fraqueza. O ódio que eles dois têm um pelo outro, pode me servir de ajuda.

E agora era só preparar a viagem. Entre os homens, devo ter algum que conheça a cadeia do Sumidouro. Talvez até algum que já esteve preso por lá.

Por exemplo: Muxió. Muxió, que se gaba de conhecer todas as cadeias desse sertão, se lá não andou preso, pelo menos deve saber de alguém que conheça o lugar. Ele agora vai fazer tudo pra nos ajudar, quer se limpar de culpa e, no mínimo, ver se escapa com vida.

Eu passeava pelos dois quartos. Ia até às salas, no escuro; abria a janela, a noite lá fora estava clara, tinha uma fatia fina de lua no céu. Me debrucei na janela por fim, esfriei a cabeça no ar fresco. Frio e cheiroso de um pé de cravo todo em flor, posto numa panela de barro, defronte ao peitoril. Foi Rubina que mandou Duarte plantar posto numa forquilha, ao alcance de minha mão: "É pra Sinhá tirar direto o cravo e enfiar no cabelo..." dizia a velha. E eu passava a mão pelo meu cabelo curto, aparado nos ombros. "Enfiar flor como, Rubina?" E enfiava o cravo cheiroso atrás da orelha.

Ah, bons tempos. Antes que aquele Satanás do cabelo louro tivesse chegado pra me atentar. Tão calmo que era tudo com Duarte. Como dizia a cantiguinha: "...e hoje és meu namorado / meu primo do coração..." Águas passadas.

Mas então, quando eu pensava que já estava calma e resolvida – ia castigar Cirino e pronto! – o coração me dava uma volta e começava tudo de novo. Afinal, como é que eu ia acabar com Cirino sem acabar também comigo? Como é que eu posso abrir a arca do peito e arrancar o coração pra fora? Ninguém pode fazer isso e continuar vivo.

E se eu me matasse com ele? Aí, o orgulho de Maria Moura é que se revoltava: estes anos todos você lutou, sua louca, pra fazer o que nem Pai nem Avô fizeram, recuperar a Serra dos Padres, situar sua fazenda, levantar a Casa-Forte. E você fez muito mais do que eles jamais sonharam. Você é a rainha desta terra aqui, tem Casa-Forte e senhoria, tem riqueza e tem mais força do que todos esses beiradeiros que pensam que são ricos, léguas e léguas em redor. Maior do que a Casa-Forte de

Maria Moura, só a Casa da Torre – e essa mesma o povo diz que já se acabou, na Bahia.

E agora você quer se acabar também, com a paixão pelo meninote de má-fé que, fora de qualquer dúvida, nunca ao menos lhe quis bem? Senão ele não tinha ido se gabar que você comia na mão dele – e dizer isso na casa das raparigas!

Não. Essa não. Não me passa na garganta, não engulo. Me sufoca, me mata. Meto mesmo a mão no peito, arranco o coração e pronto. Nem que morra depois. Porque, se eu perdoar e aceitar ele de volta, estou perdida de vez.

Ele pode jurar, bater nos peitos, se arrepender – mas como é que eu vou acreditar? Como é que *posso* acreditar? E o mal que ele já me fez, que não tem remédio?

Eu tenho é que dar um castigo completo, pra todo mundo ficar sabendo, no sertão: que ninguém trai Maria Moura sem pagar depois, E pagar caro. E nesse momento enfrentei pela primeira vez o pior: ele tem que pagar com a vida. De novo me vejo na situação que começou com a morte de Liberato: ou é ele, ou sou eu.

E se eu não aguentar, paciência; se o sangue pisado aqui dentro me matar envenenada – pois bem, eu morro! Vou morrer um dia, afinal. Todo mundo morre. Mas quero morrer na minha grandeza.

39
O Beato Romano

Está havendo uma crise na fazenda. Maria Moura veio me procurar e me encontrou na horta.

Ai, o homem descobre os seus caminhos de maneira misteriosa. Terá sido a minha vinda para cá uma graça direta de Deus? A verdade é que, para mim, que antes não encontrei paz nem perdão, vivo hoje numa ilha de paz, depois que assumi a identidade do Beato. Que é a contrafação do sacerdócio, a sua imagem deformada pela ignorância dos simples; e isso é que é incrível: sendo eu hoje um rústico arremedo de Padre, os meus – digamos os meus 'fiéis' – me têm muito mais respeito do que tinham os outros, quando eu agia de acordo com o múnus, cumpria conscienciosamente os meus votos sacerdotais, me esforçando por ser um pregador fiel da Boa-Nova do Senhor...

Aqui não sofro o cerco aflitivo das beatas. Sem o menor respeito, quer pelo Padre, quer pelo sacramento, se valendo da confissão, vinham descarregar sobre mim aquela lubricidade mal disfarçada, os maus pensamentos, a mesquinharia das suas rivalidades. Seu rancor e a sua paixão pelos homens.

Aqui, o senhor bispo diria que eu vivo num covil de bandidos. Será! Cada qual mais perdido, dependendo todos da rapinagem; eu bem sei, eles nem escondem! Consideram que o seu é um meio de vida apenas um pouco aventureiro, que depende principalmente da coragem e da sorte – ou do acaso. Mas eles têm lá o seu código. Roubar, de furto, eles dizem que não fazem. Não são ladrões! Têm muito orgulho nisso, alegam sempre: "A gente pode 'levar' mas não é ladrão." Eles apenas 'tomam'. E dizem que 'tomam' de quem tem, principalmente de quem tem demais.

É um subterfúgio até ingênuo, eu sei. Mas a gente não vive sempre escondida atrás de subterfúgios?

Minha própria vida, esta samarra de beato dentro da qual escondo o Padre e a sua descartada batina, é, indiscutivelmente, um subterfúgio. Mas, graças a ele, não me matei, não enlouqueci, me desesperei de todo. E, nesta casa do crime, construí uma espécie de clausura e, nesta clausura, da maneira mais tosca e rudimentar, exerço o meu sacerdócio... Ou não é?

Valha-me Deus, sei que todos estes raciocínios aparentemente tão lógicos estão montados numa base viciosa, que é o meu medo de enfrentar a verdade.

Mas acho também que, se faço isso, se me escondo e fujo e continuarei indefinidamente me escondendo e fugindo – não sei como explicar – mas é principalmente por causa de Bela. Eu teria que aceitar a penitência, tanto por mim quanto por ela. Por ter caído em tentação, teria que acusar a pobrezinha de ser a tentadora. Pequei com ela, pecamos juntos. E, no fim do processo, tanto quanto eu, seria ela julgada e condenada. Atirada às feras, mesmo depois de morta. Até hoje eu não sei, e me indago sempre isso, se realmente matei o Anacleto só para salvar a minha vida, ou se o matei na fúria de vingar aquele corpo branco despido e banhado em sangue, e a vida inocente do meu filho, também morto dentro daquele corpo.

Aqui, na Casa-Forte, eu deixei de fugir. Todos me respeitam, me tomam a bênção, como a um pai. Há deles que me dizem: "Beato, meu pai..." Padre, pai, é a mesma coisa.

Até Maria Moura me tem respeito; ela, que não me respeitou quando mocinha e tentou me fazer cúmplice do seu premeditado crime. Foi um processo singular que se operou na cabeça dela; pois me parece que ela hoje 'me perdoa' por ter sido padre (que ela, naquele tempo, tentou manipular sem escrúpulo) por amor do Beato Romano. Hoje ela me aceita, às vezes relutante, como um homem de Deus. Embora eu nunca tenha descoberto a noção que ela tem de Deus – se é que ela tem alguma noção quanto a isso. Pior ainda: ignoro se alguma vez ela pensa em Deus, no bem e no mal, em inocência e pecado. Quando ela diz, justificando um crime: "era ou ele ou eu", fico a duvidar se ela realmente matou (ou mandou matar) em legítima defesa.

Mas não gosto de avaliar, muito menos de julgar Maria Moura. Comigo ela mostrou caridade, na hora do meu maior desvalimento e desespero. Às vezes também penso que o motivo da sua acolhida foi mesmo aquele velho segredo de confissão, o medo de que eu revelasse a morte premeditada do tal padrasto. Mas não; nesse caso seria fácil demais a ela me eliminar quando, naquela manhã, eu lhe caí nas mãos. Um simples tiro, ou uma facada entre duas costelas, qualquer um dos homens daria por sua ordem; e eu nem tinha a samarra para me proteger. Ela poderia depois explicar aos cabras que eu era um assassino mandado que, a tempo, desmascarou.

Me recebeu, nunca me impôs condições, a não ser a respeito da nossa recíproca segurança. Me deu casa e comida e me deixou viver. E veio na hora certa. No tempo em que eu ainda tinha ambições e sonhos, poderia essa liberdade ser perigosa. Agora eu já havia deixado de tanto me desprezar, e procuro uma reconciliação com a vida.

Cumpro o que considero os deveres do Beato, com aquela mesma pontualidade com que cumpria os deveres de vigário. E com menor sacrifício, descubro.

Agora, vivo longe das tentações – e já nem falo das tentações da carne, mas dos sonhos atrevidos de poder, prestígio e santidade. Não posso sonhar em ser cônego, monsenhor, bispo ou arcebispo. Lá no seminário, nós dizíamos que, existindo talvez um milhão de padres em todo o mundo, cada um de nós teria um milionésimo de possibilidade de chegar a papa... Pois, para um homem chegar a papa, não lhe basta ser padre? E os meninos seminaristas se embriagavam com esses delírios de grandeza. Hoje, o mais longe que eu penso alcançar é ocupar, com o tamanho do meu corpo, um espaço no nosso pequeno cemitério da Casa-Forte. Lá terei o meu lugar; e espero que morto pacificamente, do meu mal do coração ou do fígado. Deposto no chão de Deus, carne entregue aos vermes – *CARO DATA VERMIBUS* – como está escrito no meu missal, que eu leio quase todos os dias, para não esquecer demais o meu latim.

POR QUE ME APEGO tanto ao latim, por que essa fidelidade, no meio da demais infidelidade?

Creio que é por ser o latim a minha língua especial para falar com Deus; o meu idioma particular que me liga ao meu Senhor – estando embora eu tão degradado.

E não é só de hoje, quando nada mais me resta da antiga dignidade, que eu sinto a importância desse privilégio. Nos próprios tempos em que eu ainda era Padre e celebrava o mistério da missa, já tinha consciência de que, dentro daquela comunidade toda, da qual eu era o Vigário, éramos os dois sozinhos – Nosso Senhor e eu – a nos entendermos através do nosso latim.

O sacristão que me servia de acólito e me ajudava a missa, pretendia 'conhecer' as respostas, mas falava decorado, sem saber o que dizia. E estava sempre a cometer erros, silabadas, o que profundamente me irritava, como um insulto à sacralidade da língua romana.

Sim, no latim eu me refugio. E, neste grande deserto em que vegeto, só eu e Deus o praticamos.

Com o meu idioma especial, posso me fazer ouvir por Deus Todo Poderoso. Por mais indigno – por mais indigno! O verme, o bicho vil que eu sou, pelo sortilégio da língua sagrada, dizendo as palavras rituais, fazendo os gestos rituais, posso invocá-lo e Ele me escuta; e baixa até à hóstia que eu segurar com a minha mão consagrada.

Só o latim pode obrar esse milagre transcendente; ser o instrumento que me permitiria, se eu ousasse, renovar o meu diálogo com Deus – Padre, Filho e Espírito Santo.

Do abismo da minha degradação, conservo esse poder assustador.

Embora tão imensamente pecador e transviado, enegrecido de crimes, eu ainda posso ter esperança de reconciliação.

DAS PROFUNDAS a que me sinto condenado, apelo a Ti, meu Senhor. *DE PROFUNDIS CLAMAVI AD TE, DOMINE...*

40
Maria Moura

Afinal se levantou, vermelha, a barra do dia – dei a noite por acabada. Me vesti, lavei o rosto, como se lavasse dele as teias de aranha todas. A casa ia acordando. Primeiro acenderam o fogo na cozinha; veio o moleque pilar o milho para o pão. Pagão passou para o curral com a vasilha do leite. Quantas e quantas vezes já tinha eu assistido a essas madrugadas. Mas hoje era diverso, o que era de ser natural parecia diferente; e só havia lugar na minha cabeça pra muita tristeza, muito medo e muita raiva.

Logo que Duarte apareceu – e pelo visto, ele também não tinha dormido, estava de olho fundo igual a mim – pedi que fosse buscar Muxió. E o cabra chegou, cabeça baixa, ostensivamente esfregando os punhos ralados da corda. Deu o bom-dia com voz sumida. Eu não respondi, pensando em como principiar a conversa com ele. Por fim falei:

– Antônio Muxió, pra lhe ser franca, eu nunca me confiei em você. Os seus modos, a sua maneira de falar, esse seu jeito adiantado, nunca foram do meu gosto. E pelo visto eu não estava errada – veja só o que você fez. E eu estou no meu direito de mandar alguém te cortar as goelas, que é só o que um traidor merece: degola. Traidor se deixa sangrar até que morra; depois de morto se puxa pela perna e se atira pro urubu comer... Assim mesmo, como neste caso tem outras coisas em jogo, vou te propor um acordo. E se você conseguir me ajudar, prometo, tomando Seu Duarte como testemunha, que depois de feito o que eu quero, não te faço mais nada. Te solto no mundo, te dou até uma montaria. E espero nunca mais botar os olhos na tua figura.

O homem baixou mais a cabeça, disse rouco:

– Eu estou nas mãos da Sinhá Dona. Faça de mim o que quiser. Mas deixe eu lhe dizer que o culpado...

– Eu sei quem é que foi o culpado: o culpado principal. Por isso mesmo, lhe dou uma saída. Duarte, manda ele puxar um tamborete e se sentar. Assim. Agora a gente conversa.

Por sorte o Muxió conhecia até bem a vila do Sumidouro e conhecia até a cadeia: um primo dele esteve lá preso, depois que furou de faca uma rapariga. (Eu e Duarte tivemos a impressão de que esse 'primo' era ele mesmo.) Disse que muita vez foi lá, de visita ao tal primo. É uma cadeia nova, a do Sumidouro, foi feita depois que a família Mendes, Bacamarte na chefia, incendiou a vila. É de altos e baixos, no porão fica a cadeia mesmo, em cima a casa da intendência.

– E como é que se passa tudo lá, de noite?

– Bem, a cadeia tinha sempre uns três soldados que ficavam na sala de entrada, cochilando. É pra ter também ali um sentinela, dando guarda; mas, como eles dizem, sentinela é de carne que nem nós.

– Você ouviu quando o cabo falou que iam levar Seu Cirino pra lá?

– Ouvi, inhora sim. Quando a gente já estava metendo o pé na carreira, foi a derradeira coisa que eu ouvi, que o lugar dele era na cadeia do Sumidouro.

A meu pedido, Muxió explicou como era a disposição da tal cadeia: na sala da frente dorme aceso um lampião de azeite; mas a casa é toda atravessada, de ponta a ponta, por um corredor, para onde dão as portas das celas dos presos. E a porta que fica no fundo do corredor dá para um quintal pequeno. Na verdade essa porta é só uma grade de ferro, à moda de um portão, que se fecha com um cadeado pelo lado de dentro. Mas é fácil de abrir ele, pra quem sabe: é só enfiar a mão pela grade, que se alcança o cadeado; e que também vive aberto, pendurado na corrente. Dizem os presos que os guardas deixam ele assim pra facilitar saída de preso protegido: – vai e vem sem ninguém dar fé.

Duarte a princípio não queria saber da expedição. Me disse mesmo, de olho no meu, que, se eu queria salvar o Cirino, ele não tinha nada com isso. Lavava as mãos de tudo. Cirino de volta, aqui, ele ia se sentir obrigado a ganhar o mundo, para não ter que matar a criatura com as próprias mãos.

Eu levei Duarte para a outra sala e abri a ele meu coração. Disse tudo que tinha pensado durante a noite: eu queria Cirino de volta, mas só pra acabar com ele. Para ele me pagar pela traição:

– Eu sou a Maria Moura, Duarte! Foi ousadia e desaforo demais! Me envolver nas traficâncias dele! Isso eu não posso tolerar!

RISQUEI NUM PAPEL a planta da cadeia do Sumidouro, seguindo as explicações do Muxió. Marquei até a cela onde devia de estar o Cirino: a maior, logo depois da saleta do delegado, onde se podia armar uma boa rede; tinha um pote de água – tudo regalias que os presos ordinários não têm. E era destinada só aos moços de família pegados em flagrante. Pelo menos foi lá que ficou aquele dono de loja que matou a mulher...

Juntos, nós três – eu, Duarte e o Muxió (eu tinha que tolerar a presença do descarado do cabra, já que ele era o nosso único informante) – fizemos o plano da campanha.

Pra se chegar no Sumidouro rápido e se fugir depois do trabalho, o nosso grupo tinha que ir a cavalo. Tudo bem armado, com boa munição, o que era a nossa grande vantagem: soldado de vila pequena quase não tem armamento e o que tem é velho e maltratado. Muxió achava que a hora boa de chegar lá era noite alta, quando o povo está todo de sono ferrado; como não tem rua calçada, nem mesmo no adro da matriz, os cavalos, andando, não fazem tropel.

Era preciso deixar os cavalos a distância pequena, mas não muito perto da delegacia, onde por azar podia estar algum dos guardas acordado. Dividir os nossos homens em dois grupos. Um dos dois dá a volta pelo oitão, até os fundos, abre a corrente da porta de trás: e quando eles apontarem lá, os outros entram pela porta da frente que vive aberta. Vão levando de roldão até defronte da cela grande. Que deve estar de porta aberta, ninguém tranca com chave um preso de consideração. (Quem segura os presos ricos na cadeia é o medo de serem mortos pelos inimigos, mal ponham um pé de fora; e quem garante a vida deles é a autoridade.)

– Aí é só pegar o preso, botar fora de combate algum soldado mais entusiasmado, montar o homem num cavalo com um companheiro na garupa pra segurar ele – e meter o pé na carreira. Os soldados não têm por perto nenhum animal de montaria; o mais certo é não terem cavalo nem perto nem longe, que soldado não anda montado nunca. E quando eles juntarem uns voluntários na vila, pra saírem com eles atrás dos fujões, vossemecês já devem de estar a uma boa distância. Também não têm como avisarem os amigos deles que vossemecês, na fuga, vão passar por perto; já que levam uma boa dianteira. Se tiverem cuidado e sorte, com poucos dias já podem estar aqui, na segurança da Casa-Forte. E aí se vê Deus por quem e...

O plano tinha que ser mesmo esse que Muxió tinha na cabeça e passava para nós. Cabeça boa, a dele, era mesmo um desperdício o cabra ser tão ordinário.

Duarte saiu para avisar os rapazes e escolher os cavalos, verificar os arreios. Eu mandei prender Muxió de novo, dei a chave do quartinho pra Rubina guardar com ela. Como aquele quarto já tinha servido de prisão algumas vezes (eu não usava nunca o cubico, pra não espalhar o segredo) tinha mandado abrir na porta desse quarto uma janelinha, por onde se podia espiar o preso e passar um prato de comida. Rubina ficou encarregada de tomar conta dos dois: Muxió e Novato. Eles não reclamavam de nada, estavam feito uns corderinhos. Enquanto estivessem vivos, tinham esperança. E o Juco ficou de ajudante da velha.

Resolvi que bastava levar quatro homens; comigo completava os cinco. Duarte fez tudo para me tirar da cabeça a ideia de ir junto, mas eu me irritei logo, não deixava nem que ele acabasse de falar.

Os quatro eram Duarte e seus dois capangas, Maninho e Zé Soldado e mais Roque. Levamos seis animais, para o caso de algum se estropiar (ia se andar um bocado de caminho) e talvez para nele trazer o Cirino, amarrado, se o cavalo com dois cavaleiros não aguentasse a carga dobrada.

A nossa questão era a segurança na viagem: isto é, a segurança vinha logo depois da velocidade, que era o principal.

No cavalo sem cavaleiro se levava uma matalotagem farta, comida que desse para mais de uma semana e a borracha d'água. A gente andando por território desconhecido ou inimigo, tinha de comer cavalgando, sem parar nem pra fazer fogo e só procurando água de beber de longe em longe. Eu já tinha muita experiência desse tipo de correria; afinal, não fazia tanto tempo assim que eu ainda andava nelas. Levava-se a mais o milho para os cavalos. Era o que fazia maior volume, mas a gente não podia confiar nos recursos do caminho, nem perder tempo esperando que os animais pastassem, se por acaso se encontrasse pasto.

Eu me trajei de calça nova, casaco novo, chapéu de couro bem leve, bota de meio cano, como eu gostava. E era como a uma festa que eu ia, com o diabo dançando na frente, de rabo empinado, enquanto eu curtisse a minha vingança. A raiva continuava ou talvez tivesse até aumentado, minha coragem crescendo com todos os preparativos. De vez em quando eu me pegava rilhando os dentes. Espera por mim que eu já vou, Cirino.

NÃO CONSIGO RECORDAR muito bem como foi a jornada de ida até ao Sumidouro. Nós não puxamos demais, para não esbofar os cavalos. E sempre se descansava algumas horas por noite, isso mais por causa dos animais que pela nossa. Já se vinha acostumando, desde antes, a cochilar enquanto o animal andava, o que dava para desenfadar bastante a gente, em especial quando era noite. Os cavalos sabiam achar o caminho no escuro melhor do que nós.

Fiz questão de não levar rede para mim; dormia no chão, igual aos outros, sem perder tempo com armar acampamento. Já não disse que até se comia montados?

UM SERTÃO TÃO DESERTO que parecia sem-fim: mata, várzea e catinga; alguma serra e serrotes, que o caminho costeava, dando voltas para fugir das ladeiras mais a pique. Riacho com água, só um, e era água pouca: mais uns poços. Rios largos passamos dois, um só com um fio de água escorregando entre as pedras e o outro era feito uma praia de areia seca. Não se podia viajar a noite toda, porque era preciso perguntar de vez em quando, pelas casas que se passava, a direção da vila de Sumidouro.

A chamada estrada real não merecia esse nome. Era só pedregulho e buraco, um areal de vez em quando, o mato invadindo as trilhas.

Mas ao chegar mais perto do Sumidouro, foi também ficando mais habitado. Tinha umas aldeias que ainda nem se podia chamar de vila, eram antes uns arruados. Três vilas maiorzinhas passamos, rodeando pelos fundos, eu não queria atravessar a rua principal e chamar a atenção do povo. A gente ainda tinha que voltar por ali, conduzindo um preso. Tratei mesmo de estudar esse caminho de arrodeios, pensando justamente na volta. A perseguição, se houvesse, era de vir atrás, e quanto menos rastro e lembranças de passagem se deixasse, melhor.

Afinal, uma tarde, ao pôr do sol, descobrimos a vila do Sumidouro, e nem sei por que tinha esse nome, já que se erguia num cabeço de morro e a entrada pra lá era uma ladeira.

Passando pelo pé do morro, corria um riacho que, no inverno, devia ter água bastante, tanto que era atravessado por uma ponte de madeira; mas agora estava seco de todo. Duarte lhe botou o nome de Riacho da Areia. Dentro do leito dele nós acampamos, subindo um pouco o morro e encobertos pela ribanceira. Quem passasse não podia ver a gente; só ia nos encontrar quem estivesse à nossa procura. A comida, que vinha dividida em dois sacos, ainda deu para se comer naquela noite, sem recorrer ao segundo saco. O milho dos bichos é que estava no fim; mas de volta, em território nosso, talvez se arranjasse algum. Eu trazia dinheiro – quer dizer, Duarte trazia, que eu tinha feito dele o tesoureiro.

Mandamos Roque, que era o mais experiente, fazer o reconhecimento da vila. Não era pra ele chamar atenção, nem se mostrando muito, nem se escondendo muito; mas andando natural, como pessoa que tivesse coisa certa a fazer no lugar. Não perguntasse nada a ninguém, procurasse localizar bem a casa da cadeia, os pontos de importância – quantas esquinas a dobrar, as casas maiores, algum sobrado de rico. A praça principal, com a sua igreja. Muxió tinha ensinado que a cadeia ficava às direitas da igreja, numa das esquinas da praça.

NOITE FECHADA. Roque tinha chegado mais cedo, trazendo as nossas guias. Já devia andar pelas nove horas – deu-se um tempo pra descanso.

Amarramos os cavalos, selados e arreados, numa umarizeira grossa, que segurava o barranco com o tronco e as raízes. Maninho ficou nos esperando, tomando conta dos animais.

E nós subimos a ladeira, o Roque nos guiando; rara uma casa em que se enxergasse luz pelas rexas das portas fechadas. Mas, na falta de lua, as estrelas eram tão claras no céu limpo, que dava para avistar bem direito o caminho. E o Roque não perdia nenhuma das referências. Afinal, demos com a praça com a sua torre, que parecia preta contra o céu. E dobrando às direitas, a Casa da Câmara no sobrado, com o seu porão alto, que devia ser – e era – a cadeia.

Fomos andando devagar, tomando chegada. Por sorte, o chão continuava de terra lisa, abafando os nossos passos.

Eu não gosto de cadeia. Quem gosta? E aquela parecia feia demais, com o seu portão de grade de ferro e as janelinhas também gradeadas, dos dois lados da porta.

Realmente, como previu o Muxió, na saleta da entrada tinha uma candeia acesa, o morrão fumaçando. Roque chegou-se à grade da frente para espiar; e na verdade viu, estirados nos bancos que ladeavam a sala, os dois soldados dormindo, pés descalços, farda desabotoada. Combinei com Duarte que ficasse na frente, de olho nos guardas, que eu ia tentar a entrada dos fundos, fechando a saída.

Ele empurrou de leve a porta – não tinha tranca, estava só encostada; o povo dali devia ser ordeiro –, ninguém trancava nada, nem a cadeia!

Fui então dar a volta por trás, experimentar a porta dos fundos. E, no que entrasse, ia tratar de subir o corredor, procurando descobrir a cela onde estava Cirino. Eu não queria que fosse Duarte o primeiro a avistar o outro. Podia haver uma estralada entre os dois, estragar tudo.

Fui com o Roque. Meti a mão pelas grades e achei o cadeado; mas estava meio fechado, duro, enferrujado. O Roque foi que conseguiu abrir, mas aquela grade de ferro girando nos gonzos soltou um tal rangido que deu para acordar os dorminhocos lá da frente, e se ouviu uma voz sonolenta perguntando o que era. Entramos nos esgueirando, o Roque e eu, sem tocar na porta, com medo de mais barulho. Mas não adiantou o nosso cuidado, porque o guarda se levantou. E, antes que ele caminhasse na nossa direção, para o fundo do corredor, Duarte entrou na sala e atacou, segurando o guarda pelas costas. Zé Soldado atacou o outro, os guardas rolaram no chão, já com os meus homens em cima deles. Um se levantou, Duarte lhe deu um grande murro e o sujeito desabou no chão como uma jaca. O Zé bateu com o cacete na cabeça do outro, o soldado ainda se virou, querendo resistir, mas nova cacetada, dada com jeito na fronte, também derrubou o segundo guarda. E tudo foi feito em silêncio, eles não tiveram nem tempo de gritar. O Roque e eu estávamos parados no corredor, esperando o fim do combate lá na entrada. E quando os nossos começaram a amarrar os guardas, nos adiantamos pelo corredor, experimentando cada porta de cela. Estava escuro ali; na primeira delas, alguém se levantou e veio perguntar: "Que zoada é essa, seu cabo? Algum preso novo?"

Eu empurrei a porta gradeada, que estava aberta, e disse baixinho:

– Não é guarda não. Nós estamos soltando os presos. Pode sair.

O homem parece que nem acreditou, ficou parado esperando. Eu deixei ele ali e saí pela direita, Roque pelas esquerdas abrindo as portas; quase todas a celas estavam vazias. O Roque encontrou outro preso, parecia que era doido, porque não entendeu nada e se pôs a chorar.

Nessa altura, Duarte, que já tinha acabado o trato dele com os guardas, pegou na lamparina acesa e veio com ela clarear o corredor.

E eu, que estava chegando diante da cela de Cirino (que também tinha escutado o barulho) – quando a luz fraca bateu nele, vimos que estava encostado na parede, ao lado da porta, prevenido contra qualquer atacante.

A luz me clareou também. E Cirino, me descobrindo, deixou cair no chão o pedaço de pau que segurava como arma. Recuou, naquela surpresa, o rosto dele se abriu de alegria, e ele foi estendendo os braços para mim:

– Moura! Você! Veio me livrar?

Antes que Duarte chegasse perto de Cirino, eu dei um passo a frente:

– Vamos logo. É pra correr. Os guardas estão amarrados e os cavalos esperando lá embaixo, no riacho. Vamos logo!

Não se pode dizer que Cirino fosse curto de entendimento; não precisou que eu repetisse. Correu pro fundo da cela, pegou lá uma trouxa pequena, um chapéu, um par de botas, saiu e veio se juntar a nós, descalço, ainda de ceroula e camisa.

Fomos escapando de um em um, espiando a rua. Na praça não se via ninguém, gente ou bicho. Duarte comandou em voz baixa:

– Não se vê nada, mas é melhor a gente ir um atrás do outro, rente com as paredes e aproveitando a sombra das casas.

Cirino, que andava ao meu lado, foi indagando no meu ouvido:

– Como é que vocês souberam...

Eu dei um "chiu!" entre os dentes.

– Cala a boca. Lá embaixo a gente fala.

Seguimos na escuridão, debaixo das estrelas; quebramos esquinas, descemos a ladeira; alguém deu uma topada, gemeu, eu reclamei. Voltamos a descer com pés de gato.

Afinal se chegou ao riacho. Lá de cima ainda não vinha nenhum barulho. Duarte tinha se lembrado de amordaçar os guardas, um com o lenço dele mesmo, o outro rasgando-lhe a fralda da camisa. Mãos e pernas amarradas, boca entupida de pano, iam demorar a dar o alarme.

Com os olhos já acostumados à noite, Cirino, vendo os cavalos esperando, se sentou no barranco e pediu licença:

– Espera aí, pessoal. Deixa eu me vestir e me calçar.

Duarte ia dizendo qualquer coisa, mas eu lhe toquei no ombro, pus o dedo na boca. Cirino tirou a roupa da trouxa, vestiu-se, limpou a terra dos pés, calçou as botas e se virou para nós com a velha petulância:

– Não trouxeram o meu cavalo? Em qual é que eu monto?

Aí Duarte saltou por cima dele e o derrubou no chão. Zé Soldado e Roque ajudaram, amarrando-lhe as mãos, pulso com pulso; em seguida os dois levantaram Cirino do chão e o montaram num dos cavalos. Cirino deu um grito e ia gritar de novo, mas Duarte rosnou no ouvido dele:

– Se gritar, leva mordaça.

Eu via aquilo tudo, sem me mexer. Não tinha combinado nada antes com Duarte. Vinha até pensando, durante a descida, como é que a gente ia fazer com Cirino. Duarte resolveu por mim; eu tive um choque quando vi os dois embolados, mas não disse nada. Se tinha que ser assim, que fosse.

Com Cirino em cima da sela, o Roque veio com uma corda e amarrou cada um dos pés dele pelos tornozelos, a corda passando debaixo da barriga do cavalo, imobilizando também as pernas do preso. Cirino não tirava os olhos de mim e eu fingia que não via nada.

Nós todos montamos. Maninho saltou na garupa de Cirino, passou-lhe os braços em redor e segurou as rédeas que ele não podia pegar, com as mãos atadas. E quando eu passei rente do nosso preso, para tomar a dianteira da marcha, ele não se conteve e berrou para mim:

– Maria Moura! Que é que está acontecendo?

Eu cheguei a cara perto dele e disse, de dentes trincados:

– Peça a Deus que não passe disso!

Meti então a espora no cavalo e disparei na frente a todo galope. Os outros quiseram me acompanhar, mas ouvi a voz de Duarte:

– Aguenta a mão! Deixa a Sinhá ir na frente. Ela gosta de dar uma galopada sozinha.

GALOPEI SOZINHA bem meia-légua. Aí parei, fiquei esperando que os outros me alcançassem. E logo que os vi a umas dez braças, botei o cavalo numa andadura maneira, marcha de viagem, igual à dos outros.

Eu não olhava para trás, para não ver a cara de Cirino; verdade que, no escuro, naquela distância, a cara, propriamente, eu não podia ver. Mas num relance em que me virei pude divisar o vulto dele, mãos amarradas, chapéu enterrado na cabeça, todo curvado em cima da lua da sela, como um velho.

O resto da viagem foi toda inteira assim: mal se dava partida aos cavalos, eu tomava a frente, me adiantava, não a ponto de me perder de vista, mas guardando aquela distância que me isolava dos outros. Das conversas, das reclamações que o Cirino podia fazer, ou mesmo do silêncio dele. Eu não queria ter parte nenhuma com ele – ou será que me pesava demais o ver naquela humilhação, amarrado no cavalo como um criminoso? Ora essa! Se estava amarrado era por ser criminoso. Por fazer duas mortes a sangue-frio e sem motivo. E o crime pior dele não eram nem as duas mortes – o grande crime foi praticado contra mim. Foi em mim que ele deu o tiro de bacamarte, foi na minha carne que ele enterrou a faca.

Que é que estaria se dizendo da Maria Moura naquela vila do Sumidouro (que, sem ninguém saber, ela acabava de invadir)? Mulher traiçoeira, quem podia mais ter confiança nela? Qual o coiteiro que entrega o acoitado ao seu pior inimigo? Entrega, não, vende! Porque o Cirino vendeu o infeliz do Peba Preto – vendeu o homem pro Bacamarte – estando ele debaixo da minha proteção; debaixo da minha responsabilidade, debaixo das minhas telhas!

Tudo me fervia lá dentro quando eu pensava nessas coisas. E ao mesmo tempo eu pensava em Cirino, tão bonito, meu Deus, tão branco, até louro! Um moço fino, cheio de luxos, amarrado no cavalo como um cigano ladrão.

E daí? Cigano eu sei que ele não é, mas ladrão ninguém podia negar. E ladrão capaz de roubar da mulher que dormia com ele; da mulher que o adorava, que era capaz de morrer por ele se ele pedisse... – se ele pedisse, não, que disso ele era bem capaz, não só de pedir, mas até de ajoelhar no chão, implorando se lhe trouxesse vantagem. Mas da mulher que era capaz de dar a vida por ele – se ele merecesse.

E se durante a marcha era péssimo para mim, de noite era ainda pior. A gente caminhava até os cavalos não poderem mais; então se parava, se fazia uma fogueira, se cozinhava o de comer, quando a fome dava para esperar. Senão, se comia farinha com rapadura ou, no melhor dos casos, um preá que os rapazes tivessem caçado durante a marcha e que se assava no espeto, nas brasas da fogueira. Depois, era limpar uma cama no chão, deitar em cima do coxim, a sela de travesseiro. Os cavalos comiam o milho nas mochilas, as mais das vezes nem se conseguia água para um banho neles.

Cirino desapeava, Duarte desatava as mãos dele, que ficava muito tempo esfregando os dedos nos pulsos, para chamar o sangue. Os pés, quem soltava antes era sempre o Roque, Duarte não iria se abaixar para desamarrar pé de ninguém, principalmente de tal sujeito. Cirino, então solto, se punha de pé, dava uns passos. Os homens deixavam que ele se mexesse um pouco; depois o Roque se punha diante dele e dizia:

– Se deita, Seu Cirino.

E quando Cirino se sentava no chão, Roque pegava uma corda de couro, fina, de laçar gado, lhe amarrava a cintura com o relho e trazia as duas pontas que vinha atar no próprio pulso dele, Roque. Assim ficava-se livre de Cirino fazer alguma arte, se soltar; desatar o nó. Qualquer movimento dele mexia com o pulso de Roque; e o cabra dizia que tinha o sono leve.

Eu ficava de longe, de costas para todo mundo, fazia como se não visse nem ouvisse nada. Nunca vi Cirino comer, durante aqueles dias; ele podia jogar na boca um punhado de farinha, um taco de rapadura, quando estivesse com muita fome. E pela manhã aceitava um gole de garapa quente, pra quebrar o jejum. Fumava então um cigarro de palha que o Roque mesmo enrolava, lhe trazendo uma brasa para acender.

Uma manhã assisti – de longe – essa cena da garapa e do cigarro. Quando o Roque chegou com um tiçãozinho aceso, para dar fogo ao cigarro, Cirino de repente lhe tomou o tição; o Roque deu um passo atrás sem saber o que o outro ia fazer com aquilo; afinal, um tição aceso era a bem dizer uma arma. Mas Cirino deu um risinho de pouco caso, acendeu devagar o cigarro, puxando o fogo fundo. Depois, de olho na cara do Roque, balançou entre os dedos o tição e, num gesto rápido, rebolou longe a lasca de lenha acesa. A brasa caiu no mato seco e começou a fumegar. Duarte foi até lá, pegou de volta o tição que jogou na fogueirinha. Chegou depois junto de Cirino, que nesse ínterim tinha se sentado e olhava para a gente com cara de desafio, e disse, de beiço apertado:

– Vossemecê não me faça isso outra vez, senão vai ter que dormir com as mãos amarradas.

TUDO AQUILO ME DAVA muita agonia. Nem sei se ninguém me entenderá, porque eu mesma não estou me entendendo. Eu era a ofendida, mas no que maltratavam a ele, sentia que me maltratavam a mim também. Acho que, se batessem nele, quem ia sentir a dor maior era eu. De vez em quando eu me apanhava esfregando o meu próprio pulso – como se ele, também, estivesse ralado da corda. Mas logo me vinha aquele ódio e eu tinha que me segurar para não sofrear o cavalo, deixar que ele chegasse perto do Cirino e lhe meter rebenque, naquele meio sorriso insolente que não o deixava nunca. Era um ódio me sufocando tanto que eu tinha até medo de abrir a boca e soltar o golfão de sangue roxo, envenenado, que parecia estar me tirando o fôlego. O meu único remédio era galopar para a frente e refrescar a agonia com o vento frio que me banhava o rosto.

AFINAL CHEGAMOS. Cada hora daquela viagem para mim custava um dia, cada dia uma semana. E o último dia, então, passamos todo sem comer; as provisões tinham se acabado e eu não deixava que se parasse para adquirir qualquer coisa. Até os cavalos sofreram.

MEIA-LÉGUA DE DISTÂNCIA de casa, mandei Duarte tomar a frente e preparar a nossa chegada, afastando qualquer curioso. Eu não queria que vissem o Cirino naquelas condições. Ou antes, não queria que ninguém o visse, de nenhum jeito.

Era hora de sol quente. João Rufo devia estar com os homens pelo campo, talvez só o Pagão rondasse pelo terreiro. Duarte inventou um mandado para desviar o guarda do portão, responsável pelo cadeado, e ele mesmo nos abriu a entrada. Ele mesmo pegou as rédeas do cavalo de Cirino. Maninho saltou da garupa no chão, desatou os pés do preso, que ainda vinham amarrados, frouxos, por baixo da barriga do animal. Cirino escorregou da sela, abatido, queimado de sol, a cara quase da cor do cabelo. Tropeçou um pouco e, ajudado pelo Roque, subiu o ladrilho do alpendre da Casa-Forte.

Eu assistia a tudo, calada, ainda montada. Só depois que vi Cirino de pé, debaixo das minhas telhas, me apeei. Me virei para os homens e dei as minhas ordens:

– Agora, Seu Duarte toma conta do preso. Vocês levem os cavalos, tratem deles. Depois podem vir na cozinha comer.

E aí levantei um pouco a voz:

– Eu não quero que se dê um pio a ninguém, a respeito de tudo que se passou nestes dias. Uma palavra que seja, para mim é caso de morte. Caso de morte, Seu Roque. Palavra de Maria Moura.

Os homens saíram de cabeça baixa. E eu disse então a Duarte:

– Vamos levar ele pro cubico.

Duarte me olhou, espantado, e eu vi uma faísca alegre nos olhos dele. E indagou, no meu ouvido:

– E o segredo? Não é arriscado?

Olhei também para ele, de cara ruim. E respondi, quase rosnando:

– Ele não vai ter a quem contar.

Se Cirino tirou alguma coisa do que eu disse, não deu sinal. Eu saí na frente, passei pela porta da sala, seguida pelos dois, entrei no quarto do baú. Só então me dirigi a ele:

– Você agora vai conhecer o segredo da Casa-Forte. Pensava que sabia de tudo a meu respeito, mas ainda tenho muita coisa escondida debaixo da mão.

Cirino me olhou, sem entender direito e senti que, além de curioso, ele estava com muito medo; e não dava o menor sinal de reação.

Pedi a Duarte que puxasse o baú e descobrimos o alçapão. Duarte pegou dentro do baú a chave que eu tinha posto no meio de uma cambada grande, fora de uso, pra disfarçar bem. A chave que nos interessava tinha uma marca, uma mossa no ferro, como sinal.

Duarte rodou a chave na fechadura, o alçapão caiu. Cirino deu um passo atrás, assustado – e eu, de novo, rosnei pra ele:

– Quieto.

Ele se virou pra mim, muito branco.

– Que é isso? Pra onde vai esse buraco?

E eu repeti:

– Quieto. Daqui a pouco vai saber.

Duarte deu uma olhada lá dentro: não devia estar muito escuro porque a claridade do sol passava pela telha vã, e a meia parede que cerca o cubico, embora alta, também deixava passar a luz.

Fiz sinal a Duarte para que desatasse a corda das mãos de Cirino; ele se pôs a abrir e fechar os dedos dormentes.

Duarte esperou um instante, depois tocou de leve com a mão no ombro do outro:

– Agora se abaixe e entre por essa portinha.

Cirino de novo se virou para mim, ainda mais apavorado:

– Que é que eu vou fazer aí? Vão me matar?

Eu demorei um pouco a responder:

– Pode entrar, entre. Ninguém vai lhe matar. Você vai ficar aí uns tempos, pra pensar nos seus pecados.

AINDA DE BOTAS e roupa empoeirada, fui à cozinha procurar Rubina. Olhei a comida no fogão e mandei:

– Bote num prato um pedaço desse pão de milho, com leite, pegue um quartinha d'água e traga a mim.

Voltei lá, Duarte me esperava junto ao alçapão, ainda aberto. Não se via nem ouvia sinal de Cirino. Enquanto Rubina não chegava, perguntei a Duarte:

– Sua mãe já sabe da existência do cubico?

– Deve saber. Ela sempre sabe de tudo, mas não faz diferença. Ela não fala nada a ninguém.

Realmente, daí a instantes, Rubina chegou com comida e água no tabuleiro e não mostrou admiração nenhuma diante do alçapão aberto. Dei novas ordens a ela:

– Seu Cirino está aí dentro; entregue essas coisas a ele. Vai passar preso uns dias e você fica encarregada de trazer alimentação e água pra ele. Tudo já cortado, não traga faca, só uma colher de pau. Toda vez que vier, peça a Duarte para lhe abrir o alçapão. E enquanto você fizer a troca dos pratos, Duarte é pra ficar de lado, prevenindo qualquer alteração.

E aí pus a mão no braço da velha e falei, mais sério ainda:

– Cuidado, Rubina. Só eu, Duarte e você sabemos que ele está aqui. Eu quero que ninguém mais saiba – nem da presença dele e, muito menos, da existência deste cubico.

Rubina levantou os olhos para mim:

– Mas Sinhá, com quem eu era de falar? Essas meninas...

– Eu estou pensando é na Marialva e no marido. Nem uma palavra a eles, ouviu?

Rubina baixou a cabeça, concordando, mas emburrada. Não gostava de deixar a Marialva fora de nada, feito uma estranha. Mas ia me obedecer, principalmente sendo a ordem dada na presença do filho.

Deixei os dois, Rubina ainda com o prato na mão, e fui para o outro quarto. Me sentia como morta, suja, empoeirada, calorenta. Me deixei cair no ladrilho fresco, me estirei, com os braços em cruz, sem nem aos menos tirar as botas. Chorei, chorei, não sei quanto tempo. Muito depois ouvi os passos de Duarte e da mãe, se retirando. E ali mesmo caí num sono de pedra.

ACORDEI, JÁ ESTAVA quase escuro, com Rubina ajoelhada no chão, ao meu lado, me puxando pelo braço:

– Sinhá! Sinhá! Já está na hora de acordar!

Me sentei no chão, ainda tonta. E ela:

– Preparei um banho morno pra Sinhá. Vamos tirar essa roupa suja. Deixe que eu puxo as botas.

Acabei de acordar, indaguei logo:

– E ele?

– Agora está calmo. Teve uma hora que começou a chamar pela Sinhá, mas Duarte disse a ele que ficasse quieto, senão tinha que ser amordaçado: era ordem da Sinhá. Daí pra diante ele acalmou.

– E Duarte?

– Mandei ele ir tomar um banho e comer qualquer coisa. E fiquei no lugar dele, botando sentido no moço. Depois que ele voltou do banho, deitou-se no banguê, está descansando. Mas acordado.

Deixei que Rubina me tirasse a roupa, me enrolei no roupão, fui tomar o banho. Comer é que não pude, não passava. Mas Rubina me obrigou a tomar pelo menos um caneco de leite.

E a velha veio me indagar, enquanto recuperava o caneco vazio:

– Está quase na hora da janta. Eu levo a dele antes ou depois da de vossemecê?

– É melhor levar logo. Marialva e Valentim podem aparecer daqui a pouco. Como é que você faz para as meninas não desconfiarem de nada?

– Na hora de fazer o prato mando as duas buscar qualquer coisa no paiol ou no quintal. E sempre posso dizer que é pros presos, no quartinho. Desses elas sabem, todo mundo sabe.

Marialva e Valentim apareceram quando Duarte e eu estávamos nos levantando da mesa. O Xandó tinha ficado dormindo, com a ama.

Antes de viajar para o Sumidouro eu tinha dado uns toques a eles, a respeito da traição de Cirino, no caso do Peba Preto; já sabiam das mortes do Luca e do Zé Pretinho, como todo mundo sabia, era impossível esconder.

Assim, quando me perguntaram o que era feito do rapaz, eu calmamente contei que tinha mandado entregar ele ao pai; os dois que se entendessem.

Duarte não se metia na conversa; ficava ostensivamente de longe, sentado no banco de pau, de uso dos homens, no alpendre. Marialva se desmanchava em "Minha Nossa Senhora! Será possível? Coitado do velho!" Valentim só balançava a cabeça, ouvindo as minhas explicações.

Saíram cedo, preocupados com o Xandó. E eles nem tinham ainda atravessado o portão, corri para o quarto, escutar junto ao alçapão, já disfarçado, por trás do baú.

Ele devia estar dormindo. Me disse certa vez que era capaz de dormir dois dias seguidos, quando estava muito cansado. E, cansado, tinha que estar mesmo, quase morto.

Morto? E se ele tivesse se matado? Por mais que eu encostasse a orelha à parede não ouvia sinal da respiração de Cirino. Mas se matado com quê? Com uma colher de pau, com um caco de prato de barro, ou da quartinha? Não dava. Enforcado, com uma tira da roupa, mas onde é que ia se pendurar? A parede do cubico era lisa, não tinha gancho ou armador de rede. Só se apertasse o nó no pescoço com as próprias mãos...

Qual, Cirino não era homem para se matar. Com a natureza que tinha, o que devia valer pra ele era a lei do "enquanto há vida, resta esperança"...

Escutei de novo. Nada. Fui atrás de Rubina:

– Ele comeu?

– Nem metade do que botei no prato. Na janta, ainda não sei. Não apanhei a louça.

– Pois vá lá dentro, traga uma bacia d'água, um pedaço de sabão e uma toalha pra ele se lavar. A gente tinha se esquecido disso.

– Eu me lembrei. Mas esperei que a Sinhá desse a ordem. Pensei que era pra ele ficar sujo mesmo, fazia parte do castigo.

Eu me impacientei:

– Pois vá buscar! Traga junto um caneco de leite, para ele tomar de noite, se tiver fome. Caneco de barro.

Quando Rubina chegou, bacia num braço, sabão na outra mão, toalha no ombro, botou tudo em cima do baú:

– Agora vou pegar o leite; as mãos não davam pra tudo.

À volta, ela tornou a reclamar:

– Acho que não posso com este baú. Da outra vez, Duarte ajudou.

Eu me aproximei, juntas afastamos o baú, que precisava ser pesado mesmo, pra ninguém bulir com ele, correndo risco de descobrir o alçapão. Rubina girou a chave, abriu a portinhola, meteu a cabeça dentro:

– Sinhozim?

Eu me encostei na parede, parando até de respirar, para ele não desconfiar da minha presença.

Lá dentro, Cirino gemeu:

– Rubina?

– Trouxe água pro Sinhozim se lavar um pouco e um canequinho de leite, pra beber de noite.

Cirino fez ruído, se mexeu.

– Eu já estou quase nu; não aguentava mais esta roupa imunda. Foi boa ideia a sua.

Rubina passou a bacia, o sabão, a toalha. Pediu:

– Agora me devolva o prato da janta.

Veio o prato de barro, mal tocado.

Rubina ralhou:

– Sinhozim não comeu nada. Assim não pode. Veja se toma o leite. Ou quer que eu traga outra coisa?

Cirino parece que chegou o rosto bem perto do alçapão. A voz dele estava muito clara:

– O que eu quero é que você me tire daqui.

Rubina deu uma risadinha triste:

– Quem sabe? Mas hoje, não. A Sinhá está dormindo aqui junto.

– Sinhá? E o teu filho?

– Duarte também está dormindo aqui perto, na sala.

Mentira dela. Eu tinha mandado Duarte pro quarto dele; não se carecia de ninguém ali perto: o alçapão era segurança bastante. Mesmo que ele gritasse, não tinha quem acudisse, senão Rubina.

Ouvi o barulho de água na bacia, me lembrei do corpo nu de Cirino, tão desprotegido. Homem nu parece sempre menino.

Rubina perguntou:

– Sinhozim tem roupa sua aqui?

Veio a resposta, meio abafada:

– Devo ter, no meu quarto... quer dizer, no quarto em que eu dormia.

Rubina, de ajoelhada que estava, no chão, levantou-se:

– Eu vou buscar. Sinhozim desculpe, mas eu vou fechar a portinhola.

Fiz sinal pra ela, e eu mesma passei a chave. Do lado de lá, Cirino bateu na madeira:

– Não fecha, Rubina. A gente fica aqui sufocado!

Rubina já ia longe. Eu fingi que não ouvia.

Quando a velha chegou, com a muda de roupa dele, já tinha acabado o barulho da água na bacia. Ela destrancou a fechadura, enfiou o braço lá dentro, pediu:

– Me dê a roupa suja. Achei uma muda limpa.

Cirino devolveu bacia, toalha, sabão. E disse, com voz mais animada:

– Depois de limpo, até me deu vontade de tomar o leite.

Rubina recebeu o caneco vazio, meteu a cabeça na abertura:

– Agora boa noite, Sinhozim. Até amanhã.

– Amanhã, quando você abrir, pode até me encontrar morto.

Rubina se assustou, enfiou de novo a cabeça:

– Morto? Por quê? Sinhozim não estará pensando em fazer alguma besteira?

– Que besteira eu posso fazer, Rubina? Posso é morrer de raiva, sufocado.

Rubina foi fechando o alçapão, devagar:

– Até amanhã. Deus abençoe, Sinhozim.

Olhou para mim com os olhos cheios de lágrimas:

– Me dá uma dó!

Eu fui ajudando a botar a tralha toda dentro da bacia esvaziada. Estava também com a garganta apertada. Mas ralhei com Rubina (em voz bem baixa, para Cirino não ouvir):

– Deixa disso, ele não merece, morre nada. O que ele sabe é matar os outros. Lembre-se do Luca, do Zé Pretinho. Duarte não te contou?

Rubina enxugou os olhos, pegou nas coisas, saiu sem responder.

Eu fui me deitar. Tremendo – de raiva, de pena? Sei lá. E, claro, rolei na cama a noite inteira, sem conseguir dormir, o ouvido no cubico, de onde vinha, vez por outra, um gemido ou um suspiro. E também se passava muito tempo sem vir ruído nenhum, e isso ainda era pior.

ENQUANTO EU PASSAVA aqueles dias e noites de pesadelo, a vida na Casa-Forte continuava sem grande alteração. É verdade que, além de Cirino no cubico, estavam também presos os dois no quartinho; mas isso era coisa que acontecia de vez em quando, tanto que já existia aquele quarto com a portinhola de cela, arrumado especialmente para castigar os errados. Numa casa como a minha, era forçoso, acima de tudo, manter a disciplina. Eu dou prêmio aos meus homens, aumento a porcentagem deles e até, às vezes, quando o apurado é pouco, abro mão do meu. Mas quando eles erram – e até agora nunca tinha havido um caso tão grave quanto o do Muxió e o Novato: eles se meteram num crime de morte, sem falar em se juntarem numa revolta contra mim, era sério demais. Mas confesso que, naquelas alturas, tinha me esquecido deles. Foi Rubina que veio me lembrar os dois: eu dei licença para melhorar a comida, botar um pedaço de peixe ou carne no feijão com farinha. A ideia de Duarte sobre eles era dar-lhes uma boa pisa. Zé Soldado é que é o carrasco dessas surras; quando era praça aprendeu a meter o chanfalho nos 'elementos', batendo só com a folha do sabre, no lombo e nos quartos do cabra. Não tira sangue, mas dói tanto que até nego dos mais duros acaba gritando.

Eu disse, contudo, a Duarte que deixasse essa operação para mais tarde. Tinha que resolver primeiro o problema de Cirino.

E FALANDO EM CIRINO: pensei em levar o Beato Romano conversar um pouco com ele. Mas quando lhe falei nisso, o Padre se recusou:

– Lembre-se, Dona Moura, de que eu não sou mais sacerdote. E o moço, filho de fazendeiro, não vai querer se abrir com um reles beato de penitente: não vai nem me levar a sério.

– Quem sabe o senhor está errado? Quem sabe ele lhe conta tudo que a gente quer saber – como foi que se meteu com o pessoal do Bacamarte, como é que descobriu o paradeiro do Peba Preto. Eu preciso muito descobrir se ele soube pelo pai ou se foi alguém daqui que me traiu.

– Dona Moura, eu vou fazer de conta que não ouvi o seu pedido. Tantos anos passados e a senhora ainda não entendeu que não se pode usar um sacram-ento da Igreja para proveito pessoal? Eu posso ser um renegado, mas não perdi a minha consciência de padre. O moço só iria me contar qualquer coisa em segredo de confissão. E a senhora sabe muito bem que, até hoje, eu guardo, invioláveis, os segredos da confissão!

– Mas eu sei também que recebi aqui o senhor por causa de um segredo de confissão. No princípio, quando o senhor me procurou, devo dizer que a minha intenção, lhe acolhendo, era só de tapar a sua boca. Depois é que fui me acostumando com o seu jeito e até aprendi a gostar do senhor. E a lhe respeitar, também.

– Pois o que a senhora me pede agora é, principalmente, uma falta de respeito.

– Desculpe, Beato. Mas fico pensando também que o senhor está exagerando. Achei que eu estava querendo só me valer de um amigo. Não vejo mal na gente querer se defender de uma traição. Mas, como dizia o Marinheiro Belo, "certos padres querem um Deus pra si, e um diabo para os mais..."

O Beato Romano se levantou do banco e se despediu com estas palavras secas:

– Não precisava ofender, Dona Moura. Eu nunca quis um diabo para ninguém.

Segurei o braço dele:

– Não sou eu que digo isso, Deus me livre! Isso falava o Marinheiro Belo, pai do meu avô. O Marinheiro tinha birra de todos os padres, que ele chamava de 'curas'. E quem contava os ditos dele era o Avô, mesmo. Eu nem cheguei a conhecer o Marinheiro Belo.

Beato Romano fez um sorriso, traçou uma cruz na minha testa apertou a corda na cintura – já era um cacoete – e foi embora para a horta. Passava os dias naquela horta, ultimamente. Também os canteiros já estavam parecendo um jardim, as couves e os maxixes entremeados com flores, bogaris e resedás.

Uma vez ouvi o Pagão reclamando dele: "Ninguém come flor, Padim Beato." E o Beato: "Come sim, José. Come com os olhos." Ele tinha batizado o Pagão por José, como fazia com toda criança que batizava: se fosse mulher dava o nome de Maria, se fosse homem José.

Aí, procurei distrair o juízo, pensando em mandar meter o chanfalho naqueles dois sem-vergonhas, tentando entender as esquisitices do Beato, mas estou sempre com aquele prego me furando a testa, bem em cima dos olhos: Cirino, Cirino, Cirino.

Foi um erro péssimo prender Cirino tão perto de mim no cubico. Afinal, o alçapão dá pro meu quarto, é mesmo como se ele estivesse ali dentro, comigo. Não adiantava eu me passar para o outro quarto, o vizinho, como fiz das outras vezes em que escondi gente no cubico. Em qualquer das duas salas, em qualquer dos dois quartos, estarei sempre paredes-meias com ele. E só tocar na taipa de um lado que logo se escuta no outro.

COMO NA VÉSPERA, fiquei rolando na cama. Levantava, bebia um gole d'água, deitava de novo. O baú estava afastado, já que não podia mesmo entrar ninguém estranho ali e descobrir o alçapão; e ficava mais fácil para Rubina, no seu leva e traz.

Afinal houve um momento em que não pude mais resistir. Cirino tinha dado um gemido alto, logo deu outro. Creio que fazia aquilo para mexer comigo: e conseguiu. Eu tinha me deitado, sem paciência pra trocar de roupa, só descalça. No terceiro gemido não aguentei mais, me levantei, destranquei o alçapão, meti a cabeça na abertura:

– Alguma coisa?

Cirino não respondeu. Lá dentro era escuro, mas pude divisar o vulto dele contra a parede branca, agachado. E senti que precisava falar com ele, fosse como fosse. Não quis entrar no cubico, o lugar era pequeno demais; e se ele me agarrasse – tinha mais força do que eu.

Falei:

– Quer sair um pouco? Mas tenha cuidado, porque estou com uma arma apontada para você. E lá fora tem três homens patrulhando o terreiro.

Era verdade, Duarte tinha me dito que ia botar essa guarda; também receava alguma arte de Cirino, preso tão perto de mim. Ou talvez ele tinha era medo de alguma fraqueza minha, como agora?

A princípio, Cirino não deu sinal de ter ouvido. Depois, com muito cuidado, apareceu no vão aberto uma mão, depois a outra, afinal a cabeça. E num instante ele já estava de fora, de pé, quase nu, só de ceroulas. Deu-me lembrança do tempo em que se levantava assim da minha cama. Fui recuando, segurando a garrucha encostada ao meu corpo, mas apontada para ele.

Ficou de pé, abriu os braços e disse em voz baixa:

– Largue essa arma. Eu não quero lhe atacar.

Eu continuava com a arma apontada, olho no olho dele. E de repente, nem vi como, devo ter, só por um segundo, desviado a vista para a janela, e Cirino saltou para cima de mim, me derrubando na cama. Como da primeira vez. Me tapou a boca com a dele, me cobriu o corpo com o seu.

Foi um amor desesperado, furioso, que doía e machucava; amor de dois inimigos, se mordendo e se ferindo, como se quisessem que aquilo acabasse em morte.

Afinal – quanto tempo durou? – nos separamos, exaustos. Ele rolou para um lado, de costas para mim. Eu me recuperei primeiro; enquanto ele ainda dormia, me levantei devagarinho, despida. Peguei o roupão no torno, me cobri. A garrucha tinha rolado para o ladrilho, peguei nela. Destravei, de mansinho, vi que tudo estava em ordem. Então acordei Cirino, tocando nele com o cano da arma:

– Levanta. Acabou! Volta pro teu lugar!

Ele a princípio sacudiu a cabeça, sem entender bem. E quando firmou direito os olhos em mim, viu a garrucha apontada na sua direção, assustou-se, sentou-se na cama, me estendeu um braço:

– Que loucura é essa? Ainda há pouco...

– É, mas acabou. Levanta, entra logo no cubico, senão eu te mato, aqui.

– Não, não me mate, endoidou? Você era capaz?

– Se sou! Sou muito capaz. Para mim a melhor solução é acabar com você.

Ele firmou os pés no ladrilho; baixou o rosto sobre as mãos e, para surpresa minha, começou a chorar. Sim, de repente, para susto meu, que não esperava por aquilo. E dizendo, entre um soluço e outro:

– Você está mesmo com ódio nos olhos. Eu vi! Com ódio! Já vi isso na cara de um homem que estava matando outro. É horrível, em você!

Eu não quis ouvir:

– Não chore, que eu não tenho pena. Que homem é você? Chorando?

– Eu tenho medo da morte, sim. Não quero morrer. Não quero morrer nunca! Eu sou moço, sou bonito, vou ser muito rico um dia, quando aquele velho me deixar tudo. Eu gosto de estar vivo, não quero morrer, viu? E você não vai se atrever a me matar!

Eu estava muito aflita, querendo ver se ele ia embora. Minha mão começava a tremer; e o pior é que ele não estava fingindo, estava de verdade com medo de que eu apertasse aquele gatilho e lhe acabasse com a vida. Dava até para sentir o cheiro do medo no suor dele. Nos olhos apavorados que levantava para mim.

Consegui segurar a voz, continuei:

– Se eu te matasse agora, não ia haver mais nenhum problema para mim. Vá embora, senão daqui a pouco o cão atenta, e eu atiro. Assim tão de perto não posso errar.

Ele se levantou, tomou o rumo do alçapão. Virou-se mais de uma vez:

– Não aproveite que eu estou de costas, para atirar em mim. Tenho que lhe dar as costas e me agachar para entrar nesse buraco!

Os músculos das costas de Cirino tremiam mesmo. Ele não estava fingindo; não estava.

Apanhei a ceroula que ele deixou cair, fiz dela um bolo, atirei pela portinhola, em cima dele:

– Pegue seus panos! Suma!

Bati o alçapão com força. A mão me tremia tanto que eu mal pude dar a volta na fechadura. Me atirei no chão, encostei a testa no colchão da cama e então chegou a minha vez de desabar em soluços; um choro tão fundo e tão duro que me rasgava a carne do peito, lá dentro. Mas eu entendia, no meio daquele desadoro, que eu tinha mesmo que matar Cirino. Entre nós dois não podia mais haver solução. Se ele escapasse, voltava atrás de mim pra me pegar. Não ia nunca me perdoar, tinha que se vingar dessa hora de humilhação. Era impossível ele esquecer o que eu tinha dito, o que ele tinha lido nos meus olhos.

Agora era ele, ou eu.

41
Maria Moura

O casal Valentim-Marialva, parece que estava se dando muito bem na Casa-Forte.

A gente se tratava por comadre e compadre. Beato Romano tinha batizado o Xandó – dessa vez não lhe deu o nome de José, porque o menino já tinha nome de santo: Alexandre.

Naquele dia eu havia mandado chamar Valentim, para tratar com ele um assunto muito especial. Quando chegou, pedi que se sentasse, ficamos um tempo falando de chuva, gado, Valentim andava tão interessado em criação que nem se lembrava mais da rabeca ou do trapézio e das facas. Eu tinha dado uma vaca parida ao meu afilhado e Duarte, não querendo ficar para trás, deu também uma novilha amojoda – já era um começo de fazenda!

Mas meu coração agoniado não me deixou demorar nessas conversas leves; e disse ao compadre que tinha um assunto muito importante para lhe falar.

Levei Valentim comigo até o quarto do baú. Baú que, como eu já disse, estava agora afastado da parede, deixando ver o alçapão do cubico. Pus o dedo na boca, para ele não falar nada, e lhe disse no ouvido:

– Lá fora eu lhe explico.

Quando voltamos ao alpendre, contei a Valentim a história do cubico desde as lembranças de Pai e do Avô. Contei como Duarte me ajudou a construir o meu, no maior segredo. Contei também as ocasiões em que o cubico tinha dado serviço, escondendo acoitados ou prendendo um inimigo:

– Agora mesmo, compadre, está preso lá um indivíduo que eu considero o meu pior inimigo. Por isso lhe pedi para não falar nada, no quarto: tinha risco do sujeito ouvir, lá de dentro, e eu não queria que ele soubesse da sua presença.

Nesse ponto enveredei por outra história, dessa vez relembrando o meu conhecimento com Cirino, desde o dia em que ele entrou na minha vida, trazido pelo pai, o Seu Tibúrcio do Garrote, que me pagava (e muito bem) pelo asilo que dava ao rapaz. Ele tinha se metido nuns malfeitos já muito sujos, com honra de mulher e a morte dela: a coitada perdeu a honra e perdeu a vida, tudo por culpa de Cirino.

Fiz das tripas coração e confessei ainda que eu tinha me apaixonado pela desgraçado e que ele abusou de mim, da minha boa-fé...

– Abusou de vossemecê, comadre? – Valentim estava escandalizado.

– Se você pensa que ele me desonrou está enganado. Eu não era nenhuma donzela inocente quando Cirino chegou aqui. Sou uma mulher livre, não dou satisfação a ninguém. Com essa vida que eu escolhi pra mim, como é que eu podia pensar em me guardar para um marido? E qual seria o homem que ia aceitar ser o marido de Maria Moura? Uma mulher que se comporta como homem e vive cercada da sua cabroeira armada?

– Assim mesmo...

– Não, eu não culpo o Cirino de nada, nesse ponto. Fui eu que quis. Mas, sem que eu esperasse, começou a traição dele...

– Com outra? Quem seria?

Tornei a aplacar Valentim:

– Não foi com outra, compadre. Antes fosse. Você não sabe o que ele me fez, a respeito do Major Nunes, que eu tinha asilado aqui?

Valentim tinha visto falar num major... seria o mesmo Peba Preto? Mas só por alto.

Contei então todo o caso do Peba Preto e as vilanias de Cirino, inclusive as mortes do Zé Pretinho e o Mestre Luca...

– O Mestre Luca, que tanto me ajudou até com a madeira da sua casa, não se lembra? E foi matança sem precisão, só de malvado! Mas logo veio o castigo, alguém da parte do Bacamarte traiu o Cirino; entregaram ele ao pessoal do Peba Preto e o botaram preso na cadeia da vila do Sumidouro.

Veio aí o final – a minha viagem ao Sumidouro:

– Atacamos a cadeia, roubamos o preso, trouxemos o sujeito à Casa-Forte – e ele agora está aqui, trancado no meu cubico!

Valentim estava pasmo, descoroçoado:

– E eu pensava que vida difícil e arriscada era vida de pelotiqueiro!

Me levantei, fui ao quarto, escutei: tudo quieto. Que é que andaria, naquela hora, na cabeça de Cirino?

Voltei ao alpendre:

– Agora, compadre, vou lhe explicar por que lhe considero metido até o pescoço nessa história triste de Cirino.

Fiz uma pausa:

– Você sabe quem é o meu herdeiro, compadre?

Valentim levantou os olhos espantado:

– Seu herdeiro? Como é que eu vou saber?

– Então não sabe que o meu herdeiro único, que vai ser o dono de tudo que eu possuo no mundo – esta casa, estas terras, o gado, a planta, a mata na serra, minha riqueza guardada, todo o ouro que eu possuir quando morrer, até a minha parte no Limoeiro que os seus cunhados querem me roubar – tudo isso de quem vai ser?

Valentim nem tentava responder a nada – nunca tinha pensado nesse herdeiro.

– Pois o meu herdeiro universal, compadre, é o seu filho Alexandre, meu afilhado.

Valentim me olhou primeiro, assustado: depois circulou o olhar pelo horizonte – tudo que se via dali era meu – e me pareceu que já estava com o olhar diferente.

– O Xandó, compadre, é a única criatura do meu sangue que eu considero neste mundo. Por ser filho de Marialva, minha prima legítima. Os bandidos dos irmãos dela já risquei da minha família – preferia tocar fogo em tudo que é meu – como já fiz com o Limoeiro! só para não deixar cair nada nas unhas deles. Quando Xandó nasceu, eu combinei com Duarte fazer um testamento declarando Alexandre o meu herdeiro universal. Duarte já deve ter deixado a nota, no cartório da vila. Era a surpresa que eu queria fazer a vocês, assim que me chegasse a minuta do testamento para eu assinar.

Aí me levantei, dei uns passos, e fiz a grande revelação, procurando impressionar Valentim o máximo que pudesse:

– Pois essa fortuna, meu compadre, que se pode dizer já é do seu filho, corre o risco de ir por água abaixo, por culpa desse homem.

Escute: o final dele é acabar comigo. Com a minha fama de mulher de respeito, cumpridora da palavra dada – que é o meu maior capital. Ele quer me desgraçar junto de quem confia em mim. Quando ele traiu o Peba Preto, deixou saber que estava agindo por minha ordem. Seduziu dois dos meus cabras para ajudarem na tramoia – e os outros dois, que me eram fiéis, ele matou. O Zé Pretinho e o Luca, já lhe falei neles. E, mesmo preso no Sumidouro, ele já estava intrigando, se fazendo de inocente junto aos Seriemas, que são a família do Peba Preto, convencendo a eles que toda a trama era minha. Não tardava ele vir aqui – não me atacar na minha casa, que ele não é homem para isso – mas me botar numa tocaia e me dar fim.

– Mas ele agora está preso, nas suas mãos...

– Está preso. Mas muitíssimo encoberto, ninguém sabe disso. Estou escondendo essa prisão de todo mundo. No Sumidouro, nós trabalhamos com a cara encoberta pra ninguém nem supor que eu era da partida. Devem ter pensado que o roubo do preso foi obra do pessoal do Bacamarte, querendo se vingar. E, se escondo assim o Cirino, é porque o pai dele, Seu Tibúrcio do Garrote, é o homem mais importante desta ribeira (tem um cunhado no Crato que até já foi senador!). Eu não tenho força nem tamanho para enfrentar esse homem; e ele é pai, há de punir pelo filho, querer vir buscar ele aqui a ferro e fogo...

– Mas então... vai soltar o homem, comadre?

– Não. Não vou soltar. Nunca.

Tornei a ficar de pé, olhei fito na cara de Valentim, e soltei a bomba:

– Eu quero que você mate o Cirino, compadre.

Deixei passar um pouco o choque, fui explicando:

– Pra você me livrar dele e pra ele não se apossar da herança do seu filho.

Valentim continuava no espanto e no susto, e eu tornei a esperar um pouco.

– O que me deu essa ideia foi o que vi naquele dia, quando você matou o cachorro doido; de um golpe só, sem luta, vindo de longe... Reparou que quase não sangrou? E então pensei comigo: e se a gente soltar o Cirino, deixar ele ir embora, e até lhe oferecer um cavalo, na vista de todo mundo? Eu alego que não estou querendo briga com o pai dele. E, quando ele já houver atravessado o portão, você, que está escondido na sombra da cerca, manda-lhe aquela mesma facada – entre as costelas, pegando os bofes – ou, se der sorte, pegando até o coração... Vi como a faca é comprida: vai fundo.

Voltei a me sentar. Esperei que Valentim, passado o primeiro susto, remoesse bem a proposta. Estava botando o compadre naquela tal situação: ou era ele, ou nós.

– Agora, compadre, tem uma coisa: quer você aceite ou não aceite, isto que é dito entre nós fica sendo segredo mortal. Quer você aceite ou não aceite. Se não aceitar, perde a herança do menino, que talvez lhe pudesse chegar muito mais cedo do que espera, devido a esta vida perigosa que eu levo; mas me fica devendo sempre o segredo. Porque se bater com a língua nos dentes, a gente será obrigado a acabar com você. Se aceitar, uma coisa eu lhe prometo: o defunto Cirino só vai ser descoberto a algumas léguas daqui, já nas terras do pai dele. No bolso lhe boto um bilhete, dizendo que aquilo se fez para eles aprenderem a não trair os amigos e que a vingança dos Seriemas não falha.

O Valentim só faltava chorar:

– Mas, comadre, eu nunca matei ninguém na minha vida. Até cachorro, aquele foi o primeiro! E logo um homem...

– Nessa hora, não pense que está matando um homem. Está matando um bicho muito mais reimoso do que aquele cachorro danado. Está matando uma cascavel; e cobra se tem que matar mesmo, senão é ela que mata a gente.

Valentim se levantou, eu também, e lhe pus a mão no ombro.

– Vá para casa, compadre. Tem todo o dia pra pensar. E que aceite ou recuse, nem mesmo a Marialva pode ficar sabendo de nada. Se lembre de que a sua vida é o seu fiador. Antes do anoitecer venha me trazer a sua resposta. E traga também a faca, eu espero. Vai ser serviço limpo. E não é crime. Legítima defesa nunca foi crime: a gente, se mata, é pra não morrer.

Valentim, de tão atordoado, nem se despediu. Eu lhe repeti:

– Lhe espero logo à noitinha.

Ele saiu andando, trocando passo, feito um bêbedo.

Minha ideia era que, quando lhe passasse o susto, ele ia pensar na fortuna do filho. Que era a fortuna dele e da mulher. E isso pesa!

Ah, eu era capaz de jurar que ele ia voltar, ao sol posto, trazendo a faca consigo.

MAS O SOL POSTO chegou e Valentim não apareceu.

Esperei até noite alta, e nada. Quase fui à casa deles, arrancar uma resposta. Mas contive a impaciência; afinal, não fazia mal nenhum Cirino padecer mais uma noite preso; ou será que era a mim mesma que eu estava dando aquela noite de graça?

Manhã com escuro, já estava eu andando pela casa. Rubina ouviu na cozinha, veio ver o que era. Eu disse que queria um café e ela foi logo catar uns gravetos no canto da lenha, soprar as brasas dormidas para acender o fogo. Me perguntou:

– E ele?

Eu encolhi os ombros:

– Não sei. Não ouvi nada. Só ouvi mesmo você, levando a ceia dele. E ele lhe pedindo pra sair.

– Sinhá, eu não aguento mais esse ofício de carcereira. Se ainda durar muito, acabo mesmo soltando o moço!

Eu senti vontade de bater em Rubina:

– Sua louca, você não viu o que ele fez? Além de roubar à força o Peba Preto, matar aqueles dois! Com certeza, agora, mal saísse do cubico, ia matar o teu filho!

Rubina parou de soprar a brasa, me olhou espantada!

– Esconjuro, Sinhazinha! Se alguém tinha direito de matar o outro, era de ser o Duarte! Que tinha motivo. Ou não é?

– E aquilo quer saber quem tem direito de nada? Rubina, pelo amor de Deus!

Rubina levantou a cabeça, muito séria:

– Eu não me meto nessas guerras de vossemecês. E, pelo meu gosto, Duarte também não se metia em guerra de branco.

– Agora já se meteu. Me faça logo esse café e leve um caneco pra ele. Eu vou ficar escutando.

Voltei pro meu quarto. Daí a pouco chegou Rubina com as duas canecas de café. Me entregou uma e passou para o outro quarto, bateu na portinhola, chamou o preso.

Cirino devia estar dormindo porque custou a responder, perguntando afinal, de mau modo:

– Quem é?

Rubina girou a chave na fechadura, abriu o alçapão.

Eu de repente me assustei: e se Cirino assaltasse a velha e saísse à força?

Verdade que tinha a sentinela armada no alpendre e outra rondando a casa.

Ele recebeu o caneco, mudou de voz:

– Café? Que luxo!

– Às vezes Sinhazinha pede um café – explicou Rubina. – Quando está mais nervosa.

– Nervosa? Chame ela aqui, Rubina! Ou me leve onde ela está!

Eu cheguei perto, bati a portinhola. Dei a volta à chave, com os dedos tremendo. Não consegui falar nada.

Rubina saiu na minha frente, eu fui para fora de casa.

Cheguei até o curral, na esperança de lá encontrar Valentim. Ele não tinha nem ido ver tirar o leite, como costumava, todo dia.

Fui então andando até à casa dele; a meio caminho, descobri que ele vinha, a passo vagaroso, trazendo a vasilha de leite, tomando a direção do curral.

Parei perto dele, não dei nem o bom-dia. Perguntei:

– E então?

Ele levantou para mim a cara abatida de quem passou a noite em claro. Me olhou, vago, sem falar. E eu repeti:

– E então?

Ele fez um sorriso descorado:

– Passei a noite me revirando na cama. Marialva estranhou...

– Mas você não disse nada a ela!

– Deus me livre. Eu disse que estava com dor de dente... Teve uma hora em que o Xandó chorou, eu peguei ele no colo e fiquei pensando em tudo que a comadre disse. E, o sujeito não presta. Depois do que ele fez, acho mesmo que é capaz de tudo...

E eu repeti ainda:

– Então?

– Mas eu nunca matei ninguém, comadre. E com as minhas mãos! Com uma das minhas facas!

Tinha um monte de tijolo na beira do caminho. Eu me sentei nele, Valentim parou ao meu lado. Falei:

– Eu até lhe entendo, compadre. Mas esta vida é assim mesmo. Tudo é risco. Quando você está lá em cima, armando o salto mortal, corre um grande risco de vida – a sua vida! Mas você salta, assim mesmo.

– Tenho medo de me faltar a coragem, e ele ver, dar o alarme, se descobrir tudo...

– Eu já estudei cada passo, cada minuto da obra toda. Você já me disse que, na sua arte, todo movimento tem que ser medido, regrado, segundo por segundo. Quando você estira os braços e se atira no ar, seu pai já mandou o trapézio ao seu encontro, no segundo certo, sem a menor falha. Porque, se falhar, já sabe...

– Mas não é o mesmo caso...

– Como não é? No jogar das facas ao redor da Marialva você também está jogando com a vida dela. E sua mão nem treme!

Ele ficou pensando um instante, depois disse:

– Se a minha mão tremer, ela pode morrer. Mas eu não tremo. Nem erro. Tem como uma coisa que me sustenta o nervo...

– Pois no nosso caso é a mesma coisa, compadre. A diferença é que, com Marialva, você faz a pontaria para a risca traçada na tábua. Então, pode imaginar que tem uma risca traçada nas costas dele.

– E se eu não matar? Se só ferir e ele se puser gritando?

– Lembre-se daquele cachorro. Você não erra nem por um cabelo.

– Mas aí foi pra salvar a vida do meu filho!

– E agora pra que é? Pra salvar a herança do seu filho – sem falar que também está salvando a minha vida e a do Duarte. E ainda tem mais: estará também salvando a vida do próprio Xandó, pois, quando Cirino souber daquele testamento, tem que acabar também com a vida do menino, pra tirar ele do caminho.

Valentim, que tinha se sentado na ruma de tijolo ao meu lado, deixou rolar no chão a vasilha do leite e escondeu o rosto entre as mãos:

– É nisso tudo que eu venho pensando, comadre. Penso, penso, quero criar coragem. Mas eu nunca tirei a vida de ninguém!

Eu me levantei, impaciente; bati na bota com o cipó que trazia na mão, com vontade de bater naquele idiota!

– Eu lhe espero hoje, antes que escureça, como estava combinado para ontem. É o último prazo, que eu posso lhe dar. O último! Se você continuar recusando, vou ter que resolver isso com o Duarte, porque não posso meter os cabras no nosso segredo. Como lhe pedi, ia ser um serviço limpo, sem barulho, não dava na vista de ninguém.

Ele ficou me olhando, angustiado. Eu continuei:

– Conosco tem que haver tiro, luta. Porque ele vai tentar se defender.

Parei, olhei bem para Valentim:

– Mas já que você não quer... Seja tudo como tiver de ser...

Dei meia-volta, saí a passo duro, sem me virar. Só ao chegar no curral, olhei para trás. Valentim tinha apanhado a vasilha e estava com ela nas mãos, ainda sentado nos tijolos.

MANDEI SELAR O cavalo, queria dar um galope; quando ia saindo, Duarte chegou:

– Os meninos foram buscar uma vaca parida. Vai encontrar com eles no caminho.

Eu pedi:

– Fique tomando conta. Eu já volto, é só para respirar um pouco. Cuidado. Olhe que sua mãe não facilite.

Ele me encarou com aquela cara parada que usava agora:

– Eu sei. Até minha mãe.

Aquele maldito dia para mim tinha sido pior do que o da véspera. Passei o dia inteiro pensando: falhando o Valentim, seria que a gente ia poder fazer aquilo – só Duarte e eu? Ah, eu não queria, de modo nenhum, que Cirino soubesse que ia morrer – pelo menos isso! que ele não soubesse, era só o que eu queria. Estava certo acabar com a vida dele – não tinha mais solução. Mas eu não queria que ele morresse me odiando! E também não queria arriscar Duarte. Bastava aparecer uma testemunha – e sempre aparece! dizendo que viu o moleque matando o sinhô moço. Era forca na certa! O velho Tibúrcio cuidaria disso. Deixava de ser guerra de família, passava a ser crime de morte...

Ah, Valentim, Valentim! Sou capaz de te mostrar as botijas de ouro escondidas no cubico, pra você tomar coragem! Posso até chegar a isso!

O CÉU POENTE já estava escurecendo quando Valentim afinal apareceu de volta. E na mão, enrolando num pano, um objeto comprido: a faca, decerto.

Fazendo das tripas coração, fingi alegria:

– Já estava com medo que escurecesse demais!

Ele chegou perto de mim, muito pálido, e eu indaguei baixinho:

– E então?

Valentim baixou a cabeça, em sinal de sim. Mostrou o embrulho.

– Trouxe a encomenda.

– Pois então vá tomar a sua posição junto da cerca. Agora, que ninguém vai lhe ver. Fique às esquerdas de quem sai, que é o lado do coração.

Nem sei como consegui falar com aquela calma. O meu próprio coração batia desesperado, as mãos tremiam, as pernas tremiam ainda mais. Contudo, me segurei:

– Enquanto isso, eu vou lá dentro, dar conta da minha parte. Não demora muito o homem aparece. Esteja pronto.

De repente me lembrei, voltei a ele:

– Quer beber alguma coisa, pra ajudar a coragem?

Valentim abanou a cabeça:

– Não, senhora. Não posso beber uma gota de nada. A mão tem que estar firme feito aço.

Parou um pouco, me olhou:

– Beber, só depois. Aí, sim, vou precisar.

RODEI NOS CALCANHARES porque a voz já estava me faltando, os olhos me ardiam. Entrei no quarto, tive que esperar um pouco pra ver se me passava o tremor nos dedos e eu pudesse destrancar o alçapão. Duarte bem que podia estar ali ao meu lado, ajudando; nem ele queria outra coisa. Mas fui mesmo eu que lhe pedi para ficar de fora, até tudo se fazer. Aquele assunto era só meu, eu tinha que assumir sozinha. A vez de Duarte ia começar depois. Ele, por ora, estava bem à vista, junto com os homens no galpão.

Custei a acertar com o buraco da chave. E os dedos trêmulos não tinham força para movimentar a mola forte da fechadura.

Lá de dentro, Cirino ouviu o movimento na chave, perguntou:

– Quem é?

Eu não respondi nada, não confiava na minha voz. Abri afinal o alçapão e, meio engasgada, ordenei:

– Pode sair.

Ele devia estar esperando por aquilo, porque já vinha todo vestido, até calçado com as botas. (Rubina teria feito a ele alguma promessa?) Respondeu, animado:

– Pronto!

Eu apontei para a beirada da cama:

– Se sente aí, vamos conversar. Mas não chegue perto de mim, que eu continuo armada.

E peguei a garrucha que, na véspera, depois da grande cena entre nós, eu tinha deixado na mesa de cabeceira.

Meus lábios tremiam tanto que me enrolavam as palavras na boca. Ele olhava para mim, decerto entendendo tudo, decerto preparando um golpe novo para aproveitar a minha perturbação. Claro que ele via muito bem como eu estava confusa e agitada. Mas eu também reagi; fiz força e pude falar:

– Pensei muito e resolvi lhe soltar, Cirino. Vá para onde quiser, mas eu lhe aconselho a ir para junto do seu pai. Só ele pode lhe dar cobertura. Os Bacamartes devem andar atrás de você; e, pior do que eles, os Seriemas, do Peba Preto. Seu pai é tão poderoso que eu mesma não tenho coragem de me entestar com ele. Por isso não vou dar cabo de você, que era o que merecia. Sei muito bem que o Seu Tibúrcio, por mais sentido que esteja, acaba punindo por você. Afinal é filho dele...

Cirino foi se levantando e eu lhe acompanhei com a arma os movimentos:

– Sente. E não me toque. Mandei selar o seu cavalo, está preso no pé de mororó, do lado de fora da cerca. Passe rápido pelo terreiro, porque eu não quero que ninguém saiba da sua presença aqui. Só quem sabe são os que foram comigo pro Sumidouro, e esses não falam.

Me calei um pouco, abafando um suspiro mais doído; depois disse:

– Vá na frente. Atravesse o terreiro correndo, pegue o cavalo e adeus.

A essa palavra 'adeus' ele foi se virando para mim e gritou:

– E se eu me ajoelhasse no chão, beijasse os seus pés, lhe dissesse como estou arrependido?

Eu consegui olhar bem dentro dos olhos dele, com a garrucha ainda colada ao corpo, para me dar firmeza à mão trêmula. Os olhos de Cirino brilhavam; meu Deus, será que ele estava se divertindo com aquilo tudo, agora que esperava escapar com vida?

Senti outra onda de raiva me subindo na garganta: toquei no braço dele com o cano da arma:

– Só quero lhe ver outra vez depois de morto. Em frente, vá!

Ele atravessou a porta em passo rápido, atravessou a sala, o alpendre, desceu o degrau, atravessou o terreiro. Quando ia chegando ao portão, eu, que tinha vindo atrás dele até ao alpendre, tive de fechar a boca com força para me impedir de gritar, avisando do perigo que estava à espera.

E aí ouvi a voz de Valentim como se gritasse em meu lugar: "Cirino!"

Me apoiei no portal para não cair. Não escutei o baque da queda de Cirino – o chão lá fora era de areia. Fechei os olhos, esperei um pouco, deixando passar a tonteira. Abri de novo os olhos ao ouvir a voz de Duarte que passava por mim:

– Vou pra lá. Parece que tudo correu certo. O resto deixe comigo.

Com pouco mais, senti que Rubina estava ao meu lado, com o braço passado no meu ombro; na outra mão tinha um copo:

– Beba esta água com açúcar, Sinhá. Está de beiço branco e a sua mão parece de gelo.

Tomei a água com açúcar. Fiz toda a força que pude para recuperar a calma.

Nem sei quantos minutos depois, Valentim apareceu, com a cara branca como um papel, tremendo os cantos da boca. Pedia desculpas, gaguejando:

– Tive de gritar o nome dele, pra ele se virar de frente. O homem vinha muito de lado, tive medo de errar.

Eu ainda não conseguia dizer nada. Valentim continuou:

– Mas está morto. Acertou bem no coração.

Como eu não dizia nada, que não podia, Valentim continuava gaguejando quase tão perturbado quanto eu:

– Deixei a faca enterrada nele. O Duarte disse que tira mais tarde, quando o sangue coalhar.

De repente, eu não podia ouvir mais nada, dizer mais nada. Saí correndo para o quarto e me atirei na cama.

Tanto esforço que eu tinha feito para ele não saber que ia ser morto naquela hora. A bem dizer, pela minha mão. Para isso inventei de usar o Valentim; mandar a faca pela costas e ele cair, sem tempo de saber de nada. Aquele idiota do Valentim, que estragou tudo. Cadê a pontaria dele? Por que não fez como no dia do cachorro?

Foi-se o único consolo que podia me restar: ele ser morto sem saber que ia morrer e muito menos sabendo que morria pelo meu mandado.

Os pensamentos me roíam por dentro, me estrangulavam. Eu não podia nem chorar. Imagina a surpresa, o ódio, naquele coração. Ódio contra mim! Mesmo que fosse só um relâmpago, no instante em que a faca zunia, cortando o ar, e vinha lhe atravessar a arca do peito, até alcançar o coração.

FIQUEI ATIRADA NA CAMA, sempre sem poder chorar, cega, surda, vazia por dentro.

Até que Rubina veio e me tocou de leve no braço:

– Sinhazinha, Duarte está aí, quer lhe falar.

Me sentei impaciente:

– Claro, Duarte! Que foi que você fez?

– O que Sinhazinha mandou. Tirei a faca, mudei a camisa dele e escrevi este bilhete pra botar no bolso...

– Você que escreveu?

– Quem mais? A senhora não recomendou segredo?

Estendi a mão:

– Deixe ver.

Num pedaço de papel amarelado, Duarte tinha escrito com letra meio desigual.

QUEM FAZ TRAIÇÃO PAGA

Dava para entender o que eu queria e Duarte comentou:

– Não botei assinatura nenhuma. Assim o velho Tibúrcio pode pensar que foram os Seriemas ou mesmo o Bacamarte quem matou ele.

Fez uma pausa:

– Todos dois tinham queixa dele.

Eu quis saber uma coisa que me preocupava, dentro da confusão na minha cabeça:

– Você viu bem se ele estava morto mesmo, Duarte?

– A faca é grande, pegou de frente. Sabe como é a pontaria do Valentim. Se não fosse assim, bastava a grossura de um fio para ele matar a minha irmã naquele maldito circo.

Fechou os olhos, deu um suspiro:

– Morreu, sim. E como diz a minha mãe – com a alma dentro. E não sangrou quase.

– E agora, que é que você vai fazer?

– Obedecer suas ordens. Já estou com o meu cavalo selado, boto ele no dele...

– Como é que você vai botar? Amarrado?

– Só existe um jeito de carregar defunto em cavalo, Sinhá: é deitado de bruços, atravessado na sela, os pés de um lado, os braços do outro. E tem que atar, sim; senão cai.

Enfiei o rosto no travesseiro, fiquei um instante calada. Duarte se impacientou:

– Tenho que ir. Com pouco já está escuro. A lua ainda custa a nascer. E daqui até às extremas do Garrote, vai muita légua de caminho.

Tornei a me sentar na cama:

– É, hoje tem lua. Eu fui olhar na folhinha.

– Então já vou, Sinhá. De repente passa pelo portão alguma pessoa...

Fitei os olhos de Duarte, me deu aquele ódio dele:

– Não dê uma errada. Não deixe ninguém lhe ver na estrada com ele. Entre no mato, se esconda. Se te pegarem antes do trabalho feito, eu não posso assumir nada! Eu lhe avisei antes!

– Eu sei, Sinhá. Eu também não quero ser enforcado. "O moleque que matou o Sinhozim branco..."

– Vai, Duarte, vai!

Ele saiu, afinal, mas ainda teve o cuidado de cerrar a porta, bem de leve.

42
Maria Moura

Me declarei doente. Todos que souberam do caso – Duarte, Rubina, Valentim – devem ter entendido. Eu não estava em condições de nem ao menos me importar com isso. Rubina, aliás, decretou que eu estava me queimando em febre.

Mudei de quarto. Acho que nunca mais poderei dormir junto ao baú do cubico. Passei dias e dias enrolada na rede, no escuro, tal como fiz quando da morte de Mãe.

Não era dor propriamente que eu sentia; era mais um estupor que me deixava dormente, numa espécie de meia morte. O corpo não me doía em lugar certo, mas tudo me doía. Principalmente a cabeça.

Comida não me passava pela garganta. Rubina me enchia de chazinhos, de xicrinhas de leite; isto é, tentava me encher, mas logo depois de um gole mal-engolido, eu deixava tudo esfriando, em cima do tamborete.

Duarte não me chegava perto – mas eu escutava a voz dele, pedindo à mãe notícias minhas. De Valentim, soube que inventou uma caçada na serra, no dia seguinte ao do sucesso, levando com ele o Alípio.

Na semana antes tinham lhe dado de presente um arco de índio, bem encordoado; ele aproveitou o pretexto, disse que ia praticar tiro ao arco. Quem sabe não lhe dava um bom número, atirar de arco? Pelo menos foi isso que veio me contar Marialva, queixosa com a ausência do marido. Rubina tentou evitar que ela me incomodasse, mas ela não teve jeito. Estava muito injuriada com Valentim: será que ele pretendia que ela também servisse de alvo para o tiro ao arco? Essa não! Já bastava o que padecia com as facas! E ela que andava ultimamente tão animada, pensando que ele tinha descoberto a vocação de fazendeiro, e tivesse se desvanecido da ideia de voltar a saltimbanco!

Quando Marialva falou em faca, me arrepiei toda: ai, por mim, nunca mais na vida queria ver uma faca. Até as de mesa me davam desagrado.

Rubina, afinal, conseguiu carregar Marialva; e eu suspirei de alívio, cobri de novo o rosto com a varanda da rede. E nem chorava, ficava só naquela madorna, tentando me esquecer do mundo.

No outro dia ouvi a voz de Duarte, perguntando à mãe se podia falar comigo. Ela quis saber pra que e, antes que ela respondesse, levantei a voz:

– Deixa ele entrar, Rubina.

Duarte entrou no quarto, que ele quase não conhecia, vizinho ao do baú. Perguntou se eu estava melhor e respondi:

– Não estou doente. Me sinto é muito cansada.

Ele não teve o que dizer e eu mandei que tirasse a tigela de chá de cima do tamborete e se sentasse. Duarte obedeceu e então contou:

– O velho Tibúrcio, lá no Garrote, está em pé de guerra. Primeiro mandou me sondar, se eu tinha uns cabras e armas para ceder a ele; mas respondi que aqui só se tinha gente e armamento para uso de casa. Fiz mal?

– Fez muito bem. E daí?

– Daí ele mandou aquele caboclo dele, o Zé do Cedro – a Sinhá se lembra? Diz o povo que até é filho natural do velho. Ele era aquele outro vaqueiro que acompanhou o rapaz do Garrote, da primeira vez. Pois esse tal Zé do Cedro, em vista da minha recusa, saiu andando por longe, contratou uns cabras aqui e ali e comprou uns bacamartes.

E então se juntaram com Seu Tibúrcio e saíram em bando em procura do pessoal do Sumidouro.

Eu me sentei na rede:

– E quem comandava?

– Pelo que eu sei, foi o velho Tibúrcio. Ele saiu também armado, seguido pelos homens que o Zé do Cedro recrutou.

– Já se soube de algum resultado?

– É o que eu vim lhe contar: assim que tive notícia da saída deles, me deu a ideia de mandar Zé Soldado seguindo atrás, como se também tivesse algum negócio no Sumidouro; mas tinha que ir a distância, sem deixar ninguém desconfiar que ele era cabra da Casa-Forte.

– Bem, e o velho? Que é que fez?

– Contou Zé Soldado que ele foi direto pro Sumidouro. Chegando lá, cercou com os homens a casa do Peba Preto, na vila; bateu com o cabo do chicote na porta fechada, chamando o Major Nunes aos berros. A casa do major estava sem guarda, só com um rapaz nos fundos, rachando lenha. Assim mesmo o Peba Preto chegou na porta. Aí diz que o velho falou muita malcriação pro outro: que tinha vindo buscar os assassinos do filho dele. E o Major Nunes dizendo que ali não tinha assassino nenhum. Que tinha prendido, sim, o Cirino na cadeia, pra ele tomar um ensino e largar de ser traiçoeiro. Mas o moço era tão astucioso que arranjou de comprar ajuda e fugir... Quando o Peba Preto estava dizendo isso, diz que o velho pôs-se de novo a berrar, alegando que foram eles sim, que mataram o rapaz e depois ainda tiveram o capricho de carregar o corpo até as terras do Garrote e deixaram o menino estiradinho na beira da estrada – e de mãos postas! – E, pra maior desaforo, com um bilhete no bolso!

Eu perguntei:

– Foi assim que você fez, Duarte?

– Não foi como a Sinhá mandou? Botei ele direito, de mãos cruzadas no peito – não havia de puxar por uma perna e atirar pro urubu comer!

Me enrolei toda na rede:

– Continua o caso do Sumidouro.

– O Peba aí disse que jurava pela vida dos filhos dele que não tinha tocado num cabelo da cabeça de Cirino. (Eles dois gritavam essas coisas no meio da rua, para a vila inteira ouvir: Seu Tibúrcio a cavalo, na beira da calçada, o major na porta da casa dele.) O Peba confessava que tinha botado o Cirino na cadeia, sim senhor, só pra dar-lhe um ensino, mas depois ia devolver o rapaz ao Garrote, apesar de tudo que ele lhe fez.

– E o Tibúrcio acreditou?

– Parece. Pois aí contou o Zé que o major disse: "Já que a fuga não tinha sido preparada pelo pai, só podia ser coisa do Bacamarte. Afinal, ele, Bacamarte, pagou dinheiro grosso ao Cirino – e pela posse de minha pessoa! O meu pessoal descobriu a tramoia e me salvaram. Se vendo traído, o Bacamarte arrancou o rapaz da cadeia, matou ele e foi deixar o corpo no Garrote."

– Repare, Sinhá, que o Peba Preto já sabia de tudo a respeito do caso, deve ter um informante no Garrote.

– E daí?

– Aí, diz que o velho Tibúrcio gritou pro major que, se era verdade o que ele dizia, então podiam ir os dois juntos caçar o Bacamarte. O Peba concordou logo, disse que pedia só o tempo de chamar os homens dele. E, pelo que se sabe, já andam os dois bandos juntos, atrás do Bacamarte. Mas o povo está falando que o danado ou se escondeu, ou então ganhou a estrada e vai longe. Parece que tem família dele no Pombal.

Duarte, nesse ponto, se levantou do banco, deu um passo em frente e segurou no punho da minha rede:

– A Sinhá pode ficar descansada. Zé Soldado me disse que não ouviu ninguém falar no seu nome. Nenhum dos dois.

Eu me sentei na rede:

– Valentim já voltou?

– Não. E Marialva está aflita, eu até fui dormir na casa dela, fazer companhia enquanto o marido não chega; deve ainda estar muito assustado com o que fez. Não é de admirar, foi a primeira vez, para ele.

Não respondi nada, me levantei, me enrolei no lençol. Tomei um fôlego, fundo, consegui despedir Duarte:

– Obrigada, Duarte. Qualquer novidade mais, me conte. Eu vou ver se ando um pouco, tomo um banho. Me chame sua mãe, por favor.

PASSADOS MAIS UNS DIAS, veio nova notícia: o Bacamarte não tinha fugido pro Pombal nem nada. (A gente, nós, bem sabia que ele não tinha motivo nenhum para tanto. Se nem chegou a ver Cirino antes ou depois do caso passado!) Tinha era saído com uns vaqueiros, pra dar um campo num gado extraviado. O Tibúrcio e o Peba Preto, descobrindo isso, botaram uma espera nele e mataram o homem com três tiros. E como a família dos Mendes não tem outro homem na chefia e o Bacamarte era quem mandava em tudo – com ele morto, as coisas ficaram nisso mesmo. Polícia nem apareceu, ninguém teve coragem de dar queixa.

FALAM QUE O TEMPO apaga tudo – é mais um modo de dizer. Tempo não apaga, tempo só adormece, mas quando desperta de novo é aquele febrão violento, com frio e dor de cabeça.

Na hora de cumprir com a justiça, eu confiava na minha força: o que se tinha de fazer foi feito. E com tanto cuidado e sorte que deu tudo certo.

Mas eu não contava com o depois. Que, se não se sabe quando vai começar, muito menos se saberá quando é que vai acabar. Ou adormecer, como eu já disse.

Assim, a desgraça que foi para mim a traição de Cirino, o horror que se seguiu, o que eu padeci durante toda aquela maldita viagem do Sumidouro à Casa-Forte, e a mais maldita ainda prisão dele no cubico, tudo me marcou como um corte de faca, fundo e feio. Eu pensava às vezes que estava a bem dizer igual à situação de Marialva, quando servia de alvo ao marido. Só que o atirador de faca acertava sempre em mim, mas sem ferir mortal, só pegando pela pele, me pregando na tábua por toda a volta do corpo. Escorchada e sangrando, eu ficava, morrendo de dor, sem contudo morrer nunca.

E eu não podia falar com ninguém, me queixar a ninguém. Só a velha Rubina adivinhava qualquer coisa, mas tinha medo de falar, acho que tinha até pavor. Ela também, como Valentim, nunca se envolveu em morte alguma, nunca viu morte violenta perto dela. Aqueles patetas das Marias Pretas se pabulavam muito, mas na verdade nunca tinham sido homens de cometer uma morte, mesmo sendo preciso. Tinham medo da justiça ou das vinganças; o Irineu, eu creio que até tinha medo de ver sangue. Marialva me contou que ele um dia meteu um prego na mão e desmaiou.

EU DEI PRA SAIR; ia brincar com o Xandó. Mas Valentim, que afinal tinha voltado, me fugia quando eu aparecia por lá; nunca cruzou o olhar com o meu, se não podia evitar a minha presença.

E eu já estava criando ressentimento desse comportamento dele – era como se a todo momento me alegasse que o que fez foi obrigado. Não ia entender nunca que o que é pra se esquecer, tem que ser esquecido.

EMBORA SEU TIBÚRCIO e os parentes do Sumidouro, depois da execução do Bacamarte, tivessem voltado às boas, nunca mais me procuraram. Também a minha parte naquele desenlace nunca foi especulada. Seu Tibúrcio disse a Duarte que entendia a minha zanga com Cirino – por ele ter me traído daquele jeito, quando roubou o Peba Preto. Nas duas mortes dos meus homens não falava – talvez se envergonhasse da proeza miserável do filho, talvez nem soubesse o que dizer. No dia em que Duarte foi lá, comunicar o rapto do major e contou das duas mortes, Seu Tibúrcio, pensando que Zé Pretinho era cativo, ofereceu reparação em dinheiro. Mas Duarte disse que na Casa-Forte ninguém possuía escravo, Dona Moura não adota a lei do cativeiro. Deve ter dito isso carregando nas palavras – afinal ele próprio era forro só por bondade do Sinhô, senão, nascendo cativo, cativo ficava, embora filho do dito Sinhô, como tantos outros.

Me lembro que tive uma grande dor de dente nessa ocasião. Rubina me tratava com cozimentos de malva e eu deixava a dor doer, parece loucura, mas, com ela, a outra dor doía menos.

Valentim, acho que encorajado pela promessa do testamento, ou pela importância do que tinha executado, agora se dedicava direto à fazenda e ao gado. Mas não tinha atrito com Duarte, que precisava mesmo de ajuda com o gado e até deu ao cunhado o posto de 'vaqueiro-mor' se lembrando de capitão-mor, sargento-mor... Assim ele, Duarte, podia se dedicar mais à planta; preparava os campos de algodão, para dar o que fazer aos moradores. Nesses últimos dois anos havia seca lá mais pra baixo, embora no nosso pé de serra não fosse tão ruim. E ele se dedicava mais que tudo à sua usina da pólvora. A preparação de guerra dos Seriemas e dos Mel-com-Terra do Bacamarte nos deu boa freguesia. Também Duarte, que tudo fazia bem-feito, fabricava uma pólvora de primeira. Os compradores diziam que era até melhor que a inglesa, e Duarte acreditava. Só não ficava mesmo melhor do que a estrangeira por causa da embalagem. Mas na Casa-Forte já estavam até fazendo umas caixetas de pau para arrumar bem-arrumadas as dúzias e grosas de cartuchos.

De mim ele só chegava perto quando de serviço ou chamado meu. Nunca me tocou nem com a ponta do dedo, nunca também me olhou nos olhos. Nunca me sorriu. Era um estranho delicado, um feitor respeitoso.

Às vezes, quando a solidão doía mais, eu tinha vontade de chamar por ele. Um dia mandei recado que viesse falar comigo e o recebi deitada na rede, vestida de camisola. Duarte parou na porta, chapéu na mão:

– Sinhá chamou?

Eu me virei, pus os pés descalços no chão:

– Queria falar com você. Há tanto tempo que a gente não conversa.

Ele não se desarmava, sempre de chapéu na mão:

– Mas ainda ontem falei com a Sinhá a respeito da casa do Maninho, que vai se casar. Tem que sair do alojamento dos homens. A Sinhá já resolveu onde é que se levanta a casa?

Eu me pus de pé, coberta só com a camisola fina que mostrava o meu corpo na contraluz.

Duarte deu um passo, cerrou a porta atrás de si, dizendo:

– Vou esperar lá fora que a Sinhá se vista.

Eu enfiei as calças do costume, calcei as botas, cheguei lá fora, furiosa:

– Você faz essa cerimônia toda pra me provocar?

– Não senhora, eu estou só seguindo os conselhos de minha mãe. Ainda não ouviu ela dizer: "Moleque, conhece o teu lugar?"

Tive vontade de meter a mão nele, mas também tive medo de ir mais longe do que podia. Nem queria recomeçar a amizade com Duarte, se eu ainda estava gemendo e sangrando pelo Cirino. Ele tinha razão. E se eu quebrasse o nosso estado de paz, que talvez fosse fingido da parte dele (*talvez*, não; era fingido, eu sentia), não ficava nada entre nós para se botar no lugar.

Fomos marchando pela vereda estreita até o lugar escolhido para a nova casa. Dava um bom terreiro, com um bom quintal e o roçado atrás.

– E quando é o casamento? – eu perguntei.

– Mês que vem. Assim que a casa ficar pronta.

– Casam no Riacho da Bugra? Mas lá não tem Padre.

Pela primeira vez, naqueles dias, vi um leve sorriso no rosto de Duarte:

– Diz Maninho que vai pedir ao Beato Romano para casar eles. Têm mais fé no Beato do que em qualquer Padre.

Eu sorri também, ele mudou o olhar, deu meia-volta:

– O sol está esquentando. Vamos; a Sinhá está sem chapéu.

FIQUEI BOA DA DOR DE DENTES, emagreci mais um pouco. Os meus cabras andavam inquietos, se queixando do paradeiro. De vez em quando era preciso acalmar alguma rixa entre ele. É o que acontece quando ninguém tem nada pra fazer.

MANHÃ DE SÁBADO, eu estava preguiçando até mais tarde, Rubina veio me avisar:

– Sinhá, Duarte está recebendo uma visita no portão.

– E quem será?

Rubina não conhecia:

– Deve ser um passageiro. Duarte está falando com ele com muita cerimônia. Só pode ser de fora.

Eu fui me vestir, passar um pente no cabelo; calcei as botas. Pessoa de fora, eu só podia receber equipada com o meu 'fardamento', como Rubina dizia.

Duarte me apresentou ao estranho, que era um homem grosso, atarracado, vermelhão. Levantou-se quando me viu. Já devia estar prevenido a meu respeito, porque não mostrou estranheza ao ver os meus trajos.

– Muito prazer, Senhora Dona Moura. Eu já tinha ouvido falar muito a respeito de vossemecê.

Eu me sentei, fiz sinal para ele se sentar também. E disse:

– Ouviu falar? Espero que seja de bem.

O homem, que ainda segurava o chapéu pela aba, varreu o chão com ele:

– E podia ser de mal, Senhora Dona Moura? Vossemecê é a pessoa mais conhecida e respeitada de toda a Serra dos Padres e de muito mais além!

Eu gostei do 'respeitada'. Nem que seja por causa dos meus bacamartes. E continuei a conversa:

– Anda passeando por essas nossas bandas, ou veio a negócio?

O homem riu-se:

– Quem sou eu pra passear... Ando a negócio, Dona. Quero ver se compro um gadinho.

– O mal é que nestas alturas do ano o gado ainda está meio descarnado. O meu está magreirão. E eu só penso em vender quando ficar mais carnudo.

O homem coçou a cabeça:

– Eu sei. Depois de tanto tempo ruim, como é que o gado ia engordar?

Duarte entrou na conversa:

– A gente não pode se queixar muito. Por toda parte o gado está até pior.

Eu indaguei:

– Como é a graça do senhor?

O homem se levantou, encabulado:

– Desculpe, Dona Moura, se não me apresentei. Mas tinha dito o meu nome aqui ao Seu Duarte. É Francelino de Sousa, seu criado.

– Obrigada. Pois é como eu dizia, Seu Francelino: não gosto de vender gado magro. Passe aqui na Casa-Forte de hoje a uns dois meses e a gente faz negócio.

– Dona Moura, eu vou ser franco com vossemecê. Eu ando assim, correndo fora do tempo, porque atrás de mim vem gente forte. Eu sou marchante, compro gado por aqui, desço com ele até a Paraíba. Tenho uns magarefes que são meus fregueses de muito tempo já, e me compram o que eu levar. Nunca andei por estes lados da Serra dos Padres, porque costumo me abastecer mais pra diante, chego mesmo no Piauí. Mas vão passar logo atrás de mim uns marchantes de peso, do Ceará e do Rio Grande no Norte. Eles têm um contrato de fornecimento de carne salgada – que eles chamam de carne de charque e que é mandada para o Sul. E com este tempo de seca que ainda foi pior para o lado deles, e ainda está muito ruim – eles mandaram os compradores na frente, contratar quanto for de boiada que encontrassem, e apalavrar tudo, sem demora. E já acertaram o que havia, esses marchantes, pegaram a flor do gado, principalmente no Piauí. E agora os chefes já estão vindo em pessoa, trazendo consigo os vaqueiros, melhor dizendo, os tangerinos, para tocarem as boiadas. E, com os chefes, vem o dinheiro para o pagamento.

– E é muito mesmo, esse gado que vão levar?

– Dona Moura, tem ano em que os marchantes do tipo deles compram boiada de até mil cabeças. As charqueadas consomem carne como umas feras; é um buraco sem fundo. Enchem navio inteiro com os fardos da carne salgada. E precisam de tanto sal que só se estabelecem perto das salinas. Lá, tiram o sal da água do mar, botando pra secar na beira da praia. Eu já vi uma salina. É bonito, aqueles montes de sal tudo encarreirado, secando no sol. Parece pedra, chega a tirar faísca.

– E eles matam os bois, salgam, secam no sol, e aí?

Seu Francelino não tinha muita certeza do processo:

– Parece que eles prensam a carne. As mantas, eu já vi, fica tudo bem seco, parece couro curtido. Só que mais grosso. O povo chama de 'carne do Ceará', porque a maior parte vem de lá, mas também sai muita carne da Areia Branca.

Duarte indagou:

– E o senhor vende gado é para esses marchantes?

– Não senhor, de novo eu digo, quem sou eu? Eu vendo gado pra magarefe, que abate nos matadouros, nas vilas. Como tenho umas terrinhas com pasto bom, engordo o gado e então vendo. Mas é tudo coisa miúda, vinte reses aqui, dez ali. O mais que eu levo são cinquenta, setenta cabeças.

Olhei pra Duarte; o assunto começava a me interessar:

– E os outros, compram é de cem e mais?

– Eu já não disse à senhora? Eles compram até de mil cabeças.

– E pagam logo?

– Pagam à vista, Seu Duarte. Trazem o dinheiro com eles. Têm que pagar em cima da unha. Esses fazendeiros de cerrado são muito sovinos; e ainda por cima desconfiados. Não vendem fiado nem um bode magro.

– Deve ser um dinheirão que esses boiadeiros trazem – eu comentei.

– E é. Dinheiro grosso, do bom. Os tal de vaqueiros que eles levam junto, pra conduzirem o gado, não são só tangerinos não... É tudo cabra bem armado, acostumado com briga, portando cada um o seu bom bacamarte e o seu embornal de munição. Sem falar nas pajeús de três palmos... E, a bem dizer, uma tropa de linha! Até o gibão deles é de couro bem grosso, que dê pra proteger de tiro o dono.

– E anda tudo junto? – perguntou Duarte. – O senhor disse que eles andam tudo junto, não é?

– Sim senhor, pra se protegerem melhor. Nesses campos mal povoados, pelos caminhos que eles têm que seguir, podem encontrar muita gente mal-intencionada. No ano passado eles andavam comprando gado pras bandas do São Francisco e foram atacados por um bando de ladrão armado. Diz que se fecharam numa roda, resistiram a tiro, mataram uns cinco dos ladrões, o resto botaram pra correr. Não parece coisa de soldado de linha?

Eu me sentia cada vez mais interessada.

– E este ano eles vão pros lados do Piauí? Também com muita gente?

– Eu acho que vem comprador de todas as salgadeiras de charque, do Aracati até a Areia Branca. Ouvi dizer que está havendo uma guerra grande, lá pelo Sul; e então o governo fez uma encomenda de carne-seca, das maiores, que é pra abastecer a tropa. Vem navio atrás de navio, só pegar a carne. E eles, nas charqueadas, sem gado pra abater; por causa da seca, como eu disse! Pelo que me contaram, o grupo que aí vem, vai acabar com todo o gado do Piauí! E o povo do Piauí tira agora o pé da lama; porque de pataca pros pagamentos; os marchantes devem de trazer é de arroba pra cima, no surrão...

Pedi licença, chamei Duarte na sala:

– Duarte, arranja uns bois pra vender a esse homem. Vamos entreter ele, ofereça hospedagem, não quero que ele desconfie que estou interessada nesses marchantes e não vá prevenir os homens do meu interesse.

Duarte, não sei se estava atinando bem com minha intenção:

– E que é que a Sinhá está querendo?

– Depois eu falo. Vai conversar com o homem, mostra o gado que ele quiser ver.

A CONVERSA DO SEU FRANCELINO tinha, de certa forma, acordado a velha Maria Moura. Ou antes, uma Maria Moura nova, diferente de todas as Mouras passadas, capaz de se meter numa aventura louca, quem sabe sem retorno, quem sabe sem-fim.

Duarte voltou com o homem; tinham apalavrado quinze bois, escolhendo os menos magros. O Francelino pagou em patacas, daquelas grossas e eu aproveitei a ocasião para perguntar a ele se na praça das cidades já estava circulando dinheiro de papel. A gente, ali na serra, já tinha ouvido falar, mas nunca havia posto os olhos numa cédula. O Francelino meteu a mão no bolso e tirou um pedaço de papel, impresso em letras pretas, muito feio. Fiquei desapontada. Pensava que dinheiro em papel era de cor, com a cara do rei, assim como uma figura de santo.

– Este aqui trago de mostra, pra quando me perguntam. É uma nota de $5 000 réis. Já corre na rua, mas o povo ainda não tem muita fé. Se rasgar, se molhar e borrar, se perder – de quem o prejuízo? Uns dizem até que isso é um vale fiado do governo, que está sem dinheiro vivo. Esse povo de governo é muito sabido.

Eu virei na mão a tal de cédula. E não tinha graça nenhuma. Ainda vai levar muito tempo para aquilo ser considerado dinheiro. O mais certo é que não vá pegar nunca. Quem troca ouro, ou prata, ou até mesmo cobre, por um pedaço de papel? Você quer é sentir a moeda pesando na tua mão. Acho que não tinha risco dos marchantes trazerem dinheiro em papel pra fazerem os pagamentos no Piauí.

Deixei o homem ir embora, emprestei mesmo dois vaqueiros para irem tangendo o gado – que é arisco – pra não entrar no mato, até o encontro com a estrada real. Mas recomendei que voltassem no mesmo pé.

Então me reuni com Duarte a portas fechadas, no meu quarto, para explicar o meu plano. E fiz de conta que não me lembrava de que Duarte sempre tinha se recusado a tomar parte nas correrias das parelhas, ou de alguma empreitada maior. Ele dizia, nessas horas:

– Eu não sou homem de aventura, Sinhá. Não gosto de bacamarte.

E quando eu retrucava: "Mas você fabrica pólvora! Como é que se explica?" ele abanava a cabeça:

– Aí é negócio; eu posso fabricar a pólvora, mas não faço pro meu uso.

– E eu? Eu não uso a tua pólvora?

– A Sinhá é que é a dona da usina. Eu só tomo conta.

POIS É, MUITAS VEZES a gente tinha discutido isso, mas agora era diferente. Ele me devia de entrar nesta campanha. Havia muita coisa entre nós agora. Eu posso ter sido a alma e a responsável por tudo – mas ele nem por um momento me condenou e ainda menos tentou impedir. E agora se punha de lado? Isso eu não tolero.

Chamei Duarte para sair andando um pouco comigo, fomos até para além do pátio – eu queria conversar sem testemunha.

– Duarte, eu quero aquele dinheiro dos marchantes. A gente não pode deixar passar por fora tanto dinheiro assim.

Duarte nem entendia direito:

– A Sinhá está falando é nos tais dos marchantes que vão comprar gado no Piauí?

– Deles mesmo. Que é que você acha?

– Impossível. Loucura. Os homens vêm a bem dizer num bando, com escolta poderosa de capanga, tudo armado até os dentes. A Sinhá ouviu o que Francelino disse.

– Mas nós também não somos tão pouca gente assim. E o meu pessoal tem muitos anos de estrada; os deles são, na verdade, uns tangerinos armados, só para a ocasião. O que eles devem saber mesmo é tanger gado.

– Não foi o que o homem disse.

– Isso então se vai ver.

– E como, Sinhá?

– Queria que você saísse por aí, procurando saber notícias a respeito dos marchantes. E fazer isso rápido, porque eles podem já estar a caminho. Ande por alguma vila onde eles vão passar, converse com o pessoal da terra que negocia com gado. Veja o que você descobre: o roteiro deles, em que tempo e onde devem passar mais perto de nós.

– Mas logo eu, Sinhá? Eu nem sei puxar conversa com estranho!

– Leve Valentim com você. Ele pode tocar rabeca, fazer aquelas sortes de mágico, junta gente ao redor dele. Aí vocês podem puxar assunto, começar a conversar.

– E que é que eu digo a ele? Ao Valentim?

– Não sei. Inventa. Diga o que ele quiser ouvir.

– Por exemplo?

– Que eu estou interessada no movimento do gado por essas fazendas aí. Que tive notícia de que o governo anda querendo tomar gado dos fazendeiros, como pagamento de imposto. Valentim não é muito curioso.

DUARTE SAIU NA MADRUGADA seguinte. Levou o cunhado, que não veio se despedir de mim; continuava me evitando, sem nem cruzar o olhar com o meu.

O fato é que eu estava mesmo muito ansiosa para conseguir essas informações e por isso exigi a ida de Duarte atrás delas; mas também queria ele longe de casa, para eu ir adiantando as minhas providências com mais liberdade.

Chamei Roque, mandei que convocasse os homens de serviço. E mais o pessoal da planta e do gado, que fosse disposto e, de preferência, os que soubessem atirar.

Com Roque e os nossos meninos de confiança – Zé Soldado, Maninho, Alípio e mais João Rufo, fizemos o inventário das armas guardadas no arcaz: aquele caixote grande, cintado de ferro que era o nosso arsenal. Separando os bacamartes e os clavinotes em bom estado e procurando consertar os desmantelados, já se tinha arma ali que dava para uma guerra. Desde os primeiros dias, depois que fugi do Limoeiro, eu não tinha me descuidado nunca de arrecadar qualquer arma que ficasse à mão, nos nossos entreveros. Em caso de muita pressa, eu preferia antes deixar o dinheiro que as armas. Porque além do serviço que iam nos prestar, eu enfraquecia o inimigo, que podia demorar a arranjar outras. Arma de fogo não se compra em mão de mascate nem em barraca de feira.

Duarte um dia me contou que, ultimamente, muita gente deixava a arma em casa, saía desarmado, até pra viagem grande, com medo dos 'meninos da Moura'.

Os dias todos da ausência de Duarte, passamos trabalhando de dia e de noite, lixando, azeitando, limando, consertando pau de coronha. Até um mosquete velho se achou no arcaz; tinha sido trocado por um carneiro, com uma velha viúva que andava se desfazendo dos possuídos do finado. A transação foi feita por João Rufo. Roque ensinou Alípio a torcer as mechas que se acendia para pegar fogo na pólvora e dar o tiro.

As armas de chispa corregemos todas. Cada uma com a sua pedra de figo de galinha. E eu botei as mulheres costurando os sacos dos chumbeiros, os polvarins com a sua ponta de chifre. E elas arearam também as varetas de socar a bucha, com a sua medida na ponta para a pólvora.

Tudo isso nós fizemos, e tratei de que não ficasse uma só arma sem o seu acompanhamento. Cada homem que pegasse numa delas ia achar tudo pronto, às ordens, era só carregar.

Zé Soldado brincava:

– Sinhá Dona, parece que a gente vai guerrear com os soldados do rei!

E eu sorria:

– Quem sabe lá?

Pelo regulamento da Casa-Forte, homem nenhum possuía arma sua: era tudo da fazenda. Na hora das saídas, cada um escolhia a que estava mais acostumado. Só quando nos chegava alguma novidade especial, havia arenga entre eles, mas João Rufo resolvia com dois gritos. Disciplina era disciplina.

E, se preparava os homens, também cuidei de mim; separei minha garrucha, mandei João Rufo azeitar, limpar qualquer pontinho de ferrugem, preparar a munição. Até da roupa cuidei: uma muda só. Rede, nem eu nem ninguém ia levar. Em viagem de campanha se anda leve e a pé. Mandei engraxar umas botas velhas, folgadas, pro meu conforto. E ia inaugurar o meu gibão de couro, bem pespontado; muita vez, dizia Roque, serve pra desviar chumbo que venha de raspão ou enviesado.

Ficou tudo nos trinques, como diziam os meninos. Na verdade eu me preparava a mim e aos meus homens para aquela sortida como quem se preparava para uma festa.

Eu estava resolvendo comigo se não seria melhor pra mim ir a cavalo, pelo menos até se alcançar a estrada real. Pois o fato é que eu nunca tinha me metido a andarilha, em todos esses anos. E não tinha 'canela-seca e pé ligeiro', como também eles diziam, para acompanhar a marcha dos outros, por tantas léguas de caminho ruim. Levava um menino comigo, podia até ser o Pagão ou o Juco; quando se chegasse onde eu queria, devolvia-se o cavalo e o menino. Montaria para a volta não ia me faltar, se a gente desse sorte. E, se não der, o que for, será.

Bem, eu evitava pensar nos riscos daquela aventura. No ponto a que tinha chegado, os riscos que se danassem. Vai se ver Deus por quem é.

QUANDO EU NÃO PODIA mais de impaciência e, pela décima vez, ia espiar a estrada, Duarte afinal apontou no caminho. Veio direto pro alpendre, não teve nem que ir lá dentro tomar a bênção da mãe, como fazia sempre que chegava; Rubina já estava ali, ao meu lado.

Pela cara dele, vi que as notícias eram boas. Até Valentim, que vinha junto e não devia estar desconfiado de nada especial na missão que tinha cumprido, pela primeira vez me mostrava uma cara melhor.

Eu não podia me conter:

– Deu sorte?

E Duarte.

– Ah, deu!

Eu soltei um suspiro fundo. Ele continuou:

– Nos primeiros dias nos perdemos por aqui e ali; tinha gente que falava nos marchantes, mas era tudo muito desconchavado. O povo é engraçado, cada pessoa acredita no que quer e passa adiante o que entende. Mas quando foi anteontem pela manhã, nós demos com um pouso na estrada real – desses onde os tropeiros com os seus comboios costumam se arranchar. A Sinhá já viu algum?

Eu me lembrei daquele pouso, onde, no começo dos tempos, nós tínhamos pegado uns comboieiros e tomado a carga e os animais deles. Mas isso foi antes de Duarte me aparecer.

– Já vi, já vi. Um dia eu lhe conto como foi.

– Esse aí é um pouco grande, tem uma alpendrada larga pros tropeiros armarem as redes; tem até uma estrebaria, coberta de palha nova, para os animais...

Valentim pôs-se a rir:

– A cobertura estava arrancada, botaram lá uns cavalos mortos de fome, se esqueceram deles, então os bichos comeram quase toda a palha do teto...

Duarte ria também; eu me impacientava:

– Bem, eu sei como é que é o pouso. E o que mais?

– O mais, Sinhá, é que eles nos disseram que iam consertar logo a cobertura da estrebaria porque não tardava a chegar lá a comitiva de marchante de gado, com os seus tangerinos... ao todo era pra ser mais de trinta pessoas.

– E quando é que eles chegam lá?

– Pelas contas do dono da casa, ele esperava esse pessoal pra daí a umas três semanas. E como não é gente acostumada a andar tanto, e vem de muito longe, o dono do pouso estava pensando que era capaz deles descansarem lá um dia ou dois, antes de retomar o caminho...

Eu me virei pra Valentim:

– Compadre, se você quer ficar com a gente pra janta, ótimo. Mas já estou vendo a Marialva apontando no caminho da sua casa.

Valentim levantou-se, sorriu encabulado e foi saindo, se desculpando:

– Perdoe, comadre. O Duarte não precisa de mim pra lhe contar as conversas todas...

Livre de Valentim, levei Duarte para junto da minha mesinha, na sala, onde eu fazia as contas:

– Parece que está tudo se encaixando, Duarte. Você disse que eles chegam dentro de três semanas? Então a gente não precisa nem correr, sair de marcha batida...

– A gente quem, Sinhá? Vai me dizer que está querendo se meter em pessoa nessa loucura?

– Não seria a primeira vez, rapaz – pergunte a João Rufo. Nós, os antigos da casa, já temos prática nessa brincadeira. Você mesmo já andou montado em animal que nós pegamos – e também foi num pouso. Os meninos se saíram tão bem que nenhum vai ter medo de recomeçar.

– É, João Rufo já andou me contando certas coisas. Mas agora, Sinhá, não se trata de atacar um bandinhc de tropeiro desarmado. Deve ser guarda-costa profissional que eles trazem, disfarçado de tangerino. E anda tudo a cavalo!

– Desvantagem para eles. Já a gente, tem que ir a pé, isso eu aprendi. Cavalaria é pra soldado. A pé se tem outra agilidade, se esconde detrás de qualquer pé de pau, e salta em cima dos inimigos antes que eles deem fé de nada.

– Mas a cavalo eles correm e a gente nãc acompanha.

– Se eles correm, a gente atira nas pernas dos cavalos, os homens rolam no chão. E quando baterem em terra, atordoados, já se está em cima deles. Eu já calculei tudo na minha cabeça. Fecho os olhos e vejo como é que vai tudo se passar.

Duarte olhava pra mim, abanando a cabeça, sem poder acreditar no que ouvia. E eu continuei:

– Os dias em que você esteve fora, eu com João Rufo e os meninos passamos o tempo todo escorvando as armas e escolhendo a munição. Está tudo tão no ponto que cada bacamarte daqueles é capaz de sair atirando sozinho...

Duarte não se convencia:

– Não brinque, Sinhá. É risco demais. Essa gente não brinca em serviço, primeiro atira, depois pergunta quem é...

– E nós, por acaso, seremos um bando de menino velho? Ora, Duarte! E vamos pegar eles todos de surpresa, igual ao que eu fiz da outra vez. Eu acerto porque eu faço os planos direito, Duarte.

– Mas um dia vem um imprevisto e aí vai-se tudo por água abaixo! E não é só uma 'parelha' metida no fogo: é a sua vida que está arriscando, Sinhá!

– E eu estou me importando em salvar esta desgraça de vida, Duarte?

– Sinhá, pelo amor de Deus!

– Não me venha com essa! Eu estou tão resolvida, que lhe respondo, como o outro: "Desça Deus do céu e me peça, que eu falo e faço o que disse..."

Duarte se levantou, zangado:

– Dê licença, Sinhá. Estou morto de fome e cansaço e ainda me vem a senhora com isso tudo...

– Pois vá comer e tomar banho. Mas depois volte, que eu quero lhe mostrar o que já fiz. E temos que escolher os homens, quem vai, quem fica.

Ele já ia passando a porta quando me lembrei:

– Duarte, você passou na vila e pegou o papel do testamento, para eu assinar, como lhe pedi?

– Trouxe. E pra que será...

– Vai-te embora, rapaz. Daqui a pouco a gente conversa.

Com pouco Duarte voltou, banhado, penteado, bonito. Disse isso a ele, que não achou graça nem agradeceu.

Mostrei-lhe as armas. Corregemos os cabras, de um em um; naturalmente quem ia dirigir a tropa era o 'Sargento' Roque, que tinha traquejo nessas empreitadas e sabia comandar os rapazes. Quanto mais atrevida a empresa, melhor ele se saía.

Duarte concordou. Escolhemos os três meninos para a minha guarda pessoal. Essa concessão eu tive que fazer; pois quando eu disse que, para esse ofício, eu contava era com ele, Duarte, a resposta que tive foi esta:

– Eu nunca fui de guerra, não sei como é que vou me sair. E quero que pelo menos fique garantida a defesa da Sinhá.

– Então você fica tomando conta de tudo, no geral. Tem também que estar de olho na munição. Os rapazes são meio esperdiçados e a gente não pode levar carga pesada. Já basta o peso das armas.

Fizemos a conta do tempo: de lá pra cá, Duarte e Valentim tinham levado ao todo seis dias. Nós, indo a gente a pé, bota mais uns três dias, com as etapas mais curtas. Nove dias. Nove e seis, quinze: até aí já se passaram duas semanas. Fica só uma semana para a chegada dos viajantes no pouso. E podem se adiantar num dia ou dois, nunca se sabe. A gente acampa no mato, ali por perto. Só mostra a cara em alguma casa, a do Roque, pra adquirir mantimento. E isso o menos possível. Tem que se caçar comida na mata ou roubar alguma criação.

E determinei:

– Vamos sair amanhã de madrugada. Você dê as ordens, Duarte.

Ele se levantou, sem dizer mais nada. Ia saindo, quando de novo me lembrei:

– Escute, Duarte, você quer trazer aquele papel pra eu assinar? Cadê?

– Vou buscar.

Foi ao quarto dele, voltou com um papel na mão.

Passei os olhos pelo escrito do testamento. Estava tudo direito, segundo me pareceu. A letra do escrivão era cheia de floreados. Eu deixava todas as minhas posses, "imóveis e semoventes, para o menino Alexandre, filho de minha prima Marialva e do seu legítimo esposo, Valentim de Barros Oliveira. Durante a menoridade do herdeiro, ficava como administrador do espólio Duarte Rubino do Nascimento, tio natural do menor Alexandre. Por ocasião da maioridade do herdeiro receberia o dito Duarte um terço dos meus bens em dinheiro, ou o equivalente em outros valores". Aparei a pena, assinei o papel no lugar marcado e disse a Duarte:

– Você entregue isto nas mãos de Valentim. Na hora da nossa partida.

Duarte se pôs a enrolar o papel na mão:

– Até essa minha parte acaba indo para o Xandó, que eu não tenho herdeiro.

Eu expliquei:

– Como já lhe disse, prometi isso ao Valentim.

– Eu sei. Foi caro, heim, Sinhá? Será que ele merece?

– Não sei se ele merece. Mas quem merece?

NO CAIR DA TARDE veio me procurar uma embaixada dos homens, chefiada por Zé Soldado: queriam fazer um pedido.

– Sinhá Dona, pelos preparos todos a gente já viu que esta saída de amanhã não vai ser de brincadeira.

– Estarão com medo? Pensei que não tinha mofino nenhum entre os meus cabras.

– Não, Dona Moura, não é coisa de mofinagem. Ninguém está com medo. Mas a gente queria que vossemecê pedisse ao Beato Romano pra ir também.

– Vocês falaram com ele?

– A gente falou. Mas ele disse que a Dona Moura com certeza não ia querer.

– Mas pra que é que vocês querem o Beato Romano nos acompanhando? Que me conste, ele nem sabe atirar.

Maninho, que era o mais tímido, tomou coragem, falou:

– A senhora mesma disse que havia perigo, Sinhá. E nós, então, a gente queria o Beato Romano perto de nós, para o caso de algum sucesso. Morrer não é nada, mas sempre se morria mais satisfeito tendo ele junto pra abençoar. Pra dizer Jesus seja contigo...

– Pela minha parte, está bem. Podem ir. Mas mandem o Beato vir falar comigo.

Quando o Padre chegou, pouco depois, eu fui logo perguntando:

– Que foi que deu no senhor, Padre? Nós vamos nos meter num assalto perigoso e o senhor aceita ir junto?

– Faz três dias e três noites que eles me pedem. Se acostumaram comigo, não querem enfrentar tiroteio sem que eu esteja por perto.

Eu abanava a cabeça:

– Ainda não estou acreditando.

– Dona Moura, eu me considero uma espécie de capelão da sua tropa. E o capelão não questiona o que o comandante vai fazer. Digamos que eu me proponho a acudir os feridos e os moribundos, se houver algum. De um lado e do outro.

O Beato sempre achava um jeito de me pegar de surpresa. Resolvi não dizer mais nada. Só reclamei:

– Não estou gostando é desse agouro, essa conversa de ferido e moribundo.

E como ele ia saindo sem dizer nada, eu ofereci:

– Eles vão a pé mas eu, pelo menos na maior parte do caminho, vou a cavalo. O senhor pode ir a cavalo também, junto comigo.

O Padre fez um sorriso:

– Obrigado, Dona Moura. Não precisa. Na minha vida errante, antes de chegar aqui, andei muito a pé. E ainda ando, aqui mesmo na Casa-Forte.

SAÍMOS AINDA COM ESCURO, como eu queria. Valentim, Rubina e João Rufo assistiram à partida, ajudaram nos arranjos de última hora. Ninguém tinha falado nada à Marialva. Mas Valentim, quando se despediu, me disse em voz baixa:

– Recebi o papel. Agradeço em nome do menino.

Duarte tomou as rédeas do cavalo das mãos de Pagão, esperou que eu me aproximasse para montar. E antes que eu botasse o pé no estribo, rogou mais uma vez:

– Ainda está na hora de mudar de ideia, Sinhá. Vai ser uma luta muito dura, com esses homens traquejados pra matar. Não é briga pra mulher. E se lhe matam?

Saltei na sela. Mas, antes de dar partida, me dobrei sobre o pescoço do cavalo e disse, olhando nos olhos de Duarte:

– Se tiver que morrer lá, eu morro e pronto. Mas ficando aqui eu morro muito mais.

Saí na frente, num trote largo. Só mais adiante, segurei as rédeas, diminuí o passo do cavalo, para os homens poderem me acompanhar.

Rio, 22 de fevereiro de 1992, onze da manhã.

fim

EDIÇÕES
BestBolso

Este livro foi composto na tipologia Minion, em corpo 10/12,5, e impresso em papel off-set 56g/m² no Sistema Cameron da Divisão Gráfica da Distribuidora Record.